第一季 春·图南路

十三绣衣使

苏梨叶作品

北京联合出版公司
Beijing United Publishing Co.,Ltd.

目
录

第一季　春·图南路

入淮安

【序章】

匣中的星辰

"一倍之利，使人早起。十倍之利，使人夜行。倾国之利，使人忘死。"
在一个叫宛州的地方，流传着这样的话。

黑黢黢的山体从两边倾斜下来，好像一大块一大块畸形的鬼躯，到处横生的枯木形同魔爪，崎岖狭窄的谷道快要被挤得湮没不见。某处夜枭呜咽一声，行路的人皆为之一悚。

这支二十人组成的商队早已被迫放弃了马匹、车仗，徒步向着幽谷深处挺进。充当"路护"的武士，每一个都紧紧握着佩刀的刀把，沉重的呼吸在暗夜里交错。

寻常商队多是晓行夜宿，不赶夜路，更不会行走这般诡谲艰险的山道。然而随队路护没有怨言——他们心中有数，这支队伍的目标并不是贩运货物谋取小利；他们在追寻的，是一笔富可敌国的财富。这样的前景总让人又是兴奋，又是恐惧。众人蹑足前行，突然，队伍中爆发出一声震骇的大叫。

一名年轻的路护意外被道边的枯木盘缠，巨大指爪似的枝蔓拂过他的胸腹，一时就仿佛要扼断他的身体。年轻人惊呼着跌倒，拔出刀来几下乱劈，斜逸的枯枝应声折断。众人皆惊，数柄雪刃都出了鞘，定神观看时，却见那被砍断的乌黑树枝上渗出了奇异的蓝色汁液，星夜下竟泛着一种幽光，浓浓而缓慢地流溢。

年轻路护呆望着发光的断木，浑身都在不可遏制地颤抖。左近两个年长些的却拉他起来，叫他继续向前。有些迷信的人认为，巨大的财富总会伴有妖异鬼神的守护。然而在真正的宛州人看来，财富本身，才是能够通天彻地的鬼神。

正在这个时候，一直急切前进的队伍却真的停了下来。

"没有错，这就是《家史》中所写的'蓝木峡谷'。"商队最前端传来低语，说话人极力压抑着喉间的颤抖，"先祖留下的宝藏，就在此处。"

所有的人，一瞬间静得呼吸不闻。

商队的东家是三个年轻男子，眉眼间很是相似，显见是同胞兄弟。此刻他们并肩挤在狭险的谷道，谁也不肯稍稍落后。在他们面前，峡谷的尽头已经呈现，一株如山石般高大的枯树虬曲盘张矗立在半弧形的谷底，巨大的阴影遮蔽满天星光。宽展如墙的树干早在不知多少年前就已被蛀空，敞着一孔幽暗的树洞，好似深不见底的巨兽之口，绽着个怪异的笑。

"若《家史》记载无误，高祖太公藏下的'匣中之辰'，正是在这古树之内。"三人中的长兄说道，拳头攥得咯咯作响，"你们……谁敢……"

"我去看看！"最是胆大的三弟不等话完，一个箭步跳了出去。"站住！"长兄、次兄见状也顾不得腿软了，扑上去将自己兄弟牢牢拽住，"要……要看就……一起看！"

三兄弟彼此手臂抓结在一起，屏住呼吸向大树靠近。怪异的树洞中一片幽暗，什么也看不见，他们却不肯让打着火把的路护上前，纠结半响，便只得硬了头皮，一起伸出手往那洞中摸去。其余众人远远地看着，咽口水的低声连连响起。

"有……摸到了！"片刻之后，那三人忽地发出喊声。

"我也摸到了，一个角！"

"方、方的……是箱子！真的有个箱子！"

商队一阵骚动。只见三位东家将手臂掣出，在大树洞前抱着团跳了起来：

"匣中之辰，果有其物！"

“祖宗真不欺我！”

“发达了，发达了！”

三兄弟欢呼动天，连蹦了两圈，看着彼此哈哈大笑了一阵，蓦地却又静了下来。

长兄的脸变得严肃，须臾沉思般说道：“这份宝藏是祖宗遗产，理应归家中统一调配。我是长子，这事就由我来主持。”

“既是家产，我们兄弟都有份，径直分了便是。凭什么归你调配？”三弟立即反驳。

“《家史》里的记载是我发现的，若是要分，那我该得大半！”次兄却阴冷冷地说。

长兄怒道：“族谱、家史都在我的手中，照这等说，你们一毫都不该得！”

三人几句话间火冒三丈，你攻我伐，当场大吵起来，唇枪舌剑不足解恨，更纷纷跳脚挽袖，各自叫道：“来人哪，把他们二人按住！”“路护何在！给我上！”……

他们这般歇斯底里招呼了半天，忽然觉得有异，不禁暂住了口，一起转头看去——却见那二十来个勇武的路护打着火把，站在一两丈远的地方，静静地围观，全无一人有意上前帮手。

“岂有此理……杨、杨念之！”东家长兄的额头上青筋暴跳，冲着队伍里吼道，“你们这帮是什么路护！不听东家吆喝，活计还干是不干！”

名叫杨念之的中年人从路护队中走了出来，一弯身，笑了一笑。他是队中唯一一个不佩刀的人，有着瘦长而显得精明的脸，和气圆融的态度，手中那支小烟袋，即便是这种时刻也在淡然地冒着青烟。他向着树洞前面红耳赤的三个人都躬了躬，满脸堆笑开口道：“几位爷，我们做路护的，跟着东家行商换饭吃，防的是那强盗飞贼，可不是为了打自己人才带刀的。我们这回受雇，有言在先，专为帮三位东家寻得家产，再一路护送。您要是叫我们兄弟在这儿打群架，那可不值当了，我们也没接过这个活儿。”

东家三兄弟听了这话，却是一时语塞，愣在那里。

杨念之又笑了笑，言道：“其实，东家的家产要怎么分拨，您几个关起门来商议便是，我们底下打工的，实在不够格在旁听着。就只是财宝若没拿到手，无论三位东家的家产，还是我们路护的酬劳，全都没有着落。依在下看呢，这会儿先把那箱子抬出来，看看里头的东西是要紧。旁的事，往后再说吧？"

杨念之身后的路护纷纷出声附和，武夫们的不满与讥讽已带着脏字零星蹦出。三个东家见此，怒气也一时压了下去。说起来，老祖先在手札中记下的神秘的"匣中之辰"究竟为何物，他们自己心里也猜不透。什么样了不起的宝藏，才能以天上星辰来暗指？想到此节，三人却又不约而同地心跳如鼓，那幽暗古树中隐藏的玄机，已经让他们一刻也不能再等待。

"各位路护兄弟帮忙，将树洞里的箱子抬出来吧。"长兄终于先发了话，"方才推了推，分量颇是不轻。"

兴奋跳跃的火把围成了一个圈，中央的地上放着那只箱子，静静的。它比想象中的还要大些，重到四个壮汉合力才抬动了，样式古老，材质已分辨不出是木还是铁，棱角处的包铜都锈成了四团绿绒。

箱子似乎没有锁。在场每一个人的目光，都比火光更烫。

"三位东家，还是一起开箱吧。我们也跟着开开眼界。"杨念之捏熄了自己的烟袋，瞪大眼睛说道。

三兄弟互相看了看，同时伸手触上大箱的盖子，克制了一下手掌颤抖——一串古远的吱嘎铜响，藏了星辰的匣子，被掀开来。

雪亮银光泛着一层青蓝，道道如芒，自乌沉的古箱中屏展而出。东家三兄弟只觉得心肺窒住，呼吸不能，也顾不得那骤然显现的光亮刺眼，争先恐后扒住箱口向里细看。瞬时，蓝木峡谷中静谧如空——而后突然一声齐齐的大喊，那三个人像见了鬼一般从宝箱边跳开。

一众路护见状大惊，火把掉，刀出鞘，却是谁也未敢上前，全都紧盯着宝箱。片时，但见那箱中的光影缓缓错动，一个蓬茸的头顶在箱口浮出——竟是一个人，从那箱子里坐了起来。

远远看去，那是个身体纤细、清淡邈远的少年，周身笼罩着青银的光芒，如幻似魅不近人间，零落发丝在夜风中拂动，微微半张的双眼，却映出星星般透彻而冰凉的光。

众人呆看着他，瞠目结舌，汗落无知。他也看着眼前的众人，就像隔着一层时空，在看着另一个世界的脸孔。

而后众人眼中的他，慢慢抬起手来，抚上自己的唇边——打了个哈欠。

没错，是打了个哈欠。而后他发出十几岁男孩般尚还清浅的声音。

"还没睡饱呢。"他说。

静冷的深夜，幽谷深处一片大哗。

"你你你……你是什么鬼！"东家三兄弟此起彼伏地怪叫，"怎……怎么会是这样！"

"难……难道，匣中之辰，就就……就是这……"

蓦地，众人又是一静，惊惧、警惕与毛骨悚然，惊异、迷乱与对未知神奇的崇拜，不敢言，不敢动，这被奇异光芒染亮的空气吸上一口都不知是否合适。此一刻，这群人是真的彻底呆若木鸡了。

宝箱里的少年仍静坐着，茫然地合了一下眼睛："匣中之辰？嗯……你们是来找这个的。"他一手向下指了指，而后慢慢站了起来，抬腿迈出了箱子。

东家三兄弟惊叫着往后跳了一步。

"里面那些东西是'匣中之辰'。我只是路过，借地方睡觉的。"那少年站在了一旁不碍事的地方，倦倦地说道。

"什……什么？！"最先醒悟过来的还是东家三兄弟，又一齐扑上箱子，一边看，一边伸手往光华之中捞去。"宝物……真的是宝物！"其中一个托起一块泛着微蓝荧光的东西，惊喜过望地大叫道。

"这是什么宝物？"另一个发出困惑的声音。

"不知道！反正是大大的宝物！价值连城！连城！"

"这下好了！有这些做本钱，我们就可以到淮安城去做大生意，跟那些大东家平起平坐！"

"我们也会变成宛州最顶尖的豪商！哈哈哈哈！"

三兄弟趴在宝箱上兴高采烈，仰天大笑，先后惊飞了两只睡熟的乌鸦。直到他们的脑后传来这样一句带点困倦的低语："估计，不行吧。"

大笑的三人脸上一僵，转头向站在一旁的少年看去。

"你说什么？"

"你……你到底是什么人？！"

"等等，他是人吗？！"

那少年微垂着头，恍恍惚惚地说话，眼睛几乎是完全地合着："我是过路的，在这儿睡个觉。"

在场的整个商队，这才重新审视了这个从枯树古箱中爬出来的大活人。走出了宝箱光芒的笼罩，他原来只是个清瘦的男孩，样貌不过十几岁年纪。一袭洗得发了白的布衫，星光下也看得出是旅尘满身。破布条扎着一把头发，斜挎个破包，背着个篓子，简直是道不尽的寒酸。那尖削的脸上略显苍白，犹然睡痕纵横，好像站着还在做梦。

"你……你真的是人？"东家长兄咬着牙，怒而问道，"为何要在我家宝箱里睡觉？！"

那少年仍合着眼睛："天气冷，箱子盖起来比较暖和。"

"浑蛋！"东家兄弟跳了起来，"哪儿来的小子！我家宝箱价值万亿，你却是怎么钻进去的！有何居心！"

"箱里的东西并不值钱。"少年言道。

"胡说八道！"长兄吼道，"这是我卢氏先祖所藏家产，岂能有假！"

"先祖？"布衣少年听得这话，终于睁开了两条眼缝，"那么，是三百年前的先祖吧。"

卢家兄弟一怔，不禁互看了看。"高祖太公……是死了多少年了？"三弟悄声问道。"笨蛋！是三百年！伊是三百年前的人！"长兄、次兄愤怒低喝。

"三百年前，正是前朝末年，烽火乱世。你们的先祖，确是为子孙留了一笔可以敌国的财富。"布衣少年说着，伸开双臂，尽力地伸了个懒腰。

他移动步子，活动肢体，让自己充分地醒来："宛州这个地方，虽为天下九州之一，却与众不同。只因这里商业繁盛，古来便成就了'商人自治'的传统，独立于王朝体系之外。商会推行自有的秩序，就算皇帝也不能来干预。"

"废话！我们自己便是宛州商人，这还用你来讲！"卢氏兄弟怒斥。

少年就仿佛全没听到他们的话，淡然继续说道："据史籍载，胤朝末世时皇权陷落，群雄各自割据，宛州商人曾一度打算乘势而起，永久脱离朝廷礼教，建立实行单纯商道的独立之国。为了划地自封，商会当时废除了天下通行的金银货币，用一种自创的新币在宛州流通，称为'锡辰币'。"这几句话，却让满场为之一静，包括卢家兄弟在内的人一时都愣住。少年说着，眼角轻扫了众人一眼，"你们身为宛州商人，连这段商史都不知？"

脖颈一红，卢家三弟纵身上前欲打，被两个哥哥一把按住。

"锡辰币的事，我倒是听过两耳朵。"人群中杨念之忽然搭茬，"老辈商人曾提起过，但这钱币究竟是啥样子，没人知道。说不定还是没影儿的故事，你那史书瞎编乱写了呢？"

少年唇角微微一笑："原本是没有根据，如今却可以坐实了。卢家先祖留下的这个箱子，里面装的就是锡辰币。原来此物并非金属所制，而是以宛州特产的'青锡木'树脂浇凝而成。这种树木不生花叶，内含脂胶，星月之下，会映出青蓝光色。灌注模具之中以高温烘烤十日夜，树脂便会凝固成石，永不变形朽坏，夜有奇光——便是这箱中之物。以这样的货币通行，果然难以复制，足堪独立于世。三百年前的宛州商会，也很令人钦佩。"

卢家长兄听得出神，思量自家《家史》里，也不曾见这样具体的记载，不禁恼怒，横眉问道："这些你又是如何得知？"

"你家先祖刻在了箱子盖上。"少年半垂眼帘道。卢氏兄弟一怔，连忙又扑上宝箱，头挤头地察看那盖子。

布衣少年又打了个哈欠，低言："青锡木即便在宛州也很稀少，卢家先祖曾是商会中坚，大约是偶然发现了这条峡谷。这里竟生满了这种奇树，便如同一座富矿。这位卢老前辈便将铸造锡辰币的模具与半箱造好的样品藏于此谷尽头，谓之'匣中之辰'，以期后人赖此发家。掌握这些，便是掌握着自行铸币的实力，这财力之巨，不可估量。"

他说着，稍默了一瞬："只可惜锡辰币只流通了两三年光景。想来是在卢前辈死后，商会被迫改变计划，再度与群雄军阀联盟，重新启用金银本币；此后的历史，众人皆知。时至今日，本朝天下太平，宛州与其他各州一样，流通的都是金铢、银毫、铜镏，箱中之物早成废币，这谷内的青锡木纵使罕见，也已失去价值。你们如今起出这份遗产，若当作古玩看待，修史的文人也许会感兴趣，但也不过如此了。"

他的话语，轻轻淡淡，平静寻常，却让人心里一凉到底。

"不……不可能！高祖太公那么英明，岂会留下空头宝藏来耍笑？"卢家三兄弟每人抓了两把发光的古玩钱币，目瞪嘴咧，"这家产必定值钱！太公当年做得商会大东，我们兄弟也能做得！来人，给我搬这箱子！带回去请行家研判！"

布衣少年不再说话，打了个哈欠，转身走开。走了几步，却忽然被人按住肩膀，生生地止住了步伐。

"你上哪儿去？"卢家长兄抓着他的衣领，恨恨言道，"钻过我家宝箱，想这么就溜？焉知你手脚是否干净，拿没拿我箱中的东西？！"

少年冷冷看了他一眼，面无异色，推开他的手继续前行。

"站住！"姓卢的赶上去粗暴一扯，将少年身上的挎包扯翻了过来。咚的一声，一卷颇有些沉重的卷轴从包中掉出，落地一滚，展了开来。

淡淡的金色掠过众人的眼睛，凌乱幽谷中蓦然一静。卢家商队的人们看见，那卷轴上既无文字，也非图画，却似布满了弯弯曲曲细密的金线，令人眼花难辨。乌黑的杂草地上，小轴滚展开两尺有余，暗夜之中似一条金织的路，凭空铺开，不知尽头何处。

众人皆愣。却见那古怪的少年蹲下身子，慢慢卷合掉落的卷轴，重新收进包里。他站起来，走到卢家长兄跟前，冰凉的双眸直视其面，薄唇轻启，低声道了句："你《家史》之中，有否记载'有些东西，不可窥看'？"

卢家长兄的眼睛渐渐瞠大，没有作答。他眼睁睁地看着面前少年掸了掸衣襟，漠然转身离去；两个弟弟吵嚷起来，一边喝问"那发金光的东西是什么"一边欲要追上去，却被他双手横挡，用力拦住。

"族谱家史都在我手中。有些事，你们不懂。"长兄忽然现出几分深邃威严，望着夜幕中远去的那瘦小背影，沉沉说道。

布衣少年离开人群，经过被路护劈砍过的那株青锡木，顺手拾起地上的断枝。脂胶流溢的树枝如同散发着蓝光的火把，他举着它，向山谷外走去。

"借个亮儿。"一个中年人忽然跟上来，与他并肩走着，一边点燃了小烟袋。"在下杨念之。"那人吸了口烟，满脸笑纹，"小兄弟何往啊？"

少年只看着前方的路："睡不着了，继续赶路。"

"赶路呀，"杨念之十分随和，"那你是从哪儿来啊？"

"北方。"少年淡淡的。

杨念之点头："哦。要到哪儿去？"

"去淮安城。"

杨念之笑了起来："原来你不是宛州人。那么去淮安城，是想去发财吧？"

"混口饭吃。"

"哈哈哈，'掘金童子'也是要吃饭的？"杨念之仰天乐着。

少年一皱眉，微微侧目："什么？"

杨念之老练的双眼正瞥着他，笑道："掘金童子啊，一个神仙，传说能聚财。宛州人财迷，很信他，淮安城里好多人家都供着他的像呢。我这心里猜摸，深更半夜的，你竟从宝箱里钻出来，该不会就是掘金童子显灵，让我给撞上了吧？"

那少年脸一冷，将目光转了回去。"第一，我是人。"

杨念之眼一瞪："哦，那第二呢？"

"我是个成年人，不是'童子'。"少年沉声说道。

杨念之的笑声，大到在山谷中起了回响。"倒也是啊，"他从头到脚打量着那少年，"财神料来也没有穿这么穷酸的。"

少年冷面无言，继续前行。耳边闻那杨念之道："小兄弟若真想打工赚钱，不如就与我同行。不瞒你说，在下专门做牵线的生意，你瞧那些个路护，便是我介绍给卢东家的。"

"捐客。"少年唇间吐出两个字。

"嘁，这说法可真难听。"杨念之咂了咂嘴，"我们宛州商人管这一行叫'中担师'，很尊重来着。我老杨，也算是商会里挂牌第一等的中担师。我愿意为你做担保，把你荐与好的东家。"

他这厢语意殷殷，那少年却依旧神色淡淡。"杨前辈如此尊崇，何以看重区区在下？"他只是这样问道。

"因为我与你走了百八十步，故意一会儿快走一会儿慢行，你却不为所动，走路的步速从没变过。"杨念之的笑容忽然藏了起来。

少年蓦地停住了脚步，借着木脂蓝光，看向杨念之的脸。

"甚至每一步的幅长，都全然一致。"精明的中担师咧开嘴角，"嘿，你这样的小孩，我可从没见过。"

少年沉默一瞬，开口："我是……"

"成年人，我知道。"杨念之不以为然地点头，露出真正成年人的讥笑表情，"那么，到了淮安，我给你找个活计，可好？"

"去的路上就找一个。"少年沉默须臾，掷出很突然的一句。杨念之有些愕然，挑起了眉毛。

"我包里的干粮，只够吃到明天早上了。"随着这句话，寒酸布衣包裹的瘦细腰腹，适时地发出了一串咕噜。

一瞬静默，杨念之再度大笑起来。"你叫什么名字？"他噙着烟袋问道。

少年的眸光甚是冰凉。他轻轻地答道："素星痕。"

这个名字让老杨不禁陷入了遐思。"敢情……掘金童子是叫这个名讳。"半晌，他兀自嘀咕了一句。少年的脸一沉，眼帘半垂下来。

【一】

杨念之弯着腰，鼻尖贴紧了高桌上摆着的一只水晶罩子。

"再看，眼珠子要掉出来了。"坐在桌边的豪阔男人瞟着他，得意地说了一句。

老杨呵呵了两声："让唐老板见笑了。"嘴里说着，却仍是目不转睛瞧着水晶罩里的东西。那是一块陶土烧的瓦片，古旧斑驳，稳稳躺在一个雕工精美的小檀香木架子上——怎么看，这底下的架子和外边罩着的透明水晶，都该比这块破瓦值钱。

"瞧不懂，露怯了！"半晌他终于摇了摇头，"这就是如今闹得满城风雨的'叶心瓦'？竟能卖上那么高的价，这，好在哪儿了？"

唐老板嗤笑一声："你个掮客佬，能懂个屁。这位'叶心'大圣手，乃是五百年前的一位古人，他亲手做的陶器，被古今的玩家称作'人手所出的第一美物'。连当年的皇帝都承认，宫里用的官造器物，没一样赶得上叶心陶器。这叶大圣手有个怪癖，凡他造的东西，都要印上他的落款儿——你仔细看那瓦片底下。"

杨念之照他指点看去，只见那檀木小架原来中央是镂空的，下边放了一面小镜子，专门反照架上瓦片的底部；镜中可以看见瓦底有个阴刻的图文，正是一个古体的"心"字。"哦……"他忙点头，发出啧啧赞叹。

唐老板道："也就是这个心字款儿，给他惹了杀身之祸。那皇帝嫉恨他的手艺好，硬要他给宫里做一个瓶子，可就不许落他的款，只许印上内廷造办的标记。这叶心也倔，愣是在陶瓶隐秘处下了心字款。他以为他赢了皇帝，哪知正中了圈套。那皇帝料定他不会低头，拿到瓶子，当即摔碎在地上，果然看见瓶子内壁上刻了心字。皇帝就用这个'抗旨'将他入罪，斩首了。这一代圣手英年早逝，所以传世之作更是稀罕。"

杨念之一阵子唏嘘，却又觉得奇怪："这叶心的东西这么好，怎么早没听说过？"

唐老板笑道："这些年来几经战乱，旧家凋零，如今买古玩的多半是些新富起来的俗商。叶心传世的东西不多，格调又太雅，所以行市上并不是热门货色。可巧前些天有人找到一本古籍《叶心瓦谱》，拿到书局刊印出来到处在卖，再加上几个有辈分的大玩家出来热捧，这叶心造的瓦当一下子火了起来，涨得一天一个价儿。说也奇了，自打这个题目热起来，民间的叶心瓦就一片接着一片冒出来，拱得市场上烈火烹油似的。我从前都不知道叶心竟做过这么多瓦当。"

杨念之笑道："您是商界老手，这点道理还能难住您吗？'货往高处走'，当初有价无市的时候，这些瓦片儿扔在穷家里，不定都顶门垫桌子呢。如今一看有市无价了，还不都拿出来换钱？古玩我是不懂，行商这点道道儿，还能不明白吗！"

唐老板点头笑道："有道是'盛世古玩，乱世黄金'。托大燮朝的福，天下承平了这许多年，不打仗，我这古玩行的买卖才算好了些儿。明儿个我还要到淮安城里去，把手上这些存货卖个好价。"他撇嘴笑着，却又忽然想起什么烦心的事，一皱眉，叹了口气。

杨念之挑起了眉毛："别叹别叹，好好儿的又愁起来了！不就是那点子麻烦事？只要东家你出得合适工钱，还怕雇不来能干的人吗？"

唐老板却"哼"了一声，沉着脸说："这个麻烦不好解，我雇了几茬高人，事没办成，都吓跑了。你杨中担的名头响，料来手上有些人物。我姑且就信你一回。"

杨念之笑而作揖，转身走到堂屋门口，冲着外面叫道："你进来，拜见唐铎老板。"

素星痕站在了唐老板面前，一脸的睡意，看得出来，方才必定是靠在门外打盹来着。

唐铎默然打量他，忽地冷笑一声："姓杨的，不送！"

"啧，"杨念之保持着笑容，"您这是信不过我了？您莫看他样子弱了些，有道是人不可貌相。我杨念之出手，断没有不上道的货色。"

唐铎眯起眼，重新将目光投向那寒酸少年，极其怀疑地问了句："你会什么？"

素星痕愣了一会儿，眨眨困倦的眼睛，慢慢开口说："我会……就是……嗯。"他举着双手在半空比画，比画了半天也不成个形状，最后把手放下了。

唐铎愤怒地挥手："去去去去去！"

杨念之连忙打圆场："唐公唐公！孩子不会说话，本事可是好的！您也别问了，只说要他做什么就是了！"

唐铎被他好一通安抚，强压性子，烦躁地对素星痕说："我这宅子附近闹鬼！我要雇个术士驱鬼！你行吗？"

"闹鬼？"素星痕眨了眨眼睛，回头往屋外望去，"就是这片墓地里吗？"

唐铎一怔。杨念之却怪声问道："什么？你说这里是墓地？"

素星痕转回了头，上下眼皮快要粘在一起："此地北靠南暮山，南临西江，背山面水，是选阴宅的上佳所在。以我推算，唐老板庄园后面的山坡上，就是一大片古往今来富商名流的埋骨之地。"

杨念之打了个寒战，阿嚏一声。唐铎却顿时一警，斜眼瞪着素星痕："你说这儿是阴宅宝地，那我把阳宅选在这儿，可是闹笑话了？"

素星痕摇头一笑："以我推算，此地群墓围拱之间，正是财富流汇之处，您的庄园刚好建在这里，很有眼光啊。想来唐老板是在这里发家了。"

唐铎仰头笑了笑，脸上鄙夷之色尽收，却轻描淡写地说："唉，这儿有没有坟墓，我还真不知道。不过闹鬼却是真的！就在后面山坡上，厉害得很，吓得我三岁小女儿不敢出门，整天哭。若得个有本事的术士把鬼怪除了，我必有重谢！小兄弟，你会捉鬼吗？"

素星痕与唐铎对视着。老半天，他打了个哈欠。"不会。"说着便转身走了。

"哎！站住！"杨念之追上去一把拉住他，压低了嗓音，"你不是要找活儿干吗！生意上门，为啥不接！"

"叽咕什么！能干就干，不能干滚蛋！"唐铎在身后怒吼。

素星痕摊了摊手，继续往外走。杨念之气得干瞪眼。就在这时，一串"咕噜噜"的肠音忽然飘起，打破了屋中尴尬的安静。

寒酸少年的脚步停了下来。

静静站了一会儿，他转过身，慢慢走回唐铎的面前。

"我干。"他说道，同时腹中又咕噜了两声。

天黑星淡，风鸣水响。素星痕来到唐家庄园后面的山坡上，身后跟着一大帮打火把的壮汉。

"喂，你到底是干什么的？"领队的壮汉拉住了他，焦躁地问道。

素星痕回头看着他，非常茫然："我也想知道，你们是干什么的？"

"唐家护队！本人是队正大人！"壮汉一拍胸脯，正拍着胸口衣襟上绣着的圆圈，里边是一个"唐"字。"李头儿威武！"后面一群壮汉一起大喊，挺胸抬头，十几个唐字圆圈光彩夺目。"你呢？"那姓李的队正又问，"你是秘术师吗？"

"不是吧……"素星痕答了一句，搓着手里装满热茶的杯子。

"不是？！"李队正像踩到蝎子一样一蹦，又急又怒地喊，"臭小子你开什么玩笑！东家是要我们跟你来捉鬼！这山上的鬼可凶了，你要是没本事，不是带我们来送死吗！"

素星痕说："又不是只有秘术师能捉鬼。"

"啊？你，你有办法？"李队正一怔，"你有什么办法，得先跟我们说明白！要是你没本事对付鬼怪，打死我们也不往前走一步了！"

另一个壮汉说道："出门前老板问他需要什么，他只问老板要水泡茶。莫非，这茶有古怪？"所有人听了，都充满期待地望着素星痕手里的茶杯。

"啊……不是，我每天这时候都习惯喝茶。"素星痕说着，低头啜饮一口。

"这小浑蛋！"李队正挽起袖子要冲上来。

"行了行了，快挖吧。"素星痕一边喝茶一边说。

"挖？挖什么？！"唐家护队的壮汉们一半诧异一半惊悚地问。

素星痕轻轻跺了跺脚下的土地："就是这里，我算好了。快挖。"

唐家护队果然不是盖的，一杯茶工夫掘开了三尺黄土，露出一块大青石板来。李队正指挥两个手下用力掀开了石板，一个幽黑幽黑的地洞口赫然显现，飘出几丝腐朽发霉的死人味。"这，这是……"李队正脸色煞白泛青，有点结巴。

素星痕擦擦喝空了的茶杯，放进破挎包里，就撑着地面往黑洞里钻了下去。

"哎！你干吗呀！"李队正大喊一声。

"捉鬼嘛，当然要到墓里去抓啊。跟我来。"素星痕说着，澈亮的眼睛已经睡意全无，招了招手，当先跳进墓穴里去了。

唐家护队的十几条好汉，你看看我，我看看你，咬牙切齿，硬着头皮，一个接一个跳进了墓洞。

双脚着地后重新点起火把，才发现这墓中别有洞天，竟是好一座恢宏惊人的地下宫殿。墓道宽阔，长而曲折，岔道连接着不同的墓室；两边墙上都是色彩斑驳的壁画，随葬的酒瓮、食罐零零散散堆放在墙角，稻谷和铜钱散落满地，全都烂成了黑色，每走一步，都黏黏地粘了满脚。

腐朽千百年的死亡气味飘逸进鼻孔，若有若无的空洞回响微微震荡耳郭，如泣如诉的诡谲。

"啪嗒"一声，某人额头上的汗珠摔碎在地上。"宛州人有钱，下葬豪阔得很，可从没见过这么大排场的！"护队中一个人哆嗦着叹道。

"你懂什么！"李队正强自镇定，"这是个古墓，多半是宛商自治以前，哪个前朝王侯的陵寝，讲究得很，跟商人的坟自然不同。想不到，这片山还真不得了……臭小子，你怎么找着这个大墓的？"

他边看墓室，边喝问素星痕，没听到回答，却听见"咔嚓"一声脆响。

李队正一激灵，循声望去，只见素星痕蹲在一个装食物的随葬陶罐旁边，一手掀起盖子，另一手掏出罐里东西放进嘴里，正嚼得带响儿。

李队正崩溃般地大喊："饿疯啦，不要命啦！"

一句喊完，墓中却变得极为安静，只听见他愤怒的尾音孤零零回荡了两遭。

突然，一个壮汉扑通跪倒，两眼发直。"他娘的装什么尿，站起来！"李队正大怒。扑通、扑通、扑通，众壮汉反倒又跪下好几个。

李队正一愣，脊背上忽然一阵恶寒。他慢慢转身，顺着众人的目光望去……

"臭小子，乱吃人家东西，把……把人家招来了吧！"他破声喊了一句，人早已瘫在地上。

前方一个黑黢黢的墓室洞口，不知何时透出碧蓝碧蓝的鬼火光芒。碧光之中，一个枯干的女子身影，晃晃荡荡飘浮着，遮面长发的缝隙里露出灰蓝色的鼻尖和下巴。

素星痕抬头看着这景象，停止了咀嚼，喉咙里"咕"地一咽。

那女鬼飘荡了一会儿，发出"哧哧"的笑声。"好欢喜，有人来了，好欢喜。"她喃喃地叨咕，怪诞而凄凉的声音，酸酸地钻人骨缝。"奴家好久没梳头，都不漂亮了。奴家想换个新的发髻……"

"鬼……鬼娘娘！您老漂……漂亮得紧！"李队正用力控制着变形的嘴巴，一边浑身筛糠般抖着，一边说，"我们都是些大……大男人，不……不会梳……梳头，您……您老放……放我们走……走吧！"

女鬼的笑声停了下来。只见她举手抓住自己头顶的乱发，轻轻一拔，将颈上头颅摘了下来。"你们的头发好漂亮，换给我，换给我……"她拎着自己头颅说着，向面前众人伸出了长爪般灰蓝色的手，慢慢向前飘了过来。

咣当，一个壮汉直挺挺晕了过去。哗啦啦，一股热流染了另一个壮汉的裤裆。众人突然一起跳起来，不顾抽筋腿软，都往古墓入口方向逃去，狭窄墓道中挤成一团，手攀脚缠滚在地上，一片挣扎，谁也动弹不了。

"好小气。男人就是这样，无情无义……"女鬼泣笑难分地说，慢慢将头颅放回颈上，转身飘去。

还没飘出多远，她却身子一晃，停了下来。

"我捉住鬼啦，快来绑。"素星痕扯着女鬼的衣袖，回头向众人招呼道。

女鬼慢慢、慢慢地转回头来，向着素星痕探出了脸，一笑，灰蓝脸皮下八颗牙齿白森森地晃眼："好欢喜，你是个有情有义的男人……"话没说完，那张可怕脸皮却"唰"地被揭了下来，连带三尺多长的一头乱发，丁零当啷拎在素星痕的手里。伪装褪去，倒露出了她一头扎着辫子的秀美乌云，外加一张粉扑扑的瓜子脸。

素星痕端详片刻，不禁一笑，又回头说："你们看哪，她果然挺漂亮呢。"

那"女鬼"一呆，紧跟着一甩袖子，身后碧蓝色的鬼火登时熄灭。趁着周围一黑，她甩手便逃，却被素星痕死死地拖住，拧挣半天竟是摆脱不开。气得她跺脚喊道："哪来的小鬼，这么眼尖！"

唐家护队的人刚刚爬起来想看个究竟，一听这话，有个人喊了声："妈呀，还有小鬼！"几个人一慌，回头乱挤，又把一堆人都撞倒在地。

素星痕抓着女鬼，笑着说："我是专门来捉你的，若是眼不尖，岂不叫你跑了！"

女鬼的嗓音早已不复那怪异的鬼声，纯是一派娇嗔女子的质问："你怎么知道上这儿来抓我？"

素星痕说："我听那唐老板讲，这片山上的鬼飘忽不定，一会儿从东头冒出来，一会儿又从西头跳出来。以我推算，这里有一座古代王侯的大墓，墓道四通八达，若是有人装鬼，必定是借助这墓道跑来跑去，才能如此神出鬼没呀。"

那女子更是生气，又问："你又怎么知道，一定是有人装鬼？"

素星痕笑道："因为世上根本没有鬼嘛。况且，"他张开一只手，掌心上托着他从墙角食罐里掏出来的东西，"几百年前的死人，有用糖蘸脆花生随葬的吗？你可真是嘴馋，装鬼还带着零食来。"

"讨厌！"女子一把夺过那几粒花生，"这是我的存粮，谁让你动了！"她将花生塞进衣兜里，斜眼瞟着素星痕，狡黠言道，"我很好奇，你是怎么'推算'到这座墓的？"

素星痕道："我也很好奇，你是怎么把自己的头摘下来的？"

那女子莞尔一笑，扬头娇声："你没看过变戏法的吗？"

素星痕点了点头："原来你会变戏法。不过这手段真是神奇。"

女子笑道："你好奇，我可以告诉你啊。教我变戏法的师父说啊……"她压低了声音，将嘴唇凑近素星痕耳边，温湿兰气轻吹着耳郭，让少年不禁有些发呆。"一点秘诀吃遍天，说出来就不值钱了。"那女子话音未落，却听"嘣"的一声剧震，素星痕后脑上挨了狠狠一记棒槌，人直直地倒了下去。

装鬼女子敲昏了素星痕，甩手就往墓道岔路逃去。跑不两步，却见前路已被两个打着火把的壮汉拦住。

"鬼娘娘，哪儿跑呀？"唐家护队十几条好汉却已舒活了筋骨，抖擞了精神，拧干了湿裤裆，前后左右合围上来。

装鬼女子倒吸一口冷气，而后一根手指比在嘴唇前头，转着圈"嘘"了一声。她手搭耳郭，示意静听，众汉子不禁又一时悚然，都支起耳朵细听。

"啊！"超出常人所能的一声超高尖叫，撼得幽深古墓穹顶震动，一干壮汉嗡嗡脑鸣，全都捂住耳朵东倒西歪。

那女子尖叫之后，却不急着趁此出其不意之机突围，反倒就地坐了下来。

李队正用力揉了几下耳朵，怒不可遏地瞪着那女子，吼道："臭丫头！怎么着，认命啦，束手就擒啦？"

女子双手抱着膝盖，两只笑眼弯成弧线。

李队正扯出一条绳子，刚要上前捆绑女贼，却听得一阵鼓点般的脚步，带着震彻墓穴的回响，从不知什么方向飞奔而来。才一愣神之际，一条乌黑的棍棒如同猛蛇从背后的墓室洞口蹿出，一记横扫，两名身长七尺的壮汉便斜飞而出，撞上石墙。

"什么人欺负离离！"一声大喊，一个迅捷如豹的身影冲进人群，舞起手中木棒一招两式，撕开了唐家护队的包围圈，横挡在装鬼女子身前。

装鬼女子立即跳了起来，扶着使棍少年的肩膀，躲在他身后，娇声抱怨道："你再不来，我就被他们抓走了！"

"我刚下来就听见你叫，赶紧跑来了！"少年侧目说道，有些气喘吁吁，麦色的脸颊上淌下汗珠。他看起来二十出头年纪，面容俊朗中却透着三分憨直，一身衣裳狼裘毛纺，却是北陆蛮族的打扮。

蛮族少年横棍对敌，虽是以寡敌众，但坚若磐石，气势上却不输半分。"好好教训他们一顿！"那被他称作"离离"的姑娘在耳边说。

少年转头应承一声，却忽地一愣，两眼停在脚边横躺着的人身上，目瞪口呆。半晌，他竟双手一松，那条乌黑的木棍咣啷一声掉在了地上。

"星……星痕！"蛮族少年叫了一声，扑倒在地，一把将晕厥的素星痕揽起来，又是惊喜，又是慌张，一边呼唤一边晃个不停。"素星痕！真的是你！天神哪，我真的找到你了，天哪！天哪！"他只顾连声叫着，一时旁若无人。

猛烈摇晃当中，素星痕渐渐有些苏醒，稚嫩的脸上显出一丝熟稔的戚然，仿佛什么久远如烟的往事，正浮现在梦境之中。"啊……阿蒙？是你……"他喃喃地动着嘴唇，发出外人几乎听不懂的含糊沉吟。慢慢地，他睁开了眼睛，松散无神地望着蛮族少年的脸，"是你啊……"

梦醒之间的呼吸突然一顿。"是你？"素星痕不可置信地睁圆眼睛，倏地坐了起来。

"嘿，是，是我。"蛮族少年笑得阳光灿烂，却不由得举袖擦着眼角，"蒙苏普克·廓勒帕提苏勒尔——十二年没见了，你还是记不清我的全名吗？"

"这小鬼就是你要找的人？"离离指着素星痕，有点吃惊地问。

"你怎么会在这儿？！"素星痕的语调更加吃惊。

那蛮族少年"阿蒙"抹掉了眼角泪花，笑着说："我就是来找你的！半年前，我得到了一个梦启。在梦里，盘蛷天神启示我说，星痕对我有莫大的恩情，我应该去找你。所以我就离开了草原，到东陆来寻找你，我要履行小时候的诺言。星痕，十二年了，我从来都没有忘记我的诺言！"

素星痕看着他，默默无语。

"哎，他差不多是完全不信你。"离离捅了捅阿蒙。

"啊？"阿蒙愣了一下，抓住星痕的肩膀，着急地问，"你不信我说的吗？是真的！是天神让我来找你的，星痕，你不信神吗？"

"我不是不信神，"素星痕推开阿蒙的手，揉了揉被他捏痛了的肩骨，

"我是不信他会有工夫理你。"

李队正在旁边喊道："好哇，原来你们认识！莫不是串通一气骗钱的？都带回去让东家审问！"

离离听了，叉腰笑道："人家说武功高难免脑袋就笨，你的武功很差，怎么还是如此白痴？若真是串通一气的，会说出来叫你知道吗？我劝你们不要乱动哦，我们还有二十多个同伙在山上，你们要是抓了我们，他们可就都跑啦。"

阿蒙转头，奇怪地问道："不就我们两个吗，哪有二十多个同伙？"

"嘭"的一拳敲在阿蒙头上，离离柳眉倒竖，咬着牙说："你的武功真是越来越高了！"

"李大叔，不要急嘛。"素星痕站起来，拍拍身上的土，"阿蒙，你们为什么要在这儿装鬼？"

"不是装鬼，我们是在守墓啊。"阿蒙说，"我这是第一次到宛州来，这里的东西好贵，盘缠一下子就花光了，只好打工赚钱了。淮安城里有一位宋东家，看上了我的功夫，他说南暮山上盗墓的很多，就雇我来这里看守，说好了干满一个月，就结工钱的。后来离离就想出装鬼的法子，吓走了好多盗墓贼，比我打走的还多！"

一旁离离扬首一笑，顺势剜了素星痕一眼。

阿蒙憨笑着又问："星痕你来这儿是做什么，是不是天神也给你梦启啦？"

素星痕默然思忖了一瞬，答道："我也在打工，山下的唐老板雇我来捉鬼。"

"哈哈，太好啦！"阿蒙高兴地抱住素星痕，"那我们就可以一起打工了！一定是天神的安排吧！"

"等等，等等。"离离拽着两个男孩子的衣服，用力把抱成一团的两人拉开，"素星痕，你要抓的鬼就是我们，所以要是不把我们带回去，你就领不到工钱，是吧？"她抱着肩问道。

素星痕微笑着点了点头。

"我们是在这里守墓的，要是被你带回去了，那我们就领不到工钱，是吧？"离离又问。

素星痕又微笑着点了点头。

"听明白了吗？"离离冷冷地瞥着阿蒙，"我们跟他是势不两立啊。"

阿蒙愣了半晌，看着自己两手十个指头，把离离刚才的话叨咕了几遍，终于恍然发出一声："哦——"

离离横眉冷对星痕，严肃地说："我们已经三天没吃主食，只剩这半罐脆花生了。"

"我只剩一小把茶叶，刚才已经泡着喝掉了。而且——"素星痕冷冷地对答，把身后背着的篓子摘下来，掀开盖子——竹篓里边，蜷缩着一只萎靡的黄色虎斑小猫。"我还有个小的要养。"他面色凝重。

古墓当中一片死寂，素星痕与离离冰冷地对峙着。"喵——"小猫发出催人柔肠的低叫。

"库里格！"阿蒙突然喊了一句。

"什么？"素星痕迷惑地看他。

"'都坐下'。这是蛮族语，我说得对吧？"离离笑向阿蒙。

阿蒙点点头："在草原上，就算大君和大王爷吵了架，开个库里格大会，也能解决！"

离离笑道："来，坐下商量一下。"说着双手一按阿蒙、星痕的肩膀，三个人蹲下来围成了一圈。阿蒙搬过那半罐脆花生放在中间："都饿了吧，边吃边说。"

"你这票活儿多少工钱？"

"不知道，老板没说明白。"

"太不靠谱了吧？连个比较都没有，怎么知道哪边划算？"

"嗯，是啊……这花生还真甜，你们哪儿买的？"

"好吃吧！是青石的特产，店主说宛州十城，只此一家。"

"当初我让他多买些，他还舍不得钱，喊。我看还是去领我们那份工钱吧，我们起码有个准数。"

"啊，星痕，这样合适吗？"

"咔嚓咔嚓……"

"有什么不合适的！要是跟他回去，那个唐老板把我们当鬼打死怎么办？"

"不跟我回去，这儿这么多人，你们跑得了吗？"

"阿蒙，打得过他们不？"

"嗯……那得打一下才知道。"

…………

一片闲言碎语夹杂着嚼花生的脆响当中，唐家护队十几名兄弟，个个额头上青筋暴跳。

"你们他妈的……"李队正破口大骂，倾尽生平所学，换着样儿的难听话源源不绝喊出口来。

阿蒙拍拍手，用力吮了吮指尖，拎着乌黑的木棍站了起来。

李队正的骂声登时止住，向后退了一步。

"就这么决定了，还是跟星痕去唐家。"阿蒙果决地说着，"星痕是我的恩人，我理该以他的利益为重。再说，反正以后我都要跟在他身边的。"

"啊？什……什么？"素星痕大惊失色地望着阿蒙。

"唉……你的决定我当然要听啦。"离离摊了摊手，又转而凑近素星痕，眯眯笑道，"先说好了，拿到工钱，我们三个都有份哦。"

好像在宛州这个地界，每天都会有猜不透的事情发生。唐铎老板听过护队的报告，竟没苛待离离与阿蒙这两只"鬼"，反而出乎意料地将他们与素星痕一道奉为上宾，请到大厅里奉茶。

"公子、小姐请稍候，家翁少时便来相见。"娇怯怯的小丫鬟摆好了茶杯，说了一声，就退下了。

素星痕捧起茶咕嘟咕嘟喝了几大口，然后慢慢在唐家大厅里转悠。他停在水晶罩子前，看了看里面那块金贵得不得了的瓦片，又随手拿起旁边摆着的一册书来。只见书名题写《叶心瓦谱》，虽是古籍制式，却分明是新印的。翻开扉页，只见下面浅浅印着"淮安书局"字样。素星痕一目十行地翻阅着，忽然听见缓慢脚步，唐铎老板从后宅走了出来。

离离和阿蒙都站了起来。素星痕放下书，走到唐铎面前行了个礼："唐老板好。捉鬼的事……"

唐铎哈哈笑着打断了他的话："我都听李头儿说过啦。你做得很好，我满意得很，满意得很。"说着，他抓住素星痕的胳膊拉他坐下，自己落座后，将别在腰后的一杆怪模怪样的东西抽了出来，摆在桌上。

"小兄弟，老杨没骗我，你确实好本事。"唐铎笑容可掬地敬茶，万分亲切地言道，"东家我大大欣赏你这个人才，想请你加盟我家的生意。酬劳好说，你若不愿意打工，给你一成干股也行。你意下如何？"

"哇噻！"离离大为惊喜，附耳对阿蒙说，"来得值了，还是你的决定好！"

"哦，谢谢，不用了。"素星痕摇了摇手。离离一口茶险些呛到。

唐铎的脸一僵，又笑了笑，凑近些问："真的不来？"

素星痕摇头："不来。"

唐铎闭紧嘴唇，冷冷地看着眼前少年。片刻，他解嘲地一笑："也罢，人各有志。不过后山上的事总要谢谢你，待我去安排一顿筵席，以表寸心吧。三位安坐。"说着他站起来，彬彬有礼微笑离开。

素星痕弯腰行礼相送，阿蒙见了，也赶忙学着他的样子，向唐铎行了个华族的礼仪。"哈，唐老板真是好……"他礼毕起身憨笑着，话没说完，却见素星痕拔腿就往外跑，夺门而出。

阿蒙还在发愣，却被离离一把拉住，也狂奔出去。

两人追上素星痕，离离边跑边问："哎，你跑什么？"

素星痕反问："你干吗也跟着跑？"

"废话！"离离说，"你得罪完唐老板自己跑了，我们留下替你挨打不成？"

素星痕说："那还不快点跑，再慢就要被灭口啦。"

"啥？！"阿蒙大惊，"为啥要被灭口？"

素星痕道："宋东家让你防的盗墓贼，就是唐铎的人啊。"

"什么？！"离离和阿蒙同时大叫。

素星痕说道："昨天夜里，李队正认得那古墓是前朝王陵，我已经疑心；刚才唐铎又拿出一把盗墓用的镐头，摆明了给我看。看来唐家原就是盗墓起家，他守着山上这片富豪墓地做古玩生意，难怪此地有财富流聚之象。"

"啊，我明白啦。"离离笑道，"你能算出古墓的位置，这是盗墓贼的上等本领，难怪他想拉你入伙。他把自家秘密对你挑明，也是逼你，你已经知道了他盗墓的事，若不答应他，那就只有死路一条啦！不过我真是好奇，你到底怎么推算古墓位置的？"

素星痕跑得气喘吁吁，已经答不上话。说到这里，身边的阿蒙忽然转头往回跑去。

离离与星痕都是一惊，赶紧回头叫他——却看见身后远处，李队正已经带着唐家护队追来，手里都拿着刀剑凶器，脚下却狼行无声。素星痕、离离只顾说话，完全没察觉后有追兵，若不是阿蒙警觉，恐怕很快就会被包抄。

阿蒙飞也似的迎着追兵而去，人未到，棍先到，没看清用的什么招数，就已放倒了几名追在最前面的壮汉，唬得后面追兵一通自乱阵脚。出师得利，他却毫不恋战，转头又飞速跑了回来，两手一捞离离、星痕两人的后腰，一边胳膊底下挟着一个，狂奔而去。

离离拽着阿蒙的衣服，伸头对星痕说："这些人也有趣，平时挖坟掘墓的，反倒怕鬼。"

星痕被颠得七荤八素，双手抱着自己的头说："他们怕死人，杀起活人来可一点不在乎！"

离离笑道："那是他们没碰到高手，看我们阿蒙，比鬼可厉害多了！"

阿蒙一边狂跑，一边有些嗔怪地说："星痕总记不住我的名字，才叫我'阿蒙'的。你咋也这么叫起来！"

离离搂住他的腰笑道："我觉得叫'阿蒙'比较可爱啊！"

阿蒙一呆，忽地脸颊一热。"有……有什么可爱的？"他摇了摇头，"嗨，我真弄不懂你们华族人！"乱喊一句，他加快了步伐，在山地中穿梭如飞，远远地甩开了唐家追兵。

【 二 】

黄昏时分，南暮山浸入一片剪影，滔滔西江上笼起夕雾。

一水之隔，南岸就是富甲宛州的大城淮安，此时城中点点灯火已经亮起，上映着斑斓的星辰，下映着江水浮光，天上人间般的幻景。江边渡口等船的人聚集了不少，他们有的踟蹰，有的企望，有的迫不及待，有的茫然若失，各怀心思，纷至沓来。那座幻影似的城，寄着多少梦想，又藏着多少幻灭，古往今来，世莫能测。总而言之，一切，都是关于财富。

"就剩这两颗了，吃完我们就赤贫了。"远离渡口的草木丛里，离离将两颗脆花生托到素星痕和阿蒙面前，歪头眨了眨眼，"三个人不够分，怎么办呢？"

素星痕靠在一棵树上扭开头，没有显示出对香喷喷坚果的半点兴趣。

"咱们来玩问问题吧，答不上来的那个不准吃！"离离却自顾自地一喊，也不管是否有人响应，紧接着便跳到素星痕面前。"我先问你！"她不由分说突袭，语速快如连珠，"七万九千四百二十五加五万五千八百七十七减九千零五十二乘二百七十四除以三百二十八加六千六百四十一减二十七减一万八千八，是多少？！"

说完这一大串，她得意地合上小嘴唇，下巴微扬，秀眉挑起，莹亮双眼中满溢胜利的坏笑。

素星痕漠然看着她，眼睛也没眨一下："九万三千二百七十八又九角三分九厘整。"

离离一瞠目，呆了一瞬间。"哈……你倒机灵，随便说个数来蒙事吗？"须臾，她眼珠骨碌一转，噘嘴耍赖，"这不能算！刚才我问的是什么，我自己都记不得了！"

"刚才你问：七万九千四百二十五加五万五千八百七十七减九千零五十二乘二百七十四除以三百二十八加六千六百四十一减二十七减一万八千八，是多少。"素星痕的表情没有丝毫变化，平静地言道。

"你……"离离的所有话语，一时滞在嗓子里。

"嘿嘿。"身后忽然传来阿蒙憨憨的笑声。离离回过头去瞪他："你笑什么？"

"你同星痕玩算术，一准会输的。"蛮族少年露出深知内情的眼神，还带着一丝与什么久违了的东西重见的欣慰。

"哼。"离离望天，"我只是没赢，但也没输啊。答不上问题才算输，你们想吃花生，就来问我问题啊。"

阿蒙听了，抓着头很认真地想了一会儿，却什么问题也想不起来，最后只是望着离离发笑。另一边，素星痕却转过双眸，静静盯向那兀自耍着小无赖的女孩。

"你为何会跟阿蒙在一起？"突然，他有些冷地问道。

这个问题并不刁钻，毫无难度，简直不配出现在一个涉及食物分配大事的游戏里。然而离离斜眼看去，那发问少年冰凉的目光透射而来，却似犀利的追逼，直指着什么被精心掩藏起来的隐秘。

"呵。因为蒙苏普克是我的救命恩人哪。"少女只是唇角一翘，轻松地答道，"我呀，从小就不知道家在哪里，正好也没人管着我，很开心的。半年前我一个人在中州旅行，不小心掉到个大河里了！幸亏蒙苏普克路过，把我救上岸来，要不然我就淹死啦。他说他要去宛州，宛州这个地方早就听说很好玩，所以我就跟着他一起来啦。"

"嗯嗯，就是这样！"阿蒙在旁用力点头，笑得露出牙齿，"我来找星痕你，离离一路都陪着我。她说相信天神给了我启示，就一定能找得到你。离离可好了！"

素星痕听了两人的话，又盯了离离一会儿，慢慢垂下睫毛，默然不语。离离笑着，往前走了两步："又该我问你啦。"她说着微微弯下腰，探身盯着素星痕的脸，好奇地连连眨眼，"你有多大年纪？十五？……十四？"

素星痕的眉端，微微皱了一下。"二十五岁。"他沉声说道，"我是成年人。"

"啊？"离离夸张地张大了嘴，"胡说！你乱答，不准吃花生了！"

"呵呵，星痕真的比我大呢。他就是……就是看上去，总不会变样子。"阿蒙说了句奇怪的话，走上来，搭住素星痕的肩膀，"其实，咱俩都该叫他哥哥呀。"

"什么，哥哥？"离离听了更是笑起来，一手点着素星痕的鼻尖，"分明是个小鬼嘛！"

"你才是小鬼。"素星痕话沉脸更沉。

离离拍手大笑起来："哈哈没错了！真正的小鬼，最爱说的就是这句话！"

素星痕望着她，一时语塞，重又转开头去，闷闷的不吭声。离离却意兴正酣，摇着掌中两颗小果仁言道："小鬼哥哥，又该你问啦，问不倒我，吃不到花生哦！"

"花生不必分给我了。"素星痕用后脑勺对着人，"我与你们并非一路。到了淮安城里，各走各的。"

"啊？"阿蒙骤闻此言，着实吃了一惊，"为什么不一起走？"

素星痕反问："为什么要一起走？"

阿蒙张口结舌，好半天才道："是……是天神报梦，让我来跟着你的！"

素星痕说："他可没让我跟着你。"

"你……星痕！"阿蒙急得脸红起来，又不知说什么好。素星痕打了个哈欠，索性打算瞌睡一会儿。

"素星痕，你要分开也可以。"一旁的离离，忽然发话。

"离离！"阿蒙听了更惊，向她大摇其手。

"不过，你得先把欠我们的钱还了。"少女接着说道。

这句话真是令人震惊。一身穷酸的素星痕倏地睁开眼睛，转头瞪着离离。

离离拉着脸，掰着手指说："喏，我们本来装鬼装得很好，再装上两天，就能拿到工钱了，可是你跑来搅了我们干活。现在那些盗墓贼又要开始盗墓啦，这一来，墓没守住，淮安城里的宋东家绝不会付钱。你害我们的辛苦钱打了水漂，你自然该赔我们钱啦！"

素星痕看她片刻，眼睛半眯："所以，我只好到宋东家面前做证，告诉他你们查出了盗墓贼是谁，帮你们把钱要来。"

"不许反悔哦！"离离一指他的鼻尖，转过头来，冲着阿蒙得意地一笑。

阿蒙愣了一会儿，忽然笑逐颜开，连连作揖："离离，谢谢谢谢，你真行！"

离离笑道："哼，像他这种人啊，对他好是不行的，必须让他亏欠你，他才会听话！"

素星痕听了，蓦地脸色肃然，一时无声。

阿蒙却是愣怔了一下，微微低头："离离……别么说。星痕对我有恩，怎么能说他亏欠我呢？"

"阿蒙，这些话，以后休要再提。"素星痕却低低地打断了他。他径自沉默了片刻，转而抬起双眼，望着远处人头攒动的渡口。"怎么进城，想好了吗？坐渡船是要钱的。"

一个"钱"字抛出，气氛霎时一僵。离离、阿蒙一齐两眼发直地望着星痕，半晌，周遭只听得到暮归乌鸦的叫声，并无人说得出一言半语。

"要不……把这俩花生送给摆渡的？"离离眉梢双垂，解嘲似的伸出手掌。

"啊？这是最后的两颗了。这是你最爱吃的脆花生，你舍得吗？"阿蒙忧虑地皱着眉，认真地说。

离离斜着眼睛望向他，一时全然无语。

阿蒙摇了摇头："花生还是留给你和星痕吃。要不我们游水过去吧！"

"不行！"离离尖叫一声，盈盈双眸里似乎倒映着当初溺水被救的情景，牙齿咯咯作响。

便在此刻，一丝亮光闪过了两人的眼睛。一筹莫展的两人都是一怔——只见素星痕拈着一枚黄澄澄的小东西，高举在半空。

"金铢！你怎么会有这玩意儿！"离离惊喜地叫道。

"昨晚在古墓里捡的。"

"啊——"离离与阿蒙同时张大了嘴巴，"你，你盗墓！"

素星痕举着金铢，点了一下头。"要吗？"

瞪了一会儿眼睛，离离一把夺过那枚金币。

三个人乘上大船横渡西江，裹在熙攘忙碌的人群里，就这样走进淮安城宏伟的北门。此时的天色已完全黑了，而大城里灯红酒绿的街道，却反而亮胜白昼。

这是素星痕第一次踏足这座闻名天下的都市。他茫然地顾盼，觉得有点头晕。

"宋东家的酒楼就在前边啦。"阿蒙背着离离，挤开人群往前走着，对星痕说。

"这个宋东家，开什么不好，偏要开酒楼。闻着这个香味儿，我都想哭了。"离离软塌塌赖在阿蒙背上，�’着嘴抱怨。

"别急别急，等要了工钱，就买吃的。"阿蒙安慰着，紧走两步来到宋家酒楼门前。

这酒楼今晚异常热闹，车马几乎堵死了附近的大路，门前纷纷拥入的人不可计数。星痕三人只得循着人群缝隙穿插进去，一进店内，只见满堂彩灯、仕女如云，十来人的乐队吹奏着箫管笛笙，到处仙乐飘飘；满座宾客，全是些穿着体面的富贵之人，大家脸上都闪着一层掩不住的兴奋。

闹哄哄了好一阵子，终于一个衣装华贵、举止斯文的中年人走到大堂中央，一举手，乐队便停止了演奏。乐曲一停，堂中宾客也静了下来。

"宋东家！"离离不禁叫了一声，素星痕却忽然举手挡住她。他扯了扯离离与阿蒙的衣角，三个人退在不起眼的角落里，静静地看。

那宋东家向着在场贵宾深深地行了一礼，彬彬言道："敝人宋应贤，有幸承办本次'亮宝大会'，承蒙列位赏光，不胜感谢。今晚来的都是淮安城行家雅客，宝物已经摆在面前，请各位上眼。"说着，他一指身后，一块斑斓的长绒地毯上矗立着三座半人高的小台子，列成一排，都蒙着长长的紫红丝锦，不知里面是何物。

宋应贤笑盈盈地走过去，信手掀开第一座台子上的锦巾，满堂人骤然屏住呼吸，一瞬，又是一片低低的赞叹和议论。丝锦下蒙着的是一只水晶罩子，里面放着一块土黄暗青的瓦当。

人群里，素星痕目光一烁，轻轻地挠了挠额头。

丝锦一条接一条地被揭开，三块形制相同的古旧瓦片都展现在众人面前。宋应贤笑道："这三品'叶心瓦'，是本次盛会面世的重宝。本店特别敦请了古玩行的老前辈，驰名宛州的庄洞明、柯溪斋两位大玩家，对这三块宝瓦做了品鉴。"他说着，早有美貌仕女扶着两个白发长须的老头儿缓缓走来。二老松姿鹤骨，风度翩然，站在瓦片展台前向众人点头致意。众贵宾见了两人，一阵轰动，有的人不禁拍起手来。

宋应贤恭敬有加地介绍道："庄老先生是文献大家，精通古史典籍，许多价值连城、名动一时的文物珍玩，其传承脉络，都是经他老人家亲自考证的。"

庄洞明捻着白胡子，摇头晃脑地说道："此处三品瓦当，可谓皆有典籍出处。参照近日出世之古本《叶心瓦谱》，可见此等陶瓦，皆属前朝叶心亲手创制，珍品哉……珍品！"

众宾一通鼓掌喝彩。

宋应贤又说："柯老先生对辨别古物年代独有心得，造诣精深。但凡古董，只要他老人家用舌尖一试，就能知道此物的年岁。真假立辨，百不错一，业内人称'一舐准'！"

柯溪斋的一个眼眶里嵌着一件河络精工的镜片，另一只老眼闭着，点着头说："这三品物件，老夫已经亲口验过，确系五百年前的古物，难得哉……难得！"

众宾一通热烈的鼓掌喝彩。

宋应贤笑道："三件重宝已经过行家鉴定，明日将在这里公开叫价拍卖。诸位如果有意竞价，就请今晚仔细观摩，看好心中中意的宝瓦。"

众人点头称是，宾客中有人高声说："叶心宝瓦的身价不可限量，此番宋公一次沽出三件，果然大手笔，明日开拍，宋家酒楼岂不是要换金楼了！"

一片道贺声中，宋应贤连连摇手，笑道："众位不要误会，敝人小小生意，哪有这个财力。今番是蒙一位古玩行的大东家看得起，选在我店里搭台亮宝。小号不过是沾光罢了。"他说着向楼上一拱手，言道："有请唐铎东家！"

众人望去，只见二楼雅座上站起一个中年男人，冲着众人招了招手，笑容可掬地走下楼梯。来到大堂中央，那人与宋应贤十分亲切地握了握手，转身对满堂宾客笑道："宋公太抬举了，唐某人不过开家小古玩行，偶然收了几件玩意儿，借宋公一方宝地，其实也是受人委托，代寻买主而已。"

众客听了轰然感叹，争着要与这位古玩行的大豪商结交。唐铎应接不暇，点头寒暄之间，瞥见酒楼角落里好像有几个人跑了出去，挤得人群一阵涌动。他哪里还管这些，只顾端起宋家酒楼的陈酿，与那些打算在他的瓦片上一掷千金的豪客推杯换盏起来。

"怎么会是他！"宋家酒楼外，离离弯着腰边喘边说，"刚才要是跑晚了，被他看见就惨了！"

"宋东家最恨盗墓，可是唐老板就是盗墓的。"阿蒙着急地攥着拳头，"宋东家还不知道吧，得赶紧去告诉他！"

离离转了转眼珠："我还记得他家的后门。咱们悄悄去找他，躲开那个姓唐的。"

阿蒙眼睛一亮，点了点头，转身跟着离离就走。两个人走了好几步，忽然一愣，回头看去，素星痕抱着肩靠在墙角里，完全没有要走的意思。

"快走啊！你得帮我们去要工钱，不会想反悔吧？"离离叉着腰催道。

素星痕轻轻摇着头："不用去了，要不来的。"

"哈？怎么要不来！"离离一扬下巴，冷冷一笑，"宛州人下葬阔绰，所以盗墓最招人恨。宋应贤现在跟盗墓贼做生意，等于是同伙；要是告到商政使那儿去，就算不坐牢也要逐出商会。他要是赖我们的工钱，我就不客气了！"

素星痕摇头叹道："女人毒起来，真是天下无敌。"

"星痕！"阿蒙劝道，"别想那么多了，我们总得把实情告诉宋东家啊。"

素星痕看着他，眨眼问道："为什么要说出实情？"

阿蒙也眨了眨眼，满脸不解地反问："为什么不说出实情？"

两人互相瞪了一会儿，素星痕低下头，抚住了前额。

"好啦好啦！哑巴亏我是不会吃的！反正我要去。"离离举起一只手，问道，"阿蒙，你呢？"

阿蒙坚定地举起了手："我也觉得应该去。"

"你呢？"两人一起看着星痕。

素星痕把脑袋斜靠在墙上："不……"话没有说完，就被阿蒙和离离一人一只胳膊，死拉硬拽着走了。

只点了一盏麻油灯的小屋里，三个人分成三角坐着，大眼瞪小眼。

"上回见宋东家，就在这间客房里等了好久。"阿蒙有些郁闷地说。

"你确定这不是柴房？"素星痕问，然后挨了离离一个白眼。

"咕噜噜……"不知是谁的肚子叫了一声。紧接着，又是"咕噜噜"一声。很快第三声也响起来。然后，三个不同的咕噜声此起彼伏，在雅舍寒灯之下唱和对答，互通款曲。

素星痕低下头，不无惊叹："从前只闻'瓦釜雷鸣'，想不到人的肚皮也能互相响应。"

"说什么也得把钱要来！"离离悲愤的一句誓言。

吱呀一声，房门忽然被推开，忙碌终宵的宋应贤总算出现。

"宋东家！你总算来了！"阿蒙一下子站了起来，激动地说道。

宋应贤一脸倦意，扫了三人一眼，没好气地坐下。"不是说了一个月吗，现在还没到，你们怎么就回来了？"他皱着眉质问。

"因为我们已经抓出盗墓贼了！"离离赶忙抢话。

"盗墓贼？谁？"宋应贤瞥着素星痕，"这个小孩吗？"

阿蒙赶紧挡着星痕："不不，不是他！"

离离上前一步，压低了声音："我告诉你哦，卖古玩那个姓唐的，就是盗墓贼！"

"什么？！"宋应贤大吃一惊，瞪着三人怒道，"你们少胡说！"

"哼，就知道你不会信了！所以我们把证人也带来啦，喏——"离离指着素星痕，"让他给你说说这整件事吧。"

素星痕坐在那儿，笑了笑。宋应贤警惕地打量着他："你要说什么？"

"我要说……"星痕张开两手，十分认真，"我不是'小孩'。"

离离一拳敲在他头上。"靠谱点！把你知道的都给人家说明白，这关系到我们下一顿饭呢！"

素星痕揉着头，万般无奈地道："好吧。宋东家，那个带三块叶心瓦到你这儿摆摊的唐铎，确实是盗墓起家。我原本是给他打工的，这都是我亲眼所见。"

宋应贤绷着脸道："空口白话，凭什么取信！分明是你们守墓不尽心，干不满一个月，所以找个小混混来，编瞎话骗工钱！"

"粮商林氏，铁商孙氏，航运商赵氏，十坊赌王西门氏，龙字票号郭氏……"素星痕眼望着天花板，背书般念出了一大串的名号。

宋应贤听了忽然一怔，越听越惊。好半晌，他终于忍不住打断道："你……你怎么知道的！"

"知道什么？"素星痕转眼望着他。

宋应贤眉头紧锁，压低了些声音："没道理，你不该会知道这些！这些都是近两个月祖坟遭到盗掘的淮安豪商。他们都不想让外人知道这种事，所以正在秘密委托中介之人，悬赏重金，雇用高超的武士、秘术师，暗中追查盗墓贼。我也是听说了这情形，恐怕南暮山上的家坟有失，才花钱雇人去看守。这件事，淮安百万身家以上的商人都通了消息，可是平民百姓，绝不会知情！你又怎么会知道？"

离离、阿蒙、素星痕一起翘首听着宋应贤讲，都听出了神儿。这时候，阿蒙与离离又都转头看着星痕，跟着一块儿问："嗯，你怎么会知道的？"

"我不知道啊。"素星痕一笑，"不过现在我知道了。"

"你！"宋应贤气得干瞪眼。

星痕笑道："我穷得叮当响——啊不，穷得'咕咕叫'了，这些百万身家的内情，我怎么会知道呢。我刚才提到的名号，都是在《叶心瓦谱》上看见的。"

小屋中忽地一静。突然听到"叶心瓦谱"四个字，在场的人都感到有点意外。

星痕打了个哈欠，慢条斯理地说："唐铎家中有一本淮安书局刻印的《叶心瓦谱》，我翻了翻，原来这本书记载的，是叶心大师制作的每一块瓦当最终的归属。书中记载，'叶心瓦'世上共存四十八块，有的当年被叶心直接送人了，有的被辗转倒卖，总之几百年传承下来，分别归属于四十八个不同的人收藏。这些人都是古人，大多活在距今三四百年时，最晚的也是百多年前的前辈；他们遍布九州各地，几乎个个都身份不凡，有的是皇帝，有的是诗词名家，有的是旷世隐居的大秘术师。而且，这些人无一例外，最终都对叶心瓦迷恋有加，把它带进了棺材。其中，在宛州的共有十个人……"

"就是你刚才说的那些豪商？"离离跳起来问道。

素星痕点了点头："这十人虽然被分散记载在四十八人之间，不过我发现，他们都是宛州人，甚至，都在淮安地区。"

宋应贤不觉一悚，有些出了神，一时无言。

素星痕看见他那脸色，唇角微勾，接着说道："书上还记载，这十个人，都是一百多年前发家致富的淮安商贾，他们死后，都安葬在淮安周边，包括南暮山区。据我所知，除了其中两家子孙经营不善、家道中落以外，其余八家的后人，至今仍是淮安城中商业的翘楚。"他说着，笑眯眯地看着宋应贤，"现在听您一说，我就明白了，原来这本古书上记载的宛州豪商，也正好是近来坟墓遭窃的那些人啊。"

目瞪口呆的宋应贤，愣了不知多久，方才结结巴巴问道："你……你想说明什么？"

"宋东家何必装糊涂呢。"素星痕笑道，"既然四十八块叶心瓦都被藏家随葬，那至少可以说明，所有在市面上的叶心瓦，都只能是从墓中盗掘出来的；也包括唐铎摆在您酒楼里的那三块。"

"所以那个姓唐的就是盗墓贼，明白了没？"离离接着补充道。

"不只如此。近两个月淮安猖獗的盗墓事件，也全是冲着叶心瓦而来。"素星痕肃然道，"因为所有的盗墓贼都知道，'叶心瓦'这种古玩正大幅升值。而且，所有的盗墓贼都能买到那本公开印发的《叶心瓦谱》。"

宋应贤的额头渗出了汗珠。良久，他支支吾吾地说："唐公就算……有行动不当之处，但，做起生意……却是好的。"

阿蒙其实并没听懂他们三人的对答，但此时闻得这一句，却十分惊诧，忍不住喊了出来："宋东家！你不是最恨盗墓贼的吗，现在怎么这样说！"

素星痕微微笑道："宋东家在唐铎的古玩生意上，只怕已经投下重金了吧。"

宋应贤眼神一滞，竟有些惊恐地扫了素星痕一眼，垂头不语。半晌，他勉强撑出一个笑脸，带着几分谄媚地说："不瞒你们，我已将城里好地段两家还没开张的店面，从酒楼改成专门拍卖古玩的卖场，唐铎与我合资，准备大干一场。这个生意，本薄利厚，前景看好得紧哪。"

素星痕冷不丁一语道："东家不会是想拉我们入伙吧？"

宋应贤一哽，又堆笑，探头问道："你们意下如何？"

"那怎么行！"阿蒙有些急怒，"宋东家，你怎么了！这事干不得的！"

宋应贤紧紧皱着眉头。

素星痕笑道："喏，您也听见了，这事我们干不得。那，东家不会是在想……封我们的口吧？"他说着，一个手指在脖子底下一划。

"胡说！我是正经生意人，你们把我当黑街强盗不成！"听了星痕的话，宋应贤自己都吓得有些哆嗦。

"哦……"素星痕点着头，"您是正经人，不会乱来的。所以……东家不会是想把这件事告诉唐铎，让他来解决吧？"

宋应贤头上汗珠滚了下来，不知所措了一会儿，咬着牙，眼中却露出一层恨色。

"哎呀……"离离小声感叹，推了推素星痕，"看来宋东家真的要去告诉姓唐的，怎么办啊？"

星痕抱起了肩："办法我来这里之前就说过了啊。"

离离问道："什么办法？"

"最好的办法就是'不来'。"素星痕说完，立即闪头，躲开了离离一记捶击。

宋应贤倏地站起身来，冷冷道："三位请在这里少坐，我先失陪了。"说罢转身要走。阿蒙已经急得不行，叫道："宋东家，不要这样！离离说，盗墓若告到商政使那里，要坐牢的！"宋应贤闻之更是惊怒，一股杀气直透眉心。

素星痕一只手捂住了脸，沉痛地摇着头。

一阵清亮的笑声忽然响起。

只见离离叉着腰仰天大笑，而后又前仰后合，最后指着宋应贤跌足捧腹。

"疯丫头，笑什么笑！"宋应贤已经恼羞成怒。

离离一边笑，一边走上来拍着他肩头，摇头言道："老宋啊老宋，人家都说宛商精明，依我看，你们可真是傻到家啦！难道你真没看出来，那个'叶心瓦'根本就不值钱吗？"

宋应贤一怔，登时被唬得成了个木头人。

离离跑去摸了摸素星痕的头，煞有介事地讲道："看你可怜，就实话告诉你吧。这位素星痕素大师，精通无上秘术，不要看他修为有方、年轻貌美，其实，他已经二百五十岁啦！素大师天生一双慧眼，上通主星岁正，明察秋毫，九州之内万事万物都逃不过他的眼睛。素大师早就看出来，你们花大价钱追捧的那些破瓦，根本就不是叶心的真品，其实是一个铜锱也不值的破烂而已！我们在路上偶遇素大师，得他指点，才知道这些事。唉，我们毕竟跟老板你一场交情，实在不忍看着你误信假货、倾家荡产，所以特意来提醒你的。可是素大师说，他要先试试你是不是个正派的商人，如果是，才肯帮你。可惜可惜，你刚才没经住试验，素大师已经决定不帮你了。不过，我还是有些心软，所以说出来告诉你一声。哎呀，素大师，您可千万别怪我啊！老宋呀，听我一句，别把身家都赔在那些破瓦上了，为了这个杀人灭口，就更不值啦。"

宋应贤愣愣地站着，眼神空洞，不言不动。

离离看着他的脸色，悄悄移动着小步，突然，拉起阿蒙和星痕，冲出了柴房。

阿蒙完全没搞懂是怎么回事，兀自被拉着往前跑，眼看三人就要跑出宋府后门，忽然，身后传来有人跌倒的声音。他回头一看，只见是刚才僵直站着的宋应贤，此时僵直地躺在了地上。

"哎呀！"他不禁叫了一声，顿时站下脚步，还在往前冲的离离和星痕反被他一拉，双双倒飞回来，撞在他身上。

"您没事吧？"星痕、离离来不及拉住，阿蒙已经转身跑回宋应贤横陈之处。只见那商人面如土色，目瞪口张，大约是受吓过度一时惊厥。阿蒙双手抚他的胸口，三两下后便把人急救过来，开心地一笑："没事没事，喝口水就好了。"

刚刚恢复意识的宋应贤眼珠转了转，突然双手扯住阿蒙的衣服。"来人哪，来人！"他歇斯底里地大喊，"给我杀了他们！"

阿蒙呆呆地，睁大了眼睛。

"笨蛋笨蛋，你笨死啦！"素星痕与离离也已经跑了过来，离离气得跳着脚。

阿蒙转头看着他俩，两只眼睛中充满了不解与无辜。这时候，十来个精壮的护卫已经从府邸的各个角落冒出来，迅速向着他们三人包围。

"劫持他。"素星痕幽幽的话语忽然像轻风一般飘过耳际。

刹那之间，阿蒙已经别住宋应贤的双臂，一手用自己的长棍斜抵他的咽喉。做完这些之后，他才感到脑中的思维慢慢迁回到位，于是又通过思考确认了一下自己的判断——"劫持他"三个字的意思，没错是这样。

"有人说没有任何行动能快得过心思，那要看是谁的行动和谁的心思。如果这世上存在行动比思维更快的人，那么你就是一个。"小时候，素星痕曾对阿蒙发表过这样的评价。

被劫持的宋应贤骤然面如土色，浑身瘫软。

"宋家护队的各位，想要你们东家安全的话，就别妄动。"素星痕向着满庭院的壮汉喊了一句。护卫们全都傻傻站着，不敢乱动。

阿蒙架着宋应贤走出房门，素星痕和离离拽着他的衣角，紧紧跟在后面。三人带着人质慢慢蹭到宋府后门外，瞅准方向，一把推开那瘫软的商人，逃之夭夭。

【三】

一口气跑出繁华城区，三人才找了个隐蔽的地方歇脚，三个头挤在一起呼哧呼哧地喘气。

"宋东家是怎么了？"阿蒙最先歇过了气儿，一脸不解地说，"为啥突然要杀人？"

素星痕说："离离想要他的命，他不杀人才怪。"

离离光是喘气，瞪了星痕一眼，又瞪了阿蒙一眼，说不出话。

素星痕道："叶心瓦已经涨到天价，他和唐铎全副身家都押在了这上面，这就像个水泡，越吹越大。刚才离离说那些瓦片不值钱，等于是一针捅破他们的泡泡，泡泡一破，他们就倾家荡产了。所以不管离离说的是真是假，他都得跟咱们拼命。"

"我编出那些谎话，是为了把他吓傻，咱们好赶紧脱身！都走到门口了，你这笨……笨蛋，又跑回去干什么！"离离终于倒过气来，忍不住捶了阿蒙一拳。

阿蒙眨着眼睛，正在努力理解。

素星痕浑身一松，仰倒在草地上，叹息道："唐铎和宋应贤，都是百万身家的人物。现在得罪了他们，咱们三个要在淮安谋生，难了。"

"啊？！那可怎么好！"阿蒙突然听到一个生死攸关的话题，顿时冻结了此前的思考，"再不赚点钱，要饿死了！"

素星痕双手垫在头下，望着斑斓的星空，喃喃说道："我们要想在淮安立足，只好让他们不能在淮安立足。"

离离抱起肩，摇着头："男人毒起来，才是神鬼退避。"

"啊，这不太好吧……"阿蒙有些踌躇。

"傻瓜啦！"离离言道，"要是抓到了我们，他们可不会留情！喏，狼要吃你，你会怎么对它？"

阿蒙低头道："自然是把它杀了。不过，我会把它的皮剥下来钉在墙上。"

离离打了个寒战："原来你更狠啊！"

"那是尊重的意思啊……"阿蒙茫然地嗫嚅。

离离笑道："剥皮就不用啦，对这两个老头儿，只要捅破他们的泡泡就行啦。"

素星痕坐起来看着离离，颇是欣赏地一笑。

离离低头算计了一下，一拍手说："好，就这么干！明天咱们就去城里，到处散布谣言，就说宋家酒楼拍卖的瓦片都是假货，把它说得一钱不值、一无是处、捡破烂都没人要，让大家都不要去买！"

素星痕眼皮一垂，转对阿蒙说："看啊，这种就叫作'说谎精'，你这样的老实人，以后千万不要信她的话。"

阿蒙拦住怒不可遏的离离，笑道："星痕，你有什么主意，快点说吧！"

素星痕也笑了："其实，我倒真该感谢离离，是她提醒了我。"他随手摘下一片草叶，凑近鼻尖嗅了嗅，若有所思地言道，"不知你们是否读过叶心留下的诗词，我读过的。他的词句，芳草清新，沁人肺腑。但这几天，我一直很奇怪，总觉得看到的那些'叶心瓦'满是匠气。"

"酱气？"阿蒙眨着大眼睛，"什么酱？"

离离扑哧一声笑了出来，抚了抚阿蒙的肚子："可怜可怜，可真是饿坏了！'匠气'是说这东西虽然精雕细刻，但是呆板而不空灵，对吧？"她看向素星痕，星痕点了点头。

"这些陶瓦，与叶心诗词中透出的那种气质很不搭调，若说是叶心的作品，真是很难相信。"素星痕道，"况且你们也看见了，那几件瓦当的样子分明是完全一样。叶心生平求新求变，从不做重复的工艺，所以他的作品才堪称独一无二。以他的个性，怎么会反反复复，做出这么多无聊的瓦片呢？我一直想不明白，可是刚才离离随口胡说，倒提醒了我——想来这些所谓的叶心瓦，根本就不是叶心的作品。"

　　离离张大了嘴："你是说——被我蒙对了，这些瓦片全是假货！"

　　素星痕道："也不能说是假货。叶心瓦毕竟是经过很多行家认可，才身价倍增，总不能这些行家都打眼了。尤其那位柯溪斋老爷爷，鉴别陶瓷年龄的功夫是一流的，再高明的作假，料想也骗不过他的舌头。所以我想，只有一个可能：这些瓦片不是叶心所做，但确实是五百年前之物。"

　　"这么说，是另一个古人做的？"离离有些疑惑，"可是那些瓦片上，都有叶心的落款啊！"

　　素星痕笑道："这就像一家店铺创出了字号，难免就会有人冒他家的牌子。这些瓦片千篇一律，依我看，分明是量产的大路货，绝非某个人精心塑造出来的文玩。如果某种玩物一时走俏，同类的量产物品打上相同字号，以廉价发售，也会大有市场。而叶心的陶器最受推崇的时代，就是在他死后不久；此后战乱兴起，古玩贬值，嗣后的几百年里，也从来没人懂得欣赏他的作品。所以我猜，现在市面上这些瓦当，应该是出自五百年前一个大量制陶的窑口。"他看看离离和阿蒙，笑了一笑，"只要找到当年的窑址，必能找到更多这样的瓦当。到时候，就能打破这个价格虚高的盘面。"

　　"九州土地这么大，那不是大海捞针吗！"离离想了一会儿，噘着嘴说。

　　"倒也不至于。"素星痕沉吟，"现有的叶心瓦都是在淮安出土，我推断，这个窑址就在淮安。"

　　"淮安？"离离一脸不信地说，"淮安这地方不产陶瓷的。"

　　素星痕摇了摇头，道："当年宛商自治初期，淮安刚刚崛起，本来有很多人依靠南暮山上的陶土、木材、炭料等，经营百工之业。后来此地日益兴旺，变得寸土寸金，从事制造的工坊才渐渐迁了出去，让位于钱庄票号、房产置业，还有酒楼瓦子、书局画院这类浮财流转的行业。所以今日淮安虽然不产陶瓷，但五百年前，这里极可能有一座很大的窑厂。"

离离和阿蒙并排托腮坐着，瞪着眼睛只剩下点头。半晌，离离又说："就算是淮安也很大啊，而且已经过了五百年，我们到哪儿去找啊？"

素星痕站起来，拍拍衣服，仰望星空："我可以找到。"

离离一怔，登时跳了起来。"上回是古墓，这回又是窑址。你快说，你为什么可以找到这些的所在？"

素星痕低下头，宁谧地笑了起来。"这是星象学的一种算法。"他说。

"星象？"离离十分质疑，"哼，这玩意儿，我知道。"

"你为什么知道？"素星痕眸子凉凉的，看着离离。

离离愣了一下。"我就是知道嘛！"她煞有介事地说，"星象学分皇极经天派、玄天步象派，你是哪一派的？"

"都不是。"

"啊？"离离挠了挠头，又说，"那，星象家能穷推过去，也能预言未来，你能吗？"

"都不能。"

离离一笑："那你会干什么啊？"

"我可以算出财富流动的方向。"素星痕的这句话，让离离和阿蒙都静了下来。

清瘦少年举头望着一穹繁星，淡淡地说："这个世上，能像星辰一样，凝练而又松散，繁多而又流动，有迹可循却又变幻莫测，并且足以影响人间万事的东西，只有一种，那就是'金钱'。金钱与星辰的命运是同一的，永远都在生生不息，永远都在斗争不止。命既相同，象亦相应。所以，只要用一种合适的算法，将星象变化与金钱流动接驳起来，就能找到大地上财富流转的轨迹。按照轨迹，就可以推演出金钱曾经汇聚和流散的地点，比如随葬奢华的王陵，或者货款大宗出入的窑厂。这种算法，叫作'流金归藏'。"

他半合上眼睛，有些遐思，低言道："我老师生前的职业，就是用此法为人寻找积累财富的最佳地点。别人都叫他'猎金者'。"

离离听罢，瞪了一会儿眼睛，忽然笑起来："哇哦……这回可发财啦！以后你就干这一行吧，在这淮安城里，大有前途哪！"她说着说着，志气勃发，一握双拳，"好！先把那两个老头赶走，然后进城去挣钱！素大师，你快点找那个窑啊！"

素星痕仰着头："这座窑厂如果存在，从宛阙的星团中寻找线索，应该可以推定位置。"他说着，从挎包里摸出一卷图轴，缓缓地展开。阿蒙与离离凑上去看，只见图卷上尽是一些工笔描成的线条，有的细、有的粗，屈曲吊诡，交叉纠缠，在星光下泛着黯淡的金色。阿蒙才看了两眼，就眩晕地捂住了眼睛。

"此物不宜窥看，你们还是回避的好。"素星痕的语声忽然变得很冷。离离听了，竟有些微惊，拉了阿蒙退开数步。

而后只见素星痕盘腿坐下，将图卷铺在面前；拿出一支细细的笔，毫端在暗夜中泛着一点金光。

"我需要一点时间。"他专注地说。

晨醒的鸟儿开始鸣叫，阿蒙揉了揉眼睛，发现素星痕已站在自己身后。

"拿着这个，"素星痕将一张纸交给他，"找到上面画的位置，向下深挖，就是古窑址。"

离离被语声惊醒，凑过来看，只见纸上是一幅炭笔手绘的地图，简略标出淮安城东、西江之畔的一个地点，还注明了周遭距离。"干吗？你不带我们去吗？又要分道扬镳？"

素星痕摇了摇头，一边说话，眼皮一边匀速地垂了下去："算这个，很费脑子的……"说完就歪头倒下，推也推不醒了。

一梦黑甜，不省凡尘。素星痕慢慢、慢慢睁开一条眼缝的时候，叮叮当当的声音零星敲打着耳朵。刺眼的阳光直射下来，他咽了咽干燥的喉咙，昏昏沉沉地撑起身子——面前，一个十步见方的大坑，新鲜翻挖出来的泥土气味扑着脸。

"小心别掉进来啊！"蹲在坑中一角的阿蒙冲着他喊了一声。蛮族小子那麦色的脸颊上满是汗水，浑身都是泥土，却笑得无比开心。"找到了，我挖了一个上午！这儿还真埋着好多瓦片！"他捧着几块刚刚捡起的古陶，跑到星痕身边，"看。你算得真准！"

"哎呀，醒啦？唉。"离离从背后走来，随手将一根细长的草棍扔下。"这是什么？"素星痕迷糊地问道。"准备捅你鼻孔玩的。"离离说着，拿起衣襟里兜着的野果，自己叼一个，丢给星痕一个，剩下几个全都给了阿蒙。阿蒙抱住果子，狼吞虎咽地啃了起来。

素星痕咬了一口野果，一边嚼一边跳进大土坑里。脚下踩着的都是半露出土的散碎陶片——这里果然曾是个不小的窑厂。他拾起了一块十分眼熟的瓦当，翻转来看，瓦片底部刻着古体"心"字。

"不用看啦，是那种东西没错。"离离没精打采地说，"快点行动吧，趁我们还没饿死。"

"在那之前，还需要办一件事情。"素星痕回过头来，笑道，"阿蒙，拜托你了。"

【四】

宋家酒楼里，一片热火朝天、热血沸腾。唐铎和宋应贤挨着庄洞明、柯溪斋坐在大堂中央的高台上，两人满脸按捺不住的笑颜。第一块叶心瓦在午宴之后开始竞买，高开高走，价格已不知翻了几倍，人们还在脸红脖子粗地争抢。淮安富人们的激情让两位久经商场的老手都有点眩晕。

"五万金铢！"一个竞买者令人震撼地叫道。众人一下子都看向他，全场顿时静了一瞬。

"好大方的大叔！"就在这一刻安静当中，一个娇细明亮的女孩声音插了进来。

众人又是一个诧异，包括台上的老板和两位行家都一起看去，只见一个穿着寒酸的漂亮姑娘正得意扬扬地站在门口，一个穿着更寒酸、看起来只有十五六岁的小子，扛着个破麻袋站在她身旁。

"是他们！"宋应贤惊得脸色一变，脱口而出，却被旁边的唐铎按住。唐铎的脸色已变得极其阴沉，却不动声色，只恨恨地看着那两个年轻人。

两人已经大摇大摆地走到大堂中间，离离从素星痕的麻袋里掏出一块瓦当，递到刚才出价五万的人面前，笑盈盈说："你真肯出那么多？那买我这一块如何？"

那人呆住，低下头仔细看离离手里的瓦当：花纹、质地，连心字款都跟价值连城的叶心瓦一模一样！他当即万分惊疑，不禁伸手去拿。手还未碰到陶瓦，离离却双手向上一抛，"啪"的一声，瓦片已摔碎在地上。"啊！"那人惊得叫了一声。

庄洞明、柯溪斋伸着脖子，想看清下面发生的事情，素星痕却忽然挡在他们眼前。只见他举起一块瓦片，彬彬有礼地一欠身："柯老先生，请您品鉴一下，我这个是不是五百年的古玩？"

柯溪斋的目光已全被面前这块泛着土腥味的破瓦吸引了，一时不顾其他，忍不住伸出舌尖舔了一下。他松垂的眼皮忽然一睁，左眼被镜片放大，看着异常夸张："真品，真品，至少五百年的老货！"

素星痕一笑，手指一松，"啪"！

台下众人倒吸冷气，这一声听得真是心胆俱裂。

"浑蛋，敢砸场子！"一向斯文的宋应贤忍不住破口大骂起来。

素星痕只是若风过耳，慢慢踩过地上的碎瓦，提高嗓门说："小弟奉劝诸位玩家，请看清楚了再下本儿。这些东西——"他回手一指高居展台上的三块陶瓦，"只是些不值钱的劣货。"

"这种货色，我们手里有的是！你们要是喜欢，一人发一块，拿回家玩去！"离离轻盈地跳上高台，拉开麻袋口，从里面一块接一块地拿出瓦当，举手晃一晃，就乱丢下去，啪、啪、啪、啪！转眼破碎的瓦片就在台下堆了一地。所有人目瞪口呆地看着这一幕，每响一声，就跟着抽动一下，先是心碎，然后肝碎，到最后五脏六腑全都碎了个稀烂，早先的脸红耳热尽变成一片煞白。

应着离离摔摔打打的节奏，素星痕悠悠说道："这些近两月来红透淮安的古瓦，根本不是叶心的大作，只是五百年前日产千万的普通瓦片。当年烧造的窑址就在城东七里西江之畔，那里还有更多这种心字款的古陶，大家若有兴趣，可以自己去看。这种货色虽说是古物，但根本没有文玩的价值，如今竟有人出五万金铢来买，我不得不叹，淮安人真是太有钱了！"

"信口雌黄！"没等唐、宋两人急眼，庄洞明先暴跳了起来，"此物为叶心手制，乃有古本文献为证，何来量产之说？！"听了老先生出头，众人心头被冰水浇灭的火苗又都是一亮，纷纷攥拳咬牙，跟着使劲。

素星痕微微一笑："庄老爷爷整日埋头书海，也许是对文献太过痴迷了。那本《叶心瓦谱》，分明是伪书！"

众人一片轰然议论。庄洞明仰天笑道："黄口小儿，贻笑大方！《叶心瓦谱》老夫从头至尾细读过不下百遍，其中遣词用典，无不深契前朝雅文规范，甚而包含今时已然废弃不用的古体文字。如此精美文章，何来伪书之诬？老夫还为它做了句读、训诂、注疏，正准备拿到书局去付梓！"他说着，激动地从怀里摸出一本淮安书局精印版《叶心瓦谱》，卷在手里来回挥舞。

素星痕将书从他手上抽下来，轻轻翻着言道："这本书写得别有用心，里面扯的四十八位古代名人，大多下落无考，有些根本就是传说里的人物，唯有其中的十个淮安富商找得到坟墓。写书的人显然是想借古籍之名造势，把'叶心瓦'这个题目做大，从而哄抬虚价。庄老爷爷，细读了一百遍，怎么连这一点也没读出来？"

"他就顾着看废弃的古字了，哪还管那些字写些什么东西！"离离笑着说了一句，一脚蹬翻了沉重的麻袋，整袋陶瓦"哗啦"一下冲到地上。

"你……你……口说无凭，绝非考证之道！你道《叶心瓦谱》是人伪造，究竟有何证据？"庄洞明急得有些磕磕巴巴。

素星痕微笑不语。唐铎、宋应贤见了，刚要得意，忽然听见外面有人大喊："星痕，我来了！"

一身蛮族装扮的少年冲开人群，一溜烟跑到素星痕身边，一边擦汗一边兴奋地说道："我去淮安书局问了，一切果然如你所说！"他说着，掏出一本破皮黄纸的旧书来，"书局的人说，两个月前有人拿了这个《叶心瓦谱》的古本来，售卖给他们。他们一看，是从没见过的古籍，估计会有些销路，就照着这个母本，刻印发行了。那个人神神秘秘的，后来再没见过。"

素星痕点头说了声"辛苦你了"，接过阿蒙手中的旧书，转手递到庄洞明面前："证据到了，老前辈自己研究一下吧。"

庄洞明与柯溪斋互看了一眼，捧着旧书头对头琢磨了起来，又是对着光看，又是伸舌头舔。众人全都焦急地注视着，整个大堂里汗气蒸腾。好半响，庄洞明呆站在那里不动了，柯溪斋慢慢转回头来，两眼发愣。"高仿……好漂亮的高仿。这纸绝非古纸，乃是人工做旧的。"

满堂贵宾一片大哗。"咣当"一声，有人捂着心口晕了过去；"不，不，不——"有人抱着头，大喊着跑出了酒楼。

更多的人死死按住自己幸未松口的钱袋，骂骂咧咧地甩袖而去，一拥而出。

转眼之间，满堂寥落，桌椅横斜，觥筹狼藉。宋应贤好像灵魂出了窍，一屁股坐在地上。

"素星痕！"唐铎凶狠地吼了一声，从袖中掣出一把盗墓小镐，凌厉地扑了过来。

阿蒙急一纵身，挡在挚友的身前握紧了拳头。

"您还是不要妄动。"素星痕低低的言语，却让暴怒的盗墓贼停住脚步，"您做下的事，我们已经举报。商会的捕快就在门外。至于您自家的护队，如今您已破产，养不起他们，我想他们谁也不愿分担盗墓的罪名。"

唐铎默然许久，冷冷笑了几声，圆睁怪眼道："破产？老子怎么会破产！你说的，我家是财富汇流之地。老子有的是财发！"

素星痕直望着他，眼神冰凉。"星起星落，财聚财散，都是瞬息万变的事。"少年幽幽言道，"在我到你家前的几十年中，那里正是万金汇流之地；但那天之后，那里的金脉，已经转向了。"

"哈哈哈……哈哈哈！"唐铎恨声大笑，"这就是你不肯与我合作的缘由，是吗？！"

"唐老板，您说错了！"阿蒙挺身道，"我们不能合作，因为盗墓是坏人干的事！"

唐铎愣了一愣，却笑得更加大声："臭小子们，你们还不知自己身在何处。这里是淮安，宛州的大城淮安！在这座城里，没有什么'好人''坏人'，只有'穷人''富人'之分！"

素星痕合着薄薄的嘴唇，与唐铎对视良久。唇角似乎是微微地一勾，他移开目光，背转过身。

"淮安城里的规则，由这个城里的人来决定。"背影清瘦的少年淡然言道，"现在我们能留在这城里，而唐老板，你出局了。"

【五】

———⟨❧⟩———

　　"哎呀！还以为干掉那两个坏蛋就发达了呢，谁知道还是露宿街头，睡草棚！"离离大叹了一声，扯着屁股底下那堆干枯的稻草。

　　"我们只是得到进入淮安的机会。要挣钱，还得从头来。"素星痕叼着一根草棍，跷脚躺着，望着星空。

　　"想起白天的事，有点睡不着呢！"阿蒙仍十分兴奋地笑着，"星痕，十二年不见，你可变得更厉害了！一下子就猜出那本书是假造的！"

　　素星痕眯起眼睛，若有所思："那个造伪书的人，不简单。"

　　"哦，怎么说？"离离眨了眨眼睛。

　　素星痕道："百多年前的宛州西部，一度流行用古旧瓦片为死人垫背的葬俗，所用的瓦片越古老，代表墓葬主人身份越是富贵。后来随着宛人厚葬之风越来越奢，改用金铢铺垫棺材，旧俗也就废弃了。唐铎盗墓所参照的《叶心瓦谱》是本伪书，他却仍能从那些墓穴里取出所谓的叶心瓦，原因就在于此。被盗的富商之墓正好都是百多年前下葬的，从尸骨垫背的古瓦中找到一块有心字款的，概率很大。这种过去的葬俗，如今宛州人大都没听说过，可那个造伪书的人不仅知道，还利用了这一点，岂非是个厉害人物。"

　　离离恍然地点了点头："可是这种百多年前如何埋死人的无聊事，连唐铎那种专门挖坟的都不懂，你却怎么知道？"

素星痕笑道："他未必不懂，只不过利益当前，真相对他来说并不重要。至于我——"他从怀中掏出一卷书来，"我是从庄洞明老爷爷的新著作里看到的。他在给《叶心瓦谱》做的注释里提到了这种旧葬俗，可惜他一心只会做考据，从来没想过此中破绽。"

"你……你还真的会看那老头子的书啊！"

"啊……我看到有文字的东西，就忍不住要读一下。"素星痕抓了抓头，而后表情又变得严肃，"如今想来，伪造《叶心瓦谱》的人在书中直指十大富商，好像是怂恿贼人，去专盗这些人的墓。他的目的绝不止哄抬瓦片价格那么简单，背后必有另一层深意。"

阿蒙听得呆呆的，言道："既然你这么说，多半真有古怪。你的算计，可赶上我们草原的大合萨那样神。"

"你拿他比合萨？"离离笑着摇头，"大合萨可是真正的星象家。他这一套算什么？'流金归藏'，其实就跟账房先生差不多吧？嗯，你这种'星象学'啊，倒真是为宛州而生的。这里市侩多嘛。"

"它不是为宛州而生。"素星痕喃喃一语，"它是……为天下而生。"

"什么，你说什么？"离离的耳朵竖了起来。

"天下万事，皆依财富的聚散而兴亡。金钱，本就掌控着世间的一切。"素星痕喃喃念叨着这样的句子，望着深深冷冷的夜空，"那时候……老师，就是这样对我说的。"

又一次听到星痕提起"老师"，阿蒙不禁沉默。望着自己那郁郁多思的生死兄弟，许多往事涌了起来，朴直的少年脸庞上，顿时写满难以尽诉的心绪。

片刻，他忽地温声说了一句："星痕，你很想老师吧。"

素星痕不语，始终只是仰望。凉凉的眸光似乎动了一动，但却没人能够看见。

"那个时候我年纪小，好多人的样子我都记不得了，像你的老师，还有那些我们认识的人……"阿蒙顿了片刻，又说道，"可是你的样子我怎么都不会忘。十二年过去啦，我还是一眼就能认出你来。"他说着，一笑，推了推素星痕的肩膀，叫他转过头来，"不管你去哪儿，让我们跟你一起走。答应我，好不好？"他睁着一双草原湖水般澄澈的大眼睛，无比恳切地说。

素星痕望着他，半晌，只是静静地微笑。

"阿嚏！阿嚏！"一旁的离离忽然打起了喷嚏。阿蒙转目一看，只见那姑娘随意扯着垫床的干草，正忙活着又编又搓，不知何时竟已弄出了数寸长的一段草绳来，草棍飞扬，沾上她长辫子的梢。"你在干什么？"阿蒙不解地问，一边伸出手来帮忙。

"帮你做条绳子，好把素星痕捆起来。"离离将手里的干草一股脑塞给阿蒙，一边指点他如何继续干，一边淡然说道，"不然，他肯定会趁咱们睡着了跑掉的。"

天还没有亮，素星痕静悄悄地起了身。那些原本用来搓绳子的干草最终变成了离离和阿蒙的玩具。两人先后编出很像狗的马驹、胖刺猬和一个缩小版的阿蒙，然后抢着用草毛捅对方的鼻孔，最终发展到一场互掷草包的大战，此刻两人正满头满身插着歪斜的草棍，挤在一起鼾声起伏。小心地绕过熟睡的两人，星痕背起行囊，离开了寄宿的草棚。

踏着露水沾湿的石板路面，他落寞地前行，才转过一条街，却忽然被拦住了去路。

"小兄弟，几日不见。淮安城你住得还习惯吗？"横挡面前的中年人身上散发着烟草味，一派和气地问候道。

"哦，杨念之前辈。"素星痕也礼貌地打了个招呼。他眼角四下扫了一番——这个人就这样凭空出现在街道中央，倒像是早就在等着自己。

杨念之磕了磕烟袋，盯着面前的少年，眼含笑意："'叶心瓦'崩盘的事，已经传得满城皆闻。唐铎东家这单生意，你做得很漂亮呀。"

素星痕眼睫微微一垂："杨前辈介绍的生意，可险些要了我的命。"

杨念之哈哈笑了两声："却也是让你认识宛州、认识淮安城这个地方最快的办法，不是吗？"他说着斜过狡黠的双眼，"寻常人入淮安，不被蒸煮个三生三熟，立不住脚。你倒出手不凡，果然是块好材料哪。"

素星痕无声地冷笑，转身而行，却被杨念之一把拉住。"我有单再正经不过的生意介绍给你。你得跟我走。"那掮客佬不容异议地说道。

素星痕并不理睬，用力甩脱了他的拉扯。正要前行，街巷两边却突然蹿出了七八个魁梧矫捷的男人，周身都是一色考究的劲装，凌晨的晦暗之中，有似黑色松林般地包围在了眼前。

面对这高出他一头的人墙，素星痕脸色微冷，皱了皱眉。下一瞬间，却见这些桀骜的汉子齐齐地折腰低头，向着清贫的少年深深地拜下。

杨念之绕到少年面前，站在这队伍领头的位置，也向着他作揖一礼。"恭请星痕先生，"他说着抬起头，斜着嘴角笑道，"有一位大东家要见你。"

淮安内城偏隅东北的所在，铺陈着一座并不张扬却清贵秀美的园林，山水幽静隔离尘嚣，有如闹市之中的隐逸林泉。即便是淮安人，也极少有人见识过此间的景致；大多数的人连园门外铺路的玉白方石都不曾有缘踏足。在鲜衣怒马、奢华冠世的宛州第一都会之中，这里也许并不是最为流光溢彩的宝地，但在每一个宛州商人的心里，这座园子却是商道骄傲的永久象征，无数财富风云卷荡的枢纽。

商润世，政润国，财润家，德润身——"十城一府四润园"，在宛州商会的地盘上行走，不识得这个名号的，就算你是皇帝也要跌跟头——历史上并非没有这样的例子。

可素星痕，偏就是个不识这名号的。

"哦？他已进了园中，还不明白要拜会的是何人？"园林水榭窗边，那贵人临风拈着酒杯，微笑问道。

"嗨。"杨念之双手垂在身体两侧，恭敬地躬着身子，"这个人吧，大约是心里装那些匪夷所思之事太多，一般的人情事理、市井琐闻，寻常人都知道的，他倒好似懵懂得很。"

贵人品了一点酒，笑着点了点头："这却很好。一个不识世故之人，却正是我想要的。"

杨念之弯了弯身。"大人交代的'掘金童子'一案，在下也已查明白了。"他又说道，"所谓'掘金童子'的由来，正是四十年前曾在宛州现世的'猎金者'。当年猎金者留下神奇事迹无数，所到之处，乞儿白丁空手致富，穷乡僻壤累财巨万。市井对他崇拜成风，多年过后以讹传讹，便敷衍出了'掘金童子'这个财神。在下亲自察看过许多人家供奉的童子神像，与当年宛州画师留下的'猎金者'样貌十分相像。如此看来，此事只是一时民间迷信，并非有人故意操纵传播、蛊惑宛州百姓，大人自可放心了。"

那贵人听了，缓缓点头，面上却现出一丝疲惫。"这就好。你们也许都觉得我多虑，但方今世道不比从前。包藏祸心之人，手握鼓荡风云之力，因而即便秋毫微末，我亦不可不察。"

杨念之听了，默默地点着头，面上却也堆起忧色，须臾却又笑道："如今真正的'猎金者'已在大人手中，将来想要掌握宛州动向，必定易如反掌，大人也可稍减忧烦了。"

贵人的唇角勾起笑了笑："素星痕，当真是那'猎金者'的传人？"

杨念之笃定答道："在下亲眼见到'金脉图'自他囊中掉出。加之后来他解决唐铎一案，神机莫测，可以肯定——'流金归藏'，已再次现迹宛州。"

清悠一声，那位大人弹响了玉琢的酒杯。"此番辛苦你了，且自去休息吧。"他浅浅言道，"将那位素星痕，请进来。"

素星痕走进四润园水榭之时，所看见的，唯有一位长身玉立的年轻公子，孤身临窗，在初起的晨曦下凝作一道清瘦的剪影。

他并未出声，只是远远地站着，直到窗边那人转过身来——只见是俊雅年少，一身白罗，气质清新有似诗书浸淫的文士。公子慢慢走到素星痕面前，含着笑，微微躬身："江子美这厢有礼。"

素星痕一怔。他虽多不通世俗掌故，但"江子美"这三个字，终究也如雷贯耳，击中心怀。"原来……是宛州商会魁首，'十城商政使'大人。"静默须臾，他轻轻应声，郑重地见了一礼。

那江子美点头一笑："唐突相邀，请勿怪罪。"说着便亲手倒了杯茶递过。

素星痕接过茶盏，礼貌地品了一口，而后抬眼望着面前的贵公子，若有所思言道："早闻江大人年不满三十而继领重任，却不想竟是这等人物。"

江子美也笑而言道："我亦听闻素星痕先生是堂堂'猎金者'的传人，手握'流金归藏'之绝技，又何曾想，竟是如斯少年。"

素星痕面上微微一冷。"大人既知在下是猎金者传人，就当知道我辈之人，不可以貌论断。"

江子美和蔼地笑了起来："是了，是了。当年猎金者前辈貌若六龄孩童，终身不变；我等世俗之人，并不敢因其形貌而稍有怠慢。如今对素先生，也应当是一样的。"

素星痕听了，默默不语，却只是移开双目，不知心中在想着什么。江子美静静看了他片时，却又笑道："'流金归藏，商道至宝'。星痕先生身怀绝学入我淮安，不知有何志向？"

"混口饭吃，并无大志。"素星痕漠然言道。

"既是如此，我这儿倒有个差事，不知先生感不感兴趣？"江子美突然说。

素星痕问："什么差事？"

江子美转过头来，盯住了他的双眼。始终含在唇边的笑意忽而隐去了，只见他一字一顿，沉沉地说道："绣、衣、使。"

素星痕看着他，眨了眨眼睛。须臾，他一笑："那是什么差事？"

江子美展开了折扇，轻轻摇着："对付奸商、维护宛州十城商业的秩序，十分正义的差事啊。"

素星痕笑道："商会统辖宛州数百年，公平自治，独立于世，一向不是很好吗？商人的秩序自诩胜过天子礼教，又何须什么特使来维护正义？"

江子美轻轻摇头："数百年间世事更替，今非昔比。商业越是发达，商道越是混杂。如今宛州的种种情形，早非祖辈们订立自治法则之时所能预料。我江家世代为宛州首富，表面上总揽十城商政，其实如今，却难以平衡商界利、义之间的准绳。像这次古玩行滥炒'叶心瓦'的事件，若非星痕先生揭穿，尚不知会是何等局面收场。"他说着转而一笑，向着素星痕揖手，"也因此事，子美得见先生的实力，与先生的道义之心。"

素星痕毫不还礼，却只冷冷一笑："'性命垂危被迫自保'，在江大人这里原来叫作'道义之心'。"

江子美并不介意，温雅的笑容丝毫未改，径自继续言道："鉴于如此乱局，子美自接掌十城商政使以来，便四方寻访能人异士、同道知音，揽为我旗下绣衣使者，督察宛州商业秩序，行我心中正道。"他诚恳地看着星痕，"我先前已招揽十二位贤能。而先生你，便是我心中的第十三绣衣使。"

素星痕也看看他，片刻，忍不住打了个哈欠。"大人当真是错爱了。我是个瞌睡虫，最不适合当官。"他说罢，转身便自向门外走。

十城商政使，是他此生见过的最大的官。他有把握就算自己走不出去，也会将这位大人物激怒到把自己打出去。

"先生。"江子美却没有发怒，只在他身后淡淡地叫了一声，三分冷意，却犹自斯文。

"我知道以先生的本事，在宛州遍地黄金之地，前途无量。"商政使大人绕到素星痕面前，文静的脸上，竟是纯良地一笑，"然而，子美虽不能令绣衣使一夜暴富，但若想令一个不是绣衣使的人无法在宛州立足，却也容易。"

他说着，转目望着窗外淮安城布满无尽彩霞的天空。"据我所知，先生你还有两位朋友。不知他们，是否也需要在宛州谋生呢？"

素星痕的眼瞳忽然凝住，转而斜睨向江子美，眸子里是冰凉的光。

江大人始终保持着风度翩翩的微笑。半晌过后，他自袖中取出一块小小的木牌，托起素星痕的手，将之牢牢地按在了他的掌心。"此乃绣衣使执牌。持牌执法，通行淮安，特权无阻。"固执的贵公子眯起了双眼，"子美看人不会有错。星痕，你手握此牌，心中，道义自在。"

他说着松开手，转身踱去桌边斟酒。素星痕握着被硬塞进掌中的牌子，良久良久，不能言语。

"星痕还没用饭吧，寒舍正好备下了一席。"那位大人自斟自饮，一边轻拂衣袖，淡而悠然地说着，"你的两位朋友，我早着人请了过来。稍后你们就一起吃吧。"

"好几天，好几天没吃一顿正经饭了！"阿蒙从一堆空盘空碗中腾出嘴来说了一句，又埋头进另一堆锦馔珍馐的盘碗里。

"哼，要不是亏了江大人，你又要扔下我们跑了吧？"离离一手拿着筷子，一手拿着那块精雕的檀木牌子，翻来覆去地看。只见木牌正面刻着"绣衣使"，背面刻着"十三"，精美的流苏挂穗，透出一派华贵。

"绣衣使，听起来够威风的。"她不禁笑了起来，"你这算是当上官啦？"

素星痕劈手夺过木牌，揣进怀里："没错，我当官了。你们别跟着我，爱去哪儿去哪儿！"

"那……那……"阿蒙突然发急地说话，一下子噎住，用力猛咽，"那怎么行！我是要信守诺言的。你去哪儿我就去哪儿，一定要跟着你！"

素星痕双手捂脸，一头倒在饭桌上。

"哎，你总说对他有诺言，到底是什么诺言？"离离笑问。

阿蒙哽了一哽，低下头，沉沉凝重地言道："十二年前我说过，我会保护星痕的。"

素星痕站起来就往外跑。

阿蒙追上去，抓住他的手腕，轻轻一拧。星痕的胳膊顿时被反剪过来，整个人是应声倒地。

"要不然，还是当年的老规矩，行不？"阿蒙铁手不放，认真地问道。

离离看见星痕这副惨样，却有些雀跃，饶有兴趣地问道："什么老规矩？"

"他若掰腕子赢了我，我就不用保护他啦。"阿蒙憨厚地笑着。

星痕捂着胳膊，拼着最后一击的精神问道："你跟着我，离离怎么办？她又没有什么诺言！"

离离跪在了地上，托着腮对着素星痕的脸，笑道："我啊从小就离开家了，反正也没什么可以去的地方。你是阿蒙的恩人，所以阿蒙跟着你；阿蒙又是我的恩人，那么我当然也要跟着阿蒙咯！"

素星痕沉痛地闭上了眼睛。"放开我，放开。"他叹着气说道。

阿蒙放开手，扶着他站起来，笑问："答应了？"

素星痕沉着脸，噘着嘴站着。半晌，他将背后篓子摘了下来，抱出里边瘦弱的小猫。"先吃饭吧！把鱼尾巴拣出来，我要喂猫！"

离离、阿蒙击掌庆贺，三人一猫皆大欢喜。"多吃，多吃哦！"离离一边扒饭一边招呼，"下一顿可不知在哪儿了！"

星流五千五百年，九州东陆第五王朝——燮朝立国的第二百一十个年头。传说中象征财富的填阖星，从未如此时这般明亮。帝都太史丞内，官修史书中的《货殖志》开始单立目录，变得卷帙浩繁。史官在卷首写下这样的记载：

"国朝商业之隆，古所未见；士民银资之盛，直凌皇府。

五千春筚路蓝缕，东陆富雄三海；二百载升平营治，宛州重于天下。"

宛州，方圆十二万度，山原富庶，水系通达，九州大地上财力的渊薮，华族社会中商人的乐园。以淮安为首的十大名城，历来实行商会自治；唯利是图的人心为金铢银毫插上了翅膀，俗世的繁荣一飞冲天。

星流五千五百年，欲望昂贵万金，道义轻贱如尘。二十七岁的江子美登上淮安城头，就任宛州商会最高领袖。俯瞰这个连梦想都有标价的地方，他做出了颠覆传统的决定：设立特职"绣衣使"，持牌执法，督察十城商业秩序。

星流五千五百零一年早春，素星痕携绝迹世间四十载的《金脉图》，身无分文地进入淮安。"第十三绣衣使"，那一切与这个飘忽史籍的名词相关的传奇，于焉开启。

离离复离离，
片瓦连城迷。
流金定天下，
飘然锦绣衣。

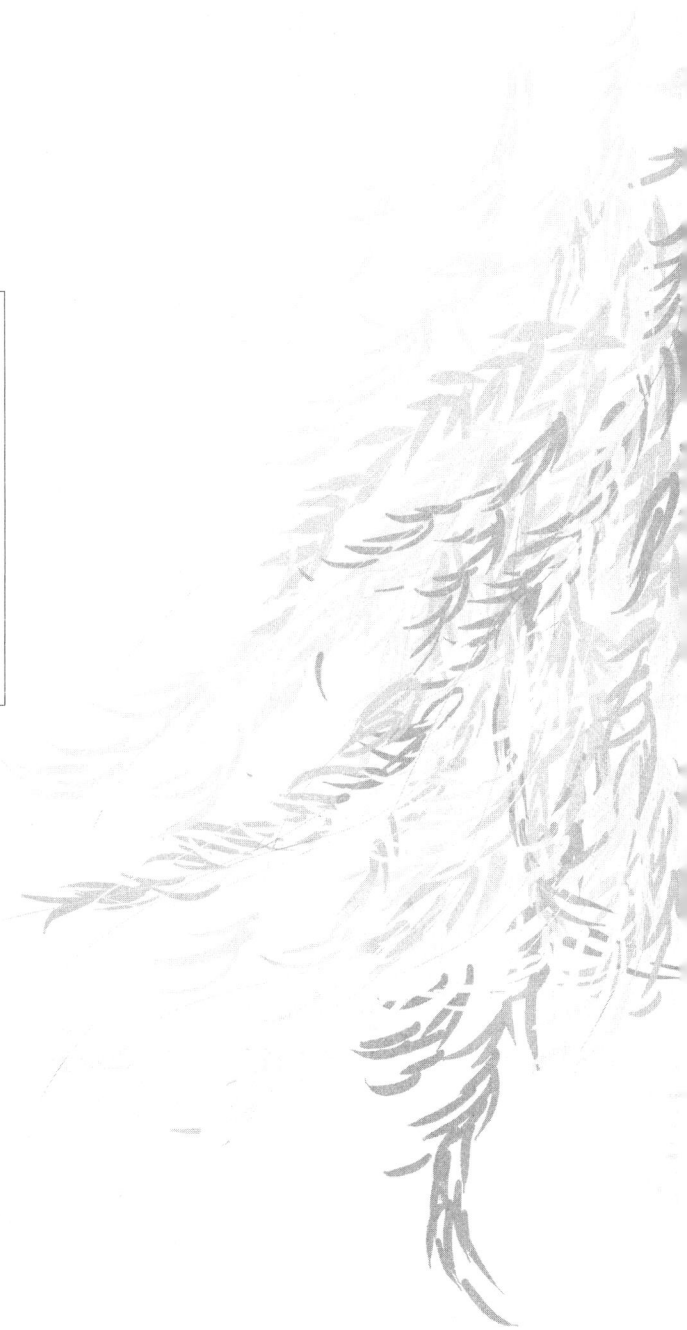

三家店

黑暗隐藏了一切的波诡云谲，只听得见骨牌摩擦和碰撞，以及偶尔一句的叫牌声。

　　"终局。"又是几轮交锋过后，有一个人淡淡地宣告游戏结束。牌局上的其他人没有表示异议，分别放倒了自己手里所有的牌。"启灯吧。"一声淡然的吩咐。

　　漆黑的空间中渐渐生出光亮，亮度缓慢而柔和地增加，让刚刚经过暗室斗牌的人们，眼睛不会感到一丝的不适。光源来自十二颗罕见的硕大鲛珠，每一颗都搭配一座七尺高的银柱，柱顶的拱底圆盘里盛着一汪水银，鲛珠被施以了秘术，稳定地空悬在这反光极佳的液体之上，构成了一盏落地灯。这些饱含明月之力的浑圆宝物，只需由守灯的童仆撤去外罩，就会自然发出柔光，不会像烛火那样冒出污染室内空气的烟雾，且无论昼夜，都可营造出晴天野外般的明朗氛围。

　　十二盏珠灯如同一副星盘般地围拱，勾勒出这空间的轮廓，一个十倍于普通厅堂的宽阔房间。房间中央铺着二十方步大的雪白丝毯，毯上摆着一张赌桌，桌边坐着三个刚刚结束牌局的赌客。一个相貌清隽、打扮简洁的女子靠近桌边，开始为他们点算这一局的战果。

等待时，三人中最年轻的一个取出一支精卷的烟，点上吸着。

"喀喀！"坐在他旁边的中年人咳嗽抗议，洁癖似的掏出手帕掩住鼻子。他身材瘦长，五官线条纤细而犀利，虽然一身豪阔而略显艳俗的衣冠与常见的宛州商人并无二致，然而无须见多识广，只要你曾在淮安这座龙蛇混杂的城市待过几个月，就不难看出他其实是一个羽人。

"东陆最大的烟草商，倒怕这烟味。"第三个人看着这情景，话语中微含笑意。

"我虽做这买卖，却真不忍这些东西荼毒世间。每每看见有人上了烟瘾，这颗心哪，就伤感得很。"羽人眯了眯眼睛，却是一脸的慈悲厚道。

"扯淡。"叼着烟的年轻人一开口，竟散发出一股痞子气，与那斯文白净好似个太学生一般的外表极不相称。

羽人并没搭话，只是冷笑。旁观的那第三人却着实笑了两声，好似捡着个乐子。

"结果出来了。"盘点牌局的女子找准三人闲谈的气口，十分恰当地插话进来，"蒲先生赢焉少爷十六个点，焉少爷赢白公十六个点，白公赢蒲先生……十六个点。所以这一局是，'白蛇吞尾'。"她不禁现出一瞬由衷欣赏的笑意，"林夜在赌坊干了这么多年，还是头回见识如此精巧漂亮的局面。"

"嘁，费半天劲，弄了个不输不赢。"叼烟的年轻人一脸不屑。

"非也。焉少爷和蒲先生虽然没输，可白公却是赢了。"女子一边利落地收拾着桌上的骨牌，一边笑道，"开局前，白公委托林夜先设了赌盘，押下一百注，赌你们三位今日战成平局，总赢四十八点。白公押得如此偏僻，引得外面十来位老板都下了注，就连林夜自己也随着投了一小把。这回可好，被白公赢家通吃了。"

年轻人一拍桌子，喷着烟雾的唇间蹦出一个脏字。

羽人无奈地摇头，拍拍年轻人的肩膀："你我跟白公厮混这么久了，遇见这种事还不淡定些吗？"

桌上的第三个人——那个被称作"白公"的大赢家，无声地笑了笑，随手拈起一枚筹码，递给名唤林夜的女子。"补偿你跟赌的损失。"

林夜一怔，双手将筹码接了过来，半晌笑道："白公太过厚赐，这一注够我开一家赌坊了。"

"那要恭喜'林东家'了。"白公轻笑。

"白公觉得林夜蠢笨吗？"林夜收起筹码，微笑着继续拾掇赌桌。

"你聪明得很。"

"既然林夜不蠢，白公又为何认为，林夜会选择做个无趣的东家，而放弃在白公等三位身边效劳的机会呢？"她淡然自若地说着，捧起收好的赌具行了个礼，安静地退下。

羽人"蒲先生"满意地笑道："阿夜确实聪明极了，我这里也当真离不了她。你设计的这套'白氏骨牌'，整个赌城唯有她一人学会了如何盘点，若她不在，我只怕再找不出个侍候牌局的人。"

焉少爷哼了一声，碾灭还剩下大半根的烟卷："小爷就不该玩他这破牌。规则都是他一手定的，我们不也被他玩在手上了？"

蒲先生呵呵笑道："是啊，定规则的人永远是最大赢家。若不然，白公也不会如此有兴致，与那江子美抢夺这'制定规则'之权了。"

房间中静默了几个瞬间，白公用手指轻轻敲着桌面。

"宛州需要新的规则。"他轻缓地说了一句，慢慢站起身来，开始踱步。

珠灯的白光映着他的鬓发，一缕银丝泛亮。看得出他已是年及五旬的人，然而没人会否认，他仍堪称一位不折不扣的美男子。这个一袭布衣的男人，头上未如蒲先生那般插了翡翠点金的发簪，指间也无焉少爷那种箍了一圈金箔的烟卷；但举手投足间却弥漫着一种见所未见的气质，仿佛比周围一切豪奢的存在都要更加——昂贵。

"我与江子美当中，只有一人能创造宛州新的规则。"白公步履迟缓，低低地说着。"如果规则由他来定，那只会是宛州十城的规则。而如果是我，"他慢慢仰起头来，目光邈远，"就会让宛州商人的规则，像'英芒草'一样，带着种子，飘行整个天下。"

他像个微醺的诗人似的摇荡，步子踏出雪白丝毯的边缘，象牙色的鞋底轻踩在坚硬的地板上。

这间厅堂的地板是由一种奇特的材料凝制而成，其矿石采自浩瀚海洋里某处幽深的海窟，由灵巧的洛族矮人提炼和淬烧，最终形成平滑如镜、坚硬如石的一整块板材。无光的环境下，它就像黑色岩石一样凝重；而只要房中点起了灯，这地板就会变得水晶般透明，低头看去，楼下那层终年终日热闹到拥挤的豪华大厅豁然现于眼底。

那就是这座"赌城"主要的营业场地，似乎看不见边墙的宫殿中，连绵不绝的赌桌旁，围绕着川流不息的人群。而赌城中流连的人们却无法看到楼层之上的真相，他们仰起头时，只看见一片犹如晴空的天花板，彩绘出片片白云与各色斑斓的星辰，逼真效果令他们一入此中便忘记了昼夜。

白公一步一步地走着，当真犹如踏行在云端。脚下在欲望中狂欢的众生构成最生动的背景，没有什么装潢比这更别致了。

"眼下这把牌，很快就玩到终局了。"他转回头，对着两个牌友微笑，"你们不想设个赌盘，押一注输赢吗？"

"好啊！"蒲先生应声，抬手撒出一大把筹码，"反正这一把里，我们与你是一头儿的，包赚不赔。"

一声冷笑，焉少爷又点燃一支卷烟："江子美也许不如我们有钱，但他还握着'商政使'的权力。你们真的这么有把握？"

白公无声地笑起来："我说过很多次了。若非所有问题都能用钱解决……"

"那是因为你没有把钱用好。"忽然间，安静侍候在角落里的林夜，还有满室十二个看守珠灯的少年童仆，异口同声地说道。

"白公的警句，我们早都烂熟于心了。"林夜笑着补充了一句。

笑意漫溢开来，白公几乎是有些享受："你们看，还有什么比良好的'教育'，更能渗透人心呢？"

若非所有问题都能用钱解决，那是因为你没有把钱用好。

——英芒记创始人白思退名言

【一】

"为什么让他来？"

"你在说什么？"

"不用装了。我知道是你做的。"

"好吧。你需要帮助。"

"我不需要。"

"你需要。"

梦境里的谈话并不十分愉快，素星痕"咯咯"地咬了两下牙齿，迷迷糊糊醒了过来。

湿凉的鼻尖，稀疏的胡须，放大到变形的猫脸充满了整个视野。"嗯？小虎……"他懒懒地打个招呼。黄色虎斑纹的小猫坐下来，笑笑地冲他眯起眼睛："喵——"而后又伸出小爪，淡粉色的掌垫轻拍在他额头，好不柔软。

素星痕无意识地享受了一会儿，忽然感到事有蹊跷。

除了要吃和要抓痒以外，这只猫从来不对他假以辞色的。

他猛地跳起来奔到镜子前。镜中出现了一个梳着双团髻的童男子，样貌十分天真可爱。小虎跳上桌，饶有兴趣地望着他，又眯了眯眼睛。

半晌无语，素星痕双手撑住桌面，压抑地垂下了头。

"那个叫离离的女人，不趁我睡着时捣鬼会死啊！"这声暴怒的呐喊几乎就要蹦出嗓子眼儿，全靠多年涵养功夫的惯性才忍了下去，只在腹中飞速地盘旋。

十多年来——不，自有记忆以来，素星痕从不曾像这段日子一样——遇到阿蒙和离离后的这段日子——想发飙。

因为自己的面相过于幼齿，星痕喜欢往老气里打扮。眼见往日疏懒落拓、从背后看去甚至可能造成"沧桑"效果的发型，变成了两个团子外加一道耀眼的齐刘海，一个成年男人究竟是有多受打击，外人难以体会。他举起两手，抓狂地试图拆开那见鬼的团髻。

"在下盘头发的技术乃得高人真传，扯是扯不开哒。"强压着笑意的话语从背后传来，素星痕停住动作，片刻，恨恨地回头瞪眼。

"怎么样？我说可以的吧！"离离得意扬扬，扯了扯身边阿蒙的袖子，"只要稍加打扮，他就能变成一个彻头彻尾的小屁孩！"阿蒙慢慢地点头，两眼发直盯着他的好兄弟："我……我好像回到了十二年前……不是不是，更……更早的时候……"

"醒醒吧！"素星痕忍无可忍地大吼一声。"快给我把这个，拆了！"他指着自己头上的球状物，横眉立目对着离离。

离离慢慢走过来，整了整他发髻的形状，顺手拔掉一根翘着的鬓毛："那可不成，我精心给你打扮，好去见雇主的。"

"什么雇主！"星痕躲闪着离离的手。

离离笑道："我接到一桩生意，有人要雇用一个脑袋聪明、又能扮成十三岁男孩的人。这岂不是天上掉馅饼，非你莫属吗？"

素星痕愣愣地看了她一会儿，头一扭，平静而清晰："打死我，也不干。"

"不干也得干！这个客栈的房租我们已经欠了三天啦，今天的午饭会是我们连续第十顿吃白水阳春面，而且第十一顿的面条钱现在还不知在谁口袋里放着！"离离突然换上了一脸怒容，"这都怪你！自从你拿了绣衣使的牌子，除了吃吃睡睡就什么都没做过！"

听着这话，素星痕默然，伸手轻挠着小猫的下巴。

离离贴近他耳朵，继续数落道："你是怎么想的！进淮安的时候，你不是说了要来好好赚钱的吗！你才一进城就碰上江子美大人，得到这么好的差事，还白拿了一大笔饷银，我和阿蒙都羡慕死了！你可倒好！江大人说了，绣衣使是凭战绩发饷的，你不去查案、办案子交差，整天就是睡觉睡觉睡觉，要我们到哪里去支饷银买菜做饭买零食啊！"

雷霆霹雳之下，素星痕面无表情，两根手指轻轻按住小虎的两只耳朵。

离离愤恨一吼："你再这样下去，绣衣使的牌子就要被收回去啦！"

"那就让他收回去，正好。"素星痕终于答了一句，轻描淡写，十足欠揍。

离离气得两道柳眉陡地竖起，凝然瞬间，人却又平静了下来。"这就是你想要的……对吧。"她露出一丝略带冷意的笑，明亮的眸子盯住了星痕。

"自从拿到那块牌子，你就故意懈怠，打算好吃懒做直到江大人主动放弃你这个手下，对吧？"

素星痕微低下头，两只眼睛看着别处，默不作声。

离离轻轻笑了一声。"这个绣衣使你要不要做，我不管。总之呢我发过誓，进了淮安城，就决不再饿肚子！"她坚定地抓住了素星痕的胳膊，"阿蒙，拖他去见雇主啦！"

阿蒙应了一声，还没动手，却被星痕恨恨地瞪住。怔了一怔，低下头，蛮族少年愁容满面地嗫嚅道："我知道你不太高兴……可是离离说，这个钱也算很好赚的……星痕，我……好想吃点肉什么的啊……"

愤恨的眼神一散。看着这常年在草原上屠狼饮血的勇士此刻那微泛菜色的脸，素星痕一肚子的脾气，顿时竟泄得烟消云散。

"谁……谁让你们非得跟着我的。"他皱着眉，罕见地有点结巴。离离和阿蒙只是双双看着他，女的犀利，男的可怜。

"好吧……我去那什么雇主那儿看看。"素星痕闭上眼睛，痛苦地做出决定，"不过，这次赚的钱我一个铜锱也不要；你们两个拿了钱，咱们就各走各的，行吗？"他忽然提出这个要求，语气有些冰冷。

默了一瞬，阿蒙郑重地移动脚步，牢牢抓住素星痕双肩。

他的神色无比坚决："不行。"

东山书院，整个淮安数一数二的名牌学堂。这里因每年培养出成功进学到帝都太学的优秀童生而驰名宛州；更有不少纵横东陆的商界英才出其门下，"东山学友"的名望颇不可小觑。虽已久闻书院大名，今番却是头回见识。这院中豪阔气派的建筑、学子名师络绎往来的气象，令素星痕也不禁暗自赞叹。

在一位接引之人的带领下，三个伙伴穿厅堂，过小径，九转八回，来到书院中一处略显隐秘的内室所在。此时方知，离离所谓的"雇主"，原来竟是这座大学堂的山长——淮安名宿司徒延。

"样子倒还好。"贵气飘逸的山长大伯只用侧脸对人，眼角打量素星痕一遭，半晌轻言了一句。

"那是自然的！我们这位小哥生得极好，不仅样貌年少，而且打扮起来又乖又可爱！"离离笑眯眯答话，素星痕的眼皮向下一垂，满脸黑气。"山长大伯还满意吧？那么酬金……"

司徒延漠然打断了离离的关键性谈话。他从袖里取出一纸卷轴，放在条案上"唰"地推开，卷长达到五尺。"算出这个给我看。"一句冷冷的吩咐。

素星痕低头扫视卷轴。阿蒙、离离凑上来看，只见三寸宽的纸卷上细密地写着两行长长的算式，数字抄写得结构错综、上下翻飞，对于只晓得"加减乘除"四则算术的离离来说，其中很多符号根本看不懂。

"算筹在那张桌上，自己取用。"司徒延语意苛刻，"若超过一定时候还算不出，或者算错，受雇的事便免谈。"

素星痕将目光从长卷上移开，转身而行。司徒延见他并没去拿算筹，不禁有些怒色："怎么，连算筹都不会用？哼，是哪个找来的无用小儿，徒然浪费老夫的时辰！"

他拂袖要走，却见素星痕径到书桌近旁，提笔在一张方笺上勾了两下，转身递在他的眼前。司徒延皱着眉往那笺上扫了一眼，却是一怔，夺下笺纸又看两眼，不可置信地喝问："谁人对你泄题？"

素星痕淡淡一笑："算筹这东西并不好用，还是心算来得快些。山长若是不信，立即出题再考过便是。"

离离踱到素星痕身前，笑对司徒延道："大伯啊，算算术可是我们这小哥最拿手的啦，这算什么，再长个两倍也不在话下呀！"她语气轻松地说着，一只手却藏到背后伸出拇指，上下晃晃。素星痕见了，不禁微微含笑。

那司徒延听了离离的话，又重新打量素星痕，怠慢之色一扫而空，急切地追问："小兄弟除了算术，还会什么？"

"文韬武略、诗词歌赋、旁门左道、挖坟掘墓，无所不能。"离离学读书人的模样拗着脖子，言之凿凿。

司徒延闻言更惊，激动地捋胡须，盯着素星痕低声念叨："神童……是真正的神童啊！"

"那个……"素星痕只觉得额角的血管在跳，"山长大伯，我不是神'童'。"

"就是你了！"司徒延突然拍手高喊，"这位……素小兄弟，本院决意雇你三日，酬劳之事，尽从优厚！"

离离、阿蒙喜笑颜开，击掌为贺。

"不知贵院雇我何事？"素星痕淡淡问道。

司徒延眯着眼，背着双手："要你代我东山书院，出战今年的'两院学子赛会'。"

见三人都有些疑惑的模样，司徒山长解释道："看来尔等是初来淮安，尚不知本地掌故。我东山书院乃学界翘楚，地位远非寻常学堂可比。这淮安城中可与我院一较高下者，唯有城北的'曲江书院'一家。"

"哦，晚生听说过。"素星痕点点头，"印象里，曲江书院的名望，仿佛比贵院还犹有过之。"

司徒延的脸略略一僵，哼了一声道："伯仲之间吧。二十年前，我们两院开始举办学子赛会，双方各遣一名优异门生出战，当众比试各科技艺，最后决出胜负。此赛会一年一度，渐渐衍为淮安一件盛事，不但观战人数逐年而增，历届的胜负结果还会被张贴至淮安各处学堂，成为一时热议。每年赛会日期，恰在书院新春招生之前，因此赛会之胜负，对我们两院事后一年的竞争，都影响甚巨。偏今年的赛事又轮到在曲江书院内举行，彼为主，我为客，要想取胜恐有难处。"

"哦……所以呢？"素星痕的脸色有点难看。

司徒延叹气道："我们两院这比赛，双方出战者都可谓少年天才，千里挑一。题目之繁难也是年年攀高，坊间俗称'神童会'。然而此等神童，一两年中又能得几个？单凭我们书院里的学子，恐怕是支应不住了。所以……"他扫看素星痕，笑道，"老夫有意外聘高才，替我院学子出赛。"

"意思是说，'冒充小孩，去跟另一个小孩比赛，来骗其他小孩'？"素星痕问罢，笑了一声，冷下脸来转身就走。

"哎哎！你又要不干？"离离连忙拉住他。

"我素星痕还没穷到这个地步吧？"他没好气地往外走着。

离离有些难色："这买卖是有点……可是……"

"白水面条再吃就要中毒了吗？我们去拦路打劫怎么样？"素星痕一副认真建议的样子。

"留步，留步！"司徒延着急地叫，赶上来拦住素星痕去路，"小兄弟莫要误会！我们这番安排，虽听来不大入耳，却也是无可奈何之举。赛会一旦落败，书院便难以招收良才入学，束脩资费也不得不降，如此便致使来年的教学更落下乘。长此以往，岂是办学的正途？老夫苦寻多日，都未能求得合适人选，开赛日期已然迫近，唯有恳请小兄弟勉为其难，给老夫一个面子便了。"

素星痕保持着一个彬彬有礼的微笑，点头致意，然后绕开司徒延继续前行。

"小兄弟！"老山长已顾不得体面，双手拖住了他，一副哀告的语气，"实不相瞒，越是我们这等家大业大的书院，越是有天大的难处。那曲江书院实是厉害，我院与他们较量多年，如今已被逼得累年亏损。近两月来，他们又抛出个'成贤略案'的奇招，号称只要付上足够的银资，他们便能定制专案，对学童单独施教，短期之内便可成就贤才。淮安城几个财力雄厚的人家，已然尝试向曲江书院购买此略案，据说七日为一期，每期之后，孩子的进益便一日千里；如欲续期，便须再付巨款。说也奇了，那些受教的学童，无论是中人之才，甚或是天生痴儿，'成贤略案'都一概奏效。老夫半生从教，只知因材施教、量才而为，实在参不透那曲江书院怎能成就如此奇迹。他们凭此奇招，在一个学童身上所得的银资，几乎等同我院整年的束脩收入；对手如此强悍，我院的经营已然岌岌可危。倘若此番再在学子赛会上落败，只怕东山书院百年名门，便要就此倒闭了。"

素星痕静静地听罢，转回头来看着司徒山长，两眼却空洞洞的，不知在想什么。

司徒延急得冒了汗，赔着笑再三说："只要小兄弟肯援手，酬金从厚，酬金从厚！"

素星痕捋了捋额头前的齐刘海，指着离离："酬金的事，你跟她谈吧。"

【二】

——————————

在大燮帝国礼制光辉普照下的大部分人看来，宛州是个无君无父的地方。在这商人做主的世道里，偌大一个淮安城，既无文庙，更无辟雍，与学术相关的礼仪场所，竟就数城北曲江书院里这座私立的先贤祠最具规模。

就一座学堂的内园而言，这祠前广场算是罕见的宽敞了，但今日观战"两院学子赛会"的人群拥入之后，此处实在是显得有点窄了。

手持"东山书院嘉宾特帖"入场的离离回头看看那一团因拥挤而吵吵嚷嚷、跌跌撞撞的普通观众，得意扬扬地呼了口气。"太棒了，来东陆以后，我还是头一回坐这么靠前！"身旁的阿蒙满脸发光，高兴地说，"每次看戏都被挤在最后面！"

"嗯，今天这戏可格外好看。"离离开心地靠上阿蒙肩头，顺手递过掌中的纸袋，"吃这个，糖蘸脆花生。"

阿蒙抓了一把，边嚼边笑道："真甜，也给星痕留几颗！"

离离撇着嘴摇头："远不如青石城卖的好吃。"

阿蒙已经又抓了一把："现在除了白面条，我觉得啥都特好吃！"

两声洪亮的钟鸣，现场的嘈杂迅速平息，这派安静却让人更加感到兴奋。先贤祠廊下的平台上，一个仪表儒雅的男子走到中央，向着在场众人款款行礼，高声言道："多谢各位莅临，今年的东山、曲江学子赛会正式启幕。"一言之下，台下响起一片喝彩声。

这人便是曲江书院的山长莫隐之，看上去比司徒延年轻不少，言行也谦和温润，不像司徒老头那般骄矜。离离望着他言道："看看，这才像个读书人的样子。"

阿蒙见她这样说，也望了望，十分认真地问道："你……你喜欢这样的人？"

离离略一怔，看了看他，眸光稍转，不禁一笑。她凑近了些说："我喜欢能打的！"

阿蒙眨着眼想了片刻，笑得露出光洁的牙。

这时台上的莫隐之言道："有请双方出战的学子登台。这一位，是东山书院的少年才子——苏星子学友！"他伸手向祠廊的左边，众人随之望去，见到一个身材清瘦、脸庞稚嫩，身着东山书院学服、梳着两个团髻的貌似十三四岁的学童半低着头走了上来。

观众中有一批支持东山书院的人士不禁鼓噪欢呼，离离是其中骨干，一边尖叫，一边冲着台上热情招手。

瞥着台下那雀跃的姑娘，素星痕的头不觉垂得更低。他完全不知"苏星子"这样一个玻璃弹珠似的名字是属于哪个郁闷的人，不过看到眼前情形，也就不言自明了。他还是有点后悔自己做出到这里来骗小孩的决定，就算要来，至少不该把一切都交给离离安排。

莫隐之山长彬彬有礼地将素星痕引到平台中间，而后又指向祠廊的右边："这一位是曲江书院的后学——木小石。"

随着他的介绍，平台另一头走上一位学童，身量比"苏星子"更娇小些，眉眼也更清秀圆润，眼神明澈，举止端庄，真真可谓粉雕玉琢的一个清纯好少年。

"他就是要被我骗的那个小孩了吧？他就是吧？"素星痕这样想着，有立即掉头离开的冲动。

莫隐之微笑道："文武切磋，学者之乐。两位小学友不必以胜负为念，各自尽量发挥就是。那么便开始吧。"

原来这学子赛会自有程序,赛场共备下十科不同的题目,两院出赛者轮流抽取一题,共比五局,由淮安各学堂山长、名师二十人旁观评判,最后以计分论胜。莫隐之主让客便,先请东山书院抽题。素星痕暗暗叹了口气,走到十个题牌跟前,随手取了一个,将上面封纸撕下亮给众人。只见牌上赫然两个大字:"算学"。

台下的离离双拳一握:"手气太好了!"

两名出赛者在平台左右的两张书案后各自落座。场上有两名专司督赛的先生,是特地从白水城请来的学界名宿,身份中立。他们从密封题箱中取出一个卷轴展开,就如先前在司徒延处所见一般,上面是十尺长的复杂算式。

素星痕在面前铺平一张白纸,侧目看见那木小石开始摆弄算筹。"小兄弟的神算为老夫生平仅见,这些年来我们两院所出的神童,也没一个能赶上你十分之一的速度。若上了场时,还须略作收敛,否则太过技惊四座,恐怕露出马脚"——司徒延事前的叮嘱回响在心头。星痕提起笔,饱蘸了墨汁,无聊地在纸上画起小人来。

他照着离离的样子画了个长辫子的小人,又在旁边画了一个大些的代表阿蒙,向台下扫了两眼,又打算画这两个小人正在吃花生,正待落笔,忽闻右边一个男孩的声音叫道:"学生算好了。"

"啪"!一大滴墨汁滴在离离小人的脸上。素星痕呆呆地抬起头,看着木小石将计算结果抄录纸上,起身递交给督赛先生,走回来的时候,向着自己这边轻傲地瞥了一眼。

素星痕愣了一会儿,觉得此时氛围过于平静了,似乎该有个气急败坏的人在身边跳脚才合理。他看看台下,果然见离离瞪圆了眼睛,正把手里的脆花生什么的往自己这边乱扔,阿蒙凌空捞住了几个,看着那些落在地上的,露出惋惜之色。

"第一局,曲江书院木小石胜。"督赛先生与二十位评判合议之后,高声宣布道。

素星痕不禁打量了那木小石一番——自从上台来,他心中万分惭愧,都没正眼瞧过这个对手。虽说这孩子用的是算筹这种并不高级的方法，但运算如此熟练精准，也确实令人叹为观止；若真是十三岁时的自己，恐怕也未必是他对手。

已退到台下主宾席就座的莫隐之微笑着站起来，向着身旁的东山山长司徒延拱手一礼。司徒延勉强起身回礼，而后又与莫山长并肩坐下，眼神简直能剜下素星痕的肉来。

第二局比试很快开始。木小石前去抽题，选到一块写着"音律"的牌子。

"音律音律！"离离急得攥着拳头，低声问阿蒙，"他音律行不行？"

阿蒙微微皱眉，思考了一会儿，低声反问："什么叫音律？"

台上的素星痕却已捂住自己眼睛，泄气地仰倒在椅背上。

音律之道不比算术简单明了，众师长饮茶的饮茶，闭眼的闭眼，做好准备要细心品评一番。木小石当仁不让，径自请人取出一张琴来，摆在书案上落指弹奏。

琴曲古雅，指法繁难，情态飘逸，善哉美矣。一曲弹罢，一众评判不禁鼓起掌来，满场观众也随之掌声雷动。

两名督赛先生待众人掌声渐息，转问素星痕道："东山学友，用何乐器？"

场上十分寂静。半晌，素星痕问道："一定要用乐器吗？"

督赛先生言道："莫非学友不喜器乐，而擅长讴歌？也可。"

"啊不不不，不。"素星痕连连摇手，汗差点出来。干坐着想了一会儿，又看看满场众目睽睽，他忽然起身跑下平台，到先贤祠一角种着的大柳树旁，摘下一片柳叶。

他将叶子放在唇边吹了吹，发出一声怪响，相当干瘪。他一皱眉，只得扔下柳叶，又从枝上摘了一片，再吹，声音仍是不佳。如此这般在脚下扔了多片绿叶，他小跳着从更高处扯下一片修长的叶儿，唇边一试，总算满意。跑回台上，双手拈着柳叶，他轻轻吹了起来。

细细的叶笛声下，先贤祠前异常安静，偶然莺声，仿若击磬和鸣。这是一支极简单的小曲，反反复复仅由三个音节组成，街上跑的十个孩子，大概八个半能吹。短短小曲很快吹完，星痕向大家鞠了一躬道："我只会这个，献丑了。"

过了片刻，观众中响起一片唏嘘议论之声；司徒延的脸色已经变得有点发青。

离离举目望着台上，有些出神。阿蒙看了看她，轻轻问："你爱听这个吗？我也会吹。"

离离恍惚了一下："你？"

阿蒙笑道："小的时候，星痕教过我。就算风浪再大，吹起它，心里也好像是亮的。"

"风浪？"离离觉得怪异，追问一句。

"是啊，你不知道吗？"阿蒙的目光转回了台上，"海上风浪大的时候，黑得可怕，分不清是白天还是晚上。"

"海上……"离离自语般地叨咕一声，须臾，三分怒色又重上眉梢，甩了甩手道，"我爱听有什么用啊！"

督赛先生已从评判席取得对两人奏乐的评语，各执一张。一人念道："梧桐琴——清商润徵，雅韵流芳。"另一人跟着念道："柳叶笛——五音未全，何谈六律。"

"第三局，曲江书院木小石胜！"

一片更热烈的欢呼声中，那学童木小石站了起来。"多谢各位师长赞赏。"他向台下的二十位评判行了个礼后，就转望着素星痕，笑道，"不过学生倒觉得，苏学兄的叶笛很好，听来十分感人。希望今后能切磋一下。"

素星痕一怔，冲着他点了点头。

督赛先生咳了两声，宣布进入第三回合。司徒延掏出丝帕来擦着汗，离离、阿蒙也紧张得不行。星痕已经连败了两局，这第三场若再输，后面也就不用比了。面条汤里的肉片也不用指望了。

素星痕亮出抽取的科目后，在场观众十之七八都有些疑惑。因为那块题牌上写着的是："界画"。

所谓界画，指借助界尺引线工具描绘亭台楼阁图样的特殊画法，乃是设计、营造土木建筑的必备功夫，寻常人大多没听说过。东山、曲江两家书院培育的不过是十五岁以下的童生，如此专精且超出必要的学科竟也有修习，还拿出来比赛，长年竞争之下，两院已将这光芒耀眼的"神童教育"发展到何等地步，可见一斑。

　　众人还没弄明白界画是怎么回事，督赛先生已设下了题目，以曲江书院先贤祠为描摹对象，出赛双方各作界画一幅，以精、准、美、快者为胜。各类作画工具随即被摆好在两张书案上，巨幅画纸铺开，先生一声令下，比试开始。

　　木小石先跑到平台的边缘，仰起头，十分冷静地观摩整座先贤祠的构造。成竹在胸之后，他并没动用书案上那些从淮安最好的笔庄定制的精良毛笔，而是摸出自己怀里的一个布包，从里面取出一根通体乌黑、细长的尖笔。握着这支样子少见的硬笔，他熟练地腾挪着界尺、规、矩等各种用具，迅速在纸上勾勒起来。

　　看了看自己这个虽然年少，却异常优秀的对手，星痕也不紧不慢地走到了平台边上。然而并没回头观望，他却是蹲下来，对坐在台下第一排的离离说道："你那镜子借我。"

　　离离转了转眼睛，只得从阿蒙替她背着的绣包里拿出一面手把镜来，交到星痕手中："全靠你了，千万别输啊！"

　　星痕笑了一笑，走回自己的书案旁，举起镜子。双团髻齐刘海的小脸在镜中一映而过，害得他禁不住一个冷战。心里恨了两下，他微转镜面，反照着背后大祠堂的斗拱雕梁，提起一支最细最细的叶筋毛笔，轻轻点落纸上。

　　这一场比赛却是漫长。众人等到郁时三刻，两位赛手的画还远未完成，观众便都纷纷散去吃午饭；两位山长退席，邀着各位做评判的同行去用膳，两个督赛的先生也轮流午休。离离与阿蒙没走，始终忠实地坐在台下为星痕打气，反正他们也没有饭钱。

　　待到郁时已过，全场观众差不多都已归位，两个少年的画作犹未收尾。这般又等了一个时辰，太阳竟已有些斜了，观战的人群无聊不已，各自闲谈起来，整个广场上闹闹哄哄。

"苏学兄，你可画完了吗？"平台上，木小石埋首于画纸，忽然问了一句。

"你又如何？"星痕反问，手眼未停。

"几乎成了。"木小石答道。

"你成了，我就成了。"

"好，那么同时放笔。"木小石轻轻的一声，两人忽然一齐弃笔，齐声叫道："完工！"

众人猛然闻此，如释重负一般，还未听到胜负结果，便是兴高采烈的一通鼓掌。

两院山长，并那二十位评判都走到台上来看画。他们先围在木小石的书案旁观看，一看之下，发出一阵好奇的议论之声。"孩子，这是什么笔法？"一位年老的先生问道。

木小石拈起案上只剩下短短一截的细黑硬笔，微笑道："这个叫作炭笔，源自宁州，后来洛族绘制图纸也常用它。这笔尖是硬的，画线省力，作界画再好不过。"

众师长纷纷点头，将那截炭笔互相传看，出言赞扬，看来对木小石的画作十分满意。品评完毕，督赛先生将那幅画拿起，向台下众人展示。只见粗细均匀、横平竖直的线条错综联结，活脱脱描绘出一座宏伟的先贤祠，描摹简洁、构图精严，按照这张图稿，径直再造一座一模一样的祠堂，绝无问题。观众是一片喝彩，唯有离离有些绝望地捧着头，愤愤然说道："哪有这样厉害的臭小孩！太不讲理了！"

她正自哀叹，却被阿蒙拉扯着衣袖，让她去看台上。望去，只见那素星痕的书案旁，二十位评判紧紧地围着，许久不见有人说话。这些饱学之士时而面面相觑，时而又一起去看星痕，如此半晌，直到台下的众人不耐烦了，纷纷叫着要求将东山学子的画作展示来看。那些评判闻得，互相点了点头，默然让开书案一角，叫督赛先生将星痕的画展开在众人眼前。

一瞬静默后，满座间响起深深吸气、赞叹之声。

这幅画不像木小石所作那等简单明了，而是繁复精细，极尽细腻，简直让人意识不到这是一幅没有色彩的黑白画稿。不仅祠堂的整体形制跃然纸上，甚至斗拱上的每一个雕花，廊檐边的每一寸彩绘，这座建筑的一切细节皆纤毫毕见、殊无遗漏。众人觉得，就好像眼前的这座先贤祠被瞬间缩小，原封搬到了这张两尺见方的画纸之上。更有甚者，图画上纤细如发的工笔墨线，精致无双，竟似比木小石那硬笔描出的线条还要平稳、均匀。

阿蒙张大了嘴巴，好半天，没有眨眼。离离也十分惊讶地盯着那画面，须臾，脑中现出了许多天前夜月之下，星痕取出金色的笔，展开那卷"金脉图"的情景。她忽地一笑，笑出了声。

台上的评判仍是沉默，他们不由得盯着素星痕书案上的画具。这些界尺、规、矩之物，此时仍摆放得整整齐齐，素星痕根本没有动过，自始至终，他只用了一支叶筋细笔，还有一面小小的镜子。

"你……"其中一位评判终于开了口，"短短时辰，你竟能作出如此繁复之画？"

星痕左手揉着右手的手腕，笑了笑："不用这些工具什么的，自然能比木学友画得多些。"

"可是，你不用界尺，怎能画出如此平直的描线？此等工笔，吾生平所未见！"又一人问道。

"这个其实，跟算学的道理差不多……"星痕微微皱眉，转又满脸光辉灿烂地一笑，"各位前辈不会明白的，所以快点继续比赛吧！"

一帮名师宿儒愣了一下，忍气吞声，向着一旁已经笑意满面的司徒延拱手，纷纷言道："贵门教导出如此优异之弟子，佩服，佩服！"

那两名督赛先生便走到台前，一起高声宣布："第三局——东山书院，苏星子胜！"

其实最好看的比赛莫过于峰回路转，咸鱼翻身，看热闹的众人忍不住欢声雷动，竟比离离、阿蒙这两个正牌亲友团的还要开心。

木小石败下这一阵来，便一遍遍地打量素星痕，站着看，坐下看，走去抽取第四局比试的题目，一边走一边还回着头看。素星痕冲着他尴尬地摆出一个笑脸，内心里愧得火烧火燎的。

选中的科目封纸撕开，只闻离离欢呼一声，便跟阿蒙又蹦又跳又击掌的。待木小石举着题牌转过身来，素星痕看见那上面写着："诵文"。

"原来是背书啊。"他也不禁笑了起来，不好意思地挠了挠额头。

两本一模一样的精印新书被摆上星痕和木小石的案头。木小石立即开卷，十分投入地盯着书本，翻页的速度近乎常人的一倍。坐在他左边的比赛对手也捧起书来，那样子却简直是在数书页。

"决不能再像个白痴似的画小人了。"素星痕这样告诫着自己，站起来走到台边，松手将刚读完的厚厚书本丢在督赛先生面前。

两刻钟后，考查背诵成果的督赛先生目瞪口呆地看着星痕。另一位先生慢慢走到台中央，放开嗓音叫道："东山书院苏星子胜……双方各计两分，四局战平！"

"决胜！决胜！"离离、阿蒙带着一大帮兴奋的看客齐声高喊。见识了苏星子的十行并下过目不忘神奇背书法后，一部分原本纯粹看热闹的人变成了他的拥趸，飞扬的激情掀起了一个高潮。

素星痕低头捂住前额，这如火如荼的气氛令他仰问无语。

这时候，东道主莫隐之走上平台，行礼平息了众人的喧哗，微笑言道："今日赛会精彩绝伦，我辈毕生教书育人，今见后学子弟如此英贤，深感欣慰。依两院学子赛会之惯例，比试若能延入第五局，便当由东道书院摆酒，于次日大开山门，招待各方来宾观赏决胜之赛，赛后大宴，以示庆贺。如今四局过后双方战平，那么决胜一场，便将留待明日早间开战。司徒山长与东山书院一众嘉宾今夜就请留宿本院，容我一尽地主之谊。也请各位朋友明日再度莅临，共观分晓。"

看客们多是积年追看学子赛会的好事之人，对赛会这个十分值得称赞的传统都很了解，念及明日有热闹看还有酒吃，欢喜得一通热烈喝彩。莫隐之又道："明日决胜一局的题目，就请苏星子学友当场选定吧。"

素星痕正将目光穿过自己的指缝，寻找够大的地缝，忽然听说可以暂时休战，一时竟有些如蒙大赦，不待相邀，立即跑去随便抄起一个题牌。莫隐之亲手撕下封纸，看了看，高举着向众人道："决胜一局比试剑术。各位，明日请早了。"

众人见了，都道这最后一局最是好看，遂欢声笑语，尽兴而散。只有离离、阿蒙、素星痕三人，呆站的呆站，僵坐的僵坐，好像被冻成了三枚冰人。

【三】

阿蒙打了个饱嗝，脸上露出由衷的舒心之意。只要美美地大吃一顿，他有什么烦恼都能一扫而空。慷慨的莫隐之招待了他们一顿晚宴，还安排了这个大房子给他们住。夜凉如水，星烁虫鸣，试问世间还有何不美？他快乐地环视着充满东陆独特书卷味的漂亮房间，冷不防离离、素星痕两张郁闷的脸，映入眼中。

看见这两个人不高兴，自己的心情也会直线跌落。阿蒙不自觉拿出晚宴上打包的馒头，又吃了起来。

“那个司徒大伯真够傻的！”离离双手撑着腮，噘着嘴，“饭桌上还喝得那么兴头，就好像他明天能赢似的！”

素星痕慢条斯理言道：“剑术也好什么也好，比武嘛，归根结底就是打架。他心里盘算着，他们东山书院出战的是个二十五岁的大人，大人跟小孩打架，自然是铁定会赢的。”

“星痕，你说的这个……听起来真是无耻啊！”阿蒙用力嚼着馒头，有些义愤地感叹。也难怪他，草原人在打架这方面几乎个个都是君子。

草草掩盖着的伤口被陡地揭开，素星痕一头撞在桌面。

“我去找司徒大伯！”离离霍地站起身来。

"干吗去？"阿蒙一愣。

"让他先付一半的酬金。"离离捏着自己下巴，认真地谋划道，"如果他给了，咱们今晚就连夜逃走！"

"你要比无耻的人更无耻吗？"素星痕仍伏在桌上，发出闷闷的声音。

离离怒道："那怎么办？难道看着你明天在台上被打死，然后酬金也全都泡汤吗？"

素星痕抬起头，眼眸迷离："后半句才是你的重点吧？"

"还不是最大的重点。最大的重点是，打死了还好，要是被打个半死不活，非但拿不到钱，还要倒贴钱给你看病。"女人的算盘打起来，连声响都显得特别冷酷，"眼下这光景，我手头能卖掉换钱的大概就只剩'阿蒙一名'了！"

"我就有那么差吗？"素星痕下意识地挺了挺腰杆，还前所未见地握起了一个拳头。

离离望着他，默了片刻，轻轻将一只素手，覆上了他的肩头："你知道吗……你是我此生中极特别的一个人。"

房中忽然变得很静，夏夜虫泣声声清幽。长辫垂腰的姑娘远目窗外，无限往事涌上心头："小女子自记事起，打架打了十几年……你是唯一曾被我一击放倒的男人。"

静默又持续了几个瞬间。而后素星痕沉默着，往房门走去。

"打算先去要酬金吗？"离离追上来，欢喜地问。

阿蒙将最后一大块馒头全塞进嘴里嚼着，拍拍手抄起棍子，准备贴身护驾。

素星痕向着身后无力地摆了摆手："我有些事，要出去看看。你们……洗洗睡吧。"他说着拉开房门，一阵微风迎面拂来，却只见一个遍体乌黑的人影正堵着门立在屋外。

"啊！"屋里的三个人惊得齐声大叫。

门外站着的是个女子，长发披散，一条面纱遮着脸庞，裙裳款款，身姿姣好。她见三人大呼小叫，忙将一个手指比在唇边，一推素星痕，自己挤进屋来，反手闭上了房门。轻轻摘下面纱，她冲着三人微微一笑。

"你……"素星痕一时呆住。

"是你！"离离惊呼一声。

阿蒙揉了揉被风吹眯的眼睛，盯住人家女孩子仔细审视了半天，才突然叫道："哎呀，你，你跟那个木小石长得好像啊！"

"……"

"所以，其实你是女的？"一刻钟后，离离抱着肩，警惕地盯着面前的不速之客问道。

那一袭暗色衣裙的姑娘轻松地坐在桌边，点头笑道："对，我不是男孩，更不是只有十三岁。跟这位苏学兄一样，我只是假扮成学童而已。自然，我也不叫'木小石'。"

"那你叫什么？"

"要知道我的本名，那么'苏学兄'是否也肯以真名实姓相告？我们公平交换，不亏不欠。"姑娘笑向素星痕，仍是像白天在台上对垒时一样有礼貌。

"怎么，你觉得'苏星子'不是真名吗？"离离狡黠地一笑，"你不觉得这名字跟他很配吗？"

那姑娘见说，打量素星痕一遭，手搭唇边考虑道："这样说的话，倒确实……"

"不！"素星痕断然止住了这对话的发展，站起来向那姑娘正式见礼道："在下素星痕。"

那姑娘也站起来还礼，笑道："在下百木英。"

"百木英？这算是什么名字？"离离眨了眨眼睛，"九州三陆，从没听说哪个地方有这样的人名。你若想瞒我们，不说就好了，何必编出这个来骗人。"

那姑娘一笑，反问道："名字奇怪就是骗人？我的名字听起来没有来历，那是因为没人知道我的来历。当年我师父是在春天花开缤纷的树林里捡到我，所以依据当时美景取了这个名字。自然不符九州三陆任何种族的姓名规矩。"

素星痕听了却微有动容，抱歉道："不知姑娘身世如此，得罪。"

百木英摇摇手："一直都很快乐，倒也不觉有什么凄凉。"

离离问道："那你为何要假扮曲江书院的学童？"

"和你们一样，打工赚钱哪。"百木英十分坦然，"我原本是莫山长雇来，专门教他儿子念书、画画的。做了两个月，他说起两院赛会要开幕了，今年尚无合适的人选出战，便让我顶上了。"

离离又问："那你怎能扮得那么像？连说话都是个男孩子的声！"

"那么素兄又是怎能扮得如此之像？"百木英看着此时仍是团子头学童衣无邪少年般的素星痕，歪头一笑，"公平交换，不亏不欠嘛。"

"上回就是我们先说的，这回该你先说！"离离一挡素星痕。

百木英点点头："说得有理，很公平。变声音其实也没什么的，一个小技巧，我教给你你也会的。"她说到最后一句，柔润的女子声线忽然变成男孩的嗓音，仿佛正在变声时期，还带有一丝沙哑，惟妙惟肖。看着面前三人惊讶的脸，她笑了笑，说："我是女子，要扮小还算容易。可素兄是堂堂男子，竟是如何能将样貌变得如此年少？我真是佩服得紧，也好奇得紧。"

离离忍不住露出个笑来，推了推素星痕道："是呀，快把你的养颜秘方说出来吧。以往我问你你不肯说，如今人家都把自己的秘密告诉你了，你可不能要赖哦！"

素星痕斜眼看着离离：他早该知道，这个女人的每句话里布满了大大小小的坑，随时等着他掉进来，她好挥锹便埋。

想不到这时候阿蒙也来起哄，皱着眉，万分关切地问道："星痕，我也不明白，为啥你好像还是十二年前的样子？"

"啊，连你们两位也不知内情吗？"百木英眉梢轻扬，"那我就更想一闻素兄的秘诀了！"

房中变得静悄悄的，素星痕略略低着头，两片薄唇平静地合着。半晌，阿蒙深深地吸了口气，温声道："星痕，若不想说就……"

凝视桌面的素星痕打断了他的话，吐出三个凉凉的字："是诅咒。"

阿蒙、离离、百木英均是微微一震。

"我修习的东西，带有'无法长大的诅咒'。"素星痕淡淡言道，"从领悟之日开始，修习者的形貌就不能再成长。"

"'修习的东西'，是指'流金归藏'吗？"离离心中暗自揣度，当着百木英的面，却没有露出口风。

素星痕抬起头，眼睛看着不知处的虚空："我老师六岁开始修习此道，而后终身都是幼童样貌。当年我遇见老师时，他正被恶贼错当成天赋超群的孩童而绑架，打算高价拐卖。"

阿蒙听到此言，忽地坐直了上身，瞪着素星痕，却是张口无声。

百木英很是惊讶，不禁追问："那……那时候，你却在做什么？"

素星痕转目望了望阿蒙。"那时候，我是一个……他们没有绑错的'货物'。"

离离在素星痕的身边慢慢坐下来，仰目看着他。"星痕……小时候被拐卖过吗？"她有些震惊地琢磨着，又去看阿蒙，只见阿蒙低下头出神，眼圈竟渐渐有些泛红。

"这……呵呵，"百木英略带歉意地打破了寂静，"我一个小小的口技，引出素兄这许多往事来。这次交换，不那么公平啊。"

离离、阿蒙犹沉吟未拔，素星痕却一笑，换上了一副轻快的口吻："既如此说，姑娘就再多答我一问，找回公平，可好？"

百木英不禁爽然而笑："好！"

素星痕问道："既然姑娘也认为在下的装扮十分逼真，那你又如何确定我也是假扮，而来这里摊牌？"

百木英笑出声来。"两院学子赛会多年演变成'神童会'，再聪明的小孩子也顶不下来。所以两家书院每年都是找成人假冒出赛，这在双方都心知肚明，早已不算秘密了啊。"

"什么？"离离跳了起来，转又向素星痕连声说道，"你看你看！你总抱怨我接骗人的生意，现在看看吧，人家就是这个玩法！"

素星痕默然片时，冷笑了一声："既已架空至此，办这赛会还有何意义。"

"起码是个乐子吧。"百木英道，"他们愿办，众人爱看，公平交换啊。"

"方才见姑娘作风，坦荡率真。难道在台上时，你不认为自己是在欺骗众人吗？"素星痕有些沉默。

百木英耸了耸肩："这其实只是做一场戏罢了，我们打工的，拿钱演戏，只要尽职尽力，又有何不妥？素兄不见台下看客们高兴的样子？既能给人们带来开心，也可算得一件好事。"

素星痕道："众人所以能如此开心，正因他们相信眼前所见的并不是戏。若有朝一日他们发现被骗，那时的愤怒与伤心，恐怕比以往的开心还多十倍。那时候，姑娘还会以为这是一件好事吗？"

百木英一愣，屋里又静下来。离离弯下腰，贴近素星痕的耳朵道："喂，你身为'这场戏'里的台柱小生，在这儿说这些，听起来有点不合身份。"

素星痕一怔，却再说不出话来，只得郁郁地转开目光。正好看见一旁粉墙上，壁挂名家墨宝的条幅，大书着两句古训："莫以恶小而为之，一失足成千古恨"。

忽然，百木英爽朗地笑了两声，起身走到房屋中央。"素兄是个很有意思的人，今日不枉这一趟拜会。"她的眼中是清莹的亮光，笑着，忽然将脸转向阿蒙，"那位拿棍子的大哥，请看清楚！"

阿蒙闻声抬眼，只见那玄衣姑娘忽从袖中亮出一柄剑来，纤腰款移，长发披拂，就房中宽敞处一招一式地舞了起来。她舞得很慢，剑式都很简单，却都极有章法，看在阿蒙眼里，十分值得赞赏。

七八招舞毕，百木英收了剑，转向星痕三人行了一礼："明日比剑，我便会用这套招式，分毫不差。实不相瞒，今日赛场上，素兄的才学令我服膺，颇有惺惺之感，所以我才漏夜来打扰。我想，既然赛会只是场戏，那么就以和局收场最好。素兄纵然不擅剑术，明日只要依套路进招，我在台上自会照应。言尽于此，余下的，你们看着办吧。"

她说罢一笑，衣袖轻飘，往外而行，走到门口，却又站住。"对了，方才我来的时候，你们可是正打算出门？这曲江书院里面戒备很严，你们身为外人，还是不要乱走的好。"说罢，她便自开门走了。

"又会算术，又会弹琴，又会画画，又会念书，会变声音，居然还会用剑！"过了片刻，离离怔怔地望着门口，捶胸顿足说道，"没天理了，我生平头一次觉得自己这么无能啊！"

"她的眼力也很了得，既看出我不擅武道，又看出了阿蒙是我们当中唯一的武道高手。"素星痕也望着那房门，轻轻言道。

"看不出你不会打架才奇怪好吗。"离离揶揄一句，转头问道，"阿蒙，那你看清她刚才那些剑术没？"

阿蒙点了点头："她打得非常清楚。"

离离拳头一砸掌心："真是天无绝人之路，酬金还有望，看来也不用花钱看病！那你也懂得怎么用剑吧？"

阿蒙挠头道："嗯，还行吧。我以前也练过刀啊剑啊什么的，后来大合萨说，'刀剑一类的兵器太过狠厉，武者要有仁心，以没有锋刃的棍为用具再好不过。'所以我就专门用棍了，打死了好多头狼。后来我又问过合萨，一刀穿心，跟一棍打断脊骨，到底哪个比较仁慈？大合萨也说不清了。"

房中一阵静默，不知何处好像有冷风吹过。离离嗓子里咽了一咽，挥着手对星痕说："听到了吧，阿蒙训练你是绰绰有余的。喏，人家百木英都说了，拿钱演戏就得尽职。台柱小生，说什么也要把明天的戏唱完哦！"

素星痕慢慢抬起头看着她，脸色是白里泛青。离离视而不见地笑眯眯，拍拍他头上的团子："小星子乖，练剑吧，姐姐看着。"

这世上有两大恨事：一是男人不能打女人，二是某些男人其实也打不过眼前的女人。

素星痕咽下满腔悲愤，不理他们，却从囊中取出那卷诡异的图轴，展开在桌上，盯着那些屈曲纠结的金线沉思起来。

"喂！"离离十分着恼，要去夺金脉图，却被阿蒙一把拦住。

"他看这个的时候，咱们还是别打扰吧。"阿蒙低声说。

离离绝望地一甩双臂："不能让他看啊！看完这个，他就一觉睡死啦！"

【四】

素星痕迷迷糊糊地站着，睁开一条眼缝，看见了身着剑衣的神童木小石，轮廓有点朦胧。过了一会儿，他觉察出有什么不对，这才把自己手里拿倒了的木剑掉了个个儿。

昨天他被按着头学下八招剑术，已处于半梦游状态，而后又对着金脉图发呆，不知折腾到何时。所以今天早晨，他是被阿蒙背到先贤祠赛场的。

祠前广场上，赶来观看决胜之局的人比昨天还多了三成，除了单纯的看客，显然还混进了不少东山、曲江两家书院的暗桩，两边互相拆台、带头起哄，赛场气氛被弄得沸反盈天，全无书院竞赛的文雅，倒有点像斗鸡跑狗的大赌场。一见素星痕竟倒持木剑就上了场，台下立即有人起哄起来，嘲笑之声久久不息。

阿蒙擦了一把头上的汗，对离离说道："总算握住剑柄了！倒着拿剑很危险的！"

离离按着自己的耳朵，点了点头："他开始醒过来了，还挺及时的。"

重已扮作学童的百木英看着素星痕，慢慢上前两步，用自己的木剑磕了磕他的剑锋。"苏学兄留意，我要进招了。"她刻意提醒一句。

素星痕揉揉侧额，振作了一下，眼中终于出现正常人一样的光亮。他也用剑回磕了对手的剑锋，道了声："请。"

百木英一点头，按照昨夜约好的招式，中规中矩地一剑刺出。她生怕素星痕跟不上路数，这一剑的速度拖慢了数倍，就算是用来跟老弱妇孺打架，也已完全失去实战的价值。按照自己精心编制的套路，素兄应该成功地格住来剑，然后两人错身换位进入第二回合，姿态优美，配合无瑕。

正往下想，"啪嗒"，一个突兀的声音打断了她的思路。她的步法停滞，身子僵住，慢慢低头看去——素星痕的木剑正淡定地平躺在地上。

被这缓慢得如同丝靡软舞的一剑正中手腕，导致兵器脱手，东山书院的神童露出一个惭愧的笑容。"木学兄剑术高超，我输了。"他向着百木英弯腰行礼，潇洒认栽。

台下期待着看一场好戏的人群一时默然，另一些人却不失时机地大哗起来："一击制敌，妙啊！曲江胜了！曲江胜了！"

"怎……怎么会这样？"阿蒙目瞪口呆，"我连第一招都没教好吗？我……我果然还是不懂用剑啊！"

"别傻了！他根本是存心的。"离离冷冷地瞪素星痕，而后垂头丧气地捧住脸，"唉！可怜我费尽心机，竟然就这么败在他手里！"

阿蒙挠挠头，宽慰她道："败就败了吧，没人受伤，也算挺走运啦。"

离离强压着怒火点头而笑："等他回来，就会有人受伤了！"

这时候，台上百木英收了剑，无话可说地望着素星痕。主宾席里，曲江山长莫隐之整顿衣襟站起身来，微笑着向司徒延行礼；司徒延脸色青一阵白一阵，已经几乎不能保持礼仪上的风度。

莫山长步步稳健地踏上平台，胜利的姿态既骄傲又谦和。他风度翩翩地举手示意，平息了满场喧哗，清晰地宣布道："承蒙各位捧场，今年赛会，敝院侥幸……"

"爹啊。"一声稚嫩的呼唤突然插进山长的讲话里，在祠堂的廊檐下荡出一个细细的回响。莫隐之讲到一半的话骤然哽住，脸上露出几分罕见的惊慌。

只见先贤祠高大的门扇打开了一个小缝，一个七八岁大的男孩从里面慢慢走了出来。这孩子瘦小、眼光呆滞，一身上好的丝绸衣服蹭得脏兮兮的，身体似乎也不太协调，迈出门槛时还绊倒一跤。男孩委屈地吭了两声，蹒跚爬起来走到祠前平台上，双手攀住莫隐之的衣袖。

"爹啊，我想吃糊糊，没人喂我吃糊糊。"他有些口齿不清地说道。

台下的人一时都愣住了。很多人都知道莫隐之数年前丧妻，而后便只是潜心办学，一直鳏居未娶；也听说他有个儿子，但不承想——淮安第一名师、培养出神童无数的曲江山长莫隐之，他自己的孩子，就是眼前的这个……痴儿吗？

众人都等着看莫隐之如何表示，莫隐之却只站在那里，不言不动，不置可否。那男孩拉扯他两下，转过头，又冲着百木英走了过去，边走边叫道："老师姐姐！老师姐姐，喂我吃糊糊……"

离离都紧张得攥起了拳头。百木英说过，她原本的差事是教导山长的小公子，如今看来，这个痴儿就是莫隐之的儿子无疑。可他这样一叫，赛会的骗局马上就要被拆穿了。

果然，观战的人群大哗起来。"老师，他叫他老师！"有人喊道，"这什么意思！他还叫他'姐姐'！木小石是女的吗？"另一些人大声质疑。

"诸位！"一直在沉默的莫隐之突然高声一喊，"一个痴儿的话，大家也要当真吗？"他有些阴沉地说。

百木英已将那男孩揽在怀中，听见山长这样说话，不禁抬头看着他，微微地凝眉。

"这么说，莫山长也承认你的儿子是个痴儿了？"台下有人尖刻地问，明显是东山书院的暗桩。接着便有一群人高声起哄，讥笑那男孩痴愚的刻薄之词零碎地蹦出来，场面一时极其难堪。

"来人，来人！"莫隐之忍无可忍地大叫出来，"将这痴儿给我拖走！"

几个强壮的护丁闻令冲上台来。"不可！"百木英挺身将小男孩护住，那男孩紧紧揪住她的衣襟，吓得发抖。"山长，若这样对待小公子，他的情况可能会更糟的。"百木英镇静地向莫隐之建言，喉中仍保持着少男之音。

莫隐之不理她，只一挥手。护丁们围上来预备强夺男孩。

突然一支木剑一晃。百木英怔住，只见始终站在一旁的素星痕已闪身过来，与她并肩挡住了那男孩，手握木剑对着护丁，虽然完全不成个架势。"腾"的一声，阿蒙用长棍撑地翻身跃上了平台，也轻捷地落在男孩身前，棍如长龙摆尾，横扫出一道劲风。看见星痕捡起木剑时，他就已做好了行动的准备。

三个少年护住可怜的男孩，与护丁的包围圈对峙起来。

莫隐之怒道："木小石！你要坏我大事不成！"

百木英未答话，台下却有一个人大声笑道："曲江书院名满宛州，却连山长的儿子都教导不好。还夸口有什么'成贤略案'，能让学童无论贤愚，都变成聪明绝顶的才子。当真这么灵验，何不先在自己儿子身上用用？"紧跟着又有一人叫道："成贤略案是个笑话，只怕这曲江书院过去的名声，也都是假的！"

东山书院的人煽风点火，渐渐有些普通的看客也跟着哄了起来，喧哗声越来越大。

情势竟这般急转直下，曲江书院方才还风光大胜，此刻却已砸烂了招牌。司徒延简直抑制不住心中的窃喜，激动得满脸冒出红光。

就在这群情汹涌之时，素星痕忽然将木剑一扔，转身向着莫隐之跪了下来。

"哎呀！快看快看，戏还没完哪！"台下的离离一跃而起，使出全副气力高叫。沸腾的人群都被她娇美而锐利的嗓音吸引，齐往台上看去，迅速安静了下来。

莫隐之有些错愕，皱眉问道："做什么！"

众目睽睽之下，只闻素星痕言道："学生有个不情之请，万望莫山长成全。学生想转学到曲江书院。"

"什么？！"莫隐之和司徒延同时大喝了一声。

素星痕微微笑道："学生自认天资不差，今日输在贵门木学兄的手下，全是平日受教不足的缘故。借这次赛会之机，学生得以在贵院盘桓两日，深感贵院学风严谨，能人众多。学生觉得曲江书院更适合学生深造，恳请山长成全。"

"你！素——"司徒延气得差点喊出星痕的真名，话到嘴边又生生收住。

满场看客再度轰然议论起来。东山书院的暗桩全都傻住了，好容易推波助澜弄出一边倒的大好形势，转眼间竟又反转了过来。优秀学子的代表当众要求转学，这简直是创了书院历史纪录的丢脸事迹吧。

愣了片刻，曲江书院的暗桩忽然开始热烈地鼓掌。此刻的心情，不必再用言语来表达。

莫隐之仍严肃地皱着眉，他拿不准这个苏星子的真实用意。

百木英默然看了星痕一会儿，忽然将身后的小男孩交到阿蒙怀里，推开护丁的包围走到莫隐之身边，对他耳语了几句。

莫隐之沉吟须臾，点了点头，言道："既然苏小学友一片至诚，那好，本院随时迎候你前来入学。"

"哼！"崩溃了的司徒延猛甩袖子，不顾其他，大步离去。

"师长还要招待众人宴饮庆贺，木小石，你先去吧。"莫隐之说着挥挥衣袖，护丁们见了，散开了包围。

百木英微含笑意，跑过去牵住小男孩的手，又拉起素星痕，拽拽阿蒙，并使眼色招呼了台下的离离。几个人跟着她穿过先贤祠，从祠堂的后门走入了曲江书院的内园，竟没有人再阻拦他们。

祠堂前的喧嚣渐渐远了，还不知莫隐之要怎么收场，但几个年轻人一点都不关心。曲江内园竹清木秀，鸟歌泉唱，大家跟随百木英默默地走着，逍遥赏景，一直也没人说话。直深入到一栋山环水抱的小宅，百木英开门带众人进屋，将痴痴呆呆的山长小公子安顿在床边坐好，又端出几杯茶来放在桌上，才终于开口言语。

"这儿是小风的住处，没人打扰，我们都可以畅所欲言。"她举手拔下簪子，松开一头长发，恢复了女儿声腔，笑着说道。

"哦，姑娘有什么要说的吗？"素星痕也笑着反问。

百木英端起茶杯浅饮了一口："素兄昨夜就打算出门探查，今日又想出要求转学这等奇招，我猜得到，你有意深入曲江书院，必有所图。刚才祠堂前，三位为小风的事仗义相助，我心里感念，所以我就说服山长，带你们进来，也算是投桃报李。"

阿蒙眨了眨眼睛："有所图？星痕，你有啥图啊？"

"不错，我也想问素兄有何所图。"百木英笑道，"毕竟是我带你进来，有些事情，我也得弄清楚。"

素星痕也取了杯茶，茶水的清香拂过鼻间，令他的困倦慢慢消解。"承蒙姑娘帮忙，我也自当直言相告。其实，我对曲江书院的'成贤略案'颇感兴趣，故此想要一探。"

"哈，我就知道你藏着古怪！"离离一拍桌子，"扮小孩简直是你的大忌，你却硬着头皮应下来了，敢情是在司徒大伯那儿听见了什么'成贤略案'，憋着到这儿来捣鬼呀。"

一旁那男孩小风咳了两声，好像是被口水呛到了。百木英过去为他擦了擦嘴角，抚着头顶安慰了一下，转回来又问："不知这'成贤略案'有什么玄机，素兄为何要探查？"

素星痕低头饮茶道："这个是私事，不方便说。"

沉默了一会儿，百木英的声音变得有些严肃："素兄，目下我仍是替曲江书院打工的人。若无法知道你们行动的目的，为雇主利益起见，恐怕我便不能帮你，也许还要做些阻拦。"

素星痕听了，一笑："姑娘果然是尽职尽力，行事公平。"

百木英道："过奖了，我只是就事论事。你们毕竟是不相干的外人，曲江书院内部的事，恐怕你们也无权来查。"

离离霍地站了起来，一只手伸进了素星痕的衣领。星痕一惊，怀中藏着的檀香木牌已被她抓了出去。

"看清楚，素星痕是十城商政使大人亲命的绣衣使！"离离将牌子举在百木英眼前，又叉着腰，傲然说道，"绣衣使职在督察商业秩序，有权探查各行各业的一切可疑，当然也包括书院行业！"

百木英十分意外，盯着离离手中的木牌愣了一会儿，眸子微转，又去看素星痕。

"素兄，你……"她顿了一下，眨眨眼说，"你脸红了。"

这房中的所有人都看向素星痕的脸。他却还在愣怔着，忽见此窘境，干燥的嘴里用力咽了一下。片刻之前离离那个动作引起的心脏急跳，此时还没有平息。

"这么红，你没事吧？"阿蒙的手覆上他的额头。对着六只眼睛的聚焦，素星痕有些不知所措，正在这上不去下不来的时刻，却忽有人说了句话："除了探查，绣衣使还有什么权力？"

正在研究星痕的脸的三个人一起打了个激灵。百木英不能置信地转头看去，只见坐在床边的小风两臂交叠在胸前，正十分认真地望着自己。

"如果探查到什么坏事，你能让他们停下来吗？"小风又问了一句，语气平静，眼神澄定，非但没有痴愚的浑浊，反倒闪烁着智慧的光芒。

"你……这位……小风兄弟……"四个人中最先缓醒的是素星痕，结结巴巴地不知该说什么。

"别叫'小风'，我的学名是莫思风。"八岁的男孩站了起来，将身上蹭脏了的外衣脱掉，自己打开橱柜拿了件干净的换上，利索地打好腰带的结。

"你……你不是一个……"离离吞了半句话没说出来。

"是个痴儿，是吗？"莫思风冷冷地扫她一眼，走到桌边坐下，拿了杯茶，"我只是装了两年傻，好对付我爹。"

百木英再也抑制不住自己的惊讶："你居然是装的？这两年来，莫山长为了你遍求名医，还先后请过几十个老师教你，你的痴症却越来越重——这些竟然都是装的？"

莫思风点点头："不是越来越重，而是我越来越会装了。两年前我还太小，装也装不像。我根本没病，那些名医当然治不好我。至于那些老师，"他撇撇小嘴，"除了你，没有一个人的本领足够当我的老师。"

"喂……"离离拉着素星痕和阿蒙，低声说，"原来他才是个真正的'神童'。"

"过奖了。"莫思风向着离离一俯首，像个大人般的风度。

百木英问道："你为何要这样对付莫山长？"

莫思风稚嫩的眉梢笼起一丝郁郁，鼓着小腮帮说道："爹做的那些事我都知道，很多可不是什么好事。古人书里说，'为人师表，当修身立德'，要照这个说法，他可真是太差劲了。他就爱吹牛他有个聪明的儿子，让我学这学那，好给他脸上增光。哼，我就偏不给他顺心。"

离离听得笑了出来："哎呀，你一个小毛孩子，还这么满腔正义的！"

莫思风眨了眨眼睛："不该是这样的吗？不是人人都该这样的吗？"他转头看着素星痕，"绣衣使，你说呢？"

素星痕一怔："说……说什么？"

莫思风道："说我说得对呀！绣衣使不就是维护正义的吗，你肯定知道，我说的是对的呀。"

素星痕微微挑起了眉毛，一时说不出话来。离离无声地一笑，将檀木牌子抛回他的怀里，眼中闪着慧黠的光："哪有那么了不起呀？'绣衣使'也不过是他的一份工而已，能白拿几个饷银。就这样，他还不想做咧。"

莫思风听了，竟是十分不屑地哼了一声。"别哄小孩子了，你们的话连自己都哄不了。"

这句话，说得几个人皆是一怔。

莫思风嘟起嘴，有些气闷地说："大人说的话都不牢靠。就比如我爹，妈妈死后，他说忘不了她，又说是为了我好，以后再也不娶了。他这样说，大家都夸他。可是，他是不是为了能有更多的漂亮姐姐跟他一起玩，说不定连他自己都不知道吧。"

小屋中变得很静。须臾，百木英轻轻抚了抚小风的头。

莫思风抬起头来，说道："这个书院里的人，都管不了我爹的事。绣衣使，你是能管事的人，所以我才理你们的。"

素星痕看着他，却不再笑了，认真地点了点头。

莫思风抿住嘴唇，小脸有点激动得泛红。"想去看那个'成贤略案'吗？"他从椅子上跳下来，跑到房门边，"想的话，就跟我来。"

【五】

━━━━━◆━━━━━

如果没有小风指引那条猫兔狐狗专行的隐秘通路，素星痕他们永远不可能发现这座大书院里还有这么一处荒僻而丰茂的地方，就连已在书院住了两个月的百木英也是。森碧参天的竹林中，隐约可见一座漆黑色的小房子——比起东陆的房屋，那外形倒更像阿蒙家乡的毡帐。

几个人穿过密竹来到黑房边上，发现这房屋其实也是用竹子盖成，只不过竹料被染得乌黑。房子没有窗户，唯一的竹门也被严实地锁死，通体并无任何可以进光的地方。看大小，房里大概能容纳四五个人，但会比较拥挤。

"这就是'上课'的地方。"莫思风低声说，"白天这里没人，他们到了晚上才上课。出钱买了'成贤略案'的学生才能上课，然后每过七天，他们就真的变得聪明一点了。可是我知道，除了那个出钱的学生，还会有另外三个人被带到这儿来。"

他说着，趴在黑竹绑成的屋墙上，搜寻着竹缝："我老想看看里边是什么，可是一点也看不见。"

"里边是三叉星形的秘术阵。"素星痕忽然说道，声音冷得吓人。

大家都回头看他，他却不再言语，也不再看那黑屋，只凝眉低着头出神。过了须臾，他开始踱步，竹林里的细草被踩踏，发出焦躁的声音。

"什么时候会再上课？"他踱着步问。

"我知道今天晚上就有一次。"莫思风答道。

素星痕停下脚步。合着眼睛沉默了好半晌，他开口说："阿蒙，帮我。"

阿蒙一惊，简直是喜出望外。这么多天来星痕每次主动找他说话，都无一例外是商量分道扬镳的事。他一步纵到素星痕面前，拍着胸脯问："要我做什么？"

素星痕慢慢睁开双眼，凉凉的眸子直视着阿蒙。"我想了很久，这件事，不能瞒你。"他沉声言道，"因为这个屋子里的秘术阵，与'猎星团'有关。"

阿蒙睁圆了眼睛，许久许久，没有说话。

"'猎星团'是一伙极凶恶的恶贼，有时也会上陆地，但大部分时间是在海上。"回到莫思风住处后，谨慎地关门闭窗，而后素星痕讲起了一些往事，"他们流窜三陆之间，做的都是极罪恶的买卖，没人能拿他们怎么样。"

星痕双手捧着热茶，转了转杯子，像在取暖："我十三岁时，被他们绑架到船上。那次被绑的，还有我后来的老师。"

一旁，阿蒙低着头，望着自己的两只拳头。"我很小的时候就被他们抓起来，一直在他们的船上干杂活。直到那年在船上认识了星痕。要是没有星痕，我怎么也不能逃回草原的。所以星痕是我的恩人。"

离离专注地听着，想问什么，却没有贸然出言。她望着眼前这两个少年，眉头罕见地凝起一丝悲凉。

素星痕沉默了一会儿，仿佛想了许多事情，却又都悄悄地藏了起来。须臾他的眼中已是冷厉的光色："那一次猎星团绑架的目的，就是将这些天赋出众的孩子卖给一个大主顾，然后让秘术师以孩子们为材料，执行'炼魅之术'。"

"什么是炼魅之术？"百木英问。

"就是夺取数个孩童的神智，凝聚于一个孩童脑中，而后再对数个这样神智高超的孩童施术，夺其神智凝于一人。如此多次反复，最终将这些孩子的神智彻底剥夺，凝练成一个智慧远超常人的魅。"素星痕平静地讲着，"此处'成贤略案'所用的，只是炼魅之术的第一阶，其实就是夺取其他学生的心智，来提高购买略案的学生的智慧。第一阶炼魅所用的是三叉星形的秘术阵，必须在完全无光的圆形竹屋里进行。"

听着的四个人连呼吸声都不闻。过了半晌，阿蒙疑惑地问道："星痕，你怎么知道这些？"

素星痕垂下眼帘，只是淡淡说："偶然见过。"

断断续续的抽噎声忽然响起，年幼的莫思风低着头，大颗大颗的泪珠滴落下来。百木英一把揽住他，轻轻拍着他的后背。

"现在，你打算怎么办？"离离望着素星痕，问了一句。

星痕满面萧肃。"刚一听到成贤略案时，我就觉得，它与炼魅有关。懂得炼魅的秘术师，也一定与猎星团有关。"他转头望着窗外，轻轻说，"我要亲自去竹屋里，抓住那个秘术师。"

"这怎么行！"阿蒙急得站了起来。

"只有我能做到。"素星痕仍是平静，伸手握住了阿蒙的手腕，"你要帮我。"

阿蒙愣了一瞬，摇摇头还想再说，却被离离拦住。

"他已经决定了。"姑娘面上带着一丝有些难懂的微笑，"既然这样，你想好怎么混进那个小黑屋了吗？"

素星痕默然。

"嘿，我有办法。"离离捋着自己的辫子，一笑。

"什么办法？"好几个人一齐问道。

"很容易。不过要是有条漂亮裙子就好了，可惜没钱去买。"

"哦，那没关系。"百木英走去打开橱柜，从里面翻出剪刀、木尺，"拆几件小风的衣服，我给你做一条。"

看着她那淡然自若的样子，离离好像泄了气似的："所以，你真的是什么都会，是吗？"

莫隐之走在幽静的书院园林里。勉强应付完了学子赛会的乱局，此时他的心情很糟。

走着走着，一阵清甜的歌声飘进耳中，呢喃浅吟，好不多情。他抬眼望去，只见前边大榕树下的小池旁，坐着一个红衣的倩影，乌黑长辫垂在腰际，碎碎的裙摆下露出一双雪白的脚踝。那姑娘哼着歌儿，两只赤脚伸进池里，悠闲地踢腾着水花。

这个女孩却是认识，好像是那个苏星子的家人。此前见她只是个不起眼的野丫头，不想打扮起来，倒也这般动人。

俗话说得好，断无名士不风流。淮安莫隐之，怎么说也算个名士，何况近些日子忙着赛会和成贤略案的事，他已经很久没"跟漂亮姐姐一起玩"了。

于是他笑了笑，负着手踱到那姑娘的身边。

"前朝《雅诗韵府》有句云，'红裙水湄，濯素足兮'，意境绝美，令人神往。不想此句竟是为姑娘而设。"他悠然出言，斯文优雅地挑起话题。

离离抬头看见他，朱唇皓齿，笑靥生辉："山长大人！您是在赞我漂亮吗？"

"当然。"莫隐之微笑着点头，一手牵着离离站起来，另一手轻轻扶在她的腰上。

"哎呀，山长做什么？"离离问道。

莫隐之笑而不语，揽着离离转过身来———一个少年的脸庞突然出现在眼前。

"是啊，山长这是在做什么呢？"不知何时走到他背后的素星痕微笑着问。

"你……"莫隐之这一惊不轻，愣了一下，连忙松开离离。

"啊，弟弟，山长他没做什么，你别误会啊。"离离羞怯地说了句。

素星痕平静地一笑，目光犀利："姐姐不必告诉我，我自己看得很清楚。"

莫隐之的心怒跳了两下，努力克制着自己，不露声色。离离却被素星痕这一句说得捂了脸颊，一咬嘴唇，转身跑开了。

素星痕看着莫隐之，笑了笑，躬下身说："学生有事想见山长，不想来得不巧。"

"什么事？"莫隐之一脸僵硬地问。

素星痕道："不瞒山长，学生情愿转学，完全是被曲江书院的成贤略案所吸引。学生也想进入山长的'成贤馆'深造一番，却奈何囊中羞涩，大概付不起那笔资费。"

"哦？"莫隐之眯起了眼睛。

素星痕露出一个狡黠的表情："我姐姐年轻美貌，山长喜欢与她亲近也是人之常情，您请放心，学生不会去乱说的。不过，就不知山长能否格外开恩，让我这穷小子也沾沾成贤略案的光呢？"

莫隐之感到自己唇边的肌肉抽动了一下。片刻，他阴恻恻地一笑，点头道："像你这么聪明的孩子，本山长当然愿意好好培养。你今晚就可以去成贤馆上课，我派人去接你。"

素星痕挑起眉毛，连连弯腰行礼："学生多谢山长了！"

莫隐之摆摆手，踱着方步走开。"不知死活的小子！自己送上门来。"他心中恨恨地咒骂。被穷人敲诈是要不得的，然而顺水推舟，把敲诈者送进某个小黑屋里变成痴儿，却不失为最好的"灭口"方式。莫隐之这样想着。

素星痕也这么想。

躲在大树后偷笑的离离也这么想。

夜风似乎起了，竹叶沙沙的响动告知了这一点。素星痕在绝对的黑暗中静静聆听，这密不透风的小空间里，自己和别人的呼吸声相互交错。

他与另外两名学童被安排分开就座，三人的位置构成三叉星的图案。那两个孩子很听老师的话，却不知内情，听得出他们此刻非常害怕。而一个衣服华贵的富家子坐在三叉星的中心，他的呼吸不安中还透着一点兴奋。

第五个人的气息，却完全捕捉不到。然而素星痕知道，他就在这个小屋里。

在黑暗中，炼魅的秘术师能够完美隐匿，随时都可能悄无声息地遁走。机会只在一瞬之间。

按照计划，百木英会将密竹林外的守卫引住几个瞬间，让阿蒙乘隙潜入林中。阿蒙必须寂静地埋伏，直到听见星痕在竹屋中发出信号，而后立即在屋顶上开出一个透光的孔洞——用他那条铁一般坚实的长棍应该可以做到。

只有星辰之光的照射，才能中止炼魅师黑暗的勾当，并让他们失去逃跑的能力。

"要让光束准确落在秘术师身上？"白天听素星痕讲解计划时，百木英忧虑地提出疑问，"仅凭在屋外听你的声音来判断方位吗？就算耳力再强的人，谁能保证毫无偏差？这太危险了。"

"这是唯一的办法。'放弃'不在选择之内。"素星痕固执地回答，转目看着阿蒙。

阿蒙站在窗前望着夕阳，宽肩细腰的峻拔背影镶着一圈淡淡的金边。

"相信我。"草原少年笃定地说。

黑暗中，素星痕闭上眼睛。"相信"，本就是件盲目的事情。

此一时刻，黑色竹屋的外面，璀璨星光洒落在竹林缝隙。一个少年像猫一样轻巧地爬上一根高竹，他的背后除了一条长棍，还负着一块半人大的石头。爬到顶端时，身体加上石头的重量，将那粗壮而柔韧的竹干坠得弯曲下来，吱吱嘎嘎的响动被风吹竹叶掩盖。借着竹干的弧度，少年慢慢接近了黑屋的屋顶，静悄悄地倒吊着，连一丝稍粗的喘息都不曾发出。

小屋里，无声的咒语在黏稠地流动，虽听不见，但感觉得到。

"就要来了。"素星痕全神贯注地想着，忽然，强有力的寒意迎面逼近，一个冰冷的指尖接触了他的额头。

他以自己所能及的最快速度抓住面前那只枯瘦的手腕，集中全部意念喊出了阿蒙的名字——下一刹那，自己的意识已如洪流一般被那只手吸去。

几乎就在同时，屋外传来一声大石落地的巨响。那只手的主人瞬间意识到应该逃离，却已来不及，夜天之光突然灌满了黑暗的密室，将他照耀得无所遁形——竹屋的屋顶竟已不翼而飞。

在听见素星痕叫声的一刻，倒吊在竹梢上的阿蒙扣住黑屋的顶檐，抛掉了身上的石头。坚韧的竹干猛力反弹，少年借势爆发出了全身力气，一举掀掉了整个屋顶，所有动作，都只在一瞬之内完成。

这就是他的办法，简单、直接、充满力量，最最有把握的办法。

阿蒙被竹干的弹力甩上半空，而后从天而降地落进只剩围墙的小屋。反手一棍压制住已然瘫倒在地的秘术师，他一把拉住星痕："你没事吧？！"

素星痕虚软地靠在壁上，刚刚脑中被吸走的东西汹涌地回流，渐渐凝聚起来，才让他看清眼前的一切。抬起头，望着墙圈之上璀璨的夜空，他露出一个无力的微笑："阿蒙……你比想象的还棒得多啊。"喃喃语毕，人已睡了过去。

"这是什么地方？"才一醒来，素星痕便警觉地问道。

"放心吧，是我以前住过的山洞。"百木英的声音。素星痕坐起来，看见她在几步开外的地方拨弄着篝火，离离、阿蒙都围着火堆坐着。更远的角落里，一个骨瘦如柴、肤色暗青的中年男人窝在那里，被捆得像个粽子。

"咱们捣毁了成贤馆，莫隐之很快就会发觉。所以我们就带你直接跑出了曲江书院。有小风在书院里帮着周旋，他们找不到咱们。"百木英说着，从瓦罐里倒出一小杯水。离离捧了水送到素星痕手中，转头看了看那个捆着的人。"人犯已经抓住啦。就等你审了。"

素星痕将杯中的水一饮而尽，站起来走向山洞的角落。其他三个人也跟着他，一起来到那枯瘦的男人身前。

"你是炼魅师吗？"素星痕蹲下身子，问道。

男人睁开一条眼缝，青灰色的眸子动了一动："你知道'炼魅之术'？小子倒蛮有见识。"

素星痕冷冷地盯着他："你可知道'猎星团'的行踪？"

那炼魅师的眼睛陡地睁大，上下打量着眼前少年，阴沉地反问："你找他们做什么？生意？"

素星痕摇了摇头。"报仇。"他清晰地说道。

炼魅师脸上的肌肉一动，不禁干哑地怪笑起来："他们的仇人太多了，可是没有一个敢去报仇。我劝你，假装忘了吧。"

"忘不了。"素星痕决绝地说，"他们害得我不能见我娘最后一面，害我的朋友再也找不到自己的部族和亲人，害我的老师病死在船舱里……现在，我和我的朋友已经长大了，我们一定要让他们伏罪。"

炼魅师斜视着他，半晌道："很好，很有志气。只可惜我不知道他们在哪儿。"

"不用瞒我了。你们是生意伙伴，我清楚得很。"素星痕说。

炼魅师沉默了一会儿。"我可以告诉你猎星团的行踪，如果，你答应放了我的话。"

"什么？"阿蒙忍不住喝问一声。

炼魅师道："在曲江书院里，我曾经把十几个学童变成痴儿。如果你把我交到宛州商会，我一定不会得到宽赦。跟死并没有区别，死在你们手上也是一样。不过，我就算死也不会说出你想知道的事。除非你先放了我——"他露出狡黠而阴鸷的笑容，"离开你们之后，我会把你要的答案写在纸上，放在我们约定的地点。如果你信不过我，我可以现在就对自己施展秘术。你应该知道，那是炼魅之术的高阶法术，被施法的人永远也不能再撒谎，如果说出或写出违心之言，自己的神智会立刻被谷玄星吸纳一空，变成一个白痴。"

他看着四个沉默的年轻人，笑得诡异而难看："怎么样？成交的话，我愿意后半生做个诚实的人，来换一条命。"

素星痕没有说话。离离纤细的眉梢立了起来，问道："我们放了你，然后呢？你回到曲江书院里，接着搞什么'成贤略案'？"

炼魅师吃吃地笑："傻瓜才会再去是非之地。我会找新的生意来做，这世上总有人肯花钱让自己变得聪明。不过这次，定要去个不会被抓到的地方。"

"浑蛋！"阿蒙愤怒地骂了一句。

炼魅师并不理他，只是注目在素星痕身上。"我能活命，你也能找到大大的仇人，否则你我一起落空。小子，成交吗？"

素星痕慢慢站了起来，久久无语。

百木英抱着肩，安静地等着。阿蒙几次想说些什么，却都被离离用眼色制止。篝火噼啪地响着，过了不知多久，素星痕从怀里摸出了一样东西。

"我是十城商政使麾下，第十三绣衣使。"他将缀着流苏的檀香木牌举到炼魅师眼前，一字一句地说，"你这样的人，我不能放。"

柴成炭烬，火堆只剩下一点摇曳的微光。阿蒙、百木英都已睡了，就连罪犯炼魅师也因自己又哭又笑地吵闹过度，累得昏睡过去。素星痕却还靠着石壁坐着。他虽然很爱睡觉，但不知为何，经常在别人都熟睡之时，自己反而一个人醒着。

手里把玩着那块小小木牌，翻来覆去，他低头看着，若有所思。

"现在还想把它还给江大人吗？"一句悄然的问话响在耳边，星痕不由得一怔。

离离不知何时凑到身边来了，跟他并着肩坐下。"拿着这个牌子，就算放弃私仇也觉得值得，是吗？"她凝望火光，笑着低言。

素星痕默然须臾，将脸别到一边。过了一会儿，他低声说："我不是放弃，只是暂时放弃。"

离离笑着点了点头："'猎星团'，我知道了。我也会帮你们一起找的。"

素星痕慢慢转头看她，张开口，却没说出话。

忽然银光一闪，离离将手把镜举到素星痕面前。星痕一呆，却发现镜中的自己竟已不复假扮学童的幼稚模样。两个团髻已被解开，长发拢在一起用布带绑着；那道一字齐的刘海被巧妙地藏了起来，露出光洁的额头，飘垂的碎发，看起来比从前自己打理的发型更显几分成熟。

离离的脸从镜子后面歪出来："你睡着的时候我弄的，这么久你都没发现啊？"她将镜子交到素星痕手中，摇头叹息道，"真是造孽，这一下少说老了五岁啊。"

素星痕自己看着镜子，淡淡地一笑。

"谢谢你。"

【六】

素星痕独自走在路上，经过了曲江书院的大门。门口围着一些人，传出些鸡飞狗跳的声响，还有写满了诗篇、文稿的旧纸飞飞扬扬。

"成贤略案"的内情捅破后，这家百年名门的书院几乎在一日之间就破产倒闭。莫隐之被商会拘捕，他雇用的炼魅师被公开处死。此外，延续多年的"两院学子赛会"宣布不再举办。曲江倒了，东山书院在淮安城一家独大，已不需要"神童"来撑门面。

"咦，这不是素小兄弟吗！"一个洪亮的声音从那大门里传出。素星痕驻足看去，只见是司徒延冲他打招呼，分开人群走了过来。

"好几天没见，小兄弟倒好像长大了不少，颇有几分仪表堂堂了。"司徒延打量着星痕的新发型，手持胡须。

素星痕道了声谢，问："山长大伯在这里做什么？"

一句话好像说到司徒延的心痒之处，他登时满面红光笑道："这不，曲江破产，他们的这份旧基业，已都被我东山书院买下。说起此事，倒要感谢小兄弟你，若非你揭穿莫隐之那些勾当，我辈岂能如此顺利，而有今日这个局面？不过，小兄弟竟会是江大人麾下的第十三绣衣使，却真令老夫吃惊。过往当真是失敬、失敬了。"

他说着拱手行礼，却托起了手中拿着的一个扁木匣，故作一怔，而后炫耀地指给素星痕看："你瞧，接管偌大个书院，清点财物真是不易。这是地契，老夫刚刚才找到。"

素星痕看去，见那木匣被糊上了一纸封条，上面印着个不像花又不像草的图案。"这是什么？"他问道。

司徒延笑道："这是'英芒草'，一种能随风而行、飘转天下的野草。据说很少见，大概都生在些偏僻的地方。这个，便是我们书院大东家的标记。"

素星痕一抬眼睛："东山书院的东家，不是您吗？"

"我？"司徒延哈哈地笑了起来，"我不过是受东家信任，代为经营而已。绣衣使大人想来还不知道吧，其实一年以前，这位大东家便已成了淮安城所有书院的最大股东——只除了曲江书院一家硬顶，未曾接受他的银资。这一年来，我们为了吃下曲江，多方斗法，可那莫隐之却实在难缠。这回托你的福，他栽在了他自己手里。如今满城的书院，都要挂上'英芒记'的字号了。"

素星痕静静地听完，默然须臾，却上下打量了司徒延一遍。"山长大伯今天好奇怪啊。"他眨了眨眼，"平日您都是扬着头，不爱理人的，怎么今天却对晚生如此热情？"

司徒延一愣，尴尬地一笑。

素星痕微笑道："莫非是有人特意请您来告诉我这些？能使动山长大伯您的……莫非就是您的那位大东家？"

司徒延不禁吸了口气，瞪着素星痕，无话可说。

"那就请大伯告诉我那位大东家是谁吧。"素星痕低下头，看着木匣封条上的那株"英芒草"。

这时候，司徒延却有些惊讶地笑了起来："绣衣使竟还不知英芒草是谁家的标记吗？"他笑着，摇着手走开，留下话道，"你寻个商界的行家打听打听，自然就知道啦！"

素星痕目送他离去，转身快步行走起来。行不甚远，街边出现一座装潢雅致的茶楼，他径直走了进去。

这楼上三层最靠里的雅间，是今日江子美约见他的地方。

"你来了，坐吧。"宁静的雅间里，江公子正独坐品茗，向着刚刚进门的下属招了招手。素星痕默然落座，接过江子美递来的茶。

"曲江书院这案子，你办得很好。莫隐之以炼魅术敛财，近乎丧心病狂，此等行径断不能姑息。"江子美缓缓言道。

"莫隐之会如何处置？"素星痕问。

"逐出商会，永不得返回宛州十城，并通报帝都及各诸侯国，慎勿接纳。"

"也就是说，流放。"素星痕微垂着头，"莫思风只有八岁，而且本已死了母亲。"

江子美微微动容，明白了星痕的意思。过了片刻，他又微微笑道："那孩子却比我想象的要坚强。他自称不愿在淮安的书院读书，想要去念中州的小学，竟还早已为此积攒了一笔钱。这孩子的灵性着实惊人，我已按他自己的意思，派人送他去了。"

"他倒有见地。"素星痕说，"中州的学堂纯粹得多，不像这里，把教书育人当成个买卖来做。"

江子美神色一凝，笑了笑："我也觉得不该如此，可惜……"

"可惜以你的财力，争不过'英芒记'的东家？"素星痕犀利一问。

"你……知道些什么？"江子美略略沉吟，问道。

素星痕道："学子赛会第一天的夜里，我曾推演曲江书院金脉，发觉有大笔银资正从书院中撤离。撤出的银资几乎全都流入了淮安书局——而书局正是你的产业。"

江子美看着他，不禁感慨地点了点头。"所以你第二天故意输掉剑术比赛，后来又临机应变提出转学，都是为了延迟曲江书院的破产，帮我暗中护盘，赢得全身而退的时间？"

素星痕嘴角一扯："也不都是。我真的很不会打架。"

江子美转头望着窗外，从这窗口可以看见曲江书院里的园林景致。

"你猜得没错，我在书院行业的争夺中已经完败。今天选在这里见你，也是为了最后再看看曲江书院。"他淡淡地说着，"莫隐之是个难以驯服的人，宁死也不愿被人兼并。我想，他大概也是因我撤出了银资，才铤而走险，弄出那个'成贤略案'。"

"英芒草究竟是谁的标记？"素星痕并不耐烦听他说这些，直接问道。

江子美喝了口茶，目光变得有些凝重："这些事，你早晚都需要了解。现在正是时候。"

他微皱了眉，仿佛想着什么棘手的事一般，缓缓道来："近十年来，宛州十城除了众所周知的商会，又兴起了一个私人的商盟。加入此商盟的皆是商业上极其成功的巨贾，他们的财力已经足以撼动整个宛州。商盟以三位巨头为首领，所以外间称他们作'三家店'。"

他说着挪过桌上的茶具，一边用杯杯盏盏排摆示意，一边为素星痕讲道："这为首的三人，最年轻的是端木焉，只二十出头，身家却已无法估算。另一个是蒲云期，他是一个羽人；'三家店'的总会所就设在他开的赌场之内，那也是淮安最大的赌场——云上赌城。还有一位，就是'英芒记'的东家，白思退。"他说到这里停了一停，"这个人……"他似乎想说些什么，最终却只是摇了摇头。

"如今'三家店'已控制了整个淮安的书院教育。接下来，他们肯定会大幅更改教学的内容。"江子美有些沉郁地说，"白思退想要教给小孩子的，应该有很多吧。"

"大人也并没有败得这么惨吧。"素星痕忽然言道，"英芒记围攻曲江书院从一年前就已开始，战期如此之长，大人你岂会临危撤资而没有计较？流入书局的银资极其有序，断乎不像仓皇败退的样子。"

江子美默了一瞬，不禁仰天一笑。"在我手下的绣衣使中，你也许是最精明的一个。"他站起来，边走边说，"放弃淮安的书院行业，我的确有一半是故意的。"

他走到雅间一角的小桌边，打开桌上的一个锦盒，从里面取出一摞东西，转回来递给素星痕看。"我已将撤出的财力投入一个新的生意，"他微笑着，"一个可能比教育更能左右人心的生意。"

素星痕低头看着手里的东西，那是一张折叠起来的大纸，上面密密麻麻地印满了字，印刷清晰、精致，显然是淮安书局专造的铅字活版。在纸头上最醒目的位置，印着四个名家手书的正楷大字——淮安商报。

云上赌城二层珠灯照耀的殿堂里，白思退踩着透明的地板慢慢踱步。他的手里拿着一张印满铅字的纸——那是十城商政使江子美全资拥有的淮安书局送来的怪东西，由于刚刚开始发行，书局每天都白送一份到各大商家的门上，请人们试读。

"这张纸，大概是有史以来最廉价的读物。廉价，却写满了每个人都会好奇的消息，它一定会卖得很好。凭着它，江子美也许能左右整个淮安的舆情。"白思退的嘴角含着一丝笑意，像是文人读到好诗时的享受，又像武士接到挑战时的兴奋，"我掌控了教育，他却打算掌控舆论——我们的对手，好像是一个天才啊。"

雪白丝毯上巨大的赌桌边，蒲云期眯起眼睛，满脸憨厚的笑容："这样说来，淮安城三十岁以下的天才，增加到两个了？"他看着身旁的端木焉少爷，"你一个，姓江的一个。"

"喊！"端木焉没好气地吐着烟圈，"还少说了一个吧。"

"哦？哪个？"蒲云期很感兴趣地问。

"那个素星痕啊。现如今，他也算淮安城里一号人物了。"端木焉撇着嘴，"只可惜，他是江子美那一头儿的。"

白思退在赌桌边坐下，丢掉手里的纸。他靠在椅背上闭目养神，拈起一张骨牌把玩着，语意悠然："谁知道，他是哪一头儿的。"

"《淮安商报》初期上市，赠阅十日！"一个打零工的外乡男孩背着一大包印满字的纸，在繁华的大街上走着，随手将那些纸递给身边的路人。

阿蒙顺手接过一张，垫着刚买的热包子，大口大口咬着。

素星痕也拿了一份，边走边看，忽然口中念了出来："《曲江书院倒闭实录·之二》：两院学子赛会看似华彩，实则虚假。今次东山神童号称年方十三，实已二十有五；曲江神童实乃一女子所扮……"

"怎么回事？！"离离听得很是吃惊，"这些都是咱们的内幕，印这纸的人怎会知道？"

"不奇怪啊。"素星痕淡然说，"这上面写着：'供稿者，采风使百木英'。"

"谁？！"

"我啊。"百木英应着声突然出现，令本已大惊的离离吓得跳了起来。

"你……你……你怎么在这儿！"离离大声叫着。

"我送小风去中州了，刚回到淮安，特来找你们呀。"那无所不能的女子身着短衣，简单盘个发髻，背着一把剑，倒像是一身旅尘的样子。

"这纸上的文章是你写的？"离离问道。

"是啊。"百木英把头一歪，有些得意，"实不相瞒，我给小风做老师的时候，偷空也在淮安书局试工了一份差事。当时只说要能写，谁知道写了是要印在这个上头。不过最后能得到这个差事，还是靠了《曲江书院倒闭实录》这篇长文。"

"你……你……"离离愣了须臾，眼珠一转，"你这还不是多亏了我们！卖文的钱拿出来，大家均分吧！"

"那怎么行！"百木英突然像被踩到了尾巴，"文章是我写的，工夫是我花的，事情虽然是你们做的，可却是我记下来的啊！我这完全是按劳取酬，公平交换，不亏不欠。"

离离眯眼瞪着她，一挥手："你能干，卖你的文去好了！还来找我们干吗？"

百木英凑上两步，笑道："我对你们几个，挺感兴趣。何况我如今是《淮安商报》的'采风使'，需要很多奇怪、诡异、可笑的见闻，写文章用。所以我决定了，以后就跟着第十三绣衣使大人一起行动。"

"什么？！"这次是素星痕大叫了出来。

他镇定了一下，一脸严肃地说道："本绣衣使很忙，诸位——咱们从此刻开始，各走各的行吗？"

"不行。"阿蒙一把扭住星痕的手腕，咽下包子，无比坚决地说。

百木含春芳，
竹院曲江旁。
莫言思往事，
思之空断肠。

白日生

【一】

胳膊已经被捆麻了。素星痕动了动身体，侧颈触碰到冰凉的刀锋。

眼睛被蒙得很紧，方向感早已丧失，他一直数着自己的心跳计时——一昼夜又两个时辰，又三刻。周围的空气很干燥，因为嘴唇都有点开裂了，却又渗透着一种湿冷的感觉，水声忽近忽远。无处不在的猛烈醋酸混杂着腥咸之气让人不愿呼吸，还有血的味道。

有几个瞬间他有些恍惚，在这一片黑暗里，自己仿佛蓦地变回了多年以前那个孱弱、孤单，十三岁的少年。

什么地方的金属门枢被撬动，吱嘎两声。身旁的两个人警觉地站了起来，颈边的刀刃又向里逼近半寸，衣领被一只手用力地扯住。跟着而来的是轰然巨响，应该是整扇门被人从外面一下踹倒。错杂而急切的脚步径直踏过厚重门板，有几个人冲了进来。

多么亲熟的脚步。

"找到了！"阿蒙紧张至极的大喊扑面传来，冒出了抑不住的北陆口音，"星痕——"

"你们是什么人？"耳边，挟持着自己的两人冷硬地呼喝。

"哼，这也用问？"离离的声音，清脆娇美，天然带着一股嘲讽，"我们自然是素星痕的人……"说出这话后她不禁一顿，轻轻"呸"了一声，"素星痕是我们的人！谁让你们随便绑走的？"

"原来是这小子一伙的，来得倒快。"身旁的绑匪冷笑着，"我们做活儿向来干净，不会留痕迹，你们怎能寻到此处？"

"两位兄台未免太自信了。"百木英一如既往地彬彬有礼，"在我们看来，你们留下的痕迹很多啊。"

离离轻笑了两声接茬："喏，这个破挎包，素星痕从来不离身的，可昨天我们进了他房里，却瞧见它挂在墙上。他这个人一肚子鬼，估计是早觉出有坏人要来动他，就趁你们进屋绑人之前，故意把包丢开。我们既见此破包，便知道这个不省心的家伙定然是出事了。"

百木英又道："当时，这缕麻线就摆在星痕房间的地上。两位做活儿'向来干净'，难道自己身上掉了东西都毫无察觉？此种麻线遇水不缩，但过于粗粝，我们请教了十几位成衣师傅，才得知这线只有极少数的作坊会用，专门缝制船工贴身的水靠。不过它有一个毛病，风雨侵蚀一阵子线头就会变脆，时不时地自行脱落，所以我看两位身上的水靠，少说也用过三五个月了吧。"

"一件衣服穿三五个月，你们可真恶心。"离离的声音变细，似是捏起了鼻子，"穿这种恶心东西的人，全淮安只有两种：西江里的渔夫和海港上的水手。说起来我们阿蒙真是聪明，掉头就往海港跑，我们跟着他跑到这儿，一艘船一艘船地寻摸，果然在这条船上找到你们啦！"

默然片刻，绑匪沉沉地问："蛮子，你怎知我们必在海船之上？"

"哼！"阿蒙的棍子在地板上愤然一戳，"因为星痕十二年前被绑架时，就是在海船上！"

所有人忽然一静，就连离离和百木英的呼吸都同时一滞。

"你当时那么笃定……就，就凭这个理由吗？"半晌，百木英问了一句。

一声笑。素星痕笑了出来。

这一声笑显然令挟持着他的人有些着恼，星痕感到衣领被猛力提起，自己也被迫站了起来。"很好，你们很能干。"绑匪咬着牙说，"那个包里的东西恐怕正是我们要的。臭丫头，把它交出来！"

"什么稀罕了不起的，拿去！"离离轻飘飘的语气，接着是布包隔空抛过来的声音。持刀的绑匪仍谨慎挟持着人质，旁边的另一个接住包，撕扯着翻看。刚一翻开，他就立即乱叫了两声："是炭灰！……"话未说完，已呛得咳嗽不止。

离离大笑起来，咯咯咯的清脆入耳，那想来被炭灰糊了满头满脸的绑匪气得强咽下咳嗽，怒吼着冲了出去。听其脚步尚未奔到离离跟前，忽闻持刀绑匪的声音喊道："小心后面！"

然而持刀绑匪扯着星痕，贴身站在他的旁边。星痕十分确定，这个人方才并没有喊话。

方才那句话是百木英模仿他的嗓音喊的。

扑向离离的匪徒一愣，停了下来，也就在这一瞬间，阿蒙的棍风呼啸，将他重重地打翻在地。解决掉一个，矫捷的少年直取剩下的敌人而来。

"站住！"持刀的绑匪暴喝一声，扯着星痕的头发迫他仰头，露出咽喉蹭着刀刃。

阿蒙停住步子，众人的呼吸紧张地起伏。先前被打倒的匪徒奋力爬起，使劲吐了两口唾沫，挥拳有声，从背后击向阿蒙——这汇聚全副怒火的一拳却是击空，阿蒙只轻悄地闪身，那匪徒自己反而晃了个趔趄。

"你不许动！你们三个都不许动！"持刀绑匪怒喊着，手中的刀在星痕颈边上下晃晃。骨节作响，是阿蒙攥紧了拳头，但却真的再没有其他妄动。

"哼，好。"匪徒笑了笑，"听着，我叫你做什么，你就得做什么。"

静默。静默之中，星痕的呼吸渐渐沉下，牙关不禁紧咬起来。

"扔下你的棍子。"匪徒命令着，"扔下！"

两个刹那之后，是木棍落地的声音。星痕的牙齿咬出了响声。

有点瘸拐的步子在移动，刚才挨过一棍的匪徒慢慢绕到了阿蒙身前。"阿蒙！"离离有些恐慌地呼唤，却被一记重重的拳声打断。被打的一定是阿蒙的脸颊，尽管他没有发出任何声音。

又是一声笑。然后素星痕用尽力气，将自己的头撞上了绑匪的脑门。管他刀刃在什么位置。

这一下太过突然，持刀绑匪惊叫着退开了一步，下一瞬间，刀把敲上星痕的后脑，将他打得倒了下去。

离离和百木英一齐惊呼出来，此时的阿蒙却显得格外安静——只是低头望着伏在地上的星痕，笔直笔直地站了片刻。伸出舌尖，慢慢舔去唇角的血迹，他喉咙里极低沉、极低沉地叽咕出一句："嘛撒。"

似乎是一句蛮语，持刀匪徒不解地皱了皱眉头。"你说什么？！"他警惕地问道——但回答他的，却只有瞬间进攻到天灵盖前、山石压顶般恐怖的一棍。

他完全没看到这个蛮子是何时将木棍捡到手中，完全没看到他是如何顿时贴近到面前，完全想不明白这一棍是通过何种路径如此猛击自己的头顶的。在死亡的前一刻，他完全呆住了。

"阿蒙！"一声略带沙哑的急促呼唤，几乎是赶在阿蒙暴起之前喊出，终于在最后一寸距离处追上阿蒙的动作，悬崖勒马。长棍硬生生停在杀人前的一寸，蛮族少年瞪圆了双眼，斜斜看去，只见死人般俯伏着的星痕动了一动。他努力挣了挣被捆着的手，舒气调整自己的呼吸，轻哑地说："停手，别冲动。"

阿蒙愣住了，滚烫的血还在脑中窜行，暂时根本无法思考，只是慢慢收回了棍子。棍下余生的那人也愣愣的，不禁一屁股坐在了地上。几个人，一时都有些茫然。

忽地，头顶上一块天花板豁然打开。天光像下雨一样，直落进这间幽暗的大海船底舱，仿佛霎时连通了另一个世界。"是的，都停手吧。"天窗上面传来一句温文的话语，接着有人穿过那天窗走了下来，一步一步踏着窗底下的木格阶梯，轻盈而稳健地出现在众人眼前。

"江大人？！"离离忍不住叫了出来。

一身布衣便服的江子美微微一笑，点头致意。

先前两个嚣张的绑匪此时却变得友善起来，也不顾自己身上的伤痛，双双去将素星痕从地上搀起，用利索的手法为他解去捆绑，轻轻撤下蒙眼的黑巾。

"绣衣使大人，我等也是江大人属下。方才不过奉命行事，得罪之处，还望海涵。"那两个"绑匪"齐声说着，垂首行礼，毕恭毕敬。

星痕的双眼仍是合着，好半晌才慢慢睁开，脸色苍白如蜡，没有一丝的表情。

江子美向前踱了几步，挥手示意二人退下。"今日之事，确是我一手安排。"他微笑着，"不想最后时刻，还是被星痕你识破了。"

素星痕并无一句言语，就连眼睛也不曾稍一瞬目。

"原来又是一场戏。宛州人爱看戏是出了名的，看来江大人也不免俗。"一旁的百木英抱起肩，说话有些冷硬，"然则戏做到这个地步，未免太过了吧？"

江子美转目看了看她，仍只是一笑。"子美行事，自有缘由。其余诸位请上甲板休息，"他转向星痕，"我有些事，要与绣衣使大人单独商谈。"

底舱里走得只剩下两个人，倒地的门板已被竖起，装好，透光的天窗重新闭合。江子美走到舱房一侧的长条木桌边，点亮了桌上的烛灯。他在桌边坐下，转头看，素星痕仍然面无表情、一动不动地站着。

略略沉思，终于还是江大人先开了言："今天这件事……"

素星痕猛然转身，将一件东西丢了出来。此物"啪"地砸上长桌，擦着桌面滑行到江子美面前，刺耳的响声打断了他的话。他垂目看去，檀木流苏，是第十三绣衣使的执牌。

"大人的差事，我不干了。"星痕淡然抛下一句，转身便向舱门走去。

"我如此做，是为了看一看你身边这群人的能力与忠诚。"江子美高声道，转而又若有所思，"你不觉得，近来莫名跟随到你身边的人，有些太多了吗？"

素星痕突然侧目，苍白的脸严肃到令人发冷。"我的朋友——不需要别人帮忙来考验！"

沉默一瞬。而后，江子美静静地笑了："原来，你是个如此信任朋友的人啊。"

素星痕稍稍皱眉，没有说话，径自走到门边。他举手推门，却没有推开，又用力推了两下，便默然垂下双手。

江子美站起来，轻轻拿起桌上的木牌。"我这般设局考验，还有另一个原因。"他慢慢走到素星痕身后，"两天前，淮安城里真的有人遭到了绑架。"

须臾，素星痕的头微微地一侧。

"我不敢说淮安是个夜不闭户的地方，些许刑案本无须惊怪。但，兹事体大，"江子美的声音沉了沉，"因为被绑的，是英芒记白公之独子。"

素星痕倏忽转回了身，直直地盯住江子美双眼。

江子美唇角微翘，发苦地一笑："我知道，你定能明白此事有多严重和麻烦。"他背着双手，忧虑言道，"富商遭绑匪勒索并不稀奇，但白思退并非寻常商人。他的势力也算遍布宛州，无论哪路匪人，胆敢向他勒索，即便一时得手，终究也都是自寻死路。何况，奇怪得很，那绑匪至今并未传递任何索要钱财的消息。更奇怪的是，白思退向来不受商会辖制，今番发生如此大事，他却不打算自行解决，而是向我报了案。并且……"他抬眼看着星痕，"指名要求日前侦破曲江书院大案的第十三绣衣使出手。"

星痕的目光中写满了沉思。江子美稍顿片刻，继续言道："白小公子是两日前的上午，在淮安万禽园中失踪的。'万禽园'坐落城南，乃巨商孙西屏于五年前创建，园内豢养九州各地鸟兽数百种，供人游冶观赏。城里的孩子大都喜欢去那里玩。据闻白小公子每隔数日就会去一次，此前从未出过意外。你知道，我宛州商会向以商人自治为宗旨，万禽园这种地方，若无园主首肯，商会捕快根本无权入内探查。然而两日来我已几番派人去过，孙西屏似乎并不配合。事到如今，绣衣使不出，此案难办。"

江子美说到这里，诚恳地直视素星痕，眼中满是殷殷厚望。素星痕也看了看他，须臾移开目光，眉头微锁，仍是冷冷的没有言语。

江子美轻移眼眸，微微叹了一声。"子美贸然设局，确有思虑不周之处，却料不到竟会冒犯星痕至此。"他抱憾地说，又轻言问道，"你这般介意……是因为阿蒙兄弟讲到的，十二年前的那番遭遇吗？"

素星痕牙关一紧，克制着心情，两手暗暗攥起了拳头。

江子美露出了然的神色，稍稍沉吟。

"若然，我触碰了什么该当忌讳的东西——子美这厢，赔罪了。"十城商政使说着，一手提起衣襟，便在星痕面前屈膝拜下。

素星痕一把拦住了他。

江子美有些微感动，扶着星痕的手臂重新站直，顺势便将那块小小木牌放回了他的掌中。

"此案干系重大，且不论白思退点名请你来办，就是我也要倚重于你。事涉白公，内中恐有不可知的利益纠葛。若要尽快厘清局面，非君莫属。"他紧紧握着素星痕的手，深吸一口气，"拜托了，十三绣衣使。"

素星痕慢慢握住了手中的木牌。向着江子美行了一礼，他默然转身，这一次，很轻松便推开了舱门。拖着有些疲乏的脚步，他走了出去。

江大人独自站在那里，舱门又在眼前自动地闭合。一个影子幽幽闪现在了他的身边。"他方才若真敢让你下跪，便再休想走出这扇门去。"是个低沉的男子声音。

轻咳两声，江子美没有答话。那个影子扶着他，转身走入幽暗之中。

素星痕走上海船的甲板，淮安西港的波光反射着天光，他不禁举手遮了眼睛。

"你还好吧？"已吹了半天海风的三个伙伴立即围上来，齐声问道。"江大人跟你说了什么？"阿蒙更是一把搂住了他的胳膊，焦急地追问。

素星痕静静地看了看他们，一摇头："没什么。"

"叮"的一声，百木英将一枚闪光的铜钱弹起。离离一把抄在掌中，得意地迎着阳光一笑，收进自己小荷包里面。素星痕转目看向她们两个，一愣。

"离离跟我打赌，说你一定会回答'没什么'三个字。"百木英抱着肩解释道，"她赢了。"

面色一滞，星痕低头垂了眼帘。

阿蒙急切言道："到底说了什么，你快告诉我呀。离离说，江大人这样安排，肯定是想要考验我们这几个人。既然考验了我们，那肯定是有什么大任务要托付。是这样吗？是吗？"

素星痕不禁抬起眼睛，凝望了离离一眼。却看见离离一双晶莹透亮的眸子正对着他，不言而喻的慧黠毫不保留地翘在嘴角。他又垂下了睫毛，须臾，默默地点了点头。

"真是这样啊？嗨！这江大人！"阿蒙拳头捶了一下手掌，"说个任务罢了，何必这样捉弄人呢！刚才我都以为是真的了，差点拼命啊！"他说着不禁擦了一把自己的额头，忽而想起了什么，不禁问道，"刚才我差点一棍打死那个大叔，多亏你叫住我了。那时候你……你为啥把我叫住了？"

素星痕默了一瞬，显然有关这场虚假绑架的一切话题，都让他有些不愿多谈。须臾，他开口道："那个人假装击我后脑，但并未用力。那一刻我便知道，他们不是真的绑匪。"

阿蒙听了张大嘴，连连点头，暗想了一下自己那夺命一棍若然砸下理应会出现的血腥场面，心中又是一通庆幸。

"江大人如此大费周章，恐怕另有深意。"百木英倚靠在船栏上，望着海面，微咸的凉风拂起发梢，"除了考验我们之外，还有更重要的目的吧？比如，着落在绣衣使大人你的身上？"

她这话一出，离离莹亮的眸光一转；阿蒙更是愣了一会儿，忽地双眼一瞪，抓着星痕胳膊连连追问："什么事着落在你身上？江大人要你做什么？危险不？危险不？"

三个伙伴都注目在素星痕脸上，却只见他垂着头，慢慢地眨着眼睛，嘴唇只是合着不动。片刻，他忽然抬起头来，看着阿蒙，眼中却是一缕遐思。

"刚才在船舱里，你说了什么？"他突然反问出一个离题八丈的问题。

"啊？"阿蒙完全呆住，两个姑娘也是一愣，眉梢一垂。

"就是那个大叔轻轻打了我之后，你说了句什么话？"素星痕眨着懵懂纯良的眼睛，整张脸看起来十足是一个好奇又白痴的小屁孩，"你好像说'嘛撒'，是蛮语吗？是什么意思？"

"啊……他是说过！"瞬时静默后，离离突然跳上来，开始起哄，"我也没听过这句蛮语呢！是什么意思啊？从没听你说过哪！"

百木英眉梢一挑："蛮族语、羽族文，约略都学过两三本书，却也没见过这个词的记载，想来是真正民间的俗语吧？阿蒙你倒讲讲看，我颇想知道。"

你言我语，拍手跳脚，转瞬之间，话题完全转到了外语学习上，阿蒙成了六只眼睛紧盯的焦点，被逼得浑身一僵，一时脸颈通红。

"这……那……"憨直的草原少年嗓子有些发干，张着嘴，半晌说不得话。方才急怒之下脱口而出的那个蛮族词语，这时就好像个滚雷似的缭绕在他头上，雷得他自己直想抱头。"那……那是……不好的话……我……我以后再也不说了！"他喊出一句一跺脚，扭头就跑走了。

"站住！到底是什么嘛！"

"哟——哟——'不好的话'呀。"

两个姑娘唇边挂笑，犹不肯放过，追赶着阿蒙奔下了船去。

素星痕独自落在最后，望着他们的背影，合上了嘴唇。他站了一会儿，迈步欲行，阳光在眼前洒下倾斜的金芒，忽而一片眩晕，他身子一滞，一头昏倒在了甲板之上。

急促的两声喘息，素星痕猛地睁眼坐了起来，噩梦迟缓地散去。冷汗浸透了里衣，他慢慢地将头埋进双手臂间，试图平静自己的呼吸。

那些沉压在心底的记忆，已经化作积年的梦魇，再怎么小心也难免会颠簸而起，再度淹没过喉咙、鼻口甚至头顶。黑暗，禁锢，胁迫，还有……他打了个冷战，闭上眼，努力不再去想。

吱呀一声，有人推开了卧室的门。"你竟然醒了？"是阿蒙，他端着一盘满满的吃食进来，看到素星痕坐起在榻上，诧异地睁大了一双圆眼，"不是每次都要睡到第二天的吗？"

素星痕眉梢垂了垂，摇手拒绝了他递上来的甜粥，合着嘴唇兀自静了一会儿。"大家都好吗？"片刻，他问道。

"嗯，挺好的，忙忙活活的挺开心！"阿蒙把白粥和小菜给星痕留出来，然后自己抓起馒头来大口咬着，笑呵呵说。

"忙？"星痕却眉端稍稍一凝，"你们在忙什么？"

"打工啊！"阿蒙边吃边说，"咱们这客栈的房钱又欠账了，店东说不交钱，就要把你扔街上睡去。阿英有好多打工的门路，给我和离离都找了活儿干，我们正轮流出去赚钱呢……"

素星痕眨了眨眼睛，低声："那些饷银，花光了吗？"

阿蒙点了点头："嗯，上次江大人发给你的钱，咱们都花了好多天了。阿英说，多亏了离离精明会花，要不然，咱们早就睡大街啦。"

星痕默然良久，不知该作何言语。"辛苦了。"半晌他低低道了一句。

"嗯？不辛苦，不辛苦啊。"阿蒙吞下了两个馍，又拿起两个，鼓着腮帮，"我最爱干活了！以前在草原，每天都干很多活。再早的时候，在船上……"他说到这里，忽然停住了话头——某一段属于两个男孩共同的独特记忆忽然被提及，他看了看星痕的眼睛，就只笑笑，没再多言。素星痕怔了片刻，也只浅浅一笑。"商政使邸的人……曾来过吗？"须臾，他若有所思地问。

"你说江大人？嗯嗯，你睡着的时候他派人来过。"阿蒙点头，"说是来给你送这次任务的饷银。"

素星痕一怔："他把钱送来了？那……你们为何还要去打工？"

阿蒙笑道："我们没要那些钱啊。离离和阿英说，江大人又是绑架又是骗人，'绣衣使'这差事太不好做。还不知你愿不愿意做下去，这要等你醒来，自己做个决定。阿英说，这叫……叫……"他一时记不起百木英那种报纸主笔级的漂亮措辞，不觉挠着后脑。正此时，房门又是一响，身穿男装的姑娘好似一阵清风飘了进来。

"这叫'人可以卖命，但不能卖自由'。"百木英应声讲出那句令阿蒙张口结舌的警句，扫了一眼犹然睡色满面的星痕，眉一挑，"你竟然醒了，不是每次都要睡到第二天的吗？"

她说着在桌边坐下，打开自己随身的小钱箱，将又一袋刚刚赚来的银毫子"哗啦啦"地倒了进去，一边拨拉点算着自己的积蓄，一边眼也不转地丢出一句："现在可以给我们讲讲你的任务了吗？"

这话来得突然，素星痕淡淡的眉不禁一抬，转眸望着阿英。

姑娘仍是目不转睛数钱，无数小银币的光点反照在她明朗的眉目之间。"到底什么棘手的案子，值得你愁成这样，又吞吞吐吐的，把朋友当外人？"她的话音微冷，"你也不用瞒，我已经去打听过了，事情多少与'三家店'的白思退有关。在淮安城里，凡事沾上这位白公，大抵是麻烦多多。"

根据自己二十年来的人生经验，百木英满拟说完这两句一针见血、锐不可当的话，意图装傻充愣、蒙混过关的人自然就会缴械投降，如实交代。然而她合上灵巧的嘴唇等了片刻，房中却只是一片寂静，素星痕连气都没有多呼吸一下。

一小段血管在额角跳了跳，百木英微微合眼隐忍。跟这位浑身充满迷雾气质的第十三绣衣使同行，果然是人生路上一段全新的旅程。"你不说，难不成就没别人知道。本人可是《淮安商报》的采风使——打听消息是看家的本事。"她平复心绪，重拾淡定高雅的语调。

仍是静了片时，素星痕垂了头，终于开口："我告诉你，但请答应我一个条件。不要把这件事写在报上。"

"不宜广传？"百木英反问一句，继而一点头，"好。你说。"

"白公的儿子，被绑架了。"

"砰"的一声，小钱匣子被重重地合上。百木英瞪大双眼望着星痕，好久，才说出话来："若不是先应了你，这事我写定了！"

素星痕微躬着身子，垂首看着自己的膝盖："如你所言，此事牵涉白公，麻烦很多。而且，"他充满困倦地眨了眨眼，"恐怕除了表面所见，还暗藏着更大的麻烦。"

"所以，这个差事接与不接，你……当真要考虑清楚。"百木英肃然思虑，站起身来，"无论怎么决定，我们都会帮你。"

星痕眉端一凝："我……不需要帮忙。"

百木英听了却是一怔，未有答言之际，小房间的门第三次被推开，离离一甩长长的辫子，带着一身野花的香气小跑进来。

她的步点清脆，只要一出现，会使整间屋子的空气都变得跳跃凌乱，让人招架不住，没法好好思考。本来严肃的对话氛围随即被打破，这个蹦跳的丫头刚刚打零工赚来的钱已经换成了大包彩色的糖醮花生，人一进门就左右抛撒，剩下的稀里哗啦，一股脑倾倒在桌上，转眼间每个人的手里都已捧着三五颗，散发着诱人的甜香。

送一颗花生到嘴里，离离脆嚼着凑到星痕榻边，晶莹的眼睛忽闪："哎，你竟然醒了？"

素星痕眼角一垂，双手捧了额头。"我真的有那么能睡吗？"他无力地想着，不想再看眼前这群嘴不饶人的男男女女。

"做梦做到头痛？"离离见他懊丧的样子以为是有什么不适，轻轻将手覆上他的头顶，揉了揉，"你不是每次都要睡到做起噩梦来才会醒的吗？"

星痕的双眼一睁，笼住了脸的手掌没有移开，指缝暗影之间，疏淡的睫毛颤了一颤。相处不过一两个月，她……已经知道了这件事吗？自己每次睡梦之中又是什么样子？

离离的手在他发丝凌乱的后脑上连连轻拍："拍拍拍，梦醒来，妖魔鬼怪都走开！"

"噗！"百木英被这句幼稚至极的哄孩子的俚语激得笑了出来，转而清清嗓子，"你回来了，这儿就轮到你看着。阿蒙跟我走，东大街还有个零工可打，力气活儿哟。"

"太好了！我就喜欢力气活！"阿蒙一声欢呼，带着三分好像走了什么大运似的惊喜，跳起来跟着百木英出门去了。

看着两人出门的背影，离离扑哧一笑："上次阿英给他找了个数数儿抄账本的活计，弄得他差点死在那里……回来以后就说连干十天力气活儿都没这么饿过，那种零工以后可再不敢做了！"

素星痕听了，也不禁勾起个笑容。"这样的活计，我倒是可以做的。"他说。

离离转回眼睛，静静地望他一瞬。"这个绣衣使，你还想做下去吗？"姑娘笑着问道，少年听了，笑容却是蓦地一凝。

看着那男孩子稚气的脸又笼上沉沉的郁色，离离一偏头，挪身坐上了他的榻边。

"你不说我们就不知道吗？江大人搞这么多把戏，就是不放心你。他想让你老老实实做他的绣衣使，帮他办事。可是你自己却不想做这个官。"她耷拉着两只脚，轻轻摇晃，裙摆间参差不齐的破布飘带扯响腰间装饰的小铃，发出散淡的叮叮当当，"你从一拿到绣衣使的牌子，就想还给他，好像要逃似的，就像你要逃开我们几个人一样。我猜江大人也看出来了吧，要不也不会做这些奇怪的事儿。不过我们几个不是那么好甩开的，江大人更不容易甩开吧。"

素星痕默默地听着，好久好久没有出声。自从第一次见到离离这个姑娘，他就有些不知怎么与她交谈，她的那些看似闲言碎语、有口无心甚至胡闹贫嘴，却时时含着令人意外的通透。不知是女孩儿家本就如此灵敏，还是她天生有着另一种的聪明过人，以致他一向自认是滴水不漏，在她的面前却总难免张口结舌——张口即是破绽。

离离等了他一小会儿，见无答言，不禁小嘴一噘，稍稍敛起了笑容："你既不愿意，却到底是没能推掉。我倒真的蛮想知道，他用了什么好手段，逼你留下来的？"

素星痕微微抬头，空空的眼神望着远处，无数事端在心中默想。片刻，他眨眼言道："其实，一个人的决定，别人到底是逼迫不来的吧。虽然知道有些事不该去做，但又觉得……那个牌子拿在手里的时候，也能做很多好的事情。大概，我自己也并没有想清楚……我知道，我很笨。"他说着，低头笑了一笑。

"当然笨，笨死啦！"离离听罢默了一瞬，娇声言道，笑靥已经重现，还挂着一脸毫不遮掩的鄙夷。"先不理你这笨脑袋了，都不知道在想什么。"她一个指尖用力点了几下星痕的头，"说点有用的，眼下这个任务——你打算接不接呢？"

素星痕揉了揉被戳痛的头顶，一头乱发更似个单薄的草窝。"我的确不想做江大人的属下，也不能做。但这件事，我想……还是要帮他吧。即使不以绣衣使的身份。"满脸睡痕、旧衣苍白，史上最无官威的商会特使双手托着尖瘦的腮，凉凉的眸中，隐动着不为人知的心情。

"我想……救那个孩子出来。"

【二】

———❦———

"万禽园地处淮安'九云坊'外，左近寸土寸金，银号、货栈林立。唯此园占地千方，草木葱茏，珍禽异兽起落其间，俨然城中山水。园主孙西屏三陆海商起家，闻其年少酷爱游历，遍览九州奇景，年近五十归居宛州建成此园，驰名十城，五年以来游人以十万计，尤为孩童所喜"——百木英手捧着硬纸本，一边走路，一边左顾右盼，手下炭笔飞舞，眼中所见转瞬间便化作飞扬练达的杂谈手稿。

"早闻万禽园之名，一直就想写篇见闻录给商报换稿费，今天正好一举两得。"她运笔如飞，嘴角不禁含了笑意。

几声鼓掌，离离望着天竖起大拇指："真是赚钱女王。你可留心，别把'白小公子贪玩，竟在园里失踪，孙老园主就算卖掉全部身家也赔不起'这一节给写进去。"

"嘘！"阿蒙愣了一愣，忽然惊慌地摇手，"小点儿声！星痕说这事千万不能让别人听见！"

"你嘘的声音比我俩说话还响三倍好吗？"离离眼角一沉。

一直走在队伍前面的素星痕，这时忽然停住了脚步，抬眼望去，二三十步开外，便要到达万禽园的大门。默了片刻，他回头说道："查案我一个人去就好，你们就送到这里吧。"

"送……送你个大头鬼！"离离不禁柳眉倒竖，"又要赶人是吧！"

"讲好了大家帮你办这件案子的，又要反悔？"百木英的炭笔拗断了一截，"你要食言，我马上把绑架的事写进稿里哦！"

素星痕微微拧眉，开口还欲再言，话未出口，却被一片突如其来的嘈杂呼啸打断。

只见街巷的彼端突然拥来大群狂奔的人，不知有一百个、两百个还是更多，颇为宽敞的道路顿时被挤满，人们边跑边互相推挤，吵闹夹带着怒骂，看起来就像是一群饥饿争食的野兽。

四个年轻人微张着嘴，一起愣愣地看着排山倒海而来的人群。"咱们……闪。"百木英低低的一句絮语，话音甫落，阿蒙一把抄起素星痕，离离也被阿英拽住，四个人飞一般移进了街边的墙角。下一瞬间，汹涌人潮便从他们方才站着的地方践踏而过，奔行中一个人不慎跌倒，随着惊叫，手中抓着的一把纸张扬得漫天飞舞，仔细看去，竟都是一千银毫一张的银票。

这白花花银子撒得满地都是，却无人理睬，人们只顾前冲，径直拥到"万禽园"对街一家最大的货栈门前。这家名为"景通号"的货栈也算淮安海陆贸易一行中数得上的巨头，此时却是店门紧闭。冲上去的人群死死抵在厚重的包铜门板上，将门撞得咚咚连响。人们吵嚷着叫开门，闹了许久，景通号内终于有了动静，一个长相精明的伙计推开了高处的一方小窗。喧闹的人群看见，一下子都静了下来，仰头等着听他说话。

"本号的'奈罗霜'现货，三日后清晨到埠。提货券已然所剩不多，今日只发二百七十份。"那伙计俯视众人，语气轻慢，"按市价翻倍发售，先到先得。"

这一语抛下，好似一道霹雳击入人群，货栈门前顿时炸了开来。手中攒满了银票与现钱的人们破口怒骂，前排的人用成袋的金铢连连敲砸货栈的门板，后排的人则唯恐自己抢购不成，拼命向前推挤，有的人滚倒在地上，随即开始发出遭受踩踏的惨叫。这时货栈的后街中拥出两队手握武器的人，迅速冲进人群，挥舞棍棒驱打情绪激动的人们。

依据宛州商会的传统，商家可以蓄养私兵保护自己的利益，商政使也不会干预；大商号的私兵甚至可能颇具规模，训练有素，威焰不亚于州府的正规军队。景通号的这两队私兵便很强悍，转眼间在货栈门前清出了一小块空地，摆放好一座用来收银发货的高高柜台。急于抢购的人们见此，更加疯狂地拥挤起来。

"他们在干吗？发疯了吗！"被堵在墙角里难受得很，离离扒住阿蒙的背，皱着脸叫道。

"人露出这个样子，无非为了一个'利'字。"素星痕淡淡地说了一句，毫无兴趣地转身，却不防两个锦衣绣袍、挤得满头包的人从他身侧推搡滚过，白玉镶金的带钩，一下子将他怀中的流苏木牌卷了出去。

"哎！小心……"阿蒙看到星痕被挤撞，不由得喊了一声，下一瞬间，却见他撇下了装着小猫的背篓，人已经钻进那混乱的人群中。

素星痕从无数乱踩的脚边捡起那块绣衣使执牌，正想寻找缝隙脱身，一根呼啸的棍棒突然向着他的头顶击下。危急间抬手自护，木棍重重地砸在他的手腕，瘦细腕口顿时崩裂出了鲜血。他吃痛地缩在地上，暴怒的货栈私兵喝骂几声，沾血的棍子便将横飞乱舞地落下。正此刻，一只有力的手牢牢擒住了打人者的臂膀，一把推开——迅猛冲进来的阿蒙俯下身子，张开双臂护住了星痕。

"笨蛋！用你的牌子啊！给他们看啊！"墙角处，离离被百木英挡在身后，冲着这边跳脚大叫。局面却是越来越乱，不停有踩踏的惨叫发出，阿英不由得握住了佩剑的剑柄。

阿蒙竭力撑开一些安全的空间，低头看着素星痕。星痕的额头满是汗水，也举目看了看他，那块执牌就在掌中，只是紧紧地握着。此一瞬间，纷杂呼喊叫骂之中，却忽然传出几声稚嫩的哭泣。

素星痕、阿蒙、百木英、离离听到这哭声的刹那都是一惊。几十步开外，万禽园门前的方向，可以看见十来个孩子缩成一团，惊吓得不知所措。大概是结伴要去万禽园玩耍，或者刚刚游玩出来的小孩子，最大的不过十岁出头模样，而此刻整条街都塞满了抢购的人群，将这些稚子陷在战团，可怕的踩踏，就近在咫尺。

阿蒙瞪大了眼睛愣在那里，周身一时紧张得僵住。忽地，吵嚷纷乱之间，他听到素星痕叫他的名字。

声音不高，话语也只是简短一瞬。紧接着他已拉起星痕冲开重重人墙，飞跃过许多滚倒在地的身体，三拳两脚放倒凶横的私兵，直冲到货栈门前的大柜台边，默契地搭手为梯，将他的兄弟向上托起。踏着阿蒙的手臂跃上高高柜台，素星痕下视煮沸了一锅鱼虾般的街道，极力亮出了手中的木牌。

"绣衣使在此，站住别动！"他大喊了一声，清亢的声音回荡在整条街上。

人们惊急中都是一怔，尤其是货栈的私兵似乎被这句话镇住，停下了蛮横的行为。躁动的推挤瞬间缓和了下来，景通号中的掌柜、伙计等人也悄悄开门出来，从背后望着立在柜台高处的少年，满腹惊疑，一时无人作声。

"十城商政使麾下，第十三绣衣使素星痕，受命于商会，特权督察行商秩序，一应商号遵我节制！"那瘦小不起眼的男孩极力清晰地说道，喉咙略有沙哑，"不管你们在买什么——现在必须开始排队！"

"浑蛋！"激愤的人群中，突然有人骂了一声。

"哪儿来的毛孩子，敢在这儿捣乱！""你说排队就排队？提货券根本不够卖，先来后到怎么算？！"……越来越多的人开始嚷嚷，有人挤到前面想要掀翻柜台，被阿蒙一脚踹翻在地，局面眼看又要乱起来。

素星痕一动不动地举着执牌，微微凝眉，肃然又开口道："你们若不听令，本使立刻收缴景通号全部提货券，扣留三日不发！"

这话一出，众人却是震惊，景通号的掌柜顿时竟冒了冷汗。据方才所言，他们所发售的这种"提货券"，三日之后便是兑换现货的日期。此物炒作哄抬、价格翻倍的最后商机，显然就在这三日之中。倘若此刻手中的提货券当真被扣，便失去了赚钱的大好时机，损失不可想见。门外的众多买主自然也深知此理，一时大家被吓住了。半晌，却有一人又撒泼似的喊道："凭你说扣就扣，景通号的莫非是死人？就不给你又待如何！"

素星痕冷冷一笑，汗滴滑过嘴角："绣衣使代商会执法，景通号的东家想必也是清楚的。若有违逆，本使便上报商会，将景通号所发提货券全部作废！"

这一下货栈掌柜的叫了一声，摇着双手奔出来，靠着大柜台的边儿向上作起揖来："这位……大人，大人，有话好说，我景通号和气生财而已，绝无与商会作对的意思。"

他说着伸手去牵素星痕的衣襟，星痕却撤身闪开，转将手中执牌推到掌柜的眼前："我无戏言。叫他们排队，小心那些孩子。"

他的手腕上，鲜血在缓缓滴下，小木牌的流苏染了些许的红点，牌上"绣衣使"三个字刻得分明。掌柜的怔怔看着，半晌不再作声，只点了点头，一边擦汗，一边向私兵指指点点地下令。

"不排队的人不许认购"，这句话很快传遍了拥挤的街巷。货栈私兵以棍棒威严疏导人群排成长长的单行队伍，恐怖的混乱总算终止。百木英、离离跑了出来，赶快去领起那十来个孩子，护送到人群之外，打发他们速速地远去。

素星痕松了身体，一下子坐在了大柜台上，举手擦着头上汗水，受伤的右腕已经冷得没有知觉。阿蒙挨上来，撕下一条衣襟先为他草草包扎。"不碍事吧？没伤到骨头吧？"他有点着急地问，却不闻回答。抬眼看时，却见星痕的一双眼睛凝然看着远处，好像全未听到他说话。

街道的对面，"万禽园"原本拥挤的门前已被清理干净。安静的空地上，一个身着锦衣的中年男人正望着他，斜抱着肩，脸上挂着一丝浅笑。

"原来您就是孙西屏园主。久仰。"素星痕对着面前的中年人，规矩地行了一礼，身边的三个伙伴也一起躬身。

"你久仰我？"那年貌尊崇的富商歪着头，一开口，却是股刁钻冷僻的味道，"有多久啊？"

星痕抬起头，双眼正视着他："两天。"

"噗！"离离、阿蒙、百木英齐声一喷，捂嘴抑制着连连的咳嗽。

孙西屏冷笑一声："老夫对你才是久仰。江子美把任命第十三绣衣使的邸报送遍全城商家，搞得轰轰烈烈，到今日已有两个月了。"他说着使眼打量了星痕一遭，嘴不禁一撇，大失所望般地摇了摇头。

素星痕默了一瞬："这么说，这件事淮安商界已经尽知？"

"你是最后一个知道的。"孙西屏淡然，忽地一挑眉，"郁闷吗？"

　　星痕不由得脸色一滞。"在下是来查案的。"他忍了忍，拿出一派肃然，"请问园主，英芒记银号东家、白思退先生的独子——白琬小公子，是否曾于三日前来到贵园？"

　　"不错。"孙西屏点了下头。

　　素星痕抬起了冰凉的眼睛："不知孙园主如何看待此中利害。江大人曾数次派人前来探查此事，却都被园主拒门不纳。"

　　"若不如此，又如何请动绣衣使大人到我门上呢？"孙西屏眼角忽地掠过一丝光，声调一低，"随便放些没用的捕快进来乱翻，案破不得，还要败事有余，消息外泄，此中利害，你如何看待？"

　　素星痕眨了眨眼，低声道："前辈英明。"

　　孙西屏又是一声冷笑，懒懒地冲着四个年轻人使个眼色，转身当先带路，往万禽园中走去。才走了几步，他又转回头来，对着素星痕又是一通狠狠打量。

　　"你当真是第十三绣衣使吧？"他盯住这个看起来不过十几岁年纪的瘦小男孩，满腹狐疑，"当真不是没钱买门票的小破孩儿，扯个谎蒙我，好进来看小鸟、喂猫猫狗狗玩的？"

　　"……"

　　走在幽美的园林甬道上，百木英的头越来越低。面对孙西屏关于他们一行人进入万禽园动机的质疑，方才她还曾义愤填膺地反唇相讥，可现在却已经没有了半点底气。自从一走进这个园子，离离就连蹦带跳地没个停歇，不时地因为看到稀奇鸟兽而拍掌欢呼出来；阿蒙更是要命，百木英听到他指着林木间奔跑的各种动物讶异地问"这个能吃吗？那个能吃吗"多达十二次。素星痕则一如既往地闷头走路，目不斜视，一派沉思，这副表情足够深沉，但配在他那张幼稚到没救的脸上活脱脱便是半大男孩最值得嘲笑的那种故作成熟，简直让人不忍去看。这一帮子硬要说是成年人，可有谁会信！

　　假装不认识他们，寻摸几个写作素材换稿费便好，阿英拿出了稿本遮着自己的脸。这时，一辆沉重的马车辚辚开过了她的身边。看起来那只是装运大宗货物的粗车，车身却整体由红木制成，甚为考究；车尾处浮雕着一只展翅的白鹤，翘首风姿，令人一见难忘。

"这样的车子，已经看见第三辆了。"她好奇地望着，不觉问道，"孙园主，这些马车并不像是你园中的，却出入甚是忙碌。样子也很特别，不知是什么名堂？"

"我听说十三绣衣使身边有个专门写小道消息挖人隐私的，看来就是你吧？"孙西屏瞥了百木英一眼，"那车队叫作'白鹤车'，专门做运送兽粮的买卖。我这园中豢养禽兽数千，日日耗费鸟食、兽粮无数，适逢近日他家的兽粮打折出货，自然是趁着便宜多买一些。"

"白鹤车？我听说过！"百木英眼中一亮，"这是淮安城有名的零售商号啊，早听闻他们的车队售卖各色货品，家私衣食，针线杂用，大凡日常所需之物无所不有，想不到，还卖兽粮！"

孙西屏哧地一笑："兽粮原是他起家的本业。"

百木英听了这话，聚精会神注目在孙园主的脸上，炭笔已悬停在纸上一寸，窥消息挖隐私的光芒毫不掩饰地射出双眸。

孙西屏不禁往后闪了两寸，而后蔑然轻笑："这车队的东家名叫石鹤，原本是个穷光蛋。他要做生意却没本钱，便只好去做那最苦最累、众人都不愿做的买卖。淮安人家中养猫狗宠物的甚多，他便起了这个主意，一家一户地去送猫粮狗食。城南城北跑一趟，不过是几个铜镭的辛苦钱。这般苦干数年，渐渐拉起了一支车队，那时候淮安商界没人瞧得起他，只与码头上的脚夫苦力一般看待。"

百木英眨眨眼睛，却是有些惊讶："这样辛苦起家，却是怎得如今这样的规模？"

孙西屏笑道："大凡世人，都有的是惰性。这些养猫狗的人家用惯了他送上门的兽粮，便懒得再出门去买，一来二去，全淮安都只从他的手里买兽粮，逼得兽粮铺子都关了张。"

"是垄断！"百木英声调略高，"淮安城的兽粮供货，被石鹤一人所垄断，这样他便可大大提高利润，白鹤车的车队便会不断扩大！"

孙西屏点头："他既能送兽粮，如何不能送别的？嗣后白鹤车便增添货色，城中平民家中所需简直无所不送，生意便做大咯。"

百木英听得连连点头，思量道："这石鹤白手起家，能够艰苦砥砺，达成如此成就，倒也真可佩服。只是这白鹤车的生意好，全在'送货上门'四字，他做得到，旁人也能做到，为何明知如此，淮安其他的商家还是未能效仿，反而放任他一家独大呢？"

"因为他所雇用的人力廉价，廉价到旁人无法对抗的地步。"孙西屏双手笼入宽袖，眼中露出绝顶商人的精明光焰，"石鹤手下送货的车夫，都是些凭武艺和力气吃饭的穷苦之人。这路人来到淮安，大多会受雇为私兵、路护，无处安身者则沦为苦力，只需极为微薄的工钱便可役使。白鹤车生意做大之后，各大商号也曾以优厚薪俸招揽其车夫，欲聘为私兵。奇的是，石鹤手下的人，竟无一个愿意叛离，宁可只拿极低的工钱，也要跟定石鹤。"

百木英不禁瞪大了眼睛："这……却是为什么？难道唯利是图的宛州人，也有转了性子的一天？"

"我怎么知道。"孙西屏仰天翻了个白眼，"说不定他石鹤原是个花枝招展的大姑娘，勾得那帮男人死心塌地，也未可知。"

百木英飞旋的炭笔，不慎在纸上划出一道斜痕。"怎么？孙园主也是商会中举足轻重的人物，竟也没有见过石鹤本人吗？"

"举足轻重？呵，商会又算得什么。"孙西屏连连冷笑，眉眼间却笼上一层难以捉摸的暗色，"方今淮安城有三个人最难求见，一为江大人，二为白公，三便是白鹤车主。"

"这怎么会？"百木英不解，"江大人与白公的确神秘，这位石老板却为何能与他们二位比肩？"

"因为这位石老板，已经成了江家银号、白家英芒记以外，第三个掌控淮安银资血脉的巨头。"孙西屏的语调，忽然变得很冷。

百木英凝住了双眸，一时陷入静思。良久，她忽然吸了一口气，不觉低声说："我……明白了。若我猜得不错，是'赊货'。"

孙西屏老练的眼中一亮，看着这姑娘，不禁涌起了笑意。

百木英言道："石鹤垄断了全城日用杂货的供送，便是垄断了销售的通道，这样一来，他与上线的供货商人之间强弱易势，他便可逼迫那些商人向他赊货，由他先行售卖，后结货款。只要赊货的时日够长，他便可将售货所得的钱财转去放贷、炒买，做起像银号一般的生意。这样一来，他的白鹤车虽不是银号，却也成了像江家银号、英芒记一样呼风唤雨的金主。"她说着，不禁眯了眼睛，摇头感叹，"此人以一介苦力起家，竟至今日凌驾整个商界的境地，着实令人不得不钦佩。"

啪啪啪几声掌声，孙西屏满脸的轻佻蔑视已荡然无存，望着百木英的眼中尽是激赏。"你这丫头，当真是块做生意的好料。"他已全然转换了话题的焦点，样子就像个嗜好古董的玩家看见了千年宝玉，"不如扔了你那写小道消息的差事，到我这儿来供职，如何？"

百木英怔了一瞬。"打工？好啊。"她一本正经地凑前两步，伸出惯常用来划价的左手，"你出多少工钱？全天工的话不能少于八十个银毫，半天五十，夜工翻倍。"

孙西屏只伸出了一个食指："一成干股。"

"哇哦！"来自离离的一声大叫。方才孙园主和百木英只顾着讲白鹤车的故事，旁边三个孩子已经安静地坐成了一排，托着腮傻傻地听，直到此刻听到孙西屏开出天价挖商报的墙脚，离离终于一下跳了起来。

"孙家所有产业，连万禽园在内，算你一成干股。出任我的助手，可愿意吗？"孙西屏嘴角轻笑，字字掷地金声。

百木英抬着纤细的眉，拍了拍腰间的小钱箱。"我只赚工钱，不做股东。"她拿出锱铢必较的口气丢出这么一句话，离离又是大叫了一声。

"为何？"这回却轮到孙西屏瞪眼睛了，"你宁肯打工，却不愿做大生意？"

百木英低头，笑了一笑。"因为，我只想在宛州挣口饭吃，却不想变成一个，'宛州人'。"

孙西屏看着面前的姑娘，沉默了半响。忽地他一声冷笑："亏我看你表面精明，根子里，原来却是块榆木。"

"不错，我正是个不开窍的。"百木英笑着歪了头，一手指节敲敲自己的额角，转而却一把将正在发呆的素星痕拉了起来，"我们这一位，才是真真正正的商业奇才，孙园主你可有兴趣？"

"阿英你……做什么？"素星痕方才醒过神来，不禁侧了头，低声说道。

"谋个新的营生，助你推掉那惹麻烦的差事，岂不好？"百木英紧抓着他的胳膊，微笑的嘴唇不动，使出密语的功夫来，声音小得只有星痕一人听见。

孙西屏看着这两人，莫名的浅笑始终挂在嘴角。

"素大人，乃是江子美、白思退觳中之人。"精明的商人笑言一句，"这样大的材料，我玩不起。"

这句话却好像一根刺。素星痕怔了一怔，须臾深深地拧起眉头，脸色变得很是难看。百木英也很是意外，一时不知说什么好；阿蒙也看出星痕的不悦，却不明就里，也不知该如何安慰。

"哼。"站在众人身后的离离，此刻出了声。

"素星痕，是我们的人。"说罢这一句，长辫子的姑娘突然冲到孙西屏的跟前，细细看去，一只袖子也捋了起来，露着半截粉嫩的小臂，不知从哪儿捡到的半截断树枝，像根粗重的棍子似的拎在手里，鬓边碎发飞扬，晶莹的媚眼瞪得透亮逼人。"你们这些宛州人，有什么戏法全拿上来！我们陪你们玩！"本来娇嫩的嗓音一记暴喊，却也有几分别样的震慑，紧跟着回手将破木棍丢给了阿蒙。

阿蒙准确接住，默契至极地一撅两段，举在手里晃了一晃。两人配合，完成了一幕标准的黑街少年示威逞强，小混混的青春与威武栩栩如生。

孙西屏直了眼睛，微张了嘴，整个人站在那里，已经完全无语。

离离尖尖笋指豪迈地蹭了一下鼻子，一手搭上素星痕脖子，一手挽过阿蒙，招呼百木英，四个人牢牢地抱成了一堵墙。"哼，我们什么都玩得起哦。"野丫头翻着翘翘的睫毛，仰面朝天。

"这个……真的玩不起。"才过了一刻钟不到的工夫，离离就说出这样服输认栽的话来，街头女王的霸气立时颓去。

在她的眼前，是一只半人高的水晶匣子，透明的冰晶里面关着一条首尾长达四尺的怪物，看起来很像陆上的蜥蜴，又像海中的怪鱼，长须、锐角、曲折而透明的鳍翼，一身石棱嶙峋般的鳞甲，泛着珠宝般炫目的神奇色泽。怪物的面前摆着一只石盘，盘中堆满了浑圆饱满、颗颗大小相同的青玉珠子。

突然，怪物的口中弹出鲜红打卷的长舌，卷住一颗玉珠，转瞬入口，吞咽了下去。

"它吃石头！"阿蒙惊得跳了一跳。

"是玉石。"百木英克制住了心中的震惊，补充道，继而又向着阿蒙一摆手掌，"别问了，这个肯定不能吃。"

孙西屏坐在一旁的琉璃椅中，淡然自若地吹着茶盏。这里是万禽园最深处，被称作"仙兽宫"的建筑的内室，寻常游人绝无资格踏足的地方。"这便是白琬小公子每次来万禽园要做的事情。"他呷了口茶，轻飘飘说道，"织绫。"

"织绫？"离离费了好大劲才把眼睛从那吞玉为食的大怪物身上移开，"什么意思？他不是个男的吗？难道还会拿纺织梭子？"

孙西屏看都不看她一眼，悠然言道："你们眼前这种异兽，产自深海，乃是上古蛟鱼的一类。我们宛州人都唤它作'海绫蛟'，因为它身上的鳞皮可以染成多种艳色，就好似海中的彩绫一般。给它染色的方法，便是喂食。"

他说着站了起来，踱到水晶匣的旁边，举手一丢。一枚泛着淡金光芒的珍珠从匣顶的孔洞中滚落，弹跳两下，便被蛟鱼的长舌卷食了去。"海绫蛟不吞草木虫鱼，专以矿石为食。尤其各类宝石、珠玉，最为它所喜。吞吃了什么样的珠宝，它的身上便会显现什么样的光色，积年累月，终成异彩。"他从目瞪口呆的四个穷酸年轻人面前负手走过，讲解道，"以珠宝喂食，逐渐练就海绫蛟的皮色，叫作'织绫'。玩这个游戏的圈子不大，宛州十城共有几十位玩家，自然，都是我万禽园的常客。"

"看来宛州人阔绰的程度，还是出我所料。"百木英秀眉一纵，面色变得很沉，"孙园主果然是行家里手，原来背地里，做的是这等豪阔的生意。"

孙西屏仰天一笑："呵，不错。织绫所用的珠宝都我园中提供，玩家只需付钱来买。珠宝原是溢价无度之物，这里外进出，我的利润很大。——若不然，哪来的余财，好生喂养我园中那些宝贝呢？"一说起动物，他的脸上就溢满由衷的欢喜。

"这一条，就是白小公子喂养的海绫蛟吗？"素星痕忽然问道。

"这一条只以寻常山玉为饵，皮色青灰，那白琬身为宛州第一贵公子，岂会养出这等凡物？"孙西屏轻蔑地说着，随手扣动了墙壁上的一处机关。

只闻轰然之声，圆形屋室内两丈余高、满饰着华贵壁毯的石墙向两边平移洞开，露出里间更为高旷华美的一间密室。那密室中央，硕大的水晶墙围成上下通透的巨型圆柱，柱体的下半部分注满蓝宝石般的海水，一株崔巍惊人的天然珊瑚树自水中长出，直通穹顶，扶疏枝蔓之间，盘卧着一条体长逾丈、身姿秀挺的艳丽蛟鱼，仅仅粗壮长垂的尾巴，就蜿蜒了五尺的长度。而那鳞甲之间斑斓的珠光宝气，一瞬间有如虹霓倒泻，令人不可直视。

"白琬公子喂养此蛟一年有余，杂用各色山海奇珍，始成此色。在我仙兽宫内四十三条海绫蛟中，冠绝无匹。"孙西屏眯起眼睛仰视那神奇的活物，脸上溢满了激赏之情，随即向着素星痕等四人招了招手，带他们走入那密室中去。

绕过水晶巨柱，他仰面看着高高的墙壁，举手扯下墙上遮覆着的一条长方丝巾。深深刻在石壁上的三个大字，瞬间显露出来。"这间内室，也便是白公子失踪的地方。这字迹……"他说着，嗓音忽然有些干涩，"便是贼人绑走他后，留下的唯一痕迹。"

素星痕听了，举目望着墙上的字，却好像一时怔住。片刻，他才在口中低低念道："白日生。"

"这三个字什么意思？绑匪难道没有其他交代吗？"百木英抱着肩，皱起了眉。按照常理，绑架无非是为了勒索钱财，绑匪总该开出明确的要价，而不是留下不知所谓的暗语。

"白家的人前来看过，你们是第二拨看到这三个字的人。个中含义，倘若你们自己不能分解，恐怕也只有去请教白公府上，做个参详了。"孙西屏一副爱莫能助的口气。

"那天的情形，究竟是怎样的？"离离追问道，"你这屋子这么严实，难道白家那小子在这里喂这条大壁虎，然后，然后人就凭空不见了？"

"我如何得知。"孙西屏双手一摊，转身往密室之外踱去，"我只管收钱，交付喂食用的珠宝，客人要怎么玩耍，是一概不管的。"

"你……也撇得太清了吧！"离离对这个滑头大叔简直鄙视到了极点。

孙西屏若无其事："生意往来，钱货两清，一向不涉旁事。哦，那日之后，我园中的几名私兵便不见了踪迹，想来，或许是绑匪在我家埋伏下了内贼，也未可知。"

"那……那就是你家出了内贼啊！"离离再也忍不住地大叫，一步跳到孙西屏面前，恨不能扯他那修饰整齐的胡子，"那几个私兵是什么人？快找到他们要紧哪！"

"那几人既早有预谋，想来当初受雇登记之时，记下的姓名籍贯，也都是假的。如今踪迹全无，纵使想找，又哪里去查？他们绑走了白小公子，必定藏匿隐秘难寻之处，又岂是你说找到，就轻易能找得到的？"孙西屏慢条斯理，就好像宛州第一贵公子不是在他家地盘上丢的，然后趁着离离一把没抓上来，举袖掩了胡子，又飘然踱走几步。

"也就是说，孙园主这里，是不能提供任何有用的线索了？"忍怒已久的百木英，此刻冷冷地反问，"那你请我们来此又有何用？白公子遭厄已经三日，一个小孩子，这般陷入贼手，你们这些大人却只顾推搪躲闪，几时才能救得人出来？！"

两个姑娘冲上前去，与豪商大叔呛吵起来，唇枪舌剑几成大战。阿蒙慢慢地靠近素星痕身旁，肩并肩站着，直直地看着眼前战局。

"她们再说一会儿，是不是就要打架了？"蛮族少年将随身的长棍抱在了怀里，有意无意地开始拂拭，"到时候你站开一点，我上去对付他七八个，吃不了亏。"

"要是这些石头木头桌椅板凳会说话就好了。"素星痕也直望着前面，有些慵懒地说道。

"怎的？"阿蒙一问。

"我就叫你把它们都打一顿，逼它们把所有真相都说出来。"撂下这么一句，星痕忽然起身，直冲吵成一团的三人走去。

"通通住口！"一声低喝，顿时打断了狡辩的商人和暴怒的少女。他站在那里，眼帘微垂："我要查账。"

万禽园账房重地，如山的账本层层堆叠在长条案上。看起来随时都要睡着了似的单薄少年蹬着一张凳子，双手并用，一页一页快速地翻阅。

"难不成我的账本里，会写着白小公子的去处？"孙西屏盯着素星痕的一举一动，时而冷言冷语。

"哼，这是他的独门绝技，你这大叔养猫猫狗狗还可以，这个哪里懂得？"离离嘴上毫不饶人。

孙西屏听了，显然起了十二分的兴趣："哦？什么独门绝技？"

离离抿嘴一笑，往前凑了凑，神秘低声说道："数数儿催眠大法。"——"流金归藏"四个字，她是绝不会漏出来的。

素星痕旁若无人，只是飞速地翻阅着账簿。就这样一直过了不知多久，那条案上堆着的所有本子，从头到尾被查看了一遍。

合上最后一本账册，他轻轻地吐了口气。"英芒记银号……与万禽园收支往来，甚是频繁？"他开口问道，眸光冰凉。

"哼，自然了。"孙西屏挑眉，却是一笑，"你以为白琬公子织绫的花费，都是自何而来？"

他一拂衣袖，慢慢凑到账桌前面："白小公子手上有一枚指环，乃是'英芒记'兑付账款的特等印信。据闻这样的指环共有两枚，白公父子各具其一，任意度支款项，不设上限。白小公子平日嬉戏游玩的一切花费，皆是以此指环为印，径直从白家银号兑款支付。"

"原来……如此。"素星痕念叨了一句，撑着条案，翻身从高凳上跳了下来。"多谢孙园主协助，在下所需的都已得到。打扰多时，先告辞了。"他说着行了一礼，招呼三个伙伴，转身便往门外走去。

孙西屏一把拽住了他，唇边又泛起一丝莫名浅笑。"我万禽园的内账，从不曾有外人看过。"他贴近星痕耳边，淡淡笑道，"你可要清楚，今日你入我账房，乃是凭借了'绣衣使'的特权。"

素星痕默然，转而也是一笑："多谢前辈提醒。"

"'三家店'商盟异军突起，与江大人掌领的商会分庭抗礼，宛州两强相争之势，已然日渐明朗。"孙西屏忽然提起了敏感的话题，话语冷淡却犀利，"绣衣使这个职位，明眼人都看得出，本是江大人对付三家店的前哨。身处纷争火线之上，的确是诸多麻烦，你不愿意做这个官，也是自然的事。不过，你若要办这件案子——绣衣使，恐怕是非做不可了。"

素星痕听着，沉默片时，忽而抬头，凉凉的眼眸望着那锦衣商人。"之前，园门外的那些孩子——"他冷然问道，"是你故意推出去的？"

孙西屏扬首一笑，双掌拍在了一起。"人心不古，宛州的商道，不复从前那样的秩序了。"他颇有些感慨，悠悠言道，"既有身怀异能之士，堪为商会担当大任——虽然是强你所难，我却是乐见其成的。"

素星痕慢慢地转过身，背向孙西屏，却言道："宛州有前辈这样的商人，倒也不失为一件好事。"

孙西屏笑出了声来："你们这些年轻人，可真叫人羡慕哪。我若是你，也赶上做绣衣使的机会，定会玩得十分带劲。"

"可惜你不是我。"素星痕丢下一句，迈步离去。

望着那少年的背影，孙西屏轻轻撇嘴，挑了挑眉梢。击掌叫来几个得力助手，他吩咐道："仙兽宫封门，以备商会后续勘查。绣衣使大人若有什么所需，一力好生配合。"

【三】

素星痕打开小纸包，从里面拈出几根乌黑枯硬的草梗，放进茶杯，泡上了热水。

离开了万禽园，他便与伙伴们转去"英芒记"银号本庄拜访，被以"白公不在府内，官差恕不接待"的理由拒之门外后，就直接改道，去了药铺。连转了好几家药铺，总算买到这一小包叫作"苦荆茶"的东西。

黑漆一般的茶水冒着清烟，离离眨眨眼，忍不住上去闻了一下。她一下子打了个冷战，便连连呛咳不止："你……你这真的是茶……茶叶吗！"

"是啊。只是不太常见，茶坊不会出售，通常药铺里面才有。"星痕坦然捧起了茶杯，竟然呷了一口，面不改色。

"以本采风使之见多识广，竟也从未听说过'苦荆茶'这种东西。"百木英拈起一根黑色茶梗，眨眨眼，"有什么特别功效吗？"说着她伸出舌尖，想要舔尝一下。

"别碰。"素星痕突然出言阻止道，"寻常人沾了此物，三昼夜不能入眠。就算是我……喝上一杯，也能清醒数个时辰。"

"哇！"所有人齐齐大喊了一声。

"怎么可能，就算是他都……"

"这是毒药吗？是毒药吧，是毒药吧！"

"不可思议，世间造化太过神奇……"

连串的窃窃议论浮起在空气中，三个伙伴惊异而热烈地讨论，全然不管一旁的素星痕已是满脸暗黑。

放任这恼人的气氛继续了一会儿，然后素星痕重重地咳了两声，总算静场。"你们……"他双手捧着热茶，表情严肃，眼中露出平均二十个时辰一见的疏离冷漠。

"我们不打算各走各路。"直接打断他要说的话，三个伙伴不容反驳地回答了他。"至少白小公子这件事情，见者有份儿，是不是？"百木英补充道，"人还没救出来，让我们就这么离开，岂不等于是灌了我们十人份的苦荆茶吗？"

"好。"素星痕凝住片刻，终究点了下头，"那么你们听我安排，这件任务，须得大家好好配合。"

"什么？"离离明眸一睁，"这么说，你已经有主意了？"

"一直都是全无线索，人质的踪迹无从查找，你又怎么能做安排？"百木英显得更是惊奇。

"我……"素星痕双眼望着茶杯，慢慢言道，"我已经知道他身在何处。"

离离、阿蒙、阿英，"腾"的一声都站了起来。

素星痕抬眼看了看他们，稍稍沉默，而后解释道："在万禽园查账的时候，我将英芒记与孙家所有银资往来做过推算，的确都是出自同一账户。根据孙西屏所说，这个账户便是白琬小公子持有的特兑户头。将此户头的支出按照日期均算，每一天的金流，简直汹涌得可怕。"他停顿了片时，脑中不知转着什么，眼神渐渐失了焦点，片刻，饮了两口手中的乌茶，才又开始说话，"方才，我便以此账户为目标，做了一些推演。白琬小公子最近十日的活动踪迹，都可在金脉图上显示出来。包括——他此刻的位置。"

"天哪！"离离不禁惊呼，"原来只晓得你这'流金归藏'有些邪门，想不到邪成这样！照此说，天下任何失踪的人，只要他花钱，你就都能找得到他！"

素星痕却摇了摇头："因为是如此持续且汹涌的金流，方可推演定位。每天都能花这么多钱的人，在世上只怕是凤毛麟角，就算白公本人，也无法通过这样的方法搜寻，遑论他人。"

房间中安静了一会儿。

"其实……"离离莹亮的眼眸凝住，有些焦点分散，"我们假装不知道……就让这个熊孩子死了……应该能省下很多钱给别的小孩买糖吃吧！"

"很合理。"百木英抱着肩，认真地点了点头，"如果绣衣使大人改邪归正，转行任职劫富济贫的流窜盗贼，此事已成。"

"救人的计划如下。"素星痕淡然说道，全然未理两个姑娘的仗义执言。

"等等，你真的要去救他吗？"百木英肃然，"如此挥金如土的人物，被绑架三日却还不见勒索的消息，此中可怕不可想见。"阿蒙听了这话，砰地戳了一下棍子，全身都紧张起来。

星痕微微地一低头："你说得是。正因如此，不得不救。"

"为什么！"离离一跳。

"因为白琬公子他此刻就在……那个石鹤的手上。"

"白鹤车的东家石鹤？！"

素星痕说出的这一句话，令几个人一时都大为意外，须臾之后却又都感到情势复杂，心中纠结起来，连阿蒙都皱起了眉，默默不语。

"此事牵涉石氏，也就与淮安银资格局有关；与银资格局有关，也就与三家店……甚至江大人，有关。对于成千上万的淮安人，更是有着生死攸关的莫大干系。"疲困之色渐渐攀上了星痕眼角，他不停地喝着茶，"计划我倒是有的，只可惜……至今还未参透，'白日生'三字是何玄机。"

"白公他难道不担心自己的儿子吗？"阿蒙听到此处，不由得发出憋在心底许久的一问，带着少许的愤懑，"为什么不肯见我们，告诉我们一点儿消息呢？"

"那个大叔，只怕十个鬼捆在一起也不及他一半精，谁知道满脑子在想些什么怪东西。"离离这时也冷静了下来，娇嫩的唇角挂起一丝微冷的笑，"说不定，是故意弄了什么圈套，等我们去钻呢。"

百木英听了，沉静地点了点头。"所以还是那句话……真的要去吗？"

素星痕却罕见地笑了起来，自从被江子美"绑架"以来，他还没露出过一点笑容。"不去钻一钻，又怎知道究竟是何圈套。"他昂首说道，"何况……"

"何况那个孩子，是一定要救的。"是阿蒙接下了这句话，单纯而坚强的眼睛，毫不动摇。

"白鹤车"三个字，既是为淮安市井百姓所依赖的流动零售货车的称号，又代表着一个庞大、无形、难以界定其边界和宗旨的商号，或者说，是一群人的代号。奔驰在全城的白鹤车，每天最终回归聚集的地点却并不在淮安城里，而是在郊外二十里处一片粗疏而巨大的仓库建筑，白鹤车总部——"鹤巢"。

商界传奇人物石鹤的本庄就设在这里，一个被豪商大贾所鄙视嫌恶、贩夫走卒也无法长期忍受的艰苦之地。

日已斜时，灰墙粗瓦如废城一般的仓库被染成淡淡的金红，仿佛浸过稀释又干凝了的血。锈铁大门外荒凉粗粝、印满杂乱车辙的硬土道上，一个细长的影子随着步履回声移动，布衣单薄的少年孤身而来。

在铁门前停下了脚步，他静了一瞬，举手拉动门边垂着的半截硬麻粗绳，锈蚀的铁铃当当作响，击破缓吹的西风。不久，应门人的脚步声响起，几声沉重刺耳的掣闩开锁，"鹤巢"的大门轰隆洞开。

开门的是两个魁梧过人的壮年男子，布衫葛帽，看形貌便知是穷苦出身，气色却是焕然威壮，应是过着酒肉饱足的日子。他们瞪眼盯住门外的不速之客，警惕地握起了拳头。

"在下，淮安绣衣使素星痕。"门外的少年微微笑着，轻淡地自我介绍，"贸然上门打扰，只为求见一人。"

两名壮汉闻得"绣衣使"三字，顿时更添了十倍紧张惊异，甚至一股怒意喷出眼中。"当官的？你这么个小子？！你要见谁？！"

素星痕慢慢仰起头，直视高他半身的壮汉，一笑："白琬。"

几个瞬间的停顿，而后两名壮汉突然双目大瞪，髯发似乎都立了一立。也不容再言，二人猛地抓住面前瘦小单薄的少年，擒拿钳制倒拖入院，而后沉重的铁门被一把关牢，巨响震起了地上的尘土。

素星痕便像只羊羔一般被押送到鹤巢深处一间阴湿的空旷库房，始终保持着微笑。入室之后抬头细看，这间高大的建筑四壁黑灰，唯有天窗透光，角落里摆着一张粗木制成的巨大桌子，几名同样粗豪魁梧的汉子正围坐在桌边赌着骨牌；另一些男人凑在另一角里抽烟，整个库房中飘浮着呛人的下等烟草气味。星痕忍不住咳了两声，竭力转回头，向着背后压制自己的人笑道："贵处当家的可在这里？在下所求之事，恐怕还需个说话算数的出面做主。"

壮汉眼一瞪，铁一般的手掌加力一拧，素星痕原本有伤的右腕吃痛，呼吸不禁滞了一滞，转而，仍是微笑："想来两位，并非当家。"

这时，在赌牌和抽烟的人纷纷围了过来，两个押人进来的汉子与他们急急地说了几句，口音大抵是东陆穷乡僻壤之地的土话。众人很快却都惊急起来，有些吵吵嚷嚷，又有人跑了出去。过了不多时候，方闻库房大门再响，有几个人急急火火踏了进来。

这些人绕到素星痕的身前，有人搬过椅子，为首的一人翩然坐了下来。星痕被擒着双臂，只见七八双粗壮的大脚围在前面，当中落座的那人，却是青衫步履，文人仪态。他不禁抬头一看，面前出现的"当家人"，瘦削白净，分明是个读书识字的先生。

"这位朋友，"青衫文士严肃地打量了星痕一阵子，谨慎开口，"你自称是……绣衣使？"

素星痕望着他一笑，被反剪着双臂的身子侧了侧，怀中已露出半条流苏的执牌滚落出来，"啪嗒"掉在地上。

早有壮汉一步抢过捡起，递到青衫文士手里。文士捧着檀木执牌，审慎地看了一看，须臾眉梢不禁挑起，轻轻站起身来。"第十三绣衣使大人，我家兄弟不识场面，得罪勿怪。"他向星痕稍躬行了个礼，一使眼色，钳制着星痕的男子便将手放开了。

"先生太客气了，在下只是晚辈。"素星痕揉了揉发麻的手臂，笑着还礼，接过对方奉还的木牌。他举目与面前文人对视，仔细地看了看，问道："阁下……便是石鹤大东家吗？"

文人仰天发出一串朗笑。"大人太抬举了，区区一介寒士，怎及大东家的气魄风度？"他谦逊言语，眼中却满是傲然的光色，"在下柳誉清，鹤巢之中一个管账的。"

素星痕点点头："柳先生好。"温声言罢，他却忽然将手中执牌举起，表情肃然，"十城商政使麾下第十三绣衣使，因公拜访鹤巢。请柳先生配合，将被扣押的白琬小公子速速交出。"

"呵，"倒有几分出人意料的，柳誉清听到这样直白的话语并不惊慌，只是一哂，"大人这般公务威严，无根由的话便不可乱讲。旁人家里丢了孩子，你却凭何寻到我等门上？"

"就凭'白日生'三字留下的线索。"素星痕冷然说道。

柳誉清闻言却似一惊，仍旧保持了面上的淡定，却是紧闭嘴唇半晌未语。

"你们在绑架现场留此字迹，不就是为了表明身份吗？"星痕的唇边挂着一丝难以觉察的浅笑，"个中深意我已拆解出来，这不是便寻上门来了。"

"姓柳的！"柳誉清犹然蹙眉未语，站在旁边的一名孔武汉子却突然暴喊了一声，冲上来揪住了他的衣襟，"你留了消息给白家，出卖咱们的身份？！你他娘的，到底什么居心！"那汉子大怒，旁边几个壮汉见了都拦着他，却又不明白眼前事态，一时都有些不知所措，纷纷疑惑地盯着柳誉清。

柳誉清被扯着，却是不动不摇，脸色变得很沉。须臾他垂下眼帘，开口言道："我几曾做过出卖自家人的事。留那'白日生'三字，是为了叫白思退相信，他的儿子确实在我们手上。"

他说着，使力一把推开了拉扯自己的人，有些愤然地掸着衣服："我当日留下这点痕迹，当中断无半点关于鹤巢的深意。那三个字——乃是英芒记银号的提款密押。"

在场众人闻得此语，一时静了下来。

"白琬手上的指环，据闻曾被施以密罗秘术，能在纸上钤下隐形的印记。有此印记的银票，便是英芒记特等通兑的本票，即时提款，度无上限。而白家为了确保安全，在这枚印记上下了功夫——那便是每日变更一次的密押。密押是三个字，由白思退亲自审定，透过秘术写入白琬的指环之内，随机拆组，日日不同。英芒记银号收到白琬钤印过的本票，在暗房中以青磷灯照射，显现当日密押字迹，核对无误后方会支付现银。这些，都是在下花费数年工夫，辗转探听推测得知。"柳誉清说着，狭长的眼中闪动起利光，"那一日，我随身带了青磷灯，照见白琬戒印内的密押。那是当日密押，外人断无得知，将它留在万禽园，白家人见了，必然知道个中利害。——这便是事情原委，你们可敢再听外人挑唆！"

一众壮汉听了，双目大瞪，连连点头，半晌有人推搡一把骂道："庄奇，你个浑蛋！方才说的什么话！柳大哥咋会背叛咱东家！"众人都响应，方才对柳誉清发难、名叫庄奇的汉子也有些愧色，就要跪下磕头赔不是。柳誉清拂袖拦了他，转而冷冷的眼光瞪住素星痕。

这个看似十分稚嫩的男孩子，方才一句半生不熟、无中生有的言语，轻描淡写，竟便将他与亲如一家的兄弟瞬时离间，还逼得他道出了绑架暗语的秘密——这种犀利，甚至有几分阴毒，令人惊异之间，简直生出一种恼恨。

素星痕也望着柳誉清。"白日生"三字的真意，此刻总算明白，而眼前这个文弱之人缜密的心思也着实可观。在这粗人武夫组成的鹤巢里，这位账房先生，倒是个最难应对，也必须好好应对的关键人物。

他这般想着，勾起唇角，向着柳誉清深深行了一礼："先生既已承认万禽园绑架一事，话便好谈。宛州也是有法有理之地，私扣人质的行径，恐不妥当，柳先生——还是尽早请出白小公子吧。"

"哼！凭啥！"说话的却是众武夫中的一个，嗓音粗横骇人，"爷爷们就是绑了姓白的崽子，你待怎样？就凭你个小杂种，想从鹤巢要出人来？！"

素星痕面色微凛，平静地言道："在下既为江大人特使，职责……"

"我们鹤巢，不买江子美的账！"武夫们大吼道，"除了石大东家，没人做得鹤巢的主！什么绣衣使，你没那个脸面在这儿说话放屁！"

星痕闭紧了嘴唇，沉默。柳誉清与手下的一众武夫，许多双眼中的怒焰将周围的空气烘热。片刻之后，素星痕深深地吸了口气。

他回手，指向了墙角里的大木牌桌："我要与你们赌一场。"

柳誉清等人颇感意外，一时都愣住，谨慎未有回应。

"不是绣衣使，只是我素星痕。素星痕一人，单挑鹤巢。"单薄的少年说着，目放凉光，步步逼近到众武夫的鼻子前面，"不敢应战的，现在跪下认输。"

粗木大桌被抬到仓房的中央，天窗中一道孤光落在桌面，带着黄昏夕照的残红，满桌陈旧的骨牌、朽废铁片充当的筹码、人头盖骨磨成的几枚骰子，全都像泡了血。

桌边没有摆放座椅，所有下了赌局的人全都站着，十个最惯于斗牌的鹤巢车夫，都打了赤膊，强横体魄上疤痕隐现，肌肉上鼓起暴怒的血管。素星痕立在距庄家位置最远的下首，仅仅是赌桌的桌面，便已高过了他的胸口。

柳誉清闪在人墙之后，一双眼斜盯住那个邪气的毛头小子，脸已经严肃到好像涂了层生漆。这个男孩对人与事的敏感，与他外表的稚嫩全不相称，方才先声夺人的一番挑衅，彻底激起了鹤巢兄弟们的怒火与冲动——他挑战的是习武为生的粗人骄傲的底线。柳誉清感到，自从这个人进入鹤巢，步步锐进，利若刀锋，却又沉如铁石，而此刻的自己，竟然已经无法掌控眼前的局面。

既然如此，那便放手，全力扑击。

"咱们斗的是杀人局，小杂种你会吗！"坐庄的赤膊汉子上手洗牌，恶狠狠地问道。

所谓"杀人局"，是骨牌中一种最为简单粗暴的玩法，大多流行于以苦力维生、识字不多的底层粗人，淮安城里人玩得精细，这种斗牌方法并不常见。看起来这却是鹤巢中人通用之道……素星痕听了问话，微微一笑。"一杀三，赌码不算零头。"他淡淡言道。

坐庄的汉子听了一怔，上下打量星痕，点了点头。他方才所说的"一杀三"，又是杀人局中最为大开大合的速死战法，听起来这小子不仅懂得玩法，且还颇有几分赌桌上的胆色。一众斗牌和围观的武夫见此，嚣张横怒之气倒都有些收敛，赌瘾却被勾上了几分，全都专注在了牌桌之上。

"下筹码吧！"坐庄的人躁躁地吼了一声。上了赌桌的人纷纷下注，按照传统规矩，一片残铁做成的码子算是十个银毫。好几个汉子倾囊而出，将身上所有金铢、银毫全部换成筹码，还有的人干脆解下了佩刀。"一杀三"的杀人局，每摸一轮牌最多可将三个人击杀出局，十来个人的赌桌，不出五六轮就会见个分晓。越是这样粗暴的局面，赌徒们越是要在一开始就下大赌注相搏，因为这张桌子留给每个人的机会永远都少得超乎预料，而肯上桌的人，都只是想赢。

素星痕将自己的钱袋底朝天提起来抖了抖，仅有的两枚铜锱钉落在桌面，可怜地打着转。他眼神呆了一呆——平时并不喜欢在身上带钱，自进入淮安以来因为办案赚的两笔饷银巨款，全都交在离离手里打理，直到挑衅拱火上了桌，居然都没想起自己口袋里并无最起码的赌资。愣了须臾，他抬眼看看众人，一笑，将怀中的檀木牌拍在了桌上。

"押上这个。"他平静地说道。

"这个？"坐庄的汉子眼光一冷，"你这破东西，以为能值几个钱？凭它你就想赌？"

"这是绣衣使执牌，牌不离身。押在这里，便是押上我的名誉。"素星痕浅笑，"再加上，这个——"他说着双手一撑高高的赌桌，合身坐了上去，盘好双膝。

"再加上我自己。"星痕笑道，"总共值多少，兄台看着分拨便是。"

在场的众人看着这个孑然一身端坐在赌桌上的男孩，一时无人言语。须臾，坐庄的汉子粗拉地喘了几口气，一把将十片铁码子撒在星痕身前。

"多谢。"素星痕收起自己的筹码，一边笑道，"桌上现有的筹码，一只当一百金铢。事后以此结算，在下绝不赖账。"

众人闻之一惊，素星痕竟要将筹码的值额平地起价近千倍，虽说听来上桌的赌客是都占了便宜，但还是令人不免忐忑。犹自惊疑之际，却闻刺耳铁响，星痕已将十只筹码全部推出："开牌吧。"

"杀人局"赌客顺次摸牌，而后掷骰子决定拼点对象，牌小者立即出局，更兼要赔上数额不等的筹码。赌客通常亮牌都很谨慎，在选对手环节耗费大把力气，要把三颗骰子握在手心吹出水来才肯丢它一下。众人一大圈牌摸下来，轮到素星痕已是最后一个，却见他举手摸了两张骨牌，看也未看，反手就亮出来丢在桌上。

赌桌上一静，人们的呼吸都低了下来。星痕的这副牌点数不大也不算小，风险极高；其他十个赤膊上阵的赌客见了，都纷纷低眉窥看自己手中的牌，心中各自嘀咕。"我先亮牌，杀点占先手。"素星痕笑言道，向着庄家伸出手掌，刚一接过人骨骰子，稍不迟疑扬手便抛。

"你……你……你。"按照三颗骰子落桌显示的点数，星痕像数羊一般迅速指出了他所拼杀的三名对手，全无错漏。被点到的三人仔细看了骰子，确信了这一轮该当由自己应战拼点，而后，脸色就都变了一变。

"还不亮牌吗？"素星痕笑道，"既是玩的快局，就痛快点，莫要耽误旁人手气。"

三名赌客面面相觑，紧紧捏着骨牌的手，很快就湿如水洗。素星痕这种事先亮牌的玩法，逼得人无可逃避，再挣扎下去已无意思，三人遂一一放下了手中牌面——竟是全然告负，其中一人的牌只比星痕的小了半个点。

但三人已被一杀出局，台前筹码全入星痕之手。素星痕捧过成堆的铁片，笑了一笑，再次将所有码子推入赌池，催促第二轮的摸牌开始。

第一局，三轮清场。第二局，两轮。第三局还是两轮。

素星痕只是一遍又一遍重复着先发制人的亮牌和掷点，屋外急坠的斜阳尚未移影，十名鹤巢赌客倾囊换购的筹码，其中九成已全入他袖底。

在旁观战的柳誉清没有忘记，那里的每一片铁，都代表着翻价一千倍的金钱。

青衫文士悄无声息地咬了咬牙。在第四局赌博即将开牌前的一刻，他突然上前，一把推开坐庄洗牌的那个粗糙男人，自己站上了那个位置。

提衣落座，他招了招手，身后的两个人应声而去，少时，将一副七尺之长、钢珠铁杆的算盘抬了上来，平平放在他面前的木桌上，声震空旷的仓房。

眼前的绣衣使原来是位算学高手，选择这种简单的杀人局与他相拼，这些个性子直爽、脑袋简单的兄弟，根本就是自戕自误。柳誉清暗自思忖着，面孔冷肃，指尖轻轻抚过自己的铁算盘："这局，我坐庄。"

素星痕盘膝坐在他的正对面，扫了一眼那张算盘。一百二十八杆，奇特的每杆八珠，一千零二十四个数位。唇角忽而勾起了一丝不可遏制的笑，这一时刻，凉薄寡淡的少年心中竟尔弹动过一瞬兴奋，人所莫知。

柳誉清伸出一只手来洗牌，同时，另一只手拨动了算珠，铮然一响。他谨慎而缓慢地搓牌，仿佛在沙堆中小心搜寻着细滑的籽玉；铁算盘则如奏乐的瑶琴般被错综地拨动，落指有序，而奥秘难测。

每颗移动的算珠记录了关键牌的位置，另有十颗定位的算珠，统筹了局中十位鹤巢成员所掌握的全部筹码。他果然是明白人，终于看不下去十名兄弟被各个击破的局面，这一场打算统一布局，集中力量——素星痕看在眼里，默默而笑。

这一局对两人来说，形同每一张骨牌都已亮出了正面，偌大赌桌全无秘密，这不是赌牌，而是弈棋。

"所有赌注，按一码百金结算，我亦无悔。"柳誉清直瞪着素星痕的眼中冷光清冽，"而你，方才下的注并不是金铢，是你自己。"

他说罢使了眼色，便有壮硕武者会意，提刀向着素星痕走来。刀光晃动过整张长桌，风声乍起，武者将四尺余长的斩马刀倒着砍入桌面，刀锋斜斜停在星痕的身前，寒气侵至鼻尖，只消握刀用力一按，便可将他的整个身体从中劈作两半。

生死之注，谁能心定？虎狼巢中，岂无错手？

柳誉清用上了所有公平和不公平的方法，定要搏此一局。

素星痕看着对手，静静地笑起来。刀刃反射的红光有些刺目，他合了眼睛，轻声道："庄家换人，牌局重开。摸牌顺序，掷骰决定。"

"好！"柳誉清应了一声，抄起三颗骰子，定定心神，望空抛起。

在习武粗人的圈子里，人头盖骨刻成的骰子被视为最公平可信的东西，往往是用某位早年横死的兄弟战友的骨骸制成，积年累代转手相传。心中念着情义与尊重，庆幸或内疚，无论是谁也不会在这样的骰子里动手脚，灌入铅或水银来作弊，更不要提使用秘术等歪门邪道的出千方法对骰子施魔。所以三颗人骨骰子是一桌赌局的良心。

这也是这一场胜负中，唯一仅有的变数。

最后一颗打转的骰子安静停稳之时，柳誉清的铁算盘开始发出一连串的急响，数十种可能发生的局面在以一个惊人的速度被逐个排演。而素星痕却仍没有睁开眼睛。

"是……是我。"庄家下首第三个赌客看准了骰子，涩涩地说道。他们这些不懂算学、从来以为赌牌就等于运气的武夫，尽管懵懂，此刻却也明白了眼前乃是一场结局难料的恶斗，全都紧张得肌肉紧绷。

柳誉清看向他点了点头，那汉子遂伸手摸牌，后面的人顺次将牌抓到自己手里。轮到素星痕时，出乎众人意料的，他却没有像之前那样即时亮牌，而只是合着眼，扣着两张牌滑移到自己的身前，未摸也未看，静静地放好。

"无人亮牌，便顺次杀点。"柳誉清看到星痕的行动，心头紧了一紧，面上平静地说道。最先摸牌的汉子听了，便只好忐忑不安地抄起骰子，吹几口气丢了出去。

第一轮被选中的三个人位置彼此相隔，其中没有包括素星痕。"如此，避免不了鹤巢内部拼杀，筹码虽未外流，局面却难免对素星痕有利。"柳誉清这样想着，皱了皱眉头，拨动算盘，静观其变。拼点的四人开牌，大小各不相同，既无全胜也无全败，竟是十分平庸而零碎的场面，徒有一人被杀出局。

赌局便这样顺次展开，时间点滴流过，巨大仓房正在迅速变得昏暗，七轮过后桌上竟然还剩三人——而素星痕，仍未有一次陷入拼点。他身前的一副牌只是换了又换，始终静静地扣着，柳誉清动用了超长算盘之上超过一百杆的算珠，以极力记清星痕手中的底牌，然而算力渐渐不支，到此刻也只能推测个大概。那三颗骰子就仿佛有心偏帮着那个以身下注的男孩，无论是从谁手中掷出，变幻随机的点数，最终都只造成同一个结果——不断累积用珠算推演赌局的难度。

账房先生心中焦虑，手指忽而从算珠之间移了开来。他决定变招出手——无论如何，要打破这种完全被对手步步牵控的局面。"庄家亮牌，"他突然抢先翻开了自己手中刚摸到的一副牌，利剑般的目光直刺赌桌的对面，"挑你二人。谁也不必再掷骰，径直拼点。"

啪嗒一声，桌上另一名赤膊的赌客，脸上汗珠落地闻声。

"好。"来自素星痕的声音。"桌上不足四人，此局决胜——"他说着，忽然睁开了闭合整局的双眼，极度的昏暗之下，眸中两线凉光隐现，"终局之前，先算番。"

柳誉清一怔之间，素星痕却已动了起来。只见他伸展身子，绕过斜压面前的刀锋，手脚并用地爬过长长赌桌，不急不缓，就像一只轻巧的猫，径直爬到庄家一端。柳誉清看清了他脸上的微笑。素星痕伸出三根手指抚过长长的铁算盘，突然弹指拨动了一下。

每场"杀人局"结束之时，的确要根据场上战绩重新算番，败者除了会输掉下注的所有筹码，往往还因算番的规则，要追加更多筹码给胜者，以加剧成王败寇的刺激。柳誉清的算盘上此时只余十九杆未动，原本是打算留给最后一轮摸牌的演算，而这一局经过了七轮零碎厮杀的游戏，番数略显复杂，凭剩下的空余数位，已经不足计算。素星痕却突然从已被拨动过的算珠下手，直接威胁到算盘对整个牌局分布所做的记录。这令柳誉清心中大惊，却已来不及呵斥阻止，唯有立即下手应战，将星痕动过的每个数字都推平回来，以守住他经营了许久的演算结果。

素星痕反拨珠算，每一弹指都先于柳誉清一步。两人各自不言，只是指尖顶针相对，噼噼啪啪的铁珠脆响在旷大而寂静的房屋中如利齿碎玉，嚼人心肺，观战者只觉得神经都快要崩断。数个回合过后，柳誉清渐渐察觉，素星痕推珠演算所使用的是一种另类的数理，进位快于自己数倍。由于所用数理天然便优劣分明，自己就算多生出四只手来，只怕也难以赶上对方演算的速度。算盘上显示的盘局如同一片被啃噬的桑叶，这样下去，只恐……他想着，脸色渐趋灰败，拨动算珠的双手慢了下来，激烈交战的算珠声响，逐渐平静。

素星痕轻轻拨动了最后几颗钢珠，微笑着抬手，将演算结果展示在柳誉清眼前。"算好了，通杀的胜者，独得七十五番半的注码。"少年说罢，又盘膝坐了下来。柳誉清并没低头去看算盘——他演算得丝毫无错，他知道。"那么，不是通杀又如何？"账房先生也坐下去，疲惫地问道。

"那个不必算，"素星痕一笑，"我必通杀。"他说着，随意地从码好的牌堆里摸出两张骨牌，反手一推，牌沿着桌面滑向自己原本所在的赌位，碰到斩马刀的刀背后停下。

桌上另一名赌客瞠着彷徨的眼睛，不知所措。他望了望柳誉清，看到一个认可的眼神，消沉而无力。于是那人亮出了自己的牌，却是一副好牌，比庄家柳誉清的还大七点。转而，他又在裤子上蹭去手心的汗，移步走向素星痕的位置。几十个观战的武夫全都凑了上来，有人点亮了一盏油灯。灯影晃动之下，那人翻开了决定胜负的最后两张骨牌。

这是这一局中，素星痕的牌第一次被亮出。是一副"六星连珠"，"杀人局"中顶顶大的对子，足以通杀一切牌面。有人倒吸凉气——从刚学会偷酒打架的年纪就开始赌博，却也不曾见过有人抓得这副传说中的天牌。

舒一口气，素星痕在桌面上站了起来。他轻轻踏过成堆的铁片间隙，仿佛在点算着脚下战利之物："通杀全胜。除了桌上所有筹码，各位再赔三百零七片码子即可，零头就免去，准折八万金铢。"咣当巨响，一个强壮的汉子腿软跌倒在地上，撞翻了一张椅子。

星痕笑了笑，回身问道："如今，在下可有脸面说话了？"

户外残阳已没，仓房中唯有一点灯火，偌大一团昏黑静默。

良久，柳誉清举袖擦了擦汗，一声冷笑："天大的输赢，我们不过认赌服输罢了。素大人若要带走白琬，还是——休想。"

素星痕侧身从赌桌上跳了下来："旁的不谈，柳先生先将在下赢得的筹码兑付了吧。"

呼吸声似乎一滞，昏暗中看不清柳誉清脸上的表情。

"看来，鹤巢的账面有些紧？"素星痕轻描淡写，"若无现钱，总该有些质押之物。在下不占诸位的便宜，就按照淮安本月的行市。依我看，这座鹤巢——"他说着举头四下望了一番，"若按上等库房产业作价，抵押个几万金铢，倒也勉强。"

"你……你要夺我们的地？！"左近一两个武夫听了大惊，拳头攥得发响。

素星痕回手拍了拍赌桌上大堆的筹码："凭这些，买这一片废屋着实有余。待我买下鹤巢，就将各位都请出去，我好慢慢地把白琬小公子找出来，带回去交给他的家人。"

"哼！少发狂了！"一个嗓门巨大的武夫冲上来大吼，"真正的'鹤巢'，是买不走的！"

"对！对！"

在场的数十名壮汉突然纷纷应和，情绪激动起来，有人异口同声叫道："鹤巢只效忠石大东家，凭你千金万银，买不动我们，买不动！"

素星痕的眼中，倏忽闪过一丝寒芒。

"效忠石大东家……"他低低念叨，"那么，你们不惜豁出众多性命，拼死冒犯白思退，也是为了……效忠石鹤吗？"

激动的武夫都是一愣，并没立即明白他话中深意。柳誉清却不禁牙根一咬，紧张地瞪住了素星痕，心念电转。

"绑架白琬的真正目的到底为何？！"不容多思，素星痕已先转身到柳誉清的眼前，近不逾三尺，冰凉的眸子径直逼视，"是不是石鹤的生意，出了大麻烦？"

柳誉清不禁一下站了起来，直视着星痕，却总算咬紧牙关，未曾失态。片刻，他扯出了一个寡淡的笑："绣衣使大人，想太多了。"

"我还以为，既与先生算学上战过一场，便该彼此明了，不必再弄玄虚。"素星痕摇了摇头，仿佛有些叹息，转而冷冷言道，"此事蹊跷，岂能瞒得世人？你既明知白琬手上指环的功用，又掌握白家取款密押，何不自造巨额本票，径直去英芒记银号提款？如今事发已经三日，你却没有这样做，可见你绑架白公子，并非为了钱财。若不然——"他稍稍停顿，目光一闪，"便是为了一笔，连银号也绝不可能兑付的大钱。"

此言一出，周遭一寂。就连鹤巢的武夫也都不禁心中耸动，几十双眼睛全都集中在柳誉清的身上。

青衫文士良久无声，终究，还是松开了紧咬的牙关。"绣衣使大人，若执意要知道此事，那你，便决不能活在这世上了。"他的声音阴冷至极。

浅笑绽开在素星痕的嘴角。他抱起肩，靠上了高大的赌桌："好奇心重，宁死一闻。"

柳誉清昂首吸气，望着那单薄的少年，须臾，点了点头。"这件事，鹤巢兄弟们也不尽知情。正好今日，也与大家做个交代。"他说着，心中似仍有几分踌躇，踱着步子去捧起油灯，亲自将大仓房内几处烛台一一点亮。

视线清明了许多，众人可见柳誉清的脸上，不过这须臾工夫，竟显了几分忧愁的消瘦。他提起衣襟，慢慢坐上一张木椅，看了一眼素星痕，转而扬首，悠悠念道：

"生小私怜未成妆，永巷晨炊宴君王。日出太清花争沐，千枝不抵奈罗香。"

"哎呀老柳！"一个早已紧张得青筋暴跳的汉子忍不住叫出来，"什么时候了，你还发酸念什么诗！"

"这四句古诗中不曾有见，料来是新诗。"素星痕淡然言道。

"不错，"柳誉清微一点头，神色落寞，"这是当今名列'帝都四杰'的诗家阮希夜三个月前的新作，题为《咏灵妃》。写成区区数月之间，已经传遍大燮天下。"

星痕微微凝眉："是题咏宫闱之事？"

柳誉清道："阮希夜出身尊荣，在帝都深得皇帝陛下爱重，这首诗也算奉旨之作，说的便是今春新获陛下隆宠的灵妃娘娘。京中传说，这位灵妃本为西陆野邦进献之女，年不满十八，入太清宫充作洒扫之奴。凛冬之晨，此女独自扫雪，寒冷难耐，便擅自拾柴生火，在宫巷角落煮食充饥。不料却被早起赏雪的陛下遇见，这本是大罪，然而陛下嗅得烹煮之气，竟然别具异香，令人胃口大开。陛下问及所煮何物，灵妃言道，汤水之中添入了她自西陆带来的香料，名为'奈罗霜'。陛下忍不住一尝，从此竟然迷上这海外异物烹出的美味，那西陆宫奴遂日日为陛下煮食三餐，因而得幸，破格拔擢封妃，甚至渐成专宠之势。"

说罢一番宫廷韵事，柳誉清稍顿，愁容冷峻，继而说道："灵妃专宠，万人称羡，而皇帝陛下所嗜好的美味，更令天下富贵之人趋之若鹜。阮希夜妙笔风传，便令这篇故事，与那奇异之物'奈罗霜'，一夜之间名噪东陆。"

素星痕静静地听着，心中思绪暗织。又是一个一步登天的传奇故事，而在这个时代，任何迅速飙红的人、事或物，都会成为宛州商人乘势炒作、兴风作浪的契机。

柳誉清继续讲道："近三月来，奈罗霜在各州的行市一路走高。坊间传闻服食此物能令人身心舒畅，情谊深笃，于是女子之求夫妇恩爱，男子之求体魄矫健，富人之求奢靡贪享，贵胄之求风雅时尚，无不诉诸此物，争相抢购，日夕起灶，以炊烟中有奈罗香气为荣。想这'奈罗霜'本为西陆野林中生长的一种草药，从前多为云州野人所用，从未进入华族海路贸易的货单，而今却因利润巨大，引致宛州货栈、散商纷纷下单进货。所以一个月前，宛州最大的船队已经空舱起锚前往西陆，预备采装大批奈罗霜草，供应进口。"

"宛州最大的船队……"素星痕垂着睫毛，低低重复了一句，"莫不是……"

"不错，"柳誉清道，"便是'三家店'商盟内各大贸易商号的联号商船，换句话说——是白思退旗下的船队。"

素星痕心中一动，不觉皱紧了眉头。"这支船队，预定返港的日期，是否……便在三天之后？"他若有所思地问道。

柳誉清看着素星痕，须臾，了然地一笑："你看见过城中商人抢购'提货券'了，是吗？"他仰头望了望天窗之上的夜空，语声中尽是无奈，"看时辰，准确来说——还有两天。"

"原来景通号货栈发售的'提货券'，就是这批奈罗霜的提货凭证。"几个时辰前在万禽园门外所见到的疯狂一幕，此刻终于在星痕心头有了合理的解释。他眼中凉光闪动，敏锐地言道："看如今抢购的情形，自海船起锚这一个月来，在淮安城中已形成了新的生意链条。现在被买卖的并不是奈罗霜，而是奈罗霜的提货券本身已经成了货品。只因行市膨胀太快，在船上有订单的大货栈等不及现货到埠，便将自己的货权做成商券，先行抬价销售。买到提货券的人也会尽快再次转手售卖，如此反复热炒，越是接近船队返航、现货到港的日期，货物的价格就越是高昂。以今日早间所见，提货券坐地起价已到了不可思议的程度，这样……"他喃喃说着，心中禁不住计算起来，心思一动，却感到一阵眩晕，一手抚住了额头。

"你是在想，如此过度炒作行市，待船队到港之时，那些奈罗霜的价值是否真能承抵淮安商界所投放的钱财？半个月前，我也想过这件事。然而此刻，这已不是最需担心的了。"柳誉清捏着自己的眉心，低哑言道，"如今我最担心的，是石鹤东家和整个鹤巢的灭顶之灾。"

素星痕压抑住心中复杂的运算，让自己保持清醒，专注地倾听。

柳誉清说："有一点你并没想到——推动炒卖提货券的，并不是那些货栈，而是淮安的银号。最初是银号派出精干的算师，主动找上各大货栈，替他们将手中货权精细分解，制成式样标准的商券，教唆他们挂牌出售，并为他们提供担保。货栈一旦将提货券脱手，银号的大笔银资便即介入，吞吐、放贷，暗中推波助澜，借用城中散商手中的金铢，大笔赚取商券升值的溢价。我想，不用明言你也可猜到，白思退的英芒记银号，正是此中主要的推手。"

说到这里，他叹息了一声："想你也知道，我们鹤巢近两年来，也做起了融资放贷的生意，与各大银号也算是同行。故而柳某对银资运作也是花了心思去查考的，甚而自己也做过商券套利。这一次白思退所操纵的'奈券'，是在下生平所见最成功的商案，若非……若非与他是敌，在下倒对他有几分真心的感佩。"

"而石鹤，也参与了这场豪赌？"素星痕骤然反问。"白鹤车通过赊货累积的巨额浮财，一向专做轮转迅速的短线套利。所以石鹤抵挡不住'奈券'短期急速升值的诱惑，已将手头的银资大量投进。"他下了断语似的说道，见柳誉清开口欲辩，便举手一挡，"不必瞒我。堂堂白鹤车本庄，连八万金铢的赌债也付不出，柳先生复有何言？"

柳誉清闭口沉默了一阵，垂下了头，再开言时，声音沙哑："我只恨我醒悟得太晚，不曾预警于东家。我们只是些起自草莽的兄弟，也许当初就不该染指这凌驾商界之上的游戏，以致无心做大，成了巨擘狙击的靶子。是我们太自以为是，不知天高地厚。"他说着不禁用手遮了眼睛，不让人看清他此刻的表情。

素星痕听了他言语，也是默然无声。片刻，他低低言道："白鹤车崛起之前，宛州的银资融通，全由江、白两家瓜分掌控。石鹤踏入此道，打破了两强格局，必为原有的庄家所不容。这场风波，白家银号乘势赚钱还在其次，首要目的是要摧垮石鹤，将他踢出这张赌桌。而'奈券'就是白思退下钩的毒饵——借由阮希夜的诗篇开始造势，这一连串的筹谋，都是瞄准石鹤所做。所以这个'奈券'必有蹊跷，但……纵使炒作过度，价超物值，也不至令鹤巢破产，最多是受些风险而已。一击不死，白思退就不怕遭到反噬吗？"

"他这一击，一击必死。"柳誉清摇着头，说出沉痛的话语，"奈券的风险已经注定——那些奈罗霜现货，根本到不了岸。"

"什么？！"素星痕倏地站直了身子。

"东家的银资全部投入奈券之后，我有所忧心，便派人出海探查船队的消息。数日前他们已经回报，返航商船上，连一包奈罗霜也没有装运。"柳誉清低哑地说，"他们……他们是故意的。从一开始，就没有打算运货回来，从一开始就打算让奈券的价值彻底落空！"

素星痕的心一下一下重重敲击着胸膛，事态的严重，实在超出了他的预料。那些已被多次转卖、不可计数的奈券，套牢了太多人、太多商号的流动银资，这些他虽还没掌握确数，但也曾粗略推算，知其规模之大令人心惊。一旦货船空载的消息在淮安放出，价高极顶的奈券就会立即变成废纸，持有者皆将血本无归，由此而发的恐慌和信用破产更会如涟漪一般荡涤整个淮安，再加上已经泥足深陷的融资巨头石鹤垮台……"仅为狙击一人，竟然牵连如此众多……白公他这样做，就不怕引致商界崩溃，伤人伤己吗？！"他无法再想下去，一句义愤不禁冲口而出。

"绣衣使大人心怀公义，我们鹤巢兄弟，却已顾不了旁人许多。"柳誉清的眼中泛起红丝，"石东家的资财已经全被奈券套牢，而在我查清货船空载真相之前，向我们赊货的商家，却突然开始催收货款。'云上赌城'东家蒲云期做着宛州最大的烟草生意，近一年来，他的烟草对白鹤车赊货手笔巨大，我们因此获利颇丰，纵使明知他是三家店的头子，却仍舍不得断绝这笔生意。可这一次……正是蒲云期率先破了旧日规矩，偏在白鹤车银资断裂之际极力催款。其余商号便群起跟进——这些商号皆与鹤巢合作多年，从未敢于提前催款，这一次，必定是白思退的毒辣安排。"

说到这里，他眼望着虚空，瞠了一瞠："也许撑不到奈券崩盘，我们鹤巢……就会先死！白思退如此狠辣相逼，我等……唯有绑走他的儿子，胁以生死，搏此一命！"

素星痕陷入沉默，偌大仓房，只闻数十武夫悲愤喘息，切齿声声，更无一人讲话。良久，星痕微低着头，极是审慎地开了口："柳先生可曾想过，若然挟持白公子并无效果……或者说，白公并不担心其子的安危，你等又当如何？"

柳誉清血目一转："何意？"

素星痕慢慢上前了两步，一字一句言道："此事过程，大有蹊跷。石鹤东家身为运作银资的行家里手，纵使再是贪利，又怎会如此大意，轻易将资财全部投入一场豪赌？"

柳誉清看着他，双眼眯起："你想说什么？"

"在下是疑虑……鹤巢之中，恐有内奸。"星痕抬眼，毅然说出这一句来。

"好个浑蛋！"仓房中静默一瞬，突然爆发出愤怒的吼声。

"臭小子，你嘴里说什么？！"有人冲上来一把揪住素星痕的衣领，挥舞的拳头带起劲风。

"说我们鹤巢有内奸？说我们兄弟会背叛吗？！"

"你算什么东西！"

急怒的话语纷纷响起，好像方才的压抑突然溃堤，几十个人团团围了上来。

星痕被提着衣领，脚尖都快要离地了。不理睬眼前许多凶煞愤怒的脸，他只将双眼转向柳誉清，口中仍是淡淡言道："货主突然催款一节，想一想，更是疑点诸多。鹤巢偌大地盘，仓库无数，就算柳先生精干超人，恐也难保一切账目俱能清晰掌控。想是有人从中捣鬼，故意致使鹤巢的存货、现银、期债数目失衡，才令银资流转捉襟见肘，临时受压，竟至不可收拾。"

"素星痕，你不要太自负了。"柳誉清白净的脸上隐隐可见青筋显露，显然，他也像那些勇武粗豪的兄弟一样，真的动了气。"论算学，我是输你一筹。可是这样你就以为，我无能替东家管好这个鹤巢吗？！"

素星痕静静地看着他，稚气的脸上，并没有一丝妥协。"凭你一百二十八杆的珠算，可以核算这片仓库大约四分之三的财物进出，已是极限。而更多的数位，先生你已经无力驾驭。"他固执地说话，冷静至极。

柳誉清双目瞠大，半晌不得言语。便在这一间隙，一只愤怒的拳头挥舞而下，将素星痕重重击倒在地上。

　　"外人离间我兄弟，最是鹤巢所不容！"出手打人的是那个名叫庄奇的汉子，其余众武夫皆举声附和。

　　"住手！"柳誉清忽然出言，阻止了即将发生的群殴。"江子美，毕竟是宛州的主官。"他似乎浑身脱力地坐在椅上，哑哑说道，"给他个面子，我们先不动他的属下。你们去，把这个素大人关起来，休教他打扰我们行事便可。直到……我们跟白思退了账。"

　　"既是如此……"俯伏在地的素星痕忽然说话，他的齿间在流血，声音有些含糊不清，"在下亦无他话。皆是坐牢，只求与白琬小公子同囚。"

　　"什么？"柳誉清忍不住有些切齿，"你还不死心？！"

　　素星痕撑着地面站了起来，举袖擦去唇边的血："在下为白琬而来，如今只求一见，确知他是否平安。我知道自己并无面子，愿以这满桌不义之财——"他往大木赌桌上一指，那上面堆满了他赢得的筹码，"换见人质一面。"

　　在场众人都有些愕然，一时也都敛了怒气。方才斗牌认赌服输，他们的确还欠着素星痕数以万计的金铢，此一刻，大家都不知该如何应对。

　　柳誉清垂目皱眉，做着最后的沉思。

　　素星痕微微昂起了头，话语轻飘："难道，石鹤的兄弟，都是些赖账之人？"

【四】

白鹤车夫庄奇用一块布巾蒙上素星痕的双眼，带他往鹤巢深处的囚牢走去。当眼前黑幕撤去之时，星痕看见的是一间厚重方石垒成的圆屋，没有一面透光的窗，噼啪燃烧的灯火，照出四扇幽黑的铁门。

"若要见人质，就只管进去。"庄奇说着，拿出铁钥匙，启开第二扇铁门上的锁。

素星痕定了定神，慢慢上前，推开沉重的门。里面全然一团漆黑。

"小心一点儿。"粗豪的汉子忽然在背后嘱咐了一句，语声带笑。

星痕疑心地回眸，却只看见庄奇转身而去的背影，继而便是轰隆之声，铁门闭合，门外的灯火瞬间隔断。

素星痕不禁合了一下眼睛，须臾睁开，摸索着向门内深处走去。脚下所踏是平整干净的地面，空气也还算清新，甚而还有几丝淡淡的馨香，在这样封闭的石屋中，实属难得。渐行而前，双眼终于适应了黑暗，这时他才隐约看见面前景象。

在那前方七步之处，坐着一个全身乌黑的人。

那人裹着一顶硕大的黑色斗篷，风帽罩头，背向而坐，犹如一只孤守的鬼魅。星痕的呼吸静了下来，谨慎地靠前两步："打扰了。"他低声打个招呼，

"在下，想要看一看……"

他话未说完，乌黑人影猛然一动，侧身回望向他。只见那人的脸上也蒙着黑巾，唯有眼部开着两孔，一双寒光熠熠的眼睛直直地瞪来，幽暗之中犹如两星鬼火，令人不免战栗。"你要看他？！"他说了话，嗓音压得极低，听来紧张至极。

素星痕沉静地立着，点了点头："在下正为看他而来，恳请允准。"

"呵呵呵……"那人不知为何，竟低低笑了，须臾之后言道，"好，你来，来，来。"说着他摇摇晃晃站了起来，踏着古怪的步姿向素星痕靠近，忽地如一只巨大蝙蝠般张开手臂，乌色斗篷裹住星痕的肩，揽着他不由分说往黑暗石室的角落走去。

来到石墙的死角，素星痕看到一只二尺高的木箱。"嘘……"身旁紧揽着他的人将一根手指比在鼻前，然后指了指脚下箱子，"他就在这里面……"

星痕听了，眉头骤然一拧。这只箱子如此低矮，根本装不下一个人身，即便是个孩子……白琬他，究竟安危如何？！

想到这里他顾不得许多，用肘顶开身旁的怪人，一把将箱盖掀开。

"叽叽……吱吱……"木箱中传出一些微弱而奇怪的声音。蹲在箱边探身观看的素星痕，一脸冷肃焦急的表情蓦地滞住，聚焦的眼神有些离散。

箱子里并无他物，唯铺着几根干枯的稻草，一只瘦小的灰色老鼠，正在草梗上焦虑地转圈。

"怎么样！好看吧！"身后那笨拙大蝙蝠般的怪人也蹲下来，跟素星痕头挤头地凑着观看，兴奋的话音被极力压抑，好像生怕惊飞了那只脏兮兮的耗子。

素星痕揉了揉眼睛，又努力将箱内看了一遍，不禁慢慢转回头来，无语地盯着身旁之人。

"嗯？怎么啦？"那人黑巾面罩中露出的一对眼睛，黑白分明，晶亮圆透，贴近星痕的脸眨了几眨，忽地恍然，"哦……看不清？"说罢这一句，他哗地一甩斗篷。

刹那之间，黑暗的角落里亮起霜雪般的光。黑色斗篷中露出一只白皙纤细的左手，中指的指环上一颗径寸之大的猫眼石，散发出罕见的宝光。

素星痕不禁举手遮了眼睛。他逆着那华贵的光芒看去，隐隐可见硕大宝石内里，映透出一个奇异的形状，似花非花，似草非草——这枚徽记，他是见过的。

"英芒草？"星痕脱口说了出来。

"哎？你认识啊？！"黑色斗篷里裹着的人一声大呼。他此前一直谨小慎微压低嗓门，这一激动颇为突然，骇得素星痕也是一抖。星痕借着指环上的宝光，重新打量身旁之人，来回上下看了数次，满是疑惑地问道："英芒徽记指环……你……难道……就是白琬？"

"是我啊！"那人惊喜地蹲着纵了一纵，呼啦一声将身上的大黑斗篷全然揭去，蒙面的黑巾也被顺势扯掉。

夜明的宝石光下，映出的是一张俊美惊人的脸。

眼前的男子十八九岁年华，身量颀长，那黑色斗篷下笼罩的，原是一袭丝光精美、欺霜胜雪的白衣。俊俏的尖脸上，唇红齿白，明目如水，皮肤的白皙和细腻，比之妙龄的女子犹有过之。他满脸的笑容，看起来洒脱逍遥，丰姿逼人。然而凝神观察片时，却又不知怎的，只觉似乎有一股不知所由的……傻气，温温热热，一阵一阵地扑面而来。

"这位兄台，你我何时何地曾有面缘？"白衣美少年笑颜晶莹，对着素星痕拱手行礼，"怎的我却记不起了，怪哉，一同玩过的朋友，白琬从不会忘的啊。"

素星痕直直看着眼前之人。"白……小公子，不是个……小孩子吗？"半晌，他喃喃叨咕两句，而后又闭紧了嘴唇。

"我还以为去万禽园玩的，都只会是小孩子呢。"过了良久，星痕垂下头，忽然间一股疲累从骨髓深处生发出来，他将脸深深地埋在了双掌之中。

"兄台也自万禽园来？我也是，我也是！"白琬开心地一击手掌，"此乃同好之缘，难得难得，我一见兄台便觉可亲。哦，小弟万禽园中织有一条海绫蛟，略有成色，今日相见甚欢，便赠予兄台赏玩吧！不知兄台是否乐于此道？"

素星痕捂着脸的双手并未挪开，默了片时，发出闷闷的一声："是他，没错了。"

说罢这句，他忽然站起身来，深吸一口气，掸了掸衣襟："不管是什么孩子，反正也得救吧。"

"啊？兄台说什么？"白琬没听清他口中的叨咕，眨着眼睛问道。

"我说我会带你出去。你不必紧张，听我安排便好。"素星痕轻声说道。

"出去？兄台另有好玩的去处？甚好甚好！可是……"白琬先是目露惊喜，继而却又踌躇起来，"此间的奇物该怎么处置？柳先生好心，特意带我来此看它，我一见便欢喜，与先生商讨三日，他都未肯将此物卖给小弟。如此奇物世间少见，若我此刻便与兄台离去，也不与柳先生知会一声，恐怕于礼有失，到时候柳先生责怪小弟，再不肯让小弟来此赏玩，那可如何是好！"

素星痕怔怔地看着白琬，昏暗之中，那整张瘦削的脸如同霜冻。他慢慢抬起一只手，指向墙角里那只破木箱子，一字一句，生怕对方听不清楚："公子所说的'奇物'，是指那个吗？"

"正是它啊！"白琬用力点着头，好像忽然又想起了什么禁忌，不由得又将嗓音压低，"这样的活物，就算在万禽园中，都不曾见过。改日我要去说与孙大叔听，他的园子号称藏尽九州万物生灵，其实，还差得远！"

石屋之中一片寂静，只听见木箱里的神奇动物偶尔叽叽吱吱，发出窸窣的声响。

而后"咕"的一声，素星痕咽了一口唾沫。

"所以，公子一直认为，你身在此处，是受邀来观赏柳誉清先生的稀罕私藏，是吗？"他尽力冷静，以致说出的话语都本着商事谈判或是公务往来的标准规范。

"嗯。"白琬点头称是，毫不疑惑。

素星痕又不禁闭了闭眼睛。"是这样的……"他稍整思绪，双目正视眼前长身玉立的白衣少年，字字清晰言道，"公子你，正在被绑架。"

"嗯？"那白衣少年愣了好一会儿工夫，才又发出呆呆的一声。

"这里是鹤巢，'白鹤车'商号的本庄。柳先生和他的兄弟绑架了白公子，用意是要挟公子的父亲。令尊向江子美大人报案，请求商会出面解决此事。江大人委托在下前来营救公子。在下素星痕。"素星痕平静地解释，并正式拱手，对着白琬行了一个见面礼。"至于那箱中的活物，并非什么奇异物种。那是一只老鼠。"——说出这个真相时，他的喉咙被巨大的荒谬感噎得梗了一梗，"公子你被……骗了。"

"老……鼠？"白琬眨着水汪汪的大眼睛，念出这两个字，好像在念着什么外语。他眼睛转了一转，转身走到木箱前头，蹲下仔细地看。"你是说，这是'老鼠'？就是传说中所谓'家鼠'，又别称'穿窬''搬仓''耗子'的？"

"不是传说，此物确实存在，且遍地都是。"素星痕的涵养功夫，上限高到惊人。

"兄台莫要相欺啊！"白琬惊异言道，"书上倒是常看见说老鼠的，可小弟此生从未见过！"

素星痕仰天，深深地吸了口气。"白公子，不愧是宛州第一贵公子啊。出入皆富贵之地，又怎会得见蛇虫鼠蚁呢。"他说着，沉思一瞬，"老鼠你没见过，猫总见过吧？"

"啊，猫儿可爱，小弟很喜欢的！"白琬听到说猫，脸上也露出猫一样的表情。

"那么猫捉老鼠，这件事书上也有写过吧？"素星痕又问道。

"哦哦，自然自然，古诗有云……"白公子的话还没说完，却见素星痕解下了肩上的背篓，从里面提出一只稀黄虎斑的小动物来。

"小虎，去。"星痕低头在小猫耳边说了一句，将它放进破木箱里。小虎哪需他说，才一看见箱中老鼠，瞳仁就瞬时放大如两颗乌黑的葡萄，"喵"地叫了一声，伸出指爪扑了上去。那老鼠大惊狂窜，却拼不过灵猫几个腾挪，转眼被扑咬在木箱的一角，吱吱惊叫却动弹不得。

小虎按着猎物仰头发声，笑眯眯地炫耀战果。素星痕举手擦了擦汗——若然这老鼠再壮硕三分，最后是谁咬谁还真不好说。他不禁笑了，摸了摸小虎的额头以示嘉奖。"白公子请看，此物为猫所扑，可证必是老鼠无疑。"他欣慰说道。

白琬睁大双眼看着箱中，却是半晌无话。素星痕也不催逼，一个人多年的认知受到震撼，总需一段时间调剂。须臾之后，白琬终于开了口："素……星痕兄，你拿出来的这只……真的是猫吗？"

"小弟赏猫逾百种，帝都雪狮子猫、澜州七星猫、幻影紫叶猫、古越银纹猫、西陆拳毛、飞天螭虎、云团水兽……各种各类，无不体貌精肥，意态雍容，绒毛绵密，光彩照人。似星痕兄身边此物，消瘦荏弱，委实见所未见……似猫非猫，亦可称奇。"他径自喋喋不休起来，头头是道，与当下的环境要多不相宜就有多不相宜。

"喵！"小虎愤怒地冲着白琬龇了龇牙，一松口，爪下的老鼠窜逃了出去。几乎是与此同时，素星痕也叫了一声："这就是猫！那就是老鼠！你被骗了！"

"是，是是！"白琬一惊，连连点头答应，惶恐双眼呆望星痕。须臾他眼光渐渐醒悟过来，不禁茫然道："原……原来我真是被绑架啊。这……这……星痕兄，这被绑架了，该当如何？"

"首先请你明白，这不是一个游戏。"素星痕收敛了刚才令自己都感到怪异的失态，事情终于回到了他计划中的正轨。"时间不多，请公子记清我说的话。我这里有一物，公子小心收好。今夜之内，待可乘之机，公子便将它打开，自会有人前来相救。"他说着从腰囊中取出一样东西，递到白琬的手中。

白琬定睛观看，掌心中捧着的是一颗铜铸的圆球，有精致锁扣锁着，不知内里装着什么。他看着遐想一会儿，忽然眼睛一亮，开心道："啊，我知道了！这莫非便是书中所谓的'天女铃'！"

他仰视星痕，万分惊喜："我曾读过古人慕永的传奇故事，说一书生偶得铜铃，陷于危难之时将铃打开，便有美丽天女飘然降临，救其逃出生天！星痕兄，你真了不得，这神奇之物，你是从何得来！你知道吗你知道吗，后来啊，那天女与书生……"

"是否记住在下所言？请公子重复一遍。"素星痕漠然打断少年痴梦。

白琬被口水呛了一下，见素星痕冰凉的眼光盯着自己，赶忙努力回想，支吾言道："星痕兄，你说……你说……"话未成句，却闻屋外铁门响动。

素星痕举手拦住了白琬，拾起黑色斗篷将他兜头罩住，攥着铜铃的右手与发光的英芒指环全都被严实地掩藏。星痕转身挡在白琬之前，正见黑铁大门沉重地开启，庄奇的身形出现在眼中。

"绣衣使大人，您赢的八万金铢花完了。"高大的武人阴沉说道。

素星痕不语，慢慢踱步走出门外。合门之际，他回看一眼，只见幽黑的囚室中，裹着斗篷的人独自站立，仍是有些茫然的脸，对着他一笑。

那件东西是否有用，此刻也唯有默祷了。

"给您另备了休息之处，走吧。"庄奇说了一句毫不客气的客气话，一把拧过星痕的手臂，依旧蒙上双眼，推着他离开了石头圆屋。

铁门被锁上之后，白琬贴着墙壁，缩身坐了下来，小心翼翼捧出那颗铜球。墙角木箱中的老鼠仍在惊慌地扒草，叽叽吱吱回荡满屋，他借着指环宝石的光芒细细地把玩手中神奇造物，此一刻，满怀欣喜，竟有三分期待的陶醉。

这个世界有太多新奇，下一个时辰，总是超乎想象。

"星痕兄说要待可乘之机才打开它，什么时候是合适的机会？这事须得谨慎，若不恭敬，唐突了天女，岂不罪过。"他认真地这样想着，将掌中之物搓来揉去，一会儿极尽温柔地笼住，一会儿拈到高处对光观看。

这般折腾来，折腾去，早不知时光流逝长短。弄到最后，他竟焦虑起来，寻思这"适当时机"从何捕捉？转念又忽想到，哎呀糟糕，我这里沉迷痴醉，辗转反侧，不会外面天都亮了吧！若是天亮，天女必不能来，想到此节，他不禁惊得自己大叫一声跳了起来，急得双手有些发抖，哆哆嗦嗦就拧开了铜球上的小小锁扣。

"咔"的一个轻声，开锁的铜球分成两半弹了开来。白琬惊讶地睁大了眼睛，只看着一星粉红色的幽光，盘桓萦绕自他的掌间升起，在昏黑的暗室中悠悠荡荡，隐隐似有奇异的音律，或是未尝遇见的淡香，缭绕在旁。

其实这些，都是闲极无聊的贵公子书读多了，产生的幻觉。铜球开启后的确放出了气味，但却是凭人类的鼻子，决计不可能感知到的隐秘气息。

这股气息迅速在空间中蔓延，如丝如缕，攀附上石墙，在每一条粗糙的石缝中搜索，如同渴水的灵蛇。很快它从沙石的漏洞中钻了出去，溢出户外，借着夜风长长浮动，远远飘逸，直去往情思暗度的某处。

在那里，另一颗紧锁的铜球内，发出了嗡嗡的振响。

百木英感觉到了手掌中的振动，纤眉一挑，站了起来。她和阿蒙、离离依照素星痕的安排，早早就藏身在"鹤巢"大片仓库墙外的密林里，只等这一信号的召唤。她脚尖轻轻踢醒睡着的阿蒙，随即拧开了小铜球上的锁扣。机关弹开的一瞬间，封闭已久的发光之物便迫不及待飞出，在暗夜湿凉的空气中嗡嗡振翅，拖着光尾，直往鹤巢方向而去。

这封在铜球中的，是万禽园主孙西屏赠予的稀奇物种，一种产自海外的"相思虫"。此物雌雄一对连理而生，一生的所求便是找到彼此。它们可以在完全密闭的狭小空间中假死数年，而一旦雌虫破壳而出，便会立即发出独特的气味，这种气息随风乘雾，飘行经年也不断绝，雄虫纵在千里之外，终会嗅到这彼此独有的相思之气，便也会觉醒振翅，直向雌虫所在飞去。在海外荒岛，化外野民常将此虫捕捉，雌雄分离，各自佩戴以为传信之物。当勇者孤舟出海，纵使没于惊涛骇浪，只要临去时将腰间的虫儿放出，就可确保这世上至少会有人知道、记得，他一生的足迹。

那只雄虫散发着痴情的幽光，精准地飞向鹤巢深处的圆形石屋。三个年轻人腿脚敏捷，步步紧跟，轻得不会惊醒路边酣睡的草蜢。很快他们到达了石屋外面，看见那飞虫就好似一枚钉子，执着地钉在石墙之上的某处。

"就是这里了。"百木英低低言道，与阿蒙交换了一个手势，随即轻轻拔出背后的短剑，小心抵住虫儿身旁的一条石缝，使力推送，坚锐罕见的剑锋如同切入软泥，悄无声息割了进去。阿英这般慢慢地割开了一块方石的四边缝隙，阿蒙紧接着横起长棍将石头敲松，两手一抠，一块上百斤重的石砖就被他抽了出来，平平稳稳放在地面，没有发出一点儿声响。

扑扑一声，雄虫如同离弓的弹子般从方形的墙洞纵入石屋。黑漆的屋中也有一个光点，只见两点相聚，攀缠几许，忽的一下，双双寂灭。百木英顾不得多看，继续手下的活计。两人配合默契，转眼便拆下了三块石砖，坚固的墙壁上出现了品字形的空洞，已经足够一人出入。她拍了拍双手，短剑还鞘，一蹬石墙，轻盈地跳了进去。

石屋禁闭之中的白琬公子，只是望着眼前美妙翻飞的光点发了一会儿呆，然后他就看见一道光线蓦地斜照入室，周遭的幽暗尽皆驱散。硬硬的墙壁上不知怎的就出现了一扇窗，星光与凉风飘洒而进，窗口越来越大，伴随着鲜活而细腻的呼吸之声，忽然，一个衣裙精练的少女从天而降般飘入窗来，姣好轻捷的身姿，秀逸清新的面孔，眉眼间带着三分焦急，却七分镇定，对着他明透地打量一番，寸寸肌肤，无不披着皎洁的夜光。

"你是白琬？"姑娘轻轻询问一声。

白琬怔怔望着眼前之人，嘴唇慢慢地张开，掩不住痴笑扯弯了嘴角："你……你便是……天女姐姐？"

百木英眨了眨眼，一时无心去管他说些什么。她迅速将整间屋子看了一圈，却一惊："素星痕呢？"

"啊……啊？星……星痕兄他走了，说让我打开这个，等……等天女……"白琬捧着手里弹开了的铜球，双眼只是盯着百木英发愣。

"该死，这个人又骗我们，不知自己去谋什么计较了。"百木英低眉抱怨一句，看了看白琬，只得一咬牙，先冲着他走上去。

"天……天女姐姐啊……"白琬水目圆睁，不觉向着阿英伸出了双手，却见那姑娘到了面前，一个弯身，将他偌大个男人合身扛了起来，不由分说挪到墙洞边，像扔条沙袋般地顶了出去。

白琬被一下丢出了石屋，沁凉的空气让他打了个喷嚏。"哎哟，天女姐姐，你会飞吗？咱们是不是要飞飞看？"他只觉自己被股强大的力量稳稳地托着，说不出的神奇，不觉满心激动地搂住身侧的某人，话才出口，定睛细看，却见眼前是一位浓眉大眼、挺拔有力的蛮族兄台，正打横将自己抱在怀里。

"你不要搂我脖子好吗？"阿蒙脸上明显地透露着他此刻的不适，垂目看着怀中这位一脸白痴相的七尺男儿，闷闷地说道。

【五】

素星痕独自坐在狭小的陋室中，上锁的铁栅门只在数尺之距，一张小小的木桌，已占满了身前所有的空间。

这是鹤巢中一座废弃的库房，除了关着他的这孔小屋，剩下的地方堆满破旧的车辕、轮毂和麻袋，空气中飘浮着淡淡的霉味。然而四处漏风的仓房，与外界往来通透却大有好处，这座偌大废城中的马蹄人声、风吹草动，隐隐约约，都可听见。

他在这里空坐了一整个时辰，就只是听。现在，他终于听到了最想要的动静。

外面显然发生了什么混乱，鹤巢的粗莽武夫们奔走呼喊，间或还有一两声脏话和摔砸。星痕的嘴角，忍不住一笑。

他们发现了。白琬，已经逃了。

居然花了这么久的时间鹤巢的人才发现，倒是有些出乎意料，素星痕不禁略略思忖。正此时，却闻得外间有人吼道："牢里关的不是白家小子，是个丫头，不知哪儿来的！""鬼丫头会变戏法，装得像真的，蒙了咱们这么久！"……

素星痕听了，不禁腾地站起身来，怔怔望着铁栅门的外面，攥起了双拳。

"她怎么会在？她怎么敢这样留在这里？！"心知外面人们口中所说的鬼

丫头必是离离，他心中一急，想要喊些什么，却又无法开言。

正在进退无措之际，外面的混乱却平息了下去。继而，一群人的脚步踏着愤怒，齐齐向着自己所在之处而来。

砰的一声，废仓的大门被冲开，柳誉清在十数名武者的簇拥下大步迈进。径直走到禁闭着素星痕的小室门前，他透过铁栅投射进来的，是动了急怒的目光。而在他身后——两个壮硕男人看守之下，离离姑娘正若无其事站在那儿，扬着脸儿，玩着自己的辫梢。

"这个女子，是你什么人？"柳誉清指着离离开口，当头是一句出乎星痕意料的问话。

素星痕紧张地看着眼前情势，一时全然语塞。他不禁转眸看向离离，却见那姑娘一双灵动的眼睛也正望着他，笑意莫名的女孩嗔怪隐隐现现，实在猜不透她的意思，以及在他目所不及的这段时间之内，在她身上究竟发生了什么。

离离望着星痕，忽然笑了一下，靥窝乍然显露："人家问你话呢，绣衣使大人。我是你的什么人哪？你若不说，柳大先生可放不过我。"

她这一语既出，素星痕不知怎的，忽而脸颊一热。是……是什么人？如此之事，相处多日竟从未想过。不，不不，这时大敌当前，她必定暗射隐语，怎好偏在此刻，认真思量起这些不着边际的话来？我该……该……

该如何对答，他满心精算繁若星斗，此刻竟迷乱如麻，给不出一个答案。

"哼！"柳誉清忽然发出冷冷的一声，继而转过身去，对着属下兄弟挥一挥手。

"柳大哥！就这么信了他们了？！"左近两个兄弟见了柳誉清态度，却不想奉命行事，忍不住叫出来。

"那个丫头没说谎。"背负着双手的柳誉清，不禁摇了摇头，仿若叹息，"你们哪，这些粗人……懂什么？"说罢他径自开步而行。跟随身边的兄弟见势无奈，只得打开铁栅门的锁，一把将离离推了进去。

素星痕展臂接住离离，不由得拉到自己身后挡住。外面的武夫却没有多余动作，只将铁门重新关上，重重地又上了锁。此时来不及多想其他，星痕只是两步赶上前去，对着门外柳誉清的背影大声喊道："给我一个晚上！"

柳誉清的步子驻了一驻，未说话，也未回头，转而继续前行，带着一众兄弟走出了废仓。

素星痕兀自站了一会儿，稍定喘息，慢慢转回头来，望着离离。

此一刻他却不知，自己脸上犹未退去的奇怪的红晕，映在那姑娘的眼里，虽则光线昏暗，却仍清晰毕见。

"你……"他开口，喉咙却意外地哑了一下，不禁轻咳两声，"怎么回事？为什么自作主张，不按我的安排行事？你这样留在这里，有多危险知道吗？"

离离妙目一瞪："按你的安排？你又按照自己的安排行事了吗？"

只这一句，竟问得无论什么时候都有话说的素星痕，再度语塞。

"哼，"离离噘起了嘴，"每次都骗人，当我们几个朋友是白痴？我偏要你知道一下被骗了的滋味，还有有个喜欢自作主张的朋友，是件多头疼的事！"

素星痕不禁有些低头，半晌说不得半句言语，甚至不能去看离离的眼睛。这般默了好一会儿，禁不住忧心袭上来，他又问道："方才，柳誉清为何那样问我？为何他们肯将你我关在一处……你，与他说你是我的什么人？"

"未婚妻啊。"

离离脱口而出的这四个字，让素星痕顿时瞠目结舌，整个身体好像被一朵火焰骤然燎过。

姑娘指尖转着自己的辫梢，斜眼看不知所措的少年，唇角不禁浅笑："那个柳先生啊，看起来就很通情达理。我说你是我定了终身的情郎，小女子宁可顶风冒雨，只求与你死在一处。他便信了，这便成人之美，真带我来找你了。"她说着，掩口笑了两声，"我看他啊，眉眼间也寂寞得很，说不定年轻时候也有个痴心的姑娘，不知怎么散了，瞧见你我这样深情，就起了怜悯的心思。"

"什……什么这样深情……"素星痕极低声极低声地叨咕了一句，好像怕说对了有什么不妥，若说错了又更是不妥。转而，他又板起一张大人似的脸来，肃然而无味地说道："你……这样太莽撞了。就算你留下来又于事何补……你，为何要这样做？"

离离轻轻地笑了几声。"因为我知道，你要一个人留下来，必定是另有打算啊。"她轻描淡写的话语，却让星痕心中一惊。"救出白琬，并不是你真正

174

的目的，或者……你不知又发现了什么，觉得就算救出了人质，可以交差，可是却并不能解决问题。所以——你决定冒险留在这里，用你那些奇奇怪怪的手段，查清真正、最重要的秘密。"姑娘娇声如话家常。

素星痕怔怔看着她，心跳，忽地失了一拍，自己不禁悚然而醒，努力平复胸中固有的节奏。

离离的笑容像朵花般轻巧地绽开，小女孩子的得意扬扬，毫不掩饰挥洒出眉梢眼角："所以啊，我得留下来照看你呀。想想看，你每次都想甩掉我们，又有哪次离了我们真能平安无事的？光这一个'睡不醒'的毛病，在这大贼窝里，就能要了你的命吧？"她说着，突然举起一只桃色的小陶壶，双手捧着掂了一掂，"喏，阿英买到的'温凉壶'，热水装在里边都不会变凉的。我特意给你带来哒，你身边只带着苦荆茶，没有水来泡，也没有用吧？"

素星痕望着那只小壶，一时发了呆，转而却又移开目光。"你……真周到。谢谢你。"他喃喃说。

"那当然啦……"离离小跳着凑前了些，笑道，"想一想，万一你睡死了，被别的女人占了便宜怎么办。'我的男人'当然要看好咯，要不然怎么跟公公婆婆交代呢……"

星痕的嗓子已经彻底像被系上了绳子，整个人更是红成了半熟的浆果，看上去活脱一个误饮烈酒的小屁孩，这副样子谢天谢地，没被将他视为对手的柳誉清看见。

所以以离离的性格，此时此刻不能不笑。

好一阵清脆的肆意朗笑过后，离离在小桌子旁边坐下，双手支起了脸颊。"更何况，鹤巢这帮人，其实挺好的，很有人情味呢。"她静静地说道，"我猜，你也不想简单处置这一件事，结果伤害了他们吧。"

星移斗转，夜已进入深沉的后半。鹤巢之内真正安静下来，紧张劳累了一天的人们显然都已入眠，废仓之外看守值勤的脚步也变得慢了下来，显得有些倦怠。

伏案假寐的素星痕静悄悄坐直了身子，从挎包中取出卷轴铺展开来，画面上的金丝勾线在灯火映照下泛出暗暗光色。离离眯眼看了一看，这幅金脉图，比之从前几次见他打开之时，又多添了许多纠缠和复杂。

两人谁也没有出声，素星痕心神暗定，拿出了笔来。

几乎就在落笔之时，整间废仓里的寥寥数盏灯光，忽的一齐熄灭。

"子夜过三刻，这是……鹤巢熄灯之时。"星痕估算天时，心中暗自想道，垂目扫看图轴，骤然失光的眼前只是一片漆黑，不觉眉端一蹙。

"扑"，轻轻的一个声响，幽蓝的光焰恍惚在面前燃起，素星痕不禁合了合眼，继而有些意外地抬起头。

面前咫尺的少女，双掌合捧，掌心上盈盈跳动着一朵冷色的火苗，就好似民间传说中的"鬼火"——或是圣洁的彼岸莲光。是她变戏法所用的磷火，当初刚刚相遇之时，她还曾用这东西装鬼吓人呢。

姑娘的笑脸在清蓝光晕中仍是鲜美，向着有些发呆的少年，调皮地挤了一下眼睛。

素星痕会意，笑了一笑，也不多言，低头落笔。"流金归藏"，宛州乃至天下最昂贵的算学，就这样静悄悄在简陋囚室中推演，在她的注视下——毫不避讳，这样的事大概前无古人。

这一次演算，素星痕用了不少的时间。离离看见他画下许多细小胜于毛发的脉络，可见这是一次极精细的剖析，他要算出的，是什么细致入微的东西，一定加倍费神。于是她就这样毫不动摇地捧着火，尽量稳定地为他照亮。不知过了多久，有限的磷粉渐渐全部耗尽，那明亮的蓝光，忽忽闪闪，终究是消隐难留。

这一下降下来的，是近乎真正的黑暗。

离离的眼睛一时间感到十分不适，她不禁揉了几下。再睁眼时，挤满瞳孔的黑仍未有所消退，但她只看见面前，铺展在案的那幅图轴上一片水波沙纹般绵密的金线在幽黑中更见金灿，而一点小小的淡金，摇移跳跃，时而在金脉之间屈曲勾勒，时而离图高起，轻盈地点算。那是素星痕的笔尖。他竟然，还在淡然自若地进行。

就连黑暗，也遮不了他的眼睛吗？

离离一时觉得自己有点好笑了，费力为他点灯，累得手腕酸软，其实并无必要。就这么有意无聊胡想着的时候，却看见那一点金色毫端忽地一滞，继而"啪嗒"一个轻声，那支笔倒在了桌上。

素星痕在黑暗中闭上了眼睛，没有让自己发出多余的声音。他持笔的右手，手腕上被棍震裂的伤口始终未能愈合，良久运笔间不知不觉已痛得全然麻木，终于在此一刻，忽然失去了自控。

稍缓一会儿，就把笔再捡起来。他静静地这样想着。却不知怎的，忽有一片柔软触上了指尖，继而一双暖暖、凉凉、润泽的小手，将他麻痹的右腕，小心地捧了起来。

伤痛的腕口上，感到一股微微湿润的气，是自女孩的口中吐出，全然的黑暗里就这般吹来，仿佛带着似有若无的香，一丝微痒，霎时散尽了那些冰冷的疼。

便此一时，天地忽而虚空，流转不息与星辰相应的金脉，也都好似爽然弥散。星痕不觉半合了眼睛，清明若镜的心头那一点朦胧，从不曾有，竟不知何起，不知何消。

"离离她……会不会有事？"阿蒙往柴堆里扔上最后一条干枝，点起篝火，一边搓手，一边念叨了一句。

"嗯，你最挂心的两个人都陷在了那个险地，我若是你，大概也会像你这样——"百木英随口应道，撇了撇嘴，"把同一句话反复唠叨几十遍，自己还一点都没觉察吧。"

阿蒙听着她的话，双眼出神地愣了一会儿，蓦地才有所醒悟，怔怔地转回头："我……最挂心的？"

"是啊，'星痕他会不会有事''离离她会不会有事''星痕他会不会有事''离离她会不会有事'。"百木英学着阿蒙那略有咬字不准的北陆口音，而后一笑，"从前还以为你只挂心星痕一个，原来还有另一个人。"

"是……是吗……"阿蒙挠挠头，不置可否，自己倒认真地思量起来。正这会儿，一个白花花的影子张牙舞爪，歪歪斜斜扑了上来："离离？离离是谁啊？"白琬眨着一双好奇的大眼，睫毛忽闪忽闪的，好像能扇出风。

百木英不打算理他，阿蒙想要回答，却张口结舌了半天，也没能说出什么。

"你那生死兄弟，此番又与我们爽约，看来是有了什么独自行事的计划。"阿英微微皱眉，看着火光，认真地考量道，"现在我们该怎么办？继续按照他之前的安排行事吗？"

"那当然！"阿蒙的心思也转了回来，态度是一如既往的笃定，不假思索，"星痕的主意不会有错。他要我们照顾好白公子，等他消息行事，那我们就这么做。"

百木英不禁冷哼了一声："等他消息？一定会有消息吗？他可能只是想稳住咱们，让咱们远离是非之地罢了。如今他陷在鹤巢里，相思虫也用掉了，还能从哪儿放出消息？"

"什么消息？要紧吗？"蹲在一旁的白琬凑趣儿问道，"你们很需要的话，我买下来吧？"

根本没人答话，他就好像一团空气样透明。

"这次的案子，原本的委托人是白公，却不曾想到竟会勾出石鹤。人质已经脱身，他的行动却还没有结束……我觉得，星痕他真正要救的人，现在已经变了。"阿英沉思着分析，"而他要对付的敌人，也已经改变。"

阿蒙挠起了头："我……听不懂，但是好像很麻烦……是不是很危险？"

"危险，从来就很危险。"百木英纤眉紧锁，"所谓的绣衣使，就是一把被人利用的刀，而他这把刀，连个鞘都没有。"

"刀鞘？什么样的？需要的话，我买一个吧？"火堆旁的透明空气中又传来一句话，随风而来，随风而去。

阿蒙忽然十分焦虑了起来："不管怎么样，他们能平安无事就好……要……要不然，我去保护他们吧！"

百木英一把按下了已经弹身而起的蛮族少年，轻轻摇着头说："素星痕虽然精明过人，却又总有种舍身犯险的莽撞，相比之下，离离反倒让人踏实。如今我们已被他摆进了局中，只好任凭他折腾，自己却有力难使。护他们平安？

呵，有这样不省心的朋友，怎么护？"

"哦……我听懂了。"始终就只在自言自语的白琬点着头，"天女姐姐，蒙蒙兄台，你们是在担心星痕兄的平安哪。"

"多蒙诸位哥哥姐姐相救，若不然小弟都……不知道小弟被绑架了。"白衣贵公子站起身来作揖，诚心诚意说出一句听不出谢意在何处的感谢之词，"若有何小弟可效劳之处，小弟必定尽心——需要买什么吗？"

百木英的额角上，爆出再也压抑不住的恼怒。"平安二字，也是能买的吗！"她跳起来叉着腰，瞪住白琬一通数落，如洪而泻荡涤飞尘，"白公子，白小公子！你姓白而已，难道是'白痴'吗！买买买买，从我见到你，你除了说些哥哥姐姐的白痴话以外满嘴就只有一个'买'字，除了买东西你就不知道世界上还有很多其他事情可做吗！令尊大人一代豪商，想来心思自当深沉，于智识上也该有所建树，除了钱，除了钱，难道他老人家就没给你任何别的东西吗！比如说，'脑子''心''判断力''常识'！你荒谬，你荒谬你知道吗！荒谬！"

白琬怔怔地看着她，整个人全然呆住，这暴跳的天女今番才让他知道仙家风度的真貌，果真非同凡响，超乎臆断，令人一见难忘，欲顾忘言。只见天女姐姐唇红齿白，舌利如枪地说了不知多少话语，而后暂停，深吸一口气，冲着他的脸喊出一句力透夜风的诘问："你真的以为所有问题用钱就能解决吗？！"

"不啊。"须臾的沉默之后，白琬正视着天女姐姐，眨了一下眼，"用零花钱就能解决。"

百木英纤细的身躯，直直地立着，美丽的脸，一时凝滞如冰雕。

抱膝坐在篝火边的阿蒙，这时忽然仰起头来，不解地望着白琬："'零花钱'，不是'钱'的一种吗？"

今天的星象一定有什么不对吧。碰到这么个罕见的白痴也就算了。可为何连阿蒙都偏在此时……忽然开始……"想问题"了……

原本她坚强镇定地控制着自己，到此时却一脱力，跪了下来。

"蒙蒙兄台此一问，倒也有几分意思。"白琬双掌一拍。

"我不叫蒙蒙，我叫蒙苏普克。"阿蒙说。

"蒙苏普克兄台问得好，此事小弟是这样看的。"白琬已经整理清楚了自己的思绪，颇为正式地作答道，"所谓'钱'者，是指一物，圆圆小小，由金所制，谓之金铢；由银所制，谓之银毫。"

"还有铜锱。"阿蒙点了点头，还认真地附和了一句。白琬却眼中一怔，显然铜子儿级别的零碎小钱，他并不熟悉，大概没有见过。"那么，'零花钱'又是啥？"阿蒙接着发问。

"零花钱嘛！"白琬兴致盎然，一张嘴，却哑住了，半晌未能说出话来。

阿蒙专注地看着他。

"零花钱就是……是……"白公子一边思量着措辞，一边不觉将左手举了起来，中指指环上巨大的宝石在半空摇摇晃晃，想要表达什么，但憨直的蛮族兄台全然不能明了。

"零花钱就是，我需要的东西，只要买，就会有了。"最后，贵公子终于说出了一句至为准确的描述，而后自己想了想，倒也还算满意。

当啷一声，跪坐在地上的百木英突然拔出利剑，惊得阿蒙、白琬都是一愣。转目看去，只见那干练的姑娘将剑反刺在地，银牙紧咬，剑锋在石头上无意地磨了两下。

"若是为了救这个白痴，害那两个人有什么闪失——我就劈了所有的白鹤车。"天女姐姐脸白如纸，愤然发誓。

素星痕拧开陶壶，向茶杯中倾倒。壶中流出的水果然热腾腾的，很快将苦荆茶泡开，乌色的液体冒出醒神的气。他捧起来啜饮的时候，离离醒了过来。

天色已经亮了，金脉图的卷轴也已被收起。看来他已完成了推算。囚室中的小桌子上干干净净，唯有一两星磷粉，想是昨夜离离"点灯"时所飘落。这是姑娘闯荡天下所凭借的绝招，不好让旁人看出端倪，她鼓起腮帮要将粉渍吹去，却被星痕拦下，而后轻轻掸扫，将那几颗细小发亮的东西扫入了掌心。

"昨晚，谢谢你。"素星痕微低着头，对离离说道，唇边仿若还挂着一丝浅笑。

"现在还不用急着客气。"离离却是晶莹地笑起，话有所指，"真该谢我的时候，还没到呢。"

几乎便在她话音落时，这座废仓的大门被轰隆地推开。

柳誉清再次出现在眼前之时，人已明显地瘦了一圈。还有不到两日的时间，他的东家和所有兄弟命脉所系的事业，就要崩盘。

"我再听你最后一次。你要说些什么？"他沙哑地问道，布满红丝的眼睛盯住素星痕。

"先生明知道我要说什么的。"素星痕仍是自若地喝着茶，直到将一整杯茶都饮尽，放下空杯继续说道，"鹤巢的内奸。我可以给出证据。"

跟随在柳誉清身边的武夫们听到素星痕再次提起"内奸"这两个字，照旧是群情激愤，有的已冲上前意图动手打人。而这一次，柳誉清却只是眉头深锁，苦苦地沉默了良久之后，突然高举双臂，压制了兄弟们的喧嚣。

"我只给你一次机会。"他严肃至极地看着素星痕，"如果你的证据有半分纰漏，那么我绝不会再让'内奸'这两个字玷污鹤巢兄弟的耳朵，而此前的玷污，也要用你的血来清洗。"

"好。"素星痕静静地看着他，应了一声。

"鹤巢仓库，共有大小三千七百四十间，存放白鹤车日常赊销的各类货物，全城五百辆车装载卸货皆在此间，每日货流巨大，柳先生手中，大概只有具体到仓门数量的粗账。"素星痕走在高大库房之间的甬道上，一边平静地说道。

他的双手被反绑，走在人群的最前面，柳誉清等一干鹤巢中人手持刀剑监押在他的身后，唯有离离跟随在他身侧。听罢他的这几句话，身后众人的步子明显滞了一滞。星痕回过头，冷冷地言道："不必奇怪，这些皆是在下推算得知，并非有内奸通气。"

说罢他转头继续前行，背后投射而来的愤恨目光，简直都可以将他击穿。离离不禁咬住了自己的下唇——身旁这个小子，绝对是她生平所见最不懂人情脸面的人。

素星痕继续言道："由于货物太多，且皆为赊账，每种货物的账期不同，甚者相差一年以上。因而鹤巢将仓库大致分为两种：账期较紧、一月以内便要偿付货款的货物，入'短贷仓'；而账期较长、不急于付款的货物，则入'长贷仓'。如此便可统筹经管出货的数量，让需要快速流转的货物迅速出仓，到期可以退货的货物得到完好的保管，因而不至于造成银资调配不当、临期短缺，遭到债主催账而资链断裂的危险状况。这些想必都是柳先生的精心设计，一张算盘经营偌大货流，值得佩服。"

柳誉清听着素星痕的分析，步步紧跟，暗自惊心。自从陷入奈券危机，一向还算自信的他感到了自己的无能与无力：忽然察知在这个商界有着那么一批人，高居云端之上拨云弄雨，而自己和兄弟们这样逐利求生的生意人，只不过是他们俯瞰之下的棋子，随时可以被宰割的猪羊，只要那些人的利益有所需要，或者——他们只是为了开心。到此刻，与素星痕的相遇，却是让他真正认识了一个这样不可思议的人：他也可以站在云端，但他却只是踏足在这贫瘠的地上，做着与白思退、石东家、自己……与所有人都不一样的事。

江子美给商界的印象，一向飘忽难测，并不值得信任。然而眼前的"绣衣使"，却忽而让柳誉清的心中燃起了一丝奇异的希望，在这如薯如盲任人摆布的尘埃命运里，也许……他是可以指望的人。

"可惜的是，"且行且言的素星痕，话锋一转，"柳先生的算盘再长，也算不清一笔被人故意捣了鬼的错账。"他说着已走到一座巨大的仓库门前，停住脚步，"如果，有人瞒着柳先生，积年累月暗做手脚，将长贷仓与短贷仓的货物彼此掉换，就会造成自毁的局面，柳先生设计的管库规矩，反而会为鹤巢的银资布置施加越来越大的压力，以致在始料不及之时突然崩盘。"

柳誉清骤然怔住，双目大瞪，一瞬之后心跳如鼓，竟猛地吐出一口血来。

"柳大哥！"周遭几个兄弟见状大惊，都挤上来扶住他，还有两个人急得不知所措，拔拳冲向了素星痕。

星痕转回身，并没去看扑上来意图攻击的人，只是看着远处的柳誉清。铜钵大的拳头就要砸上面门之际，那柳誉清努力缓过气息，出声喝止住了激动的兄弟。

"柳先生，事实如此，在下纵使叹惋，终不能不直言相告。"素星痕说道，微微低了头，"若我推算不错，此处便是贵庄最大的一间长贷仓吧。一切真相，查点便知。"

柳誉清再无言语，挥手命兄弟们打开巨大仓库的铁门，撑着痛苦的身体走了进去。

鹤巢一众监押着素星痕与离离，一同盘点仓库。他们都是得到石鹤重用的心腹兄弟，当中很多人都已累年不曾亲自进入过库房。柳誉清更是从来没有时间过问管库琐事，这一次，他叫人搬来了仓库中的细账，点着库位上堆存的货物，逐一逐二，来龙去脉地亲自查对。

整整两个时辰过去，时已近午，众人共盘了三间长贷仓、两处短贷仓，情形竟与素星痕所推测的全然吻合。讲求妥帖保养的长贷仓中，严谨的货箱全被短期货物替换，造成不知多少瞒天过海的积压；而贵重的长期货物却纷纷被错置在出入频繁的短贷仓内，多已朽坏不堪，损失不可估量。亲手合上不知第几百本库账之后，柳誉清垂手而坐，终于放弃了这无休止的惨痛的验证。

"看来真……真的有……内奸。"一个兄弟愣愣地说出了一句，八尺魁梧的汉子，竟就这么当众落下泪来。

"是谁！王八蛋，天杀的，他妈的是谁卖了咱们兄弟！"有人破口大喊。

被捆绑着的素星痕静静地立在一边，稍等待了一会儿，幽幽开言道："贵处那位庄奇兄弟，今日怎么没见？"

出着神的柳誉清，发红的眼睛向着他忽然一转。

素星痕垂下眼帘，轻轻眨眼："昨夜在下去见白琬时，庄奇似乎故意留了时间给我二人单独密谈。自从结识各位以来，在下一直觉得，他有点奇怪。"

不待柳誉清吩咐，已有两个人径直冲了出去，奔向庄奇的寝处。余下众人就这般等待，谁也无法说一句话，这份安静简直煎人心肺。

良久，冲出去的两个人走了回来，面色却是几分惨白，只将手中一张纸递到柳誉清手里，言道："在他房中拿到的，没……没见他的人。"而后便再难言语。

柳誉清看去，只见手中的纸，是一张账页。与鹤巢本身所用的账册不同，这一页纸质精良，上面的账目排布复杂，结论却精简，纵使柳誉清这样常年管账的行家里手，一眼上去，竟也难以完全看懂其中计算的关节。更可怕的是账页上的压花水印，分明是一朵"英芒草"的印记，左下落款一角，花体勾着一个"庄"字，字迹隽秀飞扬，一看便是饱学之士的手笔。

"原来……他并不是一个粗人……"柳誉清双眼愣怔，手中的纸飘然落地，"他竟是英芒记的算师，白思退派进鹤巢的卧底……我们一直……都不知情！"

"一切都早就经过布局，甚至可能从石鹤涉入银资运作之初，便开始了。"素星痕拧着眉，肃然说道，"此次奈券事件，是白公为首的银号寡头一手操纵，虽然目标只在石鹤东家，但情势发展至今，早已席卷淮安，更多无辜的人已被牵连进去。一旦明日船队靠港，奈券崩盘，全城、全宛州都会受到极大的损伤，这不止于商人，还会连累到其他平民——包括像鹤巢兄弟们这样以劳力为生的人。"

这些话，像是针一样触刺，柳誉清不觉痛苦地合上了眼睛，就连其他粗迈的兄弟听着，也都不禁动容。

素星痕举目，极尽坦诚地望着柳誉清，恳切言道："柳先生，在下昨日动用心机放走白琬，坏了先生大计，此刻无立场再言其他。但如今情势危急，只剩一日的时间，恳请先生宽大为怀放我出去，尝试解决目前的局面。虽然……石鹤东家的生意已无挽回余地，但至少尚可止损，以期来日再起。更紧要的是，我们还可以帮助其他被奈券坑害的人。"

"不行！浑蛋！"星痕话音才落，就有鹤巢的武夫大喊起来。

"都是你们这群杂种，合起伙来坑害我们，当我们兄弟是傻子吗！"

"石东家若有不好，全是你们算计的，你便是仇人，鹤巢哪能放得过你！"

激言怒火汹涌，这些粗暴汉子都红了眼睛，悲伤与愤恨，已经让他们不能相信任何外人。

正在这个时候，一直站在星痕身旁的长辫子丫头，突然用力地拍了几下手。众人一时有些走神，眼光纷纷往她身上转来，只见她向前跨了两步，掸掸裙子，淡然地说："你们尽管放他走吧。我留在这儿，做你们的人质。"

素星痕不由得瞪大了眼睛，转身挡在她的面前："胡说什么！"

离离只是一笑，推开了他，往柳誉清的面前走去。

"柳大老板，你听我说。"姑娘伸出小手点了点柳誉清的肩头，将愣怔出神的账房先生唤醒，"说起这个绣衣使，我家情郎他原本也不想做。这次全是为了我，他才接下这个要命的活儿的。我爹爹说了，要想娶我，一要有钱，二要做出点大业绩来。要不是为了让爹爹应承我们两个的婚事，他又何必冒这个险，好赚江大人的那笔饷银呢？素星痕为了我，什么都肯做的，他绝不会抛下我不管。"

她当着一众大男人的面，就这样坦然说出这些话来，铮铮自信，款款深情，凿凿铁言，大大谎话。漫说鹤巢诸人，就是素星痕，都只是呆住，人若木雕。

离离脸上挂着浅浅的甜笑，向柳誉清伸出一双粉白的手腕："有我在这儿，素星痕就不会骗你们，他一定会把事情办好，然后再回来给你们交代。大老板，你把我捆起来，就放他走吧。"

柳誉清的眼中，此刻已恢复了一贯的精明谨慎，看着眼前的野丫头，须臾，又看素星痕。素星痕站在那里关注着情势，似乎不敢轻动，稍有移步都担心会激发了周围众人不可遏制的激愤——这个人这样紧张，柳誉清还是第一次看到。

"我可以考虑你的提议，"他开口，对离离说话，眼睛却盯着星痕，"但如果他走，你这丫头的命，就交在我们兄弟手里。"

"好啊。"离离轻松答应。

"不好！"素星痕却喊出了一句，声音高亢，此刻坚定到不容转圜。

他几步赶上前去，将离离挡在身后，与柳誉清咫尺对视。审慎地沉默了片刻，他目不转瞬言道："我与她，共同进退。无论走与不走，绝不留下她一个人，我绝不接受。"

仓房之中一片死寂，连粗声粗气的武夫们都屏住了呼吸，柳誉清与素星痕只是目光相抵，毫不退让。

良久，柳誉清站了起来。他从身旁兄弟的腰下拔出一柄一尺长的尖刀，对着素星痕，步步走来。

离离也不禁睁大了双眼，盯着眼前这账房先生的一举一动，藏在衣裙间的小手摸住了存放戏法道具的腰囊。却只见柳先生转到星痕身后，一刀割开了捆缚他的绳子，而后松手，将刀寮落地丢在地上。

"你们……走吧。"他沙哑地说道，背转过身，望着天光，"已经到了这个时候，扣下你们又如何，已经没人能救得了鹤巢。"

"柳大哥！"几名兄弟叫出声，却又不知该说什么。

"你，不是应该跟我们共死的人，这位姑娘更加不是。不管你们要怎么做，事情也不会变得更糟了。"柳誉清惨然低言，"更何况……石东家教导我们大家的，也无非便是'重情义'——就像，你们这样。"

他说着笑了一笑，不再出声。

这一个瞬间，逃生的窗口，忽然洞开。

素星痕的双眼不禁有些瞠大，慢慢地转眸看向离离，冰凉的目光中，绽过了一丝火气。他突然拉紧了离离的手，两个人齐开大步，奔跑而出。

不管身后是什么景象，不管有没有人在追踪，两个年轻人只是一路飞奔，姑娘裙带上的小铃哗哗作响。跑出了仓库，跑过辙印崎岖的道路，跑出了鹤巢的黑铁大门，还是一直跑，穿过树林跨过石棱冲飞了成堆的落花，直到很远很远已不知所在的某个地方，再也跑不动之时，方才停下来抢命般地喘气。

两个人都跪倒在地，剧喘的后背此起彼伏。素星痕缓过一口气，抬起头去看离离，那姑娘也抬眼看他，涨红的小脸上全是汗滴，忽地，却绽出一个甜笑。

一瞬愣怔。脸庞稚嫩的少年，便也笑了。

【六】

园林之间，山水秀美。十城商政使却无心观景，他摆弄着手中的纸扇，打开，又合上，流苏扇坠摇摇颤抖，忽地断裂，隔窗掉进了水里。不禁一个皱眉，江子美闭上了镂金轩窗，室中暗了下来。

"大人，好久不见。"房屋角落里突然传出低哑的男人声音，疲惫干涸，穷途末路。

"石鹤？！"江子美看清了潜入他内室的人，颇是一惊，"你此时……怎会在这里？"

"擅闯大人府邸，大大罪过。"那年届四十的落拓男人现出身影来，沉着脚步走到江子美面前，拖过一张椅子坐下，仰面看着宛州商政的最高长官。他的脸上胡须纵横，已经许久未曾清洗整理，眼底泛着血色，嘴唇却干裂发白。身上的衣装也是锦绣万金，但却凌乱脏污，蹭着泥迹还有血痕，一副壮健的身形，透出野兽般的狠辣与绝望。

"奈券之事，我已全盘知晓。你……太不小心了。"江子美默了片时，忧郁地说道，眉眼间泛起痛惜之色，"只是纵然身陷困局，你也不该起意行这绑架要挟的低下手段。白思退是何等样人？他受此冒犯必定震怒，局面恐怕会更危险，倘若，到了连子美也再难掌控的地步……"

"我有一帮兄弟要照顾。"石鹤生硬地打断了商政使大人的话，"我知道，白思退霸着银号一门，看不惯我这粗人染指这最赚大钱的买卖。说不得……大人，连你怕是也看不惯。可我那些兄弟要吃饭，而且还要喝酒吃肉，过最好的日子。凭什么他们就要低人一等，受穷、受辱，给那些奸猾的商人做垫脚石？这买卖，我死也要做。"

江子美痛心地拧了一下眉，不禁挪动了两步，转到光线稍明的地方，想要将石鹤的脸看看清楚。"石叔……"他低声开言，嗓音中含着莫名的复杂情绪，"淮安，还有我在啊。你们有什么困苦，我都可以帮你们啊。你是自江家门下出身，故旧情谊，子美纵使年轻识浅，又岂会忘却不顾？"

石鹤斜目望他，耸肩冷笑了一声。"我石鹤当年是江家的家奴，虽不是荣耀的事，倒也是段真情义，江家待我不薄，永不会忘的。可我既出来，就是不再为人奴辈，凭什么要来找你？"他说着，落魄颓败的脸上却现出傲然之色，转而又阴沉地笑，"何况，你又能如何。大人你，斗得过'三家店'吗？你与姓白的两厢，像鸡狗一般厮咬，你又能照顾谁呢？"

江子美脸上笼了一层阴影，闭口无声。良久，他负手踱步回到窗边，背对石鹤，话音变得冷淡："此番之事，我已派出绣衣使应对，你绑架人质之祸当可解决。白思退那里，我会替你遮挡。只要他不一意罪怪于你，你尚可保留一命，我可关照你迁往他城谋生，日后总有再起之机。"

"多谢大人，不必了。"石鹤也站起身来，同样冰冷无情，"我的鹤巢，还有那么多兄弟……我不认命。如今，我已看清了……"

他说着，背转过身去，口里低低地念叨些什么。江子美听不甚清，不禁侧耳向他靠近，审慎地看着他的背影，却只见他念叨了一阵，仰起头来长叹一口气："既是如此世道，死便死，更不如同归于尽！"

说罢这一句，他突然转回身来，手中却多了一把尖刀，瞪着血红的双眼直向江子美扑来。

江子美慢慢睁大了眼睛。数尺之间的距离，那穷途末路的疯汉却不曾冲到他的跟前。身侧，不知从何处一条乌黑的幽影骤然闪出，凶悍地反扑向石鹤，速度几乎是他的三倍。房屋之中几番起伏影动，静不闻声，待黑影又倏忽退去之时，地上只剩下石鹤僵直的身躯，遍体皆如兽牙啃食过的伤口，血流满室。

他还没有死，痛苦地呼吸抽搐。大半翻白的眼睛，竭力地斜向商政使大人，那眼神中说着什么，口里却发不出半点声音。

江子美轻轻走上近前，蹲下身子，忧戚地看着地上的人。

"你的兄弟们，我会尽量妥善安排。"低低说了一句，而后他亲手拾起撒在一旁的尖刀，果断一刺，戳穿了石鹤的咽喉。

死人不再抽动，终于解脱了痛苦。

离开血腥逼人的尸体，江子美靠着窗边，似乎有些眩晕。须臾，他走到屋角的水盆边洗手，然后取丝巾细细地擦拭干净。

笃笃笃，房外有人恭谨地叩门。

"什么事？"江子美低声问道。

"外间传报，有客登门。"家仆的声音，"英芒记东家白思退，第十三绣衣使素星痕，双双到访。"

江子美直起了腰，随手将染了血的丝巾扔进玉盆。

江家园林最精雅舒适的轩堂上，姿貌俊美、风度凌人的中年男子被奉于上宾尊位，安逸地落座。英芒记创始人白思退，宛州商界最传奇的人物"白公"，一个从来不着锦绣、只穿布衣的人，十城商政使江子美陪坐在他的身边。

在他们面前，十尺开外，立着三个年轻人。

素星痕，不肯拿饷银的"绣衣使"，江子美无法确定自己与这个人目前的关系。他那个形影不离的好兄弟蒙苏普克，此刻昂然站在他的身后，像草原上的狼一样警惕专注。他一只手紧紧揽住白思退的独子白琬公子的胳膊，用另一手中握着的长棍斜挡在他身前——准确来说，这是挟持。

"所以，你们是来谈条件的？"江子美一笑，做出了这样一个结论。

"不敢，在下只是有些想法，想要进言。"素星痕微微垂首，言辞谨慎，却毫不卑微，"不只是对江大人，同时，也是对白公。"

"有什么话，说吧。"江子美的微笑仍然和蔼。

素星痕举目看了看堂上高坐的两人。这两个人并排坐着，就仿佛有倾压天下的力量，此刻这间轩堂就如同一座神殿，堂上弹指言笑，便可改换整个宛州的风云天候。

他略略梳理一遍思绪，开口言道："奈罗霜券的前因后果，在下已经全然清楚。"

此言一出，江子美的眉梢倏忽颤动了一下，微不可察；白思退的嘴角，却勾起了一抹笑意。

素星痕很是严肃，继续道："商界争斗，本属寻常，只要不犯法理、不害人命，本无外人可非议之处，而江大人与白公皆举足轻重，要做何深远安排，在下区区晚辈，更是不敢置喙。然而此事连绵一月有余，至今已经牵连甚广。据在下推算，整个淮安已有近半的商人出资参与了奈券抢购，宛州其他各城的情况，则难以尽估。"他说着，冰凉的双眼一抬，扫视一眼堂上的两人，"原定明日到港的船队并未带回奈罗霜现货，这一点白公必然清楚，江大人，想来也早已知悉。一旦奈券落空，半个淮安陷入破产，那样的灾难场面，普通宛州人恐怕难以承受。在上的二位商界前辈，说到底，根基也皆在淮安，淮安不稳，众人俱伤，在上二位又岂能不伤呢？"

江子美倏地合上手中折扇，而后又慢慢地展开。他没有去看白思退；而白思退，一双俊逸而犀利的眼睛就只落在素星痕身上，连一旁自己的儿子，也始终未多看一眼。

"有鉴于此，晚辈敢请白公、江大人，出资接盘，压下这股热炒奈券的风潮。"星痕直率道出了自己的建议，"此事详细计划，晚辈已粗拟腹稿，不惭鄙陋，愿呈献尊前以作参详。奈券之祸既从阮希夜一首诗作而起，我等不妨动用财力，疏通阮先生再动金笔，重写一些诗篇，暗示奈罗霜不足之处，以打压其过热的行情。而后恳请江家银号、白家英芒记一同调用银资，降价收购市面上所有的奈罗霜券。如此，一来江、白两家是宛州商界魁首，众人风向观瞻所在，联手杀低奈券价格，必然能压制目下过度的热炒，令宛州商人明白奈券价值已虚，从而尽早退出，以保资财安全；二来也可以替众人接盘，至少减少一些大家的损失。只要二位出手稳住淮安银资盘面，随后再派船队去西陆贩运足量的奈罗霜入港，便可以实物支撑住奈券的价值，届时，无论江、白两家，还是其他持有奈券的贩货商人，都不会有太大的折损。"

说罢一番谋划，星痕深深地躬身行礼，恭谨言道："望江大人、白公能予考虑，若有所需，晚辈必尽绵薄之力。"

厅堂之中，一阵短短的静默。而后向未开言的白公，终于说出了第一句话。

"这是要挟吗？"他瞥了一眼阿蒙紧揽着白琬的手，轻冷言道。

素星痕一怔，慢慢抬起头来。白思退的目光正等着他，二人对视，谁也没有说话。

片刻，素星痕平静地开了口："阿蒙，白公子很劳累了，请他过去坐吧。"

阿蒙听了，略略发怔，但并无丝毫的迟滞，长棍背在身后，松开白琬，举手示意他可以离开。白琬眨了眨眼，看看身旁两位兄台，似乎倒还有点不舍，但看着"大人正在谈事"的情形也未多言，兀自晃晃荡荡，走到白思退的身边，对着父亲笑眯眯地行了个礼，就旁边寻椅子坐了下来。

"人质"就这样交还了事主，遭劫失踪整整四日的白小公子，终于回到了白公身边。

而后失去了"要挟"筹码的素星痕，从自己的挎包中，取出了一叠写满了清秀墨字的纸。

"这些，是晚辈悉心思虑，写下的一份草案。内有大宗奈罗霜到货之后，扩大行销的几种计划，以及开拓澜、越二州市场之步骤。以此慢慢行事，待两家银号收购的奈券全部兑现之时，虽然货量过多难免淤滞，但终能逐步出清，以保江、白两家不会亏损。"他说着，双手将草案奉了上去，平平地放在江子美、白思退座前的玉案上。

"星痕，好才干。"江子美看着案上，微微一笑，"连我都不曾想到，你行事，竟是如此周密啊。"

"晚辈别无他意，只想大人与白公能够尽快有所行动。"素星痕语声有些微寒，"剩下的时间，不多了。"

"年轻人，"白思退忽而轻幽一语，"还有其他的筹码吗？你该不会，只想凭这些就成事。"

星痕的目光，透出照人的冰凉。"晚辈不敢与前辈同桌，哪里谈什么筹码。"他淡淡地说道，"晚辈只是相信，前辈威望隆重，绝不会放任淮安陷入危局而不顾。因而晚辈来此之前，已经自作主张，先行请我的朋友去城中放出消息，将两大银号即将以现值半价收购奈券的喜讯，告知众人。"

"啪"的轻轻一声，江子美的扇骨意外碰到了座椅。放眼看去，百木英与离离两个女孩确实不在素星痕身边，平时这四个人总是一同出现。难道这个素星痕，真的派了那两个女娃子，去城中行此造次之事？

素星痕继续言道："在下的两位朋友分头行事，看时辰，如今淮安东西两城，应该已经尽闻消息。江大人、白公，二位却也不必急虑，我的朋友们会告诉大家，如要将奈券出手，必须到江家银号城北分号，或英芒记西江分号办理出售、领兑现银。这两家分号坐落淮安两端，都是距离城内最远的银号，人们要赶过去，须得花费时辰。故而江大人与白公尚有足够的时间调集银资，应对前来售兑奈券的人。"他说到这里，停了一停。

"如果，此次的消息不能坐实，再次对全城商人失信——"他接着说起，话音冰冷，"江、白两大银号的信誉也会大大受损，整个淮安的金脉必然崩盘，恐怕比起奈券落空，后果会更为严重。"

白思退俊美狭长的双眼，微微地有些张大。

眼前的这个年轻人——不，看样貌，甚至只能说是个孩子，其心机的这份深沉与狠辣，许多年来，已不曾在商界见过。他用更疯狂的谎言来对付谎言，用浇油的方法来灭火——如此做法的大胆与癫狂，就算是纵横商道、鼓荡风云的白公与坐掌宛州的商政使江大人，此一时刻，也都不免有所震撼，各自不语。

"好一个……火上浇油。"片刻后，白思退浅笑的嘴唇轻动，一句赞叹，"年轻人，你为何敢这么做？"

"晚辈孤身行路，并无其他依仗。"素星痕平静答道，"之所以敢火上浇油，是因为知道这淮安城里有真正的大手巨擘，能够釜底抽薪。"

良久，良久，厅堂之中只是一片沉默。江子美静静地摆弄着纸扇，白思退则只是斜倚在椅中；素星痕并不言语。他在等，等在上的两位大手巨擘排盘布阵，增斤减两，等他们心中的刀枪战卒，都移动到最合适的位置。

这沉默不知持续了多久。而后，先发声的，是白思退。

"素星痕，你以为被贪欲冲昏了头脑的人，真的还会在乎那个文人的笔吗？"白公不疾不徐地说话，开口便直刺星痕精心筹谋的计划。"阮希夜的一首诗，不过是利益游戏之下的垫脚石，当利益攀上新的高点，没人会有兴趣再多听他一句半句。呵呵，"他笑了两声，目光在面前的年轻人脸上一扫，"素星痕，你很不错。但骨子里终究还是多了一分，斯文人的酸气。"

素星痕微微凝眉："白公言下之意……"

白思退道："若要打压奈罗霜的行市，何必浪费工夫在那文人身上。我与江大人联手，可以买通整个皇宫，让那个女人失宠——连同她的西陆草药一起。"

素星痕不禁一怔，白思退的手笔，的确超乎他的意料。宛州商人的实力，如今竟真已可反胁帝都、左右宫闱？他心中震撼，面上却保持了冷静，沉思一瞬，开口对答道："若然灵妃失宠，消息传出，只恐会对奈罗霜未来的行销打击过甚。"

"我会让整个太清宫，都对奈罗霜成瘾。"白思退却抛出一句更为张扬的话语。

"你还不知……想来江大人也不知吧。"布衣素白的男人轻轻拈着指尖，闲谈般话语，瞥着江子美一笑，"对于一切能使人成瘾之物，'云上赌城'的蒲云期皆是行家里手。他早已对奈罗霜做过品鉴，此物若经特殊调制，食之日久，必定成瘾，皇帝会沉迷灵妃所烹膳食，原因也在于此。只需稍加手段，我们便可令宫闱内外服食成瘾，因而制造一派全新的贵胄风俗，扩至整个帝都，再向诸侯列国的都城延伸。配以你所作的行销之案——"他看了一眼玉案上的一叠纸，"此物不仅仍可走俏，还会成为持久的生意。"

素星痕听了，默默无语，脸色变得更为沉肃。

白思退看了看那年轻人，无声地一笑。转而，他将目光转向身侧的江子美："英芒记银号，将出资六成回购淮安市面所有奈券。"

江子美与素星痕皆是一怔，原本以为两家联手出资，定是一场极艰难的讨价还价，却不料就算神鬼也无法从他那里占到便宜的白公，竟然主动吃亏，愿比江家多出两成银资。

"多出的两成，是给你素星痕的面子。"白思退的声音适时响起，话外之音，却是敏感之极，"条件是，货到港口后，你必须负责替英芒记效力，将现货卖到商券一倍以上的价格。我白家，绝不会做亏本的生意。"

这些话落下，在场的人，几乎皆心中耸动。

江子美的面上并没有多余表情，而一双温文的眼中，此刻却再也掩不住凝寒的光。素星痕已是十城商政使旗下的绣衣使者，这一点邸报已传遍淮安，虽然这个倔强孤僻的少年始终未接受这一强加的身份，但这些外界并无人知晓。这个时机，白思退竟说出这样话来，这是公然与江子美抢人——两成银资，白公给第十三绣衣使定出的身价，当真慷慨得令人惊异。

江大人举起玉碗，静静地饮了口茶。而后，赶在所有人可能出声之前，他淡然浅笑，开口言道："星痕，你尚有许多使命在身，依我看，无须为白公所言的任务花费时间。何况，这也是个根本不能完成的任务。"他说着，话音一冷，"货到港时，倘若白家抬价到一倍以上，江家就将货价削至一半，倾销出货。届时，奈罗霜的价格，必然下挫。在宛州——没有人能不通过商会的公法，肆意操纵行市。"

这语气虽彬彬有礼，言辞却是冷辣惊人，公然威胁的语意，不惜死拼的态度，倘若宛州任何一位商人此刻在场，都必定被商政使大人与白公的这场对峙惊得心胆俱颤。

白思退转目看向江子美，年轻的商政使也正直视着他。须臾，两人不禁同发一笑。

"且行且看。"

"且看，且行。"

垂手肃立在堂下的素星痕，仍然静默，未动声色。过了片时，他抬起头，看见江大人与白公都已闭口，两双各自幽深、莫可窥测的眼睛，都注目在他的身上。

他收回目光，安静地思虑了片刻。

一场不知如何险恶的商战正在咫尺前方的厅堂上酝酿，此一刻，他只觉得所有这些忽近忽远，究竟与自己有何相干，想来却有些荒谬可笑。

而一刻过后，他向前进了一步，弯曲一膝，拜倒在江子美的座前。

"商政使大人麾下，第十三绣衣使，属下素星痕——奉命彻查万禽园绑架一案，完成交令。"他一字一句，垂着头，低沉而平静地说道。

第十三绣衣使，这是他第一次当江子美的面如此自称，更何况亦在外人面前——全宛州最举足轻重的一位"外人"。江子美一时未有话语——他赢了，战胜了无人能制的白公，一场险胜。

白思退见状，只是笑了笑，起身便行。白家随侍的仆人簇拥着他与白琬公子一同出门扬长而去，连一声告辞也未留下。

江大人放松了身体，一手支了头，手掌轻轻拢住眉眼。

这么久，阿蒙始终站在星痕的身后，寸步未移。他看着跪在地上的他，凝然不语，弯下腰，慢慢地将他搀扶了起来。

不速之客皆已去尽，江子美独坐空堂，用手指沾着杯中的茶，在玉案上默默地写字。

一阵飘忽，那条乌黑的人影如鬼魅般闪出，慢慢靠近大人的身边，屈身蹲跪下来。

"白日生？"望着江大人涂写的字迹，影子有些诧异地一问。

"白，日，生。"江子美有意无意地重复，指尖反反复复，画着这三个简单的字。

"大人为何纠缠于此？"影子问道，"这三个字，难道还有什么玄机？"

"日生者……'星'也。"江子美轻声低言，而后仰面瞑目，长长地吐气。

"这一局还远没有完……这个人身上，纠缠了越来越多的东西。素——星——痕。"

【七】

从西陆归来的船队靠港之前的最后一天，整个淮安城都沸腾在恐慌、侥幸、捶胸顿足的痛惜与疲于奔命的拥挤之中。江家银号与英芒记同时宣布折价收购奈罗霜提货券，开仓扫货度无上限，并且仅仅限时一天。早已对价格虚高骇人的奈券深感担忧，却又舍不得放弃诱人利润而泥足深陷的商人们，在听到消息的一刻便崩断了心头紧张的线，口耳相传，蜂拥而动，争先恐后聚集向城南、城北两处最远的银号分号，将手中大把的商券疯狂抛售。

宛州十城近十年来最成功的商券运作，就这样在飞扬满天的纸屑中落幕。利益追逐间，有人生，有人死，生死都做着旁人的食物。

"如果不是所有问题都能用钱解决，那是因为你没有把钱用好。"英芒记创始人，白思退的名言。

篝火上烤着几块白薯，四个年轻人围坐在侧，素星痕仍旧捧着茶喝。

"'你以为所有问题用钱就能解决吗？''不啊，用零花钱就能解决。'这句堪称经典的回答必将成为英芒记少东家白琬的名句。此话与其父白思退那句尽人皆知的格言相并列，向我们清晰展现了一个商业豪门从发达到败家的标准历程。"百木英借着火光，用炭笔迅速地写道。

"你在写日记吗？"离离瞥瞥她，好奇地问了一句。

"我在写杂文，给《商报》'逸闻版'的稿子。"

"啊？你向逸闻版供稿？！"离离惊讶地问，忍不住凑了过来。此刻她的手上正捧着一份当天的《淮安商报》，读着上面印的宛商秘闻、名人隐私，令她乐不可支。

百木英边写边说："嗯，赚几个稿费嘛。别人的文章大多之乎者也的，我这个从羽族语直译过来的调调儿，他们觉得挺新鲜。我打算写个连载，内容是'宛州豪商家庭二世祖的恶形恶状'。"

"所以，你会羽人语是吧？"离离手中报纸哗啦一皱，一脸郁闷地说。

"澜州的一位师父教的。"百木英在稿纸末尾飞速签了个花字落款，满意地把纸叠起来收好，"好啦，明天去寄稿子。"

素星痕放下茶杯，轻轻地摇了摇头："你写的题目得罪人，不怕惹麻烦吗？"

"没事，我用了笔名。"百木英两眼弯弯地笑着。

"什么笔名？"离离追着问。

"蒙素离。"

"噗——"素星痕一口茶喷了出来。

阿蒙将一块看似烤好了的白薯取了下来，也不顾烫，上去一大口，满嘴嚼着。香香地嚼了一会儿，他忽然想起什么，眨了眨眼："名字的开头跟我一样啊。"

离离一下子倒在地上。

"阿蒙啊阿蒙。"百木英也拿下一块白薯，摇头叹息，"要不是这两天星象有异，你一定还是我所见过最一等的——呆瓜。"

"嗯？这话听着有蹊跷？"离离一翻身，支着腮侧卧，"那现在，谁是最一等的呆瓜了？"

百木英翻着眼睛想起了什么，脸色一变，却不想说话。正这时，身后忽然传来一阵奇怪的风声——很奇怪，很奇怪……百木英正待回头去看……

"天女姐姐！"一声惊天动地的大喊，夹带着无比兴奋的傻乐，一个庞然大物从天而降。篝火旁的几个年轻人都惊得跳了起来，阿蒙一手拽住星痕一手抱住离离，猛地闪身躲到一旁，嘴里的白薯差点噎死自己。

只见一只形貌极其古怪的大鸟扇动着双翼缓缓飞降，鸟爪上紧固着皮带，牢牢妥帖地挂着一个人——华贵丝衣暗夜生辉，白皙的脸儿甜美照人，张牙舞爪的姿态，要多白痴有多白痴——"天女姐姐！我是白琬！星痕兄、蒙苏普克兄，还认识我吗，我来找你们啦！"

那犹如众人一场噩梦中一个怪异的串场角色般的男人，就这么从天而降，被大鸟直接扔到地上，就地三滚。

"你……不是那个白公子吗！"离离看着眼前景象，第一个说出话来，"你怎么会来！"

"我……我就是来找你们呀！"白琬挣扎着爬起来，又倒下两次，总算想起解开身上束缚的皮带，这才脱离鸟爪站直了身子。"我回家后，家父对我说啦，'素星痕是个不错的人物，我儿不如去与他一道玩玩，也可历练一二。'"

他说着，从怀中取出一只金箔信封来，走到素星痕身前，彬彬有礼，双手递了上去："星痕兄，这是家父手书的拜帖。日后小弟将跟随兄台左右，同游共乐，增广见闻，恳请兄台多多照顾，不吝提携。"

素星痕睁大了双眼，望着眼前之人，一时全然无语。

"啊？你爹爹，白思退大伯？叫你来跟着素星痕，历练？"离离好像听到了世上最不靠谱的事情，一时欲笑，一时欲哭，半晌，只得转过身去连连痛捶阿蒙的肩膀。

"是啊，可你们几位行踪飘忽，委实难找。"白琬说着，开心地又是双臂乱舞，指着身边蹲着的大鸟，"幸而万禽园孙大叔，借我这只'木龙雕'，他说这鸟能够识味寻人，他早将你们用过的杯盏叫这只鸟儿嗅过。我随它而来，果然找到你们，真是太好玩了！"

他说着，忽地想起了什么，不禁原地一跳，转向百木英面前："天女姐姐天女姐姐！你前次说你不会飞，在下甚是惋惜，如今这木龙雕能带人高飞，感受甚为绝妙，你要不要也来试试，咱们一起飞一飞吧？"

从刚才到现在，百木英一直呆坐在地上，手里握着的那块白薯，已经凉了。忽地，她伸手一推，把凑在自己面前的白琬一下推开数尺。

"我不是天女！"这是一句说过了百次的怒话。

素星痕走上前来，扶住东倒西歪的白琬，整肃表情。"白公子，以在下之见，你要与我同行，恐怕并不合适。令尊美意，恐难从命。"他有礼有节地说道，认真无比。

"哎呀！孙大叔说了，大鸟午夜时分要回去吃食，晚了就要饿坏了！"白琬突然以拳击掌，显然全未听见素星痕方才话语。他说着就跑开去，伸手在"木龙雕"的长颈上抚了三下，口中不知念叨些什么，而后在鸟背上一拍，那巨禽便即蹬地，展翅而起，向着夜空远处飞去。

圆圆皎月，在奇异巨大的翅膀影下隐没一瞬，转而便又重现，照着高飞的生灵，与淡淡绿云。白琬看着十分开心，当即吟诵古诗一首，上阕赞颂春夜纯美，下阕讴歌朋友情深。

"荒谬。"百木英坐在地上发愣，随口叨唠一声。

白草靡香风，
日夕醉帝城。
生死情自在，
迷雾指孤星。

茉云海

壮硕的男子抓着自己心口，身体痛苦地蜷缩，忽然目眦欲裂，伸出一只青筋纠结的手，像在极力地乞求什么，却终究全身脱力，断了气。

　　"来人。"看着面前的尸体，江子美低低地吩咐，"召见第十三绣衣使。我要派他去一趟沁阳。"

【序章】

离离姑娘的预感

我叫离离。古诗有云，"离离春草乐远游"，可见我天生跟旅行有缘，注定该隔三岔五地游山玩水、吃喝玩乐一下。

可是来到宛州快三个月，大好的初春变成了暮春，硬是一回青都没踏过，天天为了填饱肚子瞎忙活。这都要怪绣衣使大人。

其实谋生这件事也有很多选择，未必非得干这种忙得好像卖身了一样的营生。我会变点戏法，但偶尔会演砸；擅长说个小谎，但当骗子又实在不是条正路。所以思来想去，最适合我的还是眼下这个行当——帮闲。这是一种很常见的职业，书本上称之为"帮闲"，掮客佬称之为"干零活的"，街坊大婶称之为混混。

我都当混混了还没时间去玩，这事儿真是没天理了。这么忙的原因是我除了要像其他混混一样做到喂饱自己以外，时而还得挺身维护一下正义。没办法，谁叫我是绣衣使大人身边的混混呢。所以今天我的确是格外高兴——三个月了，总算赶上了春游的尾巴！

起个大早贴云鬓点花黄，花了一个时辰弄出我最得意的打扮：野丫头补丁乞丐装。照照镜子心花怒发，开门出屋满眼阳光。

阿蒙早已等在我房门外面，我把包袱交给他拿着，人也一下子扑到他背上。他回头笑了笑，老老实实地背着我走。

阿蒙，全名蒙苏普克·廓勒帕提苏勒尔，没错，是个北陆蛮子。街坊大姊曾问过他是不是我的情郎，当时他的脸突然变成两块红炭，掉头就跑了。他那样子当真让人想笑，我笑了半天，后来做梦梦见他的红脸，还笑醒来过。至于他是不是我情郎呢？……这个，呵呵……

"百木英说在街口等咱们，她在那儿打个零工。"阿蒙边走边说。

又在打工？！我不禁仰头望天，慨叹一气。

我和阿蒙说到底都属于帮闲，百木英跟我们可不一样。她是《淮安商报》的采风使，专门负责打听和编写整个宛州的传闻逸事，印在纸上到处散播。这份差事颇为有趣，养活自己也已足够，如果我是她，绝不会像她这样还整天陀螺似的去打各种零工。不过话说回来，如果我真像她一样三百六十行的技术精通三百五十九种，还有一种是粗通的话，不到处打工也真是有点浪费才华。

走到了大街口，我从阿蒙背上跳下来，看见百木英从纸灯笼店里出来，拿着刚赚的工钱。这女子身姿窈窕，眉眼俊秀，若不是打工的时候喜好穿男装，此刻定会令我产生回去重新打扮好与她争奇斗艳的冲动。"老板说我画的灯笼卖得不错。"她淡笑着将手中的一把银毫放进随身小钱箱，上了锁，"咱们怎么走？路不近啊，要雇辆车吧？"

"车到。"随着一声有礼有节的宣告，一个庞然大物忽然出现在街口，挡住了我们的全部视线。四匹高大肥壮的五花马，锦鞍金辔，并排驾着一座宽度横占整个街面的绮色车厢。"请贵客登车。"衣着体面的驭者温雅地对我们说着，而后雕漆镂彩的车门悠悠打开，露出里面那个白衣飘飘的人。

我很穷；阿蒙非常穷；百木英一定是穷疯了，否则又怎会发疯似的酷爱打工。所以我们这帮人当中……最最讨厌的就是这个白痴有钱的富二代白碗！

"干什么，把你家卧房安上轮子拉出来了吗！"我忍不住地喊。

这个白痴大少爷来头很是传奇，他爹就是全宛州最有钱的大商人白思退。他跟着我们当混混绝不是为了填饱肚子，而是因为他根本不知饿肚子是咋回事——也就是说，吃饱了撑的。这个人的特点是零花钱充足，除此以外一无是处。无所不能的百木英说他的名字起得极好，充分说明了他是个端着"白碗"

吃白饭的废物。

白琬从车里探出半个身子，女人似的瓜子脸上露出浅笑，雪鼠毛镶边的宽袖里伸出白嫩的手，中指指环上径寸大的椭圆猫眼石闪着星辰般的光。"我想了想，大家还是一起坐上来吧。"他向着我们招手，"虽然挤了些，不过聊天方便。"

挤你个大头鬼！愤愤登车之后我目测了一番，这豪车真比我的卧房还宽敞。我们四个人稀稀拉拉地在旷大车厢里各自坐着，有种两男两女共处一室的微妙违和感。

驭者的技术极好，车很平稳很安静地走了一段。

"咦，绣衣使大人好像没在？"白琬忽然眨巴着眼睛问道。

"刚发现吗，荒谬。"百木英淡定自若地批评了一句。白琬一怔，低头思考。百木英的"荒谬"二字好像对他有格外的震撼，每次听到他都会反省一下，虽然我们知道他肯定什么也反省不出来。

"白公子，你跟我们混得不久，有些事你还不了解。"我开口为他指点迷津，"绣衣使大人有很多奋斗目标，惩罚奸商，维护秩序，伸张正义什么的。其中最急迫的一个，就是'甩掉我们'。"

白琬的如水明眸诧异地睁了一睁，要多白痴有多白痴。

"唉，他大概昨夜偷偷走的，今天一早已经不见人了。"阿蒙叹了口气，一脸无奈。

百木英抱着肩笑了笑："看来大家都习惯了啊，连阿蒙都这么平静。若是以前，他不见了，你还不急得跳脚。"

"我是担心啊。"阿蒙愁眉苦脸，他自认是受盘瓠天神派遣来专门保护绣衣使大人的，所以发生这种落跑事件时，他总是最为郁闷。"不过每次他偷溜，离离总能把他找到，所以我也不着急了。"他说着，投给我一个真心感激的注目，伴着腼腆又憨憨的笑。

我也一笑，推开车窗往外看去。这才发现，这辆马车走得如此平稳，速度却是如此可观。我探头问道："这车有多快？"

"缓行日均三百里，疾行日均五百五十里。"驭者谦恭地答道。

我点了点头，豪车果然是豪车，照这样算，我们很快就能赶上连夜出逃的绣衣使大人了。

由于座驾太大，我们只得从最宽阔的东门出淮安城，然后铁蹄践踏着草长莺飞的郊野大道，纵情狂奔。一个半时辰之后，那幅想象中的图景果然如期而至，映入了我的眼帘。

驿道旁边，一棵飘落着白色绒花的大树下，一个衣着寒酸的少年坐在那儿，靠着树干睡得人事不省。他膝间放着一个背篓，双手揽着，篓子里一只黄瘦的小猫伸出头，似乎想要爬出来脚爪又太软，只是翘首望着他。

找到了。

这位在野地里也能睡着的，便是宛州商业秩序的守护者、十城商政使大人麾下第十三绣衣使大人——素星痕。

我们四个人停车下地，拿出"一帮混混"的架势围了上去。他仍在睡，看着他那张本来就幼稚、睡着了以后显得特别幼稚的脸，真是气不打一处来。

我们跟在十三绣衣使大人身边，也算纵横捭阖，惩奸除恶，办过几件叱咤风云的案子。可若后世有人将我们的事迹写成小说，其主角便是这么个瘦弱嗜睡动辄落跑的穷小子，则此故事实可谓滑天下之大稽。

"逃跑又失败啦，星痕大人。"我轻悄地说了一声，使个眼色，四人齐动手，把睡死了的小子连同他的猫抬着扔到了车里去。

摔上车门，我重新落座，窗外的景物又快速流动起来。暮春的熏风吹开我额头的发丝，暖和又带着草香，现在开始有旅行的感觉了。

这次旅程的目的地是沁阳，传说是大湖梦沼边一座丰润秀美的名城。

目前看起来一切都很不错，不过我并没高兴得太早，因为我的眼皮在跳呢。

【一】

"就是这个是吧！这就是应验是吧！"

面对冲着自己怒喊的离离，白琬转了转眼睛，摆出"完全不懂你在说啥"的表情。

"这就是我眼皮跳的应验，是吧！"离离又喊了一句，愤恨地指着身后那一大片布满枯枝烂草的荒原。那真的是一大片。

白琬挠挠头，无所谓地笑了一笑。他也没料到自己雇来的那套冠绝宛州的宝马香车会在奔行了五百里后，因"进入莫合山区后驿道变窄，车体过宽，无法行进"这种理由而把他们抛在这个鸟不拉屎的地方。驭者带着遗憾的表情，恭敬行礼然后自己赶着车回淮安了，临走时告知："此地是一处驿站，贵客们可在此等待换乘小车继续赶路，不必忧心。"

可是，他们已在这儿等了很久，确信除了路过的乌鸦什么也没见到。

"前边的路不好走，你们不如回去吧。"绣衣使大人忽然开口说话了，他是在车行到二百三十里时醒来的，那之后就郁闷得一言不发。

"你就那么想甩掉我们？"没好气的离离用眼神剜他。

"星痕，我得保护你啊。"阿蒙第一千次重复这句诚恳的话语。

"跟着你是我的自由，似乎与你无关。"百木英坦然地抱着肩。

"家父说了，让你们带我玩。"白琬不省世事的眼中含着笑意。

素星痕无奈地抱起猫，转身望着那片荒败的山原："跟着我，你们迟早会后悔的。"

最后一点残阳突然就坠入山峦后面，天一下就黑了。山野中的春夜本该生机盎然，可这里黑森森的看不见底，隐隐飘浮着死一般的腐气，让人有些瑟瑟发冷。

"真讨厌！"离离缩起来，一边跳脚一边轻踢着白琬，"你雇的那车夫是你家仇人吧？这种鬼地方怎么会有驿站，他肯定是骗我们！"

"我想他没有说谎，这里应该是一座驿站，至少曾经是。"星痕昂首远望着，起起伏伏的黑色荒原上空，无数斑斓的星辰静悄悄运行，当中是他细长的背影，仿佛刹那沟通了天地。"有金脉流动的迹象，不过是一两年前，这里曾经十分热闹。"他淡淡地说。

"小子有眼光啊。"一声苍老的感叹飘起在背后，五个年轻人惊得同时跳了起来。

"呵呵呵，莫怕。"转身看去，原来说话的是一个孤身的老者，虽然嗓音有些干哑，面目倒也慈祥和气。"小娃子，你方才可是说什么'金脉流动'的话？"他摸着胡子，笑眯眯地看着星痕，"莫非，你就是那传言中的'猎金者'？"

星痕略略一惊。"老前辈知道'猎金者'？"他极谨慎，又似乎极期待地问道。

老者点了点头："好几十年前'猎金者'来过这莫合山，帮本地几个富户推演金脉，最后那几户都发了家。听说他靠的是一门星象学，叫作'流金归藏'，能算出世上钱财的流向。那时候我年轻，对这本事羡慕得了不得，还想拜在他门下学艺咧！呵呵，那是痴心瞎想啦，听闻那猎金者说过，能学流金归藏之人，必有与主星印池相通的天分，九州三陆上，这样的人一百年也未必能出一个。"

听了这话，几个伙伴都不禁向星痕注目。素星痕则若有所思，片刻后才轻言道："老前辈见闻广博，所言不差。不过晚辈并非'猎金者'，晚辈只是他的学生。"

老者笑着挥手："嗨嗨，广博什么，一辈子也没出过莫合山，没出息。你这娃子能做猎金者的学生，好福气，了不起！当年没见过猎金者的面，如今见着你，也算了个心愿哪。"他有些兴高采烈，眼角堆满笑纹，"这驿站已废了两年，你们别在这儿等啦。走走，到我住处去休息休息，吃些喝些！"他说着，招呼众人后便转身走。星痕等人见此盛情，便应允了跟在老人身后。

走过一段崎岖的小路，老人带大家来到一座草庐，就在那大片枯败荒原的边上，虽然破旧，却颇有规模。"这儿如今就我一个人住，我没儿没女的，替人家看守地皮，凑合过活。"老人将大家请到堂屋里坐下，点起油灯，"我姓刘，你们叫我刘老爹便是。"

"刘老爹好！"离离甜笑，脆脆地叫了一声。"老爹啊，这块地皮又荒又破，有什么好看守哒？莫非这荒地还有主吗？"她噘噘小嘴，搓着手问。

"有主啊，原本就有老主人，两年前又换了新主人。这大间草屋，就是老主人在世的时候住的。"刘老爹絮絮道来，"你别看这一大片如今成了荒地，两年以前，这儿可是远近有名的大花海呢。山上、原上种的都是茉花，开花时候香得人发醉，望不见边沿的鹅黄花瓣儿，好像鹅黄色的云彩似的堆着、积着，所以文人给这里起了个名儿，叫作'茉云海'。"

"好名字。"百木英不禁点头称许，而后却问，"可茉花不都是白色的吗？为何此处的花色会是鹅黄？"

刘老爹摇着手，颇有些得意地说："一般的茉花自然只是白色。这里的花，都是老主人沈傲独门栽培的，偏是暖暖的鹅黄色。这品种叫作'鹅雪'。"

五个年轻人听了，默默然，一时都陷入对美景的遐想。

刘老爹却转而叹了口气："沈老主人是栽培花木的高手，可惜有些玩过了火。本来守着这片花海，他入账不少，日子过得蛮好。可后来，据说他为了栽培一个新花种，耗掉了全副家私，这片茉云海也懒得打理，结果衰败得不成样子。再没有看花的客了，他也就破家败产，人也病死了，就埋在这屋后坡上，如今有两年啦。"

"唉……"静默须臾，阿蒙发出一声长叹，淡淡的愁绪挂在英武的浓眉上，想要说什么，却说不出来。

"听到了吧，这个就叫'聪明反被聪明误'。"离离推了推素星痕，"好好反省哦。"

"应该叫'玩物丧志'吧。"百木英斜眼盯着白琬，这个臭少爷正借着灯光把玩一支袖珍的玛瑙如意。

离离张口想要争辩，却突然停顿，捂住自己一只眼睛。

"怎么了？"星痕和阿蒙同时关切地问了一句。

"我眼皮又跳了。"离离揉了揉眼睛，好像自言自语似的，"人家都说眼皮跳不是应着好事就是应着坏事，这不知是好是坏？"

星痕默然垂了眼帘，阿蒙却呆了一瞬，问道："你们东陆有这个说法？"

"呵呵呵呵。"刘老爹看着他们，不禁眉开眼笑起来，"你们这些年轻娃子，真是逗趣儿啊。我像你们这么大的时候，也是这么样打情骂俏的。"

"刘老爹您说什么啊！"年轻娃子们一起喊了起来。

刘老爹笑得更开心了："害羞什么？我山野老头儿说话粗直，可话不假啊。你看你们五个人，模样、秉性都不错，正好配成三对儿。"

"您……您算错数了，好像是……"素星痕对与"计算"相关的事最不淡定。

"没错啊。一个男娃跟一个女娃是一对；再两个男娃加上一个女娃，又是两对。"

离离眼角一沉："这不是'两对'，是'一个惨剧'好吗？"

刘老爹连声大笑起来。"娃儿们真是可爱，老头子好久没这么笑啦。我去给你们弄点吃的。"他站起来往后堂走去，"你们吃一顿，今晚就在这儿住下。明儿一早有往沁阳送柴的车子路过，你们搭上它就能赶路啦。"

五个人连忙道谢，而后静静地坐着，眼神交错间，有种前所未有的怪异。"你眼皮还跳吗？"半晌，阿蒙把头转向离离，问了一句。

次日一早，驿道上果然来了一辆柴车，星痕向赶车的付了几个钱，带着伙伴们拜别刘老爹，继续上路。白琬貌似从没见过柴车这种东西，兴致盎然地往车上爬，看着他那价值千金的绫面雪鼠毛裘子被柴枝刮得银丝飞扬，其他四个人都默默不语，心中冰凉。

"茉云海"离沁阳城其实已经不远，车行虽慢，将近中午时也进了城门。

沁阳与淮安两城，一个坐落在西江源头，一个则在西江入海口上，虽是共饮一江水，但与海滨大城淮安的疏放气质不同，丘陵、梦沼所环抱的沁阳，有种独特的秀美与婉约。星痕等人穿过曲曲折折的街巷，来到城中心一座古老却恢宏的建筑门前。沁阳邸，这是宛州自治以来，沁阳城历代城主的居处。

"淮安第十三绣衣使素星痕，受十城商政使大人之命，有公务求见城主。"星痕向守门的卫士递交了一封公函，字句清晰地说道。

宛州十城实行商人自治，是整个东陆最特殊的地方，皇帝对这里只有名义上的统辖，治权则掌握在商会手中。"十城商政使"江子美是宛州商会的最高领袖，但也无权干预各城内部事务；对于淮安城以外的事情，如有必要插手，他的处置方法通常是派函与当地的城主商议。

卫士扫视着面前的五个人，漠然言道："公务往来，只允许一人入内接见。"

"哎呀，沁阳城好大的规矩。"离离歪着头，语带讥讽。

"新任的城主好静，这也是新规矩。"卫士丢下一句，转身将公函呈报进去。

"待会儿你一个人进去，让我们在这儿等着？这可无聊了。"离离不满地荡着两只胳膊。

"不如趁这段时候，咱们自己去逛逛？"百木英提议道。

"哎，我知道一个好去处！"白琬忽然两眼发亮，激动不已，"去青楼吧！"

"什么？！"沉默一瞬，四个伙伴同时一声喝问。

"青楼啊，很好的地方啊！"白琬眉飞色舞，指着百木英和离离，"尤其你们两个该去看看！我觉得，普天下的女人都该送到青楼里去！"

一声惨叫，离离、百木英的两个巴掌同时重击上白琬的脸。

"你这浑蛋，发疯了吧！"离离尖声怒斥。

"无耻的纨绔，想必天天都去青楼吧！"百木英鄙视到极点。

白琬被打得头晕，捂着两颊，满是不解地嘟囔："我……我从来没去过啊。家母临去前留下遗言，这世上有两个地方不准我去，一个是赌坊，一个便是青楼。淮安的赌坊和青楼都不肯让我进，说是家父打了招呼。我真的很想去看看啊！"

众人听了，都是一愣。白琬揉了揉脸，却又笑起来："我见书上所写，青楼里都是些女子，每天弹琴啊、唱歌啊、跳舞啊、吃喝玩乐的。这青楼，就是女人的乐园啊！若是天下女人都去那里，岂不美哉！"

这一次，伙伴们沉默得更久。片刻后，百木英伸手拍在白琬肩上："相信我，虽然这么说很让人生气——青楼其实是男人的乐园。"

"啊？是这样吗？"白琬眨巴着眼睛。

"嘁，你还不信？"离离抱起胳膊，冲着星痕、阿蒙使眼色，"你们两个谁去过，给他说说。"

阿蒙直直地看着离离："我没去过，那不是好地方。"

离离盯着星痕，他无奈地转开头："我也没去过。"

"啧啧，全宛州作风严谨的男人都在这儿了。"离离摇头叹息。

"若他们说出一句'去过'，已经被你打得满头包了吧。"百木英浅笑着旁观。

离离一笑，忽然好似来了兴趣："既然大家都没去过，那不如真的去花街逛逛，说不定很好玩哦！"

"见识一番倒也无妨。"百木英微微点头，紧跟着是白琬的欢呼。

"喂，你们……"素星痕想说什么，话语却淹没在那三个人热烈的讨论声中。他皱皱眉，严肃地背转过身，清了清嗓子。"沁阳不是淮安。此行的任务……麻烦，本不该让你们来，既已来了，万事当小心谨慎……"他说着，忽觉周围一静，回头看去，那三人竟已不见踪影，只剩下阿蒙老实地站在那里。

"他们去玩啦。"阿蒙憨厚地笑着，"我在这里等你。"

星痕欲言无语，正此时，沁阳邸的卫士走出来叫道："第十三绣衣使素星痕，入见城主。"

无可奈何，星痕只得应了一声，摘下肩上装着小猫的背篓交在阿蒙手中，随同卫士向大门内走去。"阿蒙——"走了两步，他转回头来，轻轻地叮嘱，

"要小心。"

素星痕进入沁阳邸，被引至一处高楼上的厅堂独自等候。须臾步履轻响，只见一个纤细的身影款款走出，在一层纱帷的后面落座，姿态雍容，然而纱影朦胧，却看不清她的面目。

想来，这便是半个月前新登位的城主、沁阳豪商苏细侯。星痕早闻其名，却不曾想到她是如此年轻的女子。

"绣衣使？"纱帷后面传出一句问询，声音清柔。

"是，拜见苏城主。"星痕对着纱帷行礼，礼貌地言道，"城主履新，可喜可贺。"

"客气了。"苏细侯淡淡答话，似有些冰冷，"大人到敝城有何公干，请速言。"

星痕躬身，笑了笑："城主爽利。在下此行是奉十城商政使江大人之命，特来与城主商议禁绝黑拳擂台之事。"

苏细侯静默一瞬。"你说的是'生死场'？"

星痕点了点头："'生死场'擂台，以人命赌博，置拳手生死于不顾，未免过于残暴。如今宛州十城中九城皆已禁之，唯有沁阳尚准许其设擂。江大人因此欲与城主商议，以期早日在宛州彻底禁绝此种暴行。不知苏城主意下如何？"

"我不同意。"毫无迟疑，苏细侯断然拒绝。

星痕却是有些意外，闭着薄唇默了须臾，忍不住言道："生死场之恶，有目共睹。苏城主初掌沁阳，也当有一番作为，造福本城，却为何如此冷淡，对此等罪恶的生意放任不管？"

"罪恶的生意？"苏细侯的语调略略提高，冷冷地哼了一声，"你知道什么才是罪恶的生意，又知道我是什么人，就敢这般妄下论断？不妨告诉你，我已下令，自今日起，沁阳城禁绝青楼营业。这一点，你那宛州十城中的九城，哪一城能够做到？"

素星痕一怔，不禁举目望着城主。

纱帷后的倩影坚定地坐着，纹丝不移："我苏细侯在位一日，沁阳就不准做践踏女子尊严的生意。"

良久的沉默，星痕微微垂首沉思。

"怎么，你也像其他男人一样，在嘲笑我吗？"苏细侯问。

星痕抬起头来，望着她。"不。在下肃然起敬。"

沁阳花街，青楼"忘忧馆"中。

离离与百木英目瞪口呆站在彩楹朱户的大厅里，看着眼前一大堆浓妆艳抹的姑娘，弹琴、唱歌、打牌、说笑，除了兴高采烈跟她们混在一处的白琬，整间楼子再没有一个男人。

"哈哈哈，我说得对吧！"白琬一边拨拉琵琶姑娘的琴弦，一边冲着离离、百木英叫道，"青楼就是女人专享的乐园啊，你们不如也……"

百木英举手打住了他的话头："我知道你白痴，但若你再说出后面的话，我还是会揍你。"

几个姑娘凑到白琬身边，纤纤笋指牵着他雪鼠毛褂子上飘逸的绫罗断丝："若是以往呀，你这样俊俏富贵的公子我们最喜欢啦。唉，可惜我们不做生意啦，听说苏城主厉害得紧，谁敢违她的令呢？"

"哼，哼！你们这帮懒骨头，乐得贪清闲！都没生意做了，还傻乐呢！"突然跑出来骂人的，是一个年岁在姑娘们两到三倍，浓妆程度却不相上下的妇人，推测是传说中的老鸨。"青楼停业，哼，古往今来没听说过！这姓苏的小……"她愤怨到一半又不敢说，自己翻了几下白眼，嘴一撇，"看她能撑几时！"

百木英和离离不禁互看了一眼："停业了？！"

话音才落，却只见两个绫罗包身的中年男人走了进来，也不说话，噔噔噔地径直上楼，进了走廊尽头的一间绣房。楼下大厅里的姑娘们看了，纷纷扁着嘴，露出几分不屑与妒忌。

"你们不是停业了吗，为何还有客来？"百木英抬头望着那间绣房的门，问道。

"人家有福气，我们哪比得了。"一个姑娘酸溜溜地说，"有个大恩客天天来送钱不说，楼子都关张了，她那门槛上还这么热闹。"

"城主既然有此正义之心，为何不下令禁绝'生死场'呢？"素星痕向着苏细侯的纱帷靠近了几步，恳切劝说道，"生死场像青楼一样，同样是践踏尊严、滋生罪恶的地方啊。"

"哼！"苏细侯默然须臾，只是冷冷地嗤笑一声。不容星痕再说，她却已站起身来，拂袖而去。

素星痕望着那微微拂动的纱帷，背起双手，独自思索起来。

沁阳邸外，阿蒙肩挎着小猫篓，抱着自己不离身的黑木长棍，靠在门边。街道上的车马行人碌碌穿行，他专注地看着，觉得很有意思。突然，一个异常的声响惊动了他。

拔匕首的声响。他迅速而准确地向左边望去，只见那街角暗处冲出一个衣着破烂、满面涂灰的男子，正握着三寸白刃扑向一个乘车路过的富人。

富人正掀开车帘向沁阳邸这边张望着，全然没察觉危险迫近，即将见血之际，阿蒙豹一般迅捷地移身到他的车边，一棍拨飞了对着他刺出的匕首。那出手偷袭的人见状仓皇而逃，转眼没入了人群不见踪影。

车上的富人又愣了两个瞬刹，才惊得大叫一声。他随口痛骂了两声，而后转目打量眼前的阿蒙，脸上却慢慢浮上笑意。

"小伙子，你从哪儿来，什么营生？"他笑容可掬，挑起了眉毛，"愿不愿意，跟我去赚个大钱？"

"啊？"阿蒙被他问得有点蒙，挠了挠头，转而笑道，"呵呵，不用了。"

富人眯起眼睛，从袖中掏出一条黑色的纸，塞到阿蒙手里："这个可金贵得很，别弄丢了。我姓曹，你若想赚大钱时，拿着它到'黑瓦台'来找我。"他说罢，又笑笑地看了阿蒙一遍，放下帘子催车走了。

阿蒙看着手中的黑纸，正在发呆，却听见素星痕在背后叫他。"星痕，你出来啦！"他一把揣起黑纸，高兴地往回跑。

素星痕慢慢走出沁阳邸的大门，来到阿蒙身边，接过背篓。"离离他们还没回来？"他问道。

"没有呢，咱们在这儿等他们吧？"阿蒙笑答。

星痕摇了摇头："去花街找他们吧。我也想去看看。"

"啊，你……你也想去青楼啊？"阿蒙眼睛一睁，愣住了，"星痕你……啊，哈，没……没关系，我还是会陪你去的。"他一副故作镇定的模样，强笑了笑，又决然地补充了一句，"我相信你将来会改好的！"

什么啊……素星痕垂下头，一手捂住自己的眼睛。

"那走，走吧！"阿蒙一把拉住他，在沁阳曲折的街道上向前走去。

沁阳花街，青楼"忘忧馆"中。

阿蒙与素星痕目瞪口呆站在彩楹朱户的大厅里，看着眼前一大堆浓妆艳抹的姑娘，围坐在一张大桌边玩击鼓传花的游戏，离离、白琬、百木英也夹在其中，和乐融融，气氛高涨。

"哎呀快看，又来了两个公子！"一声娇喊，几个姑娘上来把星痕和阿蒙也拖到桌边，挤着坐下。阿蒙有些惊恐，微低着头，身体僵硬，眼珠都不会转了。

"见过城主了？办完公事逛逛青楼，不错嘛。"离离打趣地瞥着他俩，随手将扎成花形的彩绸抛到星痕怀里，"这回从你开始吧！"

清脆的鼓点又敲响了，星痕捧着绸花愣了一会儿，一转头，丢在阿蒙手上。阿蒙一惊，双手一颤，绸花像弹起来了似的飞过两三个姑娘头顶。姑娘们开心地大笑，几个人哄抢阿蒙传出的花，游戏又继续热烈地展开。

欢声笑语中，素星痕推开桌面上的杯盘酒盏、瓜子壳，腾出块空地，又从自己的斜挎包里取出一支卷轴，展开在桌上。他拿出一支有着金色毫端的笔，在卷轴上细细描画起来。

忙着传花的姑娘们见了，渐渐都凑上来围观星痕的画卷。这幅画卷上都是粗粗细细的金线，复杂地盘绕在一起，让人看了眼花。

"这是什么呀？"一个姑娘问道。

"这可是这位公子的宝贝，'金脉图'。"离离笑答。

"宝贝？做什么用的？"姑娘们都很好奇。

离离摊了摊手："我也不知道呀。不过他每次画过这幅图，必定一觉睡死，所以大概是催眠用的。"

"嗨——"姑娘们一哄散开，又开始欢笑着疯传那团纠结的绸子。唯有那老鸨忽然从姑娘堆中钻出来，艳妆的脸冷不丁凑近，吓得阿蒙叫了一声。"公子哥儿，你画画儿用的是不是金粉呀？"她堆着笑问星痕。

星痕目不转睛地描着线："不是。"

老鸨一哽，撇着嘴瞪他，却闻星痕说道："给我一杯苦茶。"

"什么苦茶，我们这儿只有花酒！"老鸨叉着腰刻薄。

"他要的是苦荆茶，喏。"离离从小腰囊里翻出一撮黑漆漆的草梗，举到老鸨眼前晃晃。

"这什么玩意儿！"老鸨闻到一股刺鼻的苦味，皱着眉往后躲。

"一种一般人喝了三宿睡不着觉的东西，可以帮素大人维持一两个时辰的清醒。"离离揶揄地笑着，将茶梗放进一只空杯，一个会看眼色的姑娘立即捧来热水沏了进去。

星痕端起茶杯喝了一口，仍专注地盯着卷轴描画，口中却问道："您是老板娘吧？"

"嗯？啊，是呀！"老鸨答应着，这时候还有人称她老板倒挺开心。

"忘忧馆停业了，楼子里的银资转到哪里去了？"素星痕突兀地问道。

"什么？"老鸨一下愣住。

"是不是投进了'生死场'？"星痕的语声平静而又犀利。

老鸨一个激灵，往后退了退，张口结舌。

"哼。"星痕冷笑了一声，慢慢卷起卷轴，收起细笔，"开青楼赚下的钱，再放到黑拳擂台去当赌资。沁阳城的金脉真是干净。"

"你，你什么人？！"老鸨惊慌起来，推着星痕大喊，"走！出去！你们都给我出去！"

星痕被推了个大跟头，阿蒙、百木英、离离连忙起身拦着老鸨，不想六手敌双拳竟都落了下风。其他人也都停下了玩闹，唯有白琬坐在那儿笑呵呵地拍手，半晌还没看出来人们是在打架。抱着头奋力爬出那艳妆老妇的攻击范围，星痕掸着衣襟嘟囔："青楼还有逐客的吗？"

"我们停业了，不招呼客人！滚！"老鸨喊得震人耳鼓。

"别骗人了。"星痕站起来，举头四顾，"此地正有金钱流入，你们定是还在违令营业。"

暴怒的老鸨突然静了一瞬。"好哇！竟敢瞒着我！"她怨气冲天地喊了一声，一下就将拦着她的三个人甩个七零八落。

正在这时，楼梯上响起噔噔噔的脚步声，两个中年男人出了二层走廊尽头的绣房，走下楼来。两人对大厅里的乱局毫无侧目，径直就往外走。老鸨却扑上去一把拖住了他们。"那死丫头是不是瞒着我，收你们钱啦？"

中年男人脸上显出一瞬怒色，转而又掩盖住，推开她的手敷衍道："妈妈别打趣了，我俩只是跟鹅雪姑娘叙叙旧。"言罢，就急匆匆离开。

老鸨拉人不住，气愤愤地哼了两声，一转头，却见素星痕他们五个正直愣愣地望着自己。"看什么！"她怒斥道。

"楼上那位姑娘的名字，是'鹅雪'吗？"百木英问了一句。

"是又怎么啦！"

五个人一齐摇了摇头："没什么，名字很美。"

【二】

五个年轻人走在花街的石板路上，这里冷清得只有他们五个在走。

"苏细侯不肯关闭'生死场'，想必是为了给盘踞青楼业的银资寻一个去处。"素星痕边走边说，"她痛恨青楼的勾当，但要取缔它们，又必须与涉足这一行的商人有所妥协。选择保留生死场，的确不失为一个聪明的做法。如今其他九城都已下禁令，沁阳生死场就成了宛州唯一的黑拳擂台，赌盘会变得相当庞大，足以诱惑大量银资去投机。"

"那现在怎么办？"离离问，"我看咱们惹不起那苏城主，江大人给的这差事，怕弄不成哦。"

星痕出神地望着前路："只怕，还须去生死场里一探究竟。"

"这个容易，"百木英道，"擂台开时，买票进去看就是了。"

"赞成赞成！"白琬又有些雀跃，"想来很好看吧！"

"荒谬！这种恶心东西，有什么好看？"

"不好看又怎能诱惑大量银资？家父说过……"

"荒谬！"

"生死场在哪儿呢？"扒拉开那斗嘴的两人，离离又问。

素星痕答道："听说沁阳生死场，设擂在一个叫'黑瓦台'的地方。"

"黑瓦台？"阿蒙忽然一怔，从腰里摸出一条皱巴了的黑纸，"有个人说，让我去黑瓦台找他。"

众人一听，都停下了脚步。

星痕拿过阿蒙手中的黑纸，只见长方形的纸条中央，印着两只血红的猛兽，厮咬在一起。"生死场的血券！你从哪儿得来的？"他惊讶地问道。

阿蒙仔细回想着，将沁阳邸前发生的那件事讲了一遍。星痕听罢，微微地皱起了眉。

"血券是生死场约请拳手的信物，不是寻常人所有。"他细心琢磨着，言道，"那个姓曹的富人，多半就是沁阳生死场的场主。以你所言，当时他在沁阳邸外的情形绝非是路过，倒像有意探查。说不定是闻知淮安派人来查生死场，特意去打听风声。"他抬起头看着阿蒙，"他看上了你的身手，给你这血券，是邀你去打黑拳。"

"啊！原来他是坏人！"阿蒙意外又有些怒意，伸手想去把血券扯碎。

素星痕拦住他，盯着血券若有所思。"这倒难得……你这张东西，借给我吧。"他说着，收起黑色的血券，便自走开。

"站住！"离离高声叫道，"你拿它做什么，莫非想进黑瓦台内里去？"

星痕不答，只向前走着。"拉住他！"离离一声令下，他立即被阿蒙牢牢地拽住。

"若要查清生死场赌盘的情形，你用那张图算一算不就行了？何必要用这个血券，冒这个险？"长辫姑娘轻盈地绕到星痕面前，晶亮的眼睛洞彻地逼视，"你说，这一趟江大人给你的真正任务，究竟是什么？"

星痕抬眼望着离离，是三分吃惊，却七分触动。

每一次，当这个貌似懵懂、酷爱胡闹的姑娘比任何人都快地看透他的心底，这样的触动便防不胜防，令他密林般层叠的伪饰形同虚设。

他在对视中败下阵来，仓皇移开了目光。心跳有些异常，对于他这个依赖自己脉搏节奏进行计算的人来说，如此失控甚不可取。他也不知最近是怎么了，但那种"隐疾"确已再度来袭，是——害怕。

不怕噩运，只怕真心。

"星痕，究竟什么事，不要瞒我们。"其他几个伙伴围了上来，大家都注目在他脸上。

"淮安，发现了从沁阳生死场中逃出的拳手。"半晌，他放弃了似的垂下眼帘，缓缓说道，"半个月来已有三个，全都在没有致命伤的情形下死了，死状很是痛苦。据江大人查问，他们服用了一种禁药，大概是剂量不当，最后中毒惨死。"

伙伴们听了有些惊讶，表情渐转凝重。

"我此行最紧要的任务便是查清此事，遏止此种禁药泛滥的风险。"星痕的心在慢慢平静，话语变得笃定起来，"要办此案，唯有从生死场入手。我如今有这张血券，不失为良机。"

阿蒙死死拉着他："这，不行！"

"有何不可？"星痕的语气有些微冷，转向百木英，"阿英，化妆易容什么的，你会吗？"

百木英点点头："会一点儿。"

旁边响起白琬的掌声："阿英真是万能！"

"能否将我打扮成一个武士的样子？"星痕问。

"嗯……不太可能。"百木英打量着身材纤细的绣衣使大人，"易容成个姑娘还比较容易。"

离离"噗"地笑了出来。

趁这时候，阿蒙一把夺过了血券。"这是给我的，要去，我去！"他抄着长棍就往前走。

"这不行！"星痕叫道。

"怎么不行？！"阿蒙瞪圆了眼睛。

离离拍拍阿蒙的肩："我问你，去了之后，你要怎么查案？"

"嗯……"阿蒙寻思片刻，用力一杵棍子，"如果看见什么药，就全都打碎！"

众人无语地望着他，须臾，他抿着嘴唇低下了头。

百木英屈指在唇边，认真思虑道："依我看，你们两人谁都无法单独进黑瓦台探查，要办成事，只有两个一起去。"她望着大家，眉间疏朗，眼光坦荡，"此事虽有危险，但要做事难免付出代价。只要值得，那就算公平交换，不亏不欠。"

星痕与阿蒙听了，互看一眼，一时没有言语。

离离沉默了一会儿，慢慢、慢慢地走到两人中间，双手分别勾住他俩的脖子。

"你们两个家伙，最好谁也别去冒险。"姑娘柔柔地说着，"但如果必须要去——不如就一起去！"

"好！"阿蒙痛快地答应了一声，露出坚决的笑容。

"好。"素星痕也点下了头。

"我们会在外面接应，尽量减少你们的危险。"百木英抱起肩，"实在不行，就让白琬买下黑瓦台！"

"哦，没问题啊。"白琬展开一柄象骨金丝面的折扇摇着，淡淡应道。

黑瓦台是一座高大的圆形建筑，粗糙的黑色砖石垒起厚厚的围墙，里边是不可想见的世界。阿蒙抬头望着这堵高墙，觉得有些眩晕，收回目光，扶了扶靠在自己身上的星痕。

血券被递进去有一段时间了，终于有人走了出来，果然便是沁阳邸外见过的曹姓富人。"是你呀。"姓曹的见了阿蒙，得意地一笑，"愿意来找我啦？"

阿蒙点头："是，我要赚钱。"

姓曹的又是一笑："知道这是什么地方吗？"

"知道。生死场。"阿蒙说着，看了一眼星痕，"这是我弟弟，他天生有病。我来沁阳是为给他看病，看病很贵，所以我来找你。我做什么都行，不过，必须得把他带在身边。"

曹某扫了星痕几眼，只见这个瘦弱的少年貌似才十几岁，无精打采地倚靠着阿蒙肩膀，仿佛自己都无法站稳。"什么病？"他不禁嫌恶地一皱眉，"传染不？"

"不会！只是很难治的病。"阿蒙向前跨了一步，"求老板帮帮我们！"

姓曹的一思量，点头道："好，我就发发慈悲。不过，你稍后就要下场打擂，若是功夫过硬，往后才能领赏钱。此外，”他眼角扫着星痕，一丝浅笑，“你进了我的场子，便是我的人，以后你若外出，你弟弟就必须留在这里！”

“是！”阿蒙愣了愣，一口答应下来，“多谢老板！”

“叫我‘曹场主’。”曹某怪声怪气地说着，转身招了招手，往黑瓦台里面走去。

阿蒙扶着星痕跟上，禁不住兴奋地悄声说道：“过关了！嘿，你装得真像！”

“我……我是真的……很困啊……”星痕颓软地搭着阿蒙肩膀，眼皮迷离地粘在了一起。

“苦荆茶的效力快过去了。”远处街角里，百木英望着阿蒙、星痕的背影，低声说道。

离离一耸肩：“那个笨蛋，若真是在黑瓦台里也能睡着，咱们也没啥好说的啦。”

“各自努力吧，咱们去前门买票进场。”百木英回手扔给白琬一顶布制的帽子，“戴上！”

白琬接住，欣欣然套在头上。为防他那一身衣装太过惹眼，百木英已为他裁制了一件布袍罩在外面，配上这顶布帽，虽不豪奢华丽，倒也别致清新。

三人绕到黑瓦台的另一面，只见黑铁大门前，等着进场的人排成了长龙，许多人手中已拿了下过注的赌票，兴奋且躁动。百木英去买了票，票价不菲。三人也站在队伍里，等了片刻只闻铁门洞开，还未及反应，就被激动的人群推搡着一拥而入。

门内是一座巨大的斗场，四面墙边是一排排高高的看台，有简陋散座也有舒适的包厢；中央一座四方形的石头擂台，台子的一角上扣着一个巨大、锈迹斑驳的铁皮罩子，看起来很怪；石台侧边上可见一条条暗红的影，是鲜血层层淌下来所留的印迹。

冲进场的人群一边急躁地抢夺座位，一边狂热地冲着擂台喊叫。百木英三人寻了个地方坐下，只闻刺耳的钟声敲了三响，似是开擂的信号，而后看客们一阵高声欢呼。

一通猛烈的响鼓，旷大的斗场上空回荡起洪亮的叫名："今日擂主——焰魔！"又一阵激烈的呼喊夹杂着口哨响起。吱吱嘎嘎的铁索绞动着，擂台一角的大铁罩被缓缓吊起，露出下面扣在黑暗中的人来。

那是一个遍体伤痕的人。破烂的黑衣下面隐见瘦骨峻嶒，直挺的腰背却显出铮铮硬朗；一头长发凌乱地垂着，遮住面颊，只露出一只冷寂寂的眼，以及病态尖瘦的下颌。他的颈上箍着一只铁圈，圈上的锁链连着旁边一根粗壮的铁柱。那铁柱很短，以致他只能盘膝坐在地上。

"攻擂——烈豹！"那洪亮的声音又喊出一个名字，继而一只巨大的铁笼被抬上擂台，放在铁柱锁着的"焰魔"对角，笼里俯跪着一个精壮彪悍的拳手。

"太过分了！"离离双手揪着自己裙子，忍不住要站起来，百木英伸手将她按住。

"搞……搞错了吧？"白琬惊异地盯着台上的铁柱和铁笼，脱口而出，"这些东西，应该是拴锁上等猎狗所用啊。"

百木英慢慢地斜过双眼："同是愤愤不平之语，何以从你口中说出就这么别扭呢？"

说话间，已有人打开了焰魔的颈锁。铁笼也被开门，诨号"烈豹"的拳手走了出来，活动筋骨，突然猛扑向台角的焰魔，左拳右爪，雷霆贯顶而下。

焰魔仍然静静地坐着。烈豹袭击到头顶的一刻，只见他突然向上斜刺一拳，反击后发先至，正中对手的胸口。烈豹的拳、爪也同时重击上了焰魔身体，瞬间留下一块淤青、五道血口，然而自己受伤却似乎更重，猛地鼻口出血，直挺挺倒了下去。一名身体肥壮的裁判跑上台，对着烈豹数了三声，便高声大喊，拉着焰魔的胳膊扯他到擂台中央："焰魔，胜！"

群情激昂，有不少人挥舞着赌票跳了起来，看来他们已赢了钱。

裁判松开手，焰魔低着头默默走回台角，在铁柱旁坐下，任人重新扣上颈锁。左肩上的五道红痕这时都淌下血来，慢慢濡湿了乌黑的衣服。擂台另一边，铁笼已又一次被抬上来。"攻擂——毒牙！"

如此的格斗在眼前反复，半个时辰过去，焰魔已连赢了三场。第三次坐回台角时，遍身血污的他已支撑不住，轻轻倚靠在铁柱上。看台上，离离受不了地捂住自己双眼，百木英与白琬也坐立不安。正此时，叫名声又毫不停歇地响起："攻擂——蛮虎！"

离离不禁一怔，放开眼睛往台上望去。巨大的铁笼正第四次被抬上，笼里站着一个有些发愣的蛮族少年——阿蒙！"浑蛋，你们这些浑蛋！"离离终于忍无可忍地大喊，含着悲愤的喊声淹没在更庞大的狂热喝彩当中。

"注意看赔率！"百木英拉着离离和白琬，指向高悬在斗场墙壁上的一块巨大水牌。离离抬头望去，也是一惊，才只片刻，水牌上的数字已被涂改，"攻擂"获胜的赔率高到了一赔十。无数白花花的银票从看台上传递进庄家的窗口，豪赌的人们还在不停加注。

"赔率骤高，此局凶险。"百木英皱着纤细的眉，"不过，阿蒙大概不会有事。"

离离紧张地点头："是，这个焰魔太厉害，赌客大多都看好他。庄家多半是想让阿蒙冷门获胜，好大赚一笔。"她不禁双眼一睁，"他们操纵赌盘！"

百木英冷笑："猜也知道。"

"这么玩啊？有点意思。"白琬摇着折扇，"我也买一注吧！"

离离、百木英齐声呵斥："你敢！"

铁笼门发出倒地的巨响，阿蒙慢慢走了出来。焰魔颈上的铁圈卸掉，被扯着衣服，粗暴地推到擂台中央。他冷色的眼睛看了看阿蒙，努力站直了身体。

阿蒙惊讶地望着眼前的人，半晌没有任何动作。"上！"台下的裁判用一根短鞭抽打着擂台，喊叫着催促。阿蒙回头看了一眼，又看焰魔，仍是不动。

焰魔低着头，似乎笑了一笑，却突然先行动了手。凌厉的拳风迎面刺来，阿蒙吃惊一闪，反射般地回击，一个拳背将焰魔打倒在地。出手之后他却是一怔，不禁蹲下身来，轻推着焰魔，查看他的伤势。

焰魔口中淌着血，人已站不起来。喧哗喊叫中，裁判探出身子，对着阿蒙低哑地知会道："生死场的规矩，若然打死，赔率翻倍！"

阿蒙听见了，双眼陡地睁大，低头看焰魔，焰魔也正望着他。他愣了一会儿，慢慢松开扶着焰魔的手。

又是凌厉的一拳，焰魔拼尽了最后的力气。这一次阿蒙却没有闪躲，这一击生生打上脸颊，一股鲜血飞出口角，他重重倒在地上。

"起来，起来呀！"裁判又惊又怒，在台下一个劲叫，阿蒙却并未站起。

"数三！数三！"无数买了焰魔胜的赌客齐声大喊。

裁判无奈，只得爬上台对着阿蒙数数，三声过后，他愤怒地踹了阿蒙一脚，将焰魔拖拽到擂台中央。全场沸腾，而后几个壮硕的打手上台来，将各自倒地的焰魔与"蛮虎"拖去后场，擂台清扫，为今日下一轮对垒做着准备。

看台上，百木英对离离、白琬使了眼色，三个人悄悄离开了这恐怖的斗场。

阿蒙被两个人拖着走了一段长路，最后被扔进一排低矮的石头房间中。说是房间，其实是由一个个木栅隔开，样子简直形同地牢。星痕已然在这里了，窝在墙角靠着草堆，仔细看去正在睡着。须臾那焰魔也被扔了进来，横躺在阿蒙旁边，身上的血腥气很是刺鼻。阿蒙看了看他，似乎人还清醒，正想与他说什么，却听见脚步声急响，曹场主的怒骂传到耳边。

"你这蛮子，浑蛋、废物！"曹场主冲到阿蒙身边大吼，手中的鞭子凭空挥了一响。阿蒙转过头来，用身体挡着熟睡的星痕，一双眼睛狠狠地瞪向曹某。曹场主见了这眼神一怔，咬住牙，又吼了一声。他横眉立目高举起鞭子，却突然又是一个停顿。

阿蒙的身边，焰魔那冷色的目光穿过乱发，正一并向他射来。

与这两双眼睛对峙了片刻，曹场主一挥鞭子，勉强地收敛了自己的威风。"今天你害我亏了钱，别想再拿赏钱！"他指着阿蒙，"还清欠债之前，你休想离开！"说罢恶狠狠拂袖而去。

总算安静下来，阿蒙嘘了口气，揉着自己被重击过的脸颊。"谢谢。"忽然，一个沉哑的声音传来。

阿蒙惊而看去，只见旁边遍体鳞伤的那人正望着自己——这沉默的"焰魔"竟终于说了句话。

"在擂台上，谢谢你让我。"焰魔又说了一句。

阿蒙连忙摇手："哪里！你已伤得这么重，那样是应该的！"

"生死场上，谁能顾得他人。"焰魔消沉言道，"方才对不起，你让我，我却打了你。"

"我对伤者出手，该道歉的是我。"阿蒙垂首，而后又笑了一笑，"我叫蒙苏普克，你呢？"

"我叫冷焰。"

"嘿，冷兄！"阿蒙笑得露出洁白牙齿，向着冷焰伸出手掌，"我们草原的大合萨说，'勇士能交换彼此的姓名，便也能交换彼此的性命'！"

冷焰望了他一瞬，冷寂的脸上竟现出一丝微笑，慢慢地握上了阿蒙的手："君子通名，便为知交。"

阿蒙高兴极了，正这时，周遭却嘈杂起来。

黑瓦台的几个打手走了过来，将一包一包的银钱丢进木栅石屋中，成排坐卧的拳手们都急忙地接着，偶尔还有人争抢两下。打手瞥了阿蒙一眼，没有理他，只把沉甸甸一大包银毫抛给冷焰，看起来比别人的都要多。这几个发赏钱的打手过去，后面又来了一拨，手里拿着不知什么东西，却是冷着眼神寻摸，见有外伤严重的拳手，才弯下腰去塞给一些。

他们很快走到冷焰这里，塞了东西在他手上。"吞了，养伤。"说罢便离开了。冷焰低头看去，手心里是两颗小小的药丸，香气刺鼻。

"赤麝？！"他不禁低低地咀咕了一声，似乎很是惊讶，而后眼中寒光一纵，甩手将药丸扔在了墙角。

墙角草堆上睡着的素星痕忽然吸了吸鼻子，闭着眼睛伸出手，摸到冷焰扔下的药丸，攥在了手心里。"冷兄识得这种药丸？"他忽然梦呓似的说了一句，而后缓缓坐了起来，缓缓睁开一条眼缝，缓缓举手摘下自己头上的草棍。

冷焰看着他一愣，转看阿蒙，只见阿蒙惊喜地凑过去叫道："你醒啦！"而后笑呵呵地解释道："冷兄别怪，我……我弟弟太爱睡觉了。"

冷焰一笑，并不见怪，自己却努力扶着墙想要起身。他强行支撑了几次，却终究还是倒下，咳嗽连连，血丝又闪现在唇边。

"哎呀，你快休息吧！"阿蒙凑上来扶他，"要什么，我来帮你！"

冷焰摇了摇头，似是十分焦急，转而看着阿蒙，愣了片时，却又点头。

"有一件事……一定要做，我……伤太重，拜，拜托……"

阿蒙用力点着头道："我去做我去做，你快说吧！"

冷焰将自己的一大包赏银全都交到阿蒙手里，痛苦地喘息着："今天的……送去花街……忘忧馆，作为一位姑娘的……一夜之资。"

"啊？！"阿蒙大张着嘴，完全呆住。

"是哪位姑娘？"素星痕迷离的睡眼却忽然睁圆，盯着冷焰问道。

冷焰抚着伤痛的胸口，疲惫地合上眼睛。"鹅雪，"他沉哑地说出一个名字，"沈鹅雪。"

听到这个名字，两个刹那后，阿蒙也似乎想起了什么。他惊讶地与星痕对视，两人一时默不作声。

"怎么，兄弟……不愿援手？"冷焰虚弱地问道。

"啊，不……"阿蒙不知该说什么，星痕却拦下他，自己凑上前道："冷兄不知道吗，忘忧馆自今日起，已经停业了。"

冷焰倏忽睁开了双眼。"什么？"他愣了一会儿，微微皱眉，口中兀自念叨，"那她往何处去？……以何为生？"絮言到此处，却忽地一惊，仿佛想起了什么重大之事，随即紧紧地闭上了嘴唇。

"冷兄，钱……还要送去吗？"星痕试探着追问。冷焰只是肃然沉默，双眼直直望着某处，看起来是不打算再发一言。

"冷兄，冷兄！"阿蒙连声呼唤，忽然却被星痕拉住了袖子。

转头看去，只见素星痕凑近了些，低声说了三个字："我死了。"

"我弟弟要死了！我弟弟要死了！"阿蒙抱着不省人事的星痕，向着黑瓦台的后门横冲直撞。

"啊，这分明是已经死了！"打手中领头叫阿谢的探指到星痕鼻下，而后大叫。本来还在阻拦阿蒙的众打手听了，全都往后退了几步。

"这小子到底什么病？！快扔出去扔出去，这儿不能放死人！"阿谢怒喊，"呸！真他妈晦气！"他一路骂着，带人赶着阿蒙到门边，一脚把他踹出了后门。

阿蒙抱着星痕跑了几步，身后黑瓦台的门被重重地关上。星痕睁开双眼跳下地来，对着阿蒙伸了伸拇指。"快走，曹场主知道就跑不了了。"他说。

"阿蒙、星痕！"一声呼叫，离离、白琬、百木英从街角中转出，五个人立即会合在一起。

离离正要问些什么，星痕却举手拦住，说了声："快去忘忧馆！"

"哦！"众人听了更无二话，拔步便向花街跑去。

"情形很急吗？"离离边跑边问。

星痕边跑边答："是啊，趁我现在还能醒着！"

【三】

"鹅雪姑娘可在楼中？！"五个男女"咣当"一声冲开忘忧馆大门，为首的瘦弱少年叉着腰喝道。

大厅里闲极无聊的浓妆姑娘们全都愣住，片刻，一起点了点头。

素星痕喊了一声"走"，率众径直冲上了二楼。

"够气势！"离离跑在他身边，盛赞道，"全花街找姑娘的男人里，你绝对是最理直气壮的！"

五个人噼里啪啦跑到走廊尽头的绣房前，推门便入，十只脚重重踏上房中的地板时，却一时都静在了那里。

只见一个年轻的女子独自立在窗边，身姿曼妙，映着窗外黄昏之色，那侧脸线条玲珑，眉眼满是一派清纯。她穿着一袭鹅黄色的春衫，披着过腰长发，手中执着一柄银色的小剪，精心而又安静地修剪着窗台上一盆盛开的花。许多人突然冲了进来，她受了一惊，茫然地转头望着。这画面足以让看见它的人，都感到一种凄凄然的静美。

只是，那盆花太过特别。

那是一盆茉花。黑红色的茉花。

"好一盆非同凡响的花。"素星痕慢慢向前走了几步，口中说着，"黑红色。比鹅黄色的更稀罕啊。"

黄衣的女子轻轻吸了一口气，望着星痕，美丽的眼轮扩大了一圈。

素星痕将目光从花朵上移开，转而注视着女子的双眼。"敢问鹅雪姑娘，生死场中可有熟人？"

"啪"的一声，银色的花剪落在了地上。

鹅雪愣了须臾，神情惊恐之间，泪却不禁流了下来。

"哎，莫哭，好看的眼睛，哭坏了惜哉！"白琬忍不住劝道。

"他出什么事了？"鹅雪哽咽着问，"他出什么事了？！"

"姑娘口中的'他'，是指冷焰吗？"星痕反问，见鹅雪听了这个名字，更是泪下如珠。"我想他快要死了。"星痕垂下头，沉重地说，"我们不知他为何会这样，不过我猜，他一定是为了你。你呢？"他望向鹅雪，"你能告诉我们，他，你，还有这盆花之间的事吗？"

鹅雪听了他的话，秀美的脸上浮现出蚀骨的伤心。她举袖拭了拭泪水，极是有礼地行了个万福："各位客官，请坐吧。"

"公子既知道鹅黄的茉花，想必也听过'茉云海'这个地方。"鹅雪倚着小桌坐着，满脸泪痕，絮絮道来，"那片山原的旧主便是先父，他的名讳，唤作沈傲。"

"娘去得早，只剩我与父亲一起过活。父亲最爱花，也最会种花，慢慢地培植出整片茉云海，每年花开引来许多游人，我们的家也慢慢富足起来。那些日子，每一天都很开心。后来……他也来了。

"我与冷焰相识，是两年多前的事。那时候他路过茉云海，流连美景；我父亲似乎也很欣赏他，便留他多住了几日。这几日间，他与我日游花海，夜谈灯下。我心里……很喜欢他，猜想他也许也喜欢我，但……却始终不敢去对他说。他本不是宛州人氏，来这里是为了还债。当年他曾向一个宛商借钱救急，代价是事过后，他要到通平城去，为那商人卖命一年。他因此才来到茉云海，终究是要走的。

"我心里不舍，但也只好送他离去。他走的那天，竟握了我的手，告诉我一句话，'等我一年，我愿终身留在宛州。'我心里又是欢喜，又是难受。那时刻，真想对他说不要走，或者让我跟他同去……可我就是这么没用，什么也没有说。他走之后，我便常常去茉云海中我们游玩过的地方，一个人坐着发呆。我想，他不知在通平受什么苦；又想，他回来后，是否从此就能快乐？唉……可我从没想到，未等他回来，我家就发生了很大的变故。"

离离听到此处，接下话茬："这个我们知道，听说是两年前，沈傲为栽培一个新花种倾家荡产，茉云海也衰败了。"

鹅雪苦苦一笑，轻轻摇头："这都是'那些人'有意散播的说法，事情远非如此。先父虽爱花木，却并非沉迷之人，纵使沉迷，却也不像他们说的那样无能。那个新花种，其实父亲早已栽培成功……"她说着，伸出纤细的手，抚了抚窗台上的盆花，"那就是'赤麝'。"

"父亲栽培赤麝之事，冷焰也都看见。这种茉花虽色泽奇异，却含有一种毒性，无论是人还是鸟兽，服食之后都会一时狂躁，不知伤痛，过后却会心脏急缩，有性命之危。此时除非再服赤麝，否则心病多次发作，终会致死。然而服食越多，所受的侵害也自然越大，到头来，也逃不过死路一条。父亲发觉了这种毒性，恐怕赤麝广为栽培后会害人，所以一直将它秘藏在花圃中，自己赏玩而已。可是，有一个山外面的巨贾，却看上了这种毒花。

"这个大商人究竟是谁，至今我也不得而知。先父不肯告诉我，只说是一个有绝大势力的人物，我还是不知为好。这位巨贾不知从何得知了赤麝之事，有意向父亲购买花种，多多种植以炼药，说是可以卖给有钱人享用。我真不懂，毒药怎么能够'享用'？父亲自然是拒绝与他合作。可是，万没想到，这巨贾竟出资买断了莫合山中三眼泉脉，将清甜的山泉全部装罐，遥遥运到淮安城去重金售卖。而茉云海却失去了灌溉的水源，花朵都渐渐枯败，最后成了一片荒原。我家就这样破败了，父亲愤懑而死……我……我因背负家中的债务，竟至……陷身于沁阳的青楼。"

阿蒙愤怒地拍了一下桌子。听讲的五个人呼吸都变得有些沉重，却又什么都说不出。

鹅雪眼中是绝望之色，默了一会儿，继续说道："我已堕落至此，这世上再没什么想望。父亲临死遗命，绝不可泄露赤麝之种，我只愿能坚守此事，直到我死。所以，赤麝的花种虽一直在我身边——"她又望了一眼那黑红的花，"但无论那些人出多少钱，我也从未将它交出。可我，我真的没想到，不敢想……"她说到这里，泪水又遏抑不住地涌出，"他……他怎么会来！"

"我想他一年后真的回到了茉云海，看见那幅枯败景象，也便知道了我家变故。而后他游历各城寻找我的下落，寻了大半年，竟真的在这里找到了我。可是我……我已失身于此，又怎么有脸见他！我只望他快快离去，将我忘了，娶个好姑娘。可他偏不听劝，说要帮我赎身。就算有钱赎身，我自惭形秽，也难与他厮守，我便只好狠下心来，再不理他。谁知……从那以后，他便每日都来这楼里，放下一笔银子，说是同我过夜，其实，他身手好得很，每次都趁人不觉，从窗中跃下，便自己走掉。不说话，也不见面，他就只这样每日送钱来，护着我，过着干净的日子。"她说着，泣不成声，紧紧捂住自己的脸。

屋中此时十分寂静，方才的愤怒似已变作震撼的沉默。念及冷焰这每日一笔的银资是如何得来，星痕与阿蒙心中仿佛堵上了一块大石。

泣了半晌，鹅雪抬起头，凄凉言道："我真是好糊涂，真是好可恨！我只想气他走，便故意去逢迎那些客人。两个月前，一个有钱的客人带我出馆去玩，我便应了，谁知……谁知他带我去看生死场的擂台……"

星痕等人皆是一惊，而后却又落寞，到这里，有些事已不必细讲。

"我……我快要疯了……"姑娘哭得像是要碎掉，"客人给我讲，生死场的赌盘很大，拳手想要脱离并不容易，尤其像他这样的名拳，若要脱身只怕是个天价。我……我此时，已什么都顾不得，所以……"

"所以，你就开始向那两个中年男人，出售赤麝。"素星痕冷肃地说道。

沈鹅雪又掩住面孔，浅黄的纱袖上已全遭泪染。

星痕仰头，长长地呼了一口气，不禁用手捏着眉心。几个伙伴感慨良深，都愣愣的没有话说。须臾，还是百木英最先缓醒，咬了咬嘴唇，思忖着言道："那个令沈老先生不敢提及的'山外巨贾'，究竟是何人？"

素星痕缓缓道："我想，应该就是与白琬的父亲并称的、财冠宛州的那位羽人——蒲云期。"

"嗯？蒲叔叔？"白琬听了一怔，"有时候会长翅膀的那个蒲叔叔？"

百木英眉梢一挑："何以见得？"

"'赤麝'的毒性会令人产生依赖，这也是通过它牟取暴利的根源。除了他，还有谁会对经营这种'上瘾品'如此热衷？"星痕托着额头，疲惫地念叨着，"何况，在淮安高价售卖莫合山泉，正是他名下的生意。据我推算，他的'云上赌城'还在淮安开了沁阳生死场的盘口，此时投注的规模，已远超黑瓦台本盘数十倍，恐怕曹场主也完全不知。"

"蒲……蒲云期？"沈鹅雪抬起彷徨泪眼，懦懦地念着这个名字，茫然，仇恨，更多的却是恐惧。

"收手吧。"素星痕站起来，对鹅雪说，"别再做赤麝的生意，别忘了你父亲的话。"

鹅雪怔了一怔，却仓皇地摇头："不，不行！我要救冷焰出来！"

"你知不知道！"星痕用力撑住桌面，声调有些变高，"你的赤麝，已经流毒到生死场中，冷焰的身边！"

这一句话，令沈鹅雪完全地滞住。

"现在我已理出了头绪。"素星痕道，"此事应是有意投资赤麝的人，为调节其毒性，以达到长期成瘾而不致暴死的药效，借用生死场中的拳手，进行试验。此时……"他身子晃了晃，扶着桌子慢慢坐下，"此时若不制止，这药必将借由商业之途，流毒宛州。"

一颗泪滑出鹅雪的眼，她忽然身子一软，昏倒下去。

阿蒙、百木英连忙扶住鹅雪，星痕却取出金脉图，迅速展开。"黑瓦台的赌盘已累积到巅峰，估计庄家即将清盘。"他扫视着卷轴，抚着额头，喘息变得有些急促，"冷焰认得赤麝不会去服用，此时他最大的危险并不在此。我担心……曹场主可能打算在擂台上杀死他……好从他的死盘中赢取巨资。"

"是……是啊！"阿蒙出神片刻，恍然说道，"他们说过，生死场上若打死人，赔率翻倍的！"

"求求你们！"昏软的鹅雪忽然挣扎起来，双手抓住星痕的衣襟，"不管你们是什么人……我想你们都是好人！求求你们救救他！"

星痕看了她一眼,极端疲惫地自语:"现在要办两件事:抓住赤麝贩子,还有救出冷焰。"

四个伙伴都围了上来,百木英急切地问:"先办哪一件?"

"两件事同等重要。"素星痕慢慢站起来,看着眼前的朋友们,"大家分作两组。按我的计划行事。"说完这一句,他却直直地向前伏倒在桌上,顿时已然不省人事。

"喂,喂喂,计划呢?!"离离摇晃着他,崩溃地叫道,"现在不是睡觉的时候啊!"

【四】

这是暮春之月的第二十八天。

宛州女首富成为城主的第十五天。

淮安绣衣使素星痕来到沁阳的第二天。

沁阳生死场的，最后一天。

写完这四个排比句，百木英合上稿本，收起炭笔，整了整自己利落男装的衣领。

"啧啧，"凑在她肩头看文的白琬由衷赞叹，"你的笔力远胜'帝都四杰''南淮八怪'，不去写诗当真可惜。"

"我给《淮安商报》写逸闻有稿费拿，写诗有人付钱吗？"打工狂拔出两尺七寸五长的佩剑，擦拭两下又插回背后的剑鞘，"准备好了吗？"

"准备什么？哦，是不是还要戴上这个？"白琬拿出百木英给他缝制的布帽。

百木英抓过那帽子扬手扔掉："这一回，把你最光鲜的外衣显摆出来。"

"我没外衣了啊。"大少爷摊开双手：他把剐坏了的千金雪鼠褙随手扔了，伙伴们发现后震惊泣血之时他已忘记扔在哪里。

"你最光鲜的外衣，就是你宛州第一贵公子的气度。"

一言落下，百木英拉住他手腕，向着五十步开外的黑瓦台正门走去。

白琬呆了一下，边走边绽出百媚丛生的笑："太有才了，'南淮八怪'去死吧。"

今日的生死场即将开擂，黑瓦台门前又已排起拥挤的长队。两人绕开等候进场的人群，来到售票窗口之前。

"我家公子要一间包厢。"百木英说道，"要东面看台第三间。"

"那间订出去了。"卖票的人懒散回答。

"退订。"

"啧！"卖票的将头探出黑铁窗口，看见百木英身后衣装华美、长相更是华美的白琬，一腔横怒却未敢爆发，僵在脸上。

"我们非要那间不可。"百木英语气傲然，"不管别人多少钱订，我们都出十倍。"

从贵宾专用的过道提前入场，白琬与百木英被一名侍者径直引到包厢之内。

"生死场是天下最带劲的赌局，公子爷不玩两手吗？"侍者堆笑，狡黠的眼睛瞟着倚桌闲坐的白琬。

"今日谁是擂主，谁是攻擂？"百木英抱肩立在白琬身侧，问道。

侍者笑道："今日是特场，不设擂主，八个拳手四局对决，各凭生死。"他凑近了些，补充一句，"压轴的是'焰魔'。"

"那么前边三局，双方胜败各买一百注吧。"白琬轻摇折扇，顾盼着包厢内外，随口言道。

"什么……"侍者一怔，不解地笑问，"您的意思是，六个拳手，每人的胜盘都买一百注？公子爷，您这般下注，等于是不输不赢，没意思啊。"

"这三局的赌金我一概不要，输的打赏你老板，赢的就打赏你了。"白琬"啪"地合上扇子，一笑，"我只是来赌焰魔的。"

忘忧馆，夕阳之下，两个中年男人沉默地走进大门。

整天都闹哄哄的青楼此时一派空寂，就连那个聒噪的老鸨也不见影。停业令下，也许楼子真的已走散了吧，两人倒觉得轻松不少。他们并不想被太多人注意，仍是径直上楼，直往沈鹅雪的绣房。

推开虚掩的门，房中帷帐横斜，纱影重重，只看见那鹅黄衣衫的姑娘披散青丝卧在床上，背对外面。

"起来！"中年男人冷漠、微怒，"不瞧瞧自己光景，还装什么花海庄园的大小姐！"

鹅雪并没有动。中年男人恼怒地冲到床边："快起来！"他们粗暴地拉扯姑娘的秀发，却是猛然一惊！

一个巨大的绳圈带着凌空旋转的风声从天而降，突然将他们两人套住，背靠背地紧勒在一起。随即，矫捷的蛮族少年从纱帐遮掩的房梁上跃下，三绕两绕捆死自己的猎物，一腿横扫将他们放倒在地。

"哈哈，好棒！"屋角柜子的雕花门被推开，离离从里面跳了出来，"你就是这样在草原上套马的吧？"

"嗯。"阿蒙点了点头，用力踏住想要挣扎起身的两人。

离离轻盈地跳到床边，推了推床上还是一脸熟睡表情的人："醒醒，喂！你还真睡着了呀！"

素星痕慢慢睁开迷离的眼，打个哈欠："昨晚睡得还是不够……"

"你什么时候睡够过啊。"离离捋着他披散的发梢，掩口一笑，"阿英说得不错，把你扮成姑娘果然容易。"

星痕有些郁闷，却哈欠不断，举起鹅黄色的衫袖拭着眼角："哈……弄弄头发就得了，干吗还让我穿她的衣服。不趁我睡着时候鼓捣我，你会……"

"不会死……但是会手痒得睡不着觉！"离离弹动着十指，笑出酒窝。

姑娘的笑靥贴得很近，素星痕有些怔，不禁微转开脸。用力睁了睁干涩的眼，他翻过身来侧卧，一只手支起自己沉重的头。

"十城商政使大人哈……麾下，第十三绣衣使。"他从怀中摸出一块缀着流苏的檀木小牌，出示给被捆的两人看，"奉命稽查赤麝禁药流毒之事，你们两位哈……被捕了。"

两个中年男人瞪大眼睛，互看了一下。"早听说江子美弄了个什么'绣衣使'，在淮安横行，想不到竟也闯到沁阳来！"其中一人冷哼着说，"沁阳可不是姓江的地盘，你凭什么抓我？！"

阿蒙加力踩了他们一脚，愤愤道："你们干下这等坏事，凭是在哪儿都该抓！"

中年男人恨恨一瞪，却又阴笑："你说我干了坏事，证据何在？"

"沈鹅雪便是人证。至于本使越城捕犯之事，江大人会与苏城主交涉，不劳二位挂心。"素星痕端正地坐起来，甩掉女衫，露出自己洗得发白的布衣，"其余罪状且后续交代。此刻我只想请问，你们将赤麝制成的药丸转卖生死场，黑瓦台内，是何人接货？"

那两个人听了均是一惊，赤麝的去向连鹅雪也不知，不想淮安绣衣使竟这等厉害。他们双双低头沉默下去，只闻牙齿咬得咯咯作响。

"说！"阿蒙喊道。那两人仍不发话，似是打定了主意。

"不想说啊……"离离晃悠在窗口，信手掐着窗台上那盆花的花瓣。她掐下两片黑红的花瓣，托在粉白的掌心，甜笑着托到两个人眼前，"这花好香，你们尝尝怎么样？"

话音才落，阿蒙便捏住其中一人的下颌，离离拈花往他嘴里就送。

"别，别，别！"两个人惊慌起来，拼命地挣扎，"我们说，说还不行！"

离离轻轻将花瓣从手心吹到地上。"快说吧……真是麻烦大叔。"

两个中年男人一脸晦气。"都告诉你们。"他们哀叹着，看向阿蒙，"可是都快喘不过气了，你把这胳膊捆得太紧了吧。"

阿蒙低头看他们一瞬，"哦"了一声，从腰后拿出另一条绳子："是了，腿也该捆紧些。"

生死场，擂台上。压轴登场的焰魔形销骨立。

他的对手是一个肤色黝黑、遍体疤痕如斑纹，诨号"夜犬"的壮年男子。此人在以往的打擂中，有着七次拳杀对手的战绩。

全场的气氛达到了前所未见的狂热。人们山呼海啸地呐喊着——与以往不同，喊着的却不是"焰魔"或"夜犬"的名字——这喊叫声甚至淹没了为拳手催战的烈鼓。

"大买家扫盘！"赌客们惊奇而兴奋地指着标示赔率的水牌，那上面的数字正被一再地涂改，开擂前几分的时间里已变更了多次，且越来越快。"跟庄！加注！"一些红了眼的老赌徒尖叫，更多的人被动荡的盘局弄得彷徨失措，颠三倒四间只将大把大把的金银狂乱地扔出。

东面看台第三间包厢里，百木英双手各持一笔，同时在两张白纸上迅速地书写。她手边的桌面上，已堆着一摞写好的单子，每一张上都以特定格式标注着一个可观的金额，漂亮的篆字如同铅印，是标准的"宛商通兑体"。

白琬从那摞单子上拈取一张，弯曲左手，将中指戒指上的猫眼石贴在纸张空白处，轻轻一按，一枚椭圆的"英芒草"标记便印了上去，光暗变换，若隐若现。

这块罕见的大猫眼石曾被施以密罗系的秘术，配合白公子独有的手劲加盖在任何地方，都会形成这种擦抹不掉的幻象，如果以青石灯照射，还会显现每天都在变更的取款密押。就算再廉价的草纸，印上了它，便已成为"英芒记"银号的特等通兑本票。没人会怀疑它的信用，因为在它背后担保的人，是财富如海的宛州第一豪商、"英芒记"创始人——白思退。

"还要做多少啊？我还以为很好玩，想不到这么无聊。"白琬一张接一张地往单子上盖戳，有点闷地嘟囔，"再说咱们买错了吧？我觉得焰魔能赢啊。"

百木英双管齐下，又飞速地制造了两张大额"本票"，扔下笔捏捏自己肩膀："你再多买几千注焰魔的败盘，他才真的能赢，要不然，待会儿恐怕他就得死了。"

"你说买啥就买啥吧……"白琬边盖戳边叹气，"不过，你能不能一次写个大数？印这么多下很烦的。"

"场主，场主！"侍者捧着一大摞墨迹未干的纸，惶急万分地跑进后场，"东三包厢又加注了！"

曹场主眉头拧得像个疙瘩，接过那一摞纸仔细地看："查验过了？是真的吗？"

"是，是真的！"侍者擦着汗，"小的刚去隔街英芒记银号验过，他们说，这是他们特等通兑的'白票'，沁阳以前从未出现，连他们也没见过，但确真无疑，如要兑现，立地便可支取金铢！"

曹场主闻之，更是沉默，布了血丝的眼珠不停转动。"哪来的如此大手扫盘！他一人所下注额已快要等同全场赌客，再这样下去，盘局岂不是全然翻转！"他掐着手指，颤抖着算计，"人人都看好焰魔，偏他却买败盘！若照原计行事，只怕老子要赔光血本！……告诉前面！"他死死攥着一大把"白票"，冲着侍者低哑地吼，"先别弄死冷焰！"

擂台上，最后的搏杀已经开始。拳风交错，"焰魔"似乎还保持着往日的凌厉，"夜犬"的威风却明显高出了他一向的水准。他就像一头生吞了熊胆的猛兽，凶猛的进攻充满撕裂一切的力量。

冷焰有些吃惊，格斗之间，渐渐有些迟缓。一个空当被夜犬抓住，对方铁爪般的双手扣住了他两侧肋骨，将他举起在半空，就要两下扯开。冷焰震惊间恢复了迅捷，一脚猛踢夜犬的当胸，夜犬大叫着松手后退，他自己也合身飞了出去，重重摔落在台角。

夜犬愤怒地大吼一声，冲着倒地的对手奔跑上去，咯咯作响的拳蓄满了杀意。突然，一声刺耳的鞭响惊醒了他，他转头望去，只见身材肥壮的裁判在台下伸着一拳，用另一只手挡住——是"止杀"的手势。

被暗号硬生生阻拦的拳手停下脚步，布满疤痕的胸肌疾速地起伏，仰天发出狂暴的吼叫。

"情形危急……再加一笔！"百木英将目光从擂台上移回桌面，力透纸背地写下两行篆字。

白琬拿过纸来扫了一眼，轻轻点头："这个数还有点意思哦。"

"你都觉得有意思了，这一把大概能起效了。"百木英看着他。

白琬一笑，将纸平放在桌上，竖直一拳，盖下戒印。

打手阿谢坐在黑瓦台后门口，无聊地颠着大腿。他左顾右盼，不防突然有人从背后拍了他一下，刚要开口骂人，却见到一只手伸在自己脸侧，手心上托着两颗香气刺鼻的药丸。

"今儿怎么才来！剩下那几颗都给夜犬吃了，别人都断顿了。"他抱怨着抓起药丸，回头看去——"啊！"却吓得蹦了起来。"你，你不是死了吗！"

素星痕微微笑着，那笑容还真有几分像恶作剧的死鬼。"原来接货的就是你啊，阿谢哥。"他温和的话语又让阿谢蹦了两蹦。还没站稳脚跟，阿谢却被人牢牢扭住了手腕，接着脖子边贴上一柄蛮族弯匕。

"稍后，我让你说什么，你就说什么哦。"星痕还是微笑。

"全都听他的哦。"阿谢的背后，阿蒙诚恳地忠告道。

冷焰颤抖着站起来，血顺着指尖滴染了擂台的地面。

方才那次强制的收敛，反而让夜犬变得更加凶暴，他致命的拳击暴雨般落在冷焰身上，但战无不胜的焰魔，这一次，却似乎不愿再出手进攻。夜犬在磨着牙齿忍耐，忍耐住杀意，他必须等待命令，但每一瞬间的等待都让他快要发狂。

再次承受下一记重击，冷焰一把拽住对手的手腕，勉强没有倒下。他拼命地喘息了两声，突然合身扑上，双手扳住夜犬的肩膀。

"静下来！他们给你服了毒药……你会死！"他贴近夜犬的脸，从齿缝间挤出这些话语。夜犬带着血腥的呼气喷在他脸上，混沌的眼神似乎辨不清近物。就在这时，台下的人再次打出了手势。

裁判指指夜犬，拇指向下——令下，你需要输。

冷焰斜眼扫过裁判，继续盯着夜犬。夜犬也转回僵硬的脖子，侧额上的青筋却迅速地鼓胀，不断瞪大的双眼，目眦都快要撑裂。一声不似人类的嘶吼，他一把推开冷焰，狂奔着使出他的杀招。

冷焰处在昏厥的边缘，仰面倒下，倒下的瞬间，他听见一声巨响，好像是一具高大结实的身体，先于他而轰然倒地。

夜犬没能击出最后的一拳。他蜷缩在地上，痛苦地抽搐，抓破了自己心口的肌肉，过了片刻，终于寂静不动。

"焰魔——胜！死盘翻倍！"裁判立即爬上擂台，一边嘶声宣布，一边抓住冷焰的被热血染红的臂膀，强行把他从地上提起。

全场卷过一潮狂喜的欢叫，呼哨横飞。除了东三包厢的大手，差不多九成九的看客都买了焰魔胜盘，现在他们全赢了。

就在人们为赌局狂欢之时，擂台上突然发生了混乱。一大群黑瓦台内的打手倒退着从出台口拥上擂台，甚至挤开了正在死命拉扯冷焰的裁判。他们退开成了半个松散的圆弧，而后有三个人，慢慢走上这圆弧中央的空地。

一个蛮族少年挟持着打手们的头目阿谢，身边站着个穿着寒酸、看起来还未成年的小子。

喧哗的人们停下刺耳呼哨，都看着场中情形，仍然哄乱，却也稍静了些。

瘦弱的穷小子独自往前走了几步，举手向全场亮出一块缀流苏的木牌。"在下淮安绣衣使素星痕！"他高声说道，清亮的嗓音回荡在高大的斗场，"沁阳生死场中，有黑幕！"

哄然，人们因他的话而发出混乱的鼓噪。

素星痕指着阿谢，问面前围着的打手们："他是什么人？"

"废话！我们大哥！"几个粗豪的打手喊道，另外几个却踢打两下，怨他们多嘴。

星痕转过身，对着阿谢。"你说，这个人是怎么死的？"他指着蜷缩在地的夜犬尸体，犀利地质问。

阿谢汗如雨下，喘着粗气，延宕之间，脖子边的弯匕向内一顶。"啊啊！"他惊慌地喊了两声，和盘托出，"是……是我们场主！给他吃了毒药，他这样子……是毒发了！"

"听到了吗！"素星痕使出最大的力气四面高喊，"生死场赌盘是个骗局！这一场，败的人是焰魔，你们所有人，都——输——钱——了！"

巨大的斗场中，似乎是有一瞬间的静默，而后突然爆发出雷霆般的怒吼，仿佛黑色砖石垒成的穹顶都要被震塌。

擂台上的打手们全都惊慌地四顾，裁判吓得滚倒在地，早已昏厥的冷焰被扔下，而后各种坚硬和不坚硬的杂物如同雨点般飞落在他躺着的地方。输红眼的无数赌客开始将激愤发泄于败战的焰魔，坐得较低的人甚至纷纷跳下看台，疯狂地围向血染的擂台。

东三包厢里，百木英将一大堆买焰魔败盘的赌票塞到白琬怀中。

"闭上眼，数十下，然后把这些扔出去。"男装的姑娘吩咐着，一边勒紧自己的鞋带和护腕。

白琬抱着白花花的票子，笑着点头："哦！扔出去之后能睁开眼吗？"

"当然！到时候不睁眼，就可惜了！"百木英说罢，拔出背后的剑，蹬着窗口纵身跳下。这是整个斗场中离擂台最近的包厢，她第一次来时便已看好。腾跃于半空中尽力舒展开身体，一个漂亮的燕子落水，她的脚尖刚刚好点上那暗红石台的边缘。

白琬满怀期待地闭上眼，开始数数。"一，二，三。"

百木英的剑连续挑开了三四个打手，一脚踩过裁判打滚的肥胖身体，前方疾风呼啸，一条长棍正打翻剩下的打手，扫清了眼前。剑棍相接，姑娘与阿蒙会合在一处，又错身各自奔向擂台一边。

"四，五，六。"

一群狂怒的赌客已经爬上擂台，有几个扑向冷焰准备施展拳脚，却被阿蒙横棍一挡，推下台去摔作一团。另一边，一些人不分青红皂白地围住了素星痕，百木英穿入圈中，几个剑花，拉着手无缚鸡之力的绣衣使突围而出。

"七，八，九——十！"白琬张开双臂，用力将满怀纸票抛出，而后迫不及待睁开双眼。"哇……"

只见漫天赌票雪片般飘洒，落进狂乱的人群，有的人捡到后看了两眼，而后突然如获至宝，发癫般地只顾挤向庄家兑换赌金的窗口。"焰魔败盘的赌票，焰魔败盘的！"他们高喊着。

斗场中央混战的人群中也落下几张赌票，方才还想要杀人的赌徒们，这时什么都顾不上了，只是去抢着捡，抢到的便狂奔下擂台。阿蒙与百木英趁此空当，背起冷焰，扯着星痕，剑棍开道冲出了斗场。

一两个人的生死场，变成了千百个人的生死场。

东三包厢的窗边，白琬摇着折扇，淡淡笑着，淡淡摇头。

【五】

阿蒙、星痕、百木英带着冷焰，冲杀出黑瓦台的后门，离离雇的马车正在那里等着。几个人联手，小心地将冷焰抬进车里，而后一齐跳上车，疾驰而去。

"冷焰，冷焰！醒醒！"颠簸的车中，离离一声声呼唤着。

冷焰的脸上全是血污，乱发弯曲地粘在额头和脸颊。好半晌，他终于睁开了眼睛，一片猩红间显露一泓冷色。

"原来，你们是官差。"他转动眼瞳望着星痕，喑哑地说，"已查到鹅雪了吗？……我知道，赤麝是从她那儿……"

"她这么做，都是为了你。"百木英止住了他的话语，有些伤感地说。

冷焰的眼睛怔了一怔，瞳孔似乎微微地一颤。

"这么说……是我拖累了她。"他的语声虽哑，却听得出含着莫大悲戚，"不要紧，我……内伤已重，就要死了。"他出神地望着车的顶棚，"死了，就不会再拖累她了。"

离离的泪涌了出来，不禁伏在他耳边大声说："她等着你去见她，振作一点！"

冷焰默然片刻，挂满鲜血的嘴角微微地一动。他似乎是在微笑吧，却没有再言语。

冲进忘忧馆，将冷焰抬到鹅雪绣房的床上，四个人静悄悄退了出来。他们看见沈鹅雪打扮得格外好看，不是青楼里的出奇妆容，而是好像山间少女的素面布裙——那真是最好看的一种。

极轻极轻地合上绣房的门，素星痕转过身，一步一步走着。

"现在，我们还能做什么？"百木英问道，星痕抬头看了看她，瞬间有些茫然。

"去提那两个犯人吧，大概，得把他们押回淮安。"过了片刻他说，然后带着几个伙伴下楼，转去忘忧馆的柴房。

来到暂时关押着那两个中年男人的柴房时，却被下厨的帮工告知犯人已不在了。

"怎么回事！不是嘱咐你们千万要看好他们的吗？"离离一肚子邪火，正想找个口子出来。

"是……是淮安来的捕快，说要把他们提走。我们哪敢拦呢！"做粗活的小子委屈地说。

"淮安捕快？"素星痕听了，略一思忖，"可有带队之人？"

"有啊，是一位年轻的大人。还有一个尊贵的小姐，正在前面的大茶室里说话呢。"

星痕转头便走，三个伙伴跟在身后。他们来到忘忧馆华丽的大厅中，正好见到茶室的门被推开，一个细罗单衫的文雅公子从里面踱出，身后跟着几个捕快，押着那两个赤麝贩子。

"江大人。"星痕默然一瞬，低头行礼。

那公子见了他们几个，笑了一笑，斯文宁静——他便是淮安绣衣使的上峰老板，宛州商会名义上的共主，"十城商政使"江子美。

挥手命捕快们先走，江大人背着手踱在后面，步过素星痕身边时，微微点了点头："此案办得好，人我先带走了。你留在此处，将剩余案犯押回，五日之后，淮安庆功。"

"等等!"星痕叫了一声。"他们背后的主使之人尚未问出。"他冷冷地盯着江子美,"为何急着押人结案?"

江子美停住脚步,却没有回头。他一笑:"你也累了,先到这儿吧。"说罢便走出了门。

星痕默然。垂首沉思须臾,他忽然一怔,向那茶室里面望去——大门敞开的室中,仍坐着一位女子,正向他这边望着,只是小笠上的面纱遮得严实,全看不见面貌。

"苏城主?"

茶室中的女子微微点了一下头。"绣衣使大人,进来聊聊。"是苏细侯清柔的声音。

星痕回头看了看伙伴们,便一个人走进茶室,合上了门。

"原本,你们要从我城里抓人,我是绝不应允的。"苏细侯端正地坐着,淡然开言,"但江子美既亲自来了,我也就卖他个面子。"

"此案未结。"素星痕郁郁地说道。

"你指的是蒲云期?"苏细侯一问,微微冷笑,"你想追究他这种人物,谈何容易。不要说禁药之事,就是沁阳的青楼、赌坊,还有,生死场——哪一样后面没有他的丝脉?他远在淮安,我身为城主,却也拿他没有办法。不过……"

她说到这里,似乎真的温和地笑了一笑。"你说得对……生死场与青楼一样,践踏尊严,滋生罪恶。只是我一时,也无法对两种罪恶开刀。所以黑瓦台的事,你办得不错。"

"在下分内之事。"星痕微微低首,"如今,沁阳青楼、生死场皆绝。虽是好事,却只怕沁阳城今后一段日子,会损失相当一部分冶游之业的收入。"

苏细侯站起来,优雅地抚平裙上皱褶。"我知道。我会用心经营百业,不会让沁阳人吃亏。"她挺直纤细的腰,向着门口移步,"若论做正经生意,我可不会输给任何男人!"

星痕不禁一笑,点头道:"苏城主一向令人钦佩。"

"素星痕。"苏细侯在门边停下脚步,忽然叫道。星痕一怔,抬头望着她的背影。

"有些事，一时是做不到。那么就做好一切能做的事。"年轻的女子说罢，举手推开了室门。

"多谢城主指教。"星痕默了片刻，诚恳地躬身行礼。

"哟，城主指教了你什么？"门外的离离头一歪，微酸地问道。

星痕微笑着摇了摇头，走上前来，礼貌地送苏细侯到忘忧馆门口。出门的前一刻，苏细侯忽然轻轻地回过了头。

不知何时，她已将面纱掀起。精致的五官尽皆展露，光洁的皮肤透出天然的高贵，女人才独有的细腻精美之间，却是寻常女人所没有的刚毅韵味。

"谢谢了。"委婉的三个字，从不轻以美貌示人的女城主留下一个笑容，放下面纱登车而去。

星痕望着那车影，许久没有动，神思却已游离在某处。

"喂！"离离拍了一下他的肩膀，百木英与阿蒙也出现在左右。"别看啦，下次出公差再叙旧吧。"长辫子的姑娘斜着眼角，小嘴微噘，"接下来该怎么办？"

"我……"素星痕低下了头，"要抓鹅雪归案。"

"喂！你是不是人啊，冷血！"离离推了他一把，气愤地跑了。

"幕后的大人物动不得，可怜的小从犯倒放不过。"百木英扔下一句，冷淡地转身走开。

阿蒙转着手里的棍子，抿了抿嘴唇："那我……我就不跟你去了。"

星痕苦苦微笑，点了点头。他转身走回忘忧馆中，独自往楼上走去。

在沈鹅雪的门外静立了很久，楼外的天色已经完全黑沉。素星痕移动了一下发僵的脚踝，闭了闭眼睛，推开那道房门。

鹅雪独坐在桌边，手握一支玉杵，在玉碗里研着胭脂。身后，床上的帐子静静地垂着，听不见冷焰的声息。

"姑娘……"星痕嗫嚅地开口，"是……晚妆吗？"他在门外用一个时辰想好的开场白，临到出口还是陡转到不知什么方向。

沈鹅雪轻轻地摇了摇头："灭迹。我要把最后一盆赤麝，灭个干净。"

星痕一怔。走到鹅雪的桌边，一股刺鼻的诡异香气扑面而来，他向着玉碗中一望，胭脂不是红色，反而如同黑浆。

"冷焰他……"星痕闷了半晌，又开启了一个不该开启的话题。

"坐会儿吧。"鹅雪轻轻打断了他，"我知道你是来抓我的。这都是应该，只是请等我一会儿，让我做完这事。"

星痕无话可说，只得静默。看着姑娘温柔的动作，仿佛一点一点研磨开时间，那种与她相处时独特的宁静感，又慢慢升起在周围。

"我这个人啊，真是太差劲了。"鹅雪一边磨，一边似乎自言自语，"什么都不敢说，什么都不敢做。他为我做了那么多，我呢，只会闷闷的，连累着他。你说，我这个样子，是不是太差劲了？"

星痕明亮的瞳仁动了一动。"也许……是吧。"他不知不觉地搭上了话，"连累了自己喜欢的人，的确是很可怕。我……"他稍微用力合了一下眼睛，似乎在平定自己的心。

"我所处的境地，很麻烦……很危险。"素星痕出神地絮絮道来，"宛州名义上尊奉商会，但这些年，'三家店'这个新兴的商盟，已在暗中抢夺治权。'三家店'的三个首领……白思退，掌控着宛州最大的银号，还有无数商事；蒲云期靠各种令人上瘾的事物，每天都在获得暴利；而那个与我一般年纪的端木焉，甚至不知他究竟做什么生意。江大人组建绣衣使，明显是为对付'三家店'而设的尖兵，而江大人也有他自己的打算。我这个差事，是在他们两方斗法的火线上游走。更何况我……"他说到这里忽然停顿，不禁轻轻地摇了摇头。

"我的朋友们……若这样跟在我身边，一定会被我连累。"他说着，细长的手指不禁纠结起衣襟。这些从不曾吐露的忧虑，今日竟对这眼前的人犯坦白。

沈鹅雪停下了手中的玉杵，抬眼看着星痕。须臾，她长长地发出一声轻叹。

"若是关爱着什么人，就要对他说出来，而后生死苦痛，便都在一起。切莫像我这没用的人一样，徒留终身之悔。"她垂下头，泪珠落进玉碗，融进膏浆，"到最后，其他的一切，都不重要。"

星痕怔怔地望着她。

他觉得眼前这个女子，当真多情，当真可怜；觉得自己就像她一样可怜，也像她一样容易害怕。或许天下的可怜人都是这样——比起不幸与苦难，更畏惧幸福。

素星痕不怕噩运，只怕真心。甚至这一点，离离也曾当着他的面一语道破。

那长辫姑娘的影子此刻忽然缭绕在眼前，空灵跳脱，带着幸福的香气，不知何时便会瞬间远离。他不禁闭了眼睛。

我是不是真的可以？又是不是真的——应该？

玉杵倒在桌上的声音响起，星痕睁开眼，只见沈鹅雪双手捧起玉碗，仰头将黑红的胭脂吞了下去。

"鹅雪！"星痕骤然一惊，站起来夺碗，却已来不及。

素面无妆的姑娘，唇边挂着一抹诡异的浓艳。

"冷焰死了……"她极低极低地说，说罢，苍白的脸上只余空荡荡的绝望，合上双眼倒了下去。

星痕手中的玉碗摔碎在地上。黑红的残色泼了出来，斑斑点点犹似陈旧的血。

【六】

莫合山，茉云海。花固已谢，蔓草不青，荒败如同被造物者遗弃。

春天就要走了。一同离去的还有些许往事。

沈家草庐屋后的山坡上，一座新坟堆起在沈傲的墓旁，素星痕和伙伴们为它掩实了黄土。这是冷焰、沈鹅雪夫妇的合冢，生不同游，死而同寝。

"要是……这片花海，还像以前那样盛开多好啊。"离离怅然，却又旷然地说了一句话，"真想看一看鹅黄色花海的样子啊。很温暖吧。"

星痕的眸子闪动着微光。他悄悄地转头望着这个姑娘，她长长的辫子梢上脱出几丝乱发，在熏风中飘。什么也没有说，一向有些自闭的少年独自走开。

他走下山坡，绕过草庐——面前是黑灰色的荒原，曾经醉人的胜景，只能在瞑目想象之中。

"若是关爱着什么人，就要对他说出来，而后生死苦痛，便都在一起。"一位姑娘临死的话语回荡在耳边，虽纤细柔弱，却着实地碰触着肺腑之间。

心藏万壑，心事重重。但若到最后其他一切真的都不重要，那么也许眼前的，就是一切。

星痕的心猛烈地跳了起来——十二年来，这样少年的搏动早已被宣判不属于他。

"到最后，其他的一切，都不重要。"他听着，迈开步，走进荒原的深处。

白琬喊着饿了，于是全能的百木英扯着他去草庐里，借灶做饭。阿蒙又卖力地修整了一会儿坟冢，搬来石块将它围得尽量牢靠，而后坐下来休息，离离为他擦着汗滴。

"冷焰是个真正的勇士。他拿我当知交。"蛮族少年望着远山，眼睛湿润，却未泛滥，仿佛一泓草原里的湖。"若能像他那样，拼尽所有保护自己重要的人，就是怎么样我也心甘。"

离离听了出神，心怀踌躇，慢慢坐在他的身边。"星痕，是你怎么样都要保护的人，对吗？"她好像在问，又好像没问。

"星痕自然是最紧要的一个……"阿蒙说着，不知忽地想起了什么，脸颊微热，低下了头，"也……也还有别的人。"

"你总说星痕是你的恩人，天神告诉你要报恩。"离离兀自思忖着，忽略了阿蒙的微窘，"能告诉我，他究竟如何对你有恩吗？"

阿蒙默了须臾。抬起头，他望着天空，清淡的星海中似乎隐现着往事。"我告诉你。"半晌，他悠悠地说。

"你是知道的，十二年前，星痕被'猎星团'绑架到海船上，我和他在那儿相识。"

离离点头："你讲过，你很小时候就被'猎星团'拐走，在他们的黑船上过了八年。你还说过……若是没有星痕，你就逃不出那艘黑船，回不了草原。"

听着这些，阿蒙的眼神闪动，因激动而加快的心跳，别人几乎都能听到。

"我们认识不久，就成了朋友。那一次，'猎星团'要绑架很多天分很好的孩子，一起拐卖到不知什么地方。他们从东陆绑来了星痕，然后又去北陆抓了几个……那一夜，黑船就停靠在北陆瀚州的海岸。"阿蒙说着，呼吸变重，似乎已经回到某个刻骨铭心的海夜，"那天，明月完全遮了暗月，海上好安静。瀚州的草原就在岸上，我能闻到草原的香，跟海上的腥味全不一样。那时候，我好想回草原，好想回家——从来都没有那么想过。”

“你对星痕说了？”离离听得入神，不禁问道。

阿蒙摇了摇头："我趴在他怀里哭了一场！呵呵，那时候他比我大，长得比我要高呢……哦，呵呵，他现在也比我大。"

离离一怔，不禁笑了出来。"后来呢？"

"后来……"阿蒙收敛了笑容，"我哭累了，就睡着了。半夜里，我醒过来……那时候看见的，我一辈子也忘不了。我看见星痕站在甲板的边上，对着大海，两只手握在一起。他站了好久，不动也不说话。我不敢叫他——我觉得，他的身上，好像都披着一层光——"

少年说到这里，呼吸一滞，仿佛看见了什么神圣、神奇，不可进犯也不能背离的东西。"然后，明明很静的海，突然就掀起很大很大的浪来，船撞在礁石上。舱里关着的孩子都跑出来，'猎星团'那些恶棍也没办法。我就趁乱跳下船，拼命游到岸上……我跟星痕从那时就分开了，直到盘轼天神托梦，叫我来宛州找到他。可是，我真的回到了草原！"

阿蒙看着离离，真诚到火热的眼神，不容置疑："我知道……只有我知道，是星痕，造出那次奇迹的，就是星痕！"

素星痕立在大片荒原的中央，纤瘦的身影笔直萧索。

慢慢将双手举起在胸前，十指交握，他微低下头，默念着某一个人的某一个心愿。

"要是这片花海，还像以前那样盛开多好啊……真想看一看鹅黄色花海的样子啊。很温暖吧。"

印池星的轨迹游移在天空，如同深微的心绪般难以捉摸。少年静静地默祷，愿念，或许微末琐碎如秋毫，时而却可挪移了天地。

深葬于地下的水汽，静悄悄地上行，渗越岩层，润透泥土，浸进了鹅雪花纵横枕藉的残骸。

"怎么会……"离离回味着阿蒙的话，想象着，念念自语，"我听说，与水有关的能力，是属于印池系的秘术。可是他……哪里算得上个秘术士，除了鬼心眼多些，他根本就很弱嘛！"

正说着，白琬欢乐的叫声从坡下传来："喂，你们两个，快去看，快去看！"他用力向离离和阿蒙招着手，百木英也在他的旁边。

阿蒙与离离互看一眼，站起来拍拍身上的土，拉着手奔下山坡。"看什么？"离离问道。

"奇迹！"百木英的面上挂着不可思议的表情，"荒原上的花都开了。"

"什么？真的？！"离离很是惊喜，拉起阿蒙便跑。白琬与百木英也跟上，四个人绕过沈家草庐，在莽莽山原的边上站住脚步。

两个时辰之前，这里还是令人抑郁的荒地。此时，眼前却是一大片繁茂如仙境的花的海洋。

温暖的浅鹅黄色，起起伏伏漫山遍野，如云如雪地堆积，让所有第一眼看见的人，都会忘记了这世上不美好的一切。

"这……这怎么可能！"离离惊讶极了。

"或许因为……'鹅雪'回来了吧。"阿蒙痴痴地望着那些茉花，"大合萨讲过这样的故事。"

"也许……也许吧。"离离有些凄然地念叨了几声，突然，深深地呼吸。"啊……这才是真正的茉云海！"她张开手臂大叫着，拉起阿蒙奔进花海，笑得比阳光还灿烂。

百木英与白琬看着他们，也开心地笑起来。"好美。"百木英笑着，不禁说道。

"买下来给你吧。"白琬在她身边摇着折扇，忽然说。

百木英斜了他一眼，满是不屑："地皮能买，美景也能买吗？"

白琬也转过眼来，满是不解："不能买吗？"

"荒谬。"

茉云海间，长辫的姑娘陶醉地站着，春日最后的香风爱抚她的额头。忽然，她举手一摸自己的眼睛——眼皮，又跳了。"这几天这么热闹，还没应验完吗？"她自言自语，嘴上还是那么俏皮，心中却悄悄地悸动。

什么事，要来了吗？

阿蒙好像在慢慢地走近，他皮靴踩踏花叶的声音就在背后，步子有些不均。

"离……离离……"蛮族少年忽然说话，似乎是紧张吧，舌头略略打结，"我……"

"我喜欢你。"

这四个字骤然清晰地传来，姑娘睁大了双眼，双手捂住嘴巴，却没有转身。

阿蒙喘了几声粗气，双拳一攥，跑着绕到心上姑娘的面前。"让茉云海为证！你也喜欢我，好吗？"少年的眼睛毫不避讳地直视，热切的企求坦白如晴空。他是一个真正的勇士，这一刻，离离完全看清。

"好。"

未等憨直的蛮族少年明白过来，姑娘已笑着扑进他的怀里。他犹自愣了片刻，有力的双臂环住姑娘腰身，绽开笑容。成了，成为世上最幸福的人，他已亲自拥抱，亲自确定。

有人穿花踏草走过来，又停住了脚步。离离回头看去，百木英站在一丈开外看着他俩，笑容欣喜又有些尴尬。

"阿英，从今天起，我就和阿蒙在一起了！"离离却不闪避，反而进前几步，大声宣布了自己的爱。她高兴得俯身摘下一捧花朵，双手用力扬起，暖色的花瓣漫天撒下，旋转其中的姑娘发出清亮的笑声。阿蒙也笑出了声来，跑上来打横抱起离离，向着更深远的花海奔去。

百木英望着两人的背影，微笑着祝福，而后转身，继续慢行。这片死而复生的花海着实让她起了兴趣，心中疑惑，总想自己解开。

走了一段并不长的距离，她的脚步忽然滞住。她看见了躺在花丛深处的素星痕——那样子绝非睡着，应该是昏倒了。他不知已倒在这里多久，就在阿蒙与离离相拥之地的不远，然而茉花茂密，方才三个人竟谁也没有发现。

百木英连忙跑上前去，蹲身查看星痕的情形，却是忽地一怔。

那瘦削少年僵直地卧在地上，侧着头，清澈的眼睛却是睁着的。

"你……这是怎么了？"百木英低声关切，"是昏倒过，已经醒来了吗？"

星痕没有答话。百木英扶着他坐起来，感到那身体里似乎没有了一丝的气力，仿佛刚刚被什么抽干了精神。

"真的……很美啊。"倚着阿英的扶持，他看着花海，虚弱地说。

百木英一怔，"啊，是啊。你究竟怎么样了，怎会一个人在这里？"她问着，想要背起星痕，"先回草庐休息一下，等好了再看美景吧。"

虚软无力的手忽然挡住了她。"就要谢了……"他喃喃道。

"什么？"百木英听了他的话，忽然一凛。她向四周看去，猛然发现，近在星痕周围的茉花，竟已经开始萎靡，现出它们死去之前的真貌。

"这是……果然古怪！这枯花复荣，毫无道理，想必是人为所致。"百木英惊讶之下，暗自分析，说到此，却突然愣住。"是你……是你做的吗？！"她转头瞪着星痕。

星痕的眼睛渗透着凉意，薄薄的嘴唇只是平静地合着。

百木英的心中万分震撼。她静静地思虑了片刻，忽然明白了什么，不禁望着素星痕，眉梢几分忧戚。"是为了她吗？"她踌躇须臾，轻轻地问道，"我看得出来，你也是喜欢她的。可没想到，你用心若此。"她这样说着，却又是一怔，"可是方才，你醒着……他们两个的话，你都听见了？"

素星痕默默不语。良久，虚哑的声音，不知情绪地言道："她遇到阿蒙，是得到了世上最好的男人。"他说着，竟微微地笑了，"这样，也好。"

百木英不禁有些心酸："可是……你怎么办？"

"阿英，"星痕仰望天空，那里的颜色已渐渐暗淡，太阳西沉，星辰变得越发明亮，"若你有个生死相系的兄弟，要怎么办？"

百木英出神："让他好好的。"

"若有个心上人，又怎么办呢？"

"让他好好的。"

"好好的……"素星痕慢慢地点头，"好好的。我要做的，就只有好好

256

的，保护好他们。"

　　花开春已暮，
　　花谢春不归。
　　明月忆碧海，
　　相思成寸灰。

图书在版编目（CIP）数据

十三绣衣使.上 / 苏梨叶著. — 北京：北京联合
出版公司，2017.11
ISBN 978-7-5596-0978-6

Ⅰ.①十… Ⅱ.①苏… Ⅲ.①长篇小说—中国—当代
Ⅳ.①I247.5

中国版本图书馆CIP数据核字（2017）第234492号

十三绣衣使. 上

作　　者：苏梨叶
选题策划：北京磨铁图书有限公司
责任编辑：杨　青　　高霁月
内文排版：刘珍珍

北京联合出版公司出版
（北京市西城区德外大街83号楼9层　100088）
北京嘉业印刷厂印刷　新华书店经销
字数237千字　700毫米×980毫米　1/16　印张16.5
2017年12月第1版　2017年12月第1次印刷

ISBN 978-7-5596-0978-6
定价：59.80元（全二册）

第二季 夏·照影莲

十三绣衣使

苏梨叶作品

北京联合出版公司
Beijing United Publishing Co.,Ltd.

目 录

第二季　夏·照影莲

宴蓬君

　　素星痕低头凝视着金脉图，皱了皱眉。他一边专注地看着，一边从腰间摸出个小瓶，倒出里面最后一颗药丸，放进嘴里。

　　"什么好吃的？"离离不知什么时候走到了他背后。阿蒙、百木英、白琬也一起出现，端着热茶、抱着零食，七七八八摆了一桌，然后大家围着坐下，啜茶、嗑瓜子的声音立即散碎地响起。星痕看了看情形，开始慢慢地卷起铺在桌上的图轴。

　　"是药？"离离拿起已空了的小瓶，闻了闻，"从没发现你在吃药啊！治什么的？"

　　"治失眠。"

　　"噗——"几个伙伴同时将口中的茶喷了出来。幸而金脉图刚好完全卷起，没沾上半滴水。

　　"讲冷笑话能不这么突然吗？"离离帮阿蒙擦拭衣襟上的茶渍，百木英轻拍着连呛带咳的白琬。忽然，窗外响起了奏乐声，钟鼓恢宏，琴箫悠扬，听来像是什么盛大典礼的开场。

　　"时辰到了。"百木英说了一句，手掌突然加力在白琬的背上一拍，呛咳声登时止住。她站起来推开梨木雕花的窗，视野开阔，楼下街市的盛景尽展眼前，她不禁点头笑道："白琬说得不错，这个茶楼，的确是观看'蓬阁彩会'的最佳所在。"

"你们总在说这个什么会，到底是啥名堂？"阿蒙好奇地向外张望。

"喏，对面那座大宅叫作'蓬阁'。"百木英指着窗外，"那里面住着一个叫谢逸的人，淮安人都尊称他为'蓬阁君'。他可是全宛州独一无二的彩妆圣手。"

阿蒙一愣："彩妆？"

"就是女孩子用在脸上的漂亮东西呀！"离离娇笑，这个话题令她兴致盎然，容光焕发。

白琬"哗"地展开折扇，神色怡然，如数家珍："蓬阁君调制的彩品，质地贵重、色相清奇，他亲手创制的妆容更是别出心裁、精美工媚，堪称神品。蓬阁新妆一出，非但宛州的风尚为之左右，就连帝都的嫔妃、命妇，也是争相追慕。唉——"他一声慨叹，"对普天下爱美的女子而言，这座蓬阁堪称圣地啊！"

"对所有经营彩妆的商人来说，也是。"百木英抱着臂肘靠在窗边，边瞭望边接下话茬儿，"蓬阁君平日深居简出，极少露面，每隔半年才发布一套新妆。发布之日，淮安城的彩妆商人们，还有爱美如命的名媛、贵妇以及各路姑娘，携着陪同她们前来的男子，大家群聚于此，奏鸣雅乐，专等蓬阁君开门示妆。这就是淮安一大盛事——蓬阁彩会。今天，正是彩会之日。"

阿蒙听得目瞪口呆，仰头眺望那座被称为"蓬阁"的华贵府邸——两扇古雅的大门安静地闭着，隐隐唯见府中精巧的勾檐斗角，幽深无限。那门前宽阔的空地上早已挤满了各路人马，熙熙攘攘的却努力保持着奇异的安静，看上去狂热而又虔诚。一支仪表考究的乐队在大门外的亭榭中从容地演奏，乐音隆重却不聒噪，雍容、和雅，每一个音符都透露着一种昂贵的美。

这等场面，在阿蒙的记忆中好像只有祭神大典之类的活动才会出现。

"那……那是什么……神像吗？"满怀敬畏的蛮族少年手指窗外，小心翼翼地发问道。他指着的，是蓬阁门边一座十二尺高的晶石雕像——一位绰约起舞的女郎，双手托举着一只菱花八角的浅盘，在阳光的照耀下晶莹剔透，翩然欲飞。

"那是承露盘。平日，蓬阁君常以水晶高盘收集露水，不过像今天这种日子，它就另有用处了。"百木英道，"每次彩会，民间都会选出一名色艺双绝的舞娘，在承露盘上献舞。这对舞娘来说是莫大的荣耀，此处一舞过后，必能在淮安城中大红大紫。"

"一个姑娘在那上面跳舞？！"阿蒙很是惊讶，"这，太险了吧！"

忽然，离离笑了一声，眼角溢出一丝娇美的轻傲："对一个足够棒的舞者来说，这算得了什么。"她凑到窗边，凭栏望去，正见一名妆容华丽、舞衣飘逸的纤细女子，借着高梯登上了十二尺高的雕像。白皙赤裸的双足轻踏在水晶盘上，姑娘随意地打了个旋，容光倾城，盈盈欲仙。

"美哉！"白琬陡然激赏，"你看她面妆所用的，正是半年前谢逸创制的妆中极品——'蓬阁夜彩'。此套颜色瑰丽绮妍、世所未见，当日一出，震惊宛州。"

说话间，一支清灵飘逸的舞曲缭绕起来。承露盘上的舞娘翩翩起舞，倏忽挥出修长的水袖，仿若舒展双翼、凌空翻飞。望着她的舞姿，离离不禁睁大了晶亮的眼睛。

"《羽嫣然》……她竟会跳这支舞！"一声既惊且喜的感叹，姑娘激动地向窗外探出了半个身子。

"羽嫣然？"百木英却是一怔，"这不是一种眉黛的名字吗？'画眉如羽，淡扫嫣然'，我打听过，这是当年蓬阁君谢逸的成名之作。"

离离目不转睛地望着那旋转在半空的舞蹈，轻轻点头道："'羽嫣然'是一种眉黛，也是一出歌舞。我小时候见过一个姐姐，她常跳这支舞，还给我讲了这里面的故事。她也常用'羽嫣然'画眉，那时候我不知这是蓬阁君做的，只是觉得好漂亮，羡慕得不得了。"她说着露出追忆往事的微笑。

素星痕一直坐在桌边，一个一个地剥着瓜子仁，喂给背篓中的小猫。此时听到离离的话，他不禁抬头望向那姑娘的侧影，默然凝视，却是没有作声。

"原来还有这些故事，探寻下去，想必很有意思。"百木英颇有兴致地取出了稿本和炭笔，"今日机会难得，我且为商报写一篇蓬阁彩会的逸闻，料来必能大卖，稿费也可多拿。"

　　想到稿费她就有种由衷的畅爽，欣然落笔正要写下文题，脸上的笑容却骤然一滞。只见蓬阁门前的承露盘上，那轻盈舞娘的身姿突然僵住，竟直直地倒下，从十二尺高处坠落到地，一动不动了。

　　素星痕倏地站了起来。五个人瞪着眼睛望向窗外，愣了一瞬。

　　"这下你有的写了。"星痕说了一句，转身奔下楼去，离离、白琬紧随着他。阿蒙与百木英蹬着窗框纵身飞下，径直跃到了拥挤的街上。

　　两人分开惊慌的人群，冲到承露盘下，护住跌落地上的舞娘，将周遭喧哗推挤的人们驱退开去。低头看去，只见那姑娘纤细的身体静静仰卧，精美的面妆被阳光映照，"蓬阁夜彩"绽出近乎幻美的光泽，那张脸上还残存着兴奋而满足的笑意，仍未合上的美丽眼睛，却已是灰暗无光。百木英微微皱眉，探出两指到她鼻下，不禁心头一冷。

　　围观人群涌动着让开一个缺口，手举绣衣使执牌的素星痕走了过来，低头看着地上的舞娘。

　　"已经死了。"百木英声音凝重。离离倒吸冷气，双手捂住了嘴巴。

　　忽然一串涩涩的嘎吱声，承露盘后，"蓬阁"的大门开了一条窄缝，露出一个仆从模样的人。他向外观望了几眼，冷漠的脸上面无表情，随即又将色调古朴的门扇重新闭合。

　　"看来，蓬阁新妆，今天是不会发布了。"百木英看看那紧闭的门，对星痕说道。

　　素星痕默然思忖，忽地，一侧的人群吸引了他的目光。惊于变故而扰攘不休的男男女女当中，几个裹着青色斗篷的人正静悄悄地转身离去。他们的身材几乎是一样的瘦削、高挑，踏着一种整齐的奇怪步调，沉默得仿佛一片移动的青山。行走当中，其中的一个人往回看了一眼。

　　巨大风帽的遮掩下，那张苍白尖瘦、充满异域情调的脸，那双格外硕大、格外深邃，漆黑中泛着幽蓝的眼睛，一瞬间，给人烙下了深深的印象。

　　青柳班，一个小小的歌舞班子，如一颗逐浪的沙粒漂流在淮安城中，怀着绮香罗艳的梦想。

半个时辰前，他们还在兴冲冲地准备一顿庆功宴，为了庆贺班中领衔的舞伶在蓬阁彩会上独领风骚，庆贺整个班子都将牵着那姑娘的裙角飞黄腾达。然而当几个自称绣衣使的年轻人将一具冰凉的尸体送回舞坊——就像一场大喜大悲的歌舞，蓦地曲终人散，满目凄凉。他们的台柱倒了。

一片低低的饮泣声中，停尸房的门吱吱嘎嘎地被打开了。"尸首验完了。"卷着袖口的百木英一边在铜盆中洗手，一边对门外的人们说道。

素星痕点点头走进那房内，其他人也跟着拥入，青柳班几个年幼的学徒不敢靠近，挤在门边看着。房屋中间，破木板搭成的尸床上，纤瘦的女体蒙着一张惨白的布单，犹看得出曲线玲珑。

"有几处跌伤，但都非致命之因。"百木英细致地擦干自己的手，"她并不是摔死的。"

星痕闻得，略略沉吟，回手揭开死者头上的蒙布。那舞娘临死前华美的面妆已被洗掉，唯见苍白如纸的脸上，眉梢、眼睑、额头、嘴角……原本描画了彩妆的部位，都留着浅淡的紫痕。黛粉、斜红、梅妆、唇彩、胭脂、面靥，每一样的痕迹都清晰可辨，甚至能看出这灵巧姑娘上妆时的精细。只是所有奇妙的色彩都褪成了一片灰暗的紫，印在她清秀的脸上，美，却诡异得寒人骨髓。

百木英伸出指尖，指点着那些紫色："这是毒素渗入皮肤的痕迹。她应该是在舞蹈之时，血流加快，骤然毒发而亡，然后才跌下了承露盘。"

"啊！"离离对这位舞姿惊艳的姑娘满心痛惜，听到此言，不禁燃起义愤，"难道，有人在彩妆里下毒了？"

"蓬阁夜彩，本来就含毒啊。"白琬轻淡地说了一句。众人均是一震，向他投去惊异的目光。

白琬一脸遗憾地注视着死去的舞娘，正在认真地哀悼，看见大家投过来的目光，摊开双手道："你们都忘了吗？蓬阁君调制夜彩，用的是海外一种稀罕的物料，含有毒性。不过也正是如此，才能制出这世间所罕见的色相呀！"他不禁露出一瞬陶醉和欣赏，转而又万分遗憾地叹息道，"这位姑娘想是急于上妆，忘记了先用'海沉香'打底，不想竟出了这等惨事。可惜，太可惜了！"

"海沉香是什么东西？"离离问道。

白琬呆了一瞬，眨了眨眼睛："就是用浩瀚海洋中珊瑚深处沉埋百年以上的龙脊巨贝里的珍珠加梅蕊香蜜，以越州红髓玉杵手工精研而成的珠粉。施用夜彩之前，先用此粉匀脸，便可免受毒性侵蚀。"

所有的人都呆了一瞬。

"那，万一忘了打底，沾上了这毒，又怎么办？"离离又问。

"用海沉香沐浴啊。"白琬淡定自若，"此法不仅祛毒，且是养生的妙方——你问这么多，难道当真不懂？这些事，尽人皆知。"

"除了你这种无聊的有钱人，谁会知道！"离离含着三分悲愤，用力打了下他的头。

白琬愣住，很是诧异："用这彩妆的人都知道啊！"

"用得起这彩妆的，又有几人？"素星痕低沉地说道，转眼看着旁边一位须发花白的老者，"敢问班主，这位姑娘的夜彩，是贵班日常上妆所用吗？"

那老班主捶着胸口，如同痛失了至珍至宝一般地涕泪横流，全然答不上话。

"那个……是柳儿姐姐自己买的。"挤在门口的小学徒中，一个瘦小女孩怯生生地说道，"柳儿姐姐说，去蓬阁跳舞，一定要很漂亮很漂亮，不管怎么样，也要用夜彩上妆。她把整个钱箱都抱去了，只买回来几个小盒。"

素星痕听了，不禁闭了闭眼睛，随即说道："海沉香之价，只怕并不比夜彩低廉。就算她侥幸活着舞完那一曲，也不会有一丝救活自己的机会。"

"如今的蓬阁彩妆，早已不是任谁都可以拥有的美了。"百木英神色冷肃，还带着一丝嫌恶，"不过是那些'人上人'的小圈子里，争奇斗艳的游戏，何必跟在后面苦苦追逐，不惜搭上自己的性命？"

"因为她梦想着自己，也能成为人上之人。"星痕双手拈起白色布巾，慢慢盖在舞娘柳儿的脸上。

"是哪个黑心的，卖这种毒物给我的柳儿！"突然，悲痛的老班主恸骂起来，"没了柳儿，让我们怎么活！谁来撑这个台……以后的生意可怎么办！老老少少都要饿死……赔我的柳儿来！我……我去找那奸商，砸了他的黑店，大家一起了账！"他已全顾不得年岁和体面，一边哭喊，一边挥着枯瘦的拳头，向外冲去。班子里的学徒们七手八脚地拦着他，大家哭作一团。

"班主且节哀。"素星痕淡然地说了一句，"我替你去吧。"

哭闹稍稍停了下来，青柳班的人都看着他。"你……你真能做主？"老班主用沙哑的嗓子问道，既惊疑又期待。

"不是说过了吗，我是绣衣使。"星痕直视着他。

愣了片刻，老班主忽地跪倒，死死抓住星痕的衣袖："绣衣使大人，一定……一定给我们讨个公道！"

扶起泣不成声的老者，星痕点了点头。"阿蒙、阿英跟我去便可。"转过身来，他望着离离，声调略低，"尸首不可随意移动，你就在此留守吧。顺便照看孩子、老人，还有白公子。"

"嗯？"白琬觉得有什么不对，不过没人理他。

"放心吧，我罩着。"离离下巴微扬，顺手掏出一小包苦荆茶，塞给星痕，"这个带着，免得突然睡死，摔个满头包，还得我家阿蒙背你。"

素星痕看着她，默然刹那，浅浅地一笑。

"晚饭多吃点哦。"阿蒙抚着离离的肩头，温声嘱咐了一句。而后他横过手中乌黑的长棍，用袖口擦着："我们去砸哪家店？"

【二】

———————◆———————

"砸店是解决不了问题的。明白了吗？"百木英吹着八宝茶里的泡沫，说道。

阿蒙大口咬着新鲜的雪梨，眼光笔直，摇了摇头。

精明强干的姑娘扶额静默了片刻，继而她抬起头来："不过我也不明白，你为何要找上李伯琰？"

"因为他是淮安最大的彩妆商人。"素星痕将一撮漆黑的苦荆茶梗撒入瓷碗，沏上热水。

"可他并不是害死柳儿的人。"百木英很是不解，"我们该去找那个乱卖东西的店铺。"

星痕衔着茶杯，摇了摇头。"区区一个店铺，并不是症结所在。"他一边思索一边说道，"蓬阁夜彩必须与海沉香搭配使用，所以也必然会搭配出售，虽然昂贵，但在蓬阁君盛名之下，绝对不愁销路。同时卖出这两样东西获利更多，一个彩妆铺子，怎么会愿意将夜彩单独出售，少赚一半的钱呢？"

百木英微微皱眉："想必是柳儿一心要买，一再恳求他们。"

星痕的嘴角挂上一丝冷笑："一家为了赚钱而出售毒物的店，岂会在意这种恳求？"

百木英一怔："你的意思是……"

"只有一种解释：那家店里，夜彩的存货已经多于海沉香。这恐怕不只是一两个店铺的情形。"星痕喝了一大口苦荆茶，"依我的推算，整个行市都在发生这样的变化。要么是夜彩的供货正在猛增，要么是海沉香的货源减少，于是有人囤积居奇。也有可能这两件事正在同时发生。"

百木英不禁放下了茶碗。

"李伯琰掌控着全城店铺的供货，操纵行市的事，与他脱不了干系。"星痕的声音有些发冷，"行情如此发展下去，单独出售夜彩的事会越来越多。如果我们不阻止他，受害的，将不止柳儿姑娘一个。"

"如此说来，事态已很是紧急。不过——"百木英四下一望，"我们在李伯琰家的客厅里说这些，似乎未免嚣张了一点吧？"

她的话音未落，这间豪华厅室的朱漆木门被猛然推开，一个穿着体面的上等仆人怒冲冲地走了进来。"好哇，亏我捧出茶果来招待！"他叉着腰，声色俱厉，"敢情你们不是拜访，是来找麻烦的！"

"我们是来解决麻烦的。"素星痕耐心地解释道，"可以见见你家老爷吗？"

"休想！老爷在谈大生意，吩咐下来，不可打扰！"

"大生意？"百木英敏感地一挑眉梢，"莫非真在谋划操控行情？那就非打扰不可了。"

那仆人气得瞪大眼睛，转身向外奔走，一边喊道："来人——"

一条木棍猛蛇般蹿出，客厅大门顿时在一声巨响中关上了。那仆人被关在了客厅里，喊声戛然止住——他看见那条黑色的棍子，竟将两寸厚的门板捅出了个窟窿。

"带我们去见李老爷吧。"阿蒙用力地拉出嵌进了木门的长棍，诚恳地说道。

那仆人面色惨白，慢慢转眼看他，颤抖地点了一下头。

"有阿蒙在，事情就变得简单多了。"百木英耸肩一笑。

素星痕默然站起，取出钱袋，将整袋钱都倒了出来，又从怀里摸出一枚金铢扔下。"赔你的门。"他对那发抖的仆人说了一句。

在李家哆哆嗦嗦的仆人带领下，三个不速之客站在了李伯琰老爷的会客室前。

"还是别进去吧，老爷吩咐了，谁也不许打扰。"仆人磨蹭着不肯叫门，压低嗓音，万般为难，"已经谈了整整一天，只怕是要紧的大生意。"

"砰砰砰！"阿蒙砸门三声，响彻屋宇，那可怜的仆人抱头蹲在了地上。

静了片刻，房中并没有任何响动。

"年岁一大把了，躲猫猫？"百木英一句冷嘲，与阿蒙交换了个眼色。素星痕一惊，刚叫一句"没钱了，不要"——两人已抬脚踹开了房门。

房中的景象，却顿时将所有人镇住。

陈设奢华的室内并没有什么生意谈判，唯见一个发福的中年男人，赤身裸体地被吊在当中。他头颈低垂，毫无声息，白肥的肚皮上涂写着一个硕大的字，笔画纠结，在黄昏的斜光下泛着奇异的色彩。

大家愣了一瞬，星痕和阿蒙突然同时伸手，挡住百木英的眼睛。

姑娘沉默了片刻，淡定自若地扯出一条布巾："与其挡我，不如先挡住他的下面。"

"啊！老爷！"李家仆人这才恐慌至极地嘶喊出来，瘫软在地。阿蒙奔进房内，将长条布巾系在那赤裸的男人腰下，拔出匕首割断了吊着他的绳子。

"还有活气！"探着男人的颈脉，他抬头说道。

素星痕和百木英走到近前，低头去看那赤裸胸腹上浓艳的字迹，一时默然。

"是蓬阁夜彩。"星痕皱着眉，"直接涂于皮肤，让毒性慢慢渗透——好狠毒的谋杀。"

"这是个什么字？"阿蒙所认的华族文字不多，李老爷身上这个奇怪的字，他从未见过。

"雠，也就是仇恨的'仇'，一种比较烦琐的写法。"百木英说道，"这摆明了是为报仇而杀人，故意选择这个笔画较多的字，大概是为了把更多的毒涂抹在他身上。奇怪的是，这些笔画歪斜稚嫩，写字的，好像是个小孩子。"

"或者，是外族。"素星痕忽然猜测道。"来府上谈生意的是什么人？"他转身去问瘫坐在门口的李家仆人。

那仆人浑身发抖，断断续续地说道："几……几个披青色斗篷的人，高高高……个子高……高……"

星痕睁大了眼睛——答案，好像驱散了疑雾，蓬阁门外所见的那几个身影，倏忽闪现在他脑海中。

"星痕，他快不行了！"阿蒙喊道。星痕看去，只见李伯琰半睁着两条眼缝，短促地喘着气，声音沙哑，却说不出话。"夜彩涂得太久，大概要毒发了。"百木英有些着急，"怎么办？"

星痕略略思忖，冷声问道："你家囤积的海沉香在哪儿？"

"啊……在……在冰库里……"李家仆人茫然回答，又突然一惊，"啊，你……你怎么知道！"

"带我们去冰库！"百木英已明白过来，高声叫道。

"不……不行！那都是老爷的宝贝，老爷说这种货越来越少，要……要好好存起来，能卖高价！"那仆人突然跳了起来，用力摇手。

"李伯琰老爷的命，值什么价？"星痕的眼中，闪着冷冷的光。

冰冷刺骨的地下仓库中，数百包精装的珠粉被拆开，装满了半个澡盆。李伯琰被埋在当中，他的身体动弹不得，一张脸却是龇牙咧嘴，痛心疾首。

"我的货……糟蹋……停手……"他喑哑的喉中挤出不成语句的几个字，发红的双眼瞪着素星痕。

星痕瞥了他一眼，举手将一大桶清水倒进了澡盆。李伯琰简直绝望了似的甩头晃脑，张开大嘴哑哑地呐喊"哔、哔"，在他的"喊声"中，阿蒙和百木英的两桶水也兜头浇下。

"你遭谋杀之事，我们会查清楚。"素星痕平静地说道，"淮安市面上的海沉香已经短缺，请你暂时收紧蓬阁夜彩的供货。"

李伯琰全然没听进去，只顾怒极转悲地哭了起来，一直往下流的鼻涕与光泽华贵的海沉香水乳交融："小贼……毁我……我告你……坐牢……"

"喂！你脑袋坏掉了吧！"百木英瞪着眼睛，踢了他的澡盆一脚。

素星痕觉得无力感油然而生。"我是第十三绣衣使，不是小贼。"他从怀中取出檀木执牌，举到李伯琰的眼前三寸，正反两面，都让他看个清楚，"若有投诉，就去十城商政使官邸告素星痕，别冤枉了旁人。"

他冷冷地说罢，甩手往冰库外走去。

出了李伯琰家，夜色已是黑沉。街道上一派寂静，三个人的脚步声清晰地回响在街道上，听来都有些沉重。

"'利益'二字实在是可怕。"百木英忍无可忍地说道，"他已是非不分，命都不顾！"

"自己的命都不顾，别人的性命更顾不上了。"星痕望着黑漆漆的前方，低声地说道，"就算没有海沉香，蓬阁夜彩也会大肆出售。"

百木英疾走了两步："只怕明日市面一开，就会有人步柳儿后尘！可有急策？"

星痕转目看她，星光之下，映出一脸的疲惫。"这件事，就要拜托阿英了。"他盘算着说道，"请你尽快在《淮安商报》上撰文，公布海沉香断货的消息，将夜彩含毒之事广而告之，以做警示。"

百木英的眼睛一亮："好！我连夜就写，明日一早见报！"

星痕点了点头，拖着脚步继续前行。走了一阵，他忽然幽幽地问起："阿蒙，你记不记得，我们小的时候，见到过鲛人？"

阿蒙一怔，瞪大眼睛，三步过后，猛然想了起来："记得！在'猎星团'的黑船上，有一次他们抓来了一只……啊不，一个鲛人。他们把他伤得很重，后来……"他说到这里，突然哽住。

"后来，他们把他分尸，吃掉了肉，骨头扔回海里。在那之后，就再没有鲛人袭击黑船。"星痕阴郁地把话说完。

百木英的心头一颤，震惊地望向身边的两人。

"你还记得他的样子吗？"星痕凝着眉，又问道。

阿蒙闷闷地点了点头："样子很怪，有条带鳞的尾巴。你……怎会想起这些？"

"我还记得他的眼睛。"星痕低垂着头，"很大的眼睛，很深的黑色，还有深蓝色的光。"他停住了脚步，出神地看着地面，"今天，在蓬阁门前，我好像又看见了几个鲛人。"

阿蒙和百木英也停了下来，都有些惊讶。

星痕说话变得有些慢："我听说，鲛人有时也能像人一样走路。"

"那是化生双腿的秘术。"百木英说道，"我师父曾讲过，鲛人用这种秘术，可以暂时化为人形，上岸行动。"

"果然如此。"素星痕絮絮地说道，"谋杀李伯琰的人，多半正是他们。他们来自海中，也许带着海沉香一类的贵重之物，假称来谈生意，所以李伯琰才会上当。"

百木英听了，不禁慢慢地点头道："听闻鲛人极少能通华语，那个'雠'字笔画稚拙，若说出自鲛人之手，倒是十分合理。可是鲛人远居深海，与李伯琰会有什么深仇大恨，以至于上门仇杀？"

"只怕……只怕……"星痕含糊地念叨了两句，忽然没了声息。阿蒙早已绕到他身前，让他倒在了自己的背上。

"先让他睡吧。"蛮族少年背起自己的兄弟，轻声地说道。

【三】

星痕并没有睡得很好。鲛人奇异而深邃的眼神萦绕着整个梦境，仿若来自深海的怨尤，隔膜难解，一见难忘，继之而来的是拉杂的声响，狂涛怒浪，颠簸的海船，伤痛、死亡，不见家乡。星痕蜷缩着身体惊醒的时候，天已亮了，透过窗棂洒进来的光却苍白而暗淡。

是个阴天，空气凄凉凉的，沾衣欲湿，夏日的第一场雨就快要到来。简陋的房间里，清寒的枕席，一墙之隔，箫鼓之声和闲散的喝彩声不绝于耳——这里是青柳班舞坊的后台。

"哎呀，"端坐在床边的白琬扬眉一笑，转头向外喊道，"他醒了！他醒了！"——他被嘱以"看着素星痕睡觉"的重要任务，要求乖乖的，要专心致志，不要乱走乱动让人操心。

听到喊声，阿蒙、百木英很快出现在房间里。"睡醒啦？吃点吧！"阿蒙手里拿着一袋包子，热腾腾地捧到星痕的面前。

星痕轻轻摇头，转目看向百木英。

"你说的文章我写好了，昨夜已送报馆付印。"才思敏捷的采风使微微地笑着，"放心。"

"辛苦了。"素星痕轻道一句，扶住头，尚有些神思恍惚。片刻，他扫视着身边，忽然略有担心地问道："离离呢？"

"她在上妆。"百木英答。

"上妆？"

百木英点头而笑："青柳班原定了今日一场歌舞，票都已卖出，柳儿不在了，场面支撑不住。老班主很是愁苦，离离便自告奋勇帮他救场，稍后便登台了。"

"呵呵，真想不到，离离很会唱歌跳舞呢！"阿蒙露出一种由衷的灿烂笑容，挠着头，两边脸颊有些微微发红。他的话音才落，墙外的箫鼓声稍稍停顿，转而换了一支悠扬的曲子，一片掌声随即响起。

"开始了，快，一起去看！"憨直的少年拉起星痕跑了出去，满脸兴奋的光芒。

青柳班的舞坊设施简陋，舞台与座席都是露天，此刻天阴阴的，将要下雨，半数看官已经离场。但当离离登台亮相时，剩下的一半看官并没有再走，纷纷仰目关注着台上，一时忽略了不佳的天气。

星痕他们几个站在人群的后面，远远地看着。舞台中央那位身姿修美、雍容自若的主角，恍然与平日厮混的调皮丫头判若两人。

她一身雪白的舞衣，腰若约素，袖若水云，乌黑的长发盘出精致的髻子，尖尖的脸上并无蓬阁夜彩那般繁复贵重的红妆，唯以素净的水粉匀着，细眉淡扫，薄唇轻点，清亮的光线之下，人如皎月。箫鼓声声，她轻盈旋舞，骤然舒展长长的水袖，仿若展开了一对洁白的翅膀。

"《羽嫣然》。"星痕望着那舞，喃喃地念道。

"你们不在的时候，她给我讲了这舞中的故事。"白琬轻摇折扇，忽然说起。

"什么故事？"百木英很是好奇。

"说是本朝开国之君——羽烈王的故事。"白琬开讲，满口纯正的离离语气，"有一个华族的男孩，还有一个蛮族的男孩。这两个男孩都很好，而且他们是好兄弟。又有一个羽族的女孩，她能长出漂亮的翅膀。两个男孩都喜欢她，但她只喜欢其中一个。"

百木英不禁一怔，觉得这故事真是应景得有些过头。她悄悄地转目去看星痕，却见他只是平静地听着。

"那，后来呢？"阿蒙就是那种很容易被故事吸引的人，而且永远是单纯的吸引。

"后来？"白琬翻起眼睛向天上看，争取将灌进耳朵的话语一字不落地原样倒出，"后来华族男孩做了华族的皇帝，蛮族男孩做了蛮族的皇帝，他们各有一片天地，但女孩的天地不知在哪里。女孩虽然长着翅膀，但天空太高，大地太远，伤心的时候真的很难受，她告诉自己要每天都开心。其实女孩无所谓天地在哪里，有她爱的人在哪里都有天地，所以无论如何都要飞翔，何况她真的有她爱的人。"

几个人听了都沉默了，唯闻台上乐舞清音起伏。白琬叹了一口长气，左右回头，看向身边的三个人："你们觉得这故事怎样？我觉得其实还蛮好的。"这三人的沉默让他略感失落，"听完可有什么感触？"

阿蒙仍在专注倾听，此时才明白故事已完了。见白琬一脸期待地望向自己，他眨了眨眼睛，便说出感想："我们蛮族没有'皇帝'。"

说罢他转头去看台上，此刻，箫鼓伴奏已渐转高亢，这一舞正到精彩之处。雪白的裙影飘旋婉转，刚柔水袖道尽无限传说，那舞者沉醉其间，恍然沙鸥，恍然白鹭，恍然佳人，恍然云雾。蛮族男孩看得入了迷，热血搏动着心跳，听起来比乐舞的鼓声更响——那是他的姑娘，长着翅膀，发着纯白耀眼的光。

素星痕也静静地看着。初时的怦然心动，后一刻的思绪微茫，浸淫到了某一个瞬间，霎时酿成凉凉的感伤。

他看见那姑娘眉眼戚然，入了戏般黯然神伤，她一次又一次挥舞着长袖，好像真的想要冲天飞起。《羽嫣然》的故事絮絮叨叨、颠颠倒倒，不知哪一句说的是古人，哪一句说的是她自己？

空中的云朵垂得更低，一条雨丝悄然滑落。坐看歌舞的人们开始走神，抬头、挡脸，有的人起身离席。

"阿嚏！阿嚏！这水好凉！"白琬颤抖了一下，惊叹道。

"荒谬，才淋两滴雨就这样？！"百木英惊讶地瞪着他，转而想到一个会把雨称为水的白痴，必然是个有生以来从未淋过雨的豪门废物。她觉得有些无奈，一展衣袖遮住大少爷的头，扯着他跑进有屋顶的后台。

落雨渐次细密，台下的人们纷纷退场，很多人离开座位之前，仍对表演报以了几下掌声。所有看客都离去之时，伴奏的箫鼓也停了下来，青柳班的乐师搬着乐器去避雨，只留台上孤单的姑娘，慢慢收住旋转的身姿。

星痕仍立在原地看着，阿蒙也没有移动，雨中只剩下三个人静静地伫立着。雨点落地的声音越来越大，须臾，星痕从遐思中醒转过来。

他看见离离的衣裳已经打湿，不禁动手去解自己的外套，带扣才解开一半，却见阿蒙大步冲向舞台。矫捷的少年一跃跳到离离的面前，敞开宽大的外袍一下将她裹住，紧紧拥抱。

"干吗？人家还想淋淋雨呢。"一曲华舞毕，喘息未定的姑娘抬头，喷着她的情郎露出一丝浅笑，气息撞上滚烫的胸膛又融入冷雨，化成几缕浅白的水雾。

"好，那再淋一会儿。"阿蒙想了想，点头答应，"就一会儿哦。"

素星痕垂下双手，半开的衣襟中灌入冰凉。雨帘已经变得很密，模糊了他的眼睛。

三个人怀着各自不同的心情，浑身透湿地回到后台时，却听见老班主开怀的笑声。他出去了一个上午，刚刚回到舞坊，将滴水的伞递给学徒，极是兴奋地说着："这下成了！这下成了！"好像有什么天大的喜事降临。

"您……您没事吧？"百木英刚帮白琬擦干了头上的雨滴，扔下手巾，关切地问了一句。的确，两日来这老头儿的鼻涕眼泪就不曾断过，此时这样子，别是伤心过度得疯了？

"诸神保佑，今日走运了！我遇见一班外乡来的艺人，人长得漂亮，歌舞又好，他们想在淮安落脚，愿意投到我班子里来，工钱也要得极少！已说定了，我先行回来打点，他们马上就到！"老班主话说得十分清醒，看来是真的开心，"我原接了个大生意，柳儿没了，眼看着要落空。如今得了这班人撑台，这笔生意可就能成了！太好了，太好了！"

看着老头子喜笑颜开的模样，离离不禁皱起了眉："柳儿姐姐刚走，什么了不起的生意，值得你这样高兴！"

"大生意，极好极好的一趟活计！"老班主得意地拍了两下大腿，"你可知道秦夫人？淮安城有名的大贵人！她要办寿宴，看上了我的班子，叫我们去舞一场《羽嫣然》！这可是个极高贵的宴会，去了这一遭，我青柳班就扬名立万了！"他说着，招呼手下的学徒们，"把那屋里的尸首拉出去，打扫打扫，新来的姐姐要住下！"

离离听了这话，大吃一惊："她才过世多久，你用得着这么急吗！我帮你去撑那个宴会，一个工钱也不要你的，行不行？！"

整个后台都静了下来，青柳班的学徒们都愣愣地站着。

老班主的笑声停住，堆满皱纹的眼角瞥着离离："请姑娘登台，不过是救个场。我们班子如今有了好前程，往后都是大生意，哪能总指望外人。"说着他一个哼笑，转开头大声怒喝，"还发什么呆，快去收拾！"发愣的小学徒们都吓了一跳，立即乖乖地忙活起来，不一会儿，便见柳儿的尸身被倒拖出房间，一张破旧的芦席卷着，露出乌黑凌乱的长发。

"你……你不是说要为柳儿讨个公道的吗？"离离喊着，攥着拳头想要冲上去阻拦。身后的星痕轻轻按住了她的肩。

"有了'前程'，他们已经不需要那个'公道'了。"他低声说着。

离离回过头来，晶莹的眼睛闪着些微愤怒的泪水。

"他们自己要这样，我们的确无权去管。走吧，还有很多事情要做。"星痕怜惜地看了看她，又闪开了目光，"走之前换好衣服，别受凉了。"

离离怒气冲冲地借用了青柳班的换装室，阿蒙握着棍子在门口守着。白琬无论如何不想再淋一滴雨，于是百木英骂了他一顿后去买伞。星痕略擦了擦身上的湿衣，独自避开那洒扫迎新的热闹场面，踱步出了舞坊的门。

檐下雨滴稀落，靠着门柱面对空寂的街，某种心情得以慢慢地冲淡。就这样过了片刻，他看见街巷远处有一小群人走了过来，步履寥落。一瞬间，他不禁瞪大了眼睛，迅速退身藏进门角，压低了呼吸的声音。

意外，似乎也不意外。所幸的是，这一次看清楚了，一共是五个——五个身披青色斗篷的人。

这群人走到舞坊附近，便停下脚步，静静地等着。站在犹然细密的雨中，他们毫无不适与局促，貌似还很享受。那整齐划一的修长身影，就与昨日蓬阁门前所见的一样，气质夺目令人无法忽视，却又好像天然与这个烟火俗世隔阂着什么，因而显得有点虚幻。五人当中，唯独被团簇在中央的一个身量略小、体态柔和，仔细看久了，才发现那是一个女性。她对这漫天而下的清亮雨水似乎格外迷恋，她不知不觉，慢慢地仰起头用脸迎着雨滴，一个不慎，巨大的风帽滑落下来，飘散出满头炫绿色的长发。

不是华族，不是蛮族，星痕所见过的生于这片大地上的任何种族，都不会拥有这样的秀发。那种绿，甚至不会是属于陆地世界的色彩——那是传说中孕育无限神奇、藏匿无限危险的大海，才能造化出来的颜色。飘垂的绿丝之间，那女子白得透明的耳郭后面，隐现着一道鲜红的裂痕。它在雨中快速地张翕，令人仿佛看到一条离水已久的鱼，正在贪婪地呼吸着。

这样的忘情只持续了片刻。那绿发的女子忽然警醒，迅速重新罩上了风帽，而后，五双硕大而深邃的眼睛，一齐向着星痕的藏身之处望来。

有些事情，显然是不容窥看的。素星痕微微瞑目，来不及有任何反应，那五人当中的一名男子已如风般袭到眼前，青色斗篷中露出一只苍白而瘦硬的手，四指如刀。

"星痕，你在这儿啊。"这一刹那，阿蒙的声音突然响起，人也出现在身旁。"我们都弄好了，可以走了。"他说着，不明就里地看了看面前的异族人，手却不自觉地握紧了木棍。

冲上来的男子看见阿蒙，似乎敏感地觉察到压力，进袭的动作戛然而止，眼中却抑不住深蓝的寒火。

"我们……走吧。"星痕这才有机会开口。他十分平静地说着话，手却用足了力气推着阿蒙，一起慢慢地后退。这个时候，老班主也奔出门来，一见那五个人，兴高采烈。

"姑娘，你们来啦！快请进，快请！"他对着那绿发的女子热情地招呼着，并用力将星痕、阿蒙推开了几步，"让让，这是我班子新来的角儿！"

那女子见这情形，向着老班主点了点头，异色的美丽眼睛微微转动，对同行的男子们使了个眼色。四个男子只是沉默，跟随在那女子身后，被早已迫不及待的老班主领进了舞坊。

雨巷恢复了寂静。"他们的耳后有鳃。"过了好一会儿，星痕压低着声音说道，"果然是鲛人。"

阿蒙愣了一瞬，瞪大眼睛："就……就是他们吗？！"他说着，拔腿想要追上去，却被拦住。"我们没有证据，此时做不了什么。"星痕说道。

"那怎么办？总不能放过不管！"

"可以请李伯琰的仆人来指认，若确定行凶的就是他们，便可公事公办。但只怕……事情比我们所见的更为复杂。"星痕凝着眉头，"他们的戒心很重，为了掩藏身份，似乎不惜出手伤人。看起来，是负着什么重要的任务——重要，而且危险。"说到这里，他的语调变得更沉重，"无论如何，先火速离开此地。"

"我去叫离离他们！"阿蒙应了一声，飞身奔进舞坊。

星痕垂头沉思，忽然有人拍上他肩膀，转头看去，百木英背着两把新买的伞，正站在身后。"你回来得及时。"星痕向她点了点头，"我刚才看见……"

他话未说完，一叠印满铅字的大纸"哗"地被举到他面前，挡住视线。"我顺便买的，今日的《淮安商报》。"阿英举着报纸，语气有些冷淡，"你好好看看。"

星痕接过商报，迅速地翻阅了一遍。略略一怔，他抬起头来："你昨夜赶写的文章，在哪里？"

百木英伸手在头版显眼的位置指了指。星痕又是一怔，而后凝起了眉头——那里并没有什么文章，只赫然印着一幅描绘"宛州八景"绮丽风光的工笔画——《江山梦晚图》。

"怎么会这样？"他思忖着问道。

"这个版面，原本应刊印我的文章。显然，昨夜有人赶在开印之前，临时改版，用这幅画替下了那篇报文。"她说着，冷冷地笑了笑，"整个淮安，除了江子美大人，没人做得到这件事。"

星痕低下头，轻抚着额角，脸上露出些无奈和疲惫。

"你不觉得，该去找你的十城商政使大人，质问一下此事吗？"百木英盯着星痕。

"我想，我不必找他，他也会找我吧。"星痕淡淡地说道。

几乎是话音刚落，便见天空中一只幽蓝色的鸟儿不避雨丝飘忽地飞来，打着旋落在了他的肩头。"召见的手令已经到了。"他随手取下鸟儿足上绑着的竹管，看也没看。

【四】

幽然静美的江家内园，烟雨空蒙中显得格外清奇与婉约。水榭里隔帘聆听观赏，细雨敲萍，滴答成趣，江子美惬意地一笑，将刚煮好的香茶递到星痕的面前。

随即递来的，还有署名李伯琰的一纸诉状。

"每隔几天，我就要处理一桩关于你的麻烦事呢。"年轻的商政使大人半是无奈，又半是揶揄，"这一次，你把人得罪得很深哦。"

星痕只瞟了一眼那状子："不错，他果然没告错人。"

"不必挂心。"江子美随手拈起诉状，丢进烹茶的炭炉，"情形我都听说了，你做得是对的。"

星痕忽然脸色一冷。"既然你也认为我是对的，"他拿出一张《淮安商报》丢在了桌上，"为什么要这样做？"

扫视着那头版上的大幅山水图画，江子美慢慢地笑了起来："百木英那篇文章太过犀利，直指'蓬阁夜彩'为毒物，这对蓬阁的名誉恐有损害，我只好将它撤下。"他淡然地说着，看着星痕严肃的脸，微笑以对，"因为，我还没有见到蓬阁君。你知道的，我有要事须与他面谈，在那之前，我不想弄僵跟他的关系。"

星痕垂下眼帘，这答案其实他早就明白。"为了这席谈话，你不惜扣下警告全城的报文，"他冷冷地直视着江子美，"你不惜人命？"

商政使的眉梢微微一凛："在你眼里，子美就是那种人吗？"他全然收敛了笑容，转而淡淡地说道，"我已与李伯琰定下合约，三日内，淮安所有的蓬阁夜彩由我买断，一盒也不会流入市面。"

星痕默了须臾，微微低头："错怪大人了。"

江子美轻轻摇手，脸上又现温润："若非我执意面见谢逸，也不会生出这许多麻烦。但，我是一定要见他的。"他转开眼睛，望着榭栏外的景色，"我要当面劝说他，不要再调制'蓬阁夜彩'那样的东西。"

"因为夜彩的毒害吗？"素星痕问道。

江子美露出一丝苦笑："可以这么说。不过，夜彩所毒害的，不只是人的身体——它毒害了整个宛州的市场秩序。"

江子美略略停顿，站起来踱着步子，满面忧思，却仍一派从容："如你所知，蓬阁彩妆对民间风尚影响甚大，谢逸本人的喜好，足以左右整个彩妆行业的格局——这样的例子，在商界是绝无仅有。半年前他用海底异物制出蓬阁夜彩，引致彩妆商人群起跟风，如今已造成了很大的麻烦。"

"调制夜彩的用料是一种极少见的水藻，特产于滗潦海西岸一处唤为'滗骨湾'的海底，因此被称为'滗骨沙缨'。此种藻类色泽奇异，含剧毒，会将海水染上毒性，以致珊瑚、鱼虾、浮游之虫或是其他海藻都不能生存，唯余一片沙砾。从前，只因滗骨湾海底地形奇特，沙缨的繁衍受限于湾内，从未外流。但蓬阁夜彩面世之后，淮安商人大量进货，海路上的行商便迅速将滗骨湾的沙缨采割一空，而后，竟开始圈占海域，人工播种此种海藻。沙缨生长极快，因此淮安市面上的夜彩供货暴增，但制作海沉香所需的龙脊巨贝却越采越少。李伯琰这样的人因而一面甩货、一面囤积，夜彩含毒的局面，越来越难以控制……更糟的是，由于刻意播种，滗骨湾以外的许多海域已变成只生着沙缨的死海，附近的渔户极为愤怒，与我宛商船队多有冲突，以致杀伤人命。此外，滗潦海上的货运航路一向平静，几个月前却出现鲛人袭击商船之事，据闻是宛商播种的沙缨侵蚀了海上一个鲛人的部落。幸而最近又平静下来，料想是那些鲛人不堪忍受海水的剧毒，已经迁徙离去。然而长此以往，难保鲛人不会再来，倘若商运航路被扰断，整个宛州的损失将不可估量。"

听到鲛人的事，星痕渐渐睁大了眼睛。心念流转翻飞，他的脸变得十分严肃。

"除了谢逸，没人能扭转这个局面。为此我也不得不找他一谈，劝说他放弃滟骨沙缨，采用普通的矿石原料，调制新的彩妆。"江子美说着，轻轻地叹了口气，"星痕，这便是我要你想方设法请出蓬阁君的原因。不知此事进展得如何？"

素星痕犹自沉思了须臾，才将视线转到江子美的脸上，摇了摇头："我访查多日，谢逸长年深居，几乎从不出门见人。昨日蓬阁彩会上，舞娘柳儿当场暴毙，他也仍是没有露面。从那时起，我已放弃了所有请出他的计划。"

江子美无声地一笑，微微点头："蓬阁君地位超然，就算是我这个十城商政使，也没面子请得动他。不过，有一个人的邀请，他绝对不会拒绝。"他说着，从袖中取出一封极致精美的函帖，递给星痕。

星痕展开帖子，忽地一怔："秦夫人的寿宴？"他的眉紧紧地拧了起来。

"秦夫人可谓是城中第一等的名流。这次是她三十三岁生辰，正在筹备宴会，下帖遍邀豪客，惊动了大半个淮安。她的面子无人不买，就连沁阳的苏城主也会赶来出席寿宴。"江子美笑道，"最要紧的是，秦夫人，便是这世上唯一请得动蓬阁君的人。"

"为什么？"星痕问道。

江子美轻搔额头，一丝不便言说的微笑："因为秦夫人与谢逸……颇有渊源。十几年前的旧事，我也只是耳闻，你如有兴趣，稍后我请家仆老伯讲给你听。"他说着从星痕手中取回帖子，一边翻看，一边说道，"此次宴会，谢逸必到。我打算借此机会与他一晤，你以为如何？"

素星痕没有答话，只是低着头，肃然沉思。良久，他沉沉地说了一句："这场寿宴，会出事。"

"什么？"江子美有些意外。

"最近所发生的事，此刻总算有些眉目。"星痕澄澈的眼瞳微微移动着，渐渐闪烁出勘破真相的光亮。"据我推断，谋杀李伯琰的是一伙鲛人。他们在李伯琰身上写下'雠'字，可见是仇杀报复。蓬阁彩会上他们也曾现身，确知谢逸不会露面后，便立即离开。而此刻，他们已经假扮艺人，混进了一个歌舞班子——这个班子已经受雇，会在秦夫人的寿宴上献舞。"

江子美听着，陷入了沉默，温和的笑脸渐渐变冷。

"这群鲛人行迹隐秘，每一次出现，都与蓬阁彩妆有关。念及大人所言滁潦海上之事，不难想到，他们多半就是受沙缨侵害的鲛人。显然，他们并未迁徙，最近不再袭击商船，也许是因为他们的家园变成死海……已经彻底覆灭。"星痕说到这里，不禁凝着淡淡的眉，"这一切，都是宛商贪利所致。这几个鲛人是来复仇的——他们要报复的，是宛州彩妆业的整个经营链条。如今他们已对李伯琰动过手了，而下一个目标，就是蓬阁君本人。然而谢逸深居简出，难以得手，秦夫人的寿宴是唯一的机会。如果这些我都没有猜错——鲛人定会借宴会献舞之机行刺。"他抬眼看着江子美，"警示谢逸，不要出席宴会。"

江子美垂下眼帘，默然片刻："不，仍要让他出席。"他捻着指尖，轻轻说道，"对那几个鲛人，也先不要惊动。"

星痕微微瞪大了眼睛："这是什么意思？"他的神情冷静肃穆，"你打算眼看着谢逸遇刺？"

江子美盘算着说道："鲛人既有复仇之意，谢逸即便躲避一时，事后仍然难逃危险。如果你的推断无误，倒不如就让鲛人在宴上行刺。刺杀计划既然已为我们所知，反倒容易掌控局面，待他们出手之后，我们当场捕杀刺客，证据俱全，便可以彻底解决此事。"

"这些恐怕都是借口吧。"素星痕的目光冷了下来，毫不客气地盯着他尊贵的上司，"大人真正的目的，是想先使谢逸陷于危机，再出手救他，令他感激，以便听从大人的劝说。"

江子美轻淡地笑了一声，似乎毫不介意，坦然地点了点头："我最喜欢与你谈话。各种麻烦的事情，都不必解释过多。"

星痕也微微地笑了一下，只是左边的唇角轻轻一勾。这个连自己也难察觉的笑意，就这么一闪而逝，透露着他所特有的那种离奇的敏感。"大人如此急于说服谢逸，究竟是为什么呢？"他不冷不热地问了一句，显得有些突然，"真的只是担心航路安全，或者彩妆市场的平衡吗？"

江子美侧目，笑容微敛，只用目光询问着他的言外之意。

"据我所知，宛州可用作彩料的矿石，大多产于沁阳城附近。如若蓬阁君听从大人劝说，放弃沙缨，改用矿石制彩，彩妆行业的巨额红利，将会从淮安海路商人的手中，转移进沁阳商人的口袋。大人真正想做的，是重新切分这块利益的大饼。"星痕平静地说着，捧起茶来喝了一口，又道，"大人是淮安之主，通常来说，没道理要将本城的利益让给沁阳。如今这样决策，我猜，一定是为了做某种交换。"

他的脸上泛起了淡淡的笑容，望着江子美，眼中一派透彻："是商路，对吗？大人想与沁阳城主合作，彻底控制两城之间的驿道，以及道上的一切商业运输。据我近几日的推算，这个合作已经开始了。"

江子美忽然笑出了声来："不愧是当年'猎金者'的唯一传人。"他轻拍着手，眼中尽是激赏，"我与沁阳苏城主确已达成盟约。此番她为秦夫人的寿宴来到淮安，一半也是为了与我商议此事。"

素星痕并没有多余的表情："'三家店'的财力日益庞大，大人要在商界与他们争衡，控制宛州商路，的确是很重要的布局。但是公然垄断商路，必然激起严重的冲突，此事牵扯苏城主在内，十分危险。"

"这些事，就不必你来操心。"江子美的脸忽然变得冷淡，"我一定要说服谢逸。你只需要完成任务。"

"这个任务很难完成。"星痕的语调也变得冷冷的，"如此庞大的宴会，人多事杂，除非在会场的每个角落都安插暗哨，否则无法掌控局面，不可能保证蓬阁君的安全。"

"你想安插多少人都可以。"江子美轻轻扬起了眉，重新露出笑容，"在淮安，选择宴会场所，从来都是件极讲究的事。像秦夫人寿宴这样的规格，只有三处顶级酒楼才能支应，如若选在了稍差的地方，便是管家的失职。而这'淮安三雅境'，恰好都是我江家的产业。"

他说着站起身来眺望远空，挥展衣袖，看起来轻松而踌躇满志："素星痕，你的任务是监控整场宴会——务必当场捕杀刺客。待秦家选定了会场，我会预先安插所有暗哨，并为你提供五封请柬。届时，你与你的几位朋友，便可顺利入场。"

素星痕的眼中突然闪过警惕的亮光："我的朋友，也被算进你计划之中了吗？"

江子美看了看他——那张少年般稚气的脸上充满了反感甚至恼怒，毫不掩饰。商政使大人轻描淡写地笑了一笑："怎么，你介意吗？在我看来，你和他们本是一体啊！"他侧着头审视星痕，幽幽地反问道，"时至今日，你认为，他们是否还能离开你，你又是否还离得开他们？"

星痕静默了片刻："随时，都可以离开。"他忽然说道，无比地认真，"我既然应允做绣衣使，就注定坐上你的赌局。但这只是我自己的事。如果你把其他人也当成了赌注——任何人，我随时都可以让他离开。"

江子美发出无声的笑："赌桌边的人，从来都不是来去自由。"

星痕也笑了起来："大人请记住，这是底线。"他语声轻松，"大不了，我死。"

水榭中寂静了很久，雨落池塘的声响，清晰而静谧。

"那么，你还要接受任务吗？"过了一会儿，商政使大人问道。

"我接受。"绣衣使平静地站起身来，"条件是，寿宴当日的一切，由我全权指挥。"

【五】

"答应我，做完了这件事，就不要跟在我身边了，好吗？"客栈的房间里，素星痕低着头，拿出他认为最最严肃的语气说道。

四个朋友并排坐在他的对面，清一色面无表情地抱着胳膊。不知绣衣使大人去见了上司一面后又受了什么刺激，但这个被重复提起过一千遍的话题已经让他们都懒得反驳了。

"你这么想赶我们走，干吗还要等做完这件事？"过了片刻，离离打起精神来质问一句。

星痕怔了怔，将头垂得更低："因为这件事……时间很紧……涉及鲛人……我确实需要你们的帮助。"

"喊！"离离不屑地翻个白眼。百木英长出了一口气，没有说什么，但一肚子的意见已经不言而喻。

素星痕觉得有些羞愧，愣了一会儿，又显得十分焦虑。他此时的样子倒真与他稚嫩的外表很是符合，像极了一个长期假装成熟却装失败了的年少男孩。

"我知道我很可笑。"他有点出神地念叨道，"明明自己不想做的事，不知为了什么，却又想做。明明不该去碰的东西，不知为什么，偏要去碰。太多了……对不起，我想要的太多了。"

阿蒙望着他，张着嘴巴，瞪着眼睛。星痕说的好像是华族语没错，但不知为何根本听不懂。

离离举手按住星痕的额头，确定不热，转而拍了拍他的肩膀："你不是'想要'的太多了，是'想'得太多了。醒一醒吧。"

"说正事。"白木英撩了一下耳边的长发，瞬间将言不及义的谈话拉回正题，"这次的任务，听起来不太简单。首先我想知道的是，凭什么断定谢逸会出席寿宴？他与秦夫人，到底有何渊源？"

"哎哎，这个我也很想知道！"离离眯起眼睛托起腮帮子，名流隐私真是令人兴趣盎然。

星痕收敛了芜杂的思绪，低低言道："在十几年前，谢逸与秦夫人本是一对爱侣。"

"我猜就是这样！"离离一拍桌子，转身对着阿蒙说道，"你看你看，故事通常都是这样开始的！"

"哦哦！"阿蒙睁大眼睛，认真地点头附和道。

星痕回想着从江家老仆口中听来的往事，说起时，心中笼着一层怅惘："那时候，谢逸画得一手好画，秦夫人是个年轻的舞伶。他们一起来到淮安，秦夫人凭着一曲《羽嫣然》登台献艺，谢逸也在歌舞班子里帮工。他时常执笔为秦夫人化妆，还为她制出了一种独特的眉黛，就叫作'羽嫣然'。"

"哦……"离离听得入神，慢慢点了点头，"羽嫣然，原来是这样的来历。不错，我认识的那位姐姐就是宛州人，那种眉黛，也是她从宛州带来的，画上去很好看，眉色淡淡的，好像远处的山。"

星痕看了看那爱美的姑娘，默了一瞬，须臾继续讲道："秦夫人迟迟不能走红，谢逸的画也无人赏识。他们很穷，好在彼此知心，相爱甚笃。"

"谢逸既画得一手好画，为何无人赏识？"白琬眨着眼睛问道。

"听说是因为……他画的山水，都长着眉毛和眼睛。因此每每拿出画来，总会遭人嘲弄。"

白琬一愣，微微抬头想象了一下："那不是很好玩吗，为何会被嘲弄？"他一脸不解。

百木英看着他，抿着嘴一笑："你生得太晚，真是谢逸的遗憾。"

"也许，谢逸眼中所见的山水，无人能懂吧。"素星痕微垂了眼帘，感慨地说道。

"后来呢，后来呢？"离离急着要听下文。

"后来……他们还是很穷。"

离离的头一歪，这算什么故事情节："再后来呢？"

"再后来，谢逸与秦夫人就分开了。秦夫人嫁给了一位豪商，成为名冠淮安的贵妇。谢逸则得到了一大笔钱，建起了蓬阁。秦夫人大婚的那天，他将'羽嫣然'配方卖给了彩妆商人。此种眉黛上市之后，风靡宛州，'蓬阁君'之名妇孺皆知。从此，他再不作画，也再不贫穷了。"

离离没再追问——故事显然已经完了。听故事的几个人，一时都默然。

"真是个没意思的故事。"半晌，长辫的姑娘嘟囔了一句，眉眼沉沉。

"却是这座城里，每天都在发生的故事吧。"百木英抱着臂肘，一笑，"而且若写在《淮安商报》上，一定卖得很好。"

"那恭喜你，又有稿费赚啦！"离离瞥了她一眼。

阿英傲然地甩了甩长发："可惜，我真的没兴趣写这些事。"

"那么，写点别的吧。"素星痕忽然说道，"这次的任务，正好还要借助你的妙笔。"

听到这话，几个伙伴都注目在星痕的身上："说计划吧，绣衣使大人，我们听着。"

素星痕谨慎地思忖了一刻："若要掌控鲛人的动向，必须弄清楚他们的那场歌舞——每一个动作都要熟知。因为我推测，他们定是打算趁献舞的时候，寻隙行刺。"他说着，转目看着离离。

离离微仰起脸："不就是《羽嫣然》吗，我最熟悉啦！"

星痕一笑，信任地点了点头："这一点既能保证，我的计划便可以成功。"他环视着面前四人，清澈的眼睛透出淡定的自信，"秦夫人的寿宴于七日后举办，地点会选在'淮安三雅境'当中的一处，此时还没有最后敲定。计划的第一步，是确保他们选择'江山阁'开宴，而不是其他任何地方。"

百木英听了，略略皱眉："西西楼、江山阁、乌里雅庄，这'三雅境'都是江大人名下的产业。你若有需要，让江大人安排不就好了？"

星痕慢慢摇了摇头："这件事，不要让江大人知道。"

几个伙伴一怔，互看了几眼。离离忍不住一笑："哟，事情好像蛮有趣哦！"

素星痕抬起头，目光穿过房间的小窗。窗外，雨后初晴。

西西楼，名为一楼，实则由数十小亭连缀成片，曲廊相通，布局精巧。每当斜阳渐落，淡妆侍女轻盈地穿梭廊间，将盏盏纱灯传递进每一座小亭，亭台楼阁中红影交错，其景曼妙，乃淮安城豪奢的夜生活中，一大著名的雅趣。"日下西楼更西楼，亭台漫影醉闲愁"，文坛名宿留在此地的诗句，天下传诵。

"陈大管家，这边请。"弯曲回廊中响起甜美的声音，美貌侍女引着一个衣装体面的中年男人，踏进一座小亭。那男人煞有介事地环顾了一番，在亭中落座，姿态老成谨慎，神色却透着狂傲。

这个人是陈奉，大名鼎鼎的秦夫人府上的管家。眼下他担着件极要紧的差事——操办夫人三十三岁寿辰的豪宴，这事须得倾尽心力，丝毫不敢马虎。今日的任务便是选定宴会的会场，为此他亲自来酒楼踏勘。

"随便上些菜色，一盏茶。"豪门大管家吩咐道，"我要看看杯盘的质地。"

侍女答应着，欠身而去。陈奉又站起来，摸摸织锦坐垫，敲敲廊柱漆皮，苛刻的眼睛仿佛带着钩子。

相隔不远的另一座亭中，阿蒙和离离对坐桌边，悄悄地窥看着这边。他们比陈奉早一步到此，在侍女姐姐温柔的注视下斟酌半日，咬牙点了排在菜单最末、价格最实惠的东西——两杯清水，从而一举花光了身上所有的钱。

"看，那个就是陈奉。"离离凑近阿蒙的耳边，压低着嗓音说道，"咱们若没得手，买水的钱就白扔了！"

"放心吧，你想的办法一定能成！"阿蒙十分坚定地说了一句，转身站起，步履无声地奔出了小亭。离离望着他，只见那矫捷的身影在曲廊中飞移了数步，倏忽向上一跃，便隐匿不见。

"他真是太棒了！"姑娘的心不禁怦然一动，脸上浮出甜甜的笑靥。她转着灵动的眼睛四下观望——酒客和侍女各自忙着，除了自己，再没人注意到阿蒙的行动。于是她满意地一笑，专心去盯着陈奉所在的亭子，好整以暇，只等着看戏。

秦夫人的寿宴是笔大生意，西西楼自是极尽殷勤。等待未久，便见一队轻盈的侍女鱼贯而来，将各色菜碟摆在陈奉面前的桌上，一盏热茶也捧到他面前。陈奉扫了几眼，满桌精瓷碟具，倒还雅致细腻。他接过茶碗，入手温润，掀起碗盖，茶色透碧，香气扑鼻——唯玉碗的中央，赫然漂着一只淹死的蟑螂。

"啪啦"一声，陈奉将茶碗掷在地上，起身拂袖而去。

附近的酒客和侍女们都是一惊。唯有离离双手捂住了嘴巴，笑得前仰后合，强忍着没笑出声来。

"成了吧。"阿蒙忽然回到了离离的身边，笑着坐下，抬袖蹭蹭脸颊上的汗。

离离憋着笑，向他竖起了大拇指。

"公子、小姐，两位的清水，请慢用。"正这时，一个侍女捧来两只漂亮的盖碗，放在桌上，而后退出了小亭。

"喝完再走吧，好歹是这么贵一碗的水！"离离说着端起碗来，掀盖欲饮。

"啊！"一声尖厉的惊叫，她颤着双手将碗抛开，一泓清水漫天而洒。

"哎呀，我忘了……"阿蒙搂着猛扑进怀里的离离，怔了一怔，"刚才，搞不清哪一碗是给陈奉的，我就在每个碗里放了一只。"

乌里雅庄，名字源自蛮语，意为"仙女降临之地"。陈大管家降临之时，正是庄内最幽静的时光，午宴的宾客都已散尽，管事掌柜只陪着他一人游赏察看，极尽殷勤。陈奉的心情变得好了起来，此前在西西楼所遇到的不快逐渐淡去。他简直有意要将秦夫人的宴会定在此处了。

"一庄有天地，半壁见星辰。不错不错，果然是雅境！"一个年轻的声音忽然出现，评头论足，听起来雍容而高贵，清闲又无聊。

陈奉皱皱眉头，转身看去，只见一个十七八岁、白皙俊美的富贵公子闲逛了过来，四下观赏着。他的身后跟着一个精干的仆人，背着双手，身姿挺拔，唇上虽横着一线精致的小胡子，整张脸却是女子般的清秀。

"哟，是白公子！"乌里雅庄的掌柜充满热情地招呼一声，丢开陈奉迎上前去，"什么风吹的，白公子大驾光临！可有什么能效劳的？"

白琬悠闲地点头，有一搭没一搭地言道："四月初十我要办个宴会，看看你这地方能不能用。"

掌柜眉梢一挑，满脸堆笑："哎呀，那可是荣幸之至了！"

"慢着！"被丢在一边的陈奉有些着恼，冷冰冰地喝了一声，"秦夫人那天也要开宴会。此地是我先到，岂可订给旁人？"

"这位莫非就是秦夫人府上的首席能人，陈奉陈大管家？"白琬身后的年轻仆人忽然出声，清亮的眼睛微含笑意。

"你是何人？"陈奉冷冷反问，一脸轻傲。

"在下是白公子的管家，跟您是同行。"一个十分友好的回答，却又好像有几分讽刺。"好管家，好管家。"白琬肩头微颤，连声揶揄。看着百木英粘小胡子假装男人的模样，他总忍不住要笑出来。

百木英彬彬有礼地欠身，对白琬的夸奖表示感谢，而后向陈奉问道："陈大管家当真看上了这个庄子？莫非要与我家公子相争？"

陈奉拉着一张冷脸："莫非你们要与我家夫人相争？哼，免了吧！我秦家看上的地方，出多少钱也要拿下。"

"哦？你能出多少钱？"白琬的眉梢一挑，转了转左手上的猫眼石戒指。

"哎哟，陈大管家，您要跟白公子斗这个，我可为您捏把汗哦！"乌里雅庄的掌柜笑呵呵地提醒着陈奉，话语里藏的却全是煽动。

陈奉瞪他一眼，心头的恼怒更盛。他咬了一会儿牙齿，鼓足气开口道："凭你们出价，我秦家奉陪……"

百木英突兀地打断了他："公子爷，咱们让了吧。"

陈奉一时愣住。

"啊？为什么啊？"白琬似乎也有些发愣，看着百木英，茫然问道。

"因为这地方不太好啊。"百木英一根手指捋着唇上粘的细须，作势沉思。

"管家先生这是什么话！"那掌柜的却不依了，"乌里雅庄名列'淮安三大雅境'，说我这里不好，您还能找出更好的所在吗？"

百木英背起双手，悠然笑道："乌里雅庄幽深古雅，的确堪称人间仙境。若在这里设宴，一年三季皆好，只可惜，唯独不宜在夏季。你们这庄内种植的花卉，春有幽兰，秋有芙蓉，冬有白梅，都是香气清雅之物，然而夏令之花，却是燕尾香草。这种香气艳俗刺鼻，飘浮满园，实在有碍赴宴宾客的胃口。所以，像如今这样的夏日，选在乌里雅庄开宴，可会令宴会的品位大打折扣。"

白琬听罢她的说辞，不禁激赏地用折扇敲着手掌："说得是，说得是啊！难怪去年夏天在这里用饭，总觉得不舒服。如今想想，正是这个缘由！"

百木英保持着优雅的微笑，眼睛却用力斜视着白琬。方才这通歪理都是她就地取材，极尽烧包之能事扯出来的，没想到这个白痴竟然真有此感，那么这个白痴到底是有多烧包！心里连骂了几声"荒谬"，她一脸谦逊地躬下身子："公子谬赞了。身为一个管家，这都是分内应有的本事。若是连这些也不懂，岂不是给主人丢脸？"

陈奉的耳朵被深深地刺了一下，脸皮紧绷得像能敲出声来。

"公子爷，这个庄子，还是让给秦夫人吧。"百木英又劝了一句。

"大可不必！"陈奉高声一喝，"我没打算订这个庄子。夫人的寿宴非比寻常，自然还须另选佳处。白公子请慢慢看，陈某先告辞了。"他迅速地说完这些话，不容挽留，抽身离去。

乌里雅庄的掌柜目瞪口呆，愣了片刻，立即转对白琬堆笑道："既然陈管家走了，敝庄便可专心为白公子筹备盛筵了！不知白公子要宴请多少贵宾？"

"不是说了吗？这里的气味太差了！"白琬这时候闻着满庭香草，简直觉得有点头晕，用折扇掩住了鼻子，携着百木英大管家奔逃而去。

南暮山下，西江水上，一派绝美的景色浑然天成——"江山梦晚"，宛州八景之一，古今千载，天下驰名。在这幅图画的点睛之处，而今翼然矗立着一座轩昂的楼阁，高大、恢宏却玲珑剔透，足具宛派建筑追求极致华美的风格。

这就是"江山阁"，在淮安城千年不衰的繁华长卷中，燮朝商人添上的炫彩一笔。

即便与淮安的千宅万厦一一相比，这座楼阁的建构也可谓独具匠心：南暮山上的清溪流注为一弯环绕阁楼的水系，并与滔滔西江连通，使得江山阁成为"淮安三雅境"中唯一的水上建筑，独得天地精华的浸润。

水中有楼，楼中有水，天地自然间的湖光山色，皆融成这楼阁幻美绝伦的装潢。当素星痕步入其中，放眼观看时，亦不禁沉醉了片刻。

"这位公子，有何贵干？江山阁只接预订，不招待散客。"一位身材修长、仪表雅洁的青年男子拦住了兀自闯入的星痕，不失礼貌地招呼道。

"您是这里的掌柜？"素星痕看了看那男子，问道，"四月初十那天，贵处可有预订？"

年轻的掌柜摇了摇头："尚无预订。怎么，公子要订吗？"打量着眼前这寒酸少年的一身布衣，饶是他为人涵养有礼，脸上也不禁露出一层冰冷。然而下一刻，他就看见这清瘦少年从旧布衣的怀里，掏出一块刻着"绣衣使"三个字的木牌。

"奉命稽查江山阁。"星痕举着执牌，语调冷严，"在本使查看完毕之前，不得对外营业。"说罢，他不容置疑，径自往阁中深处走去。那年轻的掌柜很是讶异，但早曾听说绣衣使是十城商政使大人直属的官差，手握特权，因此也不敢多言，只得忍气吞声地看着。

星痕在江山阁内漫步，默默无语，仔细观察周遭的一切细节。这座高大的楼阁中，半边布满了座席，分为上下两层，以楼梯相连。另外半边开满了敞亮的窗，视野通透，大大小小的窗子围绕着一座高耸的舞台，可供表演舞蹈或者是奏乐——"这里就是数日之后，五名鲛人献舞之处。"星痕这样想着，边走边看。

舞台与座席之间相隔数丈，下方并非空地，而是凿着五孔开满鲜美莲花的小池。池子之间夹着曲折的小桥。星痕踏足桥上，莲香扑面，隐隐的流水声清晰可闻。江山阁的水系内外一体，这五孔莲池都与阁外的江水相通。

真是一个好地方——这次任务的不二选择。

江山阁的掌柜强忍着气闷。他看见素星痕只是在闲逛，用他那廉价的布鞋肆无忌惮地踏遍华贵楼阁的每一个角落——但这所谓的"稽查"不知何时才结束。时间流水般地过去，正午的骄阳已经西斜，变成红红的夕阳。这两个时辰的时间，先后有四拨贵客前来为宴会下订，都因绣衣使"不得营业"的禁令而被拒之门外。他已经快要忍无可忍了，他咬着牙，攥着拳头，盯着星痕的双眼燃着火。在宛州，挡人生意是要被咒横死的。

"掌柜的，我要订江山阁摆宴，四月初十。"一个中年男人的声音从门口传来，焦急中还带着几分怒气。

总算来了。素星痕听到这声音，暗自松了口气，慢慢将檀木执牌收回怀中。

"陈大管家，原来是您。"那年轻的掌柜奔到门口，打了个招呼，脸上却露出一派忧愤。"实在抱歉，"他躬身说道，"阁中现有些杂事，不便接待……"

陈奉的脑门顿时蹿起怒火："秦夫人要办寿宴，这是何等的大事！"他瞪眼吼道，"难不成'淮安三雅境'，竟没一处中用的？！"

"稽查已完毕，可以营业了。"忽然，一句淡淡的话语飘过。素星痕踱着步子，看了一眼正说话的两人，慢慢向江山阁外走去。

"慢着！"江山阁的掌柜顾不上发怒的陈奉，追上去一把拽住星痕，"你……你到底查出什么来了？"

"哦……其实也没什么。"星痕眨眼一笑，推开掌柜的手，从容而去。

"你，你！"年轻的掌柜瞪着那布衣少年的背影，咬牙切齿。

陈奉却已不耐烦了："喂，到底做不做生意！"

"做，做……陈大管家请吩咐。"掌柜的像泄了气似的转回身来，向着陈奉行了一礼。

"四月初十，秦夫人的寿诞在江山阁开宴！"陈奉几乎是恨恨地做出决定，"你们给我细心地准备，阁中不准有一棵香草，更不准有一只爬虫！"

这些要求让掌柜觉得莫名其妙，但他还是点头称是，记录下来。"陈大管家来得巧，比前边四位的运气都好。"他一边记录，一边好气又好笑地叨咕，"若不是那个小子捣乱，只怕就轮不上您下订了。"

【六】

素星痕面对着镜子，坐姿有些僵硬。离离纤柔的手指梳拢着他的头发，令他连呼吸都变轻了许多。

"哎哟，你才多大啊，都有白发了呢！"长辫子的姑娘弯腰觑着他的鬓角，两指一拈，轻轻拔下一根银丝，一口气吹走。"瞧你平日里的样子，蓬头垢面的，若不经我打理一番，哪里拿得出手去！"她一边灵巧地为他盘好光洁的发髻，一边笑着揶揄道。

"蓬头是有一点，垢面……不至于吧。"星痕轻声回了句嘴。话音还没落，女孩细腻的指尖便在他的脸颊上一刮，抹上一点青黑的眉黛。

清脆的笑声在身后响起，星痕低下头，不再作声。在这个姑娘面前，他总归就该缴械投降，别无他想。

弄好了头发，离离擦了擦手，拿起一件华美的男装。冰蚕丝细织的单罗长衫，天然雪白里混着一层娇贵的橘金，襟边袖角是云针暗绣的竹叶，光移影转，或隐或现。

这是"魅锦坊"的手工。魅锦坊是几个魅族开创的字号，专门制作极致精雅的锦衣华服，价格之昂贵，寻常的阔绰宛商也不敢奢望。而当白琬走进这家顶尖的衣坊，拿出一块象征特别贵宾身份的牙牌，挂满各式华贵衣装的库门便立即向他敞开，任凭取用。因为据说魅锦坊从白公子十岁开始向他预收巨额金铢，为他提供每年两百一十七套的定制服装。又据说这是因为，农历二月十七是白公子的生日。

于是白琬的四个穷朋友就趁此便利，尽情挑了四套莫问其价的礼服——要出席秦夫人寿宴这样高雅的场合，总得有一身像样的行头。当然，阿蒙的行头是由离离按照自己的眼光一手选定，而素星痕这身秀雅的丝衣，同样也是。

"绣衣使、绣衣使的，白叫了这么久，今日才头一回穿上件刺绣的衣服。"离离撇嘴笑了笑，拉着素星痕站了起来，将丝罗衫套在他身上系好、整平，然后推着他转了一圈。"'蓬阁魅锦，淮安双璧'，果然名不虚传。这个样子去宴会上，就不会丢我的脸啦！"她推着星痕面向镜子，"你看看，怎么样？"

素星痕空洞地望着镜面，神思却不知飘忽到了何处。"很美。"过了片刻，他低低说了一声。

"噗——不是吧？"离离瞪圆了晶亮的眼睛，"这么说自己，你也太臭美啦！"

星痕略略一怔，目光从镜上移开。"我是说……那天你跳舞的时候，很美。"他又说道。

静默了一瞬，离离转到他的面前，脸上是娇美而明亮的笑。"今天，我会更漂亮的！"她说着，举起柔软的帕子，轻轻擦掉星痕脸上的墨迹。"完美无瑕啦！准备出发吧，贵公子！"

星痕偏了偏头，耳郭好像有些微地泛热。须臾，他取出一样东西，举到离离的眼前。那是一根乌色荆木制成的发簪，一端雕作梅花形状。

"今晚的宴会上，凡是戴着这个的人，便是我安插的暗哨。"他轻轻地说道，"如果遇到什么危险，可以借助他们来对付。记住了吗？"

"知道啦。"离离看着那梅花簪，噘了噘嘴，"我若是你啊，决不会选这么难看的簪子。"

几声敲门声忽然响起，而后房门被推开。门外并排站着衣帽光鲜的伙伴们：阿蒙一身草原贵胄般的蛮族盛装，百木英束发男装，倜傥犹如豪门大少，不过真正的大少是她身边的白琬，那份宛州第一大少爷独有的闲散气质，是怎么扮也扮不出来的。

"一刻钟前，谢逸的车驾已驶出了蓬阁。"百木英通报道，"从蓬阁到江山阁，有五名暗哨随车护送，路上的安全不会有差。"

素星痕点了一下头："你写的报文发出去了吗？"

百木英一笑："昨日已经发了，全城皆知今夜江山阁豪宴，西江之上将放起万盏天灯。"她挑着眉梢，继续说道，"幸亏这回的文章，没被变成山水画。"

星痕也笑了一笑，转头看阿蒙："《羽嫣然》之舞，可都弄清楚了？"

阿蒙一拍胸脯："离离全教给我了。一招一式，都背熟啦！"

"好。"素星痕昂起了头，"各自出发，江山阁见。"

年轻人们齐齐应了一声，带着笑容，分不同方向走进了门外的夜色。

星痕转身对着镜子，独自平静了一会儿。慢慢地，他将荆木梅花簪插进发间。

这是一个晴朗的夏夜，但西江之上，喧腾尤胜白昼。由于《淮安商报》登出秦夫人庆寿大放天灯的消息，爱热闹的人蜂拥而至，游船画舫塞满了狭窄的江面，大家吃喝弹唱，等着观赏盛景。

百木英透过江山阁的窗户望着外面这幅景象。"这次的文章，效果不错。"她自己满意地一笑，离开窗边，侧着身子从粉香脂艳的宾客间穿过。

宴席开始的时辰已到了，这座水灵花秀的楼阁中高朋满座。淮安有头有脸的豪商来了一半，名媛、贵妇更是悉数到齐，外地的豪客也有不少，甚至还有北陆来的蛮族商旅，几个汉子坐在一起，时而爆发出高呼大笑。

一身华丽男装的姑娘避着人群，走过五孔莲池之间的小桥，沿途有几个年轻美艳的富贵少女向她注目，她低头报以优雅的微笑。她径直行到楼阁边角一个不起眼的小门，门后是一道有些昏暗的阶梯。她踏着阶梯向下走去，通过狭窄弯曲的过道，进入江山阁地下的一间石室当中。

这个隐秘而阴凉的空间里，汇集着一些大型的机栝，穿绕于整座江山阁的水系都由这里控制，当初建阁之人，确实是煞费苦心。已经有两个孔武有力的男子等在这里——是素星痕安排在此处的暗哨，他们看守着五个坚固而粗壮的扳杠，那是阁中五孔莲池换水闸口的开关。

百木英对两人出示了自己的请柬，那两人立即向她见礼。"绣衣使大人吩咐过，让我们协助你行事。"其中一个男子说道。

"有劳两位了。"百木英点头而笑，然后蹑步到石室的一角，那里有一只古铜锻制的镜筒从屋顶上垂下。这是一只潜镜，透过它，便可从这地下石室察看江山阁内的情形。她将眼睛贴在镜筒上望了几眼，而后从怀中摸出一块雪亮的小小镜子，借着石室中的青灯，将一缕折光映进潜镜之内。

光线几经反射，攀缘而上，透过隐蔽的镜筒照进灯火辉煌的宴会，最终化为莲花小池的水面上一片椭圆的亮斑。它在喧闹的五光十色间静悄悄地浮荡，除了早已守候在池边的素星痕，谁也无法注意到它。

阿英已经到位。看清了这个信号后，星痕不动声色地走开。他在江山阁下层一处偏僻的席位坐下，抬头观望，计算着每一个暗哨的位置，以及所有宾客的分布——一切的布局，都如预想中的准确无误。

阁楼上层最中央的席面上，秦夫人已经雍容地坐在那里。她是一个拥有浓密秀发的美貌女人，保养得极好，看不出已经年过三十。娇小的身体被拖拖曳曳、层叠繁复的昂贵衣裙包裹，挂满珠宝的颈项和手腕，纤细白皙，却显示着舞者出身的轻盈体态。此时她手中擎着一只玉杯，时而与向她打招呼的宾客举杯致意，身边围绕着管家陈奉以及成群的秦府侍女，周到地服侍着他们的女主人。

除了中央之位，上层另有两个最为豪华的席面，一左一右，是安排给主要贵宾的位置。半刻钟前，沁阳苏细侯城主驾临会场，坐进了左边的主宾之席，并按照她的习惯挂起了轻纱帘幕，遮住身影。右边同等的位置则依然虚席以待——所有人都知道，除了蓬阁君，没人堪配坐在那里。

白琬的座位，几乎是仅次于以上三席的显赫。虽然有个冠盖宛州的老爹，但十八岁的白公子毕竟只是社交圈的后进，然而就在方才一番短短的关于奢侈玩物的交谈过后，秦夫人竟满怀赞赏地将他安排到自己的旁边就座。有点麻烦的是，陈奉大管家认出了这位就是曾在乌里雅庄与他争风的无聊少爷，当场对他产生诸多质疑。白琬表示不记得在哪儿见过陈奉，然后就不再理睬他。这也许是一种临机应变，但有可能他是真的忘了。

侧目扫视上层座席的转角，离离挽着阿蒙的胳膊，肩并肩在那里就座。这个席位虽不及白琬的起眼，但却是星痕反复研读江山阁图纸，精心选定的"最佳位置"。

那姑娘正和她的情郎有说有笑，丝毫看不出身负一件难度颇高的任务。魅锦坊的薄纱长裙款款轻柔，竟将活泼的她衬出一种近乎高贵的娴雅——如她自己所说，今晚的她真的是更漂亮了。

素星痕的目光停在那里，略略出神地望了一会儿，直到一句洪亮的通报声忽然响彻整个会场——"蓬阁君到！"

宾客当中激起了一阵短暂的哗然，而后有些人忍不住鼓起掌来。在众多目光的注视之下，一个身影出现在水光潋滟的江山阁中，仆从开道，前呼后拥。

这个三十八岁的男子，俊美、华贵，仪容考究，却精神颓废。他垂着眼帘步步慢行，对周围的一切都未曾注目。四个衣着整洁、表情漠然的仆人伴随在他的身边，扶着他登上楼梯，来到唯一还空着的主宾席上。他的仆人展开一张雪白的绒毯，精心铺垫好他的座椅，而后他方缓缓地坐下，斜欠着身子，望着灯彩交错的虚空。

这就是那个有权决定什么是"美"的男人，素星痕暗自想着。很多时候这种"权力"，真可谓是权倾天下。

该来的，都已经来了。这时候喧闹的会场反而稍稍安静了下来，宾客们都在望着秦夫人的座席。这个富贵倾城的女人脸上，始终保持着完美的微笑。她轻轻举了举持杯的手，陈奉得到示意，便向全场高声宣布，寿宴正式开始。

一段悠扬的音乐声缓缓而起。这箫鼓之声听在星痕的耳里，简直已有些熟稔——是青柳班乐队奏出的舞曲，这次的演奏，远比在简陋舞坊中的要讲究和卖力。几个美妙的旋律起伏之后，那等待已久的节目果然如想象中一般无二地上演了——五个衣饰斑斓的舞者，在江山阁高高的舞台上，亮出轻盈优美的姿态。

满堂宾客发出一片赞叹。这群舞者一女四男，相貌美艳而清异，身材一色罕见的纤长，柔软灵活，却又格外矫健有力。他们的舞衣色彩夺目，连头发也是各种亮丽的颜色，尤其是那位女子，一头炫绿色的长发，见所未见，令人惊艳。绿发的女子挥舞着水袖，舒展的姿态犹如展翼飞翔，四名男子则围拢在她身边伴舞，整台歌舞华丽而恢宏。

离离曾经说过，《羽嫣然》本该是一台群舞。一人领舞、四人为伴是最佳组合，前提是所有人必须配合得非常默契。"同仇敌忾。"星痕想，也许世上没什么比这更加默契。

艳丽的鲛人们沉默地舞蹈着，深邃的眼睛如深海般寒冷。他们旋转着、跳跃着，时时望着这舞台数丈开外，豪华座席中的那个男人。那个终年幽居却在被设定的死期踏出蓬阁的男人，此时正倾颓着身子，凝着那双黯然的眼睛。

谢逸凝视着数丈外的舞台。自从踏入江山阁，他的眼睛始终空洞，不曾为任何人侧目，甚至不曾与秦夫人交换一个眼神。但当这场歌舞展开，他瞬间抬起了双眼，而后便目不转睛地看着，似乎忘记了周遭的一切。

"蓬阁君，秦夫人有话传给您听。"一名秦府的侍女来到席前，盈盈地拜下一礼，"夫人说：这支旧曲子，早已不时兴了，寻遍全城，只有这一个班子还在演。我特叫他们来献舞，蓬阁君也请一道观赏吧。"

听了这些话，谢逸沉默了片刻工夫。他慢慢举手掩住半面，看不清脸上是何样的表情。透过指缝，暗淡的眼睛仍凝望着那歌舞。他望着，笑了一声，泪水忽然沾染了衣袖。

《羽嫣然》的节奏开始变得高亢，台上的舞步穿梭如飞，令人炫目。彩衣飘转之中，忽然有一名舞者飞身跃起，竟跃出了舞台，在半空中舒展开矫健的姿态。

偏僻的下层客席上，素星痕不禁用力按住了桌面。出手了——他举头仰视，鲛人迅捷的身影如一条跃出浪花的飞鱼，竟斜掠过数丈的距离，直扑向谢逸所在的席位。

这是四名伴舞男子中的一个，他找准了舞蹈中一个有力的节奏点起跳，发起突袭。飞掠当中他尽力将瘦硬的长臂向前伸出，锐利的指尖瞄准谢逸的咽喉，那手掌中隐藏着一片坚硬如铁的硕大鳞片，边缘泛着细细的寒光，如同刀锋。

这扑面而来的攻势，丝毫没有引起谢逸的注意。他仍只是有些出神地望着舞台，缓缓落泪，唇边挂着笑意。

死亡似乎就要发生，而满堂宾客没人能预见下一个刹那。就在众人都为舞者近乎神奇的飞跃动作惊呆时，这个飞跃却突然中止——人们只听到短促的一声碰撞般的响动，而后那矫捷异常的舞者骤然从半空中坠落，径直摔进下方的五孔莲池，溅起巨大惊人的水花。

这名鲛人坠进了其中一个小池，池上的莲花顿时全被砸断。那些花心之中，不知何时被放入了一些绚丽奇异的粉末——蓬阁夜彩，随着花折瓣落，漂浮在水面的粉末迅速消融，瑰丽的色彩蔓延开来。落水的鲛人心中震惊，立即闭合了鼻孔，双手掩住耳后的鳃。水面已经被毒素封锁，他潜在池底不敢重新上浮，即便这样躲着，被夜彩侵蚀也只是须臾之间的事。

就在这绝境之中，水中忽然传来沉重的声响，他睁圆了硕大的眼睛——只见狭小水池的底部，换水的闸门渐渐洞开，来自山溪与江河的、充满生命的新鲜水流向上涌入，稀释了这难以忍受的池水。什么也来不及多想，他凭着一个鲛人战士那远超陆地人类的敏捷，纵身游入闸门下的水道，迅速逃离了江山阁，潜入宽广而自由的西江。

水闸打开的时机，精准得令人想要击节赞叹。素星痕松开了按着桌面的手，拈起一根筷子，蘸着酒，在桌上画下一道横线。

地下石室里，五根控制闸门的扳杠被扳下了一根，两个男人擦着头上的汗。百木英的眼睛对着古铜镜筒，回手向他们伸了伸大拇指。

舞者落水的场面令江山阁中响起一片诧异之声。一切都发生得太快，众人完全不明就里，然而水花落尽的时候，大家忽然听见一串清甜的笑声。

上层座席的转角，一对年轻的男女相依在那里，欢笑得很是自在。那女孩扶着栏杆笑个不停，身边的男子却是一身蛮族贵人的打扮——左手中握着一只格外大的弹弓。蛮族男子举起弹弓瞄准楼下的莲池，空拉弓弦，口中叽里咕噜说着什么蛮语，旁边的漂亮女孩边听边笑，拍着手，露出一脸崇拜之情。

宾客们都有些惊讶，看起来，是这个蛮子用打鸟的玩意儿击落了方才的舞者。看着他用弹弓取乐、旁若无人的样子，一众华族商人都有些恼火，但本着和气生财的宛商宗旨，这种事情通常没人会出头。

这短短时间内兔起鹘落，变故陡生，然而台上的歌舞却并未停歇。只是这时候除却仿佛沉迷了一般的谢逸，全场几乎没人还在专注地欣赏着。

专注就会获得回报。于是第二个腾空跃起的舞者，再次直向着谢逸而来。

阿蒙的说笑几乎还没停下，手中弹弓就已拉到了满弦。他引而不发的漂亮姿势，极冷静地停滞了一刹那，待半空中的目标飞跃到合适的位置，一颗枣样大小的金弹子才破风而出。这一次，手藏鳞刃的刺客在离谢逸更远的地方被凌空打翻，重重坠入了另一孔莲池。激爆的水花落尽，莲花折断，圆形的池水表面浮起炫彩，与此前的情形一样，许久也不见落水的人重出水面。

人们更是惊诧，但还不及缓过神来，弹子呼啸，第三个跃起的舞者也已轰然落水。

江山阁中的五孔莲池，已有三孔被砸得花叶零落，荡漾不宁的水光，呈现出三种不同的瑰丽的艳色。乐师受惊，箫鼓之声已经停下，而台上剩下的两名舞者却仍踏着节奏，以一种异乎寻常的执着继续着舞蹈。绿发舞娘那美丽而冰冷的目光，从来不曾离开谢逸的身上。

舞鞋与地板敲击出鼓点，第四个鲛人发动了袭击。这一次不是冲着谢逸，而是蓄满凶猛的力量，直扑阿蒙而来。

离离一惊，叫声还未喊出喉咙，已被阿蒙用力一扯，将她挡在了身后。

在草原上，阿蒙也曾遇过类似的情况：有一些狼格外迅猛，以致弹弓瞄准它时，它也已蹿到了自己跟前。这个时候的处理方法就是不要退却，继续拉满弓弦，狠狠打向它的要害。

不过星痕交代过，不要伤到鲛人的要害。

来袭者在几乎攀上栏杆之际中弹跌落，摔在莲池边，然后滑进了水中。阿蒙脱手将弹弓抛下，左臂弯在背后——手腕上横着一道两寸长的血口，是鲛人的鳞刃割出的深伤。"啊！"离离惊呼，扯出一条帕子迅速为他包扎，却听见那受了伤的男孩子不无兴奋地笑了一声："嘿……好功夫！"

称赞着自己的对手，蛮族少年从怀中摸出最后一枚金弹子，握在未曾受伤的右手。如果刺杀行动还没结束，那么草原高手蒙苏普克还有一门压阵的绝技——空手飞石。

刺杀行动当然还没有结束。头戴荆木梅花簪的人越来越多地聚拢向谢逸的座席，所有的暗哨都绷紧了心弦在等着一个真正的致命袭击。江子美大人的命令是：抓住确凿的证据，当场捕杀刺客。但在第十三绣衣使的安排之下，不知为什么，局面至今也没有明朗，而五名刺客中的四名，已经不知去向。

但至少还有一个人尚未逃离，尽管她看起来纤弱娇小，似乎无力进行任何攻击。

失去了身边全部的同伴后，满头绿色长发的女子终于停下了舞蹈。她孤独地立在舞台中央，长长的水袖拖在地上。惊疑不定的宾客们静了下来，气氛十分僵硬和尴尬。"秦夫人，您这是安排的……什么节目？"过了片刻，客人中有人忍不住高声问道。而后一片议论声弥漫开来，各路名流交头接耳，还有的人起身准备退席。

秦夫人依然稳稳地捧着玉杯，一连串离谱的变故，并没有惊破她矜持的笑容。她只是稍稍转目看着自己的管家，而此时的陈奉早已汗如雨下，他极力控制着自己的颤抖，完全不知该如何向女主人交代。

"哎呀，很好看的节目啊！"秦夫人座席的旁边，忽然响起不紧不慢的鼓掌，白琬悠闲地发表评论，满脸都是真诚的笑，"本来以为只是跳舞呢，其实有点无聊，没想到还有这些新花样……是幻术吧？"

秦夫人听了，默然一瞬，忽然微微扬起下巴，极为优雅地笑了几声。"是幻术吗，陈奉？"她含着笑问道。

"啊……是，是！特意安排了个小把戏，给夫人的宴会添些雅趣。"陈大管家挤出谄媚的笑容，一边擦汗一边应着，他充满感激地望了一眼白琬，此时有点庆幸世上有这么一个人，曾经把自己气得面色铁青。

满堂宾客愣了一会儿，似乎都渐渐有所领悟：方才那四个技艺精绝的舞者，落水之后便消失了踪影，而渐渐平静下来的五孔莲池，中央一池仍是莲花盛开，其余四池则化作四样不同的绚丽光色，水光摇曳，令整个江山阁内都平添了几分华彩。貌似真的是幻术……一种比较热闹的幻术。

人们这样猜想着，不安的议论声渐渐平息，接着也都像白琬一样鼓起掌来，宴会氛围一时歌舞升平，一团和气。

角落里的座位上，素星痕悄悄地舒了口气。"至于白琬，你只要把他放在水溅不到的地方，他自然能在某些时候帮得上忙。"这是事前部署时百木英的建议，如今看来果然精准。星痕提起筷子，又蘸着酒画了一下——他眼前的桌面上，已经画有四道横线。

"四次出手，"他默默地计算，"今晚的任务快结束了吧，无论你们的还是我的。"

心中这样想着，他抬头望向高高在上的主宾席。白色绒毯铺垫的座位中，蓬阁君谢逸颓唐地倚靠在座位上，满堂欢笑中独显孤寂。

那男人脸上的泪痕已经干了，手指支撑着额角。"继续啊，最精彩处才开始呢。"他落寞地凝望着台上舞娘，忽然喃喃低语，伸出手，立即有一名仆人上前，捧着一管玉笛放入他的掌中。

谢逸将笛子横在唇边，接续着方才舞曲断处，吹出了《羽嫣然》的旋律。

霎时，所有人的目光都被引到主宾席上，许多年轻女客发出惊艳的声音，连秦夫人也不禁回首望着。

远处，离离扬起了下巴，望着舞台。笛声清越，众人瞩目。这支舞，该到了展翅高飞的时候了。

绿色长发的舞娘直瞪着谢逸，大大的眼睛中映出深海般的蓝芒。脚尖轻踏两下节奏，她倏忽起舞，两条水袖犹如愤怒的白虹，直冲上空。

谢逸按着笛子，沉醉地望着那袖影。它在半空中舒展，而后竟开始延长——两条泛着淡金色的织物从双袖中飞出，长达数丈，瞬间越过舞台和座席间的距离，幻觉般飞舞到他的眼前。他一瞬痴迷，而后却是一惊。

玉笛落地而断，两道丝织物如有生命一般，紧紧地缠住了蓬阁君的颈项。

素星痕画下第五道横线，用力折断了筷子。

"刺客！"一声大喝响彻会场，许多隐藏已久的利刃同时被抽出，谢逸周围拥上十几个头插梅花木簪的武士，刀剑、匕首雪光一片，纷纷劈斩向那两条淡金色的丝绸。

然而那不是丝绸，那是特制的鲛绡。

各种兵刃落雨般地招呼着，也未曾砍断绞住谢逸脖颈的舞袖。生死之间，忽然一个轻盈的影子跃到近前，剑影一闪，轻轻地一挥将鲛绡斩断。

奉命护卫蓬阁君的暗哨们愣了一愣，七手八脚地将谢逸颈上的断绡解下，惊恐之余转头看去，只见一个男装的姑娘用袖口擦着手中的剑，冲着他们不屑地摇了摇头。

百木英这柄两尺七寸五的剑，剑身光亮，密布着不知含义的暗色纹路。长久以来，它究竟是用什么神奇的材料铸成，一直是朋友们很感兴趣的问题。

一道尖细而锐利的声音忽然响起，仿佛古怪的歌声，又像凄厉的哭诉。鲛人姑娘呐喊着，涌出仇恨的泪水，像先前的四个男子一样奋力地跃起，舍身搏命般扑向谢逸。然而她只飞跃了数尺，就被一股强大的力道拉了回去，重重跌倒在舞台之上。就在方才这段空当，阿蒙已从座位上奔下，敏捷地跃上舞台，抓住绿发姑娘身上的断绡，制止了她的行动。"收手吧！"他对着倒在地上的女子说道。那姑娘却倔强地爬起，握着锋利的鳞片，不停地向他攻击。

百木英见状，也从主宾席上跃下，飞身向舞台奔去。手持各种武器的暗哨们一半留下护着谢逸，另一半跟着跑去，打算围捕刺客。

死里逃生的蓬阁君伏在座上，抚着咽喉咳了很久。混乱的神思渐渐平静后，他睁开暗淡的双眼——秦夫人俊秀的面容，出现在眼中。

这美丽的女人此时扑倒在他的膝前，金钗斜堕，两行泪痕划破了粉妆。她目不转睛地仰望着他，脸上全是惊恐，那份矜持多年、从未坠落的优雅雍容，此刻瓦解冰消。

"你……你可安好？"她颤抖着问，样子就仿佛十几年前那一个单纯而多情的少女。

谢逸苍白的脸上，忽然泛起飘忽的微笑。他的手慢慢抚上面前女子的脸颊，小指上修长的指甲触在她精心描画的眉线上，轻轻剔去发丝般纤细的一线黛色，瞬间将她的眉梢修整得更加完美。"羽嫣然，还是像当初一样美呢。"他的眼中充满了神往，"过去那些东西还在，是吗？"

秦夫人微微一怔，蓦地移开了目光，举手拭去自己的眼泪。她退开身子，敛容而起，整理自己繁复的衣裙，脸上又恢复了往日的淡然和疏离。"蓬阁君无恙便好，否则秦家就太失礼了。"她的语速不快不慢，仪态礼貌至极，"今日不过偶然兴趣，想看看这支旧舞。不想还出了这种事，可见过去的东西，不看也罢。"

静默片刻，谢逸哧哧地笑了起来。他又掩住了自己的面目："是啊，都卖光了，哪里还在？我们真走运，卖了个好价钱。"

秦夫人脸上的神色滞了一滞。而后她淡淡地一笑，拖着华美裙裾，移步而去。

这段简短的对话之间，一个故事已经冷酷地结束。然而这并没引起太多的注意，因为此时人们的目光都聚集在那差点儿杀死蓬阁君的舞娘身上。她已被逼到舞台的死角，背后是一扇开在半空中的大窗，手中的鳞刃被阿蒙夺去，百木英那柄奇异的剑横抵在她的咽喉上。

"我知道你听得懂，听清楚我的话。"百木英压低声音，语速很快，却说得无比清晰，"我们不会伤害你们，但你们要杀人，也不可能得手。所以，走吧！"她说罢用力一推，将满面泪痕的鲛人女子推出了窗子，看着她径直落进江山阁外环绕的水路。刹那之后，那绿发姑娘浮出水面，仰头瞪着高阁窗边的百木英和阿蒙，静止了片刻。而后她转身沉潜下去，很快不见了踪影。

这时候几个带刀的暗哨才围拢上来，看这情形，又急又气。"怎么把她推下去！你们就是绣衣使大人的朋友？成事不足，败事有余！"他们大声抱怨了几句，立即奔向江山阁外，想要沿着水路追捕刺客，但放眼西江，无数船篷相接，完全遮蔽了江面。

画舫上的人们不知江山阁中的变故，还在兴致勃勃地等着观看天灯，西江拥塞，根本无从下足。暗哨们站在江边茫然地望着——那些善于潜水的鲛人，只怕早已逃脱了。

"任务完成了。"素星痕对自己说道。他松弛下来，轻轻抹去桌面上的五条横线，起身离席。

此时的江山阁，拥挤而混乱，扰攘而喧哗。秦夫人只擎着玉杯，在主人席位上怔怔地出神，陈奉大管家却已捧着头坐倒在墙角——这场名流会聚的宴会已经被彻底搞砸。

不过这些，已不是绣衣使大人要费心的事情了。

【七】

秦夫人寿宴上的事，成为淮安城相当一段时间里街谈巷议的话题。很多人传说蓬阁君今后不会再调制彩妆了，说得彩妆商人和爱美之人全都心慌意乱。不过十日之后，蓬阁的门前再次举行了彩会。

谢逸最新发布的彩品，全部以沁阳城运来的矿石为原料，色彩似乎寡淡了许多，但全淮安的人仍然狂热追捧，奉为圣品。

蓬阁对面的茶楼里，江子美包下一个雅间，邀素星痕共赏这热闹的景象。

"你为了放走那些鲛人，费了不少心思吧？"商政使大人眼望着窗外，淡然说道。

"不错。"素星痕回答道，"从逼陈奉选定江山阁开始。'淮安三雅境'中，那是唯一连通着江水的地方，只有在那儿，鲛人才能方便逃脱。"

"你跟那些海里的种族也有交情？"江子美问。

"我不了解他们，也很难了解。"星痕轻轻地摇头道，"我只是觉得，他们有仇必报，一定也是很重感情的族类——跟我们一样。"

江子美笑了起来："本想当场捕杀刺客给谢逸报仇，好方便说服他跟我合作。你这么一搞，差点给我造成麻烦。"他略有嗔怪，"好在蓬阁君倒是意外地好说话。他只要我将沁阳矿石的利益分他一笔，便什么都愿做。他说——"

他学着谢逸的语气，"关于'究竟什么是美'，我可以卖个好价钱给你。"

星痕微微凝眉，神色有些郁郁："其实，还是用道理去劝告他，更好些吧。"

江子美道："既然用上钱事情就能变得简单，那又何必自找麻烦。谢逸对我说，'这世上没什么用钱换不来的'，莫非你不相信？"

"我相信，世上没什么用钱换不来的。"星痕的眼中泛着凉凉的光，"只不过有时候，也可以选择用真心去换。"

江子美看着他："你是聪明人，却又何必如此执着？"

素星痕转头望着窗外。蓬阁幽深，也如谢逸黯然的眼神，一派流光溢彩渲染堆砌的繁华之后，却是一片寂寞。

"因为我不想，把什么都卖光。"过了许久，他说。

海沙埋艳骨，

江山漫绮罗。

一舞倾倦客，

掩袖下蓬阁。

天 雨 粟

踏着夜半星光，百木英独自走在空寂的窄巷里。晚饭后她顺道打了个零工，三天的活计她三个时辰就做完了，此刻酬金锁在随身小钱箱里沉沉地压着她的腰，银毫子随着脚步哗啦哗啦地响，听着真是舒爽又惬意。

走到巷子的转角，她忽然停了下来。

泛着阴湿气的高墙脚下，铺路石板间滋生的杂草当中，一个人蜷缩在那里。为响动所惊，他转过头，幽晦暗影里，睁开一双略显惊恐的眼睛。

百木英怔怔地看着他。他也回望片刻，并不言语，忽而，又焦虑地左右转动着瞳仁。

人行马踏的响动从深巷之处传来，渐渐靠近。幽凉夜风中飘着烟草燃烧的气味。

片刻的静默过去。百木英对着面前的男人，拔出了锋利的剑。

【一】

白琬明媚动人的眼睛，往外一突，细小的红丝瞬间布满眼白，整个人挣扎在生死的边缘。

阿蒙用力搂住他的胳膊，按着他弯下腰。"吐出来，白公子，快吐出来！"素星痕拍着他的后背，一边焦急地说。

离离拎起一只浅盘，放在白琬的面前，承接他勉力挤出喉咙的那些呈惨白色、锋利如刀的硬物。"第一次看见嚼过之后往下咽的人。"看着死去活来的大少爷，她面沉似水，冷若冰霜，"你真的从没吃过甘蔗吗？"

白琬剧烈地咳嗽着，微微地抬起头来，面红耳赤，张口无声——"是真的。"素星痕替他接了话茬儿。白琬点了点头，继续埋头挣扎。

离离很是无语，走开坐到桌边，拈起一小截剥好皮的甘蔗，一边吃，一边环视着周遭，不觉颇有些志得意满。这间地处郊野的茅草驿站中，堆放着成担的蜜桃、整瓮的香油、两篓子红壳鸡蛋、好几个超大的南瓜、一大捆紫皮甘蔗……各色鲜货一应俱全，都是十里八乡民间之物，比城里菜市上出售的还要鲜美。几天前，江子美忧心粮米市价不稳，于是派遣素星痕巡查淮安各大农庄的夏粮收成——这可真是趄前所未有的美差，绣衣使大人所到之处，村绅乡民热情备至，争相拿出时令土产殷勤奉送，但求"回城之后一句美言"。离离见了无不开怀，拣那好看又好吃的收了无数，都让阿蒙扛了回来。

"好甜呀，这也应该算是贿赂吧。"姑娘嚼着脆生生的甘蔗，一笑，瞥了眼星痕，"这年头，当个官就是有油水哦。"

素星痕扶着死里逃生的白公子坐下，看了看离离。"每样东西，我都留下钱了。"他淡然地说道，"趁他们不留意，放在牢靠的地方。"

"什么？！"离离一怔，叫了起来，"你……用你的饷银吗？那可是我们这帮无业游民吃饭的钱呢！全都被你换了这些东西了吗？"她气得头晕，"就算要买，也得还个价啊！你这样偷偷放钱，咱们要吃多少亏啊！你……你说，你花了多少？这个南瓜花了多少？要是比八个银毫子还多，马上拿去退掉哦！"

"喵——"睡在背篓里的小猫有点受惊，睁开眼发出一声细弱的询问。星痕揉了揉它的额头以示安慰，而后说道："是按照行情价给的，每天都有些变动。"看了看朋友们发怔的眼神，他又补充道，"最近食货价格不稳，我每天都会推算一次。"

愣了一瞬，离离转开了头："真是服了你了！要是不想收礼物，你就告诉我啊！有事说句话会死吗？"

素星痕眨了眨眼睛，也转开头，只是默然。

这些东西勿论来历，她既喜欢，自己只不过跟着付钱便是——心中本就是如此想的，当然，不会说出口来。

阿蒙坐到离离的身边，憨笑着宽慰她道："吃饭的事别担心，这些东西也很好吃啊！回头咱们烤着吃。"

离离对着这位来自草原、惯于野炊的小哥，只得也回他一个憨笑："乖，不是什么东西都要用'烤'的。"她发愁地看着那一堆土产，想象它们变成热气腾腾菜肴的样子，"等阿英来下厨吧，她什么都会的。"

听到这句话，被甜品噎得惊魂未定的白琬忽然来了精神，哑着嗓子努力插话："是啊……她，怎么还不来啊？"

"这句话，整个上午你好像问过七八遍了哦。"离离转眼瞥着他。

"九遍。"素星痕笃定地说。

离离一笑，盯着白琬的脸，促狭地凑近了些："看来，你对阿英好关心呢！"

白琬睁着一双大眼睛，眨了眨，眼神茫然得如同白纸。方此时，小屋的门吱呀地被推开，背着剑的百木英走了进来。

"啊，你来啦！"白琬哑着嗓子喊了一句，站起来就往门口迎，脚尖绊上桌腿，"啪"的一声摔了一个大跟头。

"哎——呀，关心过头了。"离离托着腮，眉梢一挑，评论道。

看着五体投地趴在自己面前的白衣公子，百木英微微一怔。她动手扶起白琬，然后擦过他身边走进屋里，她只说了一句："不好意思，我来晚了。"

白琬揉着膝盖，兀自有些发愣：就……就这样吗？不批判一顿平地摔跤有多白痴，再骂上两句"荒谬"什么的？他转头看着那一向精明可靠的姑娘，只见她在桌边坐下，微低着头，脸上那种表情大概应该叫作"走神"——自相识以来，从未在她脸上见过的表情。

百木英默然凝着眸子，慢慢解下了佩剑，放在桌上。小屋里变得有些安静。

"阿英……血！"片刻之后，离离有些惊讶的声音响起，"你的袖子上有血！"

"啊？！"白琬木然了一瞬，突然一叫，瞪眼凑过来观看。只见百木英浅紫色的衫袖上，果然染着一片淋漓的血迹，颜色已变得有些暗黑。

"何以如此？你也摔跟头了？"白琬扯着那片染血的袖子，说话都有些结巴了。

百木英一怔，自己低头观看，掣肘推开了白琬的拉扯："昨晚不小心，在哪里沾上的吧。"她轻描淡写地说道，"没什么的。"

离离皱了一下眉，想说什么，却又闭了嘴。她转头去看素星痕，只见他也正悄然盯着阿英，凉凉的眸光中透着猜测。"阿英好像有些累啊！"须臾，星痕开口道，露出一个平静的微笑，"以前不管打多少工，都没见你疲倦过呢。"

"嗯？……哦，我还好啊！"百木英若无其事，扯着嘴角一笑。星痕听了，挂着浅笑点了点头，也不再问，只默然打量着她。她却垂了眼帘，又开始怔怔地出神。就在这安静得有些别扭的时候，屋外忽然响起一片嘈杂的"沙沙"之声。

"下雨了？"离离一愣，转而，又是一怔。她分明瞥见屋角里铺着一抹灿烂的阳光——外面是响晴的天，怎会落雨？

心觉诡异，她猛地转头望去。只见小窗的外面，许多金黄的雨线倏倏洒落，朗朗日色之下映出耀眼的光亮，在窗棂上敲打出细密的脆响。然而定睛看去，那些碎金般纷纷而下的，并不是雨水。

是……稻谷？！

小屋里的五个人，一时全都被窗外的奇景惊呆了。

"这是……神迹吗？"阿蒙呆望着窗口，兀自喃喃道。家乡大合萨讲过的无数故事一时浮上心头，那些故事大多神秘而忧伤，但似乎从无一个故事如眼前所见的这般惊奇。丰饶、美好的粮米就这么从天而降，源源不绝，仿佛兆示着永无饥馑的天堂——一种绝不会降临到苦寒草原上的美梦，即使在故事里也不曾有过。

"好像，是一种异象。"百木英游离的神思终于被牵回，话语犹有些低沉，"'苍天雨粟，乡人大吉'，古书上记载过的奇异天象，据传是一种吉兆。"

离离却微微地皱着细眉："吉兆……可是为什么觉得，有点可怕呢？"

"哐"的一声，小屋的柴门被打开，素星痕已亲自走出去查看了。阿蒙等人见了，也忙跟上，才出门外，却又一起收住了脚步。

他们看见一个人，在门前数尺开外的地方，漫天撒落的粟米谷粒组成的雨帘里，孤单地立着。

那是一个瘦小的少女，十六七岁，衣衫有些褴褛，仿佛流浪无主的孩子。她长着一头暗灰色的头发，削得半短，蓬蓬地披散着，在凌乱发梢的遮掩之下，透出一双稚拙的眼睛。她就那样站在那里，任粟雨敲打着头、脸和瘦弱的双肩，一动不动，清澈如透明的茶色眼瞳，只是凝定不移地盯住小茅屋的门口——盯着站在那门口的，某一个人。

讶然观望的百木英，微微地张开了双唇。

素星痕一脸严肃地审视着眼前的景象。

这场所谓的"粟雨"，并非如真正的下雨一样飘飘洒洒，金色的谷粒其实只在方圆十丈左右的范围内撒落，刚好下到了自己所在的茅屋。直望上空，仍是蔚蓝色的晴天，"雨点"也并不是从云中降落，而是在看不太清楚的半空某处，虚空凝形，一颗一颗就这么平白无故地出现，然后坠落下来，在地面上热烈地弹跳。

在纷乱的粟雨和刺眼的反光下，看清这一切，着实花费了一段时间。"是秘术吧。"良久，星痕低下头，轻轻揉着发疼的眼睛，"少见的高手，厉害得紧。"

"沙沙"的雨声在这个时候停止。

"苍天雨粟"的奇景消失，只余地面上堆积着寸许厚的谷粒。"哗啦，哗啦"——那一头灰发的少女开始迈开步子，一下一下地蹚开满地金黄，向着小茅屋走来。这脚步的节奏，诡异得令人不安。看着那逐渐靠近的瘦小身影，离离不觉扯住了自己的衣角。而阿蒙已悄悄握棍在手，周身蓄满狼一般的警觉。

突然，少女缓慢的步伐变了节奏。只见她纵身扑到百木英的跟前，拔出一把闪亮的匕首。

"闪开！"阿蒙猝然叫道，但百木英却好像没有听见。一向轻灵敏捷的姑娘此时只是怔怔的，竟未做出任何反应。

灰发少女扯住了她，竭力地一刀下去。裂帛之声撕开紧张的空气——阿英并没有受伤，但她沾染了血迹的衣袖却被撕扯着割断，紧紧攥在那愤怒的少女的手里。

"哎呀！"又过了一瞬间，白琬因过于紧张而卡在喉咙里的惊叫，才飞了出来。

"你干什么？"阿蒙喝了一声，乌黑棍梢随即指向持刀的少女。"不要伤她！"挡住棍子的，却是百木英的剑。

几个伙伴都有些惊讶。"阿英，你认识她？"素星痕探询地问道。

百木英秀美的眼睛睁得很大，瞬间似有许多心念转过，片刻，只是摇了摇头。她抬眼看着面前的少女，见她那双茶色眼瞳牢牢地盯着自己，闪出一股尖锐的恨火。两人就这样对峙着，许久无声，几个伙伴也只静静地看着。忽然，遥远的地方隐隐传来躁动的声响，他们听见一阵急促的马蹄声，由远及近。

蓦地一惊，百木英双手揽住面前的少女，迅疾的一个躲闪。一支青镞白羽的利箭擦着她的衣襟飞过，重重刺进茅屋的门板——若非躲闪及时，此时它大概已命中了灰发少女的肩背。

事起突然，众人惊讶地看去，只见那羽箭飞来的方向，七八个身着青衣的武士跨马而至。他们携带着锋利的武器疾驰而来，在茅屋外不远处勒住马匹，马儿嘶鸣昂扬，那阵势满是腾腾的杀气。弓弦发出紧绷的声响，青铜色的箭镞再度瞄准——目标很明显，仍然是那个奇异的少女。

百木英果断地转身，一把将灰发少女推进了茅屋。那少女瞪大眼睛，躲在门后向外望了望，而后慢慢缩着步子，静静地藏匿起来。

"同伙？"一个骑着红色烈马的武士自语一句，嗓音冰冷。他扫视着眼前的几个年轻人，一挥手，简短地下令："都拿下！"

雕弓随即发出锐利的响声，两三支凶恶的羽箭迎面射来。阿蒙挺身将伙伴们挡在背后，长棍横扫格开了箭镞，犹未回神，一名青衣武士已径自从马背飞跃而下，雪亮的长刀直斩到他面前。几乎是凭着天生的敏捷，他勉强招架住了这凶险的一刀，然而另一个武士却也已攻了上来，两条利刃一齐重重地砍下。一声刺耳的断裂声响起，阿蒙那条从不离身的、无比坚实的黑色木棍，瞬间断作了两截。

身子后跌，重重撞上小屋的门，阿蒙惊诧得一时愣怔，敌人的刀却又已袭来。这一瞬间，百木英的剑及时出鞘，护住失去了武器的蛮族少年。两把长刀与这柄泛着亮光的短剑相碰，发出了刃口崩坏的锐响，那两人不禁一惊，顿时收回攻势。

"进屋！"趁此空当，百木英喊了一句，扯起星痕、离离和白琬，一同退进了小茅屋中。阿蒙也醒过神来，倏忽闪进屋内，回手关上两扇门板，用手中的半截断棍牢牢地闩住。被挡在屋外的青衣武士赶上来，大力地冲撞，木门一下下弹跳着露出缝隙，阿蒙与百木英用尽力气，拼命地顶住。

"不是说落稻谷是吉兆吗？怎么招来这一群疯子！"离离靠着墙角，惊魂未定。她有些愤怒地左右寻摸，却忽地一怔，"那……那个灰头发的人呢？怎么不见了？"

众人听了都有些诧异，环视屋内，小小的地方并无藏人之处，确实不见了那奇怪少女的身影。

"已经跳窗走了。"素星痕看着茅屋后墙上敞开的小窗——那窗下堆着的一捆甘蔗，还留着一个沾了泥土的小小脚印。

"哈？！"离离忍不住怒喊了一声，"这帮人明明是来揍她的，现在把我们当成了她的同伙，她倒先跑了？"她气得跳起来，扒住窗子往外看去，才一探头，却惊叫一声，抱头缩回了身子。一瞬之后，一支箭呼啸着从那窗口飞了进来，贴着她的头顶掠过，巨响着刺穿了屋内角落里的南瓜。

"有两个骑马的绕到屋后面了！"离离急得大叫。百木英一惊，略一思忖，一脚踢上屋中的木桌。那方桌被踢得横空飞起，桌面径直撞上后墙，正好将窗口封挡住，百木英随即飞身贴近，用剑用力刺穿桌板，将整张桌子钉死在墙壁之上。嘟嘟声响，窗外青衣武士射来的利箭纷纷刺中桌面，甚至有一两个箭镞钻透了木板，冒出青色的锐锋。

"我们不是他们的对手。"百木英竭力握着剑柄，紧张而有些消沉，"是我要救那个姑娘……是我连累了大家。"

"他们不讲理，干你什么事！"离离听了她的话，倒有点生气，"有工夫说这些有的没的，不如想想怎么逃命！"

深吸一口气，百木英慢慢昂起了头："他们要的人是被我放走的。"她眉梢一纵，"事到如今，自然是我出去给他们交代。"

"不行！"几个朋友同时大喝一声。百木英紧闭了嘴唇，也不再争辩，径自往门口走来。她握住闩门的断棍要拉出来，却被阿蒙死死按住了手腕。

"绣衣使大人，倒是说句话啊！"离离急怒地叫道，"这里就你官最大了！"

素星痕的确已久未说话，此时的他正蹲在墙角，盯着那支刺进南瓜的羽箭。他轻轻抬起指尖抚摸——那坚硬油木削成的箭杆上，浅雕着一方印记，里边刻着三个字，却已模糊不清，似乎被故意用刀刃刮削，茬口犹新。小屋的木门在剧烈地颤动着，外面已传来长刀劈砍门板的声音，整间房屋仿佛要瞬间倾塌，这短短的一刻，空气紧张得令人无以呼吸。

"阿英，你不必出去。"默然须臾，星痕终于开了口，"我去比较好。"

"什么！"阿蒙又是一声大喝。"你这说的是什么烂话啊！"离离气得戳星痕的脑门。

"我说，我去。"素星痕轻轻握住离离的手腕，一笑，"因为这里就我官最大啊！"他说着站起身来，迅速走到了门边。不等阿蒙等人拦阻，他贴近门缝，向外高声喊道："中州来的朋友，请听我一言！"

一声碎裂的响动，一把刀尖穿透门板捅了进来，利刃停留在星痕鼻前一寸之处。猛烈的劈砍却戛然停下，那刀静了须臾，却倏地撤了回去，只在门上留下一条透光的细缝。

令人胆战的猛烈进攻平静了下来。事有转机，离离将手指比在唇边，伙伴们一时都屏息静气。

素星痕低头，平静了一下自己的气息，朗声说道："在下是宛州十城商政使属下，勉强也算半个官差。各位出身来历也非草莽流寇之辈，行事自当黑白分明。此间或有误会，恳请容我出门面谈。"

素星痕说完这几句话后，门外更静了一些，只闻被牢牢勒住的马匹踩着蹄子，打着响鼻。星痕的眼神变得凝重起来。"打开门。"他低声对阿蒙说，"我一个人出去。稍后不论发生什么，都不要冲出来，更不要动武。"

阿蒙大睁着眼睛，双手紧紧按着木门，不肯移动。星痕拍了拍他的肩膀，用力推着他退开了两步。他独自站在门前，又转头看了看离离。

瞬间会意，离离笃定地一点头，双手挽住阿蒙的胳膊："放心吧，我们看得住他！"

"嗯，放心。"百木英走近旁边，也沉稳地应了一句。

素星痕不禁露出一个笑容。抽出充作门闩的半截断棍，他轻举双手，推开了两扇破损的木门。

门外，四名骁勇的青衣汉子列阵在眼前，四柄长刀仍保持着进攻的姿态，他们身后不远，那领头的武士仍高坐在红色烈马的背上，满脸傲然与冷漠。方才撒落满地的金黄谷粒，此时已被人脚马蹄践踏得残碎而肮脏，踩上去，便发出嘎吱的响声。

星痕谨慎地向前走了几步，从怀中取出檀木执牌，说道："在下淮安第十三绣衣使，职司督察行商秩序。屋内的人都是我的朋友，对各位并无恶意，你们追击的那位姑娘，方才已经逃离了。"

他说完，并没人应答他。只是突然间有一名持刀的武士纵步冲了过来，一手钳住他执木牌的手腕，顺势用坚硬的刀把，对着他的腹部一记猛击。

茅屋中的阿蒙大叫了一声，立时便要冲出。"站住，听话！"离离喊着，紧紧抱住他的胳膊，百木英也极力地拦阻，一面死死按住阿蒙，一面紧张至极地观望着屋外的情形。

那青衣武士以娴熟的武技一击正中，而后松开手，看着素星痕倒在自己的脚下，却没有再度袭击。只那么看了一会儿，他转头去望骑红马者的眼色，而后慢慢地退开了两步。

星痕蜷缩在地上，良久没有发出声音。过了好长一段令人难忍的静默，他才终于开始喘息，微微地抬起头来，一声低弱的笑："各位……见在下身无武力，便不再动手，果然……是正派人。"

几名武士全都默然。须臾，骑在马上的那位冷冷地问道："你怎知我们来自中州？"

又静静地伏了片刻，星痕抚着胸腹，费力地站了起来。"阁下指挥若定，麾下各位行动默契，如临战阵，并非一般习武之人的路数，倒像是出自军中。"他喘息着说，嘴角扯出一个微笑，"'凡取自守之敌，矢弩先发，长兵乃进，中军为阵，左右轻骑，以为奇兵，翼掠其后。'这是敬德帝钦定《武略书》，大燮各军皆颁布研习，用以为演兵典范。方才各位的进攻之法，与此书中战术十分契合，可谓得其精要。"

骑红马者默了一瞬，不禁打量眼前的瘦弱少年："却不想遍地商贾的宛州，也有人知兵书。"

"偶然读过。"素星痕谦逊地一笑，"各位所用的羽箭，制式统一，原有的刻印却被刮去。不过……尚可隐约辨出，那印记，应是'西镇卫'三个字。"他停下来稍作喘息，几个青衣武士都看着他，脸色却是微微有变，"三辅四镇，都是拱卫帝都的精兵，'卫营'更是其中精锐之部。近年来天下战事较少，闻听朝廷精简冗军——想必各位，也是从'西镇卫营'退役的军爷。"

众人一阵沉默。

"你猜得对。但我等已离开军中，这些不必再提。"须臾，那骑红马的人傲然说道，"如今我们兄弟几个，不过做些受雇的生意，收人钱财，与人消灾！"

"原来如此。"素星痕微微点头，"那么各位追击那个小姑娘也是受雇主所托？"

红马武士愤然一哼："那个妖女恩将仇报，害人不浅！"

素星痕微皱了皱眉："阁下，宛州虽为商会自治，但也是有理有法的地方。即便发生不轨之事，也不宜私下动武解决。"

骑红马者瞥着星痕，冷冷地一笑："哼，你们宛州的规矩我却不懂。既然你说你就是官，我便说给你听听。"他说着跳下马来，慢慢走到星痕的面前。

"我们兄弟几个，是受南暮山中卷石村的乡民所托，追击那个妖女。今年春耕时节，那小女子流浪到卷石村中，村人见她可怜，便收留了她，给口饭吃。谁知三日之后，村中突然降下粟雨，惊动家家户户出外观看。那时候，众人都看见那妖女站在粟雨之中，还将天上落下的粟谷捧起，一一递给众人。村中传说'天雨粟'是吉兆，以为是好心得到了好报，便将这些落下的粟谷当作种子，种遍了全村的良田。哼，这天上来的谷种确实神奇，长得既快且壮，甚至不须锄草耕作——这种粟谷所生之处，周边的杂草竟都会自己枯死。待到秋收之时，卷石村竟多打了一倍的粮食，人人都以为得了诸神的眷顾，那是感恩戴德。"

他说着，冷冷的笑意渐收，不禁又起了几分怒色："谁知丰收之后，又到夏播时节，村里人却发觉这神粟结出的粟谷竟不能播种，种子播下多日，也不见发苗，好像是死的一样。他们怕误了农时，只好急忙从外村高价买来种子，播进地里虽出了秧苗，却养不活，无论如何浇水，谷苗也像先前那些野草一样，全都枯死。到这时，他们方知当初的粟雨乃不祥之物，再找那小女子时，她却已先跑了。"

听到这里，素星痕心中震惊，思绪流转，不禁一时默然。那红马武士却忽然一把扯住了星痕的衣领，愤愤然道："那妖女毁了卷石村全村的田地，这岂非断人活路？！那些村民倾其所有，雇我们追捕此女，纵使难求赔偿，也要杀她报仇。我追查多日，屡无结果，今日又见粟雨的怪象，便疾驰赶来，总算得其踪迹，却被你们这帮小儿坏了事！惜哉此处不是战场，若是，我早杀了你们！"

"你刚才已经差点杀了！"小茅屋里，离离叉着腰喊了一句。那武士瞪她一眼，却没有作声。

"此事……并不简单。"素星痕被那武士扯着，却犹自喃喃地沉思，"在下这几日来，奉商政使大人之命巡查郊村，正是因为粮米市价不稳，疑其背后有不可见光之事。阁下所言之事，恐怕与此有所关联。"

那武士听了，眉头一皱，慢慢地松了手。

星痕兀自静思了片刻，抬起头，直望着那武士，诚恳地说道："在下与几位朋友不知内情，方才帮那位姑娘，只是出于仗义之心。但既然坏了阁下的事，我愿随你走一趟卷石村，帮助村里人彻查此事——这也本是绣衣使的职责所在。"

那武士看着他，也思虑了片刻："你个乳臭未干的小子，倒也算有担当。"他眯了眯眼睛，"我便带你去一遭，且看你如何彻查。"

星痕不禁笑了起来，深深行了一礼："多谢阁下。"他坦然道，"幸能共事。在下素星痕，敢问阁下大名？"

那武士冷傲地抬起头，答道："李鞅。"

【二】

卷石村地处南暮山中的一块谷地，虽也田地宽涩，却与外界较为隔绝，就连这一次江子美遣使巡视农庄，也未把这个村子列入其中。当素星痕来到这里时，村里的人对这位淮安城里来的绣衣使并不信任，保守的乡绅长老们对这几个嘴上没毛的年轻人目光苛刻，甚至抱有相当的敌视。

"李军爷，你说——就是他们放走了妖女？"一捧花白胡子的村长问道，他的胡须似乎一直在因无法平息的愤怒而微微颤抖。

"那是个误会。"李鞅解释了一句，声音却仍是十分冷静肃穆，"他们说能查案，我便带他们来了。村长放心，他们若再坏事，李某也不会放过他们。"

"查……查什么案！"旁边一个村民愤恨地跺着脚，"这是妖女作怪，就该把她抓来烧死！"

"对，对！"

"烧死她！"

村民们义愤填膺，都纷纷附和道。几个年轻人听了这些话，都对这村中残酷的风俗有些惊诧。离离不禁皱起了眉头，紧紧握着阿蒙的手。

素星痕却只是认真观看着周围的景象。放眼望去，房屋庭院的后面，村子里的田地连片成排，布满了山谷中的平地，还有很多爬上了平缓的山坡。从多年深耕细作的情状来看，这都是些肥沃的良田，然而此时却都寸绿不生，裸露着黄褐色的干土，明明水汽滋润，却像遭逢了巨旱大灾一般的贫瘠——在山河富庶的宛州，这实在是极为少见的惨况。他默默地看了一会儿，丢下吵吵嚷嚷的人群不管，径自走到一块田地的边缘，蹲下身子。

伸手扒开黄土，他从袖中掏出几粒粟谷，埋了进去。这是茅草驿站前，那场诡异的粟雨带来的谷粒，离开时他特意捡了一些还饱满、完好的，贴身带到了这里。

"干什么！又拿什么鬼东西，糟蹋我们的地！"村长带着村民们跟过来，一把将他推开。

"各位叔伯、婶婶，你们遇到的这件事，绝不只是'妖女作怪'那么简单。"星痕拍拍双手，站起来说道，"我方才种下的这几粒粟谷，倘若能够生出秧苗——我的猜测，便可以得到验证。"他看了看众人，微微一笑，"依照你们所说，'天雨神粟'生长得很快，明天一早，就可见分晓了吧。"

村民们面面相觑，长者、耆老们纷纷摇头，眼神中充满了怀疑。李鞅严肃地盯了星痕一会儿，转而对老村长说道："不如就信他一次，明早再看。"

山村中的夜，宁静得令人不敢高声说话，漫天星辰闪闪烁烁地低垂着，仿佛能听尽你心中所有的隐秘。五个年轻人点起一堆篝火，坐守在种下粟谷的田地旁边，若是往日，这样的火堆旁定然早已充斥了无聊的闲话、打闹和相互挖苦，而这一次气氛寂静，让时间都似乎显得无比漫长。

百木英远离了朋友们一些，一个人坐在田埂上，望着星空。星痕时而看一看她，安静地闭着薄唇。离离倚靠在阿蒙的肩上，晶亮通透的眼睛，布满欲言却止的心思。大家似乎都若有所思，但谁也没有说话。

有些话，是当问，却不该直接去问。这个道理，聪明人都明白。

"阿英，你跟那个妖女，到底什么关系啊？"白琬的声音突然划破寂静——不知什么时候，他已凑到百木英的身边，摆出一如既往的白痴笑脸。

某些道理，只有聪明人才明白。

百木英被问得一怔，继而微微皱眉，扭开了头："别这么说，她不是什么妖女。”白琬见她这副样子，却是一愣，无声地张着嘴。

“她当然不是妖女，而是……秘术士，对吗？”顺着已经打开的话匣，星痕幽幽地说了一句。百木英微微动容，却没有作声。“阿英，对秘术的事，很熟悉吗？”星痕闲聊般地，又问了一句。

“哪里。我是习武之人，对秘术并不太懂。”须臾，百木英答道，眼神却空空地看着远处。“哦，这样啊！”星痕笑了笑，也不再追问。

“啊，阿英，我还想问你一下。”发了好一会儿呆的白琬，突然又堆起笑容，突兀又大声地开口问道，“那个……刚才你皱眉了呢，是不是，讨厌我的意思啊？”

所有人忽然都变得无语。百木英看了看白琬，又一次扭开了头。

“啊，阿英……”

离离一巴掌拍在白琬的头上，打断了他嬉皮笑脸的话，说：“犯傻也有个限度好吧。”

素星痕要的其实只是个验证，验证如期发生，实在毫不惊诧。所以当天亮之时，他看见昨日种下粟谷的地方真的已长出半尺高的谷秧，也只是打了个哈欠，转身离开去找热水沏茶。然而整个卷石村却是轰动了。村民们拥挤着观看那块干燥土垄上生长着的细小绿苗，层层包围，议论鼎沸，激动、慌乱、愤怒，无论老小，好像都被希望和恐惧同时折磨得快要疯掉。

“原来这些土地还没死。”李鞅看了看那几棵谷苗，也有些惊讶。

“还活着，却被别人所控制，似乎比死也好不到哪儿去。”星痕端着一杯漆黑的苦荆茶，一脸严重缺乏睡眠的神色。他对着旁边的老村长弯了弯腰，慢慢讲道：“伯伯，那个流浪到贵村的姑娘并不是什么妖孽，毁掉你们土地的，也不是妖术或诅咒。这是一种秘术——有人对粮食的种子施用了高超秘术，然后按照古书所载，假造出粟雨的异象，将这些种子送到你们手中。种下这些种子的土地，便再也不能存活其他庄稼，唯有继续种植这种被施过秘术的谷种，才能获得收成。而这种谷种结出的粮食，只能食用，却不能播种。这样一来，”他说到这里，顿了顿，眼中闪烁着一丝冰凉，“你们就永远失去了自给自足的能力，必须依靠秘术士提供的种子，才能活下去。"

老村长布满红丝的眼睛瞪了起来，胡子颤抖得更加厉害："这……这'秘术士'是什么人，为何如此坑害我们？！"

"晚辈猜想，坑害卷石村并不是目的，秘术士这样做，背后必藏着重大的利益。"星痕说道，"现在贵村的土地只能种植施过秘术的粟谷，那么下一步，掌握这种粟谷的人，就可以将谷种卖出高价，甚至榨干各位叔伯的全部收成。而若其他的村子也播种了这种粟谷——那些人，便可以掌控全淮安的粮米供应，甚至更多。近来淮安粮价常有异动，我猜多半与此有关。"他说着，抬头望向天空，声音变得略微低沉，"卷石村地处偏僻的山中，就算发生了什么怪事，也不会很快传到外界。这里发生的事，也许只是一次试验……从近日的情形来看，这些施过秘术的谷种，只怕就要流到更多的村庄去了。"

"这么麻烦？！"离离听了他的话，忍不住喊出来，"那该怎么办？要是全淮安的土地都这么毁了，可就没有南瓜和甘蔗吃了！"

听到"甘蔗"二字，白琬不由得一个激灵，突然被口水呛到，咳个不止。

"必须赶去其他农庄，阻止那个姑娘。"星痕看了看几个伙伴，决然言道。

"慢着，你们想走？"老村长听到这里，突然一瞪眼睛，"就这么走了？那不行！那妖女本就是你们放走的，没个交代，别想走脱！你这毛孩子，怎会对这些怪事知道得这般清楚？弄不好，你们跟妖女还是一伙的！"他这几句话说罢，村民们听得有理，都跟着嚷嚷了起来，一大帮壮实的庄稼汉子拥上，把几个年轻人围了个严实。

"老大伯，你胡子一大把了，怎么不讲理呢！"离离的眉梢当即立了起来，"我们好心好意来帮你们，你一时逮不到坏人，就诬赖好人来撒气吗？你一个村长，糊涂地上了坏人的当，弄得全村种不出粮食，觉得自己丢脸，所以急着找人顶罪吗？"

她这几句话连珠炮似的蹦出来，说得老村长胡子剧抖，脸一下憋成一层紫色。"胡说，胡说！"老大伯忍不得，跺着脚喊，"我看你也是个妖女！"

"除了妖女你还知道别的怪物吗？"离离紧跟着又是一句顶上，口里说着，怒气中却带上了笑，"这个世上还有好多比妖女更难缠的怪物，老大伯没听过吧？比如'野丫头''谎话精''漂亮的小混混'什么的！"她说着顺手捋了一把村长的白胡子。

村长气得大跺了几下脚，举起手掌要教训这该死的丫头。阿蒙一下将她藏在身后，直挺挺地挡在那里，那老村长气得吹胡子瞪眼，却是一时僵住。一旁的李鞅见局面难看，不禁皱紧眉头，站出来说道："小丫头不懂事，老村长不必跟她计较！方才这位绣衣使说得也有理，倘若那妖女当真去别处作恶，实是一大祸患。不如让我们兄弟几个，跟着他们一同去外村追查，也好早日抓住那妖女，给贵村一个交代。"

老村长强忍下一腔怒火，憋了半晌，说道："李壮士，你是正派人，我是信得过的。可这几个小子……哼，要走也行，留下两个来扣在我这里！何时绑着那妖女回村来，我们才放人！"

"这，不可以！"星痕不禁一惊，"我才是绣衣使，他们不过是我的几个朋友，与这些事本无关联！晚辈如何才能取信于各位叔伯，村长尽可提出要求，若要扣留人质，恕不能接受！"

"除非扣下人来，否则怎么都信不过你！"一位拄着拐杖的村中长老说道，"村长说得是，这是我卷石村的规矩！"那苍老的脸上，是一副毫无转圜余地的硬冷表情，而四围的村民们也一时群情涌动，纷纷附和这老者的说法。

"既然这样啊……那我留下好了。"一句若无其事的话语传来。星痕听了，不由得心中一紧，转过双眼，只见淡然挑着眉梢的离离，正微微笑着。

"这不行……"星痕摇着头，脉搏一阵混乱，扰乱了心中如星斗运行般复杂的演算。

"是啊，这不行！"阿蒙也急得握住离离的双肩，"不能是你。要不，我留下好了！"

"你……"素星痕不禁抚住自己的额头，"你也不可以！"

"就让我留下吧，这里其实还挺美的，多住两天也不错啊！"离离笑着拍了拍阿蒙，又凑近星痕，歪着头说道，"怎么，你没信心吗？你不是什么任务都能完成的、最能干的第十三绣衣使吗？"

星痕怔怔地看着她，不知该如何回答。离离深深地吸了口气，突然伸开双手，又像过去所习惯的那样，同时勾住了他和阿蒙的脖子。

"我不跟着，你们就可以不用分心。"姑娘的语声低柔，唇边始终挂着娇美的笑，"放心吧，不会输的。这么久了还没看出来吗？我们几个，可是全宛州最棒的小混混啊！"

阿蒙愣了一瞬，没有说话，只不禁轻拍着离离的后脑，笑了一笑。素星痕默然，低下头，努力平复着自己的心跳。

离离松开两个少年，笑眯眯地走到村长的面前："说定啦，我留在你这儿。快让他们走吧！"

老村长拧着眉头看着她，现在只要一听见这个死丫头说话，他的胡子就开始抖。"一个人不够！"他一摆手，愤愤地扫视着几个年轻人，目光落在了衣装最是富贵体面的白琬身上，"你也得留下！"

"啊？"白琬站在百木英的身后，一直在清闲过头地摇着折扇，此刻见老村长的手坚决地指向自己，不禁一呆。

"哎哟，可真会选！"离离拍手笑了出来，"最不顶用的两个都留下啦！"

"不要吧……留在这儿好像……不好玩啊！"白琬拖着长声，一边说，一边瞟着旁边的百木英，一脸的不情愿。

百木英似乎在思忖着什么，忽然说了一句："这次的事也许危险，你不跟去也好。"她看了白琬一眼，须臾，又补充道，"省得麻烦。"

白琬觉得，阿英似乎已经很久没有理过他。所以此刻他发了一下怔，而后咽了咽口水，乖乖地点了下头："哦……好吧。"

"好啦好啦，该干吗干吗去，快去快回吧。"离离笑着挥挥手，又把脸凑近了愤怒的村长，"老大伯，招待好我们两个哦！嗯，男女有别，起码要收拾两间客房吧，可别忘了给我们煮粥喝哦！"看到老村长又在强行忍着怒气，她得意地一笑，转而对白琬说道，"白公子，你还有什么特别需要的？"

白琬微凝着愁眉，慢摇折扇，无精打采的："哦……那添四样佐粥的小菜吧，玉青团、水晶贡芹、鲍油生滚秋鳝、七丝细缕蟹黄羹。叫淮安西西楼送来，用漆木三叠的食盒，出锅不要过两刻钟，路上别凉了。"

整个现场一片沉默。

【三】

星痕、阿蒙和百木英沉默地并肩走着。在李鞅等七名武士近乎是"监视"的贴身跟随之下，他们一路上很少交谈，更何况阿英的样子也令朋友们不便轻易开口——她的心事似乎越来越沉重。

依照星痕的指引，一行人已探访过南暮山附近的两个村子，都是农田广富的产粮大村，他们的收成直供淮安市场，而且正处在夏播的关键时节。好在这两村都已正常播下了良种，并未发生什么怪事。"这两处既平安，淮安城粮市可稳住七分之一，其余的地方还须尽快去查看。"素星痕这样计算着，放眼远望，前面，第三个重要村庄的屋影已展现在小道的尽头。

又走近了半里，李鞅突然脚步一驻。百木英和阿蒙也瞪大了眼睛，都盯住前方，神色骤然紧张。"怎么？"素星痕直觉有异，问道。

"粟雨的声音！"三个功夫精强、耳力过人的高手同时说出。星痕闻之一惊，低低喊了声："快！"一群人快步向前面村中奔去。

片刻之后，众人冲进宁静的村庄，也冲进了一片金光灿灿的瓢泼大雨。从天而降的谷粒蹦跳着，撒满村子中央平整的晒谷场，已有许多被惊动的乡民围拢在四周敬畏地观看，而"大雨"的中心———一个周身褴褛、满头灰发的瘦小少女，笔直地站在那里，痴痴呆呆，如同迷信传说当中被降神附体了的巫人。

听到沉重的脚步踩裂地上谷壳的声响，少女的头迟疑地微转了一个角度，扫见星痕等人的刹那，眼眦却骤然撑大。这一次，没有等待粟雨降完，她便转身狂奔着跑开。

"往哪儿跑！"李鞅大喝一声，当先率众追了过去。冲开零散的围观者，灰发少女拼尽全力地奔逃，如一只受惊的小鼠般穿过弯曲错杂的村路。身后的追捕者渐渐迫近，她慌不择路地闯进一间堆满柴草的破旧瓦房，发现无路可出之时，青衣武士们已经跃了进来。

"速速绑了！"李鞅大声下令，几个手下向着少女围了上去。

"啊——"那似乎是不能说话的少女嘶哑着叫喊了一声，拔出匕首来对准了自己的咽喉。

"慢着！"随后冲进来的百木英大叫道。

李鞅却只傲然瞪着那女孩："想死吗？哼！你作恶甚多，就算死了也是应该，却来吓谁！"话音刚落，几个青衣武士又要动手抓那女孩。灰发女孩双手紧握匕首，退着身子，又将锋刃往颈边移近。

"各位且慢！"这一次说话的，是素星痕。"现在还不可伤她！"他高声劝阻，同一时刻，阿蒙已冲到前面，强行拦住了武士们的动作。

"怎么，你又要包庇妖女？"李鞅有些愤怒地直视他，"难不成当真是她的同伙？"

星痕摇了摇头："在下并非有意包庇，只是雨粟之事的元凶，未必就是这位姑娘——恐怕她的背后，尚有他人。"

此言一出，百木英却是一惊。她去看星痕，见星痕竟也正看向她，急忙转开了眼光，却不禁轻轻咬住嘴唇。

那边李鞅默了片刻，冷冷地问道："怎么说？"

素星痕转过双眼，看着缩在墙角里的灰发少女，说道："在下不才，也曾得高人指点，读过几卷关于秘术的典籍。以我所见，这位姑娘虽有秘术修为，却不像是能够制造出粟雨的高手。看她种种情状，似乎，她只是别人的一个'灵媒'。"

李鞅一皱眉头："何谓灵媒？"

星痕道："岁正系的秘术当中，有一种较高的修为，便是借由合适的人物充当媒介，将术法施展出来。施术之时，秘术士则可藏身于遥远之处，不为人所察觉。这充当媒介之人，便是'灵媒'。"

"你是说，这妖女的背后另有人作怪，而她不过是将秘术带至各处的媒介？"李鞅仍有些疑惑。

"这位姑娘出现之处便有粟雨，这便是明证。"星痕肯定地说道，"请容我问她一问，得知真相，各位再动手不迟。"

李鞅思忖了片刻，随即向手下几人挥手："把住房屋四周，此番绝不能再让她走脱！"四名青衣武士应了，掣出兵器奔到屋外，迅速地守定了这瓦房的四角，另有两名留在房内，与李鞅一同监视着屋中的事态。"你且问来，我倒要听听看。"李鞅对着星痕冷言道。

素星痕点头，慢慢走到灰发少女的跟前，微微地笑了一笑："我不知道您究竟是谁。"他的双眼直视着少女那被乱发横斜遮挡的眼睛，却好像在对另一个人讲话，"如果，您真的在将这位姑娘用为灵媒，您应该能看得见我。您也应该明白，一旦我身后的这几位壮士动手，您和您的灵媒，都会遭受莫大的伤害。"他极冷静极冷静地说着，"他们容我说话的时间，也不会很久。"

少女一动不动地瞪着星痕，暗灰色的短发，似乎偶然闪过一丝银芒。极度的静默持续了许久，忽然，她慢慢放下了紧握匕首的双手，站直身子，透明般茶色瞳孔深处，渐渐透出一种前所未有的神采——一缕深沉到老辣，而绝不属于她的神魂。她缓慢地张开双唇，忽然清晰而理智地说起话来，声音柔细，语调却低沉得如同一个男人："很好！能透过'绯'而找到我的，你是第一个。"

听到这句话，房中的几个人尽皆惊讶。百木英似乎尤为动容，怔怔地望着那代人出言的少女，握剑的手竟不禁有些发抖。

"'绯'，是这位姑娘的名字吗？"素星痕目不移睛地对着少女双眼，字字说得清透，"这原是'赤红色'的意思，想来很美。只可惜她如今小小年纪，却是满头灰白——是为您充当灵媒所致吧。"

茶色眼眸那一面的人默了一瞬。须臾，少女又开口，一丝笑意："倒要感谢你呢，你上一次救了她。"

"救她的不是我，是我的朋友，百木英。"星痕道，"那时候，她就是来找阿英的，对吗？"

少女笑道："那天，我本是命她去另一个村子，接引粟雨。不想她任性了，擅自跑去找百木英，白白浪费了我一场术法。"

星痕微微睁大了眼睛："绯，还有您——你们认识百木英吗？"

又是一瞬静默，而后，那少女呵呵地笑了几声："我与百木英，是旧相识。她既在，我也要当面致谢才是。前两日夜里，我被人追至穷巷，多亏她助我脱身，那天她又帮助了绯。她这般念旧，我很是感激。"

在旁静听的李鞅突然怒目圆睁，望向百木英，唰地抽出了佩刀。

被冰冷的刀尖指着，百木英却毫无动作，只是望着那少女，眼中闪动着灼然的光。望了片刻，她突然向前冲了几步，盯着少女的眼，压抑着嗓音的颤抖："我只想问你一句……为什么要做这种事？"

素星痕的额角淌下了汗滴。此刻，他绝不能够移开目光，身边的一切已不可控制，唯有坚持着将这场奇异的对话进行到底。

作为灵媒的少女再次发笑："你问为什么？"她那男人般的低沉语调中透出几分辛辣，"我一向是为什么而做事，你难道不知道吗？"

似乎是承受着过多的压力，百木英低下了头："为什么……先生，请告诉我。"她仍是慢慢地发问，"真的是……为了钱吗？"

"先生大可不必否认。"素星痕迅速地追问了一句，"雨粟之事，背后有巨额银资推动。在下断定，此间必存着巨大的利益。"

茶色瞳孔的那端传来嗤笑，回应道："你们既然这样明了，何必还要问呢？"

百木英不禁用力地摇了摇头："为何是这样？！……我知道，先生虽然视名利如粪土，却也着实需要钱财。但，为什么要坑害那些无辜的人？先生这样行事，我也实在……不能原谅！"她说着，用力握住剑鞘，须臾之后，猛地将剑抽了出来。

绯的眼睛陡然睁大，随即转为冷笑："无辜的人？……呵呵，那些人何来无辜？没有人强迫他们，是他们自己种下了那些粟谷。他们贪图天赐的良种，那可以让他们不用费力，便有成倍的收成——这难道，不也是'利益'吗？阿英，你忘了吗？忘记我说过的话了吗？"那低沉的声音顿了一顿，蓦地收敛了一切的笑意，只余轻声，寒入骨髓：

"神没有仁爱，也不讲正义。因为在神的眼中，世人，皆——不——无——辜。"

这一句落下，百木英的呼吸突然一滞。她凝望着绯的眼眸，"哐"的一声，她的剑落在了地上。

"动手！"李鞅一声断喝。三个武士持刀围了上来，阿蒙一惊，生恐伤了星痕与阿英，瞬间横身挡了一下。

就在这一下的空当，百木英缓醒过来，抓起短剑，利刃飞速划破了绯的胳膊。一股鲜红的血溅了出来，沾染在用剑者的身上。她垂下剑锋，向着灰发的少女微仰起头——这一瞬间，绯的瞳孔恢复了幼稚而执拗的眼神，继而一步蹿进百木英身后拖着的影子，缩起手脚——那一个真真切切、瘦小的身体，就这么倏忽一下，凭空消失不见了。

素星痕的身子一晃，跌倒在地上。灵媒的注目突然抽离，令他陷入一阵昏天黑地。"阿英，你……"他抚住额头，焦急地说着不完整的话语。阿蒙慌忙地来扶他，却不防让出空当，令李鞅等人一举抓住了百木英，夺下兵刃，使出绳索。

"啊，放开她！"阿蒙着急地叫道，却见两柄钢刀同时架在百木英的颈项上。"那妖女分明与她是同伙，方才又在她身后凭空不见！"李鞅狠力抓住百木英的肩，满脸冷峻至极的怒火，"我已看清，她才是施展秘术的妖女！"

"胡说什么！"阿蒙愤怒地冲了上去，却被长刀劈面砍来。他失去了长棍，空着两手，与数名武士相斗更落下风，转眼之间，肩上挂了伤。

"住手！"星痕见状，焦急地喊了一声。李鞅示意手下收刀，阿蒙也停了下来。看着眼前的情势，素星痕合了合眼睛，无奈地低声说道："我们听从发落，李壮士请不要再出手伤人。"

李鞅冷冷地哼了一声。

素星痕站起身来，慢慢地走到百木英的面前："前两天的夜里，你就是这样助那人逃走的，是吗？"他满面忧愁地低声问道，"那天你衣袖上有血迹。"

百木英愣了片刻，点头道："是。对人或物衅过自己的鲜血，便可借由其阴影逃遁。这也是那个人，最擅长的秘术。"

素星痕垂下头："从那天起，你便不对劲了。"

那一向疏朗的姑娘，微微地一笑道："遇见某些人，发生某些事……也许真的就是注定。"

【四】

“你喜欢阿英。”卷石村的一间破木屋里，离离抱着臂肘，盖棺定论地说道。

白琬眨着纯纯的大眼睛，微张着嘴：“我……是喜欢她呀。”他有些茫然，“你们不也喜欢她吗？”

“我们的喜欢跟你不一样！”离离用力一摇手，“你是那种，‘想要跟她在一起’的喜欢！”她挑着一个眉梢，目放精光。

“啊……是这样吗？”白琬的嘴张得更大了些，“我……有吗？”

离离一撇嘴：“你没有吗？那你现在脸上的两块红是怎么回事？”

白琬双手捂住两颊，怔怔的，无话了。

离离噘着嘴，对着眼前的男人苛刻地上下审视：“你这个白痴，哪里配得上阿英。也不知是不是真心的，哼，我得好好把关，可不能让阿英吃了亏。”她转着灵透的眼睛，嘴角一勾，“你听着，好好地答我几个问题，让我看看，你到底喜欢她到哪一步了。”

“哪一步？”白琬听了十分糊涂，“这还要分步的？”

“那当然！笨。”离离拍了一下桌子，以示震慑，而后煞有介事地搬出了一套学问，“通常来说，第一步呢，叫作‘相思’。喏，我问你，你现在若见不到她，会想她吗？"

白琬竭力地理解离离所言，然后翻眼望天，认真地思考："我也……说不好。最近都跟在她身边，好像很少见不到她。不过像现在这样没有她，只跟你在一处……就觉得好像，非常无聊。"

"我无聊吗？我会无聊吗！"离离暴怒地拍桌子，"本姑娘这么漂亮又有趣的人，要是还嫌无聊，全天下人都早就无聊死啦！"她喊了一顿，稍稍冷静下来，斜眼瞪着白琬，"哼，跟我在一起还嫌无聊，看来，你是害了相思病没错。"她下了个定论，转而又道，"第二步就是'嫉妒'。怎么样，你现在，偶尔会不会有嫉妒的感觉？"

白琬停下摇着的折扇，严肃地与离离对视了一会儿。"什么叫'嫉妒'？"他问道。

离离的瞳孔放大了一下。"嫉妒你都不懂吗！白痴到这步田地了吗！"她简直有点忍无可忍，"嫉妒就是……比如，你看见别人有好吃的东西、好看的衣服、好多钱、极好的运气，比你有的更好，这时候你心里……"她说到这里，望着白琬那写满了不解的双眼，话语忽然卡住。

对这个宛州第一大阔少来说，生生在世十八年来，"比他有的更好"的事物，是根本不存在的吧……离离想到此处，不禁双手捂住了自己的头。"好你个不懂嫉妒的白痴，还真让人嫉妒啊……"她咬牙切齿地念叨了一句。

"还有第三步吗？"白琬倒是来了兴趣，扇着扇子，满脸是傻了吧唧的笑。

离离抬起头看着他，这时候却不见了调皮和笑闹，清秀的脸上，唯是一派女孩子独有的认真。"第三步，是'舍得'。你能为了她，做任何事吗？"离离一字一句地问道，谨慎而郑重，以让白琬确知，她正在说的，是人世间最最重大的事。

"你能为她做什么呢？你舍得为她做些什么？你能舍到哪一步呢？"心思灵透的姑娘目不转睛，"如果你还不能确定，最好就不要说喜欢她。"

白琬看着她，完全地呆住。那总是浮在脸上、无忧无虑的笑也忽然消失，他出着神，就像出神的百木英一样。

答案，还没有得出，破木屋里的宁静却被外面传来的吵闹声打破。"李壮士他们回来了！"有村民远远地喊道，离离听了，却是一阵惊喜。"他们回来了，快去看看！"她站起来拉住白琬，而怔忡的白公子却仍呆坐着，拉他不动。

"去见见阿英，然后再好好想想。"离离凑近他耳边，叫醒了他，"很多事，只有证明过才知道。"

两个做了几天人质的人急切地扒开人群，满心高兴地挤进村里祠堂前头的空地上时，所见的情景，却让他们始料未及地震惊，冷得扎心。

李鞅等七位武士立在空地的中央，长刀傍身，正与村长和几位长老见礼。他们的脚旁，百木英被反绑着双手倒在地上，星痕、阿蒙在她的身边，十分紧张地拦挡着周围哄闹的村民。

她的脸上沾着泥尘，还有一两道浅浅的擦伤，就那么一动不动地倒着，眼瞳之中是一派凄凉。

她英姿飒爽，疏朗，自由，无所不能，通晓万事，她从来都信心满满，充实而快乐，无畏无忧，令人神往，她便是这世上最值得激赏的女子吧……此刻这份凄凉，是从不曾见，甚至不敢见的情状。

"阿英！"白琬大叫一声冲了过来——这一次，他的反应比离离更快。

他跑到百木英的身前，伸出手来，却又不敢触碰。"阿英？这是什么状况？"他慌乱地问道，又惊异地看看星痕和阿蒙。

"百木英与作恶的秘术士是同党，她也会那些邪门的秘术。我们捉她回来，给卷石村的村民一个交代。"李鞅冷酷地说道。

"老夫早就看出，这几个小儿不大正派！"老村长指着星痕他们，满腔怒火，"照规矩，先烧死这个妖女，再祭拜诸神，早日免除了灾祸！"此言一出，周围村民都举臂响应，哄然一片。

"岂、岂、岂有此理！"白琬跳了起来，瞪大眼睛，四面乱挥着他又白又宽的衣袖，"你们简直……简直荒谬！"这个词，听阿英说了这么久，到此刻他才终于完全懂了它的含义。

"臭小子，要捣乱吗！"村长大声呵斥道。"村里的规矩，谁敢扰乱！"几个长老用力将拐杖杵得噔噔作响。

"烧死她！还我田地来！"

"除灾，报仇！"

常年闭塞的村民此时就如一群暴怒的野兽，纷纷咆哮着宣泄仇恨。

白琬的眼睛瞪得更大，白皙的脸一时气涨得通红："阿英，你看你看，这些人太荒谬了吧！好像比我要白痴得多！"他极为惊诧地喊了两句，不禁又用力挥了挥袖子，高高地举起自己的左手——那中指上硕大的猫眼石戒指在太阳光下闪耀出惊人的光芒，炫目得晃人眼，照得围堵的村民们一阵发呆。"不就是田地吗？我买给你们好了！"英芒记公子昂然言道，"你们一共有多少地？我买十倍的给你们！够是不够！"

众人不禁静了一瞬，谁都不能十分确定方才他所说的话的意思。须臾，那老村长却赶上来几步，猛力推了白琬一把："你骗谁呢！卷石村人，只要自己的田地！"村人们见了，又叫嚷起来，情绪比先前还要激动："烧死妖女！还我田地！"

"你们说个数目就好了嘛！多少我都买得起的！"白琬趔趄了两下，甩着手大叫。

老村长一皱眉，语意冰冷："好大方，你与这妖女倒真是亲近。也想一起烧死是吗？"他这话落下，一些村民纷纷瞪着白琬议论，李鞅手下的几个人也慢慢围了上来。

富豪公子无奈地摇着头道："我真的……"

"住口吧！"百木英的声音忽然响起，白琬登时一呆。他急忙转头去看，只见斜卧在地上的姑娘抬起了头，正恼怒地瞪着他："我的事，不要你管。"阿英说罢默了一瞬，又呵斥道，"除了乱花你父亲的钱，你还能做什么？！你真的以为这样很光彩吗！"说着，她愤然一脚蹬在白琬的脚腕，将他踢得跌倒在地上。

白公子完全愣住了。他坐在泥尘里一动不动，只是望着那被捆绑在地、坚强倔强的姑娘，连眨眼都似乎已忘记。

李鞅见此情形，略略沉默，向那老村长进言道："妖女既已捉来，便交给贵村处置。这其余的几个小子，依在下看来，不过是些不懂事的小儿，也未有大恶。李某可替村长看管他们，不会扰乱村中大事，村长便可不必深究了吧。"

老村长喘着粗气，默了半晌，点了点头。他向着围观的村人举起了双手："妖女祸害本村，理当火烧处死！全村老少，明日一早，祠堂观刑！"众人哄然应声，自村中出事以来，这些闭塞的乡人还从未有如此时这般精神振奋。几个精壮的汉子被派去砍收火刑所需的木柴，他们鼓足干劲进了山林深处——反正现在也无地可种，一身力气总需有个出口。

围观的人们渐渐地散去，村长与李鞅等人押着百木英，将她关进了这古老村庄幽暗的祠堂，祠门紧闭，黑铁锁链冰冷作响。门前的空地上只剩了星痕、阿蒙和离离，还有一直在呆坐的白琬。

"她一向什么都能行的，不是吗？"良久，离离似乎才缓过神来，满怀不解，又忍着愤怒，"为什么这次要任人宰割？！"

"世上哪有人什么都行呢。"星痕低声说道，眉眼忧戚，"有时候，人为了情义……可能会忍下很多的苦。"

【五】

————————◆————————

    阿蒙趁着夜色走在村中的小道上，手里拎着一条长棍。这是他放弃了晚饭，自己跑去山里砍削而成的，虽不及原有的那条黑棍坚实，却也足够战上一场。他独自往那座祠堂走去，脚步轻得如同草原上的孤狼。

    背后忽然有人跟上来，他敏锐地察觉到，正待反手相击，却又忽然放松了杀意。熟悉的脚步，熟悉的气息，一只瘦细的手轻轻拍在自己的肩头上——"星痕？"他站住，回头叫道。

    素星痕绕到阿蒙的面前，看了看他手中的棍。"你要一个人去救她？"他问，凉凉的眼神中含着一分责怪。

    "今夜是最后的机会，明天他们真的会烧死她！"阿蒙万分焦急。

    "有李鞅他们在那里看守，你一个人打不过他们。"星痕举手拦住他。

    "那也要去啊！"阿蒙将棍子往地上戳了一戳，"说什么也不能看着阿英去死！"

    "这件事情，交给我来办。"素星痕笃定低言，毫不犹豫地看着他的兄弟，说，"现在，我要去一下祠堂。你马上回去，离离那里也需要保护。她得罪过村长，当心村里人对她不利。"

    阿蒙怔住，却仍有些迟疑，满眼的不放心和忧虑。

"——相信我。去吧，照顾好她。"

默了一瞬，蛮族少年终是点了一下头，折返而去。

素星痕目送他片刻，独自转身，往村里祠堂的方向走去。踏着昏黑的路来到祠堂前面，只见大门紧锁，李鞅手下的两个武士左右把守着。星痕走上前去，那两人看见，都有些警觉地拦住他的去路。

深深地对两人行了一礼，素星痕低言道："在下想进去探望一下朋友，烦请两位行个方便。"

"这恐怕不太方便。"青衣武士冷严地答道，"我等受人之托，忠人之事。明日之前，须守好了这道门。"

"明日一早，我的朋友便要死了。"星痕淡淡地说道，低着眉，"纵是罪大恶极的凶犯，临去之时，容友辈来道个别，不也是一番人之常情？"

两名武士有些动容，互看了两眼，不禁默许下来。"少会片刻，莫要耽搁得太久。"其中一人吩咐一句，取出钥匙，打开了沉重的门锁。星痕又深深地行礼道谢，推开门，走了进去。

祠堂的大门在身后关闭，而后又传来落锁的声音。祠堂内的昏黑反而更胜星明月朗的户外，霎时令眼睛不能视物。幽暗中，星痕闻到一股陈旧的血的气味，遍布周遭。过了片刻，星痕才渐渐恢复视力，他觑着双眼扫视面前，只见祠堂中立着几根黑黢黢的廊柱，暗影互相遮掩，偏僻的一角，高高的窗口透下仅有的一道月光，百木英就坐在那里，手腕、脚踝挂着铁链，被锁在一根廊柱上。

她出神地仰望着有月光的窗口，好半天，才觉出有人进来，慢慢地转过脸来。"你？"她幽然问了一声，却没再言语。

素星痕走近窗口，在她的身边盘膝坐下。"我来与你聊聊。"他微微笑着，轻言道。

"你想知道什么？"百木英低下头，淡淡的容颜，声音有些漠然。

"我的确很想知道，但那不是最重要的。"星痕仍是一笑，"作为朋友，分担些心事总是应当，若你愿意的话。如果，你始终执意要掩护'那个人'，甚至不惜替他去死——那么明天就是死期了。就算是离开人世之前，心中之事，难道不想说一说，好让这世上总还有人知道？"

　　百木英沉默了良久。忽地，她笑了笑，转过头来，疏淡地言道："你说得是，谢谢你来听。"

　　"'那个人'的名字，叫薛偃尘。"似乎是已很久很久没有念出过这个姓名，百木英开口说时，不禁停顿了一瞬，"他是个很高明的秘术士，也是我从前的师父。"

　　星痕微微地一怔，继而又坦然，静静地听着。

　　阿英微仰着头，闲聊一般幽幽地讲道："你们都知道的，我从小有过很多师父。从在树林中拾到我的襁褓、给我取名字的第一位师父开始，我游历四方，各地、各族的师父们教过我很多东西，学得越多，我便越想有更多的游历。我一直觉得世界很大、很美，生在这里，真的有太多快乐。十五岁时，我拜了一位羽族的老师。他很栽培我，并且认定，我有修习秘术的天分。那位老师告诉我，宁州有一座岚偃山，其中隐居着一些修炼秘术的高人，人称'岚偃修会'。这个修会的人一向淡泊名利，虔诚修行，通过秘术参悟星辰的启示，以求不断地接近于'神'。老师说，薛偃尘是修会的领袖，是个修为高深的君子，值得追随，于是他为我写了封手札，便将我推荐到薛先生的门下。那一年他三十五岁，从那时起，我便成了他的徒弟，也是他收的第一个徒弟。

　　"岚偃山的风光很美，我在那里过得很开心。山中的人还守着一个古人的预言，据说已流传得很久远了：生着金色发缕的女子，会是岚偃秘术最好的传人。因为这个传说，岚偃修会的人都很快接纳了我——因为那个时候，我的头上，就生着好几簇浅金色的卷发。"

　　这句话却令星痕有些意外。他不禁望了望百木英那一头乌黑润泽、流水般沉沉长垂的秀发，心有所思，只继续倾听。

　　百木英继续道："我自生下来头发里便有这几缕杂色。山里的同修都称赞我的头发很美，就连师父他，也很喜欢。"她说到这里，默了片刻，似乎心中的什么往事，正让她的心思百转千回。须臾，她又讲起，稍微换了声调："师父……薛先生，他修为高深，博学多识，最要紧的，他是个十分虔诚的人。我对他很是钦服，也许有些崇拜。那时候，我想一直追随在他身边，甚而想过一辈子待在岚偃山，没有了再去别处游历的念头。从前我遇过好几位师父，却从未有一位让我如此依恋。后来我满十六岁那日，他为我庆祝。我便对他说，我喜欢他。"

素星痕专注地凝视着阿英，姑娘的脸上满是坦然和淡泊。事情似乎也未出所料，然而当他亲耳听到时，却仍是不免有几分唏嘘。

"薛先生被我吓了一跳，然后他说我们是师徒，叫我不可胡闹。但之后的几天，他也心事重重。有一日，我听见他在梦里说出的梦话。待他醒来，我告诉了他。他听了，便低头承认，说他也喜欢我。"百木英讲述着，面上泛起一丝遥远的回味，似甜，也有别的什么味道。

"你与你的师父相好，必定会带来许多麻烦。"星痕低缓地插言道，"这样的事，与大多数世人的眼光并不相合。"

"那是自然。"百木英说，"何况岚偃修会的人，本就都是严于律己之士。他们得知我二人的心意，无不激烈反对，说山中断不容悖理之事，我与他既是师徒，永生永世便绝不可相恋。薛先生虽是修会的领袖，对此事却也无力违拗。我见情势至此，便自作主张，自请退出岚偃修会，从此不修秘术，改习剑法，与薛先生脱离那'师徒'的名分。他们却也不依，只说我是预言所说的秘术传人，不肯让我退出。于是……我便拿了刀子，割断了头发，将所有金色发缕都削个干净，去给他们看。他们此番都生气极了，也不待我说，径直将我逐出了师门。我便这般顶着一头糟乱的短发去见薛先生，告诉他我们终于可以在一起了。"她说着，脸上泛出一抹笑，傲然飞扬，赫然犹见当日的光彩。

笑意渐渐平静下来，披发的姑娘垂了头，喃喃地说了一句："从那以后，我再也没有长出金色的头发。"说罢，她许久不再言语，似乎那个故事已戛然结束，就如同薛偃尘或是那个叫"绯"的女孩，在血光中凭空消匿的身影。

"那……后来呢？"静待了良久之后，素星痕问道，"后来你与他，为何分开了呢？"

"因为……"百木英忽然纠结着话语，"他说，是因为没有钱。"

星痕双眼一抬，敏感地一皱眉梢。

"我割断头发之后，岚偃山的预言变作了空谈。修会里的人心中不满，渐渐都开始离开，只过了一年，整个修会便都离散了。薛先生不甘岚偃山的基业就此了结，一心要重建修会，再续往日之盛。我觉得，他当真是个铮铮君子，便停下了我的学业，四处打工，想多赚些钱。重建修会是需要很多钱的，但他常年在深山修为，从不染指钱财，一直是清贫的。如今既要做事业，我想，我总该帮他一些——我只凭自己本事，用劳动换取报酬，公平交换，我的钱可以确保干净，不会污了他一心的虔诚。但……但最终，他也没能将修会重建起来。有一天他忽然对我说，'我薛某人，境遇贫穷，既难成事，恐也辜负佳人'。我不知他话里的意思，只宽慰了他两句，说了几个笑话。竟不知，那一日之后，他便不见了踪影……从此……离我而去。"

百木英讲完了往事，默默垂着眼睫，独自藏了数个春去秋来的哀伤，此刻只清清淡淡的，扫在眉尖。素星痕静静地合着嘴唇，一语不发地陪她默坐了一刻，仿佛是在等待，让她的思绪慢慢舒缓，慢慢落定。

这静默持续了一阵子后，星痕吸了一口气，再开口时，眼中却已泛起那丝他特有的凉意："一直以来，你这样勤勉打工，仍是想再帮到他吗？"他凉凉薄薄地问了一句，却不等回答，径直又说道，"而他，如今以秘术做局，参与操纵粮市——也是为了得到他很需要的——钱，是吗？"

百木英骤然变得有些紧张，抬头盯着星痕，须臾，摇着头说道："不要妄下定论，他是无心名利的，他只是一心修行。"

"修行些什么呢？"星痕的话语变快，"'无仁爱与正义，世人皆不无辜'，这样的教条？长年修习着与星辰力量相通的秘术，这就是他眼中的星辰或者'神'？"

"他……也许只是太虔诚了。"阿英低声说着，不觉地抱起了膝盖，冰冷的镣铐摩擦出声响，"太相信修行当中的那些信条，也许……是会做错一些事情……"

"但却是无心的，对吗？"星痕的诘问缓了下来，看着阿英，轻轻地一叹。"你的心情我明白，而我所说的这些，你也都知道。你只不过，还想要亲自验证，才甘心吧。"他淡然地说了一句，站起身来。

"素星痕，"百木英紧抱着膝盖，垂着双目猝然言道，"我……做错了吗？"

星痕微低了头："就，做你想做的吧。我该怎么做，也大致知道。"言罢，他径自走到祠堂的大门边，向外叩响了门板。

走出幽暗的祠堂，星痕迎着微凉夜风，沉思着前行。忽然，他的脚步一驻——就在距离祠堂不远的地方，他看见一个白色的身影，正手足无措地站立在道边，孤单地张望着。

那人望见了星痕，很惊喜地甩了一下两只大袖，歪歪斜斜地奔了过来，不知是否因站了太久，他那样子若非严重脚疼，就是腿有些抽筋。奔到近前，他刚想说话，却先用双手捂住鼻子，打了一个大大的喷嚏。

素星痕先是有些意外，继而明白了什么，又不禁有些微感叹："白公子，从没有站过这么久吧？"他伸手扶住有点站不稳的白琬。

白琬揉着鼻子想了一下，不禁愁眉苦脸地点头，转而又伸着脖子张望那幽暗的祠堂："你进去了？她……她，那个，她……"

"她还好。"星痕径直给了答案。

听了这话白琬眉间稍稍一松，转而却又一派失落。素星痕看着他那足可称之为"忧郁"的样子——自从认识这位贵公子以来，何尝见他尝过忧愁滋味。

白公子默默地忧郁了好一会儿，忽然抬起那双不知世事般茫然的眼睛，正儿八经地弯腰拱手，向着素星痕行了一礼："星痕兄，有件事想请你指教。"

素星痕一怔，微微笑道："不敢，公子请说。"

感激地再次躬了躬身子，那十八岁的少年咽了口唾沫，嗫嚅着问道："你说……你说……我……配得上阿英吗？"

这话来得突兀，星痕张着嘴，瞪着眼睛，一时也不知所措。窘了片刻，他不禁微低下头，勉强笑着低声说道："这……这等事，我也说不好。"

白琬略略有些怅惘，也自低头默然须臾。"离离说，若是喜欢一个人，要到了'舍得'那一步，才算真心。"他出神地说道，"她问我：为了那个人能做什么？舍得做些什么？若是这些都不能确定，便不能对她说，我喜欢她。"

星痕不禁抬起头，听着这些话，凉凉的目光微微游移。"她说得，很对。"片刻，他低声说，垂着眼帘。

"阿英说我只会花家父的钱。我想了一晚上，她一定是讨厌我这样，一定是吧。"白琬满脸都是迷茫，"虽说我不懂为何不能花家父的钱，不过……若是我让她讨厌，那就是真的配不上她吧？"

他自己念叨着，忽然抬头望着星痕，眼中有一丝闪动："你……你告诉我吧，接下来要做什么？"

"什么？"被他一问，星痕倒有些呆住了。

"离离说，该怎么帮阿英，你一定已经有主意了。你告诉我，我能做什么吗？"白琬说着不禁往前走了一步，话语稍顿，"离离问我的那些，我要确定看看，很快、很快地确定。"他说着，明亮的眼睛怔望着远处，孩子气地一口咬定，"因为我，想要对她说，我喜欢她。"

星痕看着他，默然片刻，轻轻地点头而笑。继而，他从怀中取出那块檀木流苏的绣衣使执牌，压低声音言道："你拿着这个回淮安城，向江子美大人请出全部的商会捕快来卷石村救人。"他将木牌放进白琬的手心，"记住，明日阳时之前，一定要赶回来。"

白琬愣了一瞬，懵懂的眼睛却是变得清澈。他紧紧握住木牌，用力地点了点头，转身便歪歪斜斜地奔去。

素星痕望着他跑远，却不免仍有些担忧，微凝着眉，一边慢行，一边继续着心中那错杂的算计。

就快到住处时，清凉的空气忽然被一股烟草燃烧的浓烈气味所渲染。闻到这味道，他怔了一瞬，蓦地不禁睁大了眼睛。

昨日在回卷石村的路上，百木英曾经提起，她借由秘术助薛偓尘脱险的那个夜里，正在追捕薛偓尘的人，正是吸着浓烈的烟。骤然想到此处，星痕心中一紧，停下了脚步。

烟味渐渐逼近，他转头去看——只见身后的小路上，星月光亮之下，一个斜侧身子站立的人，被映成镶着银边的剪影。

那人姿态散漫，看起来穿着豪贵的华服，左手指间夹着一根烟卷，青烟袅袅从燃烧着的那一点红色流出，缭绕作身前泛白的云雾。歪着头，他笑了一声，开口说话，声音很是年轻："主意很正啊，绣衣使。叫白琬去搬救兵再合适不过。除了他，你身边那几个混混在姓江的面前，谁也没有那个面子。"

"你是何人？"素星痕望着他，肃然问道。

"你不是一直在追查我吗？嘁！人到眼前，倒不认得了？"那人撒手将还剩大半根的烟卷扔下，伸脚踩灭，"淮安三家店，宛州半江山。另外两个都是无趣的老头儿，第三个便是小爷我啦！"他一口正宗帝都市井的调调儿，话语间带着三分痞气，全然不似宛州口音。

星痕一惊，不由得眯起了眼睛。"端，木，焉。"他一字一顿地说出了这个名字。

这个人就是端木焉，与白琬之父白思退、羽人巨贾蒲云期并称，势压宛州的"三家店"商盟的三位顶尖领袖之一。

星痕的确一直在追查他，不是因为"三家店"时时处处与江子美统领的商会作对，而是因为——没有人知道这个财雄天下的年轻公子，究竟经营的是什么生意。端木焉神秘的财源令江子美时时不安，这个人随时可能将淮安乃至整个宛州的商界搅乱甚至颠覆，但十城商政使却对他的实力毫无掌握。然而此刻，他就站在这里，突兀现身，意指不明，星痕努力想将他看个清楚，却始终看不穿他身上那层层的烟影。他不禁紧闭了嘴唇，心念快速地流转。

"别算计啦，淮安粮市就是我弄乱的，你猜得没错。"端木焉懒散地挥了挥手。

一时沉默，连呼吸都不闻。素星痕仍保持着原本的姿态静静立着，良久，眼中才泛起了冰凉的光："我还是推算了一遍，的确是你。"

"嘁！"端木焉齿缝间发出充满嘲讽的一声。

"粮米市场不比寻常，一旦混乱，人心动荡，所有生意都会受牵连，于人于己都无好处。为什么要做这种事？"星痕冷冷地问道。

"好玩呗！"端木焉的回答无聊到极点。他说着又取出一支烟，月光下可见那烟卷上箍着一圈细小的金箔，罕见的奢美，翘起左手无名指，血红宝石镶嵌的戒指上倏地跳起一束青蓝的火苗，他点了烟，只深吸一口后吐出烟影漫溢，便又夹在指间空燃。

"郁非系的秘术吗？有高手施术于宝石之上，便可随时起火。"素星痕盯着他那枚戒指，"看来，焉少爷手下的秘术士不少。薛偃尘，也是其中之一？"

"他也配称爷手下的人？"一句怒斥脱口而出，"小爷收他在门下养着，不过一时兴起，叫他使些手段，玩上一把。他倒敢跟我讲上了价钱！喊，"端木焉轻蔑道，"不照小爷的路数行事，到处显摆他那点妖术，指望着一战成名，好让全淮安的人都怕他——也不称称自家斤两，想出名想发疯了！"

素星痕安静地听着，须臾，微微地一笑："如此说来，焉少爷与薛先生先是合作，后又反目？"他语调中带着一丝微讽，虽不刺耳，却也扎人，"那么焉少爷想来也像在下一样，追踪那薛先生有些时日了？"

端木焉无声地嘲笑，回手指了指村里祠堂的方向："要不是那个笨女人捣乱，那天夜里，爷不已经把狗逮回去了？"

星痕脸色一冷："你来找我，就是来侮辱我朋友的吗？"

"噗"的一声，端木焉忍不住连声笑了起来："素星痕，你当真逗趣儿！"他痞气十足地笑着，一边颤着肩头，一边扬手丢出了一件东西。

星痕接住那东西，借着月光，只见是一枚穿着银丝链条的白骨挂坠，雕作一只空洞的眼睛，触感阴寒冷硬，仿佛古老流传之物。

"爷找你，是来合作的。"耳边，只听见端木焉这样的话。

【六】

这一天，天亮得有些晚，原因是自东边浮起的浓云，一直赶在太阳光芒的前面，慢慢铺满整个天空。

"你们说，要是他们真的点火烧阿英的时候……"离离凝着细眉向上望着，"会不会突然下雨，把火浇灭？"

"不会。"素星痕简短地说，"那些不是雨云，只是有些阴天。"

离离恨恨地瞪了他一眼，拉着一旁的阿蒙交换了位置，不想坐在讨厌的绣衣使身边。"现在什么时辰了呢？没有太阳，都看不出来！"她又忧虑地嘟囔着。

"还差一刻，就到阳时。"素星痕垂目看着地面，静数着自己的心跳。他语声淡然，瘦长的手指却藏在身侧，焦虑地搓揉着衣襟边角。似乎随着他说完这句话，周围人就躁动了起来。

这里是村里祠堂前面的空地，卷石村全部的男女老少一大早就已聚集在此，就连两个久病瘫痪的老翁、老妪，都被家人抬了出来。一根木桩矗立在空地中央，拥挤的乡民们都刻意远离它，那是用来处死妖人的刑架。木桩后面，沉旧的祠堂大门紧闭，李鞅为首的八名武士阵容严整地把守在那里，祠中关押的犯人插翅难飞。素星痕和离离、阿蒙则并排坐在旁边，青衣武士们的长刀约束着他们——只可观刑，不可妄动。此刻，等待已久的村民们开始扰攘，他们看见村长率领着几位村中耆老，慢慢走进了圈中。

"还差一刻就到阳时。"老村长在木桩边站定，向着众人高声说道，"带妖女出来，堆柴准备。"

几个精壮村汉早脱了衣服赤膊候着，此时应了声，便跑去拖取火刑要用的柴薪。李鞅指挥手下之人打开祠堂铜锁，两名武士入内，须臾将长发披散的百木英架了出来。

"阿英！"离离站起来叫了一声，"别傻了，这样不值得！"她双手圈在嘴边，对着百木英喊道，昨夜听星痕转述阿英的过往之后，她就急着想要劝醒这痴心的姑娘。李鞅手下的武士对着她一瞪眼睛，未出鞘的长刀晃了晃，阿蒙见了，立即横起手中的木棍，谨慎地拉住离离重回座位。

百木英只转过眼睛，轻扫了一眼几个朋友，便垂头默不作声，任由人拆下她身上的镣铐，又将她捆绑在那根木桩之上。

围观者的情绪高涨起来，人们的呼吸变重，令空气中的闷热都在增加，"多堆些柴火，一定要烧死她！"有人忍不住叫着。这样的话还未说完，却见那几个赤膊的汉子气喘吁吁跑了回来，两手空空，慌张地跑到村长面前："柴，昨天特地去山里砍的柴，都不见了！"

"什么？！"村长惊怒地瞪起眼睛，众人哗然起来。

离离抿住一丝笑意，转过娇俏的眼角瞥了眼阿蒙。阿蒙咬住牙，用力装成事不关己的样子，又不禁看了看星痕。昨夜夜深时，他们乘着村里人不备时将那些新砍的柴薪搬走了，全都丢进山溪顺流漂走，为这，离离还剖伤了手，他给她一直吹到了天亮。

"妖女又作怪了！"村里人大惊小怪地乱喊起来，现在无论发生什么他们都以为碰到了妖术，根本已失去了正常的思维。李鞅紧皱了眉头，冷着脸走到星痕面前。"是你动的手脚？"他压低声音，严厉地问道。

素星痕抬头看着他："李壮士说话，要讲证据。"

"哼！"李鞅忍下了怒意，"你是宛州官差，我始终卖你三分面子。往下若再捣鬼，别怪我先不讲情面！"他用拇指将长刀顶出刀鞘一分，又"铮"地扣了回去，冷冷瞪着星痕等三人，转身走开。

"还差半刻。"星痕努力平定着有些起伏的呼吸，用力捏着衣襟。他悄悄转眼扫视着村口的方向，一直在等待的人，还是没出现。

"我们卷石村人，不怕妖术！"老村长向着惊慌的人群举起手，高喊道，"各家各户都拿出起灶的柴来，一定要烧死妖女！"

村民们听罢愣了一会儿，随即便轰然响应。方才的恐慌瞬间转成更大的愤怒，许多人纷纷跑开，不一时，陆陆续续将各自家中长短不一的木柴抱来，你一捧，我一把，堆弃在百木英的脚下。整个村庄都熄了炊火，裸露的土地了无生机，阴云笼罩之下，唯余怨毒的仇恨在死寂中乱窜。

百木英的身边很快形成一个巨大的柴堆，甚至比昨日汉子们进山伐来的还多。干柴掩住了那女子的半个身子，只要一颗火星，敢保人柴尽焚。老村长征得了几位长辈的首肯，点燃了一只火把，火焰在风中剧烈地跳跃着。

"住手！"阿蒙再也坐不住了，跳起来擎起长棍。数声锐利的响声响起，李鞅及手下都抽出长刀，冷冽的刀锋杀气压人。老村长举着火把径自贴近柴堆。阿蒙的牙齿咬出了声，也不管敌人人手多，强行出手一棍挑开火把，星痕、离离也跳了起来，三人一起冲到百木英的身边。顿时寒光闪耀，两三柄长刀与木棍磕碰在一起，离离紧紧抓着阿蒙的衣服，在他身后藏住头，将先前捡在兜里的石块往青衣武士那边乱扔。李鞅的刀横扫而过，在素星痕颈边半寸停住，咬牙切齿的话语传来："莫要自己找死！"

正此时，一阵轰隆的雷声响彻天空，在场的众人皆是一惊。少时过后，人们都听出那并不是闷雷，而是无数急乱的马蹄声，轰山动地，接踵而来。

是村口的方向，不知其数的剽疾骏马狂奔着冲进村来，马背上的骑士一色的青皂劲装，佩单刀、匕首及短棍，那是商会捕快的统一服色。"我的人来了。"素星痕侧目望着迅速冲近的大队人马，终于一笑，滑到唇边的汗珠坠落下去，"李兄请收手，莫要让他们看见了，不好解释！"李鞅一呆，被素星痕抓住腕子，推着他放下了手中的刀。

顺着狭窄的村路，陆陆续续不知拥进了多少骑马而来的捕快，在祠堂前围观的人群外面，包围成一个更大的圈。紧跟着一辆华贵的马车也闯了进来，由两匹佩饰绚丽的高大白马驾着，马车的后面又跟着一大群黑衣捕快。

"快，快！"白琬坐在那马车上，往前探出大半个身子，大力挥舞着胳膊喊着，催着前面的人、招呼后面的人，宽大的衣袖鼓满了风。那红漆镶螺钿的车轮突然轧到一块凸起的土石，马车猛地一颠，只听他大叫一声从车边跌了下来，重重落地，滚到了路边。驾车的马儿兀自往前冲，后面跟随的骑着马的捕快都急勒着马跃过他身上，险些便酿成血腥涂地的惨事。

离离等几人都吓了一跳，而那巨大的柴堆里，始终垂头不语的百木英，此刻也不禁抬起头来，惊恐地低呼了一声。

白琬抱着头停下了翻滚，在马蹄卷起的烟尘中连连咳嗽。咳了两下，他便笨手笨脚地爬了起来，直往祠堂前面奔跑。黑衣捕快们用马匹将村民们的围堵冲开一个口子，让他顺利地跑了进去。

瞪大了双眼看着被捆在柴堆里的百木英，他有些惊诧地呆住，因剧烈地喘息双肩起伏着。片刻，他举起带着流苏的木牌，交回到素星痕的手里："回来了，江大人说……他们都听你的调遣。"说完这句话，他咽了咽口水，忽然"咣当"一声仰倒在地上。

"喂！"离离惊呼了一声，与阿蒙双双俯身去扶白琬，用力摇晃着他的肩膀。"大事未了，死了可惜啊！"离离冲着他的耳朵着急地叫，大声强调了一句，"终身大事啊，喂！"

白琬迷迷糊糊睁开漂亮的眼睛，目光失神地绕开离离的脸，望向百木英。那姑娘也正焦虑地望着他，有些苍白的嘴唇微张，却说不出话。"阿……阿英……"又是一个平日听来极为烦人的发语，年轻公子喃喃地说道，"你脸上蹭脏了呀，左边，左边。"

"看看你自己吧，泥球！"离离气得拍了一下白痴大少爷的头，转而笑了起来。

素星痕慢慢退步，远离李靲数尺，转目审视着周围的情势。先后冲进来的捕快有两百人之多，马匹穿行，如黑色的水流在村民周遭游走，雪亮佩刀已纷纷出鞘，人数上比全卷石村的青壮男子还略多一成，且个个都是身怀武艺的强手。李靲等八人武功虽高，此时却也看清了强弱异势，面上都现出隐忍之色，不敢再妄动。有此实力，局势已可以完全掌控。星痕心中安定下来，快步奔走到捆着百木英的木桩前面，举起了手中的执牌。

"第十三绣衣使素星痕。"他对着众多捕快高声亮明自己的身份，"辛苦大家了！"

"久闻大人之名，幸能效力！"黑衣捕快们齐声答道，显见日常训练有素，是支精干可靠的队伍。

星痕向众人躬身行礼，便下令道："此间一切人等，非我首肯，不得随意走动。"众捕快齐齐应了声，便迅速散开队形，将众多惊慌的村民分成四片各自包围，更有二十余人下马，擎着兵器，单独将李鞅等人围起来看管。

李鞅咬牙而退，颈边暴起愤怒的青筋："你要仗恃人多，来硬的吗？"

素星痕淡然望他一眼。"一直以来，李兄不都是仗恃人多，来硬的吗？"他不冷不热地回了一句，噎得李鞅无话，转而，却对着他微一躬身，"在下只是想，由我自己来主持今日这场裁决。"

他说着，走了几步，弯腰拾起那被阿蒙挑落在地、犹自燃烧未灭的火把。看了一眼完全惊呆的村长、颤颤发抖的几位长老，他低头言道："要点火，就让我来。"

所有的人都莫名惊诧。烂泥一样倒在地上的白琬腾地坐了起来，一下硌到摔伤的屁股，"哎哟"大叫着又侧倒下去。"星痕！"阿蒙极惊讶地叫了一声，却分明看着素星痕手举火把，慢慢向着柴堆走近。他摇了摇头，起身要去阻止，忽然被一只柔软的小手拉住了袖子。

离离轻挽上阿蒙的胳膊，从后贴近他的耳边，"嘘"了一声。"你都忘了，要相信他的吗？"姑娘轻轻低语，微嗔着一撇嘴角，"那个家伙，心里有什么从不说的。弄得人除了信他，没别的办法。"

素星痕走到百木英的面前，停住脚步。两人直直地对视，一双凉意逼人的眼睛，盯着一双落寞消沉的眸子。

"你……要抓他吗？"须臾，百木英低声问道，长长的睫毛微微颤抖。

"你要试他吗？"素星痕不答，反问了一句。

百木英一向健康红润的脸色，此刻已是一片青白——看得出来，非因伤痛，而是伤心。"我……本就在试他。"她垂首言道。

"这样的试，试到何时算输？"星痕微凝眉头，"到你被火吞掉那一刻？"

百木英不肯抬头，看不清她脸上的表情。

"已经够了。"星痕轻轻一语，"换我来试吧。"他说着举起左手，轻轻张开，一枚发黄的骨雕吊坠从手心中垂下，挂着银链，摆动在长发姑娘的眼前。百木英看见此物，极为惊讶地睁大了眼睛，想要说什么，星痕却不由她说，背转过身去。

"你们捉住的这个女子——百木英，她是宁州岚偃山最优秀的秘术传人。这便是'岚偃修会'会首的信物，本使也是在她身上找到的。"他将骨雕吊坠出示给众人，卷石村村民们见了，发出惊恐的议论，然此时身处商会捕快刀马管控之下，却不敢再像先前那般喊打喊杀。

素星痕继续道："岚偃修会隐于深山之间，虽不闻名于俗世，却是修行秘术的百年名门。百木英深藏不露，先前我虽与她相识，却也不知她有这番不凡的来历。苍天雨粟，乃是高超的岁正系秘术，百木英能行此法，当真可谓高人，令本使都不禁敬佩。"他说着，顿了片刻，似乎在等什么，静了须臾，他轻笑了笑，又言道，"可惜百木英修为虽高，却用来行恶，本使职责所在，也偏饶不得。本使只想让各位知道，在卷石村降下粟雨的人不是妖女，而是岚偃修会的会首、秘术高人百木英。待此件事了，本使结案归档，也会如此记录。"

他的话，卷石村上下都听得有些迷惘，却令百木英万般局促，伤感的眼睛不安地闪动着。

"百木英，这是你的信物，便随你一道而去吧。"素星痕说着，回手将骨雕吊坠抛在柴堆之上，而后并不回头，只将手中的火把向后递去，慢慢靠近干燥的柴薪。

"星痕兄，你干什么！你住手啊！"白琬急得大叫，也不顾屁股好像碎成了八瓣，竭力地爬起来要往上冲。离离用力扯住他的衣袖，伸脚将他绊了个趔趄。

只这一瞬间的工夫，即将舔上柴堆的跳跃火焰，忽然噗地凭空熄灭。素星痕与百木英同时抬起头，却谁也没有回头去看——但其他人都看见，那本该是空无一人的祠堂，大门突然被从里面推开。

须臾之后，幽幽的脚步声从暗影密布的祠堂内响起，一个瘦瘦高高的身影缓缓地走出那两扇古旧的大门，形貌渐渐暴露在天光之下。那是一个中年落拓的男子，披着长发，一袭深灰色的宽大衣袍，近乎瘦弱的脸上，眉间却有几分疏离冷淡的英秀气度，那双深褐色的眼瞳里，隐藏的却是一种不同于世俗的别样的桀骜与忿怨。在他的身后，跟随而出的是一个衣衫褴褛的瘦小少女，一头凌乱的灰色短发——是灵媒，"绯"！

"绣衣使，不必故意颠倒黑白。"那褐色眼瞳的男人说道，"我才是岚偃修会的会首，我薛偃尘，才是！"

他话音方落，平平地伸出手掌，那被弃在柴堆上的骨雕吊坠竟凭空慢慢地浮起，如生了翅膀一般，径自飞到他的手上。

村民们再也忍不住惊异，满场哗然。

素星痕倏忽转回了身子。"他果然就藏在这祠堂里！"他双眼盯着薛偃尘，口中却在对百木英说话。

"你，早就知道？"阿英垂着眉梢，有些凄然地低声问道。

"昨夜去看你时，我闻到了祠堂里的血气。你说过，他的拿手好戏，便是将自己的血衅上人身或者外物，借由血衅之物的阴影隐遁。"星痕目不转睛，也低言道，"我都已知晓，你更是早就知道了，对吗？"

百木英苦涩一笑，闭上了眼睛。

薛偃尘冷漠地打断了他们的对话："你们，不就是想激我现身吗？干得漂亮，绣衣使。"

星痕皱起了眉："你终究不是为了阿英的安危而现身。你不觉得有亏情义吗，前辈？"

一声毫无笑意的冷笑，听得真是让人寒心："不必废话。"薛偃尘走到被捆绑着的百木英旁边，漠然扫视着在场的所有人，极是冰冷地说道，"百木英根本不懂秘术，也不是岚偃修会中人。我才是造出粟雨之人，这个女子你们应当认识，"他一指身边的绯，"她是我的弟子，也是我的使者。绣衣使，请在你那案卷上也如实记下，别让全宛州认错了人。"他昂然扬起下巴，苍白的嘴角勾起一丝病态的笑意，"粟雨，只是个见面礼。你们会慢慢认得我的，来日方长。"

"哪还有来日！"一旁的阿蒙，突然喝了一声，拽着棍子便纵身攻上。

就像早有准备一样，薛偃尘身边的绯，突然挤开星痕，近乎冷静地拔出匕首，回手抵在百木英的颈边。阿蒙登时止住了攻势，白琬和离离惊得大叫，附近几个捕快紧张地围了上来。

素星痕举起禁止的手势，黑衣捕快们都未敢妄动。薛偃尘静静地一笑，两指拈起一颗细物弹到空中。"哗啦"巨响，金黄色的谷粒突然漫天而下，仿佛巨大的一盆水瞬间倾倒而下，密集到迷了所有人的视线，只眨眼的工夫却已停下。众人勉强睁开眼看时，只见堆了柴的木桩周围唯余粟谷满地，被割断的绳子挂在上面，而百木英——却已被绯挟持着，死力拖进祠堂。薛偃尘灰暗的衣角在门边一闪，两扇大门随即关闭。

"阿英！阿英！"白琬大叫着，想要冲上去拍门，却被阿蒙死死地拉住："阿英在他们手上，别逼他们！"

人群有些骚动，商会捕快们极力地压制着："绣衣使大人，如何行事？"

众人都看素星痕，却见他望着那紧闭的祠门，默不作声。"稍等一下吧。"须臾，他垂目思忖，低声言道。

"等？还等什么！"离离也忍不住跳起了脚，"阿英都被劫了，别告诉我这也是你计划好的！"

星痕看了看她，微微摇头："这不是我的计划。但……依你所知，"他忽然放低了声音，"她，会是无力反抗之人吗？"

离离一怔，合上朱唇，转着灵动的眸子。

"她，还没死心吗？"默了一会儿，她也低声问道。

星痕仍是望着那祠堂大门："大概有些事，总需亲自弄明白才甘心。"

离离眨了眨眼："要多久？"

"半刻钟总够了。"星痕算计着说道，"正好，我先排好人马。"

"哎，等一等。"离离莹亮的双眼忽然一转，抬了抬下巴，指向正如同热锅上的蚂蚁般转圈的白琬，"稍后，先给他一小会儿工夫，可好？"

星痕略怔了怔，随即会意，默然片刻，点了一下头。

离离不禁绽出了笑，转身轻快地跑到白琬那边。"嘿，别转啦！"她突然一拍白琬的后背，唬得他一个趔趄，晕头转向地晃了几晃。"哎，'英雄救美'的事，你会弄吗？"长辫姑娘得意地挑了挑眉梢。

"啊？"白琬急得好像已在发烧，完全不知她在说什么。

"就知道你这白痴不会啊。"离离叉起腰，"所以要睁大眼看清了啊，时辰紧，我只教一遍哦！阿蒙过来配合一下！你们你们，帮着弄出块地方来！"她东跳西跳，指挥着黑衣劲装、一脸严肃的捕快们驱赶人群，在周围清出一块不断扩大的空地。

"大人，这……"那捕快中的领队见这情形，瞠目结舌，皱着眉向素星痕请示，"人质生死不明，情势万分紧急。这位姑娘这是……"

素星痕有些无奈地望着欢蹦乱跳的离离，转眼看看那领队，举手挡住嘴唇，清了清嗓子："这位姑娘所行乃是……重要公务。"他一本正经地直视前方，硬着头皮说道，"尔等须认真协助于她。"

【七】

陈旧的木门关闭之后，祠堂内唯余一道惨白的天光斜射进小窗，远看灰尘翻扬，一条条黢黑的柱子，投下支离暗影，横斜交错。薛偃尘负手站立着，静得也仿佛一条幽影，堂内只闻得绯的粗重而急促的呼吸声，她一手利刃紧抵着百木英的咽喉，另一只手极力勒住她的颈项，五根手指死死地抓住她的头发，这咬牙切齿的力道，就如当日茅屋前一刀割断她的衣袖——这份心情是"嫉妒"，一场情爱当中，懵懂却又重要的一步。

百木英只是静静的，像没有一丝力气一样坐在地上，垂着长睫。薛偃尘昂着头，只将双眼向下扫视着她，须臾，轻轻摇头道："你不该跟那些人，混在一起。"他的教训，冷漠到足以抹杀掉一切过往。

一瞬默然，委顿在地的姑娘突然举手扣住挟持着自己的瘦细手腕，匕首当啷落地，而后她一个利索的翻身，反手擒拿，将绯牢牢地按在地上。单手扭住充满恨意的灰发少女，她半跪着，举目望着薛偃尘的脸。

秘术士微微一惊，默了片刻，转而却又冷笑道："不想你这些蛮力之术，倒也进益了不少。"

百木英松开手，轻轻推了绯一下。那女孩惊慌地蹿了出去，扑向薛偃尘，抱住了他的腿。他便垂下一只宽袖，轻轻地拢住那少女的肩背。

"我只还想再问一句，恳请先生直言相告。"百木英仍单膝跪着，仰望那人，眼中是期许，却脆弱如纸，"你出山，当真是为了名利……不，没有什么利，只是为了'虚名'二字而已？"

薛偓尘垂首看着她，瞬间，瘦弱的脸变得更是苍白。沉默了许久许久，他忽然连连笑了几声，此番不仅是毫无笑意，甚至连带着几分怨毒。

"你就是这样，"他笑着开口说道，"一味自傲，一味自说自话，好像你什么都是对的，你把什么都看得通透，你从来就没犯过错。你知不知道，这方是你最大的错！你凭什么问这些话？我所要的你何曾知道？我所求的，你能帮得上吗？！"

"我……"百木英不禁惶然，睁大了双眼，"先生的志向我怎不明白？"她委屈地咬了咬下唇，却强忍住未落出泪水，"这些年，我一心所做的，都是想要帮先生啊！"

"错的便是你所做的一切！"薛偓尘骤然猛力地拂袖，"我可曾说过要你帮？谁要你做那些？谁要你去赚钱？你已不是岚偓山的人！修会有我这会首在，何劳你一个外人操心！……你看我不能成事吗？别忘了我还曾是你师尊！纵使我做不成这复兴之业，也不需要你来安排！"

百木英怔怔地望着薛偓尘，记忆中，他永远是一派清孤淡定的风姿，如今这恼羞成怒般的咆哮，令她恍惚不敢称相识。良久，她慢慢地退开了身子，一寸寸远离那个让她感到陌生的男人。

"先生，当真这般讨厌阿英吗？"长发姑娘将清澈双眸从那人脸上移开，神思游离，"先生……难道不曾真心喜欢过阿英？"

薛偓尘布满尘霜之色的眉，此时却也一瞬悲凉。他蹲下身子，深褐的眼睛凝视那旧日情人秀雅的容颜，不禁伸出手，抚上她的脸颊："喜欢，怎会没喜欢过？"他露出一丝疲惫的笑，眼望当前，心却遐想在久远之外，"为了喜欢你，得罪了所有人，还失去了一个最好的徒弟。你十五岁时候，你十六岁时候……那时候，当真可爱，可爱至极。"

他这样说着，一时痴住，紧紧倚在他身边的绯，却已嫉妒得剧喘着，茶色双眸泛出泪光，在暗影中映出青蓝的亮光。

百木英默默望了一会儿，忽然一笑："先生所爱的阿英，只是个小孩子。"她青白分明的眸子，仍笼着伤心之色，却已凝定出一如既往的澄澈与了然，"可阿英是会长大的。如今阿英已长大了，不可能像她一样——"她指了指绯，"整日只崇拜在师父的脚下。"

薛偃尘沉浸于旧日感怀的眉眼忽地一凛，冷厉如刀。他松开抚着百木英侧脸的手，拂袖推了她一把，一手揽住了身边的绯。"你凭什么说她！"他对着阿英瞪起了眼睛，"你又在自以为是了吗？哼，她比你要强得多！她才是能帮到我的人，她从不自作主张，也不自说自话，从不会像你那样出些没用的风头，像你那样'无所不能'！"他的讽刺冰冷刺骨，齿缝之间溢出几声嗤笑，"但她却比你有用得多。她会永远做我的徒弟，也永远是我身边的人。"

绯的双臂紧紧搂住师父，把头埋在他的怀中，眼角透过乱发，瞥着被推得跌倒在地的百木英。薛偃尘宽大的灰色衣袖护着小小的她，深褐的目光冷得刮人。"百木英，你是很能干，简直完美。"他近乎恶意地微翘着嘴角，就如宣讲他那套关于神的教条时一字一句地说道，"但比起绯，你丝毫都，不，可，爱。"

百木英坐在冰冷的地上，身子微不可见地倾斜着，倚住一条黢黑的柱脚。她睁着明澈的眼，却似乎一时所见无物，沾了泥尘与血迹的脸上，神采消匿，只余凄凉。过了相思，过了嫉妒，甚而也过了割舍与付出——若这些都还不够，再往前去，剩下的也许便唯有伤害。

她独自落寞地靠着柱子，没有心思，没有行动，也没有话语。人生二十年，唯当这最为落魄的时刻，身后那扇棺材般陈腐的门突然被撞开，光明就搅着风和勃然的呼吸，泼洒而来。

白琬跨坐在一匹通体雪白的高头大马上，破门而入。白马周身佩着华丽的装饰，金辔闪耀着光芒，一如马上那俊美出众的白衣公子一般夺目——尽管他的白衣上其实染着斑斑泥迹，但那一派气宇确是华贵如玉。

"百木英，我是来带你走的。"那个从来只会无聊傻乐或者提荒谬问题的声音，头一遭说出如此昂扬的一句言语。满目凄然的姑娘不禁怔住，慢慢转过头去——是他没错，薛偃尘以及绯也在举头看着，整个昏暗的祠堂，一时都为他所带来的光华笼罩着。

说完那一句，他停在那里，默然片刻，那表情是在发愣。他的马撞开门后就停下了，只在门口站着，他骑在上面略有些无措，又拍又摇晃缰绳地弄了好一会儿，那马才终于又往前走了两步。

　　咽了一咽紧张得干涩的喉咙，白琬镇定着心神，努力回想着离离刚刚所教的，明确来意后下面该说什么。他还没想好，思绪却被一句冷笑的话语打断："这是你的新相好吗？"薛偃尘瞥着百木英道，"看起来，是个什么也不能做，比我还无能的人哪。"

　　白琬讶然地张大了嘴巴，方才排练好的步骤一下子全都错乱："我……我能做事的！为了阿英，我什么都能做！"他顺口喊出了一句离离灌输的经典句式，却忘记后面所接"赴汤蹈火、百死不悔"之辞藻，愣了半天，硬生生起誓打赌地说道，"就算是最最可怕的事情……吃……吃甘蔗怎么样？就算是为你吃甘蔗也行，整条甘蔗我也吃得！"

　　就连薛偃尘，都不禁愣了一下。

　　百木英垂首，轻轻扶住额头，问道："谁让你进来的？你……到底想说什么？"

　　"我想说……"白琬焦急地想要回答，却愣住了不知该说什么。静止片刻过后，他忽地心中一动，不禁紧紧攥住了手中的缰绳，激动地说出，"你说过，不喜欢我花家父的钱。既然你不喜欢，那我便再也不花家父的钱！"他说着举起双手，将左手中指上的猫眼石戒指用力拔了下来，猛地一甩。一声碎裂，那象征着英芒记银号源源不断的财富的宝石，不知在这间破旧古屋的哪个角落里，摔成两半。

　　百木英惊讶地望着那白马上的人，不言不动，无息无声。

　　白琬双肩起伏地喘着粗气，也直望着她："这没什么，我舍得的。"他瞪大眼睛，吸足一口气喊出心中的豪言壮语，"大不了我……我花你的钱好了！"

　　那白马不知被什么所激，昂然一个响鼻，却又"笃笃笃"地向前走了起来。走到百木英的身边时，马上的英雄总算猛然忆起了"救美"过程的最后一大步骤。他躬下身子，伸手捞住了阿英的手——这时候应该如阿蒙所演示的那样，像揽起一只小羊般拉起心爱的姑娘，稳稳地让她坐在自己的身后，然后共骑一马疾驰而去。白公子想着，用力地拉，越拉那坐在地上的姑娘，自己的身子越歪，眼看着便要头朝地栽下马来。

千钧一发之际，百木英忽然站了起来。她抬起被白琬抓着的手腕，轻轻向上一托，帮白琬重新坐稳了。而后，她撩了一下耳边的长发。紫影轻盈，纤秀的姑娘旋转着跃上白马，骑坐在白衣少年的身前，反抓着他手腕，让他扶稳了自己的腰。

"白公子，带我走吧。"她的唇边溢出一丝笑，虽犹带伤感，却已重现光亮。

精干的姑娘勒住缰绳，轻夹马腹，漂亮的白马原地转了一转。她透彻的眼睛再度扫过那灰色衣袍的男人，转而纵马冲出了幽暗的祠堂，向着外面已然云开光落的天地奔去，头也未回。

那匹马儿方一离去，无数烈烈燃烧的火把便从敞开的大门投掷进来，杂落满地，火光四起，将一堂暗影燃烧殆尽。无处再匿迹的秘术士师徒大惊，接着却只见带刀的捕快们迅疾地拥入，绳索与镣铐都迎面笼来。

"你们刚才都看见没有，白琬那张傻脸！"祠堂外的空地上，离离愣了好久，才突然跳起来喊道，"乐得鼻子往左歪，嘴往右歪！太白痴了！真不该教他，他哪里能配得上阿英！"

阿蒙忽然贴到她背后，修长有力的手臂揽住她的腰："咱们也骑马追他们去吧。"蛮族少年的脸上挂着一层憨憨的略带兴奋的笑意，"好久没像刚才那样痛快地骑马了……不，好像从没那样开心地骑过。我还没骑够呢。"

离离的两条细眉轻轻一抬，回头看着他，皱起鼻子，抿着嘴笑。

"绣衣使大人。"一声低沉呼唤，是李鞅，领着手下几名武士，走到了素星痕的面前。他举头望了望周遭景象——扰攘的村民，在捕快的疏导下已开始纷乱流散，祠堂中冒出滚滚浓烟，一旁的老村长与几位长者，已惊恐地坐下，只顾抖着胡子、扶着拐杖喘气。"天雨粟之事，多蒙大人处置分明。"他有些气短地低了头，言道，"李某等人只想追问一句，作恶元凶，要如何发落？"

星痕微微地笑了一笑。"李兄真是执着啊！"他叹了一句，转头望着远处——那里，村中小道一个转角上，昨夜中宵，他曾与淮安最年轻也最神秘的巨商相遇。

"这次能引出薛偃尘，是在下与一人合作所致。"他望着那不起眼的一处，淡淡言道，"作为合作的条件，我已与他说定，捉到薛偃尘后，就交到他手中，永远圈禁在卷石村中。"

"圈禁卷石村中？"李鞅很是不解，"那不还是要遗祸村民？"

素星痕轻轻摇头："那个人很快就会把整个村子买下，并出资将村中人等，移到外乡居住。出去开开眼界，对这里的人来说，未必不是好事。"他说着，转而望向祠堂，"而薛偃尘，本是幽居深山，何妨再以深山为归宿。他求名若渴，却屡不得志，脱离了这名利俗尘，也许倒可得一分宁静。这样——我的那位朋友得知，大抵，也更能心安。"

【八】

百木英整好利落的男子发式，背上短剑，挎上小钱箱准备出门。一拉开房门，一堆人一起倒了进来，咋咋呼呼地叫唤一通。

"你们在听门吗？"男装姑娘叉起腰，看着地上滚作一团的四个人。

"哎呀，我们担心你嘛，也不知你好些了没有。"离离最先挣扎起来，边笑边说，然后是阿蒙，最后素星痕和白琬互相推扯着，笨手笨脚老半天才爬起。大伙自拥入房间来便各自找地方坐下，唯有白公子在桌边站着赔笑——他这段时间一直沾不得椅凳，那天离离为了让他增加英雄救美、博得芳心的成功概率，非让他跨白马入虎穴，帅是耍了，可坑苦了这从不会骑马的屁股。

"阿英，这是要去哪儿啊？"离离笑眯眯地攀谈。

"打个零工。"百木英抱着肩，歪头看着他们。

"还打工？你以前打工都是为了那个……现在还……"离离一怔，话说出来却又吞下半句。

百木英一笑："我想了想，打工，其实是我自己喜欢的事。并不需要为了什么人，靠自己本事赚钱，可以活得自由自在。"

众人听了，都纷纷点头，白琬还不禁鼓起掌来。离离瞟了那白痴一眼，抿嘴一笑，伶牙俐齿地言道："是呀是呀，阿英有这么多本事，当然要多多

107

赚钱啦！再说，现在还拖家带口的不是？你身边呀，如今可多了一个等着花你钱的呢。"

白琬愣了一愣，明白过来是在说自己，不禁挠着头一笑。谁知，百木英忽然说道："别开玩笑了。我跟他，怎么能在一起呢？"

"嗯？！"众人同时瞪着眼睛，全都怔怔地看着阿英。

"嘿，你什么意思啊？"离离勉强笑着问道。

百木英垂着眼帘，默然许久。而后，她言道："他年纪比我小啊，这多别扭。"

"什么？！"离离忍不住跳了起来，"他比你小有什么别扭啊？会比师徒恋更别扭吗？！"

星痕和阿蒙都惊望着她，又看百木英的脸色，一时不敢作声。

百木英挑了挑眉，转开头："反正男人比我小，就是很别扭。"说罢她起身走出房门，"砰"地关上门。

屋中静默了片刻。

"哎，你们说说！"离离有些愤然地开腔，"她比那个姓薛的小二十岁，她不觉得别扭，白琬比她小两岁她就别扭成这样！这不是没天理吗！"

屋里的几个男孩子都沉默了，只闻得姑娘的一声质问的细小回响。

过了好久好久，从方才的某一个时刻起就一直完全呆住的白琬，忽然吭吭地清了清嗓子。

"那个，我有件事，一直没对你们说过。"他把嗓子吭成了一种古怪的低哑声音，似乎象征着几分成熟，"那个，其实……我今年周岁十八，论虚岁，已二十六了。"

离离、星痕同时转头望着他，瞠目结舌。阿蒙皱眉琢磨了一会儿："啥？你这是……什么算法啊？"

"白家算法。"白琬沉着嗓音，昂然地说道。

整个房中一片沉默。

夏日清晨幽静的街上，百木英一个人平静地走着。她轻轻整理自己的腰带——忽然，一个小东西从腰间脱出，滑进了她的手里，是一个素色的金属指环，光秃秃的，上面曾经镶嵌的硕大宝石，已经被摔不见了。

那天，一切尘埃落定之后，她特意趁夜回到了卷石村的祠堂，摸黑找回了这枚戒指。曾经像那个荒谬的傻瓜一样试着把它套在中指，却有些大，因此只得悄悄藏在了身边。

阿英低头看了一会儿，兀自一笑，牢牢地将它握在了手心。

青山岁月深，
故梦偃风尘。
白马行万里，
只慕一心人。

鬼夜哭

"亭亭灯初上——西西夜未央——"裙影婆娑的年少侍女们齐声吟唱，手捧柔红的纱灯鱼贯而来。斜阳已没，经典的雅景又一次上演，满座宾客无不暂住了谈笑，顾望几眼。

　　似这等冠冕云集的奢华酒会，于"西西楼"中也属常见，然而今夜之会规模格外盛大，即便是这座名列"淮安三雅境"之首的顶级酒楼，为了能完美承办，也不免提前清场三日，并临时加雇了人手侍候会场——宛州商会增补新行会的典礼，江子美大人将亲自莅临主持，自然非同小可。

　　宛州十城在大燮帝国体制内特立独行，实行商会自治，日常治权则按照不同行业进行划分，各行各业分别设立"行会"，通常推选同业中最为成功的商人做行会领袖，是为"行东"。华族社会工商发达，自前朝大胤之世，行业种类已堪称繁多，俗谓有"东陆三百六十行"之说。燮朝以来两百年间，商业滋盛远超历朝，宛州商会法定在册的行会已达六百一十八个，而未立行会却已在民间自行衍生存在的实际行业，据估仍有六七百之数。今日，便是宛州第六百一十九个法定行会的立会之日。

　　西西楼星罗棋布的小亭当中，略处偏僻却视野极佳的一座，玲珑六面都挂上了轻柔的纱幔，亭里亭外隔着这一层看不透的朦胧，乃寸丝寸金的"水云绡"所制，浑如夜雾。亭内并无闲杂仆婢侍宴，唯两位贵宾清静地碰着玉杯，上首是一袭雪白布衣、已是两鬓银丝却仍堪称俊美过人的男子，下首是形貌尖瘦、总挂着某种厚道笑容的中年羽人。

"英芒记"创始人白思退，"云上赌城"之主蒲云期——这一席上，坐着半个宛州。

"第一批'头牒'已拨记到你的户头底下。三日内，将'次牒'的副本送到英芒记本庄。"白思退对着雾幔外的灯影微合双眼，散淡地言道。

"白公放心。"蒲云期笑笑，"这一批您给了多少？"

"七万牒。"白思退答道。

蒲云期有些夸张地撮唇，呼了口气："白公啊白公，手笔总是大得让人心悸啊！"

白思退只以眼角一瞥："区区七万，以你蒲先生的胃口，会嫌多吗？"

蒲云期笑得如同憨厚的老仆："七万虽不多，但……蒲某给每位买家，都追加了五十倍的'空筹'哇！"他说着笑着，伸出一手瘦细尖长的五根指头，来回翻了一下手掌。

白思退的面色并无丝毫变化，唯嘴角轻勾，微一冷笑："你这赌鬼！这第一批，不过初试盘口，你便急着想赢个大的？"

蒲云期吃吃低笑："玩赌，哪有赢家，只有庄家啊！"

"故而你这庄家，便是永远的赢家了。"白思退留着笑意。

蒲云期连连摇头，细长的笑眼眯成两条缝隙："我不过做些赌台边发牌的力气活儿，'庄家'，唯白公而已。"

未有答言，白思退抬手饮尽了杯中残酒，微醉。

"寒兔酿来了！"一个与此间氛围极不协调的声音突兀响起，紧接着一个年轻人用头顶开雾色纱幔，傻乎乎地闯了进来，"是这里要的吧？"他直白地大叫。

骤然见他，白思退与蒲云期竟都是一愣。

"白公子？"瞬间过后，蒲云期堆笑着一问，"你这是……何以在此呢？"

白琬站在那里，也在发愣，看看左，看看右，微张的嘴忽然咧成傻笑：

"父亲大人、蒲叔叔……幸会幸会啊！"他穿着一身西西楼侍者的套装，两手各抓着一只月白色的玉壶，水汪汪的大眼睛一眨一眨。"我在打工啊！"他很是开心地跑到两人的座前，摇晃着两只壶，"西西楼今天人手不够，雇人帮他们送酒！"

蒲云期狭长的眼睛不禁睁圆了一瞬，须臾赞叹地点头，望向白思退笑道："闻听白公子自行断绝了家中的给养，一心历练，不想竟是真的。"

白琬用力地点头，笑得满脸放着荣光。白思退扫了儿子两眼，却无多言，便只将空杯向他擎起。白琬愣了一下，恍然"噢"了一声，笑呵呵高举左手之壶，透明的浆液缓缓斟入杯中。

杯满，白思退并未啜饮，垂目望了杯子一会儿。"你壶中之物并非佳酿，"须臾他言道，"乃是温酒用的白水。"

亭中刹那间寂静了，蒲云期厚道的笑容僵在脸上，此时竟不知该笑还是不笑。

"宾客见谅，先前的酒送错了。"亭外，一片轻盈的身影忽然印上纱幔，清澈淡定的女子声音传来。那姑娘言罢略停了少时，方才恭敬有礼地掀开帷幔，却是一袭男性侍者衣装，盘着利索发髻，手捧托盘，上面稳稳摆着两壶美酒。白琬听到她说话，眼睛一亮，回头望去。只见她低头而入，将酒奉到席前，微微侧目来瞪白琬，一丝怒意溢出眼角。这一抬眼之际，却才扫见面前的两位贵宾样貌，她却不禁一惊。

"三家店"三巨头中的两位，寻常人虽难见其面，但对一位供职于《淮安商报》的采风使来说，他们的画像与各类资料，早已烂熟于心。男装姑娘默了一瞬，掉头便走。

"站住。"白思退短促地叫了一声，打算疾行离去的人身形一顿，在纱幔的边上停住了脚步。

"阿英，别走啊！"白琬"咚"地放下两只装满温水的壶，笑着赶到姑娘的背后，"这边是家父和蒲叔叔，真是巧哉！"

白思退双目盯着那姑娘的背影。片刻，她转回身子，俊俏的容颜直面于他，慢慢走近席前，微仰着头。"白伯父、蒲先生，百木英有礼。"她平静地问候，微微躬身。

　　须臾的默然。"为何急着离去？"白思退问道。

　　"我不想听到你们的谈话。"百木英站直了身子回答。

　　"为何不想听？"白思退又问。

　　"我不想给我的朋友惹上麻烦。"百木英答，"您知道的，我的某位朋友身份特殊，一向已经够多麻烦。"

　　白思退垂目，微微一笑："那为何，又回来？"他略有了些兴趣似的。

　　"我不想被人说，我逃了。"百木英淡然。

　　蒲云期发出了"呵呵"的笑声。

　　白思退不再追问。他探手到座边摆着的檀木小匣，从匣中厚厚一叠象牙色的丝纸方笺上拈起一张，放在百木英手中的托盘上。方笺上印花精美，是西西楼专为客人打赏预备的花票，每一张代表着一笔优厚的赏钱，侍者得票后拿去柜上兑换现银，酒楼账房便在宾客的账单上代为增添。

　　百木英看了看盘中花票，躬身道谢，从容转身出了小亭。白琬望着她朦胧的身影消弭于纱幔之外，仍旧愣了一会儿，而后一脸痴笑，转头对着他的父亲说道："她……她便是……"

　　不等他措辞不达地把话说完，白思退一笑，向着自己的独子，低低地竖起了大拇指。

　　白琬的嘴一张，话没了，便只剩下笑。

【一】

"你，简直荒谬！"小亭外的回廊边，百木英拽着白琬，严肃地怒斥道，"端盘送酒已经是最最、最简单的了，你也能弄错，你……以后别再缠着我带你打工！"

白琬眨着眼睛，有些无辜："嗯，可是……是你说的啊，'做人当自食其力，打工赚钱才是正道'啊。"

"你——"百木英竟一时语塞，不禁扶住了自己的额头。这时，回廊远处却传来议论之声。始终恭敬站立在门口迎宾的西西楼大掌柜不知是在对谁说话，热情的笑言之中，却含着几分怪异的冷嘲："哎呀，您到了啊！可真是贵人来迟，我等早为您备下的席面，如今怕都凉了。"

"请见谅，我……睡过头了。"这有些嗫嚅的答语一出，百木英与白琬顿时都停了话题，一起转头望去——这个人，总算来了啊。

大掌柜掩口笑了几声："绣衣使大人哪，您既已是迟了，竟不如索性多耽搁一些时候，换好了衣服再来。今日是什么场合，您这一身前来，便难怪门外的小子们为难了您。您大人有大量，可莫见怪。"

各座小亭里的宾客，发出一些零星的笑。那个刚刚赶到酒会上的瘦弱男孩子，说是有名的第十三绣衣使，胡乱绑着一把头发，穿着洗到发白的布衣，他身后那个蛮族少年虽还挺拔，一身粗野的北陆衣裳，也是不像样子。

豪商贵妇们的嘲笑之间，垂挂着六幔水云绡的亭中，忽而却传出一句言语："绣衣使者果然特立独行，今夜此间，布衣者，唯你我耳。"

所有的笑声都戛然而止。那语声并不高亢，但却充满了惊人的震慑——英芒记白公话语的分量，若说比起十城商政使江子美的钧令，恐还有过之而无不及。

素星痕略略一怔，转目望去，只见回廊深处那亭上纱幔拢起半片，露着白思退半面，对他点头一笑，便又掩在雾色之后。席间众人又开始低声议论，星痕未有言语，只默然微垂着头。

西西楼大掌柜心下暗惊，转而垂首赔笑，对身边人吩咐道："快引大人入席吧。"两名侍女应声称"诺"，便双双向星痕行礼，引他与阿蒙穿过回廊，来到一处小亭之前，此亭犹然挂着严密的锦缎厚帘，是为亭中肴馔保温之用。

"这一席便是为绣衣使大人特设，请大人享用。"侍女柔雅地说着，动手揭开了锦帘，却不禁惊得低低一叫。

只见那亭中竟已坐了两人，两双玉箸闲散地扒拉着满桌菜色，咀嚼有声。

"这……王大东家？"一名侍女惊讶之余，为难地问道，"您如何坐在此处，敢是我等照料不周，教您走错了席面？您是今日的主宾，席设在楼子正中的大亭里啊！"

听了这话，桌边那个衣装豪阔、姿态却粗横的壮年男人斜了斜眼睛，没说话。与他同坐的黑脸汉子搭了腔："什么走错？我们大东家就喜欢坐这儿！"他语气粗鄙得刺耳，边说边嚼着一大块蒸鱼，嚼得稀烂后却又连肉带刺吐回了盘中。总观这一桌的菜肴，每一个盘碗都已被这两人弄得狼藉不堪，但却并未减少，似乎他们并不想吃，只想搞得任谁看了一眼，都许久不再吃得下饭。两个年轻侍女见了，都不禁蹙着眉，微偏开了头。"这……这里原是绣衣使大人之席，王大东家这般坐了，却让绣衣使大人如何？"姑娘怯怯地说道。

"哼，'绣衣使大人'，是第十三绣衣使吗？"那豪阔的壮年男人这才开口，犀利无礼的目光斜刮着素星痕，话语里都闻得见一股火烧的味道，"听说就是你在江子美面前说了什么话，鼓捣出今日这出戏来？"

素星痕看着他，静静地眨了一下眼睛。

这位王大东家，便是今日酒会的主角，即将增补入册的、宛州商会第六百一十九行会新任的行东。论起他所统领的这个行业，淮安的豪商贵人大多要耻笑，江子美为新行会造册之时，斟酌再三，将这一行命名为"纳积之业"——"纳"者，收纳之意，"积"者，积存无用之物。所以纳积之业说穿了，便是专事收购城内废品、弃物、垃圾破烂儿的营生。干这一行的说来其实古已有之，但不仅因为名声难听而不入官册百业之流，亦且由于获利稀薄、经营规模小，根本不值得设立行会来管理。却没想到近十年来，淮安出了这位姓王的，靠收纳、转销巨量废品发家，在市井间拉帮结派，竟将这行当做成了利润爆棚的一番大业，赫然跻身豪商之列。他本名王伯鸾，原是个响亮的名字，只因做了这众人不齿的下等生意，淮安商界便歪称他为"王破烂"，或者干脆就说他是"破烂王"。破烂王的纳积生意风起云涌，近日来更挟持巨资并购其他纳积商人的产业。做这一行的商人，几乎都是底层市井、黑街出身，生计艰难，粗野好斗，并购之事一起，市场秩序动荡不言，群殴事件先就层出不穷，令江子美十分头疼。有鉴于此，素星痕方提议将纳积之业收归商会管理，以行会秩序平息争端，王伯鸾被举为行东，也是星痕一力推荐，却不想此刻看来，这位大东家倒并不领情。

王伯鸾蛮横的话音犹震着耳鼓，星痕笑了笑，低头行了一礼："设立行会是商会的大政，在下人微言轻，不过几句建言，以备咨询。纳积之业如今业绩可观，成行成市，本也是水到渠成之事。"他直视着王伯鸾的双眼，礼貌地说道，"今日王大东家即任行东，可喜可贺。"

"狗屁行东，谁稀罕！"王伯鸾发出一声冷怒的嗤笑，剔着牙，"你给姓江的出的好主意，拿这虚名儿把我套住，好叫我不能动手收拾同行。若不然，凭老子的财力，淮安城已尽是我的地盘，那时手里攥着的大利，不买你十个八个行东！"

星痕合着双唇听完，微微一笑道："王大东家身为一行领袖，相信自可公平断事，为同业谋得福利。垄断之术，似不可取。"一句不温不火的劝告。

"喀——啐！"王伯鸾巨声咳出一口痰来，掷石头般吐在星痕的脚边。一旁的黑脸汉子噌地站了起来，上前两步。星痕身后的阿蒙见了，也几步冲到了前面。"干什么！"蛮族少年这一晚上早已有些恼怒，此刻不禁喝了一声。

那黑脸汉子名叫马大洪，是王伯鸾手下头一号小弟。他与阿蒙对着瞪了两眼，突然无赖地一笑，端起一杯酒道："你说干什么，咱给绣衣使大人敬酒啊！"

素星痕抓住阿蒙的手腕，用力将他拉回到自己身后。"大人，你喝不喝啊？"马大洪举杯笑着问道。

"请恕失礼。在下，从不饮酒。"望着那浮着一层油腻的酒杯，星痕低言，微微躬身。

"啊？从来不喝？"马大洪像听见了最离奇的事一般，夸张地叫了一声，回头看王伯鸾，"大哥你听见了吗，他不喝酒！"说着他没样子地拍腿大笑起来，王伯鸾也冷笑，只坐着看戏。

"我家大哥说过，凡不能喝酒的，都是他妈的小人。"马大洪笑道，打量着星痕，"大哥你看，他这个样儿，倒还能当什么官差？众位哪，可知道这小子的来历底细？我听说那日晚上，江大人私见了他，第二日出来，便封了绣衣使。嘿，我倒琢磨不透，这不定是拴在哪根裤带上，'提'起来的？"

各亭里的宾客们听着这粗人腌臜的话，表面上都不屑，内里却极有兴趣，议论之声嗡然四起，还有人忍不得发出了笑声。

"找死！"回廊边角里，携着白琬一直在旁观的百木英，咬着牙根说了一句。星痕紧闭着嘴唇，垂着眼帘默然不语，耳听得身后阿蒙的拳头，猛地骨节一响。

马大洪笑嘻嘻进逼到星痕面前三尺之处，高举的酒杯摇摇晃晃，浆液乱洒。"王大东家敬你的酒，你喝是不喝啊！"一语落下，黄色酒浆陡地向星痕身上泼来。

"呼"的一声，阿蒙迅速地绕到星痕的身前，敞开的半边外袍，一滴不落挡下了扑面酒来的酒水。星痕一惊，张口欲叫住阿蒙，犹未出声，却见那峻拔的少年已用力甩下衣襟，一把推开闹事的黑汉。

"他不能喝酒，莫非你能喝酒？"阿蒙怒目瞪着马大洪，粗声粗气地喝问道。

马大洪被推得有些恼怒，看了王伯鸾一眼，又一赖笑，站直了言道："废话！我又不是他妈的小人。"

"你若能喝，便同我喝一个。"阿蒙昂着头，说起话来还是那么直接，"要喝就喝烈的！"

"嗬，行啊！"马大洪素仗着酒量横，最爱这拼酒的勾当，梗起脖子应战，"这席面上的'碎烧刀'，论烈性不说数一也算数二，一人一碗喝到趴，你敢吗？！"

阿蒙鼻子里轻笑了一声："你们东陆的酒，都是喂羊羔子的。"草原少年傲然，高声问道，"你们这里，可有青阳部的'古尔沁'？"

这边闹腾起来，酒楼的大掌柜早已急得凑了过来，带着一大帮男女侍者围在一旁，这会儿听了这话，却也不禁傲然应声："这世上若是有什么酒，在淮安西西楼也找不到，那么纵使皇宫大内，也不必去找了！古尔沁，我楼中正好藏着两坛。宛州人都不敢碰它，白搁着到今日，已是十几年的陈酿了。就只是价高，不知你们几位，可受用得起？"

阿蒙一愣，还未反应过来，却闻"咯噔"一声，那边挂着雾色纱幔的亭子里，扔出来一整匣的花票，散落满地。大掌柜略怔了一瞬，转而便笑，赶着手下侍者们去捡起票子，一边叫道："白公结账了！来人，取酒！"

满座宾客再也按捺不住，议论起来。古尔沁，华族语唤作"青阳魂"，蛮族最烈的酒，北陆最烈的酒，全天下最烈的酒。有些跨海行商、有见识的人，早听说过这蛮子酿的奇酒是刮肠烧肚，喝一口便足以教东陆人死去活来的烈物，如今竟亲见有人拿它拼酒，无不激动得左右与人言说。那马大洪是酒中行家，听了这物名号，也一时脸色煞白，方才多少碗黄汤灌出来的混劲，顿时化作一个屁都放了出去。

少时过后，两名侍者各抱了一个酒坛来，并排摆在桌上，启了泥封。坛子其实不大，但落桌的那一声，却也震得马大洪抖了一抖。

阿蒙迈步上前，身后被素星痕一把扯住了袖子。他摆臂甩开星痕的手，三根手指拎起一只坛子："来！"简短说了一声，少年仰天衔住酒坛，凸起的喉骨在舒展颈项间平静地滑动，浓醇汁浆咕嘟咕嘟涌进咽喉的声响，化作冰冷液体流动着的火焰，压服了西西楼中一切的嘈杂。

过了不长似乎又漫长的一段时间，阿蒙停了下来，双手将酒坛高举过头，坛口朝下控了一控。放下空如陶鼓的坛子，他擦擦嘴，看了看面前的马大洪。"你喝呀。"仍是近乎平静的简短话语，除了口中喷出灼人的酒气，他就像一滴酒都没沾过一般。

马大洪不停地咽着唾沫。此时，所有人的目光都聚在他身上，他面如土色地看了一眼王伯鸾，大哥那一双怕人的眼正狠狠地盯着他。他赶紧缩回了头，咬了半日牙，慢慢伸双手捧起了敞口的酒坛，烈辣的气息刺得他眯了双眼，仍是继续咬牙。

痛苦僵持间，一只手"嘭"地抓住了酒坛口边。阿蒙突然一脚蹬上了黑脸汉子的下腹，生扯着夺过了坛子，马大洪也被踹得惊叫倒地。皮靴踏住乌木座椅，再次仰面举酒，草原来的孩子合上明亮的眼睛洒脱开来，微卷的长发轻轻摇荡。又一坛饮尽，他猛地将空坛砸碎在地上，瞪圆了双眼，一手拉过星痕，一手指定了瘫坐在地上的无赖："你跪下，道歉！"

马大洪黑黢黢的脸，顿时涨起一层紫色。他举头看着阿蒙，又望他的大哥，一时呆在那里，不知该怎么办。王伯鸾脸上的肌肉在微微跳动，恨恨瞪着眼前的两个年轻人，抬脚在马大洪屁股上一踹。那无赖汉这才醒转，忙爬起来，摇晃着膀子立在老大身后。另有一帮粗野的男人，这时候也都离开各自的席位围了上来，他们都是纳积行里的商人，稀稀拉拉地站在王伯鸾的身后，人多势众地与绣衣使对峙。

此刻，素星痕微低着头，冰凉的眼瞳静静移转，暗察周遭错综的局面。整个酒会上的宾客，眉眼交错，碎语相传。面前王伯鸾一干人气势汹汹，唬得西西楼的掌柜都变了脸色，生怕今日这场子要被砸。远处那座亭中，英芒记白公在静默地饮酒，夜风忽而将薄雾般的纱幔拂出细缝，便会看见那俊美眼眸，含意不明的浅笑。回廊不起眼的暗处，百木英将白琬推到身后，她今日没有带剑，但却紧捏住手中的硬木托盘，似乎已准备着随时加入战团。

他的眉已凝重地纠结了起来，只是被凌乱的发梢掩住。"阿蒙，"须臾过后，绣衣使大人低低唤了一声，"我们走。"

"不走！"阿蒙愣了一瞬，直着喉咙吼道。不知那两坛青阳魂已醉到了膏肓第几层，此刻的他罕见地任性。

"跟我走。"素星痕又叫一句，拉起阿蒙手臂，转身便行。

"不走！"阿蒙用力掣臂，硬生生拖住了星痕的脚步。他指着马大洪，怒不可遏地喊道："我要让他收回他的那些话！"

"蒙苏普克！"响亮的一声断喝，清瘦少年的话语中，带上了前所未有的高亢怒意。闹起了性子的阿蒙听得这一声，登时怔住，戛然静了下来，缓缓转目，去看他的兄弟。就连角落里的百木英也是一震，乃至白琬都不禁惊奇地抬了抬眉。蒙苏普克·廓勒帕提苏勒尔，只因这复杂拗口的全名星痕总记不住，伙伴们才都将那草原少年亲昵地称作"阿蒙"。而此刻，素星痕突然叫出他的本名，甚至使用着标准的蛮语发音，远比寻常人所念的都更为准确——简直就像，阿蒙自己称自己名字时的那样。

"走！"素星痕皱着眉，只又低沉地说了一个字。说着他便转身离去，而阿蒙，愣了一瞬，竟也转了身，跟着星痕走开，再无一言。

他们离开了杯盘狼藉的小亭，沉默地穿行在回廊，几乎就要淡出这是非之地。但突然，一件东西呼啸着追至身后，先带着风，而后，是一声闷响。

厚瓷小碟砸在后脑后，滚落到地上摔碎。阿蒙的鬓发间，淌出了鲜红的血。

素星痕止住了脚步。围观的人此时都静默下来。一下、两下，唯听见心跳，如沉沉的鼓声。

他倏忽转身开始往回奔走，伸手入怀扯住绣衣使执牌上的流苏。

步伐却未能展开，一只有力的手拉住了他。蒙苏普克仍面朝着大门口的方向，保持受伤那一刻挺立的身姿，丝毫都未动摇。他牢牢握住星痕的手腕，热血在脸侧慢慢划下一道红线。"刚才，你已经做出决定了，不是吗？"他低声，目不转睛，"你一定是对的。别改主意。"

星痕拗不过阿蒙的力气，只弯起瘦细手指，紧紧握拳，人却仍不肯回头。他已将数寸长的流苏挂穗扯出了衣怀，紧盯着刚刚出手伤人的马大洪，僵持不动。马大洪这会儿又有些发傻——那小子那双凉色的眸子，此刻当真冰一样刺人。更可怕的也许是他怀中的东西,那穗子只要再扯一寸,便要露出那块檀木雕刻的牌子,对于绣衣使的特权他们素日虽满口不屑,但当真惹上了,却才觉到这番心慌腿软。

"第十三绣衣使,莫非忘了今晚派给你的差事?如何还不出发?"气结欲凝之际,斯文清淡的一句话忽然传来。

所有的人都往大门处望去,只见年轻文雅的十城商政使大人——今夜盛会的主人翁,带齐随从,悠然走进了西西楼中。

一切冲突,一时都平复下来。江子美踱到回廊当中,停住脚步看着星痕,轻言道:"快去。"

仍是静默了片刻,素星痕慢慢松开手,怀间的流苏垂下,终究未牵出那木牌。也无应答,也未行礼,他转身拉了阿蒙的手,两人并肩走出了这酒楼。

【二】

宛州天地间，每年最早沾染秋意的，当属月色。时令仍处盛夏的尾巴，天空中那颗阴晴不定的伟大星辰，却已流露出些清冷的格调。

素星痕将刚刚买来的药膏轻敷在阿蒙的伤口处，又用纱布一圈一圈，仔细地缠好他的头。待他弄好，阿蒙用手摸了摸，不在乎地憨憨一笑。"行了，没事了。"他站起来说道，"江大人不是还派了你差事，走吧，我跟你去。"

星痕抬眼看着那一脸认真的少年。"江大人方才只是借个说辞，将你我从那里支开。"他解释道。

阿蒙呆了一会儿，才恍然点了点头，继而笑笑，松弛身子，坐了下来。两人并肩坐在这街巷边不起眼的墙角，背靠着一垛新扎的柴草，这个原本会因出席酒会的任务而充满紧张和无聊应酬的晚上，到此时却变成了一段轻松时光。"那咱们可以早点回客栈了？"阿蒙颇开心，转而又一抓头，脸上现出些为难与惶恐，"呀，我这个样子，叫离离看见，又得骂咱们两个！"

素星痕一脸郁闷地偏开头："所以，才拉你在这里坐着。还是晚些回去吧……最好，等她睡下再进门。"

阿蒙极以为然，用力点头，而后又一笑，仰头枕着柴草，望那月光，一股混了血液而有了温度的酒香，犹然自他全身的毛孔散发出来。平时，他似乎也没这么爱笑，看来喝了那古尔沁，终是有些醉了。今日，就连星痕也是头一回见识阿蒙饮酒。他的酒品与旁人不同，没有脸红耳热，没有大吵大闹，也没有头重脚轻昏昏欲睡——唯有最为熟识他的人才看得出，这素日秉性平和厚道的少年，究竟是如何醉到了骨中。

但便是醉入骨髓之时，他却仍能拉住怒火攻心的兄弟，无比稳健而可靠地将他劝醒。

星痕静静看着这个蛮族孩子，心中不由得，漫溢开一种肃然却又感慨的敬意："方才你告诉我'别改主意'，当真，智慧洞明。"他不禁幽幽说道，"其实……你比我，冷静得多。"

阿蒙听了他的话，半晌，才怔了一怔。他似乎专心地去理解了一会儿，然后笑起来，看着星痕："我当然要那样说啦，我知道你做过决定了。因为，你喊了我的本名啊！"

星痕却是一怔。

"你若喊我的本名，便定是有了最对、最对的决定。"蛮族少年笃定的话语，似乎证明着在这世上，再无比这更为坚定的"信任"。"上一次你这样喊我，还是在'猎星团'的船上。"他明朗的眼睛，清澈平静如草原的湖水，又已仰天望着那月亮，光影倒映中，闪动着十二年前，一些永生难忘的事。

"你还记得。"良久，星痕说了一句。

"怎么不记得？"阿蒙睁圆双眼，"船上的事我都记得。尤其是你来了之后的事，比如，你教我用绿叶子吹的小曲——"他说到这里，兴奋地坐了起来，"呒嗯嗯……呒嗯嗯……"用嘴哼出了一支反复只由三个音节组成的小调。星痕听了，也不禁展开了笑颜。两人便这样如两个懵懂孩童般的一道傻笑，就仿佛他们正谈及的当真是一段开心的旧日旅程——而不是那将幼小的他们粗暴绑架、拐离家乡，囚禁于恐怖黑船上的生活。

阿蒙边哼边笑，忽然说道："那时候，只要听到你吹这曲子，便是黑天、大风暴，我心里也是明亮的。我便能信着，我一定能回家，一定，能找到部族和亲人。"

一时，却是默然。

"可惜……"须臾，还是沉浸在往事里的阿蒙，打破了沉默，"嘿嘿，可惜，我回去后，还是……没找到族人。大合萨说，找……找不到了。"他咬着嘴唇，用力笑，摇头，再摇头。

星痕合起单薄的唇，缓缓垂下眼帘："过去不开心的事，不要总记在心里。"半晌他低低说道，"记住些好的，便忘了它。"

阿蒙大张开口，用力呼了一气："忘……哪忘得了呢！"他举起胳膊挡住眼睛，身子倚着柴堆滑躺下来，心中的过往——伤痛、恩义、黑白，永不愿经历的与永值得记忆的，一一从眼前闪过——"忘不了，我不会忘！"

他思着、念着，酒意袭来，昏昏入睡。残碎的景象在意识有无间穿梭，个中伤感时又将酸痛堆上眼角，他是打算不让自己流泪的，而至于泪终究是否满了出来，不知，也管不得。喃喃的呓语，便这样逸出了唇边："星痕……哥哥……"

素星痕微微睁大了眼睛。静默良久，他不禁伸手轻抚上阿蒙的头，揽着他倚向自己。阿蒙随势翻身侧卧，受了伤的头枕靠在星痕的腿边，缩弯了修长的身子，不一时已然呼吸均匀。星痕一动不动地坐着——此刻臂膀下翼庇的这个，仿佛并不是草原上了不起的年轻英雄，而还是十二年前海船上那个矮自己一头、满脸泥垢的蛮族孩子，做了噩梦哭醒时，便蜷在"星痕哥哥"的怀里才能再睡着。

旧忆兴时，心重如石。素星痕仰靠着柴草闭了眼睛，微微夜风，一片宁静。

那被渴望留住的宁静方慢慢地罗织成形，却陡地被一串粗率焦躁的脚步声击碎。

"绣衣使大人，在这儿歇息啊！"一个鄙俗男人刻意逢迎的问候，真不如没有，真不如听一些别的什么噪声。

星痕疲惫地睁眼看去，空旷的街上立着一个人，身形偏瘦，粗糙中倒透着几分精明。

"赵三爷？"默视了半晌，星痕低沉反问一声，一边无意地移动手掌，轻掩在阿蒙的耳上。

那人"嘿嘿"笑着答应，径自又凑前了几步："方才酒会上，教大人受委屈了。王破烂当真浑蛋！"他恨恨地骂了一句，笑着拱拱手，"赵三就代我们纳积行的弟兄，这边儿给您赔个不是。"

"不必了。"素星痕淡淡一语，十足冷漠。

赵三的笑容一僵，用一个手指挠了挠脸颊，又是一笑："大人也许有所不知，我老赵也一向看不惯他姓王的。我离了那破酒会，特到此来见大人，便是想与大人商议……不如咱们联手对付他，也好给纳积之业除了败类！不知大人意下……"

"不必了。"比刚才更为漠然的三个字，打断赵三未说完的话。

赵三不禁一瞪眼，对上素星痕那冰凉的目光，滞了一瞬，又强咽下了恼怒："嘿嘿，那好，就不打扰了。"他咬着牙笑言，慢慢转身而去。

"我还以为他又要欺负你。"那人的背影完全消失时，睡梦中的阿蒙忽然说了一句。

星痕有些意外："你……听见了？"

"草原上的狼，即使睡着也有一只耳朵醒着。"阿蒙伸了伸胳膊，坐起来揉着眼睛，"呵呵，要从狼嘴里活下来，总不能比它们还差。"他转头望了望赵三离去的方向，"他是谁？"

星痕道："纳积行会当中的一员，除了王伯鸢外，淮安城里便数他的生意做得最大。"

阿蒙点了点头，想起什么，眉梢又蒙上一层怒气："他要帮你对付那个无赖的人，你为何不答应？"

星痕看了看恩怨分明的蛮族少年，微微摇头道："因为方才在西西楼中，挑唆那马大洪击伤你的人，便正是他。"

"啊，什么？"阿蒙目瞪口呆。

星痕低眉道："王伯鸢意图垄断全城的纳积之业，纵使如今有了行会约束，也不会挡住他的作为。赵三身为此行内座次第二的人物，所受威胁最大，更兼多年怨恨王伯鸢比他强盛，所以才想拉拢同伙，暗中对付他。方才我们与王伯鸢的冲突本可消弭，他竟在旁暗动手脚，挑拨马大洪击伤你，就是想拖我这个绣衣使下水，给王伯鸢多树一个敌人。"

阿蒙听得十分惊讶："这些事我一点儿也没发现啊！这些人怎么这么多

心机！”

星痕闭上眼，脸上全是倦色。“回去吧。”他轻轻说道，“太晚了，教离离担心也不好。”

阿蒙有些郁闷，点头“嗯”了一声，便站起身。星痕也撑着柴草堆想要起来，骤然，身子却是一凛。

似乎有一丝极为诡异的声音掠过耳际，他的瞳孔一松，周身霎时浸遍了寒冷，一抹恐怖感回荡在脑间。

“星痕？”阿蒙见他忽然凝滞不动，有些奇怪，伸手去拉他，“你怎么了？”

一个寒战，而后素星痕醒了过来，慢慢举目看向阿蒙，他想说什么，又茫然地移开瞳仁，终是合上唇，摇了摇头。

夜已深了，客栈的小房间里，星痕面朝墙壁，安静地卧着——也许有些过于安静。此时的他，比“沉睡”时更寂静无声。

房间的门被轻轻推开，轻巧的步子走近床边。“别装了，我知道你没睡着。”姑娘压低声音，却是字字清晰。须臾，那安静的少年撑着床板慢慢坐了起来，回头看那姑娘——那张貌似稚嫩的脸上，果然全无曾熟睡过的痕迹。

“我有话同你说。”离离瞋了他两眼，径自在床边坐下。

素星痕见状，默默下了床，取了自己的外衣严谨地穿好，便也坐在床边，与离离隔开数尺之处。

离离看着他那样子，一皱眉，噘了噘嘴：“这个，你找不到了是吧？”片刻后她才开口，举起一只小小的瓷瓶。

星痕扫了一眼那小瓶，略略一惊，仍不说话。

“以前看见过你吃药，问你，你说是治失眠的。”离离盯着他说，“当时还以为你胡扯。今日我捡到这个，去药铺子里打听了，没想到……人家说了，这药丸还真是镇静之用。”

素星痕慢慢转开了目光，只以侧脸对离离，望着地面。

离离却凑前几寸，有些急怒地瞪眼：“你这瞌睡虫，居然睡不着了？！什么时候开始的？！”

素星痕不应声，须臾，只摇了下头。

离离气得甩手将药瓶丢在床上："我问过大夫了，你总在喝的那些苦荆茶——"她抱起臂肘，咬了咬嘴唇，"根本不能多喝的！总喝那个，再加上'思虑过甚'什么的，人家说了，就会失眠得很厉害，再吃这种药丸……你想死吗！"

星痕仍是僵坐着，凝视着地面的眼中有些许闪动，微不可见。半响，他扯着嘴角笑了一笑，将头垂得更低。

"还笑什么！"离离斥了一声，重又将药瓶抄在手里，"这个，还有那些茶，以后都不准再碰！我请大夫给你开了新方子，从明天就开始煮，你给我老实喝药！"说着她站起来，一甩长辫离去。

听到她开门的声音，星痕才松开呼吸，不禁转过头望向她。却不料这一眼，正对上那姑娘晶莹的目光——她开了门却站住，特意回头等了这一瞬。星痕讶然，闪烁的眼神却已无从再逃避。

成功捕捉到猎物，离离恼火中也不禁一笑："你们这两个笨蛋，一个弄伤头，一个弄得五劳七伤。"她斜着眼角念叨一句，从小瓶里倒出一粒药丸，丢手抛给星痕，"先好好睡一晚吧。"说着转过身，这次真的离开了。

小小丸药在手心中摇晃着，星痕低头看着，默然凝眉。

【三】

淮安有许多别称："商都""金域""小天国""万宝城"。但最近你若是用这当中的任何一个称号向初来乍到的外乡人介绍这座城市，一定都会让人家笑掉大牙。因为此时最适合淮安城的别称，就只有"破烂市"一个。

纳积行会正式成立已有好几天了，城里废品收销事务的秩序不但没有好转，反而演变得越发糟糕。偌大一座名城，到处是堆积如山的弃物，大街小巷的路边墙角都塞满了公府、商号和私人民居中扔出来的各种破烂儿。往昔太平无事的日子里绝想不到，原来生活奢靡的淮安人，制造垃圾的能力竟是如此强劲——不消说，这里自然也有纳积行业的巨擘在捣乱，故意将手中积存的巨量破烂货重新丢弃出来，倒来看看最后打的是谁的脸。

当然，他们这样做最重要的目的还不是斗气，而是减轻库存成本，以腾挪出尽量多的资金，集中力量应对行业并购的大战。

王伯鸾这几日将手头的巨额资金全部投入他的垄断大业，一个铜镚也不肯用来买货，这已致使大半个城市的废品无人收纳。市货积存压低了价格，本是大量吃进的好时机，但人称"破烂二王"的赵三爷唯恐现钱不足顶不住王老大的攻势，也是空放着便宜硬不出手，收紧了战线固守以待。虎狼相争，狐狸、鼬子、搬仓鼠之流也都跟风，闭门不做生意，整天只喝酒、打架、泡日子。他们虽都是粗人，却也精明油滑，谁都知道这一点油水不必急着去抢，待战事一了，跟定了新龙头，到时候满淮安堆积如山的货，有的是由着他们从容地白捡——反正在破烂堆里吃睡个十天半月，他们毫不在乎。

然而，江子美绝对在乎。因为无论对于身娇肉贵的宛州商人，还是挑剔刻薄的淮安市民来说，这破旧肮脏臭气熏天的一切，都已到了不可忍受的极限。

素星痕一只手撑着下巴，闷闷地侧头看着。菜馆黑漆的轩窗外，街上行人匆忙地掩鼻穿行，人人都是一脸怨气。

"摆什么'和头酒'，江大人怎么想的！"一旁，离离怒冲冲地叨咕，"那两个流氓、坏蛋、癞皮狗，他们和不和，关我们啥事！"

百木英轻轻地叹了口气："因为王伯鸾和赵三争斗，城里已弄成这个样子。江大人想给他俩说和，让他们坐下来谈判分割利益，好尽快摆平纳积行的麻烦。"她说道，皱着纤细的眉，"他们两人虽答应下来，却提出非要星痕出面摆酒调停的条件，不知又憋着什么坏心眼。江大人……哼，大概很为难吧。"

"他怕为难，就不怕为难了别人？！"离离杏眼一瞪，转眼看了看星痕——那绣衣使大人望着窗外，眼神空洞，面无表情，为难得人都呆了。

"哼，待会儿那两个来了，我倒要见识见识。就他们是流氓，难道我就不是混混？他们若敢耍出什么花样，看本姑娘怎么整治他们！"长辫姑娘豪言道，恶作剧高手的气魄飞扬。

"说得好。我也早就想教训他们。"百木英低眉应了一句。

"咚"的一声，一只拳头砸在桌面上。阿蒙没说话，有拳头表达即可，他不用说话。

白琬摇着扇子，饶有兴致地满脸堆笑。

正这时，小宴厅的门吱呀被推开。"客官吩咐厨子代煮的汤药好了。"一身黑衣、满脸冷峻的菜馆老板走了进来，端着一只瓷碗。

"啊，这位公子的。"离离指了指星痕，招呼把药碗摆在他面前。

那老板放下药，又走回门口，笔直地站着说道："时辰已到，我等即将上菜。"

"嗯？客人还没到齐，且再等等。"百木英说了一句，脸上不禁有些愠怒之色，"那两个人当真无礼，已迟了这么久，还不现身。"

"客官莫说笑了！误了时辰，菜味岂不败坏？本店，从来只有人等菜，断乎没有菜等人的。"那黑衣老板冷冰冰说了一句，往身后一招手。继而便见一水儿全身黑衣、面色沉沉的侍者一个接一个走了进来，不由分说将各色菜肴摆上餐桌。

这家名叫"海兽林"的菜馆，虽不及西西楼等"三雅境"那般有排场与高贵，却也以奇特的店风独步淮安。全店只有一间宴厅，每天只招待一桌客人，菜肴则全是以深山海外、人迹不至之处的各种古怪的飞禽走兽、珍异物料烹饪而成，而所有的菜色都必须在开席前预订，且不可变更。王伯鸾与赵三指定要星痕在这家菜馆为他们摆和头酒，酒宴的菜单也是由他们一手下订。

强行上完了菜，那老板带着一大排黑衣伙计，好似一堵黑色的高墙围堵在五个年轻人所坐的桌边。"客官结账吧！"他硬邦邦地说道。

"什么？！"离离瞪圆了眼睛，"还没吃就结账？"

"客官莫说笑了！这些菜都是预先定做，概不变更。本店，从来都是上菜结账！"黑衣老板肃然说着，举手出示了一张账单。

"算错了吧！"离离盯着那账单，拍着桌子站了起来。

黑衣老板坚定地举着账单："客官们订的是本店最贵的一套席面，没有算错！"

"该死！"愣了一瞬，百木英一捶桌子，"那两个流氓狮子大开口，故意订这么贵的酒宴！"她抬头看那老板，愤然道："这账我们付不起，等客人到齐了，大家一起付！"

"客官莫说笑了！"老板一声沉喝，黑色人墙整齐地往桌边逼近了一步。

"他们不会来了。"这时候，一直在发呆的素星痕才终于说了句话。"他们怎么会给我面子呢？何况他二人多年积怨已深，又在死斗关口，断乎不会想言和。倒在一件事上他们立场相同——他们两个都记恨我。"他仍望着窗口，倦倦地说着，一笑，"订下这桌宴席，不过是为了让我难堪。"

离离默然一瞬，脚尖一踢桌腿："被算计了！亏他们找到这么个鬼地方！"

"奉劝客官慎言！奉劝客官速速结账！"一声低喝，并伴着又一声沉重整齐的跨步声。

离离看了看四周围着的人，瞥着那老板问道："若结不了账，你们要怎样？"

那严肃至极的老板，此刻却忽然斜着嘴角一笑："你想知道吗？"他阴阴冷冷的一声反问，古怪的样子，倒教离离缩了一下肩。

素星痕转过凝视窗外的双眼，微锁眉头，惕然地盯着那黑衣的男人。空气骤然变得有些紧张。

"哎，原来是这个数啊！"白琬忽地出声。他摇着扇子贴近了看那账单："巧哉，刚好够用。"说着两指拈过黑衣老板手中的账单，又从袖中摸出一张银票，放在那老板的手中。那老板方才还一脸阴狠之色，此刻，瞬间又恢复了冰冷麻木的常态，道了一句："客官慢用。盼君再临。"而后便带着一大排黑衣人恭敬沉默地鱼贯而出，轻轻掩上了宴厅的门。

几个年轻人一时都呆住。过了片刻，百木英惊讶地问道："你哪来这么大笔钱？你……又问家里要钱了？"她盯着白琬，略有些着恼。

"哪有，没有啊！"白琬笑眯眯地摇着手，"这是打工赚的啊！那天在酒会上，家父也打赏了我一张票子。"他说着，无比骄傲。

百木英一脸的不信："胡说，西西楼一张花票，才值多少金铢。你若问家里要钱便要了，若再说谎遮掩，就大可不必！"

白琬这倒有点着急了，满脸冤枉："我何时对你说过谎的？真是家父打赏的，然后蒲叔叔又说，有个新玩意儿，叫我拿这些钱，玩一把试试！"

"什么新玩意儿？"百木英听他这么说，忽地想起那晚在白、蒲二人的小亭间隐约听到的只言片语，不禁起了兴趣。

白琬用折扇轻轻敲了敲头："嗯……我也没搞清楚，他说是叫什么……'次牒书'。"

听到这三个字，素星痕的眼光动了一动，专注地凝视着白琬，静静地听着。

"没听说过的名堂，也不知究竟是什么。"白琬耸了耸肩，笑道，"蒲叔叔说，这东西有阴、阳两版，我可以买'阴'，也可以买'阳'。还有不同赔率，好像他手上的那一份，若是买阴中了赢一倍半，买阳中了便赢三倍。我听着倒也好玩，便拿家父的赏钱买了个‘阳’，不想当真中了！”

百木英听得眉头紧皱：“是赌博？你……你母亲不是有遗言，不准你赌博的吗！”

白琬扁了扁嘴，嗫嚅道：“是不准去青楼和赌坊……可是，蒲叔叔也说了，这个东西不一样啊！他说这是‘融通财金之术’，比赌博高超得多，家父当时在旁，也并未反对啊！”

百木英听他说这些颠倒话语，一时脑子有些乱，兀自摇了摇头，又道：“那也不对啊！纵使你买中了什么次牒书，把那赏钱翻个三倍，那也远不够付今日这一桌菜账！你那张银票却是？”

“嘿嘿，那次牒书，也当真好玩！”白琬说到此很有些兴奋，连连用扇子敲着掌心，“蒲叔叔在那赏钱之上，还给我加了‘空筹’！”

“什么？”离离眨着眼，插嘴问道，“什么叫‘空筹’？”

“空头筹码……”素星痕低低念叨了一句，“是吗？”

白琬用力地点头：“对，是的！蒲叔叔说他来担保，给我加上五十倍空头筹码，这样我交易之时，就等于用了手里现钱的五十倍来投注。若是中了，我便多赢五十倍的钱；若是不中，便也输五十倍那么多！”

“啧啧啧，”离离一撇朱唇，摇了摇头，“那可真该多谢星辰保佑，你的狗屎运气，当时竟买中了。若不然，我们今日须在这个鬼菜馆洗碗做苦力还账不说，还不知要到哪儿去给你赎身呢白公子！”

“嘿嘿……”白琬挠头而笑，又转对阿英道，“三倍再翻五十倍，我那日赚了一百五十倍的赏钱，你看，没说谎吧？呵呵，我如今觉得，你说得真对，自食其力，果然很有意思！”

“荒谬！”百木英瞪他一眼，嗤之以鼻，“你这哪里是自食其力，哼，投机博利，奸商之术。”

“啊？”白琬十分意外，不禁抓着头，“这原来不算是‘自食其力’的吗？可是，家父说过……”

“管他的！”离离却打断了他的话，“反正那钱也花了！这么稀罕的一桌菜，那两个流氓不来正好，先吃它再说！”说着她一捋袖子，径直往盘中下手。

　　说起吃阿蒙自是最快响应，空腹等人这么久，又气又无聊，他也不管面前是什么海兽山禽，一通狼吞起来。

　　筷子一戳，清脆有声，百木英也不客气。

　　白琬喜笑颜开，掏出一只乌木嵌螺钿的精美扁盒，打开来亮出一套银错金的"剔骨十八件"，准备拆开那只九阙星辰纹的焖蒸珍珠蟹。

　　素星痕犹自空坐着，一双眼睛又冰凉凉地凝滞起来，一动不动。

　　"又在瞎想什么？"离离吃着菜，回头望他一眼，教训道，"不怕睡不着吗！哼，何必操心，你想与不想，他们不还是照样闹腾。先把那药喝了，然后吃饭！快点！"

　　星痕怔了一怔，看着她，依顺地点了下头，双手端起那碗汤药。他衔住碗边，犹自凝然地沉思，慢慢仰头饮尽，慢慢地将碗放回桌上。

　　突然，他出着神的眼睛眯了一眯，倏地站起身来，快步走了出去。

　　"啪"的一声，离离摔下筷子。"你家这个'生死兄弟'小时候撞坏过脑袋吗？心里一有事，嘴就变哑巴！"她完全迁怒地冲着阿蒙嚷道。

　　阿蒙瞪大眼睛看她，没答话，嘴巴实在忙不过来。他急着赶紧吃完好去追上星痕，三口一盘菜，一口一碗汤。

　　"来人哪，那个穿黑衣服的！"离离冲着宴厅门外大声叫道，"来打包啊！"

　　"你是说，淮安纳积之业陷于垄断局面，似已不可避免？"江子美微皱着眉，问道。

　　"恐怕是如此。"素星痕回道。他从"海兽林"菜馆出来，便径直到商政使官邸来见江大人。"一旦全城纳积之业被唯一寡头掌控，那么非但他会从中牟得暴利，而且，日后若他对商会有任何不满，像此时这样弃物壅塞满城的情况，便随时都会发生。"他语意肃然。

　　江子美不禁摇了摇头："这王、赵二人，为何就是不肯言和，定要做生死之决斗？他二人已然竞争多年，谁都难以吃掉对方，理应早已明白相容共存的道理。这一回，却何以这般死斗起来！"

　　"今时不比往日。"素星痕言道，"难道大人不曾觉得奇怪，近日王伯鸾强横并购同行，手头的巨额资金是从何而来？"

江子美默了一瞬，点头思虑道："纳积之业内总共能有多少金铢流动，我心中有数。单凭利润所积，王伯鸾是启动不了如斯财力的，他必是向外拆借，以未来的垄断巨利为保，融募得来这笔巨资。"他转目看了看星痕，"他是从何处募资，你那里可有头绪？"

"我的确已推算过。"素星痕好像早知道他有此一问，平静地回答道，"英芒记。王伯鸾正是得到白家银号的巨资支持，故而信心十足，决意要吃掉所有的同业。"

"果然，又是他吗？"江子美似乎也并不意外，只无声地一笑，"如今看明白了，他这般动作，是直冲我而来。"

"这话怎讲？"素星痕侧目。

江子美笑道："也许你还不知。他非但放贷给王伯鸾供其并购，另一边，还以他英芒记银号的信用，为赵三名下的产业作价。"

星痕听了，不禁略惊，眸中凉凉的微光一闪。

"赵三为防备王伯鸾的吞噬，早将真正值钱的产业都脱手，一味折成现银来存蓄。仅留着的几处仓库、些许车马存货，都无价值，然而英芒记银号却出了面，替他将那些产业作高价，以致王伯鸾若要动手并购他的产业，难度更大，必被套牢更多的银资。"江子美说着，又是一笑，"白思退不会当真对纳积这等行业感兴趣，他的目标，始终是宛州商会本身。商会既设立了新的行会，自然便成为他狙击的猎物。他这般两面动起手脚，鼓动王、赵二人扩大战局，彻底扰乱纳积行会的秩序，想来是为了砸我的台吧。如今之世，行会制度对商界的约束本已渐趋无力，而此一番，又是子美继任十城商政使以来首次增设法定行会。若纳积行会的管理就此失败，定会打击宛州商会之权威，更有甚者，其他在册的行会，也会开始分崩离析。"

素星痕沉沉地点了点头，思绪却似飘忽到更远之处。静了须臾，他低言道："大人，只恐……事情似乎尚不只如此。"

江子美一怔："怎么？"

素星痕深思道："白思退固然以打击商会为务，但以他之作风，想来也不会为此而做赔本的生意。他借贷给王伯鸢，是以未来垄断之利为抵押，那么出手帮助赵三，又是以什么作为抵押呢？"

江子美凝眉不语，只听星痕又道："那赵三也是精明之人。但此时英芒记帮他虚高作价，正可抵挡王伯鸢的攻势，为他腾挪出转圜之机。他不趁此良机布局反攻，却是一味死守手中数目可观的银资按兵不动，这实在奇怪。这般无所作为，待英芒记替他所布的防线被王某攻破，他岂非仍是束手待毙？他究竟在等什么？"

"唯一的解释似乎只有，他在等着王伯鸢自陷危机，骤然全面溃败。"江子美微微眯起了眼睛，"若那时，他便可一举动用累积已久的财力，打扫战场、尽情收缴对手留下的战利。凭子美对宛州商人的了解，这是最为合理的思路。然而……"

"然而，王伯鸢眼下气焰正盛，如何会一朝全面溃败？"星痕接言，"他白手募资，毫无负累与破绽。除非他所借的这笔巨额债务无法偿还，否则，没有什么事情足以使他倒台。但他是以未来之利为担保借债，若然指望此债台崩塌，除非……"他兀自说到这里，却是目中一寒。

"除非他，没有未来。"绣衣使睁大双眼，一字一缓地低言说出。

江子美猛然一惊，急开口道："星痕……"言犹未完，却见那清瘦少年也不与他辞别，掉头便奔了出去。

"第十三绣衣使！闲杂人等让开！"素星痕手举执牌，径自冲进了王伯鸢的府第。密集把守在府门口的家丁、伙计和一些黑街小弟都是一慑，也没敢再阻挡，看着绣衣使大人和他的四位朋友一一跑进门去。

才冲到第二进院子，便瞧见庭园中央一群人围在那里，有些闹哄哄的，正哭哭啼啼。星痕当先扒开人群，挤进去一看——只见地上垫了几条锦缎的褥子，上面直挺挺仰卧着个身材壮硕的男人——王伯鸢，已是身僵体冷，头上和脸上还残留着被棍棒殴打的伤痕。

愣了片刻，星痕愤然甩下擎着木牌的手，弯腰扶住自己的膝盖，喘着粗气。

"他……是怎么死的？！"百木英睁圆了秀美的眼睛，向周围的人惊问道。

王伯鸾的五六个妻妾擦着眼泪，你一言我一语地哭道："昨日还好好地去吃酒，今日一早，不知怎的就死了！""就倒在府后头的街上，一开门瞧见，怕死人了！"

"看样子，是叫人用棍子打了头。"阿蒙盯着那死人说道，一边将离离揽在怀里，挡着她的眼睛，"若是腕力强的好手，一棍下去便能打死。"

"阿英，你留下来查验他的尸首，死因究竟为何，务必弄个清楚。"又喘息了一会儿，星痕直起身子，沉沉地嘱咐道。

"明白，放心。"百木英已蹲下身子在王伯鸾的旁侧，一边动手翻他的眼睑，一边点了下头。白琬一听，立即也蹲下来，翻开那死人的另一只眼皮。"干什么？"百木英打了一下他的手。"跟你学验尸呀！"那白痴少爷这个时候竟还笑得出，"将来哪里死了人，便可以去兼工！"

星痕默默转开身子，一抬头，却见离离挡在面前，慧黠的眼睛正盯着他："那么，你要去哪儿？"姑娘微歪着头，问道，"还想不说话，一个人就走吗？"

星痕有些发怔，不知该如何应答。正沉默之时，忽有另一群人冲进了院子，却是几个带刀的商会捕快——想是王家的人报了人命案子，故而来查勘的。引着他们前来的，正是王伯鸾那个脸色黢黑的小弟马大洪。

那马大洪奔进院来站住，愣愣地扫看两眼，似有些惊讶。"哎呀！就是那个，就是他！"他突然一手指着阿蒙，对旁边的捕快大喊。

那几名捕快闻言，冷眼打量一番，迅速冲到星痕几人的面前。"把他锁起来！"其中领头的说了一声，便有两人哗啦扯出铁铐，去抓阿蒙的胳膊。

"干什么！"离离怒叫了一声。阿蒙一把将捕快推开，几个伙伴都有些惊急地凑上前来。

"王伯鸾东家猝死，恐是遭人谋杀，这个蛮人嫌疑甚大，我等须带他回去讯问。怎么，竟敢拒捕吗？！"领头的捕快喝道。

"空口谈说嫌疑，便可抓人吗？"百木英犀利地反问道，"你们有何证据？"

"哼，据事主家人所称，此人不日前与王大东家曾有冲突。况且——"那领头捕快说着，斜眼盯着阿蒙手中的长棍，"王大东家是遭棍棒击伤致死，与此人所持兵器相合，这岂非嫌疑更甚？"

"混账！"突然一声愠怒的断喝，众人都不禁微惊。只见素星痕纵身将阿蒙挡在背后，一双眼中满是冷冷的怒火，"你们就这样办案的吗？"

那领头的捕快怔了一怔，低目看见星痕手中握着的木牌，不禁微微欠身："莫非，是第十三绣衣使大人？"

"他是官差，你们也是官差，怕什么！"马大洪看着势头，在旁撒泼似的喊道，"那日在西西楼，这蛮子与我大哥结的梁子，多少人都看见了！如今背地里报复害死我大哥，不是他，还能是谁！"

"那日出手伤了阿蒙的并非王大东家，而是马老板你！"星痕冰冷的眸光斜斜一扫，"若是有心杀人报复，你倒自认，逃得过吗？"

马大洪被他寒沉的话语说得一颤："反正就是他！谁知道你们……"他强撑着说了半句，咽口唾沫，自缩了回去。

"大人，若说确凿证据，我等暂也没有，所以才要带人回去，细细地审问。"那领头捕快仍不让步，言外有意地说道，"卑职知道这个蛮人是大人的朋友，但公事公办，想来大人也知此理。"

星痕的脸上，若结冰霜："你说得不错，他只是个朋友。我才是那日真正与王大东家结下梁子的人。你们既疑此案与那日之事有关，何不先抓我审问！"阿蒙听了这话大惊，一把扯住他的胳膊。

那捕快脸上一僵，笑道："大人言重了。您是江大人直属的上差，我等岂敢妄加猜疑？但这蛮人嫌疑既重，我等拘捕审问，也属合理合法。王大东家是举足轻重的行东，此案，商会不能无所作为，今日定要先拿人！"

"你敢！"星痕厉声一喝，举起了手中执牌，"你若动他，我便立时先将你等几人拘捕！"

"什么？"那捕快一下愣住，"大人你……凭什么？！"

星痕微沉着眼，冷然言道："本使怀疑尔等暗行不轨，妨害行商秩序。你知道的，我有这个特权。"

那捕快一时哽住，良久，强抑怒火言道："大人这是滥用职权，包庇拒捕的嫌犯！"

"不错。"素星痕一派冷漠，"但若你眼下不服本使之权，便是你拒捕在先！"

"好……好。"那领头捕快咬着牙，点了点头。"退！此处，让绣衣使大人先查！"他恨恨地下令，带几名同僚向院门外撤去，"今日之事，卑职必上报十城商政使大人，讨个说法！"那马大洪见状，急忙叫了两声，却不敢多言，便追着众捕快也闪了出去。

星痕慢慢地放下了执牌，站着默然不语，双手紧紧地攥起了拳。看着他那发白的脸色，阿蒙走上前，劝了句："别气了，他们都走了。"他推推星痕的手腕，却惊觉那只瘦细的手紧握得微微发抖，僵硬冰凉。"星痕，别这么生气。"他有些惊讶地言道，"那些人算什么！"

他试图舒展开星痕那握得太过用力的拳头，却徒劳无功，忽然，又一只柔软如绵的手，轻轻覆上了他俩的手背。"他是在生自己的气。"离离低语，声音轻得只有他们三个人听得到。

星痕抬了抬凝滞的眼睛，紧咬的牙关微微作声。三个人的手握在一处，在姑娘温润的抚握下，死死扣进掌心的冰凉手指，慢慢松开。"你这么怕连累朋友，就别总不吭声，只是自个儿行事。"离离含着些嗔怒笑道，"说吧，接下来，去哪里？"

望着那慧黠的女孩，星痕怔了片刻，微垂下头。须臾，他肃然地低言道："去找……凶手！"

【四】

赵三带着一群跟班小弟从酒楼出来，叼着牙签，一帮人嘻嘻哈哈，满嘴油污和酒气。在街上走了几步，忽瞧见前面有三个人挡道，一个手握长棍的蛮子、一个野丫头，两人叉腰瞪眼地分立左右，当中那身材瘦细的布衣少年背对着他们，静静立着。赵三的脸一冷，顿时停住了脚步，斜着眼，横横地说了一句："怎么着？！"

"赵三爷，王伯鸢东家死了，你可知道？"布衣少年仍未回头，只沉声问道。

赵三略一顿，怪异地提高了一个声调："他死不死，关老子鸟事！"

少年倏忽转过身来，冰凉的眼神刺得人一凛："王氏一死，名下的债务沦为坏账，他已然垄断半城的纳积商号也会分崩离析，各个资不抵债——对你，岂非是天大的利好？"

"放屁！"赵三破声大喊，"你他妈什么意思？！想诬陷我？！"

"英芒记与你做的交易，你自己心里清楚。"少年冷肃地说着，从怀中摸出缀着流苏的执牌，"随我去见商政使大人，说个明白！"

"哼，就凭你手里那块木头，想动老子？"赵三怪眼一瞪，拔出嘴里的牙签，猛地甩在地上，"弟兄们，松松筋！"

这话一出，他身后那一大帮跟班的闲汉如得军令，纷纷跳着脚扯衣挽袖，叫嚷挥拳围了上来。"好一帮流氓！"离离柳眉倒竖地怒斥，阿蒙呼地横起了棍子，人来人往的大街上，眼看便是一场群殴。

"这么多人围着，什么好玩的？"流血冲突即将发生的当口，一个白皙俊美的公子哥儿突然一头挤了进来，一边问一边四面顾盼，兴趣盎然。

赵三一惊——从前在一次宴会上，他曾远远地见过英芒记白家公子一面，因此认得。他连忙挥了挥胳膊，暂时止住手下弟兄的行动。

"哟，你怎么来了？"离离问了一句，心中却已轻松下来，又带上了揶揄的笑意。

"我来看打架的啊！"白琬笑答，晃晃荡荡地走在赵三与星痕两方人中间，摇着折扇。

赵三愣了一瞬，阴阴地恨言道："一个小杂种敢动到我头上，我赵三就得教训教训，这却没什么好看。白公子是万金贵体，还是躲开的好，万一磕着碰着，大伙儿谁都难受！"

"嗯？哦……可是，我还是想看呀！"白琬合起折扇，轻敲着自己的脸颊，"你们打你们的，我就在这儿看看。啊——可有座位没有？"

离离不禁掩口一笑，快步跑到道边，将那酒楼设在户外散座的木椅搬来一把，当当正正放在白琬的身前，正对着赵三鼻子底下："白公子，请坐请坐！"白琬见了，十分开心地坐下，跷起腿，悠闲地摇着扇："打吧，打吧！"

一众跟班小弟有些发呆，都去看他们老大，却只见那赵三爷的脸皮此刻发青，微微在抽动。片刻，他冷冷笑了一声，紧盯着星痕道："老子没工夫陪你耍，今儿个暂且揭过。你给我小心点！"说着便一挥手，带着一帮人压着火气，越过几个年轻人身边而去。

待他们走远，白琬回头看了看，跳起来笑呵呵地说："是阿英让我来的，说若是看见有人要打架，就好好在中间看热闹！"

"哼，"离离抿嘴一笑，"都说纳积之业是'变废为宝'，阿英能把你这个大废物用得恰到好处，我看她才该做这一行的行东！"

正说着，却见那一身男装、精神干练的阿英，也从长街上翩翩走来。

"王伯鸾的尸首验过了。"她背着双手走到近前,并没理笑脸迎上的白琬,只对着星痕,神色凝重,"并不是棍击致死。那些棍棒伤痕都是死后再故意击打所致,目的,也许就是混淆视听,栽赃在阿蒙身上。"

素星痕听了,略略沉思,似乎也并不意外。"那么,真正的死因?"他低声问道。

"说来诡异。"百木英微低下头,面上现出不可思议之色,"体外并无利刃穿刺痕迹,但他的心脏裂成了八瓣。裂口整齐,形状特异——仿如有人用刀精心剖切的一般。"

离离、阿蒙听了脸色都是一变,白琬也愣了一愣,不知联想起了什么从前享用过的珍馐美食,顿时眉毛斜拧,泛起一片烦恶之色。

星痕的神色,更是惊慄。他寒澈的眼睛,直直瞪着阿英,心中不知在掠过些什么惊魂动魄的思虑,良久,方低言道:"你……能否说得,再详细些?"

"我画了张图。"百木英露出背在身后的手,将一张纸递给星痕。

星痕看着那白纸上的炭笔勾画,一物像是人的心脏又不像,分割成八片,浑如一朵恐怖的花。只看了一眼,他便有些脱力似的闭上了眼睛。默然片刻,他轻轻地叫了一声阿蒙。

阿蒙茫然上前,接过那张图画来看。看了一会儿,他蓦地大叫了一声:"星痕!这!这是……'猎星团'的……"

听到"猎星团"三个字,就连离离和阿英都不禁一震。对于这伙十二年前将年幼的阿蒙与星痕掳劫拐卖的罪恶盗贼,虽然她们不曾亲见,但只凭所听所闻的印象,那份憎恶与抵挡不了的震恐,也已是深入于心。

"那晚,从西西楼出来,遇上赵三之时……"星痕闭着眼睛轻言,似乎在极力抑制着心中的波动,"我就好像听见了……'他'的琴声。"

阿蒙怔了怔,忽地想起西西楼酒会当夜之事。那时候,星痕的确好像听见了什么,那震恐之态,正如十二年前在海船上曾有过的,只是自己当时竟未明白。

"看来……'他'早就跟在赵三身边,替他行事。"星痕紧紧拧着眉,推测着,忽地,却又睁开双眼,"不,不对……不会是这样!"他兀自摇了摇头,转身而行,才走了一步,却不禁身子一晃。

"星痕！"阿蒙一把扶住他，万分惊急，"你怎么了！莫不是被那琴声……"

"不，没事……"星痕轻轻摇手，"我只是……有些困。"

"当真想睡觉，对你却是好事。"一旁，离离走上前，说了一句。"那些怪事，且不要管它，也不要想。今日大家也累了，我们先回去休息，如何？"她说着，看了看阿英，那男装姑娘聪慧地会意，立即点头赞同。

"都走吧，天大的事，休息好了再说。"

回到下榻的客栈，五个伙伴又相谈几句，便各自回房休息。阿蒙和离离说要盯着星痕上床入睡，被星痕执意婉拒，也只得作罢，絮絮叨叨嘱咐了他一通，离离警告说晚间会去他房里检查。

耳边恢复了清静，星痕独自走回卧房，仍是止不住一路凝思，心思越发沉重。推开房门，他兀自出神地站了一会儿，才忽地一惊——但见那小小房间里面，竟有一个人坐着。

"江大人？"素星痕低沉叫了一声，回手掩住房门。一身丝罗便服的江子美坐在小木桌边，静悄悄地点了下头。

"大人竟亲自现身此处，何事紧急？"星痕慢慢走近几步，问道。

"王伯鸾之死，你是否已查到更多内情？"江子美看起来的确很急，也不寒暄，径直发问。

星痕扶着桌边，有些疲惫地坐下，默然凝思。"我已知道凶手是谁。"片刻，他低言道，"那个人很贵。凭赵三的财力，根本买不动他。所以此案真正的幕后主使，另有他人。"

江子美眨了眨眼："说说那个凶手。"

星痕抬起头，沉沉地舒着气息："他是海贼'猎星团'中的一员。'猎星团'，大人你知道的。十二年前，我便已与他相识。"他说着，神色间又泛起某种痛苦的回忆，"他喜欢弹琴，琴曲却是杀人的凶器。那种他独创的曲调，难辨乐音，就像海上女怪的幽泣，听到的人，心跳的节奏会被改变，去与琴曲共鸣，直到心脏不能抵受，骤然裂作数瓣。他的这种琴曲，被叫作'鬼夜哭'。"少年的脸色苍白，睫毛似乎在微微颤抖，"他原是个瞎子，耳力却绝佳，甚至能听辨他人的心跳之声，以察知对方情绪，抓住这人心变动的破绽，撩拨琴弦，便令人受尽生死不得的痛苦，然后凭他随意在某一刻杀死。那时候，他每杀一人，便剖出那人的心脏，以药液泡在一只水晶瓶中，摆成长长的一排请人观赏。因他琴曲的节奏不同，每颗心都裂成不同的形状，好像各种各样的……花。"

天气远还没有转凉，江子美却不由得微微地打了个寒战："这……是何诡谲之术？是秘术？"

星痕摇了摇头："有的人说是秘术，也有人说他是洛族，所以能造出那张奇异的琴，诡道杀人，全凭那器具。他的身材很矮小，但常年戴着面具，不知是否真的是洛族，总之'猎星团'的人，都叫他'洛鬼士'。"

江子美慢慢地点头，眯起眼睛："如你这般说，此人当真非凡。在淮安，谁人才能够役使这等凶徒……你我心中都清楚，只是，我们没有证据。"

"大人……可有听过，一个叫作'次牒书'的东西？"星痕默了片刻，忽然一问。

江子美双眉一扬，眼中泛出一丝精亮。"星痕，果然敏锐。"他嘴角微笑，低低赞叹一声，"云上赌城兜售的'次牒书'我已调查有些时候——那物事，正是目下此案的关键所在。"似乎有些不胜忧虑，他站了起来，在狭小的房间中来回踱步，"这次牒书，是白思退与蒲云期联手炮制的新名堂。英芒记银号放贷众多，白思退将银号与借款人所签的借贷文书制成副本，称作'头牒'，再由蒲云期出面为这笔债务加一份担保，是为'次牒'。"

"担保？"素星痕微微蹙眉，"担保借款人会还债？"

江子美摇头："担保借款之人，会不还债。"他举目望着窗外，天色渐已黑沉，"次牒担保，便是承认一笔债务可能无法被偿还。如果借款人按期还债，那么头牒将向次牒支付一笔酬金；如果借款人欠债不还，次牒则要向头牒赔付担保的银资。换句话说，这是一场赌博，而所赌之事，便是某一笔债务，最终是否会烂掉。而比这更甚的，是蒲云期将这种担保做成了体式统一的文书，借由'云上赌城'的赌博盘口，大量向外兜售——也就是'次牒书'。次牒书被制成阴、阳两版，阴版可兑现债务清偿后的酬金，阳版可兑现债务亏欠后的赔付，各有标价，买阴或买阳，也就等于下注，赌那借款之人会还债，还是赖账。"

江子美说到此，不禁轻轻捏着额头："听说白思退一手，便将七万头牒授权给蒲云期去经营。许多手握巨资的商人都已在尝试购买，再反复倒手买卖，加上云上赌城提供数十倍的'空筹'……这次牒书将来对宛州商界的影响，难以估计。如今，三家店也尚在初试盘口，炒卖到最大的一手次牒交易，便是王伯鸾身上的巨额债务。"

星痕面色更显苍白，郁郁的眼中，燃起一丝愤怒的寒芒："王伯鸾新任为行东，气势鼎盛，满城皆笃信他有能力还债，购买阳牒之人必众。此时，只要暗中收买阴牒，再将他杀死，迫使债台崩塌，便可将他人下注之资变成自己的赌彩，大赢一笔。"

"不错！"江子美的拳头轻轻击上木桌，"此事，绝不能坐视不管。好在截至目前，这笔巨债还没有了结。王伯鸾一死，他旗下诸多纳积商号必定分崩，他所借的债务，也将分摊到这些大小商号账上。这只会滋生更多次牒，牵涉更多巨利。那阴谋主使之人是要令这笔债最终烂掉，杀人之事，仍不会结束。星痕，"他说着，语声变得很沉，"请你继续追查此案，且……务必活捉那洛鬼士，以获取口供。我需要人证。"

素星痕一怔，须臾有些眩晕，不禁扶住头，斜倚在桌边。"这……不可能。"他低哑言道，"洛鬼士杀人，没有理由。他常以杀生为乐，即便收钱取命，也从不承认是受人指使。这……也许正是某些人，买他为凶的原因。"

江子美望着那疲倦、虚弱的少年，眼光微动，默了半晌。

"星痕，我知道，'猎星团'之人皆与你有深仇巨恨，也知道面对他们，是多么危险和可怕。"他垂首说道，似有些沉痛，"但此刻事态严重，关联甚大，想你也明白。至于口供之事，你先不必担心，洛鬼士能令人裂心，我宛州商会，也有手段教他开口。"

商政使大人轻轻将手压上星痕的肩头，一字一句地沉声说道："一切所需协助，都可尽力满足。"他微躬下身，对着那茫然抬起双眼的少年拱手道，"请星痕勉为其难。"

　　清晨，离离早早起床出了房间，想到后厨去端些早点。走过客栈的前厅，蓦地却见空旷的厅堂中，素星痕竟已端好地坐在那里。

　　"你怎么……昨夜又没睡吗？"离离跑过去，有些生气地问道。

　　星痕转眼看她，脸上是轻松的微笑，却显得挺有精神。"我睡得很好。"他笑着说，"多谢你的药，好像很有效呢！"

　　这时候，阿蒙、百木英也都到了厅里，不一时白琬也打着哈欠而来。大家互相看看，似乎都休息得不错，又有力气嬉笑挖苦了，彼此贫嘴了几个回合。"该干活了吧，任务好像还很多呢。"百木英活动着肩颈手臂，总结一句。

　　"阿英、白公子。"星痕站了起来，微笑道，"今日有件要紧之事，还须你们帮忙。"

　　"这么客气！绣衣使大人请吩咐！"百木英笑着一拱手。

　　星痕笑着点头道："请你二人走一趟英芒记总庄，求见白公，将'次牒书'之事的细节，尽量探听明白。"他看了看白琬，"有白公子在，我想，或许方便行事。"

　　百木英略怔一瞬，点头应道："我明白，此事必定关联紧要。我们这便去，你且放心。"说着，她拉了白琬，雷厉风行地出了客栈。

　　"星痕，我做什么？"阿蒙浑身充满了干劲，急着问道。

　　"你，须随我去一趟捕衙，有要事探查。"星痕言道，转而却去看离离。

　　姑娘也看着他，一笑，随手弄着辫梢："想怎么安排我，尽管说。"

　　星痕垂了眼帘，语调略低了些："你就留在此处，好吗？这里安全，你不动，也好让……阿蒙安心。"

　　阿蒙听他这么说，愣了愣，也点头道："星痕说得是，你好好在这里等着。午饭多吃点。"

　　"嗬……好啊。"离离语意轻松地答应下来，眼睛扫着星痕，亮晶晶的目光，好像对很多事都一望而明，"那你们去吧。别忘了，我等着呢。"

　　素星痕默了一瞬，只点了点头，终未抬起眼睛。他默默转身往外走去，阿蒙拎起长棍，跟在后面。

阿蒙跟着星痕来到商会捕衙，星痕出示执牌后，值班的捕快们纷纷行礼，请他二人进去。"大人登门，不知有何要务，须我等效劳？"值班捕快奉了杯茶，殷勤地问道。他们昨夜已得了江子美的手令，第十三绣衣使如有任何差遣，全力听用，因此不敢怠慢。

星痕却没有落座，只默默地站了一会儿，看了看这间简朴而牢固的衙门。

"请各位，把这个人拘扣起来。"他忽然说道，抬手指着身后的高个儿蛮族少年。

"什么？"阿蒙隔了半晌才回神，惊讶地问了一句，好几名捕快也与他同声发问。

"快。"绣衣使大人只低促地又说了一字。

不由多想，几个捕快一起动手将阿蒙按住，强扭着推进了捕衙后间的临时羁押之所。"星痕！你……"阿蒙完全蒙住了，任由人关进铁栅为门的小室，上了锁，"星痕！这是干什么！"

素星痕垂着头，慢慢走到门前。"你……在这里待一段时间。"他疚愧地低声说道，凝目看着自己那憨直的兄弟，"别让任何人欺负你。"说着他双手拾起阿蒙刚才撇下的长棍，隔着铁栅送了进去，而后不管室内之人的叫喊，转身而走。

"三餐茶饮，照顾周到。无我的话，不得私自讯问。"他对捕快留下这两句话，便自离去。

出了捕衙独行一程，星痕在一个僻静的街角停下脚步。背靠墙壁瞑目片刻，他从挎包中掏出金脉图的卷轴，铺在地上展开。看了一眼，却不禁一阵晕眩，他捧住头，不由得伸手入怀中。

小纸片包裹着的一粒药丸，是那夜离离丢给他的，没有服用，直留到现在。他颤抖着想要吞下，到唇边却又止住，不能睡，苦荆茶已没有了。

咬住牙，挥手撇下了药丸，他重新镇静地睁大双眼，仔细看起那幅图来。

【五】

浪客如云的歌馆里，一名身姿纤小的歌女在台上鼓琴献艺。她穿着一袭宽大繁复的猩红衣裙，披着几乎如她身高一样长的乌黑秀发，面白唇红，弯眉杏眼——本已生得惹怜的脸儿，更被浓妆描得如画上一般。男客们时而发出一两声轻佻的口哨，丢几个金铢、银毫子到台边上，窃窃私语间，竞相吹牛，都是"今夜房中"的下流话题。

素星痕坐在二楼的偏席上，冷冷望着那女子，漠然饮茶。过不多时，只闻闹哄哄的一阵喧哗，他旁边那张因被预订而一直空着的桌子，终于坐上了一拨客人。

一个粗黑的汉子带着三五个小弟，刚坐下，瞥见旁席的布衣少年，却是一愣。"当真冤家路窄！"马大洪心里恨恨地骂了一句，瞪星痕几眼，便不理睬，一边大嚷着叫酒喝，一边看台上那女人。才一看，眼珠子就长在了人家身上，口角不禁流出笑来，一时忘了周边的别扭。

其实王伯鸾死了，以前跟着大哥的兄弟各自散伙，独立门户，对马大洪来说，倒未准不是一件好事。他本就是破烂王手下第一号的人物，手里也攥着两三个纳积的商号，老大一死，他就成了这帮人里最大的老板，虽说还继承着一笔外债，心里却怎么也比听人驱遣的时候洒脱。因此他昨儿个强撑着在王家府上挤了几滴眼泪，今日便藏不住了，径自喊了弟兄出来吃酒寻乐，也算是次低调的庆祝。不想这无意一寻，还真瞅见一朵撩人的鲜花儿，他盯着那操琴的歌女心里痒痒的，不多会儿便急着叫人问那女子的身价，晚上可否出台。

谁知歌馆里的伙计听了，只是笑着摇头，道那姑娘只唱不陪人的，唱完了这曲便走。马大洪不禁瞪眼，粗话正要破口而出，却闻歌声收住，急忙看时，那女子竟已谢台，携着琴摇曳离去，转眼不见。伙计见这空当，也忙抽身去了，只留马大洪一脸的晦气，敲着桌子乱骂。

素星痕放下茶盏，站起身来退席。走过马大洪身后时，他稍住脚步，低幽地说了句："王大东家才去，马老板便这等作乐，也没了兄弟义气。"

马大洪一个激灵，猛回头看他，粗着嗓子吼道："娘的，关你屁事！"他不禁侧眼看看身边的几个小弟，咽口唾沫道，"老子……老子心里难受着呢，叫你看出来了吗！"

"这等，马老板节哀顺变。"星痕双眼只直视着前方，淡淡说道，"酒或者女人，太烈的，最好都不要沾，以免乐极生悲。"说罢，他迈步而行，下楼离去。

"他妈的，浑蛋，小杂种！"马大洪愣了会儿，连骂了几句，又大声嚷嚷，叫多上些酒来。

这一顿直喝到夜深，几个小兄弟都东倒西歪，醉成泥了，马大洪骂着踹了几脚，便丢下不管，径自出了歌馆。他酒量毕竟厉害，打着酒嗝，摇摇晃晃还能行走，走了也不知多少步路，弯进一条街里，忽地站住。

他探着身子，觑着眼睛使劲地看——前后无人的空街上，当道竟坐着一个女人，清冷的月光下，猩红的大裙化作一层深紫，长发拖地，白白的脸儿含着笑，身前横着一把琴，尖尖的手指抚在上面。

马大洪眼中放光，登时酒似醒了一半，又似醉得更深。"小娘子，你莫非在这儿等我吗？"他醉笑着挑逗道，跌跌撞撞往前凑去，几乎快扑到那女子身上之时，却又猛地一怔。

再觑眼看看，这并不是日间所见的歌女。那头发虽长，却枯干蓬乱的好似柴草，抚着琴弦的手也尖细干枯，哪里是粉嫩的笋指，简直就像两把风干了的骨头，而那雪白好看的脸蛋儿——哪是人脸，分明只是一张画作美人的面具，虽也红唇黛眉，微笑不落，却是僵硬诡异，让人看了立即头皮发麻。"你是……"马大洪身子有些僵，话未出口，耳中却飘逸进一片幽异的音响，瞬间击穿耳鼓，钻入心肺。

那戴面具的怪人开始撩拨琴弦，弹奏出的却是一种诡谲难言的哭泣。

马大洪惊恐得浑身发抖，一颗心狂乱地蹦跳着。恐惧——这种情绪波动的裂缝最易捕捉，且也非常好玩。怪人肩头颤抖，美女面具的后面发出不似人声的喈喈怪笑，琴音转变，陡地更令那马大洪陷入十倍深重的恐慌，周身剧抖着失去了站立的力量，如一截朽木倒在地上，痛苦得挣扎不休。

要玩多长时间，再结果了这个猎物呢？弹琴的人在幽夜鬼哭中轻撩着弦，漫不经心地琢磨着。

突然——对这首肆意编织的"乐曲"来说，真的很突然——一支仅由三个音节组成的简单小调，随着夜风飘忽而至，侵进了弹琴者的耳，反反复复地回旋着。

被扰乱了奏乐的怪人骤然惊怒，枯瘦十指一把抓扯住琴弦，怪异的哭声戛然而止。那瘫倒在地上濒死的男人一时挣扎了过来，抢命般地大口呼吸。

那小小曲调犹未停止，弹琴怪人狂躁地扯了两下琴弦，却终未奏出幽泣之声。马大洪的意识缓醒，也搞不清发生了何事，只手脚并用地狂奔猛逃而去，空街上回响两声惊恐至极的叫嚷。

三个音节小调停了下来，抚琴人侧转过头，面具上永远微笑的细眼，好像在仰望。街道左边，一角铺满茅草的低矮房檐上，一身清寒布衣的少年临风而坐，垂着两只脚，慢慢将一片青叶移下唇边。

寂静持续了一会儿，只闻呼呼的风声。

喈喈低哑的笑声响了起来。"素星痕的叶笛，果然厉害呢。"抚着琴的怪人开口说话，嗓音怪异到渗入骨髓，"当年船上，都有了名的。"

"是你自己对乐曲太过洁癖，所以才会被扰了心志吧。"屋檐上的少年神色漠然，冷冷地说了一声，"洛鬼士。"

"你倒真是我的知音哪！"洛鬼士有些兴奋地大笑，面具不停地颤抖着，"当年我新成一曲，奏与那帮贼人来听，你却吹那叶笛，扰断了我的妙曲，反教满船蠢贼一同哼起你那曲来。呵呵呵，这桩梁子，我可一直记着仇哪！"

星痕默了一瞬。转而，他低沉着声音说道："当年船上，一切仇恨，我也记着，一直。"

洛鬼士的笑声戛然而止。就像是时间静止了须臾，突地，他又破声笑了出来，恶作剧似的充满嘲讽。"常做噩梦吗？"他嗤笑之间，刻意问上一句，吓唬人似的变了声调。而后，却又闲散地拨一两下琴弦，阴笑着，语意轻松地慢慢说道："人生在世，旧日苦痛不该忘却。但若是经了那毁心销骨、百死莫赎之痛，竟不如，还是忘了吧。"

风声，再一次主宰了寂静虚空。洛鬼士静坐着形同木偶，星痕也一动不动，发梢轻掠过眼睛。

"你想刺激我，趁我产生怒意或恐惧，让我陷于你的琴曲。"布衣少年镇静异常地低言，"手段，仍是这等高明。"

洛鬼士一撩琴弦，也低哑笑道："不想这些年不见，你却也长进得很了。即便方才一刻，心跳也不曾错乱，竟可算是厉害！"

"'猎星团'为何来到宛州？"星痕并无耐心与他打机锋，径直问道，"其他人在哪里？"

"我已脱离'猎星团'了，如今不过自在行乐，到处杀人玩玩。"洛鬼士拨拉着自己枯干的乱发，尖黑的指甲乌光一闪，"却被你给搅了！你信不信，我纵不能玩弄你心绪，也可立时令你裂心而死！"

"我信。"素星痕微微歪了下头，"只要你'高兴'。"

洛鬼士又笑了起来："不错，这样杀你，一点都不高兴！"他说罢，忽然连续拨起琴弦，诡异琴曲奏响，却非杀人之声。只闻暗夜街巷上传来马蹄之声，由远及近，一匹枯瘦的白马仿佛被琴声操控般地奔来，路过他身边时放慢了马蹄。洛鬼士携琴，一手斜攀住马颈，就这般挂在马侧拽裙而去。

马蹄声隐没良久，星痕才极轻地舒了口气，手中绿叶飘落而下。"你的雇主，还不到想杀我的时候。"他心中低低念着，身子一松，仰躺在倾斜的屋顶上，双手捂住了苍白的脸。

月色昏昏，行人稀少。弃物堆积的城市角落，本小利薄的路边食摊，已被肮脏环境逼迫得门可罗雀，就连摊主都不愿在旁守着。就这个貌似一切都很低迷的下午，忽然却有三位客人光顾而来，只点了廉价的茶水盐豆，大意是不要叫桌子空着。

"此番，已是我摆的第二席'和头酒'。"清瘦的布衣少年捧起陶壶，往三只破口瓷碗中一一斟上寡淡无色的茶，"二位都来了，倒真赏脸。"

"你叫人送来这个，我们岂能不来？"坐在左边瘦削的锦衣男人甩手将一物丢上木桌，继而，右边的黑脸汉子也丢出一物。

那是两个半边脸的面具，是被竖直从中劈开的，漆的白色，黛眉朱唇，是个美女的样式。

少年看着，笑了笑："我在店里看见这个，最像那人脸上所戴，便买来劈开，给两位当作请帖。"

"那恶鬼是谁！"马大洪的黑脸憋成紫色，"你知道他？昨夜……你为何要救我？！"

素星痕不答，只轻轻将陶罐放下："那恶鬼是谁，赵三爷应知道吧。"

赵三脸皮一紧，语声仍是横怒："你什么意思？"

"你若不知，何以一见面具，便前来呢？"星痕语意淡然，"你以为利用他，可以除掉王伯鸢，便能自己做上纳积行会的行东，横扫同业，却不料人已死，事情却似乎变得更为复杂。现在连你自己也已处在危险之下，赵三爷一向精明，想来，已觉察了吧？"

赵三不说话，只把牙齿咬得咯咯作响。

"你自以为那恶鬼是在替你做事，殊不知，他是在为更有势力之人，完成一个赌局。而王大东家，还有你们二人，都不过是局中的一颗棋子，甚至，一张弃牌。"星痕目透凉意。

"什么赌局？"赵三忍不住问。

星痕冷冷侧目道："'次牒书'，难道，你没听过？"

赵三一哽，面色紧张，却不言语。

"就连你也买了，对吧？"素星痕眼中尽是了然，却又犀利地反问道，"你可知那究竟是什么，便这般下注去赌，甚至，赌上的是你自己。"

赵三猛然一惊，须臾问道："那……究竟是什么？"

"简单来说，就是赌博，赌王大东家身上的债务是否能够清偿。若债不能偿，庄家便会大赢。"少年有些近乎冷酷地讲道，"这才是王伯鸾被杀的真正原因。而赵三爷，只是被人用作替手，遮掩了幕后真正的主使，却连你自己也不知情。"

赵三与马大洪都是大惊，小桌上一时静默。

"我……我也并未真的买凶……"良久，那赵三颤抖着声音说道，"那怪人有一日来找我，说喜欢杀人为乐，愿替我除去个心头所患。我也并未真的叫他动手，只是……没有阻止……而已……"

"那么此后他要杀马老板，你也没有阻止了？"星痕冷冷一语。

赵三怔住，马大洪更是吓得一跳："他到底为何要杀我？我跟他又无仇无怨！"

素星痕道："王大东家一死，他身上的债务分摊到你们几个兄弟名下，而你的账上所分最多。那赌局的庄家已然赢了一手，想要赢上再赢，便须追杀到底，令你们转接的债务，也都各自烂掉。"他抬眼看了看马大洪，微微一笑，"其实，也不须杀太多人。只要弄倒了你一个，其余不成气候的小商号，便都会各自资不抵债，遭到变卖。"

马大洪浑身剧烈地颤抖了起来，睁大着眼，再说不出话。

"但有一人，还是要杀的。"星痕转过双眼，又言一句，"那便是你，赵三爷。"

赵三一震："为何？！"

素星痕垂目道："因为原王家旗下的商号变卖之时，会启用积累已久的财力，将它们全都买下的人，就只有你，不是吗？"

赵三心中好似"嘭"地被一块巨石猛击，人愣在了那里。

"你一雪前仇、并购王家商号之时，便也同时购回了那些商号所背负的债务。英芒记的厉害你是知道的，他们所放的债，不追到剥皮剔骨，绝不会勾销。"星痕的话字字如刀，"待你一手揽下所有债务，便成了第二个王伯鸾。那时，新的次牒书又会滋生，而被人拿来设赌的靶子，就是你了。"

无论马大洪还是赵三，到此时都已像被掏空了一样，茫然无语。他们都只觉得，自己已是一个死人。

"今日，两位若真肯言和，便可还有转圜之机。"素星痕轻淡的话语，忽地好似一道天赦，骤然将两人唤醒。

"如何转圜，请绣衣使大人赐教！"

"大人若再救我一次，别说讲和了，便是让我叫声亲爷，我也使得！"

星痕看看两人，表情变得肃然，点了点头："马老板，你可即刻回去清点账面债务，将所有负债转入你手中最弱小的商号。赵三爷，你也莫再筹划并购之事，速将手头的银资松动，购买些好的仓库、产业，以便将淮安城纳积之务运转起来——这城里，不像样子已经太久了。马老板归总之后的债务，可连同商号一并过手给江子美大人，江大人会给你个公道的价钱。后面的事，你们便不用再管。"他说着，满怀期许地看了看赵、马二人，双手端起残破的茶碗，"今日言和，愿两位此后同心戮力，协调好纳积行会事务，为同业兄弟与淮安百姓造福。"

赵、马听了这些话，顿时都惕厉起来，心跳如鼓，双双捧起茶碗，三人一同一饮而尽，那能淡出鸟味来的茶汤，竟似比所喝过的任何醇酒还要甘冽。

星痕放下茶碗，举袖擦擦嘴角，站起身来，转身欲走。

"绣衣使大人！"背后忽传来粗豪的呼唤，而后"扑通"两声，两个汉子膝盖碰到了地面。

"小的知道，大人从不饮酒。"马大洪粗糙的声音仍在颤抖，"便拿这茶当酒敬你，谢大人的大恩！"

"赵三也干了！"

大口吞咽冰凉茶水的声音，响起在身后。

素星痕并未回头，只慢慢摸出一枚银毫子，回手扔在木桌上的茶壶与盐豆之间。

【六】

商会捕衙里，唯有一个捕快在无聊地值班。

"小哥哥，午饭吃了没啊？"忽然一个姑娘晃了进来，拈着长辫子的发梢，笑眯眯地寒暄了一句。

那捕快一怔，打量着眼前这位姑娘虽是野丫头装扮，倒也娇美，不禁起了兴趣："小妹子，你来干吗？"

"我呀，是变戏法的。"姑娘笑着倚在了桌边，"想给你变一个，若是好，你给两个赏钱哪。"

捕快笑了起来："你倒变一个看看，变什么？"

"嗯……就变你这衙门的钥匙吧。"姑娘说着，突然空手在捕快身前一抓，攥着拳头迅速塞进袖里，然后举起袖子摇了摇，竟是哗啦啦一串响，那姑娘笑道："在我这儿啦！"

捕快一惊，慌忙回手一摸腰后——瞬间，他却是瞪着眼一笑："臭丫头，敢蒙当差的！"

姑娘睁大了晶亮的眼睛："真在我这儿了，不信你看！"她说着又伸手到袖中，掏出了一把什么似的，握着手举到捕快面前，说，"你看！"

捕快低头去看，姑娘舒展开手掌，掌心却托着一颗锥形的檀香，已是点燃的，冒出一股青烟。那捕快刚要再说话，香烟却钻进了鼻子里，他张着嘴一愣，须臾昏昏地软倒了下去。

长辫姑娘一笑，立即从昏倒捕快的腰后摸出一串钥匙，转头奔进衙门的后间。

"啊，离离！你来了！"被关在羁室中的蛮族少年，急得满头大汗，嘴唇爆裂，此时一见姑娘的面，激动得跳起来大叫。

"你这个笨蛋，对他就一点儿都防备不住吗！"离离冲到铁栅门前，试着用一把钥匙去捅铜锁，一个不行，又换另一个试。

"星痕他，不知为何把我关在这儿了！已经过了一宿了，他到哪儿去了，你知道吗？"阿蒙跺着脚，抓着铁栅使劲地晃。

"不知为何，还不知为何！"离离越发地怒了，"他又独自行事去了，就是不想让你跟着，你说为何！"

"咔嚓"一声，锁被捅开，阿蒙一推铁门冲了出来。"为何不让我跟着，没我在旁边保护，他怎么办？"他不禁双手握住离离的肩，眼睛红红的，那样子是真的急到了。

离离稍微平静下来："大概，他怕你见到'猎星团'的人。"姑娘静静地思索道，"他怕你会忍不住要杀他们，也许……他怕他们会杀你。"

阿蒙愣了片刻，紧促的呼吸摩擦出粗响："我可以不杀他们的。"他慢慢低下了头，语声决然，"但，我不能不保护他。"

离离听了，也低了头："知道了，所以才来这里救你。快点去吧，都过了一宿了。"她低低言道，忍不住一笑，"你们这两个人啊……这两个笨蛋。"

阿蒙默了一瞬，一点头，急急地转身奔了出去。"啊，你快走，别让他们再把你给关上了！"他突然又奔回来，握着离离的肩膀嘱咐了一句，才转头跑没了影。

"大人，那蛮子已被放走，属下没有阻拦。"十城商政使官邸内，两名捕快恭敬地禀报着。

"做得好，去吧。"江子美擎着一小盅淡酒，点头赞许，挥了挥手。

那两人应声退下后，他一个人站起来，踱到窗边。

"他一定会怪我的吧。"他不知是在跟谁说着，远远地眺望着，捻转酒盅，饮了一口，"他一定会怪我的吧。"

赵家商号年头最久的一座仓库，在淮安城外较为荒僻的近郊之处，库内堆满了各处收揽来的废品、弃物，终年缭绕着一股霉味。深浓的夜，开绽的库顶漏下一道月光，生锈的铁锅、漆皮剥落的木柜以及折断了腿的桌椅，全都被映成幽冷的色调，不知哪里在渗水，一滴一滴积存在翻倒的残破石雕的凹陷之中，敲打着近乎凝固的时间。

陈旧的门"吱呀"一声被推开，用斗篷罩住头脸和全身的人走了进来。

"赵三爷，到自家库里，还这么小心？"大堆的废品中间传来一句诡异低哑至极的话语——若是坐在废物堆中的洛鬼士不说话，任何人都会以为他只是一具被人丢弃的可怕木偶。

"赵三爷不会来见你了。"走进来的人沉沉地说了一句。

洛鬼士一惊，抬起戴着面具的脸——他在用犀利的耳代替眼睛去扫看，面前不远处那人，竟是素星痕。

"你竟敢来这里。呵呵，还竟敢坏了我的事。"他恻恻阴笑，发出少有的硬冷之声，"今日再不杀你，我可真不高兴了。"

"我带来了二十名捕快。"星痕言道，"今日，必须将你活捉。"

洛鬼士仰天颤笑起来："你带了二十个人来送死？是附赠的点心吗？多谢了啊！"他将枯瘦的手按上琴弦，"无论多少人，只消一曲，便可一同'开花'。好玩。"

"他们埋伏在外面，已塞住了耳朵。"星痕道，"只消我信号一发，便冲进来抓你。"

洛鬼士一默，转而又笑："塞住了耳朵，还怎么听你信号？"

素星痕也笑了起来："你这瞎子，原来当真不知，世人除了用听的，还有眼睛可用？"他冰冰凉的一句揶揄，甩下自己身上的斗篷，露出手中所握的一支短棒。"此物便是信号，只要月色映照，顶上宝石便会折出强烈的蓝光。"他往前一步，将短棒挨近那一道细细的月光，"外面所有的人，都会立即看见。"

洛鬼士被他的嘲笑激出怒意，片刻，却又嗤笑道："你很聪明，我知道的，你就是很聪明呀。不过，我还是劝你，"他说着，声音突然变得冷厉，"最好还是听我的，最好。"

"哼，你休想！"星痕一声冷笑。

"真的？"洛鬼士极诡谲地问了一声，忽然从宽大的衣袖中，捧出了一件东西。星痕见了，瞬间睁大眼睛，一时没了声息。

"哎哟，心跳乱了一下呢！"洛鬼士极其得意地笑着，一手捧高了那物，面具上的细眼轻佻地"望"着星痕，突地，恐怖一喝——"跪下！"

片刻寂静后，素星痕屈了双膝，慢慢跪倒在地上。

英芒记本庄，百木英焦躁地坐在豪华的客椅上。她与白琬来到此处，已等了足足一夜两日，庄中的人始终周到地招待着他们，但要见白公，却只是一拖再拖。她后来放弃了求见之策，转而想要从这庄里探得些许线索，然而白家的人精明过人，对次牒书相关的一切都是守口如瓶——整个白家，大概唯一的傻人就只有没用的白琬——此刻他正迷迷糊糊地在她的身旁打瞌睡。

"真是岂有此理！"百木英愤愤地攥着拳头，她做事从来得心应手，记忆之中，从未曾感觉到如此挫败。

没有半点消息，回去如何帮到星痕？她有些愧疚，想到星痕，却不禁忽地一怔，愣愣地僵坐了一时。

"不……事情不对！"精明的姑娘恍然一惊，"依他所能，次牒书之事当可推算，何至于让我来此，以这等蠢笨的办法探听？"想及此，她不禁回头去推醒白琬，才一看见那张傻乎乎的睡脸，心中却是一冷，尽是了然。"是白琬……他利用了白琬这特殊身份，让我一时迷惑，以为带这废物来见白公是近便之策，竟自困于此，着了他道！"

姑娘这般想着，心中产生一股无名的恼恨，也不管白琬还自睡着，一把扯起他来，往庄外奔去。

素星痕跪在冰冷的地上，紧握的双手，禁不住微微颤抖。

洛鬼士枯瘦的手中，捧着一颗人类的头骨——头型略小，不似成人，倒像是小孩子的头颅。那头骨的额上，刻印着一个倾斜的十字痕迹，幽暗之中，通体隐现出墨绿的荧光。洛鬼士捧着它，颤颤地嗤笑道："你果然认得啊，这是你师父的头。十二年前，他病死之后，是我取了他的尸首，剥出这颗头骨来——"他阴森的声调，令人心胆俱寒，"'炼魅之术'你是知道的，我请人施法，将他生前的精神凝锁在这颗头骨上。他是有名的'猎金者'，我带着这头骨，因他指引，果然赚到了不少钱呢！"得意到发颤的笑声，随话落而起。

"扔掉你手里的东西，用力扔掉！"洛鬼士的话语突转凄厉，"若不然，我便要对'你师父'动手咯。"

"师父他已死了。"沉默许久，素星痕咬紧牙关，哑言道，"我不会受你要挟。"

"死了吗？你这做徒弟的，便能不顾他了吗？"洛鬼士好奇地问着，有些跃跃欲试，"那我尿在它上面，你同意吧？"说着他竟一手去掀猩红色的大裙，真将那幽绿的头骨往下放去。

一声碎裂，星痕将手中的短棒用力扔出数尺，深蓝色的宝石撞碎在一把破铁钎上。他咬着嘴唇，弯下了身子，洛鬼士的狞笑响彻了周围。

"我怎么舍得呢，它可是我的生财之宝。"那恶鬼爱惜地举袖擦了擦头骨，慢慢收了起来，"你的头是不是也能做一个呢？会不会，比这个更好用呢？"

说到这里，他猛地伸开双手，十指勾住了琴弦，鬼哭之声凄厉地飞旋起来。

这是夺命之曲，耳闻之时，心动将裂。素星痕放弃一切地闭起了眼睛。

突然，那诡谲的哭声被隔断，世界蓦地安静下来。星痕惊诧地睁开双眼——是一双温热的手，死力按住了他的耳朵。

"阿蒙！躲开，躲开！"片刻愣怔，星痕极力地大叫，却只听到自己的叫声回震着耳鼓。

他不知他怎会出现在这里，但眼前那个恶鬼般的人明明仍在弹拨着琴弦。他不停地叫喊着，双手扣住阿蒙的手，拼命想将那手从自己耳上移开，却怎么也掰动不得。伏在他背上的那个身体渐渐沉重，黏热的液体滴滴落在了他的手背上，是阿蒙的血，在慢慢地淌出唇角、鼻孔、耳朵、眼睛……

指甲都已扣进了他的皮肤，那双手，就是丝毫不移。长年握棍磨出的坚硬茧子挤压着素星痕的耳郭，硌得他麻木，整个头脑麻木一片。

眼看着那恶鬼枯瘦的十指，离开了琴。背后的蛮族少年彻底倒伏下来，压在自己身上，双手仍固执地按着自己的耳朵。星痕就这样愣愣地伏了好半晌。然后他用尽力气，终于将那两只手从自己的耳边拉开，撑起身子，爬出了那昏死之人的身下。

耳朵重新听得见声音，第一个所闻，便是洛鬼士的怪笑。

"这是蒙苏普克吧，吓了我一跳呢。"恶鬼举袖挡着面具上的朱唇，"他的心跳，比当年可有力多了。"

素星痕没有说话，甚至没什么表情。他静静转过身，仔细地察看阿蒙的情形，七窍的血迹已开始发干，鼻间尚有微弱的气息。

"我还没杀他，"洛鬼士说道，"总觉得那样不够好玩呢。"他微微仰起脸，认真思考的语气，"是不是该告诉他当年的事呢？当年他趁乱跑了，船上的贼人可生气了，后来便上了草原，寻得他的部族，男女老少，全都杀了个绝！"

听得此言，星痕身子一震，一手抓住了自己的胸口。

"你倒说说看，我若先告诉他这事，再杀死他，是不是要更好玩？更好玩！哈！"洛鬼士开心得拍起了双手。

"你空口无凭，却来骗谁？"星痕好像用尽全身力气，才张开了僵涩的颌骨。

"你这等聪明人，心眼忒多。"洛鬼士笑道，"却不知他有没有这些个心眼？"

他见星痕沉默了下去，更加心花怒放："今夜当真很好玩了！会吹树叶的小子，不如给你个题目选吧：要么你现在动手，送蒙苏普克安心去死；要么我们就等他醒来，我先告诉他那件事，然后再让他去见他的族人。——哦嗬，说不定到时候，他会自己杀自己，给我开心呢！"他拍着手，不停地催促道，"你选呀，快选呀，再不选，他醒了就没得选咯！"

"我不会选。"素星痕沉哑地一语，站起身来，"要么告诉我第三条路，要么，你此刻便杀了我吧。"

"第三条路？我这儿可没有哦。"恶鬼竟学着少女的口吻，诡异得令人恶心，"若不然，你跪过来，好好地听我弹一曲。然后你说一句'比叶子吹得好听'，到时我再想想，这儿有没有第三条路？"

星痕慢慢垂下头，默不作声。"好。"须臾，他答了一字，而后转身，蹲在阿蒙的身侧。

他扯下自己的两条衣襟，团成布团，牢牢地塞住蛮族少年的耳朵。而后他静悄悄地站起来，走向抚琴的恶鬼，步子轻得几不可闻。

洛鬼士凝然静坐，屏息听着对面来人的心跳。那搏动，每一下都均匀而平静，自始至终，竟没有丝毫变乱。

那人走到了他面前，单膝跪下，均匀的呼吸，就在扑面之处。

鬼哭之琴瓮然一响，洛鬼士将它竖立了起来，冰冷桐木，"嘭"地贴上星痕的侧脸。

"你给我好好听着。"僵冷面具后面，传出暗哑之声。枯骨般的手指突然勾起所有的琴弦，拉弓般地硬邦邦扯向一边，犀利的弦索擦过面具的鼻尖，忽如刀刃一般，将那美女的面孔从当中割裂。

凸出的灰暗眼球，深褐色的塌陷皮肤。半张面具掉落，如同僵尸一样的真面目骤然显露出来，就在眼前一尺，恐怖得钻心。

洛鬼士静静地听着。那心跳，仍未有丝毫变乱。

他似乎再也笑不出来。面对面地对峙了许久，他用力将琴身按压在星痕的耳边，吐出三个刻骨仇恨的字："你，去，死。"

魔鬼般的琴一声巨响，嗡嗡鸣振，似有若无的哭声幽幽缭绕。

它是砸在了地上——而方才持琴的人，却已被仰面按倒。

就在那一瞬之间，素星痕推倒耳边的琴，瞬间拔出藏在身后的短刃——是阿蒙的蛮族弯匕，方才塞住他耳朵之时，悄无声息地握在了手中。

急迫的呼吸声彼此交错。星痕欺身在洛鬼士之上，双手握刀，近乎冷静地向下推刺。那露着半面的恶鬼也用双手死死擎住那利刃，刃锋只距胸口两寸，乌黑指甲扣进了少年的手腕。

两人这般僵持着。死寂的旧仓库中，霉味混杂着血味，渗水还在一下下滴落，敲打着艰难流淌的时间。

"你方才心有杀机，竟也搏动不乱。"洛鬼士喉咙深处，话语几乎难以听辨清楚，"你，真，该，去，死。"

素星痕只是沉默，用尽全副力气，将手中的锋刃一点一点地往那人的胸前推得更近，直到锋利的刀尖极缓慢极缓慢地刺破了猩红衣襟，又稍稍地刺进了那衣下的胸骨。那只"鬼"的手，仍在顽固地抵拒着。汗珠不停地从少年的脸颊滑落，那双明澈的眸子里凉凉的光，也都一时隐没不见，唯剩幽幽的黑暗。

石雕凹陷的积水中，某一滴响动。素星痕的脚尖，蹬住斜倒在地上的鬼琴，全身的重量微微移动，压住垂刺向下的匕首，琴又发出了一丝哭泣。"噗"的一声，并不是很响，弯匕已大半刺入那具枯瘦的身体，腥血向上喷射，染红了少年的衣领和脸颊。

结束了。星痕松开双手，身子倾斜，仰倒在洛鬼士的侧旁。两个人并排平躺，静静地对望。

鬼怪的半脸，对着沾染了杀戮血腥的人，竟露了一个报复般的笑，僵凝在死亡一刻的表情。

少年无力的眼睛，望着那近在咫尺的僵尸，幽黑瞳孔，忽然不可遏抑地颤抖着，不断放大。

【七】

离离去药铺抓了新药，顺便带回了一些熟食。她也无胃口吃晚饭，但也许稍后有人回来，会想吃夜宵。但愿是这样。

她进了客栈，却不想孤零零地回房间。她有些茫然地走到阿蒙的房门前，她明知无聊，仍不免推开门望了一眼。

惊讶的是，阿蒙竟已躺在了他的床上，身子横斜，靴子也没脱。

已经回来了？姑娘愣了下，随即急忙奔到了床边。

只见蛮族少年昏睡着，脸色看起来很差，唇角边，甚至还残留着一丝血痕——是谁帮他擦抹过，却未能擦干净。离离的心头一紧，不禁上下查看一番。阿蒙的呼吸均匀，想来应无大碍，衣襟、皮靴上却蹭着许多泥迹，似乎是在昏睡之时被背着、拖着，强走了远路。

离离心中一动，转身出房，来到阿蒙的隔壁，星痕的门前。

她还未推开门，却听得那房内，传出一阵阵呕吐之声。

她一惊，冲门而进，却并未扫见房中有人。深入几步，方才看见床榻掩住的角落里，一个瘦削的身子蜷缩在那里。

心跳在重重地敲击着，离离放轻了脚步，慢慢走到屋角之处。她垂首看去，星痕紧抱臂肘卧在地上，枕着冷硬的柱脚，周身都在微微发抖，脸上却布满汗水，发丝弯曲地粘在侧颊。他的嘴唇轻微地张合着，念念有词，却不知在说什么。离离屏住呼吸弯下了身子，侧耳倾听。

"娘……"他不停在叫的，是"娘"。

离离的眼睛睁大了一些，竟就那样呆了片刻。"星痕，醒醒。"须臾，她低低叫出声来，柔软的手轻轻摇着少年的肩。

那苍白的少年过了好久才缓缓醒来，茫然注目一会儿，他分辨出眼前的人，愣了瞬时，忽然，向着那姑娘伸出一只手来。

指尖颤抖，似乎想要抓住什么，他露出一种近乎乞求的眼神，这样的目光从前绝未见过，令离离心惊。

默然一瞬，姑娘张开双臂，将汗水湿透的人揽入怀中。

星痕在这怀抱里，仍不停地发抖。离离不知该说什么，也不知还能怎么做，小心翼翼地拥了他许久，泪，渐渐充塞了眼眶。

房门忽然发出"嘎吱"一声。

离离转目看去，却见阿蒙直直地站在门口，往屋内望着，脸上是一片呆滞的神色。

怀中的人，突然身体一缩。他一把推开了离离，自己的后背撞上墙壁，还在不断地向后移退着，看看离离，又看看远处的阿蒙，微摇着头，脸色变得更加惨白。

这房间中的空气，似乎变得火烤般干涩。愣愣坐了片刻，离离忽地纤眉一凝，欺身上前，双手拉住星痕，再次将他揽进了臂弯之间。

"傻愣什么！快去把他的药端来！"她不肯放手，用力揽住肢体冰冷的少年，冲着发呆的阿蒙喊道，"我煮好的，在后厨！"

阿蒙蓦地一怔，却像醒过来似的，点头答应了一声，转身奔走，慌乱得有些不辨方向，乱撞了几步，才往客栈的厨房跑去。

"你别怕，静一会儿，静一会儿。"重新又只剩下两个人的房里，姑娘喃喃地说着，让少年的头靠在她怀里。她轻拍着、念叨着，忽觉得胸前的衣襟，被那男孩眼睫贴着的地方，渐渐地被温热浸湿。

【八】

"星痕呢，素星痕在哪里？"百木英扯着白琬奔回客栈时，已是后半夜光景。她既急又有些恼怒，冲进离离的房间，看见她正与阿蒙坐在一起，不禁上前问道："他可是独自去查案了？！"

离离的眉目有些凝重，看了看他们二人，垂头低语道："他在房里，好容易睡着了。查案发生的事情，阿蒙正在讲。"

"我们……还是去看看他？他方才的情形……不会再有什么事？"阿蒙忧心忡忡地说道。

离离听了，点一点头。四个人便一道，轻悄悄地来到了星痕的房门前。

门竟是从内反锁着的。

伙伴们都有些吃惊，阿蒙三两下撞开了那门。冲进去时，屋里却不见半个人影，只桌上放着一个钱袋，壁上的窗户却敞开着，灌着夜风。

"他走了！"百木英不禁跺了跺脚。

"离离，你快去找他！"阿蒙急得抓住离离的肩膀，"从前他不见的时候，你总能找到他的！"

离离看着他，却是沉默，垂下了头。

"这一次，可能不行了。"姑娘有些低沉地说道。

"为什么？"阿蒙瞪圆了双眼。

"这次，他没有带上这个。"离离说着，弯下腰，从桌脚边拾起那块檀木流苏的小牌——大概是星痕倒在地上的时候，不慎脱落了出来。

"其实，江大人曾找过我，与我有个合作，一直不让星痕知道。星痕的行踪，每次都是他传信给我的，而他找星痕的方法，据说，是靠着这块牌子。"那机灵古怪的姑娘，说出一番令众人都意外的话语，"江大人希望我们能一直跟着他，我也希望这样，所以就跟他合作了。"

"别说了！"百木英愤愤地一拍屋柱，"一起去找！"

她说着当先冲出了房门，白琬忙跟着，阿蒙则牵着离离，急忙奔出客栈，冲进了茫茫的夜色中。

月光已变得一派寒色，后半夜时，风便带上了几分秋凉。

素星痕独自走在冷寂的路上，无人知晓他的行踪，就连他自己也不想知道。

他紧紧抱着臂膀，颤抖仍未能完全抑制。背后的竹篓里，那只瘦弱的黄色小猫露出了头来——篓子里装了别的东西，它似乎有些嫌挤，两只前爪按着那物事，不满地咪咪低叫，绿荧荧的光，反照着它眼睛，也是绿色。

那是一颗头骨。

秋，就要来了。

像闪电般击穿宛州风云的第十三绣衣使，孤弱的身影隐入迷雾。而淮安城的天空，却是更加云潮汹涌。

月冷人不寐，
风秋鬼夜哭。
旧恨无可灭，
支离影独疏。

相思忘

【醉】

闭了板门，拾掇干净那两三张小桌，支起窗来，放进月色。

再繁华的大城里，也总有幽僻坊巷、清静店面，不为人知的生活。这间偏处在淮安边鄙的小铺子，门楣上是"醉忘斋"三字——这名号于一个酒馆来说只属常见，题额的书法虽还透了几分根骨与逸气，烟霭沉埋，却也无人识得。平日不过仗几个邻里熟人光顾生意，往往一入夜，店便空了。老板娘自斟了盏淡酒，闲闲地托着，独自看月亮，轻吟着曲儿。

两声轻叩，木板门忽然吱吱呀呀被推开。一个清瘦的少年走进店来，有些愣愣的，收住了脚步。

这却是个不曾见过的生客。他衣袍清寒，负着破旧的挎包与素竹的背篓，怀间抱着一只毛色浅黄的小猫，看起来好像走了远路。他站在那里，怔怔地环视了空无宾客的酒馆，他似有些歉意地微一低头："已经……打烊了吗？"说着，他怅然地退出脚步。

"小馆客少，也不讲究什么打烊。"老板娘出声留住了他，招手一笑，"随意坐吧。"

他又愣了一愣，默然点头致谢，静静地落座在墙角边的小桌。怀中熟睡的小猫被轻放在桌上，猫儿微醒，动了动，便又睡着了。

"小哥要用点什么？"老板娘捧了盏灯来，拽了罗裙，倚在他的桌边，柔声询问。

他抬起头来，一派茫然，疏散的乱发遮掩着视线。

默然一瞬，老板娘笑了一笑："可要酒吗？"

"酒……喝了，便能忘掉一些事情……可当真吗？"少年的眼神有些空落落的，样子疲倦到了极点。

老板娘看着他，不觉轻轻地叹了口气："小哥，不常喝酒吧？"

他摇了摇头："从没喝过。"

"能不能忘，要看缘分。"悠闲的女人说着，慢慢踱去，从旧木柜台里取出了一个小小的酒坛，双手捧着放到少年的面前。那坛子上贴着一张红笺——仔细看去，写的是"思相忘"三字。

"我这里的酒大多寡淡，最浓醇的，也不过这一种。"老板娘淡淡笑着推荐，"听说是多年前，一个作诗的人到这里，独自喝了几个通宵，尝遍酒水，却止不住他的眼泪。后来他喝着这个酒好，便写出一首长短句来，酬谢小馆。"

"诗人？"少年喃喃叨咕，似听了进去，又有些走神，"哪一位？"

老板娘笑而摇头："女人家不读书，我也说不上来。后来他写的那篇字也不巧给烧了，时间一长，也没人背得出那首词了。只记得开篇两句便是'思相忘，忘相思'——便拿这词句，给这酒取了名儿罢了。"

少年听了，默然不语，凝目于那红笺上的墨迹。

"要试试吗？"老板娘低柔地询问，跟着一句含笑的提醒，"虽非什么上好佳酿，却也值几个价钱的哦。"

少年发了好一会儿呆，然后开始在身上寻摸。腰间、怀中、袖里各处掏出的散碎银钱都摊在桌上，片刻之后，凑成了小小的一堆。

他抬起眼，目光幽凉："所有这些钱，能买几坛，就买几坛。"

若当真忘得掉，不知是有缘，还是缘浅？

若当真想忘掉，是该从何处，开始忘起？

那一夜，月色斜光到晓，曲儿轻吟不断。素星痕酒醒之时，猫还在旁边。

【星痕】

十二岁那年的春光，记忆中总如远离尘世般的静好。后来这记忆有些模糊了，但睡梦里，也不肯放松，拼了命地要把那图景留住，以致每每醒时，都疲惫得浑身乏力。

无论如何都想要记得那时候吧。那个时候，已有了委屈，但还没有哀伤；已有了欢愉，但还没有欲望。

那个时候，还有娘。

"星痕，你在做什么？"一声轻幽的问话从背后传来。

坐在沙地上的男孩一回头，双手不禁往膝前遮掩。"啊……我想弄完了再给娘看呢。"他露出憨稚的笑脸，继而有点小小失望地缩回了手。

年轻的母亲低头看去，孩子在平沙上描画出一片结构错综的符号，其间还横斜摆放着数根细小的竹棍。

"算筹？"她有些惊讶，柔美的眼眸略略睁大，"你从何处学会的？"

孩子却呆了一呆："啊，算筹？我……"

母亲探手捡起两根竹棍，话语变快，神色紧张起来："是谁教你用这个的？你可是见过了什么外人？"

"娘，什么是'算筹'？"星痕有些慌张地摇着头，"我不知道……没人教过我的。这个不是算筹，这是我自己做的……小棍子。"

母亲稍稍一怔："自己做的？"

星痕点头，抿住薄薄的嘴唇，又从腰间拿出几根竹棍，往沙地上排摆，叫母亲观看。"我想着，用这个做算术，就好玩得多。就去后面林子，折小竹子做的。"他说着，声音低了低，抬头看看母亲的脸，"就折了两根……我以后不去折了。"

母亲的呼吸舒缓下来："这……当真不是算筹的用法。"她看着地面，又不禁去看她的孩子，"这算式，你已推演到这地步？这些小棍子的用法，也是就这样……自己想出来的？"

没有作声，星痕只默默地点了点头，双眼紧张地望着娘的脸色，清透的眸光凉丝丝的。看着他这样子，母亲纤细的眉梢一低，不禁伸出手，轻轻抚上了他的头。

"你这孩子……太聪明了。"来自娘亲的低柔感叹，接着，是被拥入暖暖的怀抱。星痕的脸藏在娘的发影之间，瞬间便溢满了笑。

"有时候，娘倒宁可你是个傻一些的孩子呢。"母亲忽然发出意外的轻言，柔暖的手摩挲着孩子瘦小的肩背，疼惜而有些心酸，"心思太灵，只怕会过得辛苦。"她说着，郁郁地转开眼睛，怅然望空，不知是念起了什么遥远的人。

星痕的笑脸不禁一滞，抬起头，茫然地望着母亲。母亲也低头来看他，那眉眼间的郁色分明还在，但对着孩子，还是露出了一个浅浅的笑容："算了这么久，累不累？回房去睡一会儿吗？"

听了这话，星痕又是一怔，抬头望了望太阳——过午的日光已经倾斜。"呀！忘了忘了！"他忽地叫了一声，站起身来，拍着衣上的沙土，便急慌慌地奔走了。才奔出几步却又站住，须臾，他慢慢地转回身来。

"是要去哪里？"母亲的目光已经等在背后，看起来又有些严肃。

"娘……"星痕嗫嚅着开口，两只手背到身后，不觉纠结着衣衫的后襟，"我认识了两个……朋友。"

微微的一瞬凝眉，而后，母亲仍是平静地追问："是什么人？"

"是前些日子，东边田庄上新搬来的程家的孩子。那天我去捡小圆石头，碰见他们的。"星痕一边说，一边慢慢地抬起眼睛，"他们一个叫程琢，一个叫程玉。程琢是程玉的哥哥，程玉是程琢的妹妹。"他尽其所能地把事情交代清楚，而后目光灼灼，慢慢向前凑了一小步，"我们约好了，今天下午也一起玩。娘……我能去吗？"

母亲看着他那样子，一时没有言语。这孩子，从小的确太也孤单。母子两个的居所如此偏僻，连寻常的邻居也见不到，更不要说与他同龄的玩伴。想来这个年纪，不正该是呼朋结队在田野里嬉闹的时光？但如今每日所见，坐在这片平沙地上演画各种枯燥的算式，几乎便是这个安静的孩子，唯一仅有的玩乐。

她略略思忖了一会儿，仍有些担忧，却终是让自己微笑着，点了点头："那你便去吧，莫跑太远。早些回来吃饭。"她一边说，一边走到孩子的面前，轻轻地整理他的衣衫和发髻。

"啊，谢谢娘！"星痕咧嘴笑了起来，眼中闪烁着亮光。

这笑容映在娘的眼里，何等耀目。她用温暖的手心抚过星痕的脸颊，不禁补上一句嘱咐："玩得开心些。"

星痕急赶了五六里路，穿过树林，越过一座小丘，跑得额头布满了汗，终于看见正在田边上玩耍的程家兄妹。"我来了！我来了！"他上气不接下气地叫着跑到两人身边。

"怎么来这么晚！你再不来我们就不等你了！"叫程琢的男孩与星痕年纪相仿，声气却高亢得多，这时候他皱着眉叉着腰，很是生气。

"对不起……我忘了时辰了，路也有点远……"星痕挠着头，很是愧疚，"要不下次到西边的山上见面好吗？那里离我家近些，山上还有小林子，里面有很多好玩的。"

"不行！"程琢断然一声，"我爹爹说了，那边都是林家的地，林家的地方不能去，我们谁都不许！你若要跟我玩，便到我家的地方来！"

"那好吧。"星痕只得点了点头，却对他说的话好一番思量。

"星痕哥哥，咱们玩扮家家吧。"程玉小妹妹的个头才到两个男孩胸前那么高，忽地矮身钻到两人面前来，拉着星痕的手摇晃道。

程琢却一把拉开她的手："去你的！你又想当'新娘子'了，羞不羞！"他说着，拽住星痕往一旁走，表情严肃，"别理她，我有正经事同你讲！"程玉的脸有些臭，恼得跳了两下脚，却仍是嘟着嘴跟在哥哥们身后。

程琢拉着星痕，边走边急急地说："上次你教我解开的那些算式，我还要学。今天你必须再教会我五个！教不完，你不能走！"

听到玩算术，星痕就很开心了。他不禁连连点头道："好啊！我昨天刚发现一个很好玩的式子，我教你玩吧！"

谁知程琢却用力地摇了摇手："不要你那些又怪又没用的玩意儿。学堂里的先生抄给我五道题目，我要你教我做这个。"他说着，从怀里摸出一张四对折的纸，给星痕看，"这是先生指点的。过两天我要去城里的'方圆会'上应试，学会了这几道题，定能赢到个好彩头！"

星痕听了，一下愣住："城里？'方圆会'？在哪里？"

"陵阳城啊！就是离这儿最近的大城啊！"程琢举起手，指向南面遥远的原野，"你不是一直住在这儿的吗？不会连这个也没听过吧？陵阳城每年都要办'方圆会'，叫大家去比试算术，各处的人都有！要是在会上解出的算题够多，就有彩头拿，好多好东西呢！"

怔怔地听着，星痕微张嘴唇，一下子出了神。对面那孩子口中所说出的——几乎是闻所未闻的——精彩，饶是他天生心思敏捷，此刻，却陷入了迟钝，有些理解不得。

程琢扬了扬下巴，踌躇满志地说道："先生说我的算学，学得是顶好的。哼，瞧着吧，这回我去拿个好彩头，回来给我娘做寿礼，娘定然喜欢！"

"哼，娘才不喜欢你的寿礼呢。"程玉却不以为然，"回头我去给娘摘花，编个小花篮，娘肯定喜欢我的！"

"你懂什么！娘最喜欢男孩子有出息！我拿了'方圆会'的彩头，她肯定最喜欢了！"程琢对无知的小妹一脸不屑地说道。

兄妹两个你一言我一语地斗嘴，互不相让。星痕在旁站着，半晌说不出话来，一双凉凉的眼睛渐渐从愣怔中解脱出来，却不知何时，溢满了怯生生的羡慕。"那个，你们说……寿礼？"过了好一会儿，他咬咬嘴唇，终于插进话来，"那是……娘亲寿辰的时候，献的礼物吗？"

"是呀！"程玉听了，丢下还在跟她吵嘴的哥哥，笑眯眯地答话，"我们每年都准备的！娘过寿辰的那天，先给娘磕头，然后把礼物拿出来，娘看了就可开心了！我也可开心了！"她说着笑得更甜，"星痕哥哥，你娘也过寿辰吗？"

略略迟疑，星痕点点头："嗯，也有的……过几天就是了。"他说着，不觉地低下了头。

娘的寿辰，他是知道的。每年都记得很清楚，就像娘也记得他的生日。但生日便是一年中的某一天，看起来并没有什么特别的含义，唯一的只是令他记得自己又大了一岁，便该更懂事听话，不要跑得离家太远。而娘的寿辰，意义就似乎更加简单。星痕从不曾听说献寿礼这样的节目，也从没想过，可以这样来让娘开心。他垂头思忖，又抬眼去看程家兄妹，艳羡中掺杂了羞愧，转而都化作细密思绪，旋转遄飞。

"小丫头片子，不跟你一般见识！"程琢总结了一句，退出嘴战，展开抄着算题的纸张，"办正事，快点快点！咱们到那边去，别让她跟着，吵死人了！"说着向星痕一招手，甩下妹妹便跑。

"哼，人家才不要跟着你呢！"程玉不吃亏，冲着哥哥的背影喊了一句。喊罢她噘噘嘴，忽然慢慢转过身来，凑近星痕，秘密似的小声说道："哥哥老觉得他自己聪明，其实最笨了！我知道，我娘最喜欢花了。要是看见我摘的花，娘才真正开心呢，因为那是娘真正喜欢的东西呀。星痕哥哥，你说是吧？"

星痕听着，不禁微微笑了起来，点了点头。程玉见了，满意地咧开小嘴："那我先去摘花啦！一会儿咱们玩扮家家哦！"说罢她便一蹦一跳地跑开了。

程琢又在大声招呼，星痕连忙赶了过去。接过抄着五道算题的纸张，他低头扫看，写满心思的眼瞳，却又不禁时时地偏移。"程琢……"忽然，他低声开口道，"那个'方圆会'，我也想去。"

满脸的急切忽地一滞，程琢愣了一瞬，警惕地瞪起眼睛："啊？你去干吗？"

星痕眨了眨眼，说："我就想去看看。"

星痕没有想到，自己会突然就惹得娘这样不开心。他无措地站在那里，甚至有点惊慌，想说些什么来弥补，但又什么都说不出。

"什么'方圆会'？是谁告诉你的？！"母亲平日里好看的容颜，此时因怒气而绷得难看，"是那两个程家的孩子？"

星痕的眼睛微微睁大，不觉闭紧了嘴唇。他摇了下头，却垂了眼帘不敢去看娘："我……就在外面，听见别人说的。"

一阵静默。好像连她的呼吸声也听不到……这样的沉默，比那愤怒着恼的问话，更让人不安。星痕顶不住，抬起眼睛，正对上她的目光——不仅仅是那种一眼能看透他心底的冷肃，还掺入了几分，一个孩儿所最不能抵受的——母亲的伤心。

"不肯讲实话？"娘就那么看着他，低低地问道，一瞬停滞，继而又是一句，"对娘撒谎吗？"

男孩一下子跪了下来，薄薄的嘴唇只是颤抖，凉凉的眼睛里闪出一丝悲伤，却不曾哭。

母亲看了他片刻，转开头，闭了一会儿眼睛。"不许去。"只是说了淡淡的三个字。

片刻无语，跪在地上的孩子忽然抬头，略略提高了声音："娘，我想去，其实我是想……"

"不许！"禁令断然掷下，硬生生打断了他未说完的话。那个一向温暖的声音，此刻怎就变得这般绝情？

星痕不再张口。不求情，也不答应——一时竟生出了这样的决意，紧紧地咬住自己的唇。而母亲也只默默起身，淡然地拾掇桌椅，点起油灯，往厨房去端来已做好的晚饭。

良久过后星痕方知，他已遭受了最严厉的惩罚。整个晚上，母亲都未与他说一句话。

月亮向西南沉落，好容易落入了墙壁上小小的窗，才看了一会儿，却又被屋外山丘的黑影一点点吞掉。星痕对着窗子侧卧，怎么也睡不着。那些小山丘，不高又不低，也像墙壁般环绕在家的周围，挡住了好多好多风景。平平的开满花的田野，石头垫成的弯曲的路，还有从来不曾去过的，陵阳大城。

隔了一会儿，凌乱飘忽的心念就会转回到傍晚的那一幕，心口便又泛起一阵浓重的酸涩之意。有几次他都觉得眼角快要撑不住下坠的泪水，但翻身、仰头，牙齿咬出声响，总归是忍住了。"男孩子，不能哭的。"——记不起是什么时候听到过这句教导，却就这样每次都会缭绕在耳边，那声音和蔼却笃定，似是远隔云霄外的一个男人。星痕从未细想，其实也有点不愿去琢磨，但心里委实已早有猜度——那应该，就是父亲。

最后一片月色也已没入山后。用尽了力将一股酸涩咽下喉咙，他终于猛地坐了起来。

无论如何都想去看看，越是这样，越想要去。

静了片刻，他翻身下床，穿好衣裤，又带上一小把竹棍。他静悄悄地摸出家门，望着天上的星辰辨认方向，大步踏向那些从未去过的地方。

黑夜里有些跌跌撞撞，跑了也不知多远的路程。直到天色开始泛亮，心间沉重的委屈也似随着奔跑出的汗水而慢慢地散掉，甚至有一丝踏春远足的轻松与期待油然而生。脚步就这样慢了下来，终于停住，他不禁举袖擦了擦额头，却是忽然一怔。熹微的天光渐次洒落，这才看见自己所经过的陌生草野之中，竟生着一丛丛淡蓝的小花。

"隐香"，是娘最喜欢的一种花呢。只是寻常难见，偶在山边林下遇到一两朵，却也花期短暂。想不到在人迹稀少的此处，竟有成片的在生长。

星痕惊喜了片刻，又暗自微微垂下头。今天竟如此任性，第一次违抗了娘的话。但其实……只是想让娘开心啊！他默想了一会儿，带着香味的风拂过脸边。

"快去快回。回的时候为娘采上一些这里的隐香，好好地向娘道歉。"这样决定着，他不觉有了笑容，继续往前奔去——陵阳城高大的影子，仿佛已看得见了。

那一年，他十二岁。委实还是个孩子，但也已稍稍懂事。日后算来，所谓的"懂事"，约莫正是从那时起开始的。只是何尝想到，一朝起始，将要懂得的，便实在太多太多。

越过山坡的时候他摔了两个跟头，裤子破了，膝盖生疼。还好掌中的东西没有弄脏，紧紧捏在手心，都有些沾了汗。"娘，娘，我回来了！"星痕高声叫着冲进家门，却是一愣。

屋里十分安静，母亲在泥炉上煮着茶水。两个衣装体面的陌生人坐在她的对面，一个三十上下、面色紧绷的男子，还有一位须发银白的老人，肃然闭着双眼。家里有客人？这几乎是几个年头也不会发生一次的事情。

星痕只愣了片刻，仍抑不住激动，径直跑到母亲跟前。"娘，你看，这是我在'方圆会'上赢的！是雪花楠木制成的算筹！"他双手捧出一个华贵的锦囊，里面露着一支支雕工精美的木签，色泽沉雅而光润。"娘，我……我得了第一名呢。"男孩低下头，有些嗫嚅，转而眼中又闪着光，"娘，你教我用算筹吧！"

突然一声沉响，那位较年轻的客人，手掌重重地拍在桌上。满心兴奋的孩子一惊，茫然转目去看，不知是否自己太失礼了，一时局促无措。

"星痕，把你手里的东西烧掉。"母亲说了话，沉静而有些淡漠。孩子骤然愣住，从头到脚，都是一冷。

他睁大了双眼，须臾未动，却见母亲提起早已煮沸的茶壶，露出泥炉中的火焰。"还要不听话？"冷肃至极，她说出最令人难以违拗的话语，"还是娘的话你再也不想听了？"

星痕紧紧地攥着锦囊，用力到指节有些发青。母亲就那样提壶等着，他终究只得将那东西靠近火炉，手指慢慢地一松。再也说不出话，他掉头奔进了里间的小屋。

关上门板用额头顶住，全身的力气都要用来扼制眼泪。耳朵被酸痛塞住了，只闻一片轰鸣。因此过了好一阵子，他才渐渐开始听见那门外的谈话。

"你忘了，当日你自己应承过什么？！"是那个男子，发出愠怒的质问。

"未曾忘记。"母亲的声音仍是平静，"这十年来，星痕从没有麻烦过林家，更不曾拖累林家的声誉。今后，也不会。"

"不会？昨日'方圆会'上，他用邪路算法将十几个林家子弟一概战败，已经引致满城议论纷纷！"那男子说着，恼怒更甚，"当年家中长辈心软，不但宽恕了你，还准你寄居祖宅。你却不知好歹，竟然还不安分！"

母亲默了一瞬，低低地冷笑了一声："当年林家迁家入城，你们个个欣喜，无一人愿留下看守祖宅。若非是我自请此任，家中长辈又怎会容我母子有这栖身之地？"

那男子却是一哽："林素，我知你一向口齿厉害。但今日宗公在此，凭你再是巧言狡辩，也逃脱不了你的罪过。"他的话语冷硬，句句都像长着尖刺，"你当年行止不端，已令门楣蒙羞。亏你不知自愧，竟敢又叫你那野种来生事端。哼，你的盘算我岂不知，我林家数代，都是凭借算学光显门庭。你这般教导他习练算术，又指使他到'方圆会'上去出风头，无非是想推那野种攀上林氏门户，也好讨个好出身。"他说着，鼻间嗤笑，"你还是死了这条心吧。那野种是你与那妖人私相苟合所出，永世不得入族谱，也永远别想得到林家的姓氏！"

"林衡！你休要妄言！"母亲突然清喝，再也难抑的悲愤，令她的声音有些颤抖。稍顿片刻，她强忍了心绪，言辞冷决："我与林家，十年前早已恩断义绝。你们放心，星痕，绝不会攀扯你们的名门大族一分一毫。他只是我林素一个人的儿子。我的儿子……姓素。"她昂然道，"林素的素！"

藏在门后倾听的星痕，忽地周身一凛。

一语落时，命运便落定，前一时那个迷茫的孩子，转瞬已长大成另一个人。他的表情滞住，目不移睛，因伤心而佝偻的腰背，不觉间慢慢无声地挺直。

林衡好像愣住了片刻，转而又是一声冷哼："本就是野种，爹姓什么都不知道！你以为这样说便可逃脱？"他说着，转向身旁的老者，切切低言道，"宗公，依我看，有他一日，林家便不得清静。还须您做主！"

母亲的呼吸明显加重，只听见她裙褶牵磨，碰翻了一只茶杯。良久寂静后，那低沉的老人声音，第一次在这房中响起："家法，暂可不动。"

一声骤然松弛了的呼气，柔弱女子扶住桌边。"宗公！"林衡不满而讶异地叫了一声。

宗公并未理他，只沉沉地又说道："但，汝子必须立誓，终身不涉算学。"

整间古旧的大屋，忽然寂静下来。紧闭着门的小小里间中，也不闻丝毫声响。良久，林家叛逆的女儿才微颤地开口，那声音听来，竟几乎是有些可怜。

"宗公，林素……从未刻意教导小儿什么。他是真心喜欢算学的……"她说得迟疑，字字艰难，"林素自知，已无身份相求。但小儿无辜，拜求……宗公……"

就在那低弱的话语咽住咽喉似已再难为继的时刻，木门被推开的声音，忽地将它打断。

那个身量瘦小的男孩子，近乎平静地走出来，站到母亲的身前，面对着宗公与林衡。不久之前还强抑着泪意的眼睛，此刻神寒意定。他倏忽跪倒在地上："星痕，当天立誓！"

母亲惊得撑起了身子，林衡也不禁怔住。须发皆白的宗公睁开双眼，直视着面前的少年。

星痕举手向天，有些微微地发颤，一字一句，却说得无比清晰："星痕今朝姓素，永世姓素。有父无祖，有母无族，永生永世，与林家全无瓜葛。"

这样的誓言尽出意外，大人们一时都无声地愣住。宗公的眼中泛出一丝沉肃的精光——直到此刻，这个孩子却猛然激起了他心中的惕厉。

稚声誓言清亮地回荡着，而后是须臾的静默。只见那孩子抿了抿单薄的唇，又再开口，补充了这样的话语："终我一生，绝不与林氏子弟为敌。星辰在上，以血为誓！"话落，他突然举起一支细小尖锐的竹棍，决绝刺破了自己的手腕。伴随着母亲的一声低呼，鲜红的血滴淌落到地面——这样的仪轨，是这片生生之地的一方乡俗。饶是星痕自幼幽僻，却也深深知道这重誓的意义。

宗公默然许久。终于，他一展宽袖，站起身来。

"此子出身虽卑，倒也有我海西人的风骨。"老人淡然说着，迈步近前，用掌接住星痕腕口淌下的鲜血，反手抹在他布满了细汗的稚嫩额头上。"老夫受你之誓。如有违言，子非人也，星辰共弃，当以血偿。"四句言罢，威严的老者拂袖，呼喝林衡，一同离开了这古旧老屋。

纱布细细地缠绕在手腕上，母亲的动作，轻柔得如捧着最最名贵的珍珠。星痕偷看她的眼睛，有些微红迹——是刚才哭过，莫非在背对着自己的时候？

　　"娘……"在孩子心中犹藏着怯怯的愧疚，"你在……生我的气吗？"

　　母亲忽地一怔，摇摇头，用力地露出了一个笑脸："娘……高兴。"她说着，已妥帖裹好了孩子的伤，不禁双手将他揽进怀里，轻轻抚摩着他的头，她喃喃地念叨道，"星痕，懂事了呢。"

　　从前幼弱的孩子，而今竟已懂得保护娘亲。是高兴啊，可是又心酸，一颗泪溢出眼眶，跟着又是一颗。

　　听见娘说高兴，星痕终于放下了忧虑。但接连的泪滴，分明落在自己的额头上。他抬头仰望，眨着清透的眼睛，母亲的嘴角微微勾起，眉梢却仍是掩不住的凝结。

　　"娘，后日是您的寿辰了。"星痕望了一会儿，忽然说道。

　　母亲却有些吃惊，转而只笑着撇开了头。

　　"娘现在，不是真正的开心。"孩子又将头贴回母亲的胸口，"星痕想让娘，真正地开心起来。"

　　清晨的隐香花，沾着露水，一丛丛显得更加清润。前次赢了好彩头，只顾一路奔回，全忘了要给娘采花的事。"要是看见我摘的花，娘才真正开心呢，因为那是娘真正喜欢的东西呀。"那天小程玉的话，时而回荡在星痕的耳边。星痕想着，不觉渐渐地笑了，开步奔入那成片的芬芳的淡蓝。

　　多采一些做娘的寿礼，能装满屋里那只大篮子才好。他一边盘算一边忙手忙脚地摘花，贪心得很快就拿不下了。

　　"小兄弟，问个路啊。"身后不远的石头小道上，传来过路人的声音，"陵阳城是在哪边？"

　　星痕闻声抬头，看见是几个外乡人站在那儿，一副风尘仆仆的样子。"啊，城在南边呢，已不远了。"他热心地为人家转身指点，而后继续采摘。

　　问路的男人笑了笑，说话很是和蔼："真是个好孩子啊。你叫什么名字？"

　　听到这话，他却是忽然一顿。"素星痕，我叫素星痕。"须臾过后少年笃定地回答道，继而，脸上默默现出阳光般的笑。"你叫什么名字呢？"他颇有几分开朗地反问道。

"我叫原忍。"那男人答道，"我们兄弟几个，叫作'猎星团'。"

素星痕将长长的衣摆铺在地上，忙着把摘下的鲜花堆在上面。"猎星团"这名号听来，觉得很有趣。他一边忙活，一边不禁回头看上一眼，对那几个友善的路人报以一笑，便又埋头在花丛中忙活。

那一天，大概就是那样结束。次日娘亲的寿辰，却是永远都没有到来。天忽然黑下来的时候，记忆便在那里戛然摧折，多年之后的睡梦中，也是深深的一道断痕。

【梦】

宛州，淮安，初凉的秋。

夕阳又一次沉落入千檐万甍的城市天际，残霞斜飞，暮霭渐浮。身姿挺拔的少年举目望天，扔下手中的长棍，双膝重重地跪倒下来。

"阿蒙！怎么了？"长辫姑娘有些惊诧，轻扶住少年的肩。

"我想祈求天神再帮我一次。"阿蒙有些低哑地说，"你知道的，我梦见过盘鞑天神，是他让我来东陆找星痕的。这一次应该也可以吧？再指点我一次，星痕他如今在哪里？"他说着，双手合拢，十分虔诚地闭起眼睛，面色却充满疲惫。

离离看着他的样子，不禁微微地凝眉。蹲坐在一旁静待了片刻，而后她才开口说道："这几天到处去找人，你也很累了。先回去吧，看看阿英他们那边，有什么消息。"

阿蒙听了，睁开眼，老实地点了点头。又怔怔地向着残阳落处遥望，许了个什么愿，而后他方站起身来，拉着离离踏上回程。

天色很快已完全昏黑，阿蒙将离离牵得紧了些。素星痕失踪已过八天，疲劳与心事交叠，两人往日惯有的笑语都不闻。就这般默默地转过一个巷口之时，一声锐利的铁风，却突兀地划破了寂静。

阿蒙惊觉，瞬息横身掩住离离，起棍格开了凌厉的偷袭。突袭者的刀刃闪过长长的弧光，间不容发又是两斩。阿蒙棍扫如飞上下格挡，转瞬摆脱被动的劣势，稳住阵脚。他聚精会神，正待力战一场，却不料三刀过后，面前那把杀意腾腾的利刃铮地一响，寒光泯灭，利索地收回了鞘中。

"不必误会，我只想试试你的功夫。"带刀的人平静地说了一句，衣袂暗影在夜风中轻扬。

"你是何人？"阿蒙犹然惕厉，长棍斜指，隐着力压虎狼的招式。

"受江子美大人之命，来助尔等寻人。"那人不紧不慢言道，傲岸而十足的沉静，"第十三绣衣使弃职而去，大人忧心得很。"

听得此言阿蒙一愣，慢慢松了棍势。离离却不禁站出两步，明眸微睁："你当真是江大人麾下？却不知是哪位官爷？"

并未答话，那身影颀长的人只是一展袍袖，举起一样东西。离离与阿蒙见了，却是一惊——同样的大小，同样的制式，缀着流苏的檀香木执牌，曾多少次见素星痕将它握在手中——此物，已是熟稔得绝不会看错。

"第七绣衣使，叶天卿。"淡然地自报家门，手执木牌的男子微微侧转，露出细眉长目、清隽却冷淡的面容。

客栈内室中，叶天卿端坐，沉静地审视着面前的四个人：阿蒙抱着长棍靠坐在墙角，良久以来垂首无声；离离的笑容礼貌而不失甜美，晶亮的眼睛也在审视着他；叫百木英的男装女子，炭笔在稿本上不停磨出沙沙的声响，听说她是商报颇有文采的采风使，大概正在赶写着报文；淮安城无人不晓的白琬公子，则无聊得不时地打着哈欠。

叶天卿扫看一遍，又看一遍，双唇安静地闭着，似有所思，却若无意。

"可以了吗，叶大人？"离离微笑着发问，"您已把我们住过的地方查了个遍，女孩子的房都翻过了。还有什么要探查的？"

"或者，不如这样问——"百木英边写边说，"可以开始找素星痕了吗？"

叶天卿笑了笑，打开随身的狭长背匣，从里面取出一副纸笔："有几个问题，尚要烦问各位。"

垂头不语的阿蒙，忽然发出一声打鼾声。

"大人别怪，"离离出声一笑，"阿蒙整天奔波实在很累，方才您查房时，他就已睡着了。您有什么要问的，问我们便好，还须快些，不然我们也要睡了。"

微一点头，叶天卿提起笔："我与第十三绣衣使至今缘悭一面。几位既是他的好友，可否为我略作描述，素星痕大人却是何样？"

"啊？星痕兄啊……"白琬倒是很认真，听到问题，眨了眨眼，"他……看起来年纪很小。"

"其实却是睿智之人，眼光老辣。"百木英续言。

"但说到底，还是像个小孩子。"离离此刻却若有所思，"有时候真的很像。"

"说来也是，他非常固执。"

"却又心思太多，叫人料不准他的主意。"

"但他的主意大多不虚！"

"虚虚实实，也唯有他知。只是这般活着，却是很累。"

"既如此累，何必又要理睬太多的事、太多的人？终究是太固执。"

"固执有什么不好吗？"

…………

叶天卿望着说话的三人，静静地听着，一字一句，阅尽秋毫般的仔细。零零碎碎的言语顶针相续，渐行渐远，说到某一个时刻，才忽地一起停住，满室皆静——所有的人大概同时又想起，所被谈论之人，不知如今身在哪里。

静待须臾，见已无人有意再说，叶天卿轻促地一笑，把笔放在空白的纸上："其实，我只是想请各位略述星痕兄之外貌，好绘制一张画影，以便搜寻。"

室中依然寂静，几个人都看着带刀的绣衣使，并无言语。就在此时，熟睡的阿蒙呼吸却忽然变得急促，双手不安地紧握住长棍，猛地大喊着站了起来。

"星痕……"他双目圆睁，却好似所见无物，低低念叨了片刻，突兀言道："天神……天神报梦了！"

离离的眼中，闪过一丝晶亮。

"我知道星痕在哪里了，我去找他！"阿蒙大声说着，擎棍奔了出去，急得冲撞到了叶天卿的肩膀。离离略一思忖，紧随其后而出。

"哎呀，有这等事？！"白琬惊奇地睁大眼睛，用折扇一拍掌心，跟着便往外跑，临出门还丢下一句，"阿英快来——"

百木英收起炭笔，慢慢站起身来。

"英芒记公子竟会迷信鬼神之说，倒真令人难以置信。"叶天卿望着门口白琬离去的背影，微微笑言，转而瞥着阿英，"难道，采风使也相信，追寻梦影，便可寻到人的下落？"

"我不大信。白琬大概也并不信神。"百木英从本子上撕下一张稿纸，"我们只是，相信朋友。"说罢她将纸拍在桌上，转身走出了房间。

叶天卿拈起那张纸来。上面画着一个清瘦少年的头像，炭笔草草勾勒，线条简单，但形貌逼真，尽可传神。

他放下炭画，又打开背匣，取出一轴图卷铺展开来。这是一幅第十三绣衣使的精细画影，商会官匠的工笔，画侧尚配有正楷小字，密密麻麻注满了该人的资料。两图相较，所画的人形貌无二，只是炭笔画像当中的那人，却似含了一层忧郁的心思。

"相比之下，这一图倒更有价值呢。"叶天卿笑而低语，提笔在百木英的画作上注下两行小字。

"等等，等等！"离离一边跑一边大声叫着，好不容易才追上了狂奔的阿蒙。"天太晚了，你先休息，明天再去找吧，我们一起去！"她双手拉住他的胳膊，说着，露出一个浅淡的笑脸，"盘鞑天神报的梦，不会跑掉的呀！"

阿蒙回头看着她，扯了扯嘴角，却终究没有被逗笑。

不知何时已起了夜风，一片碎落的响，道边大树低垂的枝丫上，许多已然变得脆弱的叶片飘摇下来，飞雪般地迎面拂掠而过。

残梦其实还未散去，少年有些茫然地伸手，凭空接拦住一两片落叶。

"这一次，他是为了救我才弄成那样。他那个样子，已经很久没见过了。"他出着神，深湖般的眼睛在暗色中闪动。忽然他紧紧抓住了姑娘的手腕，用力地摇头："我不能放着他不管，不能。"

【蒙苏普克】

阿蒙屏住呼吸，钻过舱房狭窄的圆窗，双手死力抓住一根粗硬的帆缆，一荡，整个身子悬空在大船的侧舷之外。黑蓝色的海面在脚下数丈处滚滚波动，小小的身子挂在帆缆上巨幅地摆荡，好像一个风中摇晃的铃铛。这个时候可不能往下看，他拼命用双脚蹬踏在高大乌黑的船舷上，竭力地攀爬到顶，一跃翻上了甲板，滚倒在地上大口地喘着气。这个动作危险至极，饶是他天生灵活得像只猴子，也只在最为晴朗平静的海夜里才敢这样做。

喘匀了气，他脏兮兮的小脸竟挂上了一丝笑意，爬起身便沿着甲板的边缘向船尾跑去。

这个时辰，素星痕应该正在那里，他被特许每晚可以到甲板上来观星，因此得以暂时离开囚禁着他的狭小舱房。而每天这时候那些繁重又肮脏的活计也差不多都能做完，阿蒙就可以跑来找他，说说话或是随便玩些什么，听他讲些未曾听过的事情。这些着实是让阿蒙很开心的，虽然他知道素星痕是被绑架而来的"货物"，处境也许比自己还要可怜，但他自从模糊记事时被掳到这条船上，到如今已经长到十岁，认识星痕哥哥之后的半年，是他所经历过的最有光亮的日子。

他跑着绕过巨大的帆樯，果然便看见那个瘦瘦的身影，孤单倚立在船栏的一角。"星痕哥哥！"阿蒙压低嗓音叫道，一口气冲到他的身边。

素星痕并没有在观星，而是低垂着头，望着船舷下幽深的海。阿蒙的突然出现令他一阵愣怔，片刻，才聚敛了心神，对着他微微一笑。

阿蒙向着左右看看，凑近一步，有点兴奋地小声说："我又摘到了，你看！"他说着，从怀里摸出一片鲜绿修长的叶子来，极其小心地捏着，生怕被海风吹走。

素星痕能用树叶或细草吹出一支三音反复的小调，并且也将这唯一所会的才艺教给了阿蒙。但茫茫大海之上最稀罕的东西大概莫过于绿叶，为了能听到这支简单到不能再简单的音乐，阿蒙时而便会趁着夜间无人，偷钻进船主们平日聚饮的厅舱——那里栽种着全船仅有的一盆果木，每日以淡水浇灌，枝叶扶疏。也是为此，他每次都要冒方才那种跌落船舷、葬身大海的风险，这却是星痕哥哥从来不知道的。

"刚刚摘的，可惜只有一片。你吹给我听吧！"阿蒙笑着，将小小的叶子递给他。

素星痕愣了片刻，接过绿叶，轻轻地握在手心，却没有吹起。他仍旧默然转向海面，眼眸中丝毫无光。

"阿蒙，"好半晌，他幽幽地说了一声，"为什么呢？海为什么，这么黑呢？"

阿蒙一下子被问得没了话说。他自幼混迹黑船，隔绝人世，所谓忧愁别绪，多不大懂。但看着素星痕此刻的样子，有些事情即便是说不出来，却也能体察到——自从"老师"离去，星痕哥哥就似乎变了许多。

老师大概是阿蒙所见过最神奇的人，第一次看见他的时候，阿蒙也像所有人一样以为他只是个五六岁的小孩。"猎星团"把他当作货物绑到船上来，过了一段日子才发现，原来他竟是已经名传天下几十年的"猎金者"。听说他修习一门着了诅咒的学问，因为这个，便再也长不大，后来他就收了素星痕做学生，阿蒙知道了倒很开心——若能永远都不用变成像船主们那样的大人，岂不很好。但一个月前，老师病死在了大船的底舱，尸体也被那些船主抢走。

从前，素星痕总是说些这样的话："要活着，要回家，不要哭，所有人都会回去。"他对阿蒙说，对其他被绑来的孩子说，甚至对老师也偶尔说着，脸上还要挂起笑容。但老师死后，阿蒙渐渐很少再听到他说这样的话了。阿蒙看见，他原本凉凉的透明的眼睛，却时而泛着一层暗淡，昏然隐在发梢的乱影里。

静默无语中，海风的呼啸声格外清晰，令黑沉的大海显得更加死寂。阿蒙呆呆地站着，过了好久，忽然双眼一亮，笑着拉住素星痕的手臂："你别不开心了。我想起还有一样好玩的东西，我去拿给你看！"他说着转身就跑，满头的汗水在凉风中坠落，才跑两步却忽地一个趔趄，整个人昏昏地摔倒在地上。

"阿蒙！"这一下素星痕猛然醒转，叫喊着奔了过来。

"啊……没事。"阿蒙慢慢爬起来，背靠船栏坐着，一手捧着头，另一只手却抚着肚子，"我就是有点饿了……嘿嘿。"

"没有吃饭吗？"素星痕扶着他，关切地问道。

"嗯……"阿蒙笑了笑，嗫嚅一阵，"今天，他们又叫我去，一起吃肉。"

素星痕的眼瞳微微一动，语声低了下来："还是……那个鲛人？"

阿蒙点了点头："嗯，还是他的肉。已经吃了两天了，大概快吃完了。"他说着抬起眼睛，满脸的肃然，"你告诉过我，不能去吃那肉。我一口也没有吃过。"

素星痕听了，慢慢低头，有些无力地坐了下来。他抱着膝盖出了一会儿神，似乎打起一些精神，轻轻地说道："这两天，都没好好吃吗？他们让你干那么多活，不吃东西，不行的。"说着他捧起船角边放着的一只碗，端给阿蒙，米粒拌着煮熟的杂菜，早已被风吹得冰凉。

"这是你的饭，还是你吃。我没事的！"阿蒙笑着摇手，把碗往回推。

"不，我……吃不下。"素星痕坚持举着碗，低低言道。

"啊，怎么啦？"阿蒙一惊，"晕船的毛病又犯了？！"一下回想起初相识时的情景，他不禁有点紧张——素星痕堪称是他所见过晕船最厉害的人。

素星痕怔了一怔，却顺势言道："好像是吧，但也没有大事。你把这些吃了吧，放到明天便要坏了，可惜。"

阿蒙听了这话，不禁深深地点了点头，便接过了碗。看着那些饭菜，他咽了一下口水，猛然用手抓着狼吞虎咽起来。

素星痕抬起头，怔忡地望向夜空。繁星凌乱，也如海一般无际，一弯纤细的新月斜挂其中，那是天穹中最贴近"思念"的光色，却显得薄弱而又孤单。他默然地望着，黑暗的波涛渐渐涌起，浸没心怀，泛滥眼底，好像就要溃堤般灭顶而来。就在这绝望边缘的一刻，一串轻幽的脚步，忽然踏着甲板，打破死寂。

"郁罗姐姐！"阿蒙还没咽下最后一口饭菜，就高兴得喊了出来。

星月微光之下踱步而来的女子，披着一身柔柔的淡色。看见两个孩子，她不禁展现出一个微笑，慢慢走近船角，屈膝跪坐在他们的面前。"好久没见到你们两个了。"她的嗓音有些虚哑，但依然十分好听，温和地说着，一边微微举目仰望，"我也有好久，都没看见星星了。"

她柔长浅淡的头发在海风中飘起，仿若素净的麻，皮肤苍白得近乎成霜色，以致清秀脱俗的容颜，在暗夜中如冰雕一般的透明。一条原色麻布缝制的衣裙裹着她的身体，宽大而粗疏，但却掩不住纤长身姿的柔美与姣好，同样也遮掩不住瘦细的手臂上、素白的脚踝边，那些隐隐约约、新旧相叠的道道伤痕。

这个名叫郁罗的姑娘，被强掳到船上的时日比素星痕还要久些。把她抢来的人是晋炽，"猎星团"群盗中的一员，这条黑船的主人之一。那个男人声称爱她。阿蒙不太懂"爱"是什么，但每一次偶然见到郁罗，都只觉得这爱，大概是种能将人撕裂扯碎、践作尘泥的东西。

即便如此，每次的相见却仍值得开心。因为无论又添了多少伤，郁罗姐姐的脸上，总都挂着坚强的、淡淡而好看的笑。

"看这月亮，弯得多美。若我没记错，快要到初七了呢。"郁罗抬着头，浅笑着喃喃自语，"不知这船是到了哪里？离陆地，远不远呢？"

"大概……还很远的。"素星痕终于说了句话，仅有的几次遇见郁罗，他的心绪一次比一次更加黯然，"我每天都在这里观星，我们如今……还航行在涣海，很深的地方。"

"涣海……完全陌生的地方啊。"郁罗低下了头，似有所思，须臾却又微笑道，"真了不起呢，星痕弟弟，这么小就懂得观星。像你这样聪明的孩子，我从前都没有见过。"

"是啊，星痕最聪明、最厉害了！"阿蒙高声附和道，咧开嘴笑着挠头，

"我就太笨。他教我几个字，我总是写错，教我算式，更是根本都搞不懂！我……我是不是太差劲了？"

郁罗听了，低首一笑，轻轻拍了拍阿蒙的头："谁说的，蒙苏普克也很棒呢！"她说着，笑容微敛，不禁生起一些感慨，"你这样就很好，看起来什么时候都能快乐。心思太灵的话，也许会过得苦呢。"

这句轻幽的话语，却令素星痕倏然滞住。他怔怔地望着郁罗，一时不知何样，几已渺远了的心绪涌起，当胸翻滚，袭上眼眶。他逃了似的转开身子，窝在漆黑的船尾死角，头紧紧地靠住栏杆，不肯让人看见自己的脸孔。

郁罗见此，须臾却似明白了什么，不禁低眉。她悲悯地望了望那孩子的背影，默然片刻，轻轻扶上他瘦小的肩膀。"我看见你手里拿的，好漂亮的一片叶子。是吹曲子用的吗？"她忽然转了话题，笑着问道，"你们平时吹那支小曲，我在底舱也听得见。现在吹给我听听好吗？我很喜欢那曲子呢。"

"姐姐也喜欢那曲子吗！"阿蒙惊喜地纵身起来，"星痕，听见了吗！你就快点吹一次吧，我也很想听呢！"

素星痕仍默默地蜷缩了一会儿，终于动了动，回过头来，眼角却并无一丝泪痕。看看眼前的两人，他须臾点头，道了一声："好。"

鲜绿的叶儿贴在唇边，简单的三音小曲飘响起来，一声声，一句句，汇入旷荡的海风，孤单落寞，别样多情。阿蒙瞬间便全然被曲调感染，眼中渐渐地泛出光亮；郁罗则好似听得有些遐思，转眸眺望着天穹中的新月。那月已沉近海面，低低的仿佛能够跟人窃语。

这般听着听着，她随那绿叶吹出的调子，低低地吟唱起来，轻歌如梦：

海若阑，星穹淡。

暮云边，青乡远。

路斯渐，心斯念。

人未醒，梦方遄。

天安然？海安然？

意无何，星辰乱！

生如云，死如雪。

长飓风，渺霄汉。

歌尽之时，曲终之刻，两个男孩子静悄悄望着那近乎沉醉的姑娘，她仰天瞑目，卷翘的长睫毛被残月映作透明，霜雪般的细颈舒展修长，恍然就仿若故事传说当中，白鸿幻化而成的仙女。

"郁罗，跑哪儿去了？贱人，滚回来！"帆樯那一面传来隐隐的醉骂，晋炽暴躁奔走的脚步逐渐在靠近。

阿蒙与素星痕都有些惊恐，双双站起身来。郁罗却仍跪坐在原地，面上挂着浅淡的笑。"星痕弟弟，你会观星，帮我算上一算。你看这月亮，三天之后就是初七，我没算错吧？"

素星痕睁大眼睛，缓缓点头。那狂暴的男人的身形已出现在远处，向着船角直冲过来，叫骂之声震动耳鼓。阿蒙挪动到美丽女子的身边，想要遮护，可矮小瘦弱的身体，根本什么也挡不住。

"三天之后，就是初七。"郁罗不回头，极低幽地又说了一句。那男人便已冲到背后，高大的黑影将纤弱的姑娘完全笼罩，大手扯住她素麻般的长发，一把将她拽倒在地，倒拖着步步而行。

她的鞋子掉了，白皙赤裸的腿脚拖过铜锈斑驳的甲板，尚未痊愈的伤疤之上，重又绽开新的血痕。更甚的似乎是沉重的侮辱，不堪入耳的谩骂与粗暴行径，令那本已苍白如霜的面容，更添上了一层灰暗。

两个孩子向前冲了出来，颤抖着眼眸，攥紧了拳头——但却并未再做些什么，他们看见被拖在地上的姐姐，用力地向他们摇头。

郁罗回望着两个男孩，阻止他们的一切动作，雪白的身影就这样慢慢被拖入帆樯的暗影，到最后，她的唇边仍撑起一个微笑。

阿蒙望着那里，呆站了许久。"星痕哥哥……怎么办？"忽然之间，他问出这样不曾想过的问题，转过脏污的小脸，两只圆圆的大眼睛中，竟已噙满了滚热的泪水，"我觉得好难受……该怎么办？怎么办？"

良久沉默，只闻呼啸的海风依旧。阿蒙的胸中堵满了未尝有过的酸楚，却不知他所急切询问的那人，也不过，只是个无助的孩子。

"阿蒙，你知道吗……郁罗姐姐，是一个羽人。"好像过了斗转星移般漫长的岁月，素星痕忽然低哑地开口道。

"羽人？"阿蒙睁大眼睛，泪滴滚落出一颗，吹入风中。

素星痕静静地点头，苍白单薄的嘴唇，若有所思地缓慢翕张："我曾见书上说过，羽人能够凝出羽翼，每年七月初七那一日，都可以展翅飞到天上。"他低言着，举头斜望空中的新月，冰凉的眸子里，映出许久未见的光，"她说了好多次，你听到了吗？三天之后，就是七月初七。"

阿蒙茫然呆滞，愣了好久好久。眼边的泪在尽被风吹干之时，忽地，他深深地吸了口气。

三日之后，展翼之时。那个无论被禁锢折磨了多久都始终坚强微笑的姑娘，所等待的，便是这一年一度的时刻。这里是辽阔涣海的中央，船行三日，只恐也仍离岸千里，一夜高飞，又能远行几何？苦海无边，离开黑船，便是生死茫茫，但那吟歌明志的姑娘，透亮的心早已做定抉择，但向自由，但向故乡。

豁然明了的孩子，被风泪皴红了的脸上，现出难以遏抑的激动。他张口要说什么，然而却见星痕哥哥举起一根瘦细的手指，轻轻地比在唇前。

阿蒙竭力咽下了想说的话。仰头望着星光粲然的海天，他突然张开双臂，跪倒下来。慢慢合拢手掌在胸前，他近乎不闻地念叨："天神，天神，保佑姐姐……三天之后，三天之后！"

"扑通"，膝盖触碰到甲板的声音。星痕哥哥一向是不信神的，阿蒙知道，但当他回头去看时，却见那心思灵透的少年也跪倒在地，虔诚地合着掌，闭着眼睛。

月上天心，海宇澄晏。好天气已持续到了第三天，不知是不是有时候，天神真的能听见祈愿。阿蒙一整天都在拼命干活，比往日还早半个时辰脱身，而后便急着下舱房来找素星痕，两个人一起往甲板上奔去。

两个孩子手拉着手，紧张得都有些说不出话。今夜，她能不能出来？会不会有人阻拦？会不会有突发状况？她会不会突然生病，或是被晋炽……絮絮碎碎的担忧此起彼伏，素星痕甚至焦虑得绊倒了两次。

他们喘息着爬上甲板，奔跑着绕过帆樯，船尾处开阔的星天展现在眼前时，一切忧虑都平息了下来。孤身的郁罗正坐在那里，背影朦胧。

两人再也抑不住激动地长长地舒了口气。"感谢天神……姐姐，我们……我们来送你。"阿蒙低声说着，不禁笑得咧嘴，向前靠近了两步——却突然，脸色一呆。

郁罗身上的裙袍裹得潦草，露着一片月弧般寒白的肩。夜风有些烈，拂动那宽大的麻衣波荡不止，忽然松垮地滑落，女子纤细赤裸的身躯，就那样全然袒露出来。

苍白无瑕的肌理反衬着天光，几乎如弯月的颜色一般无二。瘦弱的肩、收束的腰肢与圆润的上围连成近乎完美的曲弧，因着侧坐而微微弯斜，清晰而深邃的脊沟，仿佛一笔流畅勾勒的湿墨，贯穿整个光洁的裸背，又被几缕浅麻般的长发飘荡着遮掩住。

那发影遮拂间隐约可见的，还有穿透了肩胛的铁链。

两条乌黑的铁链冒出她的双肩，长拖到地，那里伸展出的原本应是发光的翅膀。羽族瘦骨的尖角——展翼点，被冷酷的链环一口咬碎，暗色血痕如泪直下，凝干在霜雪般的脊背上。

所有的呼吸声全然静止，两个孩子变得木石般僵直。

"他……早已知道我的心思。"死寂良久，郁罗的声音幽幽响起，已经沙哑得难以辨认。她极慢极慢地侧转了头，灰白侧脸上再无微笑，血泪纵横的眼，黑如暗夜。

"再也不能飞了呢。"飘飞的乱发藏起她的容颜，只闻喃喃低语，"我不会留下的，死都不会。"

这话语散去很久，再未闻更多的声音。过了很长一段时间，阿蒙才看见，那女子身前现出一片慢慢扩大的血泊，堆积在她身下的麻衣也被逐渐浸染成赤红。

"姐姐——"他终于凄厉地嘶叫出声，向前冲去，奋力的脚步震动甲板，那具霜白赤裸的躯体，只依然冰雕般凝然而坐。

阿蒙的叫嚷渐变成哭喊，黏稠赤血沾得他满身满脸，越来越多。

素星痕只站着看着，不知何时，无声地倒了下去。

星痕哥哥越渐消沉，终至水米不进，已记不清有多少天了。他变得更瘦，没力气走路，每天晚上的观星也要由阿蒙背着才上得了甲板，但即便到了上面，他也只倚着船栏发呆，一眼都不会去看天上。阿蒙花了很多力气想让他吃饭，始终是徒劳，总是等到饭菜快馊掉的时候，他只好自己全都吃下。为什么会吃不下饭？只有这一点阿蒙真的弄不懂，必须好好地吃饱，才有力气伤心，有力气哭。

郁罗姐姐临死时说绝不会留下，但最终她还是被留下了。晋炽把她烧化，骨灰装进一只坛子，用泥巴封死坛口，用绳子和锁链紧紧捆住，依旧放在她生前所住的底舱。阿蒙有几次梦见她在到处奔逃，或是唱着歌儿依稀在哭，但从没梦见她展翅飞起的样子，像他原以为会梦到的那样。弄得人会半夜哭醒的梦又添了一种，眼下，他只希望不要添得再多，再多出他最不愿去想的一个。

"星痕哥哥，今晚一定要吃一点。"他笑了笑，又撇了撇嘴，捧着碗，已不知该如何控制表情。良久没有得到回答，他急得眼睛有点发红："你……你说过的，总要活下去吧，你说过的！"

"活下去……为什么呢？"半晌，素星痕的声音忽然响起，虽然低哑得听不清楚，但这着实让阿蒙有点惊喜。"就算一直活下去，也帮不了任何人，谁也帮不了……不能让娘开心，不能让老师好好活着……不能让她飞……一定也不能让你回到家乡，不能的，你的部族和亲人……就这样活下去，为什么呢？"他颠倒错乱地念叨着，不同于往日那般伤感，而是无力得几无情绪。阿蒙知道他又在发低烧，他不敢再想，在这海船上，发起烧来是最可怕的事。

他不知所措地放下碗，抱着膝盖埋住了头。"我吹叶子给你听好吗？"心中杂乱，他闷着头说了这么一句。他默了一瞬，却忽地抬起眼睛，没头没脑地连连说道："我吹叶子给你听！这样，你晕船一定就好了！我吹给你听，吹给你听！"说着他起身便跑，慌得连饭碗都一脚踢倒了。

这一去，半宿都不见踪迹。天渐渐破晓，当他跌跌撞撞奔跑着回来之时，昏沉的素星痕竟已回过了心神，独自倚靠着船栏站了起来。

"你，去了哪里……"看见了蛮族孩子的身影，他却松了口气，忧心忡忡地追问道，嘴唇都在发抖。

阿蒙没有答话，汗水流淌着的脸上，闪着异样兴奋的光。素星痕低目看去，却见他将一件东西紧紧抱在胸前——是一个绳索禁锢的瓷坛。

"郁罗姐姐，郁罗姐姐……我把她带来了！"听到这句喘着说出的话，素星痕怔怔地出了神，无力的手紧紧抓住身后的船栏。

"让她飞。"阿蒙说了一句。

素星痕直视着他，多日暗淡的眼睛，此时凝定了焦点。蛮族孩子双手捧起瓷坛，展开笑意，用力地点了下头。"让她飞！"

夜风骀荡，四只手交错紧握住装满骨灰的瓷坛，高高地捧起。一声震颤人心的碎裂，无数洁白的粉末漫天飞起，向着无尽海空飘撒而去。

素星痕与阿蒙并肩望着，那片飞舞的白随风赋形，渐高渐远，就好像一对巨大而朦胧的翅膀舒展开来，不可束缚，魂归自由。梦一般轻幽的歌，分明就在空中飘起。

海若阑，星穹淡。
暮云边，青乡远。
路斯渐，心斯念。
人未醒，梦方遣。
天安然？海安然？
意无何，星辰乱！
生如云，死如雪。
长飔风，渺霄汉。

两个孩子望着，听着，久久地，目视远天。

"你们想死吗？"如同被火燎烤过的沉哑声音在身后响起。高大的黑影突然间迫近背后，来不及有任何反应，素星痕与阿蒙被抓着衣领倒提起来，身子悬空，而后重重地摔进船栏的死角。

一把刀横亘在面前，晋炽的眼睛像燃着火。

他狰狞地抽动嘴角，扫看甲板上残碎的瓷片："是谁？"问话阴冷到近乎恐怖，"你们谁，偷了我东西？"

"是我！"阿蒙咽了咽口水，仰起头喊道。晋炽的眼光转向他，刀刃慢慢提起，旁边却忽然响起素星痕的话。

"她是你的吗？"低烧着的少年反问，竟有几分冰冰的讽刺，"那你怎么留不住她呢？"

刀刃一转，狂暴的男人狠厉地侧目。

阿蒙愣了一瞬，转而惊急地拉住素星痕，举起细弱的胳膊想将他遮挡住，却反而被他用力地推开。"藏在那么深的底舱都留不住，藏了那么久，还是留不住呢。"素星痕还在低声说着，晋炽把拳头的骨节捏得咯咯作响，沉重的刀已高高举起。

"是我偷的，是我啊！"阿蒙连声大叫，那男人却好似全听不到，喷着火焰的眼只是瞪着星痕。瘦小的蛮族孩子目眦欲裂，突然飞身跳起，不顾一切地扑上晋炽高大的身体，死命咬向他的颈根。

素星痕惊得瞪大双眼，张口，却来不及叫出声响。他看见晋炽暴怒地挥刀，但那动作却猝然一滞，大刀如泰山压顶般落下，却只是歪斜地劈砍在身侧乌黑的船栏上。那高大的黑影僵直地站在那里，忽然，喷出了一口血来。

阿蒙从他身上跌落下来，嘴边尽是淋漓的鲜血。他惊异地仰望，不敢相信自己真的阻止了那暴虐的强盗。

阻止他的当然不是阿蒙。

"原……忍。"晋炽慢慢侧转回头，低哑的声音无比惊怒，"你敢……杀我。"

用长刀从背后刺穿晋炽的人，发出一声轻轻的冷笑。"早就看你不顺眼了。"他的语气竟很悠闲，"还想动我的货物？"

晋炽口中不断地淌出血来，已根本无力做任何反击。"我也……是船主，"他竭尽力气，想要挽回生命，"你怎敢肆意……杀我？"

"你上船做盗贼，不过是为占着那个女人。"原忍略略恼怒地沉声道，"根本不是为了得自由啊！真丢'猎星团'的脸！"言罢他已不再有耐心，刀刃只一横，晋炽的身体被从旁侧豁开，垮塌般倒下，污血喷溅在素星痕和阿蒙的身上。

原忍吹着口哨，举袖擦抹着刀上的血。"蒙苏普克，敢偷东西，不错啊，不错。"他轻淡地说着，收刀还鞘，转而从腰后抽出一条乌黑的皮鞭。

"船主，他没有偷。"愣怔已久的素星痕，忽然僵哑地开口说话，"郁罗，不是晋炽的东西。"

原忍仰天笑了一笑："谁管他！我说的是我果树上的叶子啊！"他伸脚蹬开晋炽的尸身，腾出一块空地。

"刚才你又拿了一片。一共已摘过三片了吧？"他凭空挥动鞭子，笑着，却不容抗拒，"三十鞭。挨完了，下次还可以去偷。"

原忍的鞭子，素星痕是见过的。他不禁摇着头，移动身子，将阿蒙挡在自己的背后。"船主，他……还小，不能挨这么多的。"他有些颤抖，竭力地控制着，尽量让自己说得平静，"请让我替他分一半。叶子，他是拿给我的。"

"不用！"阿蒙扯住了他的衣衫。

"就这样。"素星痕转目看他，固执地低声说道，"我们一起。"

原忍微笑地看着他们，竟颇有几分赞许。而后他弯下腰来，将脸凑近星痕，忽而很遗憾地摇了摇头。"不行啊。你是珍贵的货物，打坏了，我们就赔钱了。"他说着便伸手抓住阿蒙，却是转头一笑，"不过，你就坐在这儿别动。我打他，你听着。"

阿蒙被拉扯到血迹纵横的空地上，按着跪倒。他抬头看素星痕，竟咧嘴笑了一笑，摸出藏在怀中的绿叶，挥手抛给了他。这一瞬，凶狠的皮鞭，呼啸而落。

鞭子一下接着一下地落下，小小的乐曲也被慢慢吹响。乐曲在某一个音戛然断止，后来鞭声也终于停了下来。自己与星痕，是谁先倒了下去，阿蒙已记不太清了。

浑浑噩噩间，做了似乎无数的梦。再度醒来的时候，却只觉身周一片雪亮银白。月亮不知何时已完全变圆，洒下饱满明亮的光；黑船并不像往常那样颠簸——竟然是靠了岸，暗夜笼罩的远处，隐约可见山原起伏的曲线，那是一片陆地。

阿蒙怔怔地看着，爬起身来，背上的鞭伤犹如撕裂般地痛。猝然，一张冰冷坚硬的木脸紧贴上他的侧颊——不是脸，而是雕画作美女脸孔的面具。

"看见了吗？那是瀚州的陆地。"洛鬼士枯瘦尖长的手爪勾住阿蒙的脖子，诡异的嗓音紧贴在他耳边响起，"是草原——是你的家哦。"

骤然滞住呼吸，蛮族孩子僵在那里。洛鬼士的耳朵贴着他的肩背，倾听心跳须臾，而后大笑着转身离开。

"我赢了。不用琴，就叫他一醒来就伤心到哭。"他边走边嗤笑着言道，"你可别赖账啊！"

"我什么时候赖过赌局？"原忍淡然说道，与他同行而去，两人的脚步与那暗哑诡异的笑声，渐渐都消失在远处。

阿蒙独自跪坐在甲板上，眺望着船栏外那据说是草原的地方。离得真的很近，风迎面拂来，分明是泥土与青草的香味。

素星痕昏睡在甲板的角落，不知听到了什么，径自慢慢睁开眼睛。那个蛮族孩子正站在眼前，衣衫残破，伤痕干凝，肮脏的脸上泪迹横斜。

"星痕哥哥……"他哑哑地开口，圆睁着的眼睛转向一侧，"那边就是草原。"

"草原"二字甫一出口，干涸的眼却瞬时溃堤，他一下扑倒在素星痕的膝上，大声地痛哭起来。

素星痕呆了片刻，依他所言望向船边的海岸，转而却循着什么轨迹仰视向上，凝目在点点疏淡的星光。"那边……就是草原吗？"喃喃念叨着，他的手轻抚上阿蒙颤抖的肩背。

就是那一刻，所有的命运，已静悄悄地逆转了。

月光，悲恸，星痕哥哥抚在背上的手，记忆之中始终如昨。

十二年前，八月之望，黑色的海船停靠在瀚州岸边。那只瘦小的手轻举向天际——蒙苏普克，展翅飞向自由。

【忘】

"整条街的酒家都找过了，没有见到人。"百木英活动着略有些疲累的腿脚，对阿蒙说道。

"我倒是寻得两个打工的机会，'留仙居'想雇我品评名酒，'百宴楼'有意请我做陪席相公。"白琬摇扇而笑，插着闲话，"可阿英不让做，拉着我一下子就跑出来了！嗯，我都还没问明白'陪席相公'是干什么的。"

百木英脸色肃硬如蜡雕，狠狠地瞪他两眼，将头扭向一边。

阿蒙听了两人所言，皱着眉点了点头："我们这边也没找到。可我梦里看见的，就是这一带没错。要不，咱们再回头去找一遍吧？"

百木英转目看着他，想说什么，先是深深地吸了口气。自从昨夜阿蒙从所谓"神启"的梦中惊醒，他们几个人便跟着他在茫茫闾阎间寻找素星痕的踪迹，通宵连昼地奔走，眼看又到了黄昏时刻，大家都已是十来个时辰没有休息了。

"阿蒙，梦中所见其实……未必作准。"阿英把话说得很小心，声音放低，"也许，是你日有所思……"

"天神报梦，不会有假！"阿蒙睁圆眼睛，有些激动地喊起来，"我怎会拿神的事情来开玩笑！"

站在他身边的离离见状，连忙双手握住了他的手掌。百木英也适时地合上了唇。

"我相信阿蒙，梦启的事，他是不会弄错的。"离离慢慢地解释了一句，望着那性子憨直的草原少年，宽慰地笑了一笑，"不过，依我说，已找过的地方就不需再去。我看见那边还有一条小巷子，里面兴许也有卖酒的地方。大酒家里既没寻到，咱们再去小巷里看看，可好？"

阿蒙看了看她，激动的粗喘平息下来，颇认同地用力点头道："好，好！"

"一起去。"百木英默然一瞬，平静笃定地说了一声。

淮安城里的坊巷渊源久远，历代人间烟火堆叠，形成弯斜周转的格局，蛛网般延展，令人看不透前路。四个伙伴步入一条小巷，很快便遇到岔道，于是决定分头行动，各自往陌生的歧路深处探寻而去。离离在一个三岔巷口与阿蒙分开，独自拐进一条狭细古旧至极的小路。

秋日爽晴，斜阳的光是金色的，将这条灰青与旧黄点画而成的古巷映得一霎灿然。参差起翘的铺路石板，檐角上随风摇动的细草投下的影，还有自己脚步的轻微回响，此间的一切皆幽僻宁静。两壁高墙就这样隔开了繁华世界，隔开了黏稠周转的心机、奔流不息的交易；一时只觉得好像这里不是商都淮安，甚至不是宛州，不是这个熙熙攘攘、遍地往事的天下。

"一直走到尽头，然后就回去吧。"姑娘这样想着，悠然地慢行着，长辫子的发梢随步轻摇。暮风掠过，舒爽却又引起一丝孤凉的情绪，末了，飘着一缕微淡的酒香。

她忽然停步。

阿蒙说，梦启中见到素星痕，在一个堆着许多酒的地方。离离的确相信他的梦不会错，但却并未指望真的能在这种行人罕至之处有什么收获，来此探寻，不过是为了哄慰那个呆傻的蛮族孩子。然而不想，这条看起来完全没有生意可做的幽巷之内，好像竟真的有人卖酒。心头似乎异动了两下，她左右探看着向前奔走，步调变得快了许多。

循香而行，果然见到一家题作"醉忘斋"的酒馆，小小的门面半掩半开，寻常外人路过，恐怕都很难留意得到。离离推门奔了进去，晶亮的眼睛急切地扫视一圈，却看见这小馆中唯摆着几张空桌，并无一客，账台边只闲倚着一个掌柜的女人，见人进来，露出个慵懒的笑，也并不热切招呼。

这里也没有呀，似乎有一点失望，转而又觉得是自己有些犯傻了。离离嘴边自笑了一笑，掉头离去。她才出门两步，却猛听得"啪"的一响——是一片屋瓦落地摔成了碎片，吓得姑娘不禁缩肩。尚未退去惊愕，一串更夸张的声响又紧接着袭来，她小跳着回头去看，只见一个人手忙脚乱地从小酒馆倾斜的屋顶上滑下，又挤掉了一两块瓦片，终于摔下房檐，凿实地跌落在她的眼前。

屋檐虽低，这一下却似也摔得不轻，那人趴在地上揉了手肘又揉膝盖，好半晌还爬不起来。离离讶然睁大了眼睛，须臾，才不禁走近他背后，弯身搀扶住他的胳膊。

"啊，谢谢……"他口中无意地叨咕，回头去看她。看见之时，却一瞬怔在那里，整个人只那般呆坐着，一切动作全都滞住。

"你……"离离微张双唇，却只吐出一个字来。"你真的在这里啊！"——本来是要说这句的，却不知为何，这般对视着他那双凝定不移的眼瞳，话，竟有些讲不畅达。她抿了抿嘴，用力扶着他站了起来。

他却仍只是怔怔地盯着她，身子已经站稳，瘦细而微凉的手却仍握在女孩子的皓腕上，竟是牢牢抓着不肯放开。离离敏感地眨了眨眼睛，有些窘迫，徒劳地掣动两下手臂，便也一时呆呆地立着。光润的旧石墙反射着夕晖，将少年的脸映出从所未见的光彩，却又轮廓朦胧，好像有些陌生。

"姑娘，你的眼睛……很好看呢！"

竟然是这么一句话。他说罢笑了笑，便松开手，转身去收拾那碎落一地的瓦片。

离离一下愣住了，好半晌，渐渐地瞪圆了眼："你说什么？"

他却只蹲在那里忙碌，将碎瓦丢进墙根的一个簸箕，东一片、西一片的，乱无头绪，显得有些丢三落四。好容易拾掇完了，他捧起簸箕慢慢地向酒馆中走，走了几步忽想起什么，回头望向离离，又怔怔地看了须臾，方浅笑着走进醉忘斋里去。

"素星痕！"离离大叫，而那个人却全无反应，只见那清瘦的身影隐入了虚掩的门后。愣怔一瞬，姑娘跺了跺脚，跟着跑进了酒馆。

"屋顶没补好……破洞，更大了。"素星痕捧着簸箕站在闲散的女掌柜面前，慢慢地说。

老板娘只一笑，轻摇着头，指了指店堂的后门，叫他将碎瓦拿去后院。他点了一下头，便自去了。

打发了他，老板娘转过头，看着站在门边的离离："姑娘，既来了，何不坐坐，用杯水酒？"她笑脸迎客。

离离默然片时，挨着一张桌边坐了下来。老板娘便移步过来，为她倒上盏茶。"姑娘识得他？"轻轻将茶盏推给离离，她悠闲地问道。

"老板娘识得他？"离离眨着晶亮的眼睛，反问道。

老板娘摇了摇头："他也只是个酒客。两三天前到这里吃酒，看样子，是想忘掉什么事情。"她自己也斟了盏茶端着，嘴边噙着浅笑，"不想饮下几盅，他竟真的什么都不记得了。"

离离不由得目光一凛，转而，却是笑道："哟，老板娘卖的什么酒，这等厉害？"

"不过是家酿的淡酒啊，以前可从没见人醉成这样。"老板娘踱着步子，淡然自若地饮茶，"我也不知他从哪儿来，也只得让他在这里待着。亏他好心，愿意帮我做些杂事，只好笑十桩倒有九桩办不利索，到了晚上，便是没完没了地画这些画儿。"她说着从柜台里抽出几张纸来，递给离离看。

离离展开那些纸张，却是一怔。只见每一张上涂着的都是人像，墨线缭乱下，那人长发披垂、衣衫飞舞，却都没有画出眉眼，只留着半张空白的脸。

"这个人的相貌……他也忘记了。"离离看着画有些出神，喃喃地说了一句。

"也可能，这是他唯一还记得的人呢。"老板娘说。

离离怔了一怔，眸光有些闪烁："醉成这样还记得的……会不会，是他心里最惦念的事？"

"却也未必。"老板娘淡然言道，"酒之为物，何尝是顺着人的心意？沉醉之时，拼命想记住的可能会忘掉，最想要忘掉的，倒也许记得更牢呢。"

离离微微瞠目，一时默然。老板娘笑了笑，望着门缝里透进的斜晖："记或者忘，都要看缘分。"

夜幕已降临，小酒馆里暖暖的灯光摇曳着。阿蒙、离离、百木英和白琬围坐在墙角的小桌上，全都默不作声。在他们的注视之下，素星痕端着一些酒菜慢慢地走来，将托盘放上桌子，拿一块抹布轻轻地擦着桌面。

阿蒙倏地站起来，想要动手帮忙；离离扯住了他的胳膊，不动声色地拉他重新坐下。素星痕却只兀自做着手里的事情，横斜地将桌面抹了一遍，在四位客人的面前依次摆上杯盏，而后他捧起瓷壶，特意为离离的杯子斟上了酒浆。离离有些惊讶，不禁抬眼看他，只见他那总似有些神思游离的双眼也正向她望着，唇角边溢出浅淡的一笑。

又是这般怔怔的凝视，清甜的醴酒渐渐满溢出杯，已有大片淌在桌面上他却犹然不觉。直到看够了之后，他收回目光，才收了酒壶。坐在离离下首的白琬见状，忙笑盈盈地举起杯子等着，素星痕却没看见他，放下瓷壶径自走开，又去为别的桌上的客人送酒。

白琬举着空杯，望着桌面上一大摊香气扑鼻的浆液，若有所思："阿英你看，打工端盘送酒这种事，确实很难。不光是我做不来，就算星痕兄出马，也搞得很糟。"

百木英双手捧住头，看起来郁闷至极。

阿蒙愣怔地望着素星痕忙碌的身影，唇间喃喃："他真的，不认得我们了。"

"你相信？"百木英捂脸的手掌下传出低低的话语，"他真不是在骗我们？为了甩掉咱们四个，他可什么都干得出来。"

"我看，这回是真的。"离离说道，"他存心骗人时候的样子，一眼便看得出。又不是没被他骗过。"

"老板娘，头顶上这么大个洞，让咱们怎么吃酒？"隔桌传来几个酒客的抱怨声。素星痕正在帮他们倒酒，听了这话，茫然地抬头看看屋顶，傍晚时被他"补"成了个大洞的破损处正在那里透着天光。

"我再去修修。"他叨咕了一句，把抹布丢在客人的桌上，走出门去。那老板娘不禁一惊，连忙喊他，却全然喊不住。"星痕，我帮你！"这边阿蒙叫了一声，起身也冲了出去。

半个时辰之后，酒馆里的宾客就只剩下离离他们几个。屋顶的破洞时不时就会惊悚地往下掉土，摆在它正下方那张桌上已堆满了尘沙，还有蒙了一层土色、被客人未付账便丢下的酒菜。

"要不……叫你家白琬去搭把手吧？"离离直勾勾地抬眼看着，"原本他比起阿蒙，还算聪明一点，可现在醉坏了脑子，这个房顶上就等于是趴了两个阿蒙。"

百木英往杯中斟酒，一脸破罐子破摔的表情："第一，'我家'没有一个叫白琬的人。第二，你认为加上一个白琬，状况会变好吗？"

离离眨眨眼睛，转头望去——白琬正趴在柜台边跟老板娘闲聊。"店主姐姐，你可知道'陪席相公'是干什么的？"他认真地问道。老板娘拨拉着算盘在统计今日因补房顶一项造成的亏损，此刻不由得眉梢一挑，盯住这位一脸纯良笑意的俊俏公子，无言以对。

长辫姑娘忍不住出声地笑了起来："怎么搞的！咱们喜欢上的男人，好像都是些傻瓜呢！"

"我可没喜欢上什么男人。"预想之中，阿英理该会立即扔回这句话吧。但接下来离离并没听到任何答言——这阵突如其来的静默，令整个晚上闲言碎语的氛围瞬间落幕，她脸上的笑容慢慢淡了下来。

"人傻些不要紧，只要能弄明白自己心之所属，便至少，不会痛苦。"好半响，百木英忽然开口道，"可就算是再聪明的人，也难免，受此困厄。"

离离微张了张唇，却未出声。她抬头去看阿英，她也正盯着她，两个心思灵通的姑娘交错目光，某些事情，已再算不得什么隐秘。

"你想，他竟是为何，找上酒这种东西？"百木英垂下眼帘，低声问道。

离离默然一瞬，晶莹的眸光微微游移，轻声地，不答反问道："有些事，你一直，都知道吧？"

百木英心中似泛起一丝沉重，唇角露出一丝苦笑，也是不答反问："那你呢？你不知道，还是……不想知道？"

又是良久的一段沉默。忽然，离离深深地吸了口气，抬起头，抿着嘴露出笑容。"阿英……我叫你姐姐好吗？"她笑着说，忽闪地眨了几下眼睛，眸子里现出一层莹润，"以前我还以为，爱就是两个人中间，最好、最简单的事。只要……我有了自由，就能好好地去爱，那便是了。"

静静地听着她的话，百木英纤细的眉不觉微蹙，举杯轻尝了一口醴酒。"爱，从来就不只是两个人的事吧。"她幽幽地说着，大概有往事溢上心头，不知是为别人还是为自己感慨，"很多事好像真的就是命定，命既如此，伤或者痛，都躲不过。"

"命的事我管不了，所以干脆不想管它。我只想要自己明白就好。"离离喃喃地出着神，"阿英姐，你能教我吗？……怎么样，才能辨清自己的心？"

"问得好啊。"百木英笑笑，酒杯已经饮空，"这世上最拗不过的关口，便正是自己的心吧。"

【百木英】

    "先生！先生！"十六岁的姑娘大叫着奔进竹楼的响动，足以震撼整片空寂的山色，惊得榻边窗下静憩的雪白鸽群呼啦啦地飞起。

    百木英跑过羽翼纵横的乱影，直冲到清凉的竹榻边，跪坐在白袍飘逸的男子膝下。"先生，你看看它！"她双手将一只彩羽斑斓的鸟儿捧在胸前，十分焦急，"我刚才捡到的，它被打伤了！"

    薛偃尘看着她，不禁逸出一丝笑意，轻悄地将手中一札帛书卷起，藏入宽大而洁白的袖中。"这是……虹鹣啊。"他看了看姑娘掌中的鸟儿，清晰的眉微微一抬，"你在山里得的？岚偃山已许多年未曾出现过此鸟。"

    "虹鹣？好奇怪的名字啊！"百木英眨着好奇的眼睛，小心地托着鸟儿，仔细地观看。

    薛偃尘轻点着头："这是古籍所载的名字。世间俗称，也谓之'千情雀'。只因此鸟的毛羽绚丽，且纤韧罕有，可以制成极细的彩丝。据传一羽虹鹣的身上，能够捻丝千寸，其绵细柔长，唯有……"他说到此，顿了一顿。

    "唯有什么？"女孩急急地追问道。

    "唯有'情丝'，可与之比拟。"那姿容恬淡的男子放低了些声音，微转眼眸。

百木英听了一愣，继而仰起头来，对着先生展开笑靥。薛偃尘看着她，也只得微微露笑，抬手拈去一片方才沾落在她发间的鸽羽，温润掌心不禁顺势揉了揉她的头顶。几个月前，这姑娘割去了自己绝美的长发，如今重新蓄起的发丝也才长到颈边，这样一头茸软的短发，似乎倒令她更显活泼可爱。

只为那一缕情丝，便什么都可以抛下。这个丫头，真是莽撞呢。

"先生先生，这么好的鸟儿，伤成这样好可怜。你把它治好吧，你一定有办法吧！"姑娘着急地请求道，蹭着他的衣袖磨个没完。

"看来是被弹弓所伤，稍用些药，不会碍它性命。"薛偃尘无奈地微笑道，"想来是有人追猎，出手太重，折了它的羽翼。但虹鹣一身毛羽若不完整，便无法捻出千寸长丝。它羽翼既断，便失了价值，故而那猎手才将它弃下。"

百木英认真地点头，放了心似的长呼一口气："不会死就好了……那可是，它还能再飞吗？"

薛偃尘笑而摇头。

"不能了？怎么会呢？"姑娘惊讶地瞪大了眼睛，低头看掌中，那鸟儿折断了的左翼露着细骨，血浆沾了瑰丽的羽毛，小小的明亮的眼睛溢满了乌黑的伤痛。"若是以后都不能自由自在……那它活着，还有什么意思呢？"她嗫嚅着说道，听来很有些伤感，自己默了片刻，又翘首去看她的先生，"先生修为高深，怎么会没办法呢！你就治好它的翅膀嘛，好不好？"

白衣的男子默然，神色一时有些清冷。他这样的表情百木英时而会见到，每每见到之时，她便会立即安静下来，什么都不再多说。

"阿英，这世上本没有什么无辜。在神的眼中，一切生死成败、幸福或厄运，都不过是寻常合理之事。"他望着窗外浓郁的碧山，淡色的嘴唇平静地开合，训诫的声音邈远而近乎神圣，却又不免凉薄得令人有些灰心。

"嗯，我明白了。"须臾，百木英认真地点头，笑了笑，"我去拿药给它用，然后去做午饭。先生好好休息一会儿！"说着她捧着受伤的小鸟，转身跑开了。

生死苦乐，的确无常。就像我与他之间的情，得到或失去的，想也难以算清。但生在天地之间，最好的享受莫过于自由——但能随心而行，苦乐，便不都是无悔的吗？……女孩这样想着，捧着那鸟儿，贴在心口。

藏书阁里的竹书堆积如山，汗青的气味陈陈相因，闻一下便觉得心疏意远。自从岚偃修会的众人纷纷离散，这里许久未经打扫，百木英悄悄推门进来时，带起的风便激起一层飞扬的微尘，在倾斜光线中缓慢地游动。

"修会有这么多书，好多连先生都没读过吧。说不定能找到修复翅膀的法子。"短发女孩这般想着，在高大而古旧的书橱边翘首，寻找有关神奇医术的记载。她着实乱翻了一阵子，抽松了堆垒多年的书堆；突然有一卷竹简从高处掉了下来，险些砸中她的额头。

她敏捷地闪开一下，反手抄住了坠落的书简。这些珍贵的典籍大多有了些年头，若摔散了，先生会心疼的。她用衣袖轻拭竹简，却忽地一怔，转而惊喜地笑了起来。她连忙展开这卷书，明亮的眼睛急匆匆地在字里行间逡巡，一边读，一边径自开心地跑了出去。

高大书橱的背后，光影陆离间，白衣的身影从虚空中凝出形体。薛偃尘捧着一卷书，静静地读完，方掩卷而起，转目望着那丫头跑开的方向。

就知道她会来，故而特地准备了那卷《药经》的残篇，好让她拿去。时间似乎刚刚好——他探手从袖中取出那一札来自远方、白帛写成的书信，垂目观看。

"你也该要来了吧。"一句浅笑的自语。

七还草，花无嗅而叶奇香，生于幽林，秀于泉口。百木英背了小竹筐，带着一柄薄铁剑披斩拦路的荆棘灌木，向着岚偃山深茂的密林中前进，到处搜寻这种书上记载的药草。据她偶然找到的那卷《药经》所言，此草有残肢再续的灵效，运用得当，也许就算是断翅的鸟儿，也能痊愈如初。

找到了这草的话，带回去请先生下药，那只虹鹣一定能再飞起来。姑娘举袖擦着顺着发梢流下的汗滴，脸上却是扬着笑意，充满干劲地爬过虬曲隆起的巨大树根，钻过及腰高的茂草、巨伞般遮天蔽日的绿叶。

百木英的前一位师父是羽族，他告诉她一切绿色的生命都可通灵。草木发着香气的枝叶擦拂过她的皮肤，如同友好的抚摸。她一边穿行，一边不觉在心中与它们说话：请让我找到那灵药吧，它能帮助一只美丽至极的鸟儿。我不会采摘太多，只需要一两片，让生命与自由得以轮回。到时候，漂亮的翅膀，就会带着岚偎山的生灵，去看更远的天空——羽族语的默念如同婉转的吟唱，沁着山野清香的风似有所感，掀起低柔的和声。

森林中的万物都在静听，福至心灵的时刻似乎就要来到。就在这时，她不经意的一步，踏出枯枝断折的声音，继而周围的恬静却被古怪的杀意撕破，一瞬间，几乎听见了草木紧迫的呼吸。面前那棵巨大参天的古树垂下粗壮的藤条，突然将寻药女孩娇小的身体缠住，一下悬上了半空。青藤就如同会动的蛇一般不断盘缚，牢牢捆住了她的手脚，细而枯硬的枝蔓攀上肩头，渐渐勒紧她白皙的颈子。

"这也……通灵得有点过头了吧？"惊异地静默了一刹那，姑娘忽然笑了一声，喉咙被勒得有些发哑。

薛偓尘将白纸铺在平滑的青石上，提笔点染着水光山色，成群的白鸽在他身周起起落落。那位风尘仆仆的客人来到之时，见到此情景，并未立即出声打扰，只是远远地驻足观看。

"阿英追随于你，想必绘画之艺已经进益良多。"许久沉静后，客人淡淡地说了这样一句。

灵动的笔尖悬停在画纸上方。薛偓尘抬起头，笑了笑："从你那里学来的炭笔，她已运用入神。我并未再教她什么。"

客人也不禁冷冷地一笑："是了，你的确没教她什么东西。唯一教给她的，就只有'离经叛道'。"

此言说出时，山风拂掠过他的半身轻甲，浅色皮革制成的甲片微微翕动，仿佛凝立的鹰隼翕动着翎羽，宁静间，却隐藏着轻盈而凌厉的战意。他肃然盯着那径自运笔的白衣男人，橘金色的眼瞳绽出冷光，须臾，声音沉了下来："我十分后悔，当初将她荐到你的门下。"

薛偓尘"啪"地扔下了笔。"云衍兄，"他垂首沉默须臾，现出一个纯属礼貌的笑容，"坐下用茶。"

披甲的客人犹自默立片时，弯下颀长的腰身行了谢礼，端正地跪坐在铺设于青茵草地上的竹席。薛偃尘整理了一下被风吹乱的衣袖，也落座于他的对面。两人这般静雅地以茶礼相对，却只各自面对着空杯，任凭座旁的水炉已煮得咕咕沸响。

"阿英在何处？"云衍面若冰霜地问道。

"知道你要来，所以我想了个招数，特意把她支开了。"薛偃尘的话语轻描淡写，"我想，你找不到她。"

掩不住瞬乎而燃的愠怒，云衍浅褐色的眉梢抽动了一下。转而，他却"哧"的一声笑了出来："你素有君子之名，号称清高虔敬。却不料如今，竟是如此肆意无礼！"

薛偃尘似笑非笑地逗引着白鸽，散漫地斜倚着身子："有她之后，便只愿肆意而行。"

"薛偃尘，你好荒唐！"云衍断然一喝，金色的眸光犀利如鹰眼，"你与她师徒相恋，悖理逆伦，世所共非。我也是她的师父，绝不能眼看她蒙受污名，与你行此不归之路！"

"听起来，你想将她带走？"那桀骜的白衣男子面无异色，只是微微斜过深褐色的眼瞳。

云衍却是默然，缓缓地摇了摇头："那孩子的秉性，我比你更深知。"他低沉言道，"她已心归于你，人，怎么可能被带走呢？"

薛偃尘一笑："那么，你又待如何？"

一阵劲风倏忽而过，云衍掣出一张狭长的轻弓，尖利的弓角指着薛偃尘的眉心，说道："我想请你，离开。"

薛偃尘仰天笑了起来，却根本不做回答。

"你我相识多年，彼此钦敬，从未交手。"云衍冷冷言道，"今日你若不听我言，便请尽然亮出你的秘术。我的弓箭，也不会留情。"

"好！"薛偃尘猝然应声。他坐直了身子，自袖中取出两折空白的手札，挥手抛在茶案之上，褐色的眸子闪动着精光。

"一战而决，立字为据。"他一字一句地说道，语意如寒冰，"你我各自写下心中意愿，以为胜负之凭。一战之后，败者必遵胜者之命，绝无反悔。"

"好！"云衍直视着他的眼睛，须臾应道。

两人便这般端然对坐，各自拈取了一折空札，同时提笔落字。写罢默然折好，互换交至对方的手中。

"客随主便。如何相斗，你说。"云衍冷傲昂首。

"去我后山，寻个宽敞所在。"薛偃尘却露出一丝浅笑，"免得伤了我的鸽子。"

铁线一般的藤蔓紧贴着搏动的颈脉缓缓爬行，在皮肤上留下一道红痕。百木英静下自己的气息，腰身小心地微转，忽然一下，握着剑的左手从树藤坚硬的捆缚中解脱而出。

紧缠着她的青藤似乎也有些惊诧，怪异地抽动了一下。

"嘿，有点意外吗？"被勒住咽喉的姑娘笑了笑，声音低哑，却十足淡定，"解绳的手段我学过有几年咯。"

青藤紧张起来，好像还有些愤怒，瞬时极力地勒紧它的猎物，不肯再让她挣脱出分毫。

整个身体像要被捆裂了，窒息感迅速塞满胸口。百木英却不管它，灵活的左腕竭力一转，薄铁剑犀利的刃口反而贴上了怪藤的青皮。"别再装了，先生说过，这个世上并没有草木成妖。"她咬住牙，努力提高了声音，"你用这根藤做灵媒，若我一剑断了它，你与它都难逃重伤！"

瞬间，激愤耸动的青藤止住了一切动作。不再凶狠地想要撕碎那持剑的女孩，却也不肯放开，它就仿佛一张铁网，就那样凝固在半空中了。

百木英勉强缓过一口气息，坚持举剑抵住怪藤，她与它，此刻任谁略动一分，都必然会同时裂开伤口。"究竟……是哪位同修，出来……把话说明白。"她努力接续着自己的呼吸，已经有点开始着恼，"藏头露尾的，先生说，这叫人看不起！"

只是一个瞬间的沉寂，踩折草梗的焦躁脚步声响了起来。高高的巨叶草丛被分开，一个素衣披发的女子突兀地出现，脸色因愤怒而显得苍白，淡蓝的眼中流动着冰色。

"谁是你的同修。"女子极低沉地斥道，"你这不知耻的，叛逆！"

"原来是苟师姐，倒有点意外啊！"百木英看清了来人，冷汗滴垂的脸上，仍然露出笑容，"师姐……不是也跟他们一样，离开岚偃山了吗？"

那个名叫"苟"的女子不禁冷笑，听起来却是毫无笑意："哼，我为何要离开？败坏门风、毁掉修会的人是你。该消失的人，是你。"她语意冷冽，却也不敢妄动，只是僵怒地远远立着，双掌谨慎地叠在胸前——掌心中掩着以鲜血绘成的图纹，那是将她的意志与"灵媒"相连通的秘符。"我已在这里等了很久，总算让你落入我手中。"她字字切齿，"薛偃尘如若顾你性命，就必须与你永远了断，发誓悔过，洗涤岚偃修会的清誉——别再让我对他失望。"

听着这些话，百木英纤秀的眉微微拧了起来，脸色变得有些冰冷。"你想劫持我要挟先生？"她冷冷地向下斜视，笑道，"哼——就凭这一点驱使灵媒的手段？"

铁剑的锋刃在青藤上轻微一划，苟的身体不禁为之悚动。她抬起苍白的脸，却只见那被怨怒缠缚在半空的少女仰着头，依然稚嫩的眼瞳中，流溢着令人难以直视的骄傲。

"你一直都想学操控草木的秘术，先生不肯教你，你就只好让这棵有生命的木藤做你的灵媒，供你驱使。这可算是自欺欺人了吧？"百木英舌锋变得犀利起来，"强占一个力量更弱的生灵，制服它的精神，让它变成你的一部分——这当然称得上术法高明，也许足够你自傲了。可是先生告诉我说，灵媒之术暴殄天物，虚伪又无聊，他从来都不屑为之。他说过，这种旁门左道的修为，就算再怎么精妙，于秘术士而言，终究不过是一种堕落。"

"堕落"二字仿佛一瓢冰雨，苟瞬间惊诧，继而却有些愣怔，冰蓝色的眼瞳现出局促和闪烁。

百木英的话语却越发冷厉："你们这些人都很清高，将我与先生的事看成是可耻。可我却亲眼看见，先生他洁身自守，只会保护，从不会欺凌。而你却躲在这里驱使灵媒，暗算于人。如若先生可耻，你们所有人难道就敢称高尚？"她说着，愤慨得忽然有些委屈，声调不觉幽幽转低，"这样的你们，凭什么去苛责先生！"

"住口！"荀用力地摇一下头，激动急切地大喊出来，"他犯下最不该犯的错，皆因你而起！如若……"她的脸忽然蒙上一层寒霜般的暗影，诅咒般地低言喁喁而出，"如若，修会就此在他的手中消亡，薛偓尘此生，必将万劫不复。"

一阵清风穿过密林，拂掠起少女的短发，凉凉地吹落挂满她脸颊的汗滴。凝锁的细眉，继而慢慢地舒展开来。"我爱先生。"良久，她忽然平静地说道，"'爱'这个字，以前的云衍师父曾给我讲过。敢爱，就要敢担起爱的一切。"

银光一闪，她振着手中的剑，寒铁渗出的杀意吹动了青藤上攀生的小叶。

"凭你的手段，连我这样一个不会秘术的人都不能制服，难道还想去要挟先生？况且，我不会让先生知道此事。我不会让他再受你们的苛责——他是真正的君子，不该受一丝一毫的委屈。"百木英字字说得坚定，明亮的眸子，直可透见心底，"请你放手，否则我便立即斩断你的灵媒，咱们一起把血流在这里。嘿，你自幼修习秘术，不同我这等凭借蛮力的粗人。想来，你定没试过剑伤的滋味？"

随着话出口，剑刃切削下去，愤怒的少女已经没有了耐心。

急迫之际，荀终于慌乱地退缩。她双手合拢平摩，狠狠抹去掌心的秘纹，铁木般凝固的青藤顿时松落，那持剑的倔强姑娘当即从半空摔落在地。

好像周身脱力了般，荀靠着巨大的古树，方才因激愤而溢满水雾的眼中，此刻只剩下空落落的茫然。

"再也不会有什么岚偓修会。"素衣的女术士怔怔地念道，忽然，露出一丝阴恻的笑，声音瞬间变得沉哑，"他的心会背负罪愆，他自己知道。你——"她睁大冰蓝的眼，看着百木英，目光如刀，"也会尝到你自己的罪。"

一语吟罢，单薄的身影忽然隐入密林的阴影中，消失不见。

百木英兀自在草丛间坐了一会儿，平抚了浑身骨节的痛，打起精神一跃而起，慢慢收回了自己的剑。

"先生……会把修会重建起来的。"她望着荀隐去的方向，不觉在心中默默地自语。"那是他的想望……云衍师父讲过，再高、再远的想望，总归是能到的——只要我们有翅膀和自由。"

薛偃尘慢慢拖着步子，落座在席子上，炉上的茶水已被煮干了半壶，犹可闻微微的沸响。敞开的白衣上染了血，他随手拔出云衍腰间佩挂的匕首，回过刀尖轻轻一挑，将嵌进自己左肩的金色箭镞挖出。随后他的手掌覆上伤口，炉火纯青的秘术瞬间止住了汹涌的血流，而后他淡然地掩上衣襟，将匕首丢还给射伤了他的老友。

云衍只是笔直地站在他身后，良久，轻轻合上了浅金色的双眼。

"我输了。"披甲带弓的高手沉重地叹息一声道，"实在可惜，什么都无法改变。"

白衣男人低声笑了起来："既然认输，莫忘了此前的约定。你须按照我札中所写行事，不得反悔。"

云衍无谓地苦笑，探手从怀中取出那折手札。闭着眼睛默了一瞬，他打开来看，却是不禁一怔。

"你……所求的只是这个？"须臾他有些讶然地问道。

"如何以'不息之道'的秘术，复原飞鸟羽翼——这样的密法，向你们羽族求取，再合适不过。"薛偃尘竟似有些揶揄地笑道。

"你……为何？"云衍睁大锐利的眼，盯着那个刚刚在决斗中险受致命之伤的人，"多年之前，我曾邀你参阅我的藏书，以精研起死救逆之术。当时你却拒绝，讲什么'万物各怀所欲，众生皆不无辜，生死寻常，神意不怜'。何以今日，反有此求？"

薛偃尘理着鬓角的发丝，闲散言道："阿英她，拾到一只鸟。"

云衍怔住，许久没有作声。

"速速交出。"那人一本正经地催促道。

"我一直以为，你是个无情之人。"片刻，云衍出声，答非所问。他忽地释然，仰天负起双手，不觉长长地低声一叹："今见你之用心，阿英的事，我便不再管了。"

薛偃尘斜目瞥他，冷淡地一笑道："胜负已决，你本就无力来管。"

云衍一默，忽而言道："你可知，我在札中所写何事？"

"要我离开她——这种话，真是看也不想看见一眼。"薛偃尘从宽袖中取出那札子，随手弃了。

云衍静静而笑："你何不看看？"说着，他弯身拾起弃在草间的手札，打开来，端正地举到薛偃尘的眼前。

那疏狂男人的目光扫过，深褐的眼睛，忽不禁凝注不移。

雪白的纸札中央，炭笔只写下清晰的一行四个字：永，不，负，伊。

"我心中早知，你与她，都绝不会为外力所撼动。"披甲的羽人说着，精亮双眼盯住薛偃尘，冷肃至极，"然而这条情路，艰险非常。今次千里前来，我不过想让你知道：你并非是无所不能。但既选了此路，那便无论临何艰险——亦断乎不要有负于她。"

言至此，他却又苦笑，不禁像个父亲般无奈地慨叹道："可惜，竟是未能如愿。即便在我面前，你也仍是那个，无所不能的薛偃尘。"

薛偃尘默默听完，默然须臾。"不错。"他冷然浅笑，"但有我在，她自无忧。你也大可不必多虑。"

云衍望着那桀骜自持、睥睨天地的男子，忽而，冷冷地摇头。

"薛偃尘，总有一天，你会不再无所不能。"忧思无限的话语，恳切而幽远，"若那时，请你记得，她是你最不可伤害的人。"

满头满身都被露水打湿，百木英在门边甩掉两只泥鞋，光着雪白的脚丫奔进竹楼。"先生，先生你看！我采到了一味灵药！"她摘下背上的小筐，凑到薛偃尘的背后，双手捧出一株泛着沁人馨香的绿草，"是我在古卷上读到的'七还草'，你看一看，我采的这可对吗？"

薛先生转回身来，扫看了一眼她的掌中之物，笑道："对。"他站在竹笼边，好像正在为那只受伤的虹鹇用药——那绚丽的鸟儿这两天已恢复了元气，蹲坐在笼中的竹枝上，看起来精神多了。

得到先生的确认，百木英不由得兴奋起来："太好了！书上说这草能治好折断的翅膀，先生，你就给这只小雀儿试试看，好吗？好吗？"

薛偃尘看着她，无声地弯起嘴角。他点了点头，伸出纤长的手指，从阿英所捧的草药上拈下一片小叶，转身拂袖而去。

宽大的白袖遮住了整个鸟笼，百木英看不见用药的情形，不由得踮起脚尖来回晃着。犹未看清，薛偃尘却倏忽侧开了身子，手掌一张。竹笼的小门已被敞开，眼花之间，只闻那笼中的鸟儿拍响了翅膀，扑腾一下竟已飞越而出，箭一般地冲出窗外。

一切就仿佛一场奇异的幻术，少女呆了片刻，突然惊喜地欢呼起来："它又能飞了，它又能飞了！先生真是厉害！"她开心地抓住男子的宽袖，蹦蹦跳跳。那年长如父辈一般的男人望着她欢乐泛红的脸，也再难掩笑意。

正欢笑间，窗口却传来溜如金铃的鸣叫。百木英一怔，转目看去——那甫一出笼便高飞不见了的虹鹣，竟又飞回来了，停在窗框上，扭头梳理着美丽的羽毛，时而又对救了它的少女娇鸣两声。

少女更是惊喜，蹦跳着凑近窗前，仔细地看。鸟儿千寸情丝般柔腻的细羽，在阳光下泛着变幻的异彩，炫美未减，唯有曾经重伤的左翼上，可见一道参差的痕迹——这印记虽破坏了一身羽毛的完美，但却神奇地接续了断翅，令它可再次肆意翱翔。

姑娘看得出神，虹鹣却翻飞跳跃，落在她的肩膀、头顶上，对她不停鸣叫，转而又飞向远处。

"啊……先生！它是要带我去什么地方！"百木英一时顿悟，只这样喊了一句，头也未回地蹬上窗框，追随那飘飞的鸟儿，径直从二层的竹楼跃了下去。

"阿英！"薛偃尘不禁一惊，连忙提起衣襟，奔下楼去。

美丽的千情雀在前飞舞，赤足少女与白衣男子紧紧跟随，就这般直跑进林木茂密的青山。鸟儿上下颉颃，忽而在一处嶙峋凸出的山崖边落下，继又盘旋而起，向着姑娘鸣叫。

薛偃尘不及拦住，百木英跳跃着攀上了崖头。山崖下的风将她的短发向天吹起，她抓住崖石缝中生着的劲草，好奇地向深谷之下垂头看去。惊叹的光，瞬间充满了她张大的双眼。

凸出的崖石下方，反插着一柄短剑，剑柄凌空而悬，竟这般已不知过了多少岁月。泛着乌金哑光的剑身，没有丝毫锈迹，隐隐可见一些神秘的密纹铺排其上，初看觉得朴拙，再看之时，当真漂亮极了。

薛偃尘站在百木英的身后，看见她松开一只抓着草梗的手，向崖下伸去。他心头剧惊，赶上前去伸手欲揽——却只见那女孩挺身而起，从凸出的崖头上翻滚几下，安全地卧在了先生的脚边，手中，却多了一柄奇异的短剑。

呼呼的烈风吹软了劲草，草叶轻拂过剑刃，瞬间断作两截。善武的姑娘见了，眼中绽放出灿烂的光芒。"是翅膀啊……"她仰卧在地上，盯着意外而得的宝剑，口中喃喃道。

"你说……什么？"先生蹲下身子，温声问道。

"小雀儿给我的酬礼——也是翅膀啊！"百木英腾地坐了起来，高兴得一头扑进先生的怀里，"有了这样的好剑，就像有了翅膀，我便可以自由自在，走遍天下想要去看的地方！"

薛偃尘怔住，半响，手掌轻抚上女孩的头。百木英倚着他，双手紧紧握住宝剑，翘首望去——虹鹣仍在她头顶盘旋，逡巡良久，方一振翅迎风而去，一点微影，渐渐消匿在蔚蓝的天空中。

她却仍在他怀中倚着，两个人静静地远望着山崖外，旷然无尽的天空。

"每一只鸟，都不一样。"忽然，薛偃尘低低地说道。百木英眨眨眼睛，抬头仰望着他。

"鸽子即便远飞千里，终究也会回到我身边。而虹鹣，一去，便不再返。"白衣男子出神地说道，缥缈的心思，不知在何处。

"不管回来还是不回，都是随心而行啊！"百木英笑得甜美，"云衍师父以前说过，只要有翅膀、有自由，便能遂了心愿。"说到此，她忽然念起了什么，饶有兴致地笑问道，"云衍师父是羽人啊！先生，你可曾见过他展翅的样子？"

薛偃尘半合了眼睛，浅笑道："与他相交多年，见过的。"

"我也见过。"百木英笑道，"好美，好美！"

良久的默然，山风鼓荡着那男人雪白的衣袖。

"阿英，"他忽然说，"若有一日，我不再能给你'翅膀'——那你便自己飞走吧。"

百木英坐了起来，明亮的眼瞳怔望着他。他的长眉一展，清清冷冷地对着她笑，话语中似多了一分罕见的凄然："即便是带了伤痕，也要飞得更高、更远啊。"

默然一瞬，女孩欺身上前，双臂牢牢地圈住了他。

"我不会离开先生。"侧脸贴在他的心怀上，她甜甜地笑着说，"永远不。"

再是不羁的心，也抵不住"永远"二字的牵绊。再是坚信不疑的"永远"，却穿不透命运浮沉的瀚海。

当时她还不懂。许久过后终于懂了，却才发现所谓命运，原来本就决于一心。而愿念磐磐，砥砺如剑；人心渺渺，却幻变如风。

心变之时，命运已变。

【猎】

日已过午，醉忘斋中静悄悄的，小窗透进的阳光慢慢移过地面——是的，一个酒客也没有。

按照往日的惯例，这时辰早该有几位熟客歇了生意，前来小坐。老板娘零星地拨拉着算盘珠子，许多话都压在喉咙底下，努力忍着没有说出来。

忽的"吱呀"一声，大门被推开了一扇。客人来了，素星痕一醒神，站起身来准备招呼，继而"轰"的一下，他的身后随即立起一面人墙——阿蒙、离离、百木英与白琬这四个一直就默然地坐在那儿，时刻准备着掀衣挽袖帮忙干活。老板娘见状不觉一惊，想伸手拦住他们，却未来得及。

拎了只空酒罐站在门口的中年男人，原本悠然的脸色不由得一僵，愣怔着掉头便走，那大门重又寂寞地闭合了起来。

老板娘脱力般地倚在柜台上，深深垂首。被这副气势汹汹的跑堂小二阵容吓退的客人，这已是第八位了，若是这帮闲极无事的小混混继续坚持驻扎在店里"热心帮忙"，生意断乎是做不下去了。要命的是看起来只要那个醉得连自己是谁都忘掉的小子还在这儿，其他四个也就决然不打算离开。

而那个醉到了家的小子，见客人走了，便又安然地坐下，十分投入地给他那只小猫梳理着颈毛。

这个月到底冲犯了哪颗星辰，行这等逆运。老板娘无地消愁，忍不住慨叹着倒了杯酒喝。

醇浆过舌之际，紧闭的店门蓦地又开启了一条细缝。推门的人就站在外面，静静的并无声息，仿佛在透过那一条狭窄的门缝审慎地观望着，甚至只是在嗅着屋内的丝缕气味。

谨慎得好像一头狐狼，敏锐得又好像一个猎人。擎杯的女人用眼角斜着那道门缝——那里，绝不是一个买醉消闲的酒客会发出的气息。

"客人？请进……"素星痕放下小猫迎上门去，猫儿不满地叫了一声，他身后的人墙则又像一排拉线木偶似的轰然起立。

门被拉开，外面的那位客人笔直地立着，探询的眼睛一一扫视房内的每一张面孔，脸上挂着浅笑，并无丝毫退走的意思。

店小二素星痕的四大护驾助手却都不禁怔住。"第七绣衣使大人？"一瞬之后，百木英近乎警惕地打了个招呼。

"我只是来喝一杯的。"门外，叶天卿笑了一笑，抚着自己腰间的佩刀，坦然迈步走进店来。

老板娘现在觉得，这个月的星运也许没那么差。

虽然一整天只有一位客人肯入店光顾，但这一位却是足够有钱，过分清闲。被称为"第七绣衣使大人"的峻拔带刀男子自从在店角里的桌边落座，便一直不曾移开，几个时辰过去，他将醉忘斋最值钱的酒菜点了个遍，满满地摆了一桌——尽管自始至终他滴酒未沾。

猎人是沾不得酒的，否则会走脱了猎物。老板娘明白，他不停地花钱，只是为了能安静地坐在这里。

这样安静的窥伺，一直持续到入夜时分。这个时候，轻拍着熟睡小猫的素星痕悄悄站起身，准备为邻舍的几家熟客送去他们订买的酒。不由分说，阿蒙抄起棍子跟在素星痕的身边，还帮他分扛了大半的酒坛。为了确保这一个拙笨的男人与一个失忆的男人不会迷路、丢钱或弄出别的什么出格的蠢事，离离也跟了上去，一手一个牵着他们出了酒馆。

如同幽影的静坐又持续了片刻，而后，猎人出动。叶天卿倏然起立，蹑踪而出，颀长的身影眨眼间消隐于虚掩的门缝，步履轻如踏雪的狐。

可以说，百木英已悉心地盯了他一整个下午。但这个精干过人的男子轻悄地脱离视线，最终仍不过只需一刹那。"好好待在这儿，别动！"男装姑娘对白琬丢下一句肃然的嘱咐，便一步轻跃出了酒馆，急追叶天卿而去。

今夜月黑，远景看不真切。不知素星痕是往哪家送酒，此刻左右已不见了他们三个人的踪迹，叶天卿的衣影却犹在眼中，只见他轻捷而迅疾地往深巷中前去，似是正在穷追不舍地跟踪着。百木英极尽敏捷地跟了上去，左手不觉间抚上了背后的剑柄，时而贴近，转而又会被甩开很远。那男人的步法飘忽精绝，好在自己的功夫也不算差，总归不曾跟丢。这般追过几个转弯，带刀男子奔到一堵高墙之下，腾身一纵，鹞影般掠入了墙后的宅院。百木英一急，径直踏上高高的墙壁，凌空翻入院落之际，锋利短剑已铮鸣着拔出。

"采风使，何事如此刀剑相向？"姑娘的足尖踏上地面、定睛细看时，却见那位身手不凡的绣衣使正凝立在眼前三尺之处，直面着她犀利的剑锋，背负双手，只这般淡淡地平静问话。

百木英并不应答，先是仔细地环顾了四周。这是一座不大的四方院落，暗无灯影，看起来只是无人居住的空宅，星痕他们不会到这里送酒。心头这才稍稍一松，转而，明透警惕的眼睛对上叶天卿的脸——那男人看起来并无敌意，作为一个行走天下的武人，通常这种状况下百木英也会礼让，但这一次，她却没有收敛自己的剑。

"那日，我们连夜离开客栈，便不曾再与你见面。也可以说，我们是故意要躲开你。"须臾过后，姑娘简洁地说完话，就如她的剑势一般直接与坦白，没有丝毫赘语周旋的兴趣，"素星痕的下落是阿蒙梦中所得，唯有我们几个朋友知晓。数日以来我昼夜提防，确信我们并未遭人跟踪。你却何以能寻到此处？"

叶天卿略显冷漠的脸上，现出一丝少见的笑，些微诡秘："搜寻素星痕、带他回去见江大人，是本使的任务。绣衣使，没有不能完成的任务。"

"这便是我对你拔剑的缘由。"百木英微微睁大了眼睛，"我不能让你就这样带走星痕！"

"你担心他被我带回去，会受到责罚？"叶天卿问。

百木英却摇了摇头："星痕弃职出走，必有他的道理。如果这也算是罪责，只要他自愿承担，我们也都无话可说。但，除非他自己选择跟你回去，否则作为朋友，我绝不容许你强迫他做任何事。"她的话语清晰而坚定，"何况如今，他这个样子……"

"如今他这个样子，我怎么会带走他呢？"叶天卿却出声打断，浅笑道，"今日我静观他三个时辰，已可确定，他是真的什么也不记得了。江大人命我带回去的，是'第十三绣衣使素星痕'。而如今，他不记得一身使命，不记得你们这几位朋友，也不记得'流金归藏'——你认为，如此的他，还是原来那个'十三绣衣使'吗？此时纵然带走他，又有何用？"

百木英闻之，不禁纤眉微蹙："既然如此，你为何追他出来？"话甫一问出，她却忽地一怔，惊疑猛然袭上心头，"不，你……并非追他，你是为了引我出来？"

姑娘的心思敏锐，然而，已来不及有所反应。只见那叶天卿淡笑之际，这空寂的庭院四周，四个矫捷的暗影同时纵出，带着风响的雪亮刀刃，霎时将她严密地包围。

"这几位是我手下兄弟，功夫都很不错。"叶天卿平静地笑道，"他们不会伤你。半个时辰之内，也不会放你离开这座空院。"

百木英瞪圆明澈的双眼，瞬间悟出了对手的用意。她挺剑欲前，却被两把长刀迎面拦阻，不禁惊急地喝道："你——要对白琬做什么？！"

叶天卿笑而不语，只是悠然地转身离去。飞纵上这庭院高高的墙头，闻得身后传来百木英的大喊："站住！"接着便是兵刃磕碰，以及自己部下武士吃痛的叫声。

"大人，当真不准伤她？！"院中一名武士高声追问了一句，显然眼前任务目标的彪悍超出了他的预料。

"辛苦兄弟们啦！"叶天卿摇头低叹，而后轻身跃下，随着幽巷中暗弱的夜光，向醉忘斋酒馆疾行奔去。那里，英芒记白公的独子正留守在酒桌旁，而他所有的朋友，都不在身边。

叶天卿推开酒馆的大门时，白琬正散漫地伏在桌上，展开纸扇笼在油灯盏前，一只手藏在扇后乱比画，自己给自己演手影戏呢。玩得投入，不察纸扇蹭上了灯火，眼看着烧了起来。这般过了片刻，他一愣，猛然"啪"地扔下了火扇——这才看见有人进来。他呆呆望了一瞬，却不禁咧嘴笑了。

"叶大人，你回来了。"白公子热情地打了个招呼，跳起来往叶天卿身后张望，"他们几个呢？阿英呢？"

他的样子看起来，年少、轻佻、荒唐、无聊、幼稚……可笑。叶天卿肃然闭着薄唇，惕厉地审视着眼前这个十八岁的少年，上述的每一个词，依次地被写进了判断。

怎么看都只是个白痴。这样下去，永远也不可能得出更进一步的结论。

静默须臾，绣衣使握住了佩刀的手柄，慢慢近前几步。"公子，喝点酒吧。"他突然提议道。

"啊？这个哦……"白琬怔了一怔，低头翻着腰间的金丝荷包，"阿英给的零用钱，说了不让买酒吃的。"他蹙眉叨咕，十分认真地为难着。叶天卿透彻世情的双眼一扫可知，那荷包里装的钱断乎赶不上荷包本身价值的百分之一。

"我请客。"无语片刻，带刀的男子冷然丢出这三个字，转身直走向酒馆的柜台。

柜台边靠墙堆放着几瓶小酒，一条条红笺酒名，题的是"思相忘"三字。叶天卿走上前，与斜倚在台边的老板娘对视一眼，便自抓了两瓶，扔下一个金铢。那老板娘却一把抄起那枚沉甸甸的酒钱，扔回到了叶天卿的掌心。"这个钱，我可不要。"她古怪地低言一句，淡然地移开眼神。叶天卿望她片时，也无多言，便转身回到桌边，将两个酒瓶轻放在白琬的面前。

"白公子之名，在下久仰。前次一晤仓促，却未及深谈。"清香的浆液淌入杯中，叶天卿一边斟酒，一边轻描淡写地搭话，"令尊大人安好？"

白琬自十二岁开始品酒，价值千金的琼浆，也算阅尽舌端。但这种醉忘斋独有的家酿，一股民间醪醴般低调的芬芳，甘甜间却混着似有若无的浅酸，微辣中又含有莲子心般的一丝苦味，苦却沁着清水鲜花干干净净的香——闻到时，总会想起什么名家骚客的诗，大约是写在季节交替之时的那些，篇篇章章忆着轻盈的过往，就算少年无心，也不免产生几分感慨。在这小酒馆里待了两天，尝过几盏，他喜欢得很，奈何阿英管着，却不能贪杯。此刻深深地嗅了两口漫溢在空中的香气，他不觉舒平了眉梢，白皙细嫩的手指轻拈起叶天卿推过来的酒，真心感激地向他展开笑颜。

"家父啊，一向都很好吧。"年少公子随口答话，举一只袖遮着杯子，饮了一口便放下，顺手将酒杯微微地捻转了半寸。

杯沿沾唇之处对准室内的下风方向，以便自然拂去唾液的浊味，不扰残酒之香。叶天卿为这微不可察的细节耸动了眉梢——这般考究到矫情的酒礼，在淮安，唯有一个极小圈子当中的人懂得遵循。

被划入这个圈子的人，高踞在财富的巅峰，金铢、银毫子对于他们的意义，与别人所能够理解到的全然不同。他们俯瞰世人，就如站在南暮山清凉的绝顶，俯瞰碌碌低回的江水：多少人一世的心机，不过做汹涌浪潮中的一浪，而唯有他们，手可摘星。

叶天卿直视白琬，一瞬犀利到冰冷的目光中，静静地泛起笑意。

"像公子这样饮酒的人，我从前只认识一个。"他自己并不碰酒，端坐着说道。

"是吗？哪一个？"白琬待舌上的酒香自鼻腔散尽，而后笑问。

"江子美大人。"

白琬眨眨眼，遐想了片刻，忽而大是赞许地拍了下手掌："啊，是了！江大人在酒品上很有修为，我还蒙他教导过的！"

"原来竟有这等渊源……难怪。"叶天卿说了一句怪话，淡笑着为白琬添酒，"江大人曾说，杯酒之中，便可品出一个人的心性。在下也觉得，酒是好物，酒过三盏，人才会说真话。"他说着，悠然自若，唇角微勾。"白公子，为何要跟在第十三绣衣使身边呢？"继之而来的，是很突然的一问。

"嗯？"白琬愣了一下。为什么？好像这个问题，他从没想过。

"因为这是令尊白公的，有意安排？"不待回音，叶天卿已又追逼上一句。他自问自答，微微探身向前，冷澈的目光中已尽是"了然"二字，所等的似乎只是对方的一声亲口承认。

连连追问之下，白琬慢慢托起了腮，两眼圆睁，十分认真地思考了一会儿。片刻之后，他轻轻开口道："不是呀。"

"其实是因为'喜欢'啊！"表情幼稚的白衣公子不禁拍了下桌子，显得略有激动，"我喜欢跟大家在一起，很喜欢呢！"想通了这个结论显然是件很畅快的事，他脸上绽出笑来，举酒一口饮尽了一杯。

叶天卿一默，望着白琬，眯起了狭长的眼睛。

白琬却有些兴致盎然了，敲着空杯，开心讲道："我随星痕兄他们同行，日日都觉得很是快活。从前也有很多好玩的东西，却都不及我们几人在一起这样好玩。我也不知这是为何，啊……叶大人，你可有朋友吗？"他说着将酒杯推到叶天卿的手边，看那意思是要求给添酒，"我想大概，就是阿英时常说的——因为我们几个，是'朋友'啊！"

杯中并未再添上酒，叶天卿只是良久地沉默着。

"朋友？"忽然，叶天卿出声地仰天一笑，"公子啊，素星痕是江大人的属下，而你，是白公的儿子。难道公子当真认为，你与他，可以做朋友吗？"

这一句问出口时，整个酒馆都变得十分寂静。白公子的表情凝滞了，直直地望着，这一番沉默，比方才叶天卿的还要漫长。过了不知多久，他忽而慢慢地前倾身子，白皙漂亮的脸，贴近绣衣使犀利的审视。

"不……可以吗？"

那圆睁的双眼，明秀如水，空白如纸。

【白琬】

萧清甲捧着上了七道连锁的玉匣，穿过浓密的花荫。

蔓藤织成的绿墙后面，那位风姿绰约的高贵主人已经等在那里。他用一把乌金小锄翻理着花根附近的紫色泥土，清晨的光斑滚过一袭雪白的布衣，那样子恬淡得不过就像是个平凡的花匠。萧清甲小心地停下脚步，静静地观看，不禁产生几分遐想。

主人喜爱花草，也曾说过做个花匠正是他心之所愿。若然他真的是花匠——那么整个宛州，都是他锄下的土。

"白公，东西已取来了。"寻了一个合适的时机，萧清甲恭敬地开口说道。

白思退依旧躬身运锄，并未回看，只淡淡地应了一句："嗯，叫琬儿来吧。"

"已传过话了，可公子他……"萧清甲应答着，脸上现出无奈之色，"在下已遣人四处去找，白公也许还须稍等……"

萧清甲的话未说完，却被一个忙乱得好像在半空蹦跳的声音打断："来啦来啦！我来啦！"话到人到，只见那个小姑娘般秀美的男孩已冲冲撞撞地奔了过来，锦袍上成挂的玉坠一路锵锵乱鸣。"拜见父亲大人！"跑到近前，他摇晃两下站稳，对着白思退有模有样地一个长揖，犹是童稚的问候之声，明脆可人。

白思退放下花锄，微笑着转过身来——秀逸的眉尖却是一挑，没有答言。

"公子，你头上……"须臾，萧清甲低问了一句，微微有些目瞪口呆。

白琬的头顶正中，乌玉般光润的秀发之上，赫然落着一只鸟儿，淡定自若地凭风而立。

方才他就是顶着这只鸟一路冲过来的。老远看还以为是日前给他定制的九珠盘翠束发冠改了款式。

"啊，它啊，前几日飞来的。"白琬怔了怔，咧嘴一笑，从腰间荷包里掏出几颗圆润如玉珠般的胭脂米，随手喂给头顶上的玩伴，"它跟我玩好几天啦！就是不知为何，总爱踩我的头。"

"竟是一只虹鹈。"白思退看着那鸟儿，轻轻言道。

萧清甲闻之，却是一诧："这是……千情雀？"他不禁细看，见那一袭羽毛幽幽幻彩，确实罕见，原来竟是传闻中寸羽千金的北陆奇珍。"这却真是凑巧，也许是个兆头。"他口中溜出这么一句，转眼看了看白公的脸色，却未再多言。

"千情雀？是个什么名堂？"白琬大感兴趣，眨着水亮的眼睛追问道。

白思退仍微笑着："此物翎羽细腻，可捻出千寸'情丝'，用以刺绣，是当世绝品。据闻只产于宁州山林，十年一徙，迁徙路径不同于寻常候鸟，曲折诡秘。东陆此间是极少见的，天启皇家为求其丝，也只得是下重赏。"

"这么有趣？"白琬笑道，忽地眨了眨眼，"哦，对了！它还有个有趣的地方呢。"他说着伸头往前凑近了些，用指尖小心地指那鸟儿，"看，它两边的翅膀长得不一样哦！"

白思退依他所指，果然见那只倨傲的虹鹈左翼之上，瑰丽彩纹间斜亘着一道极不自然的断裂，似是严重的旧伤，令整个翅膀的形状都有些畸变。"它的翅膀一长一短，"白琬带着几分顽童的促狭，半掩嘴巴低声笑道，"飞起来还一歪一歪的呢！"

话未落，头上的鸟儿愤然挥爪挠了两下，抓乱了他盘扎精美的发髻，两缕青丝挂下来挡在鼻尖。"喂喂！"说人是非的无聊小孩惊叫了两声，抱住头，"这样你也听得见啊！"

"断绝之伤。"一旁，萧清甲却有些惊讶似的低言，"竟能痊愈至此，非医药所及……难道竟会有人对一只野鸟精心施展秘术？"

他说着不禁上前，探手欲抓那鸟儿来看个明白。谁知才一移步，那一直静立不惊的珍禽却突然弹身起飞，拍动不甚平衡的两翼，瞬间远去云天。

"虹鹈本为灵物，何况看它身上的伤痕，已是久历风尘。清甲你的机心太重，已然令它察觉，岂会容你靠近。"白思退浅笑，淡淡而言，"莫再理它，且将东西拿出来吧。"

"是。"萧清甲立即收敛了心思，端正身姿，将掌中那只玉匣双手奉到白思退的面前。

白玉镂雕的小匣上，七把形制各异的金锁连环相扣，勾结复杂，而所有的锁头却都没有锁孔——就算是世上最高段的窃贼，也绝无法伪造出一能够开锁的钥匙。白思退淡扫了玉匣一眼，确认扣锁完好，而后轻提衣袖，将左手中指所戴的戒指轻贴上匣盖正中的那把金锁。

那是一颗罕见硕大的猫眼石镶嵌而成的指环，宝石贴上锁头的瞬间，隐隐泛出奇异的光。片刻之后，白公收回了手，被钤过了戒印的金锁发出"咔"的细声，锁扣径自弹开。继而，被它连锢着的另两个金锁也同时弹开，进而清脆的金声连作，所有无孔的匣锁纷纷自开，最终哗啦作响，一齐脱落。

萧清甲屏住呼吸，睁圆双眼看着。多年以来，就连他也不知这匣中所藏何物。今日这些唯有白公自己方能打开的密锁，终于卸去。

白思退轻轻启开玉匣的盖子，里面赫然显露的，也是一枚戒指。

同样的形制，同样的精绝，与白公指上一般无二的椭圆形巨大猫眼石。多年幽闭的傲世宝气，甫蒙日光照射，映出精湛的精光纹理，细看下去，隐隐是一朵异草的图形。

"英芒草"，白思退所开拓的财富帝国中，贵不可言的图腾。

"琬儿，今日是你十五岁的生辰。这枚指环，是为父的贺礼。"白思退笑道，轻轻地取下戒指，拉起白琬的左手，为他戴在中指之上，竟是正好合适，"此英芒指环，世间仅有两枚，上施密罗幻术，以之为印，可以钤下英芒图记，凭此图记，尽可支取白家银号一切资财，额度无上限。自今日起，你我父子，各据其一。"

这一番话，惊得萧清甲捧匣的双手一颤。他不禁瞪大了双眼望着白公，只是未敢妄自出声。

白琬却很是开心，向着白思退深深拜了一礼："多谢父亲大人。听来却是蛮好玩的，几时试试看呢？"他翘着手观看那华丽惊人的礼物，随口笑道。

白思退负起双手，幽幽言道："三日之后，淮安有一场'义赈之会'。你可自去那里，试上一试。"

"义赈？"白琬兴致更浓，眨眼追问道，"那是什么？"

白思退道："今年中州大旱，多处受祸甚深。朝廷下诏赈灾，天启公卿皆出其私家宝物，共来宛州举行义卖，筹款救济难民。中州帝都不比寻常，世家旧藏，多有珍品，据闻此番皇室也割爱了几件宫中奇珍，因此我宛州商人，都对此次盛会颇为期待，预想当日，必定热闹。"

白琬已听得入迷，不禁拍手笑道："好玩，好玩！这个我一定要去！"

"那便请萧先生记得，到时带你同去便好。"白思退笑瞥了身旁的萧清甲一眼，随即对儿子挥挥手道，"就这些，你自先去吧。"

白琬笑着点头，行了礼告退，便一路奔跳着不知又跑去哪里玩了。他甩来甩去的宽袖底下，可见那英芒指环的灿然光辉一隐一闪，看着让人头晕。

待他走远，萧清甲慢慢凑近两步，隐忍了半晌的话，这才直言而出："白公！将如此财权授予公子，在下以为实在……欠了些稳妥！"

白思退微转双目看他，只是轻描淡写道："有何不妥？"

萧清甲摇头急道："公子他……不谙世事，况且性子又很是单纯。手握如此巨财，在下深恐公子年少，并无足够的能力善加掌控。"

白思退忽然仰天轻笑起来："我正与你一样，也恐他的能力不足。"财倾宛州的商界教主说着，轻轻捻转自己手上的戒指，"只怕他能力不足，没本事花出如此巨大的钱财。故而，才需让他多练习啊！"

萧清甲听了，一瞬呆住。

"白公之心，总是令人惊战彷徨啊。"他兀自念叨一句，默然望着白琬离开的方向，望了许久，不禁出神兴叹道，"方今偌大宛州，银号之业，唯余我英芒记、江家、霍氏三家相争。如今小公子的零用荷包，竟是装了宛州十城三分之一的银资。"

"是三分之二。"白思退忽然一语，唇角边泛起莫测的浅笑，"有一个人已经出局了，不是吗？"

萧清甲怔然回望，但见那俊美卓群的男人已重新拾起乌金小锄，弯身瞑目，轻嗅着紫色泥土中那丛盛开的花。

"快去备战吧，萧先生。"他悠然吩咐道。

宛商义赈之会，于二月二十日掌灯时分如期开幕。会场设在淮安城驰名东陆的"三雅境"之一——乌里雅庄，春夜桃浓李香的熏风对每位贵宾拂面相迎。如此场合，非巨贾不来，他们个个都腰缠万金而至，谁不打算在稍后的竞买中博得几件来自帝京的名物，附庸风雅、装点门面之余，也可落个"义商"的美名传扬开来。

白琬一身华贵的礼服，左手套了猫眼石指环，跟随父亲在会场外下了马车，由早先来打前站的萧清甲接引，踏着铺了丝毯的花荫甬道往场内走去。远远地，便见前方甬道尽头，有一位大人物站立在那里。

宛州人的共主，十城商政使江垣。这位年近花甲却依然身姿雄拔、风采卓然的商会第一权贵，继承着江家自大爨开国初年便缔造下的深厚基业，无论商路、朝堂，皆尊荣满享，在多方游刃有余。此刻他在一名年轻人随侍之下，亲立在二门槛外——迎候入庄的宾客——这乌里雅庄原就是他江家产业，此番帝都贵胄义赈之事也是他一手操办，今夜这场盛会，他正是响当当的东主。

"白公，且看江大人身边那位，便是他的三公子——江子美。"萧清甲一边引着白思退父子行进，一边低声讲道，"这位少爷性子隐逸，场面上往往极少见到他。但据与江家关系近密的人说，他却是个精明周到、倜傥得宜的后辈英秀，远比他几位兄弟要强。嗬，如今江垣三子俱废，想来已是苦于府中无人，便只得把这素日深居的子美公子拉出来，支撑门面了。"

白思退微笑道："这等说，下任十城商政使，今日已可见了。"

萧清甲被说得一怔，转而思量，轻轻摇头说道："却也未准。江家累世大族，虽江垣膝下凋零，旁系子侄尚多，其间亦颇有英才。江三公子虽一表人才，但文气太重，像个书生，少了几分我宛州豪商杀伐决断的钢骨。据闻他雅好诗酒，不喜干预商政之务，料其恩威手段，比之乃父多有不及。方今宛州世情剧变，正是风波凶险之时，江家若选他为嗣，必会堕了足以镇抚商会的威严。自然，这倒是我英芒记所乐见。"

"你观英芒记白琬，可有'杀伐决断的钢骨'？"白思退笑而一问。

萧清甲怔了更久，转目看去，见自家小公子听见了父亲的问话，正睁圆了一双水目望着他，颇是期待评价。

"比江子美更无。"萧先生转开头去，沉声一叹。

白琬眼神一呆。白思退出声低笑一下，三人已悠然行到会场二门前。

江垣大人地位虽尊，但却重礼下士，对每位入门的商界朋友皆是拱手相迎。此时见白思退来到眼前，面色却不禁冷了下来，负手挺立着高大的身躯，未有言辞。白公对他也无辞色，两人便这等默然对立，附近的宾客见了，都心照不宣地退开几尺，只偷眼觑着这场面。

"英芒记白公到，江大人辛苦了。"萧清甲摆出雍和练达的笑容，极是自然地开口说道，打破了这层静寂。

江垣见对方先下了身段，便也似有若无地一笑，点头算是致意。萧清甲连连拱手以为回礼，隐然望了望白公，又特意转向江垣身旁衣装清雅的年轻人，殷殷问候道："这位莫非是江三公子？幸会，幸会！"

年轻人却不似江垣那般倨傲，闻言即躬身还礼，笑意清和："不敢。白公、萧先生是商界前辈，子美才是幸会。"说着，却也礼貌地望向白琬，问道，"这位是？"

"雁鲤坊白琬，幸会江公子。"不待萧清甲引荐，白少爷往前走了一步，清脆地自报家门。听了他这自报，萧先生脸色一青。近来小公子看了杂书，见书上写着文人雅士都以居处地名为号，相互唱答，便也一心效仿。原先城中传言"雁鲤坊"那巷子里有一座凶宅鬼屋，人莫敢收，白琬起了兴趣探访鬼屋玩，竟自将那房买下，从此便这样自称起来。这等报号不伦不类，听来完全是街头混混、黑道小弟准备揍架之前的路数，萧清甲每闻他当众言此，都有天雷轰顶之感。

那江公子听了白琬之话，略略一愣，转而却笑，拱手言道："四润园江子美，久仰大名。"这"四润园"便是江家私园的名号，萧清甲听了，更是五官快要歪了。

白琬得了这句上道儿的答词，更是开心，挥舞着手中的折扇，笑哈哈道："敢问公子腰下这枚坠子，可是随身的闲章？方今文士间最是盛行此物，不用姓名，只落雅号在上头，随处留下钤印，最是有趣！瞧公子这一枚，莫非越州'紫木石'所制？此物亿万年天成，最是磨制印章的良材，寻常金玉皆不可比！九州天下，论可与之匹敌者，唯西陆荒野所产'鹿黄'，在下所佩这枚便是，且看……"他满口官话小说里的辞藻，说着低头往腰间去摸印章，两手在玉丝带下划拉，将一排各色考究的华贵佩饰稀里哗啦搅成一团，半晌才一拂锦袖笑道，"啊哈……在下今日没带。"

江子美颔首笑道："白公子品鉴风雅，子美钦佩。"

白琬以扇拍手问道："未知公子闲章之上，落何雅号？"

江子美道："贱号'云乡山水客'。"

白琬大笑道："在下'青楼槛外人'！"

萧清甲被口水呛到，顾不上失礼，大咳起来。俯仰间瞥见江垣的面色已如生铁，心下却是如蒙大赦，一边拍着胸口，一边急引白公父子绕过十城商政使走入会场，唯江子美犹彬彬有礼地在身侧笑送。

入得内场，见这里富贵人物已是会聚一堂。白琬随他父亲在萧先生预订好的一等雅座坐下，四下看着热闹，心怀甚欢。宾客差不多都已到场，不多时，门外的江垣也携江子美走了进来，商政使邸卫士、江府内侍序列跟随，满场豪商自行让开一条宽宽的通路，顿时前呼后拥，直入正席。赈灾义卖的盛会随即开始，一件件来自帝都豪门的稀世珍宝，依次亮相。

这顶尖买家之间的竞夺，不比寻常拍卖，争豪斗富都在暗里，表面一派优雅。何况所卖的毕竟是朝廷贵族家当，总不能太粗鲁，在场众豪商都将出价静写在洒金帛上卷起来，由侍者往亮宝台上呈递，经司仪先生一一看了，举声宣布本轮的最高竞价，下面的人如有不服，便再取帛写价，司仪先生便再看下一轮。如此一轮轮竞争，直到无人再写帛，叫价的珍宝便算成交，这才公布最终买得宝物之人的姓名。

宝物顺次竞价之中，会场上却只是一片大商人间若无其事地喁喁谈笑，与寻常的酒会并无二致。白琬坐看了一会儿，便渐渐有些走神儿。一旁的萧清甲见了，低声与他笑说："公子可看上什么物件，不妨出手一试，如今无须问我要银票，只用你手上的指环便好。"

白琬轻抬着眉毛，无聊地扁了扁嘴："这些东西往日都见过很多，没什么好玩。哎，我听说乌里雅庄的藏酒绝佳，我到那边尝尝酒去，倒有些意思。"他说着便离席，独自往会场一角摆放美酒的席台而去。

到了台边，听司酒的侍者一一介绍今夜应席的上品佳酿，他点选了一种未尝过的，自取一只透明的水晶杯，命侍者斟满，一边品饮一边透过杯子欣赏酒的颜色。兀自消闲，忽闻得场中一阵轻微的骚动，转目看去，只见是又有宾客到了，正从大门进来。

这位迟来的客人入场，竟引得一些专心竞价的商人移神，纷纷站起来与他见礼，须臾更见高坐已久的江垣竟也起身迎了上去，两人在整个会场的中心相见，互相行礼寒暄，看起来甚是亲近。

白琬从前曾见过几次的，这个无论何时都面色凝重的中年人，便是霍冶——霍氏银号的掌门人。而霍氏银号，联庄数百，遍布十城，与江家银号、英芒记并称业界霸主，正是方今宛州市面上三大豪强之一。其实若论实力，霍冶的资财规模比不上江、白两家之巨，但凡明眼的宛州人皆知，江家与白思退在商战之中早已势同水火，因而霍冶这个坐在银号业第三把交椅的巨富豪商，此刻便有了举足轻重的作用，若他偏向哪边，对另一方则是巨大的威胁，甚至会改变十城银资调度的格局。

多年以来，全宛州的商人都在屏息观看，等待白、江、霍之间的关系显现足堪撼山覆海的变动。就目下观之，江垣手腕灵活，与霍氏一向往来得极是友好，而孤高自诩的白思退却与同样冷肃孤僻的霍冶明显不和。宛州从来都不缺风云变幻，精明的宛商虽未必估出最终的前景，但却一个个都已嗅出味道——那酝酿已久的雷霆，即将响彻着撕开这旧日的天空。

在众人的注视之下，江垣向霍冶凑近一步，亲切地笑道："贤弟怎么才来，江某还特遣了人去迎你！"

霍冶肃然的脸上也露出一笑，垂首称谢道："失礼了，失礼了。江大人应该知道，今夜霍某只为'那件东西'而来，余者无关。稍后拿了东西，还请早退，望大人莫怪。"

"哪里！江某深知贤弟之意，今日此物，特为君留。"江垣又笑，低声道，"贤弟时辰掐算得准，稍后那宝物便要开价了。"

"如此甚好。"霍冶点头，举步欲行，不料望见场中头等雅座上身穿布衣的男子，双眼却是一瞪，"白思退也在？"

"闻风自来，令人奈何。"江垣淡淡地讽刺了一句，眼瞳微转，又缓言道，"前月他使诡诈，吞并霍氏在沁阳的两间联庄，却是欺贤弟太甚。江某身为十城商政之长，也不愿坐视这无理之事。日后业内若再起波澜，贤弟自可记得，江家如自家人一般。"

望着远处白思退桀骜而意味不明的眼色，霍冶冷冷地哼了一声。"大人放心，是非敌友，霍某分得清楚。姓白的跋扈商界，我霍某不同旁人，偏不让他一分颜色。"他极低声地说着，转而收回目光又道，"只是今日心情并不在此，待了了心事，来日定拜访大人，再来深谈。"言罢他拱了拱手，带同随从抽身入座去了。

他二人所言隐秘，白琬远远地自听不见，只随便望了两眼，便又走神转看别处。他正衔杯无聊，却忽闻耳畔一个润雅的声音跟他打招呼道："白公子，酒可耐品？"

白琬眉梢一抬，不禁惊喜地转身看去："江三公子！"

江子美含胸致意，也问侍者要了一杯酒水。白琬见他所点的与自己一样，笑道："这酒有些意思，只是冰着喝会更好些！"

江子美略略点头："公子青春年少，品鉴却如此不俗，为子美所仅见，深感佩服。只是这饮器，公子却选错了。"

白琬眨眼，极是好奇："哦？有何讲究之处，请江公子指教！"

江子美道："这'月华膏'浆色乳白方为上乘，其间妙处，若盛于水晶杯中则不能显现，未免枉费了佳品。须得用这个才好。"他说着，自排放杯盏的乌木架上取了一只釉色紫黑的厚重陶盏，笑而命侍者斟酒入内。

白琬睁大眼睛看着，只见那月华膏细细注入黑陶盏中，原本在透明杯子里只是微微白浊的酒浆，在黑釉光泽的映衬之下，瞬间化为了浓如脂酥的一圆乳白，色质绝美，堪称神奇。

"这等，直觉得更添三分醇美！"他不禁兴奋地拍手笑道，"多谢公子点拨，不然我这酒便都白饮了！"

江子美会心而笑，两人正推杯换盏，又一人走近酒台边来，侍者方要招呼，那人却猛一挥手，只瞪着眼站在那里。"江公子？"默了须臾，他低沉地叫了一声，话语之中竟含怒意，"与你相谈甚欢的这位，莫不是英芒记的小公子？"

江子美明知他在侧站立，却不理睬，听他说话，才散漫地转过目光，轻言道："是又如何？"

那人不禁双眼一瞪。江子美素来温文有礼，蓦地迸出这样轻慢的一句话来，连白琬都怔了一怔。

"好，好。方才家叔入场，江大人身边不见公子，如今在此与白思退之子寒暄，公子却谈得这般高兴。呵呵，好得很！"那人几乎是咬牙切齿说了这样两句后，冷冷一笑，转身走了。

白琬有些茫然，不禁问道："这位是谁？"

"霍冶之侄，霍贤。"江子美蓦然丢下这句，扫看白琬一眼，转眼便也笑着离去。

白琬望着他的背影，呆愣了片刻。他奇怪，方才在江子美眼中看见的，那是什么。不是诗书清气，亦不是美酒陶然。

好像，是锋利的剑。

白琬回到自家座席的时候，场中的气氛颇有些骚动，今夜的义卖好像到了某个高潮。宾客们纷纷止了谈笑，都往亮宝台上注目，那里刚刚摆上另一件等待竞价的珍宝，一方木盘蒙着红锦。白琬不知那是何名堂，可满堂众人却似乎都深知内情，指点着台上之物，交头接耳地私语。

那司仪先生待众人静了静，微笑着行礼，而后高声介绍道："各位上宾，眼下这件宝物，乃是出自太清宫中的内府奇珍，当今圣上隆恩亲赐。今日于宛州现世，实属莫大的机缘。各位请观——'千情一顾'！"说着，他小心地将木盘上的红锦揭开，座下宾客都不禁倾身觑看，发出一片低低的轰然。

只见木盘里平铺着的，是一方丝帕。不过一尺见方大小，雪白的底色细腻莹润，显见是上上乘的京工素绡，然而奇的是帕子上的图纹，想来应是绣工，却浑如水墨点染的一般，淡润细腻到了极处，所绣的非花非鸟，却是一个朦胧难辨的人影，孑然凝立在一段云崖之上回首顾望，不知等候还是送别，余下的，便只是水云无尽般的半边留白。厅堂里灯火摇曳，这幅图画上的人影便跟着幽幽变色，时而暖黄，时而淡青，时而又一派寂寥的嫣红，远观之下，竟似画中自有风动衣袂、日移霞光。

白琬看得入神，耳畔却听到那司仪先生的解说："'天下第一绣娘'谌一顾，针法出神入化、冠绝当世，素有'绣圣'之称。先帝在时，宫中曾收得北陆珍禽千情雀翎羽若干，捻成'情丝'三轴，遂命谌一顾绣作这方丝帕，名之曰'千情一顾'。如今，谌一顾离世已有七年，此帕是她一生最后所制真品，更兼千情雀羽为丝，世无其双。"

听了这些话，白琬一双眼睛睁得圆圆的，嘴巴慢慢地张大。"这东西，"他不禁自语道，"是那鸟儿……"

"却真是巧呢。"一旁萧清甲低声笑道，"公子不想拿来，仔细赏玩赏玩？"

"天灾难测，而圣心慈眷，我辈宛商宜当尽力，以表赤诚。各位如有意于此，请莫错失珍品。"台上的司仪先生双手一举。场中众宾见了，便纷纷有人铺帛写价。白琬默了片时，却是一笑，径自也取了一卷洒金帛，提笔写了起来。

一轮递帛过后，司仪先生看罢。白琬折扇敲着掌心，悠然地等着，只闻那先生宣布道："千情一顾，价至金铢一万。"

场中略有些惊叹之声，这件轻如薄纸的宫中内藏，首轮出价便已涨至其余珍玩价格的数倍。

"哎呀，不是我。"白琬歪了歪头。

"是霍冶。"良久以来始终把盏自得、意态悠然的白思退，忽然说了句话。白琬经他提点，转头看去，见座位相隔甚远的霍家之主捧着一杯茶端然地饮着，身边霍贤正向他拱手作恭贺之态，他却仍只一脸肃然。

"看来这个伯伯也觉得这东西好玩，竟是同道。"白琬笑起来，展开扇子摇着，"说不得，再写一轮吧。"

第二轮递帛时，台上收到的出价已少了三成，不少财力不雄的人见了霍冶出手一万的势头，便已知趣地自行退出。众人都等着听新价的宣布，那司仪先生却低着头，将手里卷帛看了一遍又一遍，久久未出声。

又过了片刻，那先生站了起来，脸色却有些异样，话语也变得迟疑："千情一顾，价至……金铢十万。"

贵宾席上的霍冶，"哐"地放下了手中的茶碗。他身边的人也都面露惊色，霍贤站起来四下地扫看。

听着这个惊人的出价，萧清甲默默地瞪着眼睛，良久，才转头往白琬的脸上看去。继而他便露出像被砸到了头一样的表情——看那死孩子玩心大炽的笑容，这个天价果然是他干的。

"公子太过了！"他掩口急言，又怕被别人听到，"一轮加价而已，何至于就翻十倍！"

白琬摇扇眨眼道："不是要这样的吗？那……上一轮，霍伯伯出价也是我的十倍呢。"

萧清甲心头一蒙，真的顿生死志，却听白思退浅淡笑道："一手即翻百倍，'练习'得却还不错。"

事态陡生剧变，今日盛会的主人翁一时也安坐不稳。江垣转目四顾，炯炯灼人的眼光投向台上的司仪。霍冶今日就是为收"千情一顾"而来，江家也欲保他能够舒坦痛快地得手，这一点司仪先生早得过关照，此时看见了江大人的眼色，立即心领神会，镇定下来继续主持竞价。

"宝物已然价至十万，各位如有意者，请再取金帛。"司仪若无其事地含笑说道，眼光径直望着霍冶。那霍贤见势，立即铺开一卷帛来，替叔父蘸好玉笔，而霍冶却未动，凝了霜般的眼睛四下转着，只等看是谁人竟敢如此放肆地给他捣乱。

满场买家一片缄默。十万之价似一道霹雳，已将跟庄陪盘的众人尽皆振出局外。

"金帛金帛，快点再给我一个！"这时候，这个犹带几分童稚的男孩声音，就显得尤为刺耳惊人。霍冶、江垣以及众人，一齐转头看去之时，只见英芒记白公座下那个十四五岁的秀美少年，一边毫不避讳地大声说话，一边傻笑着提起了饱蘸墨汁的玉笔。

"白，思，退。你今日，竟是要撕破霍氏的脸。"——这句话，同时响起在霍冶与江垣的心中——而不一样的算计，却是各自暗生。

白琬却只关心好玩的竞价游戏。他草草几笔写罢金帛，卷了便又递上去，而后竟笑盈盈地转头看着霍冶，拍手催他，看起来就差像纨绔子弟斗鸡赛狗之时那般吹口哨搦战了。

如果不是这个场合，霍家的人绝对已经跳起来打人了。

霍冶的脸沉得像是要掉下来。他在卷帛上生硬地写下一串数字，用力将笔掷在了桌上。

此一番，白琬得了萧清甲从旁贴身指点，加价尺度拿捏合宜，不再离谱地翻倍。霍冶则自是分寸老到。旁人既退，场中唯剩他二人轮流写帛，却是谁也不肯退让，"千情一顾"的身价便这般三万、两万地渐次攀高，几轮下来，已然价至二十二万金铢。司仪先生不时地掏出帕巾擦汗，众人议论纷纷，整个会场似乎都在慢慢地变热。

白琬又开始取帛写价，五六把下来，这玩法已不需萧先生再指点。萧清甲颇有几分惊喜，小公子虽荒唐，天资却也实是了得，心中渐感快慰之际，忽地，却觉一股灼人的怒火，直直地逼近在侧。

霍贤不知何时，已悄然穿行至白家座位一角，愤恨地拍了一把萧清甲的肩头。

"呀，怎么是霍少爷？"萧清甲故作惊讶地一笑，"有何吩咐，这边叙谈，莫扰了白公。"

霍贤已是怒不可遏，强压着低声斥道："你白家究竟什么意思？难道你们不知，我叔父与谌一顾的渊源？！"

萧清甲三分轻浮地笑道："霍爷的逸事，岂无耳闻？实在感人至深呢！你看白公并未出手，这便是谦让霍爷，奈何是小公子迷上了那件东西，我也劝他不得。要不，少爷你自去与他说说？”

这推搪之词，当面欺人，霍贤几乎就要暴怒。他咬牙强忍片刻，恨恨道："家叔一生心念，尽系谌一顾一人。人已逝，台上遗物，我霍家生死必得，如不遂愿，后事你自思量！"言罢拂袖而去。

萧清甲默然而笑，转视白公，见他仍只是在漫不经心地独饮。

这时候，第七轮的出价已经开始。司仪展读了霍、白二人的卷帛正待说话，忽然却有一名侍者急急地跑上台来，双手将一轴精心卷起的洒金帛递上："先生且慢，还有一卷！"

在场之人，皆是一怔。那司仪心乱，不禁蹙眉问道："还有何人？"瞬间自觉失言，却不期远处的角落里，竟有人清声回答了一句："是我。"

这一回，故作风度矜持的人们，再也难以保持起码的平静。一瞬之后，整个会场哗然起来。

靠在角落里说话的，是今日随十城商政使大人接待众宾的江三公子。他擎着一盏酒，慢慢向前踱了几步，微笑言道："子美出价三十万。'千情一顾'有些意思，白公子、霍爷——不如放手，让给在下吧。"

霍冶倏地立起身来，径直走到江垣的座前。扰扰杂乱之中，听不见二人说了些什么。远处，白思退却只瞥着那年少斯文的江公子，不禁出声地低笑起来。

"好一个三十万。"萧清甲也惊望着，对白公附耳低声道，"在下密查过江家银号的内账，若未记错，这三十万金铢，应是江三公子私人名下全部的财产。"

"好后生，好后生。宛州之棋，尚未残局。"白思退轻弹着酒杯，吟诗似的连连赞叹，说着挥了挥手。萧清甲见了他手势，便垂首称诺，抽身快步往亮宝台上走去，到了台前，干脆一把将满目仓皇的司仪先生推开。

"诸位且住，白公有句话说！"他高声喊了一句，哄哄扰攘的会场顿时为之一静。

"'千情一顾'确非凡物，竟然引动这场漂亮的竞逐。今夜义赈之会，料来要成商界佳话传奇了。"萧清甲淡定自若地笑道，"诸位明眼所见，如今竞价各方皆是财力雄厚，如此逐一回合下去，不知这盛会几时收场。竟不如痛快些，由白公在场作保，三位买家就此各出一价，一局决之。不知诸位意下如何？"

众人静了片刻，又开始议论，渐渐地有人响应起来，最终满堂之客，竟是轰然称是。此时所谓的"三位买家"，不正是江、霍、白三家手握山海之资的银号寡头？众人期待的雷霆之变，蓦然地，仿佛就要系在这一方小小绣品之上，见个分晓。

人群中，霍冶兀自冷笑了两声，慢慢转正了身子，面向那亮宝台上的木盘挺立，再不发一言。江垣见此情景，皱眉不语，竟自趁人不觉，默默退出了会场。

萧清甲举手平息了台下的纷乱，笑了笑，先将目光投向远处擎着酒盏的江子美："前者，江三公子出价最高，此番就请江公子先叫价。"

众人皆注目在江子美的身上，他的脸色却有些落寞，看起来，就像个伤春悲秋的文人。"子美……输了。"良久，他只淡淡地说了这么一句，仰头饮尽杯中残酒，竟自转身走了。

满场又是一阵议论，萧清甲却毫不意外，只是微笑。转而他又问道："江公子既已退出，霍爷是前辈，就请您出价吧。"

霍冶的眼中，犹如燃烧着寒火。片时沉默，他面无表情地开口道："白家人先出价。"

萧清甲挑了挑眉梢，转目看着白思退。白思退却对他的询问并无回应，也转了眼睛，看着他身旁那犹然只是在随心玩乐的少年。

白琬歪着头。此一刻，所有人的目光都落在他的脸上，一双双眼中似乎含着各样复杂的含义，这令他好像有点糊涂。"要我说？"他望着众人，又看了看父亲，"只能说一次吗？"

"就一次。"白思退看着他，笑得温和。

白琬非常认真地思考了一下："只说一次的话，当真是说不好。"片刻，他举手挠了挠后脑，"那便只好，霍伯伯出多少价，我都再加十万。萧先生，这样子……可以吗？"

偌大的乌里雅庄中，只闻寂静。过了不知多久，霍冶的笑声，低低响起，笑了一会儿，又忽地戛然而止。

"白思退……"那面色凝重如铁的男人合上了双眼，阴沉至极地说道，"宛州地上，有你无我。"

白琬捧着"千情一顾"的绣帕，对着灯光细看。最终他花掉四十万金铢买来了这条帕子，还借机试验了一下左手上的英芒指环——其实也没什么特别。

"这神品，可好看？"萧清甲在他耳边问道。

"还好吧，也蛮有意思。"白琬微噘着嘴，有些兴味索然，"其实还是长在那鸟儿身上的时候，更好。"

他说着站起身来，两指拎着那条帕子，摇摇晃晃地往外走，方才他"月华膏"喝了不少，此时颇想去如厕。

霍家的人早已全体退场，江大人也不在，义赈之会上满场零落。白公子穿过杂乱人群的缝隙走出厅堂的门，沿着弯曲甬道漫步而行，户外庄园里春天的花香濡了夜露，清新醒酒，一切越渐安静。

这是他第一次来到乌里雅庄，天色又暗，一味地乱走，没几步便已失了方向。想要寻个人问路，左右却哪有旁人，正迷糊间，却闻得甬道边几株茂梅遮就的树丛后面，传出说话的声音。他不禁一笑，踮起脚来往树后望去，一时却怔住——只见那梅树荫下偏僻至极的一小块空地上，两人相对而立，左边的老者魁伟威严，右边瘦削的年轻人却是文弱模样——却是江垣父子两个，正在那里密谈。

"你先是怠慢霍冶，反与白家的人交接，后又竟去染指'千情一顾'，也太荒唐！"江垣沉沉之声，虽是压制，却掩不住一腔怒意，"今日你莫不是疯了！"

江子美微低着头，面对父亲的呵斥，并无动容。须臾，他却只冷笑着说了一句："只恨手中财力不足，终不能夺他心系之物。"

"混账！"江垣怒喝一声，瞪圆了虎目，"我与白思退相争多年，而今已成势均力敌，霍氏权重攸关成败，纵然你平日耽于诗酒闲务、不知商政，总也该晓得此中的利害！霍冶一向与白思退不和，经我苦心绸缪，如今即将与我江家结盟，当此关键之机，你竟这等倒行逆施，险些坏了江家大业！幸而方才天佑，终是令他白家与霍冶结成死仇。否则今日之罪，你如何自赎！"

"父亲大人！今日输掉了大局的，是我江家！"江子美突然提高了声音，举目望着江垣，不停地摇头，"父亲难道看不出白思退的野心？江、白、霍三家早成鼎足之局，相持不下，先动者死，如此局势，结盟又有何用？白思退从不像父亲这样，为了所谓的盟友，曲意讨好于人！他想要的，正是霍冶因怒失智，主动对他进击——如此他便可后发制人，排兵布局，一举吞并霍冶，成为宛州银号业最大的东家！"

"住口……"江垣齿缝间缓缓挤出两字，江子美的这些话，令他的脸色变得沉如铁石。

然而江子美却不遵令，反而上前两步，词锋变得更加犀利："父亲如有雄心重整宛州格局，大可不必顾惜什么交情。唯有抢先吞并霍氏、反制白家，如此方能取得真正的优势！欲赢此局，仅此一途，可惜今日子美未能助父亲钓上霍冶这条大鱼，让旁人占先。如今……"

"住口！"江垣突然一声暴喝，继之而来的是重重的一记耳光，将他的儿子击倒在地。藏身树后的白琬见了，不禁大惊，险些叫出声来。

"想不到，江家竟出如此逆子！你敌友不分，自作聪明，居心且如此歹毒！"江垣顿足怒斥，须臾又愤中转悲，一手指着跌倒在地的江子美，咬牙切齿道，"子珣、子琚都已早去，子瑶又是那个样子，唯指望你能成才，尚可稍顶江家门楣。如今你竟孟浪至此，心术偏邪，可叫为父复有何言！"他怒骂数句，径自拂袖而去，步履铿铿，声震静夜。

江子美只在泥尘间静静坐着，良久无声，花荫暗淡，瞧不清他脸上的神色。白琬平白地偷看了一场，又呆站片刻，这时恍然一怔，一边叫着一边绕过树丛跑了上去。

"江公子！你没事吧？"他奔到江子美身边关切地询问道，蹲下看时，却见那斯文静雅的公子面色苍白，口角淌着一道血迹，眼神却是凝冻了般，寒如冰剑。"哎哟！"白琬见了血，不禁叫了一声，举起手中帕子便要帮着擦拭，一边叹道，"竟受伤了！江大人他……何以动手打人呢！"

江子美凝了冰的眼瞳，蓦地动了一下。他闪开白琬的手，缓缓转过头来——看见那赤血玷污了的丝帕，正是价值四十万金铢的"千情一顾"。

"嗬，好一条帕子！"江三公子忽而浅浅地一笑。

"白公子，请转达令尊。"他慢慢地站起了身子，目视幽暗的远处，"恭喜他，他赢了。"

十五日后，经营上百年的霍氏银号发生连环挤兑，银资链条轰然崩解，遍布十城的联庄纷纷关闭、抵让，多数旧产为英芒记所收。宛州商界格局的这场剧变，勾连深远，影响甚巨，直至许久之后，仍在不断地发酵、嬗变。

两年后，江垣去世，年轻文弱、声名不显的江子美继任十城商政使之职，颁布设立绣衣使等十一道商会新政，然而他本人却是深居简出，隐逸如旧。

又一年后，淮安商会增补第十三绣衣使。白琬遇到了他人生中，一群可称作"朋友"的人。

然而这一切，十五岁的白公子都还不知道。彼时他参加了一场哄哄嘈杂的义卖晚会，喝了些酒，返回家后便一觉睡到日上三竿，而后如同往日那样跌跌撞撞跑到花园里来拜见父亲，头上顶着一只鸟。

"哦，果真如此？江垣大人竟这等动怒吗？"白思退用小锄整理着花根，听儿子讲罢昨夜见闻，悠闲地答话。

"是真的！"白琬回忆着乌里雅庄树丛中所见的一幕，白皙的脸上一派有些不豫的疑惑，"他怎么会那样呢？他不是江公子的'父亲大人'吗？"

"父亲与父亲，却是很不一样的。"萧清甲在一旁插言道，"拥有如白公这样父亲的，世上又有几人？"他说着，自笑了一笑，极尽小心地从怀中取出一块叠成四折的绣帕。"想来唯有这样的父亲，才能教导出你这样的公子。你看看，昨夜离了席就随手乱扔，四十万金铢买来的东西，若非在下捡到，可就不知丢哪儿去了。"

他将千情雀羽绣成的丝帕递到白琬的面前。那男孩才扫了一眼，头顶上落着的虹鹣鸟却忽地一拍双翅，扑棱着飞走了。

白琬转头看着天上，绚丽而有些不太平衡的羽翼，已然消失不见。

"我觉得，它不会再来玩了。"须臾，他幽幽地说道。

"看来，你对它颇是在意？"始终在摆弄花草的白思退问了一句。

"不知道……我们一起玩好久了。我如今觉得，好像也不是什么人都能一起玩的。"白琬双手抱在头后，无聊地轻叹道，"能一起玩就很好，也许，算是个朋友吧。"

【醒】

———— ❦ ————

"荒谬、荒谬、荒谬!"百木英连连捶着酒桌,"你就什么都不知道?!叶天卿人呢?他都跟你说了什么?!你有事没有?有没有哪里受伤哪里难受哪里不对劲的啊?!"

杏眼圆睁,柳眉倒竖,剑鞘被捏得咯咯作响。这般雷霆霹雳,就连最爱听她说话的白琬,也不免双手捂起了耳朵。"嗯……我真不知道啊……昨晚跟他喝了点酒,然后就睡着啦……"他侧着身子向后躲着,堆笑答道。

百木英还想大喊,却觉得嗓子都有点哑了。她闭眼平静了一会儿,沉声言道:"问这个白痴是什么用都没有的,好在方才给他诊过脉了,他身子没大碍,大概真的未受损害。星痕还在这里,依我推想,姓叶的不会走远,定然还要回来。阿蒙、离离,咱们要严加戒备,再不可让昨夜我被围困、酒馆空虚那样的事情发生!"

听着这山样威严、铁样肃穆的军令,蛮族少年与长辫少女放下正在大嚼的早饭,齐刷刷地点头。

"唉!"一声轻叹,醉忘斋的木门哐啷响动,老板娘提着一只陶壶便往外走。

"店主,哪儿去?"浑身都充满了警惕的百木英开口问道。

"给个熟客送酒。"那悠闲的女人轻描淡写道,脚步未停。

"这样便走?店主不担心店里的安全吗?"男装的女剑客着急地追问道。

"你们守得这样严实,我这小馆儿打从开张,再没这么安全过啦。"那女人淡定地说着,径自去了。

老板娘提壶走过狭长的深巷,转了两三个弯,已抄近路来到一座宅门紧闭的旧屋前。她在门上敲了几下示意,也不待屋中的人应答,便自推门走了进去,直将陶壶放到小木桌上,取下壶口扣着的碗,将壶中之物倾倒出来。

"吃几口吧。这是醪糟,没有酒劲儿,误不了你的大事儿。"她说着,不禁轻轻地一哼,"你可当真大胆,竟对白公的儿子下药。将来若是死在这事上头,全宛州都没人敢出头给你收尸。"

端坐在桌边的男子,只是安静地笑了笑:"你还不是一样吗,窦娘?"

"别胡扯,我可没沾过这件事!"名唤窦娘的女人急忙摆手,瞪圆了眼睛,"昨夜那酒钱我可没收。那两瓶酒是你自家偷拿的,与我无关。"

"呵呵,你说得是。"男子轻轻地点头,解下腰间的佩刀放在桌上,"白琬始终跟在素星痕的身边,此事绝不简单。白思退是个可怕的人,他的安排,心机莫测。为了商会与江大人的安全,我不得不抓住任何的机会,冒险一探。"

窦娘望着他,不禁一笑:"哎哟哟,果然忠心赤胆哪——第七绣衣使大人。"

叶天卿狭长而明亮的眼中,闪过了一丝无谓的苦笑。"我那剂药,并不会损害身体,投入酒中服用,却有令人有问必答、心迹尽吐的奇效。从前我问讯过多少人犯,内中不乏深沉老辣之辈,但用此药,未曾一次失手。"他说着,缓缓摇头道,"但昨夜……白琬饮酒前后,所言毫无偏差,心中所思所想,依然只是单纯得……可笑。唉,他简直……简直就像……"

"简直就像一张白纸。"窦娘接过他的话头,笑道,"我早看出来了,亏你不信,偏要用那下作手段去试。"

"试过一次,总算是心中有数。"叶天卿低言道,"莫谈他了。素星痕却是如何?"

"还是那个样子,不过……也许快要醒了。"窦娘说道。

"醒?"叶天卿长眉一纵,语意幽沉,"窦娘,你且实言告我。他变成这样，当真只是醉酒所致吗？"

"想来，也可这样说吧。"窦娘屈身靠在桌边，双眼望着窗外，"你有所不知，修习'流金归藏'之人，只要活着便背负诅咒，且有许多禁忌。所谓'七忌九止'当中，第一条便是忌酒——这是他们一脉师徒代代相传的戒条，我们所藏的古籍中，也有记载。"

叶天卿紧紧盯着窦娘："古籍记载，若然犯了酒忌，人便会失忆吗？"

窦娘摇头笑道："那却没有，只有'酒乱心智，魂碎魄离'的危言耸听之词。也许，古早先师也不知饮了酒究竟会如何，说不定，在他之前，从来都没有人试过。"

叶天卿垂首沉思，片时，言道："你方才说，他快要醒了？"

窦娘低垂着眉梢："酒力总也有过去的时候，何况我家的酒又淡。近两三日，我见他日渐睡得少了，躺着也不安稳。凡尘噩梦，又回来纷扰，这可不是醉乡之路，快要走到头了？"

"几时会醒？"叶天卿犀利地问道。

窦娘却闭了口，只摆着一张笑脸看他。叶天卿见了，笑而会意，探手入怀掏出一只锦囊放在桌上，哗啦作响，可知里面全是金银。"今日的消息都很有用，酬金你且拿着。"

悠闲的女人甜美地一笑，伸手拾起锦囊，身子倚在桌上，凑近了叶天卿的脸。"或则三日，或则两日。"她像透露着什么天机似的低语道，"也说不定，就在今晚。"

醉忘斋里又掌了灯。离离将那豆灯火拨亮了些，继续搅拌着锅里的汤，温暖诱人的香气，早已漫溢了整间狭小的厨房。

阿英和阿蒙紧握着武器，已经一惊一乍地戒备了一整天。并没发生任何事，但是依然要继续戒备，因为所有的事情，就是最容易发生在没事的时候。由于阿英担负着执勤重任，没工夫再洗手做饭。没有客人，老板娘便只顾自己喝酒，于是这下厨的重任就只好落到离离的头上。离离倒觉得这个时候，自己的任务才真是最重要、最有价值的。大家其实都饿了，阿蒙肚子的叫声简直隔着墙壁也能听见，而那个人——自从昨夜送酒回来，就一头扎进房里睡倒，一整天未见醒来，算算已是十二个时辰没吃过东西。

失忆也好，变异也罢，总归还不是那副嗜睡成病的死相。

汤里已加了几味从前惯用的草药，对他的身体是有好处的。离离将锅子移上小炉，改用文火煨着，便先从中盛出了一小碗，双手捧了，静悄悄地往酒馆后院、素星痕寄宿的小屋而来。

在门外略听，房中果然还是没有半点动静。然而当她推门而入之时，却是不禁一怔。

这间小小的房屋里，不知被他一共住了几天，到处堆满了凌乱的纸，已经搞得完全无法下脚。念起原来所认识的那个素星痕，房间里总是整洁到好像根本没有住过人，但眼前之现象，实在出乎意料。

更意外的是他原来根本没睡。他只是静静地坐在一大堆乱纸的中间，身子都被纸埋住了一半，瘦削的背对着门口，一只手提着支细笔，笔尖的墨早已干枯。

如果这是在别的地方，离离早已跳过去，开始大肆数落男孩子的不像样。可此时此地，她却什么也说不出，只极力地放轻了脚步，踩着满地纸张，慢慢往房中移动了一些。

地上的纸，其实每一张都是一幅画。是星痕到醉忘斋以来天天都在画的，一个人，长发长衣，笔触粗率，脸是空白。看得出此刻他的面前，也摆着一幅刚完成的画，他就这样对着那画发呆，一动不动，像掉进了过去。

离离慢慢地挪着步子，房中静止的一切在她的眼中缓缓错移，渐渐地，她看见了星痕的背影所挡住的画——依然是同样的人像，只是尖俏的脸上，却终是有了一副清晰秀丽的五官。

眉眼依依，唇齿盈盈。

竟然便是离离自己。

碗里的汤洒出了一点，烫了手，离离慌忙将它放下。这响动惊醒了那发呆的人，他慢慢转过头来，看见屋角里站着的，含着自己手指的姑娘。

"是你啊。"一瞬之后，少年微微地展开笑容。他泛着凉意的眼睛盯着姑娘，就如三天前从房檐上跌落，金色斜阳中初见之时。"我总算想起来了，是这双眼睛。"他幽幽地说道，"原来，一直在我心里那人，就是你啊。"

小屋之中，一时寂静，唯有晚风透过门窗，翻动一床一地的纸张，发出杂乱又宁谧的声响。姑娘直视着他，晶莹的眼睛逐渐睁大。下一刻，只闻脚步急奔，房门被冲开后又关上。

离离的辫影瞬间消失在门外，而后天色完全黑沉下来。素星痕兀自站在那里，良久，不觉双手捧住了头，瘦削的身子慢慢弯曲，终于撕裂一般的疼痛彻底把他击倒在地。

离离几乎是慌张地跑出了小屋，记忆之中她从没有这样子过。没有同任何人打声招呼，慌乱间甚至刻意地避开了阿蒙，她从酒馆后院的小门直冲到外面，沿着不知名的深巷跑了好远好远，直到周围已陌生得像是另一个世界，才停下脚步，靠着爬满青苔的墙壁仰头喘息。

无数杂乱的碎片在脑间闪过，实不应想，也不愿想，却又甩不开。眼中好像是渐渐地涨起了泪水，见鬼，她抱着膝盖蹲下，将脸埋进了双臂之间。

静谧的深巷中，夜飞的蝙蝠似乎都很少经过。墙角里的女孩不知就这样独处了多久，忽然，一双黑色的鞋子缓缓地走到了她的跟前。

"聪明如你，也会哭吗？"虚幻得好像远在云天之外的声音，惊得离离双肩一缩，猛地抬起头来。

"是你……"女孩睁着大大的眼睛，泪滴犹在落下，滑过惊讶至极的脸庞。

离离再次回到醉忘斋的门前时，晨雾已经降下，她的辫子发梢上都结了露水。在寂寥的门前站了少时，她轻叩两下，须臾闻得一串轻捷的脚步，木门打开，露出百木英略显憔悴的脸。

"离离！你回来了！"阿英的眼中闪过惊喜，一把拉住离离的胳膊，"你去了哪里，我们担心死了！阿蒙整夜都在找你！"

离离一笑，却掣了掣胳膊，没有走进门去。"阿英，我有几句话想跟你说。"她喁喁低语，显然是不想让其他人听见，说罢这句，便转头走开，靠在门外的墙边。百木英见了，先是一怔，转而明白了什么，便悄悄合上酒馆的门，跟到离离身侧也靠住墙，闭着嘴唇，只静静地听着。

"阿英，你先前跟我说的事，我……想明白了。"过了好半晌，离离才低低地开口说道，"我想明白了自己的心，也想明白了那些关于爱的事。"

百木英不禁睁了睁眼睛，想说什么，却又缄默。许久，她却问道："那么，你已决定好，要怎么做？"

离离用力地点了点头："阿英姐，我相信，我是个好女孩，好到值得别人来爱我。"她抬起头来说着，眼中映着明亮的光，"但就算这样，我也绝对绝对，没有资格享受两份至爱。"

百木英长长地嘘了口气，心中一时想了许多，然而终究却也无奈。耳畔只传来离离低柔却决然的话："我要去把这件事说清楚，我自己去。做完之后，我才想见阿蒙。"

素星痕独自坐在房间里，依然是背对着门。猫刚刚醒来，在懒懒地舔着爪上的毛，不远处摆着的素竹背篓里，一颗头骨在清晨的昏暗中泛出微弱的绿芒，就像在等什么，又似乎没等，似乎只是静静地闲处，在享受一小段流于尘世之外的时光。

一切，在身后的门被推开之时，都静悄悄地结束了。

女孩的脚步轻盈，却有些迟疑，停在门口不再前进。他背对着她，静听了一会儿，终于决定微笑着先打招呼。

"离离，是你来了。"

离离的心头却是一震，默然惊望着他的背影。那背影转过来，那笑容，那眼眸里的凝定是那样熟稔。

过了许久许久，姑娘才惊疑地开口说话："你……记起来了？"

素星痕点了点头，认真却又淡然："记起来了。记得我是喝了些酒，好像昏沉了好一阵子。"

离离忽然噤声，早已想好的话，全不知从何讲起。她不禁四顾望了望这间小屋——昨日还邋里邋遢堆满了各处的废纸，如今已经不见半片，所有涂鸦墨痕，所有飞扬的乱绪，都了无遗迹，好像从不存在。从前那个整洁干净的素星痕又回来了，什么回来了，什么好像又失去，正如此刻他脸上那熟悉又陌生的微笑，完美无瑕，疏人千里。

"你……"满心踌躇的姑娘犹疑着开口，顿了一瞬，攥紧自己的双手，还是抬头问了出来，"你昏沉的时候说过的话，可还都记得吗？"

素星痕半垂了眼帘，微一苦笑："不记得啦！那段时间的事情全然都不记得，我只记得那酒……嗬，下次，可不能再喝了。"

离离垂下头，默了半晌不语。"真的不记得……也好吧。"最终她说了这一句话，掉头离开了小屋。

素星痕转身坐回原来的位置，脸上并没多余的表情。慢慢地，他从衣袖里取出一卷画纸，展开在膝上，看了片刻。

那是一张人物画像，长发长衣，秀美莹润的眼睛，灌尽酒浆也未曾磨灭。"下次不再喝了，真是没有用呢。"无声地念叨两句，他却一笑，移过桌边燃得只剩半寸的残烛，将画像凑上火苗。纸慢慢地燃烧，火焰成圈包围向画上的脸，最终抹掉了那伊人的眉眼，化归虚无。

"私烧何物？"一句严肃略带冷傲的言语忽然响起，继而屋瓦微响，顾长英武的带刀之士倏忽自天窗降下，轻捷落地，挺立在斗室之中。

"自然是不可见人之物。"素星痕兀自低头，看着最后一角画纸化为灰烬，嘴角笑笑，"叶大人，亦不可见。"

"你记得我？"叶天卿手扶刀柄，狭长的眼中精光一纵。

素星痕只是笑而不语。

叶天卿垂首沉思，慢慢在小屋中踱起步来。他踱到窗边，久久向外望着，忽而低声言道："第十三绣衣使，你既神志已复，在下有个问题，想要向你请教。"

"大人请问。"素星痕轻言。

"'流金归藏'……究竟是什么？"

"是星象学。"素星痕坦然答道，"往根底说，是一门算学。"

"星象……"叶天卿转身，慢慢向着那端坐的少年靠近，"我闻星象之术，可前推历史，亦可后窥未来。你这'流金归藏'，是否也能有此神效？"

"能。"素星痕伸手抓了抓小猫的下巴，"命由星定，星以算知，有何不能？"

叶天卿躬下身子，双眼直盯着星痕："那么，你可曾推算过宛州商会——还有江大人未来的金运？"

那个人孩子般的面庞上，只是一片淡淡的笑。"已算过了。"他稍稍靠近叶天卿的耳畔，压低声音，一字一顿地说道，"破财，破军——破天下。"

狭长的眼睛陡然睁大，叶天卿默了一瞬，突然扣住素星痕的手臂，一只玄铁铸就的铐锁，响亮地箍在了他的手腕上。

素星痕随叶天卿走出酒馆的后院，穿过店堂，瘦细的双腕上锁着铁铐。四位朋友见了都不禁大惊，阿蒙握起长棍要冲上前，然而看见星痕的眼神，终究没有妄动。

"第十三绣衣使弃职私走，本使这便带他回返商政使邸，到江大人面前领罪。"叶天卿看看围在面前的四个人，平静地说道，而后牵着人犯手铐上的铁索，径直从他们当中穿过。

走出醉忘斋时，窦娘斜倚在门边，一手托酒，低低地吟唱着："思相忘，忘相思……"某个失落了名字的诗人所填的曲词，在她唇齿间悠然而出，诚似有心，却又无意。

素星痕曾记得她说过，这词大半已散佚了。他不禁转目望那悠闲女人，直到她出离了自己的视线。

女人在身后，也望着他。

思相忘，
忘相思，
樽前欲语迟，
梦魂寻遍不成忆，
只是为君痴；
伤怀日，

断肠时，

独坐怕听诗，

沦落前尘无限事，

唯有落花知。

后台小剧场

阿英：她总算写完了。同为赚稿费的，真是替她汗死。

白琬：拖延症多少钱一斤？我买下行不行？

阿蒙：葡萄真好吃。

离离：自己长个苦逼格没办法，瞧她写出来的主角就知道她内心人格有多苦逼。

星痕：我替她睡觉去。

后记

藏剑之人

/ 苏梨叶

　　我从小喜爱兵器，尤其慕剑。那种笔直瘦削的姿态，犀利而冷冽的精神，如清高俊美的君子，德行高劭，却又魅力流溢，令我既敬慕，又沉迷。然而即便我是如此喜欢剑器，我却又不太敢接近于它。

　　当你拔剑出鞘，当真将三尺水光握在手中之时，临近地审视它钢铁的纹理，定能清楚地感觉到锋刃间散发出的尖锐与冷。汗毛末梢有时都会脆弱地披靡，手腕因紧张而有些发僵，总觉得一个把握不慎，可能就会伤了自己，皮肤划破，鲜血涌出——甚至恐惧地幻想着，此时若是绊了一跤，搞不好会太阿倒持，刺到自己。其实这类笨手笨脚的事，在我身上也不是没发生过。

　　这就是它，一尖两刃，有攻无守。远观可慕，近之易伤。这就是剑。

　　情是双刃之剑。在我不敢自称丰富的人生经历当中，再没有第二样东西给我这般如同握剑的深刻体验。亲情、友情，以及各种各样不知所起的爱——仿佛有什么致命的魅力，吸引着你，融化着你，令你绝无不去向往的可能。然而你若接近，则必患得患失，惶惶不安；你若拥抱，则必敞开胸怀，暴露要害。当你握住情的剑柄，便已放开了防守的盾牌，剑舞流光尽可怡然于清风皓月，但回锋错手，难免身伤血流。

　　有些伤口，也许一辈子都只能独自舔舐。

所以情之为物，是令人害怕的。但畏惧感情的人，偏偏却常是多情、重情之辈。若非视之如命，岂会畏之如虎？当剑锋让你感到畏惧之时，剑柄，必是已经被你抓在手中。

《十三绣衣使》的故事所写的，就是这件事。写那些仍然清澈和纯净的人面对感情是如何畏惧，再看他们手握住感情时，又是如何无畏。

吕洞宾道士有一句诗："朝游北海暮苍梧，袖里青蛇胆气粗。"这里的"青蛇"是指他随身携佩的宝剑——有剑在手，万里人间天上，亦敢独行。

我是女孩子，没经历过战争，也没有打过架。对于持有一件武器的好处，真正谈得上有所体悟，还是十五岁那年从这诗中意气而头一次感知。所以那时候我重新拾起了幼年对宝剑的爱好。我虽稚弱，但总在长大，手指变长，力气增加，脚跟坚定，逐渐学会让手腕不轻易地颤抖。当自己不断地变强，就有能力去握牢珍贵的东西，去抓住又美又危险的物件。我知道锋端一偏，我仍可能流血，但心思单纯的孩子，又有谁肯错过御剑足下，赏无限河山呢？

真正的剑和真正的情，都是藏在心里的。锋刃直指，一步斜行足令心头淌血，但心存此物，势必满足无畏，获得源源不绝的真正勇气。

藏剑之家，室有正气；重情之人，心无畏缩。

第十三绣衣使和他的朋友们还在继续冒险，这本书里呈现给诸君的谜团，请期待下卷分解。我不能剧透，但有一点却可以毫无疑问地预告：

素星痕，绝不会放下真情之剑。

2013年春4月，于北京

图书在版编目（CIP）数据

十三绣衣使.下／苏梨叶著.—北京：北京联合
出版公司，2017.11
ISBN 978-7-5596-0978-6

Ⅰ.①十… Ⅱ.①苏… Ⅲ.①长篇小说—中国—当代
Ⅳ.①I247.5

中国版本图书馆CIP数据核字（2017）第234422号

十三绣衣使. 下

作者：苏梨叶
选题策划：北京磨铁图书有限公司
责任编辑：杨　青　高霁月
内文排版：刘珍珍

北京联合出版公司出版
（北京市西城区德外大街83号楼9层　100088）
北京嘉业印刷厂印刷　新华书店经销
字数237千字　700毫米×980毫米　1/16　印张16.5
2017年12月第1版　2017年12月第1次印刷
ISBN 978-7-5596-0978-6
定价：59.80元（全二册）